चक पीराँ का जस्सा

उपन्यास

रब्बा! इज़्ज़ताँ ज़िल्लताँ बस तेरे...

(ऐ ख़ुदा! सम्मान-अपमान सब तेरे हाथ में है।) —वारे शॉ

चक पीराँ का जस्सा

बलवन्त सिंह

लोकभारती प्रकाशन

लोकभारती प्रकाशन
पहली मंजिल, दरबारी बिल्डिंग, महात्मा गाँधी मार्ग
इलाहाबाद-211 001
वेबसाइट : www.lokbhartiprakashan.com
ईमेल : info@lokbhartiprakashan.com

शाखाएँ : 1-बी, नेताजी सुभाष मार्ग, दरियागंज
नयी दिल्ली-110 002
अशोक राजपथ, साइंस कॉलेज के सामने
पटना-800 006
36-ए, शेक्सपियर सरणी
कोलकाता-700 017

प्रथम लोकभारती संस्करण : 2018

आस्था पेपर कन्वर्टर
इलाहाबाद द्वारा मुद्रित

CHAK PIRAN KA JASSA
by Balwant Singh

ISBN : 978-93-5221-160-9

मूल्य : ₹ 700

सूरत यूसुफ़ दी देख तैमूस बेटी, सने माल ते मुल्क कुर्बान होई।
नैन मस्त कलेजड़े विच धाने जिवें त्रिखड़ी नोक सिना होई।।

—वारे शॉ

(तैमूस बादशाह की बेटी यूसुफ़-सी शक्लवाले युवक को देखकर अपने ऐश्वर्य और सम्पत्तिसहित इस पर न्योछावर हो गयी, उसे लगा जैसे युवक के मस्त नयन इसके कलेजे में बरछी की तीक्ष्ण नोक की भाँति धँस गये हैं।)

...जस्सू का जूड़ा बग्गे की मुट्ठी में था, और वह हवा में लटक रहा था... बग्गासिंह किसी चतुर मदारी की भाँति अपना बड़ा-सा मुँह खोले था। वह स्वयं भी प्रसन्न हो रहा था तथा दूसरों को भी ख़ुश कर रहा था। क़हक़हों का शोर कम हुआ तो उसने भारी स्वर में कहा, "पिल्ला चाहे कुत्ते का हो या आदमी का, उसकी सहनशक्ति की जाँच करने का यही एक तरीक़ा है..." बग्गासिंह ने हवा में ही अपनी मुट्ठी खोल दी, और जस्सू यूँ नीचे को आया जैसे नारियल के पेड़ से नारियल नीचे गिरता है। मज़े की बात यह थी कि नीचे गिरते ही जस्सू पल-भर में उठकर खूँटे की तरह सीधा हो गया...

X X X

...सम्भवतः वाह गुरु अकाल पुरुख ने उसकी सुन ली क्योंकि इसी बीच उसे दरवाज़े में से तूतिया रंग के तहमद की झलक दिखायी दी। फिर उसे घुटने तक का लम्बा कुर्ता नज़र आया। दरवाज़े से भी ऊँचा होने के कारण जस्सासिंह सिर झुकाकर बाहर निकला। दालान में क़दम रखते ही वह बिलकुल सीधा खड़ा हो गया। उसकी ऊँची, मज़बूत और तनी हुई गरदन पर सूरतसिंह को ऐसा चेहरा दिखायी दिया जो सुन्दर न होने पर भी लाखों में एक था...

चक पीराँ का जस्सा

कुछ देर पश्चात् आकाश से सितारों का कारवाँ कूच करने ही वाला था। वायु में शीतलता बढ़ गयी थी।

हरिपुरा नामक गाँव से आधे मील परे सिक्खों के गुरुद्वारे में संगत एकत्र हो रही थी। यह संगत केवल हरिपुरा की ही नहीं थी, अपितु समीप के देहातों के लोग भी इसमें सम्मिलित हो रहे थे। कारण यह कि आज संक्रान्ति थी।

जिस समय सज्जनसिंह अपने परिवार के साथ वहाँ पहुँचा तो शब्द-कीर्त्तन आरम्भ हो चुका था। उसकी पत्नी मथुरा देई को कीर्त्तन से घनिष्ठ लगाव था। उधर लंगर में औरतों की आवश्यकता थी। मथुरा देई ने अपनी युवा बेटी गुरदीप कौर को लंगर की ओर चलता किया, और स्वयं कुछ देर कीर्त्तन सुनने के लिए बैठ गयी।

गुरदीप कौर लंगरवाले विशाल अहाते के एक अँधेरे कोने में चुपचाप खड़ी हो गयी। वह अपनी सुर्ख ओढ़नी का एक कोना दाँतों तले दबाये लंगर में व्यस्त स्त्रियों और लड़कियों को देखती रही। सब्जियाँ काटी जा रही थीं, प्याज़ छीले जा रहे थे, चौड़ी-चौड़ी परातों में आटा गूँधा जा रहा था, मसाले बड़े-बड़े कूँडों में घोटे जा रहे थे। कुछ लम्बे-चौड़े चार कोनोंवाले तवे, जिन्हें 'लोह' कहा जाता था, दीवार के साथ टिके हुए थे। भारी-भरकम देगों में उर्द-चने की दाल पक रही थी। भट्ठियों में लपकंते शोलों का प्रतिबिम्ब उस सुन्दरी की मोटी-मोटी काली आँखों में झलक दिखा रहा था।

गुरदीप कौर तो उसका पूरा नाम था। आम तौर पर उसे दीपो या दीपी कहकर बुलाया जाता था। चेहरे का रंग था तो सन्दली, परन्तु ऐसा जैसे चन्द्रमा की उज्ज्वल चाँदनी में धुला हुआ हो, या जैसे चेहरे की सन्दली तह के नीचे दूध की मलाई झिलमिला रही हो। गीले कोयले की भाँति काली अलकें चेहरे के आसपास यों स्थिर पड़ी थीं जैसे सन्दल के जंगल में उसकी सुगन्ध से काले नाग मस्त पड़े हों। अधखुले होंठ सन्तरे की फाँकों की भाँति रस से भरे थे, जिनमें से सफ़ेद दाँत दीपों के समान चमक रहे

थे। मेहराबनुमा दोनों भवें कभी-कभी उड़ते हुए पक्षी के लम्बे परों की भाँति काँपने लगतीं। पूरे चेहरे पर मानो प्रभात होने को था।

उसने देहाती रंगों के कपड़े पहन रखे थे। सुर्ख ओढ़नी, पीला कुर्ता और बैंगनी रंग की शलवार। पाँव सहमे हुए खरगोशों की तरह शलवार के पायँचों में दुबके हुए थे। वह आगे बढ़कर गैस के तीव्र प्रकाश में नहीं जाना चाहती थी। उसे अपनी सहेलियों का भी भय था, जो पहचान लेने के बाद उसे छोड़नेवाली नहीं थीं...वह हिचकिचायी-सी खड़ी थी।

पन्द्रह-बीस मिनट के पश्चात् मथुरा देई लंगर के अहाते में आयी तो उसे अपनी बेटी दिखायी नहीं दी। उसे न तो आश्चर्य हुआ, न चिन्ता लगी। वह जानती थी कि दीपो और उसकी कामचोर सहेलियाँ जान-बूझकर कहीं अलग से महफ़िल जमाये होंगी।

परन्तु दीपी को उसकी किसी सखी ने भी नहीं देखा था।

माँ के वहाँ पहुँचने से बहुत पहले वह खिसककर गुरुद्वारे के पिछले दरवाज़े से बाहर निकली और रुँ-रुँ करते हुए रहट के समीप पहुँच पल-भर को रुकी। रहट चल रहा था, और सौभाग्य से उसकी गाधी पर बैठा बूढ़ा ऊँघ रहा था। दीपी ने दूर तक फैले खेतों पर दृष्टि दौड़ायी। वहाँ झाड़ियाँ थीं, बेर और बबूल के पेड़ थे। क़ब्रिस्तान की झाड़ियों में क़ब्रें सहमी हुई-सी दिखायी देती थीं। खेतों में बहुत-बहुत बड़े कछुओं की तरह 'धड़ें' दिखायी दे रही थीं। भूसे के ऊँचे-ऊँचे अम्बारों को ऊपर से गारे से लेपकर धड़ें बनायी जाती थीं। वायु में नशा-सा था, मानो दिखायी न देनेवाली मदिरा इसमें लहरें ले रही थीं।

दीपी ने निश्चिन्तता की गहरी साँस ली तो पल-भर को यों प्रतीत हुआ जैसे उसका पीला कुर्ता फट जायेगा, और उसमें जकड़े हुए दो चकोर पर फड़फड़ाते हुए आकाश की ओर उड़ जायेंगे।

एकाएक ही वह खेतों में दौड़ पड़ी तो यों लगा मानो आकाश का कोई तारा टूटकर उड़ा जा रहा है। उसके पाँव-तले खेतों की भुरभुरी मिट्टी टूटने-फूटने लगी तो उसे अपने तलुवों में अजीब-सी गुदगुदी की अनुभूति हुई। कुछ गीदड़ आधे चन्द्रमा की चाँदनी से भी उज्ज्वल वनयुवती को ऐसी बेपरवाही से दौड़ते देखकर घनी झाड़ियों के पीछे सटक गये।

एकाएक ही उसे इस बात का आभास हुआ कि गुरुद्वारा बहुत पीछे रह गया था। आसपास कोई नहीं था। वह अकेली थी।—इस ख़याल से उसके शरीर में कँपकँपी-सी उत्पन्न हुई।

उसकी नज़र क़ब्रिस्तान की ओर चली गयी। क़ब्रिस्तान वहाँ से बहुत दूर था। अनजान आदमी बता भी नहीं सकता था कि क़ब्रिस्तान है किधर। धरती से बहुत कम ऊँची कच्ची क़ब्रों के आसपास काँटेदार झाड़ियों के झुण्ड थे। इन्हें झड़बेरियाँ कहते थे। गर्मियों की दोपहर को वह पसीने से नहायी हुई अपनी सहेलियों के साथ उस

क़ब्रिस्तान में बेर खाने जाया करती थी। लेकिन यह बहुत पहले की बात थी, जब वह बहुत छोटी थी।

उस ज़माने की उसे यह बात भी याद थी कि उनके गाँव में एक आदमी आया करता था जिसे सब सैय्यद कहते थे। वह बिलकुल काला कुर्ता और काला ही तहमद पहने होता था। उसके शरीर पर इतनी चिकनाहट होती थी जैसे वह अभी-अभी सरसों के तेल की मालिश करके आ रहा हो। सभी देहाती मुसलमानों की तरह उसके सिर पर भी लम्बे-लम्बे पट्टे थे। उसके बाल उलझे हुए नहीं होते थे, अपितु तेल से बहुत चिकने होते थे। वे कंघा करके बिलकुल समतल बना दिये जाते थे। तीन-चौथाई चाँद के आकारवाला कंघा उसके बायें कान के ऊपर पट्टों में फँसा रहता था। आम मुसलमान के पट्टों और उसके पट्टों में एक अन्तर भी था, वह यह कि दायें-बायें से दो मोटी-मोटी ज़ुल्फ़ें कन्धों पर से होती हुई उसके सीने पर लहराती रहती थीं। उसकी आँखें बड़े-बड़े अँगारों की तरह दहकती रहती थीं। कैंची से कटी उसकी दाढ़ी और छोटी-छोटी मूँछें भी होती थीं।

जब सैयद लम्बे-लम्बे डग भरता हुआ गाँव के निकट पहुँचता तो कुत्ते भौंक-भौंककर उसका स्वागत करते। उसके हाथ में बड़े ही गहरे भूरे रंग की लम्बी-सी लाठी होती थी। यदि कोई कुत्ता भौंकते-भौंकते उसके ज़्यादा निकट आने की जुर्रत करता तो वह सहज में ही तड़ाक-से अपनी पतली-सी लाठी मार देता, और कुत्ता भौंकना भूलकर दुम दबा लेता और ट्याऊँ-ट्याऊँ करता हुआ परे भाग जाता। सैयद के कानों में सींग के बने हुए चौड़े-चौड़े बाले होते थे और उसकी गरदन में अनगिनत मालाएँ झूलती रहती थीं। वह प्रायः चलते-चलते एकदम भारी आवाज़ में चिल्ला उठता—"या अली!"

यूँ लगता था जैसे ये शब्द उसके पेट की गहराइयों से निकलकर बाहर आते थे। उसके स्वर में भारीपन के साथ-साथ एक कड़क-सी होती थी।

वह क्यों आता था, कहाँ को जाता था?...इस बात का दीपी को कुछ पता नहीं था। अब उस सुनसान स्थान पर खड़े-खड़े उसे सैयद का ख़याल आ गया, क्योंकि उसके बचपन में सैयद क़ब्रिस्तान की ओर से ही आया करता था। उन दिनों उसे लगता था कि सैयद क़ब्रिस्तान में ही रहता था, और वहीं से उठकर उनके गाँव की ओर आता था। अब भी उसे डर-सा लगा कि कहीं सैयद धुएँ के बल खाते हुए स्तम्भ की भाँति क़ब्रिस्तान से उठकर उसकी ओर न चला आये। हालाँकि सैयद ने कभी उसे घुड़का नहीं था, कभी उसे डाँटा नहीं था, बल्कि वह तो उसके सिर पर हाथ फेरते हुए आगे बढ़ जाता था। सैयद चाहे जैसा भी रहा हो, परन्तु वह उससे सदा डरती रही। बचपन का यह भय अब भी उसका पीछा नहीं छोड़ रहा था।

वह इस निर्जन स्थान पर आने की जुर्रत कभी न करती। मगर जिसने उसे बुलाया था, वह उसी के भरोसे पर वहाँ चली आयी। अगर वह वहाँ उपस्थित होता तो फिर

उसे किस बात का भय था। मगर वह कहीं दिखायी नहीं दे रहा था। क्या उसे गलत सन्देश मिला था? क्या सन्देश मिलने पर भी उसे वहाँ नहीं आना चाहिए था?...लेकिन वह कैसे न आती। अव्वल तो वह प्यार की ख़ातिर आती, और अगर प्यार की ख़ातिर नहीं तो भय के मारे तो निश्चय ही आती। वह जिससे प्यार करती थी, उससे डरती भी थी। लेकिन इस भय में उसे किसी परेशानी का अहसास नहीं होता था। इस मामले में डरना उसे अच्छा ही लगता था। क्यों अच्छा लगता था?...इसका उसके पास कोई उत्तर नहीं था।

उस सुनसान स्थान पर दीपी अपने-आपको बिलकुल अकेला पाकर अजीब-सा महसूस करने लगी। आसपास कोई नहीं था। अपनी धुन में वह वहाँ तक भागती चली आयी थी। अगर वह मिल जाता तो वह महसूस करती कि वह अपनी मंज़िल तक पहुँच गयी है। उसे आश्चर्य होने लगा कि वह वहाँ तक अकेली आ कैसे गयी। उसने बड़े साहस से काम लिया था, लेकिन अब वह साहस उसका साथ छोड़ रहा था। उसे वहम होने लगा कि प्रत्येक झाड़ी के पीछे भेड़िये बैठे अपनी दहकती आँखों से उसकी ओर देख रहे हैं। उसके मन में यह भय भी उत्पन्न हुआ कि कहीं वही सैय्यद क़ब्रिस्तान से निकलकर उसकी ओर न चला आये...

हवा में हलकी-सी सर्दी की चुभन थी। चारों ओर मैदानी इलाके में खेत-ही-खेत थे। नहरों की उठी हुई पटरियाँ रेखाओं की तरह दिखायी दे रही थीं। जहाँ-तहाँ पेड़ों के झुण्डों में रहट मटमैले धब्बों की तरह लग रहे थे। पूर्व की ओर क्षितिज की रेखा पर उदय होते हुए सूर्य का प्रकाश भी अभी नहीं दिखायी दे रहा था। वह समझ बैठी थी कि तारों का कारवाँ आसमान से विदा होने को था, लेकिन शायद उसे ग़लती हुई थी। अभी दिन चढ़ने में काफ़ी देर थी।

वह गुरुद्वारे से इतनी दूर चली आयी थी कि वहाँ से कीर्त्तन, ढोलक और हारमोनियम की आवाज़ें भी उसके कानों तक नहीं पहुँच रही थीं। एकाएक ही उसने महसूस किया कि उसे इतनी दूर अकेले नहीं आना चाहिए था। अब उसे इस बात में भी सन्देह होने लगा कि वह वापस गुरुद्वारे तक पहुँच भी सकेगी या नहीं। वह पछताने लगी कि क्यों वह बिना किसी से कुछ कहे-सुने इधर को भाग आयी। उसके मन में बड़ी तीव्र इच्छा उठी कि उसे शीघ्र-से-शीघ्र वापस लौट जाना चाहिए। उसने एक बार फिर चारों ओर निराशा-भरी दृष्टि डाली, और फिर चुनरी को अपने सिर और शरीर पर अच्छी तरह लपेटती हुई सिर झुकाकर वह गुरुद्वारे की ओर चल दी।

अभी वह चन्द ही क़दम चली होगी कि एकदम ठिठककर रह गयी। यह ख़याल उसे बाद में आया कि वह इस तरह ठिठककर रुक क्यों गयी थी—कारण यह था कि उसे वहाँ पर किसी और व्यक्ति की भी उपस्थिति का अहसास हो गया था।

उसने बेइख़्तियार अपने झुके हुए सिर को ऊपर उठाया। उसकी फटी-फटी आँखों के सामने चन्द क़दमों के फ़ासले पर सचमुच ही एक व्यक्ति खड़ा था। वह नहीं पहचानती थी कि वह कौन है।

उसे लगा जैसे ईंट-पत्थर और बबूल व शीशम की लकड़ियों को आपस में कूट-फेंटकर कच्चे तालाब के मटमैले पानी और पतले कीचड़ में गूँधकर एक लम्बा-चौड़ा पुतला बनाकर उसके सामने खड़ा कर दिया गया है। उस व्यक्ति के कानों में भी बाले झूल रहे थे। परन्तु ये बाले सींग के बने हुए नहीं थे, अपितु सोने के बने हुए थे। पल-भर को जो उसके मन में यह भय उत्पन्न हुआ था कि शायद क़ब्रिस्तानवाला सैयद वहाँ पहुँच गया है, वह ग़लत निकला। यह सैयद नहीं था, बल्कि सिक्ख था। सितारों के मन्द प्रकाश में उसके बालोंवाले चौड़े सीने पर सोने का बड़ा-सा कण्ठा दमक रहा था। उसकी छोटी-सी पगड़ी का एक शमला मुर्गे की क़लगी की तरह हवा में उठा हुआ था, और दूसरा शमला कन्धे को छू रहा था। उसके चेहरे पर बहुत कम मांस था। नाक और कानों की हड्डियाँ उभरी हुई थीं। भवें उभरी हुई, और आँखें छोटी-छोटी, लेकिन दो चिनगारियों की तरह दहकती हुई-सी लग रही थीं। उसकी दाढ़ी के बाल अभी इतने कम थे कि लगता था कि जैसे मकड़ी ने उसके गहरे गेहुँए रंग के चेहरे पर हलका-हलका जाला-सा बुन दिया है। उतने धुँधले प्रकाश में उसकी मूँछों का एक बाल तक दिखायी नहीं देता था, केवल नाक के नीचे बाइसिकल का काला-सा हैण्डिल फैला नज़र आता था।

दीपी के मन में प्रश्न उठा कि वह सिवाय उस व्यक्ति के, जिसे वह चाहती थी, कोई और तो नहीं हो सकता था। उसने दबी-दबी नज़रों से सामने खड़े नवयुवक के चेहरे का जायज़ा लिया। उसकी शकल प्रेमी की-सी शकल नहीं लगती थी। उसका चेहरा सपाट और खुरदरा-सा लग रहा था। उसके होंठ बन्द थे और वह बिलकुल स्थिर-सा खड़ा था। उसके विषय में दीपी को केवल एक ही विशेष बात का आभास हुआ। वह यह कि अजनबी की दहकती आँखें लगातार उसी की ओर देखे जा रही थीं।

कितने दुःख की बात थी कि वह उसे पहचानती भी नहीं थी। पहचानती भी कैसे! वह उसे छह वर्षों के बाद देख रही थी। इन छह वर्षों में वह कितना बदल गया था! पहले तो उसका रंग अच्छा-ख़ासा निखरा हुआ था, लेकिन अब बिलकुल धुआँ-धुआँ-सा नज़र आता था। चेहरे का खुरदरापन ज्यों-का-त्यों मौज़ूद था। दीपी की कल्पना में भी यह बात नहीं आयी थी कि इन चन्द वर्षों में वह इतना लम्बा हो जायेगा। चाहे वह मोटा नहीं था, लेकिन उसकी हड्डियों और सीने के ढाँचे एवं कन्धों का फैलाव इतना अधिक था कि वह बिलकुल जहाज़ की तरह लगता था।

दीपी ने सोचा कि सम्भवतः युवक को भी उसे पहचानने में कठिनाई हो रही है। वह कैसी मूर्ख थी! इस बात की ओर तो उसका ध्यान ही नहीं गया था। आज से छह वर्ष पूर्व वह केवल दस वर्ष की थी। इन छह वर्षों में वह स्वयं भी तो बहुत बदल गयी थी। चाहे अपने-आपको ऐसा न लगे, लेकिन जो व्यक्ति उसे इतने वर्षों के बाद देख रहा था, उसे तो पहचानने में कठिनाई होगी ही। चौदह वर्ष की उम्र में ही उसने ऐसा यौवन निकाला था कि अगर उसे कोई चार वर्ष के बाद भी देखता तो पहचान न पाता।

अब तो वह ख़ैर सोलह वर्ष की हो चुकी थी। उसके रोम-रोम से जवानी फूट निकली थी।—डरने की कोई बात नहीं, वहाँ सिवाय उसके प्रेमी के और कोई नहीं हो सकता था।

छह वर्ष पूर्व वह प्रेमी केवल चौदह वर्ष का लड़का था। उन दोनों की उम्र प्रेम करने की तो नहीं थी उस समय। इसके अतिरिक्त उस उम्र में भी वह उससे डरती अधिक थी और मोहब्बत कम करती थी। अजीब लड़का था वह। उन दिनों में भी वह बहुत कम मुस्कराता और बहुत थोड़ी बातें करता था। चौदह वर्ष की उम्र में जब उसे गाँव से जाना पड़ा तो विदा होने से पहले उसने डाँटकर कह दिया था, "दीपी! याद रखना, मैं तुम्हीं से शादी करूँगा। अगर तुम किसी और की पत्नी बनीं तो तुम्हारा गला काट दूँगा।"

कितनी अजीब बात थी!...उस छोटी-सी उम्र में ही एक कठोर चेहरेवाले लड़के ने उस पर अपना दावा जमा दिया था। शायद वह लड़का सिर्फ़ उम्र का कच्चा था, अक़्ल का कच्चा नहीं था।

इतने वर्षों तक भी दीपी उसकी धमकी को भुला नहीं सकी। वह सदा उससे डरती रही। उसे विश्वास था कि चाहे उसे उस लड़के से प्रेम हो न हो, लेकिन शादी उसी से करनी पड़ेगी। अब तक लड़के की मोहब्बत ने काले बादल की तरह उसे चारों ओर से घेरे रखा। उसे उलझन भी होती थी, परेशानी भी होती थी, लेकिन वह जानती थी कि वह मोहब्बत के उस गहरे काले बादल की सीमाओं से बाहर नहीं आ सकती—अजीब बात यह थी कि वह उस धुन्ध से बाहर निकलना भी नहीं चाहती थी।

सितारों के प्रकाश में वे एक-दूसरे से चन्द क़दम के फ़ासले पर ख़ामोश खड़े थे। आख़िर दीपी ने धीमे स्वर में पूछा, "तुम जस्सू हो?"

उसका नाम जस्सासिंह था। उसे लोग केवल जस्सा भी कहते थे। लेकिन उसे याद आया कि बचपन में दीपी उसे जस्सू ही कहा करती थी।

उसके बन्द होंठ खुले और वह अपनी भारी, बेसुरी और सपाट आवाज़ में बोला, "मैं जस्सू हूँ।"

यह सुनकर दीपी का दिल नाच उठा। सबसे बड़ा इत्मीनान उसे यह था कि उस समय वह किसी ख़तरे में नहीं थी। जस्सू देखने में जैसा भी हो, लेकिन उससे ख़तरा तो कोई नहीं हो सकता। वह तो उसका अपना था, जिसने स्वयं सन्देश भिजवाकर उसे बुलाया था।

कुछ देर बीत गयी। वे दोनों ही खेत की मेंड़ पर बैठ गये। वे अधिकतर ख़ामोश रहे। बीच-बीच में दीपी उससे कोई बात पूछ लेती। जस्सू उसकी हर बात का छोटे-से-छोटा उत्तर देकर ख़ामोश हो जाता।

दीपी ने पूछा, "तुम गाँव से कब लौटे?"

"कल।"

दीपी ने जान-बूझकर यह प्रश्न किया था! उसके आते ही गाँव में धूम मच गयी थी, और लोग कह रहे थे कि जस्सू को उसके चाचे ने भेजा है।

जब दीपी के कान में यह ख़बर पहुँची कि जस्सू फिर गाँव में आ गया है तो वह जहाँ-की-तहाँ बैठी रह गयी। देखने में वह मौन और स्थिर थी, लेकिन उसके मन में एक तूफ़ान-सा उठ खड़ा हुआ था। वह अपने और जस्सू के विषय में सोचने लगी। फिर उसे ख़याल आया कि जस्सू के बारे में कुछ सोचना बेकार था, क्योंकि वह निश्चय ही उसे भूल चुका होगा—लेकिन जब दिन ढले अल्लादित्ती उसका सन्देशा लेकर आयी तो उसे पता चला कि जस्सू उसे भूला नहीं था। यह बात सोचकर उसके मन में कई और प्रश्न, कई नयी उमंगें उभर आयीं। सन्देश में यह भी बता दिया गया था कि वह कब और कहाँ मिल सकते हैं। सन्देश पाकर उसके दिल में यह डर भी उत्पन्न हुआ कि कहीं बात फैल न जाये। उसने अपनी सहेली से कहा, "देखो, यह बात किसी और से न कहना।"

उस पर अल्लादित्ती ने उसकी ओर फटी-फटी आँखों से देखते हुए उत्तर दिया, "वह मेरा गला काट देगा।"

सखी की बात सुनकर दीपी को अहसास हो गया कि अगर वह सन्देश पाकर भी कल सूर्योदय से पहले जस्सू से मिलने न गयी तो उसके गले की भी ख़ैर नहीं।

खेत की मेंड़ पर बैठे-बैठे उसने फिर पूछा, "तुम गाँव में रहोगे न?...वापस चाचे के पास तो नहीं जाओगे...अभी..."

"गाँव में कुछ आदमी हैं, उनसे निबटकर ही जाऊँगा।"

उन दोनों में मोहब्बत की कोई बात नहीं हुई। जस्सू ने उसे उँगली से छुआ तक नहीं। लेकिन फिर भी उसने महसूस किया जैसे जस्सू ने उसे सिर से पाँव तक मोहब्बत की मदिरा में नहला दिया है।

"अब मैं जाऊँ?" दीपी ने पूछा।

"चली जाना।"

"कहीं कोई आ न जाये।"

"कोई आ भी गया तो वह यहाँ से वापस नहीं जायेगा।"

दीपी ने चौंककर जस्सू की ओर देखा—तो गोया यह था उसका प्रेमी!—उसने मन में सोचा।

●

जेहड़ा आस करके डिग्गे आन द्वारे, ज्यू ओसदा कदे न तोड़िये जी।
वारे शॉ! यातीम दी गौर करिये, हथ आजजी दे नाल जोड़िये जी।।

—वारे शॉ

(यदि कोई आशा करके दरवाज़े पर आ गिरे तो उसका मन कभी नहीं तोड़ना चाहिए, ऐ वारे शॉ, अनाथ की देख-रेख करनी चाहिए और उसके सम्मुख नम्रता से हाथ जोड़ने चाहिए।)

1

कड़ाके की सर्दी पड़ रही थी, और हर ओर धुन्ध छायी हुई थी। कच्ची ईंटों और गारे के बने हुए मकानोंवाले गाँव के बाहर भंगियों के कुएँ के समीप धरेक के दो-तीन वृक्ष बिलकुल स्थिर खड़े थे। उनकी घनी पत्तियों और शाखाओं में से मानो धुन्ध बहुत धीरे-धीरे बह-बहकर बाहर को आ रही थी। वृक्षों के इस समूह से कुछ दूरी पर क़ब्रिस्तान के समीप से होकर आनेवाले चौड़े कच्चे मार्ग पर कुछ प्रतिबिम्ब गाँव की ओर दिखायी दिये। यदि इतनी सघन धुन्ध न होती तो परछाइयों का स्पष्ट रूप दिखायी दे जाता; एक घोड़ा, घोड़े के ऊपर चौदह वर्ष का लड़का, और घोड़े के आगे-आगे लगाम थामे छोटी-सी दाढ़ीवाला एक वृद्ध सिक्ख!

गाँववाले अपने-अपने घरों के भीतर अँगीठियों में सूखे उपले दहकाये हाथ-पाँव सेंक रहे थे। अगर कोई व्यक्ति बाहर खड़ा होता तो उसे गाँव की ओर बढ़नेवाली परछाइयाँ भूत-प्रेत ही प्रतीत होतीं। सर्दी इतनी तीक्ष्ण थी कि वृक्षों के समूह के नीचे दाने भूँजनेवाली भट्ठी के भीतर घुसे कुत्ते भी अपनी थूथनियाँ टाँगों में छिपाये चुपचाप पड़े थे। यहाँ तक कि उन परछाइयों को आते देखकर उन पर भौंकने की भी उन्हें इच्छा नहीं हुई।

घोड़ा चलते-चलते वृक्षों के नीचे पहुँचकर यूँ रुक गया, जैसे खिलौने की चाबी समाप्त होने पर वह रुक जाता है। बहुत मरियल, मटमैला, गन्दे बालोंवाला घिनौना घोड़ा था। उसकी गर्दन के बाल भभूत-मले साधुओं की जटाओं की भाँति गीले-गीले से नीचे को लटक रहे थे, और उसके कुछ बाल दोनों कानों के बीच में से आगे को लटककर आँखों में घुसे जा रहे थे।

वृद्ध ने घोड़े के रुकते ही अपनी चुंधी और निस्तेज आँखों में मुड़कर लड़के की ओर देखा, और खरखराते स्वर में कहा, "लो जस्सू, यह है तुम्हारे चाचा का गाँव।"

लड़के का नाम जस्सासिंह था। उसके सिर के बाल ऊपर के जूड़े में कसकर बँधे हुए थे। जूड़ा भी इतना भारी था मानो भूरी भैंस टाँग उठाकर उसके सिर पर गोबर

का ढेर लगा गयी थी। जूड़ा बिलकुल नंगा था, यहाँ तक कि उस पर जाली भी नहीं बँधी थी। जूड़े के आसपास खोपड़ी पर मैली पगड़ी के तीन-चार बल लिपटे दिखायी दे रहे थे। उसका चेहरा जम्बूर की भाँति दिख रहा था। बूढ़े की बात सुनकर उसका चेहरा ज्यों-का-त्यों बना रहा। वह बिना कुछ कहे छलाँग लगाकर घोड़े से नीचे उतर पड़ा।

वह लड़का नाटा-सा था। घोड़े के समान मरियल न होते हुए भी उसकी एक-एक हड्डी देखी जा सकती थी। अभी उसने भद्दा-सा खद्दर का पजामा और उसके ऊपर गाढ़े का कुर्ता पहन रखा था। कुर्ते के नीचे से सुतली का बटा हुआ मैला कमरबन्द झाँक रहा था। इतनी सर्दी के बावजूद उसने अपने शरीर पर केवल एक फटा हुआ खेस लपेट रखा था। वह अनाथ और निर्धन दिखायी देता था। तथापि उसके दोनों कानों में सोने की छोटी-छोटी बालियाँ झूल रही थीं।

वृद्ध ने थके हुए घोड़े की ओर देखा। शायद वह सोच रहा था कि अब वह मरियल घोड़ा जस्सू के चाचा के तबेले तक पहुँच भी पायेगा या नहीं। रास्ते-भर वे दोनों बारी-बारी घोड़े की सवारी करते रहे थे। अन्त में बूढ़े ने लगाम को हलका-सा झटका दिया। पल-भर को तो घोड़ा यूँ खड़ा रहा जैसे वह काठ का बना हो, अथवा मानो वह कुलफी की तरह जमकर रह गया हो...आख़िर उसकी टाँगें हिलीं। जस्सू ने उसकी पीठ पर हाथ रखकर उसे आगे को धकेला।

इस प्रकार वे तीनों जस्सू के चाचा बग्गासिंह के तबेले की ओर बढ़े।

तबेले के अन्दर उलझी-उलझी दाढ़ियोंवाले कई व्यक्ति तीन टोलियों में बँटे इधर-उधर बैठे हुए थे। प्रत्येक टोली के बीच में दहकते हुए उपलों की कच्ची अँगीठी रखी थी। उनकी ढीली-ढाली पगड़ियों में से सिर के चौथाई या इससे कुछ कम बाल गुद्दियों पर लटक रहे थे। प्रत्येक व्यक्ति ख़ासा हट्टा-कट्टा था। वे सब सोच-विचार में डूबे हुए थे। लगता था कि वे किसी गम्भीर समस्या पर विचार कर रहे थे।

यह तबेले का कमरा था। लगभग बीस क़दम चौड़ा और पैंतालीस क़दम लम्बा। कमरे का एक कोना तो कई प्रकार की वस्तुओं से अटा हुआ था। बैलगाड़ियों के भारी-भरकम पहिये दीवार के साथ टिके हुए थे। टूटे-फूटे हल और पंजालियों का अलग अम्बार था। खेती-बारी में प्रयुक्त होनेवाले फावड़े, खुर्पे, कन्धे आदि भी बिखरे हुए थे। एक मेज़ की तरह की भारी तख़्त इस टूटे-फूटे सामान से ज़रा अलग रखी हुई थी। उसके एक सिरे पर चारा काटने की दस्ती मशीन लगी हुई थी। पहले यह तख़्त तबेले के बाहरवाले सेहन में पड़ा रहता था, परन्तु अब सर्दी के कारण भीतर रख दिया गया था।

कमरे में अत्यधिक मन्द प्रकाश था। सभी व्यक्तियों के चेहरे मोम के बने प्रतीत होते थे। इतने में एक भारी चेहरेवाले व्यक्ति ने बैठे-बैठे ज़रा ऊपर की ओर देखा और कहा, ''लेकिन बग्या, वे तीनों भाई हैं बड़े हरामज़ादे।''

जिस व्यक्ति को सम्बोधित करके ये शब्द कहे गये थे, वह भारी-भरकम तख़्त के पास चारा काटने की मशीन के पहिये पर कोहनी टिकाये खड़ा था। उसे आदमी के स्थान पर भूत कहना अधिक उपयुक्त था। जितना वह लम्बा-ऊँचा था, उतना ही भारी था। उसके शरीर पर काफ़ी ठोस मांस चढ़ा हुआ था, लेकिन उसका चेहरा बहुत बड़ा होते हुए भी चर्बी अथवा मांसविहीन था। ऊँची नाक, चौड़े नथुने, कुछ अन्दर को दबे हुए गाल, घनी और एक-दूसरे से मिली हुई भवें, भीतर को घुसी हुई छोटी-छोटी परन्तु तीव्र आँखें, और छिदरी दाढ़ी थी उसकी।

यही व्यक्ति जस्सू का चाचा बग्गासिंह था।

उस पुरुष की बात सुनकर बग्गासिंह के चेहरे पर तो कोई परिवर्तन लक्षित नहीं हुआ, परन्तु उसकी घनी भवों के नीचे छोटी-छोटी आँखें यूँ दहक उठीं जैसे सूखी घास के नीचे दो चिनगारियाँ चमक रही हों। वह अपनी कोहनी को उस पहिये पर ज्यों-का-त्यों टिकाये सहज ज्वर में बोला, "ओय लद्धासिंहा, हरामज़ादे वे भी हैं, और हरामज़ादा मैं भी हूँ। अब देखना यह है कि हममें से अधिक हरामज़ादा कौन है—मैं या वे।"

बग्गासिंह की आवाज़ में न जाने क्या-क्या था। सहज स्वर में तेज़ी से बहते हुए चौड़े पहाड़ी नाले की-सी गरज थी।

बग्गासिंह की इस बात पर एक आदमी अँगीठी के निकट से उठ खड़ा हुआ। उसका क़द छोटा और बदन इकहरा था। लम्बी दाढ़ी में काले बाल कम और सफ़ेद अधिक थे। उसके चेहरे पर सूझ-बूझ के चिह्न दिखायी देते थे। पहले उसने दोनों भुजाएँ फैलाकर खेस को दो-चार झटके दिये, जिस प्रकार बगुला अपने सफ़ेद पर फड़फड़ाता है, और फिर खेस को अच्छी तरह अपने शरीर पर लपेटते हुए दो पग बग्गासिंह की ओर बढ़कर बोला, "बग्गा, मैं तो केवल एक ही बात कहूँगा। वह यह है कि जल्दबाज़ी में कोई क़दम न उठाना। वे तुम्हारे सम्बन्धी हैं, और ऐसे शरीक सम्बन्धियों की पारस्परिक ईर्ष्या और द्वेष तो सदा ही से चले आते हैं। शरीक जब एक-दूसरे से मिलते हैं तो उनके होंठों पर मीठी बातें होती हैं, लेकिन दिल में विष भरा होता है..."

बग्गे ने उसकी बात काटते हुए कहा, "किशनसिंह, तुम अच्छी तरह जानते हो कि मैं सदा तुम्हारी राय मान लेता हूँ। परन्तु यह जानते हुए भी कि मेरे वे सम्बन्धी अपने दिल में विष छिपाये हैं, तुम मुझे धैर्य रखने की राय देते हो?"

"शरीक का मतलब क्या है?...यही कि चाचे-ताऊ की वह औलाद जो एक-दूसरे का पनपना पसन्द नहीं करती। उनमें से प्रत्येक स्वयं तो जीवन में सब प्रकार से ऊपर उठना चाहता है, और दूसरे को नीचा दिखाना चाहता है, अपितु मिट्टी में मिला देना चाहता है। दूसरे शब्दों में ऐसी संघर्ष की स्थिति तो बनी ही रहती है। इसीलिए आपे से बाहर होना उचित नहीं। इसी कारण मैं धैर्य धारण करने को कहता हूँ। होंठों से शहद की-सी मीठी बातें टपकनी चाहिए, लेकिन हाथ में न दिखायी देनेवाला खुरपा तैयार रखना चाहिए, ताकि जब अवसर मिले अपने शरीकों की जड़ें काटकर फेंक दो...।"

बग्गासिंह का मस्तिष्क सूक्ष्म नहीं था, और न सूक्ष्म ढंग से सोचने की उसकी आदत थी। किशनसिंह की समझायी हुई बातें उसकी बुद्धि में बैठती नहीं थीं। परन्तु वह एक बात जानता था, वह यह कि किशनसिंह बहुत दूर की बात सोच लेता था, और उसका मस्तिष्क बहुत गहराई तक जाता था। किशनसिंह का कहा भले उसकी समझ में न आये, किन्तु वह उसकी राय की उपेक्षा कभी नहीं करता था। उसे विश्वास था कि किशनसिंह के बताये हुए मार्ग पर चलने से वह कई मुसीबतों से बचा रहेगा, और अन्त में उसे अवश्य ही लाभ होगा—इस समय भी किशनसिंह की बात को सुनकर वह भड़का नहीं, अपितु शान्त हो गया।

लद्धासिंह पुनः बोला, "मैं किशनसिंह से सहमत हूँ।...और फिर बग्गे को यह भी नहीं भूलना चाहिए कि वह अकेला है और उसके शत्रु शरीक तीन भाई हैं। माना बग्गे के कई साथी हैं। परन्तु भई, कौन कह सकता है कि बुरे दिन आने पर इनमें से कितने साथी टूटकर शत्रुओं से जा मिलेंगे, और कितने बग्गे का साथ देंगे! यहाँ पर हम जितने उसके साथी बैठे हैं वे सब उसका भला चाहते हैं। वे आवश्यकता पड़ने पर अधिक-से-अधिक उसका साथ देने को भी तैयार हैं। लेकिन हममें से प्रत्येक की एक सीमा है। चाहे बग्गे का बुरा न करें, परन्तु उसका साथ भी तो एक सीमा तक ही दे सकते हैं। उधर वे तीनों भाई एक हाथ की उँगलियों की भाँति परस्पर जुड़े हुए हैं। क्यों किशनसिंह, मैं ग़लत तो नहीं कह रहा हूँ?"

किशनसिंह ने अपनी अनुभवी बूढ़ी आँखों से लद्धासिंह की ओर पल-भर देखा और कहा, "तुम ठीक कहते हो। परन्तु इसका यह तात्पर्य नहीं है कि बग्गे को हम पर विश्वास नहीं करना चाहिए। बात केवल यह है कि इसके साथ ही उसे यह नहीं भूलना चाहिए कि उसके तीनों शरीक आपस में सगे भाई हैं।"

उनकी बातचीत यहीं तक पहुँची थी कि तबेले के दरवाज़े पर गधेनुमा घोड़े का सिर दिखायी दिया। एक बुड्ढे का चेहरा, और बुड्ढे के बाद एक लड़के की शक्ल दिखायी दी।

बग्गासिंह का ध्यान सबसे पहले उस ओर गया। उसे आश्चर्य हुआ। यूँ तो उसने अपने साथियों को सम्बोधित किया, लेकिन उसकी आवाज़ आनेवालों के कानों तक भी पहुँच गयी। लगता था कि बग्गासिंह उन्हें सुनाने के लिए ही इतने ऊँचे स्वर में बोला, "ओए! ये तीन खोते कहाँ से आ गये हैं?"

वहाँ बैठे व्यक्तियों में से किसी ने बग्गासिंह के इस प्रश्न का कोई उत्तर नहीं दिया। बग्गा साँड़ की तरह इठलाता हुआ आगे बढ़ा और उसने दरवाज़े के तख़्ते के ऊपर कोहनी टेकते हुए पूछा, "कौन हो तुम?"

वृद्ध ने दुबककर उत्तर दिया, "हम सरदारपुरे से आये हैं।"

बग्गे ने जीभ निकालकर उसकी नोक से अपनी मूँछ को छुआ और फिर पूछा, "तो क्या तुम मेरे पास आये हो?"

बुड्ढे ने अपनी पीली नमदार आँखों से बग्गे के चौड़े कन्धों का जायज़ा लिया और मरियल स्वर में बोला, "हाँ।"

"क्यों?...क्या रास्ते में और कोई गाँव नहीं पड़ता था? या फिर हमारे गाँव से आगे कोई और गाँव नहीं है, जहाँ तुम पहुँच सकते?...क्या यह साला पंजाब मेरे घर तक आकर ख़तम हो जाता है?"

बग्गासिंह के साथियों में से एक ने कहा, "बेचारे भिखारी होंगे, कुछ दे-दिलाकर पीछा छुड़ाओ।"

बग्गासिंह ने पलटकर अपने सामने की ओर देखा और व्यंग्यपूर्ण लहज़े में कहा, "कम-से-कम मैंने तो पंजाब में किसी सिक्ख को भीख माँगते नहीं देखा...सिक्ख भिखारी नहीं होते। हाँ, अगर कभी पंजाब ख़तम हो गया तो फिर सिक्ख भी भिखारी बन जायेंगे।"

सम्भवतः बुड्ढे के हृदय पर चोट लगी। वह एक ओर को हट गया ताकि सब लोग उसके पीछे खड़े लड़के को स्पष्ट रूप से देख सकें। तब वह बोला, "मैं इस लड़के को यहाँ लेकर आया हूँ।"

बग्गासिंह ने गुर्राकर पूछा, "क्यों?"

"यह अनाथ है।" बुड्ढा बोला।

"लेकिन मेरा घर अनाथाश्रम तो नहीं है—जाओ! इसे गुरुद्वारे के ग्रन्थी के पास ले जाओ। वहाँ यह झाड़ू दिया करेगा, बर्तन माँजेगा, और गुरुद्वारे की सेवा करता रहेगा। दोनों समय भोजन के अतिरिक्त कड़ाह-प्रसाद भी खाने को मिलेगा।"

बुड्ढ़ा कुछ पलों तक बग्गासिंह को अपनी गीली-गीली आँखों से देखता रहा, और फिर पटाक-से बोला, "यह आपका भतीजा है। इस बेचारे का अपने चाचा, यानी आपके सिवा कोई नहीं है।"

यह सुनकर बग्गे का मुँह खुले-का-खुला रह गया। वह अपने साथियों की ओर देखते हुए बोला, "दुनिया जानती है कि बग्गासिंह खाता-पीता आदमी है। लोग किसी-न-किसी बहाने से मेरे टुकड़े तोड़ने के लिए आ जाते हैं। अब इस लौंडे को ही देखो। मेरे रिश्तेदारों को भी क्या मज़ाक सूझा है। इस मादरछोद को मेरे घर की ओर धकेल दिया है। समझ में नहीं आता..."

बुड्ढा बोला, "यह आपके स्वर्गीय भाई की इकलौती सन्तान है। अब माँ भी नहीं रही। सबने यही राय दी कि इसे आपके पास पहुँचा दिया जाये।"

बग्गे ने आश्चर्य प्रकट करते हुए पूछा, "अच्छा तो इसकी माँ भी मर गयी?"

"हाँ—उसके मरने पर आपको कार्ड डाला गया था...उसमें यह भी लिखा था कि लड़का आपके पास आ रहा है।"

कार्ड?...बग्गे को स्मरण हो आया कि कुछ दिन पहले डाकिया एक मैला-कुचैला पोस्ट-कार्ड दे गया था। जब किसी की मृत्यु की सूचना देनी होती थी तो कार्ड का

किनारा ज़रा-सा फाड़ दिया जाता था। यह बात बग्गे को भी मालूम थी। बुड्ढे की बात पर वह चौंका और उसने अपने तबेले में काम करनेवाले एक मुसलमान युवक को आवाज़ दी, "ओ रहीम्या!"

रहीम भैसों के लिए सानी तैयार कर रहा था, क्योंकि आज अधिक धुन्ध और बादलों के कारण भैंसें चरागाह को नहीं भेजी गयी थीं। उसके हाथ भूसे और पतली खली से सने हुए थे। वह लम्बी-लम्बी टाँगें चलाता हुआ वहाँ पहुँचा और मुँह खोलकर बग्गे के सामने खड़ा हो गया।

बग्गे ने पूछा, "कई दिन हो गये एक कार्ड आया था। वह मैंने तुम्हीं को दे दिया था। कहाँ है?"

रहीम ने फ़ौरन ही अपनी तहमद के भीतर अड़सी हुई गाँठ को खोला और उसमें से तुड़ा-मुड़ा कार्ड निकालकर बग्गे के हाथ में थमा दिया। बग्गे ने कार्ड पर से भूसे के तिनके झाड़ते हुए उसे सीधा किया, लेकिन उसका कचूमर तो निकल ही चुका था। उसने कार्ड को झण्डी की तरह हवा में हिलाते हुए कहा, "यही है वह कार्ड! किनारे से फटा हुआ है। मैंने समझा कि अवश्य कोई-न-कोई अकाल चलाना कर गया है (मर गया है)।...चलो छुट्टी हुई। मुझे क्या मालूम था कि कार्ड में कुछ और भी लिखा है।"

यह कहकर बग्गा कार्ड को टकटकी बाँधकर देखने लगा। उसके लिए काला अक्षर भैंस बराबर था। फिर मानो एकाएक ही उकताकर उसने कार्ड को किशन की ओर बढ़ाते हुए कहा, "किशन्या! ज़रा कार्ड तो पढ़कर सुना।"

किशनसिंह यूँ खम ठोंककर सामने आया जैसे वह कार्ड पढ़ने नहीं अपितु कुश्ती लड़ने जा रहा था। सचमुच उसे कुश्ती ही लड़नी पड़ी। कई बार उसने कार्ड को उलट-पलटकर देखा। जब उसे विश्वास हो गया कि कार्ड के ऊपर नीचेवाला भाग कौन-सा था तो उसने रुक-रुककर पढ़ना आरम्भ किया—

एकूँकार सतनाम

यहाँ वाह गुरु अकाल पुरुख की किरपा से सब ठीक-ठाक है, और आपकी ख़ैरियत वाह गुरु अकाल पुरुख से ठीक-ठाक माँगते हैं। बाक़ी हाल यह है कि आपके भाई ढग्गासिंह की औरत का अकाल चलाना हो गया है। उसका लड़का जस्सासिंह अनाथ हो गया है। मैं ग़रीब आदमी हूँ, उसे अपने पास नहीं रख सकता। इसलिए आपके पास भेज रहा हूँ।

बकलम खुद
महासिंह
साकिन सरदारपुरा
ज़िला शेखूपुरा
पंजाब

कार्ड ख़तम हो गया। बग्गासिंह कुछ उलझन में दिखायी देता था। उसने बुड्ढे से पूछा, "यह इतने लम्बे नामवाला कौन है? महासिंह साकिन सरदारपुरा..."

अब किशनसिंह ने समझाया, "मतलब यह है कि साकिन के मायने हैं रहनेवाला। अर्थात् सरदारपुरा गाँव का रहनेवाला महासिंह।"

बग्गासिंह बिगड़कर बोला, "मैं पूछता हूँ कि यह मायावा महासिंह कौन है?"

अब बुड्ढा बोला, "महासिंह रिश्ते से आपका भानजा है।"

बग्गासिंह अपने माथे पर हाथ मारकर बोला, "मैं तो इस टीका-टिप्पणी से घबरा गया हूँ। इधर आ सूर दे पुत्तर (सूअर के बच्चे), ज़रा मैं तुम्हें नज़दीक से देख लूँ।"

अब वह लड़का खूँटे की तरह बिलकुल सीधा आगे की ओर बढ़ा और चाचे के सामने पहुँचकर मानो खूँटे की तरह धरती में गड़ गया। उसके शरीर का हर अंग बिलकुल स्थिर था, यहाँ तक कि वह अपनी बटननुमा आँखों को भी नहीं झपका रहा था। लेकिन उसकी आँखों में तीव्र चमक थी, बिलकुल ऐसी ही जैसी बाज़ या किसी शिकारी पक्षी की आँखों में होती है। उसके चेहरे पर ख़ुशी, गमी या किसी भी प्रकार की भावना का चिह्न नज़र नहीं आता था।

बग्गासिंह बड़े ध्यान से टकटकी बाँधकर उसके चेहरे की ओर देखता रहा। फिर एकाएक ही शैतान की तरह बनावटी क़हक़हा लगाकर अपने साथियों से कहने लगा, "इस लाँ दे भौड़े की शक्ल तो देखो!"

वहाँ बैठे व्यक्तियों में से कोई नहीं हँसा, केवल उनकी मूँछों के नीचे मुस्कराहट की हलकी-सी झलक नज़र आ रही थी।

बग्गासिंह की बाछें फैली हुई थीं और मैले दाँतों की पंक्तियाँ स्पष्ट दिखायी दे रही थीं। उसने अपना हथौड़ा-जैसा हाथ जस्सू के सिर की ओर बढ़ाया, और फिर उसके जूड़े को मुट्ठी में समेटकर कस लिया। सभी को उत्सुकता हुई कि वह क्या करने जा रहा है। उनके देखते-देखते बग्गासिंह ने जस्सू को उसी तरह जूड़े से पकड़कर ऊपर उठा लिया।

यह अद्भुत दृश्य था। जस्सू का जूड़ा बग्गे की मुट्ठी में था, और वह हवा में लटक रहा था। इससे भी विचित्र बात यह थी कि जस्सू के चेहरे पर अब भी दुःख या पीड़ा की हलकी-सी झलक तक दिखायी नहीं देती थी। वह मरे हुए चूहे की तरह नहीं अपितु पेड़ के कटे हुए तने की तरह नीचे को लटका हुआ था। यह कहना ग़लत होगा कि इस बुरी तरह उठाये जाने से उसे पीड़ा का आभास नहीं हो रहा था, लेकिन उसकी सहनशक्ति की प्रशंसा अवश्य ही करनी पड़ेगी।

यह दृश्य देखकर सभी लोग छप्पर फाड़ क़हक़हे लगा रहे थे। बग्गासिंह किसी चतुर मदारी की भाँति अपना बड़ा-सा मुँह खोले खड़ा था। वह स्वयं भी प्रसन्न हो रहा था तथा दूसरों को भी ख़ुश कर रहा था। क़हक़हों का शोर कम हुआ तो उसने भारी स्वर

में कहा, "पिल्ला चाहे कुत्ते का हो या आदमी का, उसकी सहनशक्ति की जाँच करने का यही तरीक़ा है। कुत्ते के पिल्ले को एक कान से पकड़कर हवा में उठा दो। अगर पिल्ला दर्द के मारे ट्याऊँ-ट्याऊँ करने लगे तो समझ लो कि वह कुत्ता पालने के योग्य नहीं है। ऐसा कुत्ता घर की रखवाली भी नहीं कर सकता। यदि पिल्ला ऐसी पीड़ा को चुपचाप सहन कर जाये तो समझ लो कि वह बड़ा होकर सारे गाँव के कुत्तों को खदेड़ा करेगा, और जिस घर में होगा उसमें चोर पाँव नहीं रख सकेंगे।"

इस समय तक जस्सू का चेहरा लाल पड़ चुका था, क्योंकि सारा रक्त उसके सिर और चेहरे पर जमा हो गया था। बग्गासिंह ने हवा में ही अपनी मुट्ठी खोल दी, और जस्सू यूँ नीचे को आया जैसे नारियल के पेड़ से नारियल नीचे गिरता है। मज़े की बात यह थी कि नीचे गिरते ही जस्सू पल-भर में उठकर खूँटे की तरह सीधा हो गया।

एक बार फिर बग्गासिंह के साथ सब लोगों ने क़हक़हे लगाये।

बुड्ढे ने यह दृश्य देखकर समझ लिया कि चाचा ने जस्सू को अपने यहाँ रखना स्वीकार कर लिया है। वह मुड़कर अपने गधेनुमा घोड़े या घोड़ेनुमा गधे की ओर बढ़ा। बग्गे की उस पर नज़र पड़ी तो उसने पूछा, "तुम कहाँ को चले?"

बुड्ढे ने धीरे-धीरे अपना सिर पीछ की ओर घुमाया और उदास नज़रों से बग्गे की ओर देखकर बोला, "अब मैं वापस जाऊँगा।"

बग्गा मुस्कराकर बोला, "वापस जाकर क्या करोगे? अब तुम अधिक दिन जीनेवाले थोड़ी हो। तुम भी यहीं रह जाओ। मर जाओगे तो मुट्ठी-भर मनछट्टी (कपास के पौधों की सूखी छड़ियाँ) में तुम्हें फूँक डालेंगे।"

दुबले-पतले बुड्ढे पर यह फब्ती ख़ूब सजी। सबने दाँत दिखा दिये। केवल बुड्ढे को इसमें कोई आनन्द नहीं आया। वह चुपचाप घोड़े की ओर रेंगने लगा।

बग्गे ने फिर कहा, "बाबा! यह छाह-वेला (नाश्ते का समय) है। खा-पीकर थोड़ा सुस्ता लो तो फिर चले जाना।"

बुड्ढे की प्रतिक्रिया की प्रतीक्षा किये बिना बग्गे ने एक लकड़ी की बल्लियोंवाली खिड़की की ओर मुँह करके ज़ोर से आवाज़ लगायी, "भजनो! भजनो!"

भजन कौर उसकी अधेड़ उम्र की विधवा बहन थी। पति के देहान्त के बाद पिछले कई वर्षों से वह उसी के पास रह रही थी। छोटा भाई होते हुए भी बग्गा उसे भजनो कहकर बुलाया करता था।

भाई की आवाज़ सुनकर भजनो भागती हुई वहाँ आयी। वह ऊँचे क़द की भारी-भरकम औरत थी, और उस समय दौड़ती हुई हथिनी की तरह लग रही थी।

तबेले के कमरे में पहुँचकर भजनो दोनों बग़लों में हाथ दाबकर खड़ी हो गयी। वह मुस्करा रही थी और उससे उभरे हुए गालों पर लाली खेल रही थी। उसके सिर के उलझे हुए बाल आधे से अधिक सफ़ेद हो चुके थे। सूरत से अपने भाई की अपेक्षा वह

अधिक बुद्धिमान् नज़र आती थी। वह उजड्ड भी नहीं लगती थी। उस समय उसके खड़े होने का अन्दाज़ ऐसा था जैसे किसी सेना की सेनापति हो।

बग्गे ने बहन को देखा और जस्सू की ओर संकेत करके बोला, "यह मायावा हमारा भतीजा है। इसे अपने साथ ले जाओ। यह हमारे घर ही रहेगा। जब से मेरे पास चार पैसे आये हैं, हमारे भतीजे और भानजे खटाखट अनाथ होने लगे हैं।"

बग्गासिंह की इस बात की कोई बुनियाद तो थी नहीं, क्योंकि अभी तक उसने एक भी भानजे या भतीजे को अपने घर में नहीं रखा था।

भाई की बात सुनकर भजनो ने जस्सू को एक बाजू से घेरे में लेकर अपने सीने से लगाने का प्रयत्न किया। जस्सू पर इस लाड़ का भी कोई अच्छा प्रभाव नहीं पड़ा। कद्दू-कद्दू भर की छातियों के स्पर्श से उसे बड़ी उलझन का अहसास हुआ, और वह ज़रा खिंचकर परे हटने की कोशिश करने लगा।

भजनो दरवाज़े से बाहर निकलने लगी तो बग्गासिंह ने कहा, "भजनो! इस बुड्ढे को भी साथ लेती जाओ। अगर चौके तक पहुँचते-पहुँचते इसका देहान्त न हो जाये तो इसे पेट भरकर नाश्ता-पानी करा देना।"

इस काम से फ़ुरसत पाकर बग्गासिंह ने बड़ी गर्व-भरी दृष्टि अपने साथियों पर डाली, और फिर अँगोछे से अपनी मूँछों पर लटकी हुई थूक की नन्हीं-नन्हीं बूँदों को साफ़ करने लगा।

भजनो जस्सू को लेकर आगे-आगे चली और बुड्ढा घोड़े को जहाँ-का-तहाँ छोड़कर भजनो के पीछे-पीछे जूतियाँ चटखाता हुआ बढ़ने लगा।

2

तबेले में से निकलकर भजनो जस्सू के कन्धे पर हाथ रखे पिछेवाड़ेवाले भाग से मकान की ओर बढ़ी। मकान का स्तर इतना ऊँचा था कि वहाँ तक पहुँचने के लिए मिट्टी की सीढ़ियाँ बना दी गयी थीं। नौ-दस क़दम की सीढ़ी चढ़कर एक छोटा-सा दरवाज़ा था जिसमें से झुककर गुज़रना पड़ता था। बुड्ढे ने तो घोड़े की कोई चिन्ता नहीं की, लेकिन भजनो को ध्यान आया कि वह जानवर भी तो भूखा होगा। जब बुड्ढा धीरे-धीरे ज़ीने पर चढ़ रहा था तो भजनो ने कहा, "घोड़े को भी तो चारा मिलना चाहिए..."

भजनो की यह बात सुनकर बूढ़ा जहाँ-का-तहाँ रुक गया और अपना बे-दाँत का मुँह खोलकर उल्लू की तरह उसकी ओर देखने लगा। उसकी सूरत पर भजनो को हँसी आते-आते रह गयी, और उसने अपने मुँह पर दुपट्टे का कोना रख लिया। उसने सोचा कि इस विषय में बेचारा बूढ़ा कर भी क्या सकता है। उसने फ़ौरन गला फाड़कर आवाज़ दी, "रहीम्या! ओए रहीम्या!"

रहीम न जाने कहाँ से सरपट भागता और अपना तहमद फड़फड़ाता हुआ आया और दूर से ही बोला, "हाँ, बेबे जी!"

"इनका जो घोड़ा है उसे कुछ चारा डाल दो।"

रहीम जहाँ खड़ा था वहाँ से उसे घोड़ा दिखायी दे रहा था। भजनो की बात सुनकर उसने घोड़े की ओर देखा तो नाक चढ़ाकर बोला, "यह घोड़ा है?"

भजनो माथे पर बल डालकर चिल्लायी, "तुम्हारे सामने चाहे घोड़ा है या गधा है या खच्चर है...बस उसे चारा डाल दो।"

"बहुत अच्छा बेबे जी।"

रहीम लौट गया। जस्सू ने एक नज़र नये मकान पर डाली। काफ़ी विशाल सेहन था। मकान की दीवारें गोबर-मिट्टी और भूसे के गारे से लिपी हुई थीं और ख़ूब उजली दिख रही थीं। दाहिने हाथ को तीन सीढ़ियाँ चढ़कर बाहरवाला पसार यानी बरामदा था, और दरवाज़ों में से भीतर का पसार भी दिखायी दे रहा था। शीशम की लकड़ी के बने हुए ख़ूब चौड़े और ऊँचे दरवाज़ों के तख़्तों पर पीतल की फूलदार टिकलियाँ लोहे के कीलों से जड़ी हुई थीं। पसार का केवल बाहरवाला हाशिया पक्की ईंटों का बना हुआ था।

सेहन के कोने में बालिश्त-भर ऊँचे चबूतरे पर बिना छत का रसोई-घर था, जहाँ इस समय दो चूल्हे जल रहे थे। रसोई के एक कोने में धरती को खोदकर अँगीठी बनायी गयी थी। ज़मीन के नीचे बनी इस अँगीठी में उपले जलाये जाते थे, और इसमें प्रायः दूध से भरी मिट्टी की चाटी (हाँड़ी) रखी रहती थी। अँगीठी का मुँह मिट्टी के बने बड़े-से गोल ढक्कन से ढका रहता था। उपलों की धीमी-धीमी आँच से दूध पक-पककर गहरे भूरे रंग का हो जाता था, और उसके ऊपर मलाई की मोटी-सी तह जम जाती थी। चूल्हे के निकट टोकरी में ताज़े-ताज़े बने हुए पराठे पड़े थे। लगता था कि इन्हें पकाते-पकाते भजनो को भाई की आवाज़ सुनायी दी तो वह उठकर उधर चली गयी।

खुले रसोई-घर के निकट पहुँचकर उसने दोनों नये मेहमानों की ओर देखा। वह कहना चाहती थी कि अगर उनका मन हो तो वे मुँह-हाथ धो लें। लेकिन वे देखने में इतने भूखे और विवश नज़र आ रहे थे कि भजनो ने महसूस किया कि सबसे पहले इन्हें खाने के लिए कुछ-न-कुछ मिलना चाहिए। उसने यह भी सोचा कि अगर इन्होंने मुँह-हाथ धो भी लिया तो उससे क्या अन्तर पड़ेगा। यह सब सोचकर उसने सरकण्डों के बने हुए दो गोल मूढ़े उनकी ओर लुढ़काकर कहा, "लो, यहीं बैठकर नाश्ता कर लो।"

उसकी इस बात पर मेहमानों में से किसी ने यह नहीं कहा कि वे मुँह-हाथ धोना चाहते हैं। वे दोनों बड़े इत्मीनान से मूढ़ों पर बैठ गये। भजनो मकान के भीतर से दो बड़े-बड़े चमकते हुए थाल और कटोरियाँ उठा लायी। हर थाल में उसने घी से तर दो-दो पराठे रख दिये और पराठे पर मक्खन का गोला भी चिपका दिया। कटोरियों में दही

और दही में कुटा हुआ गुड़ डाल दिया। काँसे के बने हुए धन्ने (कटोरे) मट्ठे से भर दिये।

मेहमान इतनी तेज़ी से खाने लगे जैसे खेत में खड़ी फ़सल की कटाई कर रहे हों। उन्हें इस तरह खाते देखकर भजनो को उन पर बड़ी दया आयी। वह बोली, "पेट भरकर खाना...सरम न करना—जिसने की सरम, उसके फूटे करम!"

यह पुरानी कहावत सुनकर मेहमानों का साहस बढ़ा और उन्होंने चार-चार पराठे खाये।

जब पेट में एक पराठा पहुँचा तभी बुड्ढे की ज़बान भी कुछ-कुछ खुल गयी। उसने इधर-उधर निगाह दौड़ाते हुए पूछा, "सरदारनी जी, क्या सरदार जी की कोई औरत नहीं है?"

"औरत कहाँ से आयेगी, ले-देकर मैं माँ की तरह उसकी देख-भाल कर रही हूँ। उम्र तैंतीस साल, और शादी-ब्याह का कुछ पता नहीं है।"

"पर सरदारनी जी, वाह गुरु का दिया सब-कुछ है तो फिर औरतों की क्या कमी!"

लगता था कि भजनो इस विषय में जली-भुनी रहती थी, बोली, "होने को तो मेरा भाई है, लेकिन शक्ल तो देखो...चेहरा, जैसे चापड़।—इस बात को भी छोड़ो, खाते-पीते मर्द को औरत मिल ही जाती है। लेकिन उसे अपने ही लंझों से फ़ुर्सत नहीं। हर समय फ़ौजदारी, हर समय मुक़द्दमेबाज़ी। बतेरा समझाया कि सारी उम्र इसी रंग-ढंग से नहीं निभने की। मगर जैसी शक्ल उलटी, वैसी ही खोपड़ा भी उलटा!"

बुड्ढे ने भजनो का समर्थन नहीं किया। वह जिसका नमक खा रहा था, उसके विषय में कोई ऐसी बात नहीं कहना चाहता था। आते ही जो नक्शा उसने देखा था, उसे सम्मुख रखते हुए वह महसूस करता था कि उसके लिए यह बहुत ग़नीमत थी कि वाह गुरु उसे यहाँ से इज़्ज़त-आबरू के साथ विदा होने का अवसर दे दे।

मालूम होता था कि भजनो भाई से डरती नहीं थी, अपितु मौक़ा पड़ने पर उसे खरी-खरी सुना देती होगी। भजनो के सामने बग्गा भी विवश हो जाता होगा, क्योंकि घर का पूरा उत्तरदायित्व भजनो ने ही अपने कन्धों पर ले रखा था, और वह सब-कुछ बड़े अच्छे ढंग से निभाये जा रही थी। इतना होते हुए भी वास्तविकता यह थी कि जब बग्गासिंह का दिमाग़ गुस्से के मारे ख़राब हो जाता तो फिर भजनो भी उसके सामने टिक नहीं सकती थी। गाँव में बग्गासिंह की शारीरिक शक्ति और उसकी बवण्डरबाज़ी के सामने कोई भी नहीं टिक सकता था। उसमें कमी केवल अक़्ल की थी। अगर वाह गुरु अकाल पुर्ख ने उसकी खोपड़ी में थोड़ी बुद्धि भी रख दी होती तो फिर उसका कोई कुछ न बिगाड़ सकता। उसके दूर-निकट के सम्बन्धी उससे बुरी तरह ख़ार खाये हुए थे। वे महसूस करते थे कि आमने-सामने के मुकाबले में वे बग्गासिंह को नहीं पा सकते थे। वे इसी दाँव पर थे कि या तो बग्गासिंह का धोखे से सफ़ाया कर दिया जाये, या उसे किसी बड़ी मुसीबत—यानी मुक़द्दमेबाज़ी वगैरह—में फँसाकर तबाह कर दिया

जाये। बग्गासिंह की अपनी अक़्ल न सही, लेकिन इसे भी अच्छी सलाह देनेवाले उपस्थित थे। रिश्तेदारों से दुश्मनी निकालने के दाँव-पेच चलते ही रहते थे।

नाश्ते की समाप्ति पर बुड्ढे ने महसूस किया कि अब बग्गासिंह के बारे में और अधिक पूछ-ताछ करना बेकार था। उसने भजनो से कहा, "सरदारनी जी! पराठे खाकर तो मुझे नींद आने लगी है। हम आधी रात को ही अपने गाँव से चल दिये थे, क्योंकि मेरा इरादा था कि जस्सू को यहाँ छोड़कर मैं शीघ्र-से-शीघ्र घर को लौट जाऊँगा। अब लगता है कि थोड़ी देर ऊँघ लूँ तो वापस जाऊँ।"

"ठीक तो है...इसमें हर्ज़ की कोई बात नहीं।" भजनो ने उत्तर दिया।

बुड्ढा उठकर जस्सू के पास पहुँचा और अपना रूखा-सूखा हाथ उसके सिर पर फेरकर बाहरवाले छोटे दरवाज़े की ओर बढ़ा। कच्ची ईंटों की बनी हुई सीढ़ियों पर से सँभल-सँभलकर उतरने के बाद वह तबेले के निकट पहुँचा तो भीतर से बग्गासिंह और उसके साथियों की बातों और क़हक़हों का शोर सुनायी दिया। उसे उनके सामने जाने का साहस नहीं हुआ। नुक्कड़ से झाँककर देखा तो मरियल घोड़ा मज़े से चारा खा रहा था। बुड्ढे ने अपने मोटे खेस को शरीर पर अच्छी तरह लपेटा और दीवार की टेक लगाकर बाहर ही बैठ गया। पल-भर बाद ही खुर्राटे लेने लगा।

जस्सू रसोई के चबूतरे से नीचे नहीं उतरा। वह जहाँ-का-तहाँ बैठा धूप निकलने की प्रतीक्षा कर रहा था। बैठे-बैठे उसे भी नींद आ रही थी, परन्तु कड़कदार सर्दी के कारण सो नहीं पा रहा था। ऊँघ में आकर वह एक ओर को गिरने लगता तो एकदम चौंककर सीधा हो जाता।

भजनो ने उसकी यह दशा देखी तो बोली, "बेटा, जाओ तुम भीतर सो जाओ। आधी रात के जागे हुए हो। नींद तो आयेगी ही।"

जस्सू उठा और चुपचाप मकान के भीतर चला गया।

भजनो बाहर बैठी पराठे पकाये जा रही थी। बग्गासिंह ने कहलाया था कि सबके लिए नाश्ते का सामान तबेले में भेज दिया जाये। खेतों की देख-भाल करने के लिए जो आदमी रखे गये थे, उन्हें कामे कहा जाता था। उनमें से एक कामे का नाम हवेलीराम था। वह अभी सोलह-सत्रह वर्ष का छोकरा ही था। इसलिए वह खेतों में काम थोड़ा करता था और घर का काम अधिक करता था।

जब पराठे तैयार हो गये तो लस्सी के गड़वे (लोटे), मक्खन, पराठे और दही...यह सब-कुछ लेकर हवेलीराम बग्गासिंह के पास पहुँचा। बड़े शोर-गुल में उन सबने नाश्ता किया।

धूप चढ़ आयी तो बुड्ढा जाग पड़ा। बुड्ढों को नींद भी कम आती है। वह इतनी ही नींद से ताज़ा-दम हो चुका था। अँगड़ाई लेकर बुड्ढा घोड़े के निकट पहुँचा तो उसकी नज़र रहीम पर पड़ी। उसने रहीम से कहा, "अच्छा भाई, अब मैं तो चलता हूँ।"

महरी भैंसों का गोबर तसले में डाल रही थी और रहीम उससे बातें कर रहा था। उसने बुड्ढे की आवाज़ सुनी तो उससे पूछा, ''सरदार जी से मिलना है?''

बुड्ढा भीतर-ही-भीतर सहम गया। धीरे से बोला, ''उनसे कोई काम तो है नहीं। खा-पीकर मैं थोड़ा सो भी लिया हूँ। अब मैं जल्दी-जल्दी से अपने घर पहुँचना चाहता हूँ।''

रहीम ने कहा, ''बहुत अच्छा।''

बुड्ढे ने घोड़े की लगाम पकड़ी और बड़े दरवाज़े की ओर चल दिया। जब वह उस ऊँचे दरवाज़े में से बाहर को जा रहा था तो रहीम ने महरी से कहा, ''इस बुड्ढे और घोड़े की जोड़ी अच्छी है।''

महरी अभी जवान थी, नमकीन थी, हँसमुख थी। रहीम उससे प्रायः छेड़छाड़ कर लिया करता था। महरी उसकी बात सुनकर मुस्करा दी और खनखनाती आवाज़ में बोली, ''अब तो तुम्हारी जोड़ी भी बन जानी चाहिए–लेकिन इसका यह मतलब नहीं है कि तुम कोई घोड़ी लाकर खूँटे से बाँध दो।''

इस पर वे दोनों ही ख़ूब हँसे। रहीम बोला, ''अरी सुलताना, मैंने तो मन में पक्का इरादा कर लिया है कि औरत लाऊँगा तो तेरी जैसी–नहीं तो कुँवारा ही बैठा रहूँगा।''

सुलताना ने अपने होंठों पर उँगली रखते हुए दबे स्वर में कहा, ''तुम इतना चिल्ला-चिल्लाकर बोल रहे हो...कहीं सरदार जी तुम्हारी आवाज़ सुनकर बाहर निकल आये तो तुम्हारी मँगनी, शादी, बच्चों, सभी की ऐसी की तैसी कर देंगे।''

रहीम ने मुस्कराकर एक हाथ से अपने दोनों कानों को बारी-बारी छू लिया।

काफ़ी दिन चढ़ आया तो बग्गासिंह तबेले के बाहर आया। उसने रहीम को आवाज़ देते हुए कहा, ''रहीम्या! कल सुबह मैं शेखूपुरे जाऊँगा। अभी से बताये देता हूँ, कहीं तू ग़ायब न हो जाये। मुँहअँधेरे ही मैं चल दूँगा। ज़रा मेरे घोड़े का ठीक से प्रबन्ध करके रखना। तुम यह भी जानते हो कि मुझे और क्या-क्या दरकार होगा।''

रहीम से इतनी बात कहकर बग्गासिंह तबेले के पिछवाड़े से होता हुआ और ज़ीना चढ़कर छोटे दरवाज़े में से घुसता हुआ घर के सेहन में पहुँच गया। उन दिनों पंजाब के लगभग सभी मकान एक ही ढंग से बनाये जाते थे। वे एक-दूसरे से जुड़े होते थे, उनकी समतल छतें भी एक-दूसरे से लगी होती थीं। केवल बहुत छोटी-छोटी मुँडेरों से हर छत की सीमा का पता चलता था।

अपनी धुन में बग्गासिंह लम्बे पसार के बायें हाथवाले दरवाज़े से भीतर घुसा। अन्दरवाले पसार में दायें हाथ को जाकर वह पिछवाड़ेवाले कमरे में जा पहुँचा। उस कोठरी के एक कोने में ज़मीन को खोदकर एक गड्ढा-सा बनाया हुआ था जिसे भीतर से गोबर आदि से अच्छी तरह लीप-पोत दिया गया था। यह गड्ढा गोया बग्गासिंह का ख़ज़ाना था। इसमें उसने काफ़ी सोना और चाँदी रख रखी थी। गड्ढे का मुँह मोटे तवे से ढका हुआ था। तवे के ऊपर भी लोहे का इतना भारी सन्दूक रखा था जिसे तीन-चार

आदमी मिलकर अपनी जगह से खिसका सकते थे। यह बग्गासिंह का ही बूता था कि वह सन्दूक को एक ओर से ऊपर उठाकर पाँव से उसके नीचे पत्थर का उलटा कूँडा खिसका देता। सन्दूक उस पर टिका रहता, और वह गड्ढे पर से तवा हटाकर माल बीच में रखता या निकाल लेता। इसके बाद वह फिर सन्दूक को अपने शक्तिशाली हाथों में थामकर पाँव से पत्थर के कूँडे को परे हटा देता, और सन्दूक को धीरे-धीरे कच्चे फ़र्श पर टिका देता। कमरे के दायें-बायें दो ख़ूब बड़े-बड़े पलँग पड़े थे। वे पलँगी सुतली से बुने हुए थे और उनके बड़े-बड़े पाड़ रंग-रंगीले थे।

आज भी बग्गासिंह ने दोनों हाथों से सन्दूक का एक सिरा ऊपर उठाया और पाँव से निकट पड़ा पत्थर का कूँडा उसके नीचे खिसका दिया। तवा हटाकर उसने कुछ पोटलियाँ निकालीं और उन्हें खोल-खोलकर देखने लगा।

काम समाप्त हो चुका तो बग्गासिंह ने दोबारा सन्दूक को गड्ढे पर टिका दिया। वह बाहर निकलने को ही था कि उसकी नज़र पलँग पर पड़ी। उसे आश्चर्य हुआ कि वहाँ कौन सोया हुआ था। भजनो तो ऐसे समय पर सोने की आदी नहीं थी। उसने धीरे से रजाई को हटाया तो नीचे जस्सू सोया दिखायी दिया।

यह दृश्य देखकर बग्गासिंह का पारा ऊपर को चढ़ गया और वह आपे से बाहर हो गया। उसने जस्सू का गिरेबान दबोचा और एक ही झटके में उसे पलँग से नीचे उतार दिया। जस्सू अब भी सोया हुआ था। बग्गासिंह बादल की तरह गरजा, "ओय सूर दे पुत्तर! यहाँ पहुँचते ही लाट साहब बन गया। मँन याख्या! तुझे सोने के लिए और कोई जगह नहीं मिली?"

बग्गा उसे पिछली कोठरी से घसीटकर भीतरवाले पसार में ले आया और उसके गिरेबान को पकड़े-पकड़े ज़ोर-ज़ोर से झटके देने लगा।

जस्सू की आँखें खुल गयीं, लेकिन अब भी वह सपनों के संसार में ही था। उसकी शक्ल से लग रहा था कि वह बौखलाया हुआ है, और उसकी समझ में नहीं आ रहा था कि यह सब क्या हो रहा है।

बग्गासिंह ने मुँह से झाग उड़ाते हुए कहा, "हरामी दे पिल्ले! तेरी नींद इस तरह नहीं खुलेगी।"

बग्गासिंह ने उसका गिरेबान छोड़ दिया और एक क़दम पीछे हटकर भरपूर थप्पड़ उसके मुँह पर मारा।

थप्पड़ खाकर जस्सू यूँ लड़खड़ाता हुआ उड़ा जैसे कपड़े की गेंद गाँव के किसी लड़के की खूँटी की चोट से उड़ निकलती है। पसार के दरवाज़े की चौखट से ठोकर खाकर जस्सू औंधे मुँह बाहरवाले पसार में गिरा।

बग्गासिंह लपककर दरवाज़े तक पहुँचा...मगर एकदम रुक गया। बायें हाथ को भजनो बैठी चरखा कात रही थी, और दाहिने हाथ को कोई औरत एक बालिश्त ऊँची पीढ़ी पर बैठी थी। जस्सू उस औरत के पैरों के पास ही गिरा। बग्गासिंह भजनो की

तो ऐसे अवसर पर परवाह नहीं करता था, लेकिन उस अपरिचित औरत को देखकर वह ठिठक गया, और उसका हवा में उठा हुआ हाथ रुक गया।

बग्गासिंह को थोड़ा आश्चर्य हुआ कि यह औरत कब से पीढ़ी पर बैठी थी। फिर उसे स्मरण हो आया कि वह अपने विचारों में ही मग्न बायें हाथ के दरवाज़े से भीतरवाले पसार में घुसा था। सम्भवतः इसीलिए उस औरत की ओर उसका ध्यान नहीं गया।

उन दिनों स्त्रियाँ अपने दुपट्टे सदा सिर पर ओढ़े रखा करती थीं, और प्रायः छोटा-सा घूँघट भी निकाले रहती थीं। इसी अन्दाज़ से वह अपरिचित महिला वहाँ बैठी थी। जस्सू को लड़खड़ाकर अपने निकट गिरते देखकर औरत ने पाँव पीछे हटा लिये, और इसके साथ ही उसकी नज़र बेइख़्तियार बग्गासिंह की ओर उठ गयी। बग्गासिंह को घूँघट की ओट में से औरत का आधा गाल, सुबुक नाक, चिकनी ठुड्डी और भरपूर होंठ दिखायी दिये जो उस समय अधखुले-से हो गये थे। विशेष रूप से औरत की काली आँखों ने उसे अपनी ओर आकर्षित किया। आँखें मोटी थीं, लेकिन चेहरा हलका-फुलका होने के कारण वे बहुत बड़ी ही लग रही थीं। उन चमकती नशीली आँखों में कुछ भय, कुछ आश्चर्य और शायद कुछ घृणा की झलक नज़र आ रही थी। छोटे-से लड़के को इतनी कठोरता से पीटते देखकर ही शायद औरत की आँखों में बग्गासिंह के प्रति हलकी-सी घृणा उभर आयी थी।

उधर बग्गासिंह बिलकुल चकित-सा रह गया...बल्कि बौखला गया। पल-भर को वह इस बात का भी निर्णय नहीं कर सका कि वह आगे बढ़कर जस्सू को दो-चार थप्पड़ और जड़ दे या फिर कोठरी में घुस जाये। उसने इन दोनों में से कुछ नहीं किया, और लम्बे-लम्बे डग भरता हुआ जिस दरवाज़े से आया था, उसी दरवाज़े से बाहर निकल गया।

काली आँखोंवाली औरत ने हाथ बढ़ाकर जस्सू को सहारा देना चाहा, लेकिन वह बड़ी मुस्तैदी से अपने-आप ही उठ खड़ा हुआ। औरत ने भजनो से पूछा, "वह आपका छोटा भाई था?"

औरत का संकेत बग्गासिंह की ओर था।

भजन कौर माथे पर बल डालकर बोली, "हाँ, मेरा ही छोटा भाई था।"

औरत ने फिर कहा, "आपके भाई का गुस्सा तो बहुत तेज़ है।"

भजनो ऊबे हुए स्वर में बोली, "गुस्से के सिवाय उसके पास क्या रखा है! ख़ानदानी ज़मीन विरासत में मिल गयी। मकान यहाँ भी है और चक पीराँ में भी है।"

"यह चक पीराँ कहाँ है?"

"जिला लायलपुर में—वहाँ यह कभी-कभी चला जाता है। सारी ज़मीन पट्टे पर दे रखी है। वहाँ की आमदनी बटोरने ही तो जाता है।"

"अभी शादी-वादी नहीं हुई?"

उस समाज में शादी का चक्कर भी बड़े ज़ोर से चलता था। शादी न होना भारी अक्षमता समझी जाती थी।

उस औरत के सामने भजनो अपने भाई की अधिक निन्दा नहीं करना चाहती थी। कहने लगी, "मेरे भाई को तो हर काम की धुन सवार हुआ करती है। जब शादी की सनक सवार हो गयी तो फिर कोई औरत ढूँढ़ेगा अपने लिये।"

महिला ने जस्सू की ओर देखकर पूछा, "यह लड़का कौन है बेचारा?"

"इस बेचारे को अनाथ ही समझो।"

औरत ने ज़रा भयभीत होकर पूछा, "तो क्या रोज़ ही इसकी इसी तरह मरम्मत हुआ करती है?"

"आज ही तो आया है—वैसे इसमें कुछ सन्देह नहीं कि प्रायः ही इसकी मरम्मत हुआ करेगी।"

जस्सू इस अन्दाज़ से कपड़े झाड़ रहा था जैसे वे औरतें न जाने किसका ज़िक्र कर रही थीं। उसकी छोटी-सी पगड़ी खुलकर उसकी टाँगों में फँस गयी थी। उसने पगड़ी का गोला बनाकर घुटनों में दाब लिया और अपने ढीले जूड़े को दोबारा कसकर बाँधने लगा। वह मानो बिलकुल भूल चुका था कि कुछ ही देर पहले उसकी ठुकाई हो रही थी। वह भीतर से पसार में चला गया, और बिना कुछ ओढ़े अपने सिर के नीचे पगड़ी के गोले का तकिया बनाकर ठण्डे फ़र्श पर लेटा और सो गया।

बग्गासिंह तबेले में जाकर भी उस औरत के विषय में ही सोचता रहा। औरत हसीन थी, और उसने उसे आकर्षित भी किया था, लेकिन अभी वह दूसरी ही बातें सोच रहा था। उसे लग रहा था कि वह औरत उनके गाँव की नहीं थी, वरना इतने अर्से में कभी तो दिखायी दी होती। शक्ल-सूरत के लिहाज़ से भी औरत कुछ भिन्न नज़र आती थी।

बग्गासिंह को शहर जाना था, उसका सारा दिन तैयारी में निकल गया। वह चाहता तो अपनी बहन से औरत के बारे में जानकारी प्राप्त कर सकता था। लेकिन बड़ी बहन से किसी भी औरत के विषय में बात करने में उसे संकोच हो रहा था। सम्भवतः उसे यह भय था कि इस प्रकार उसकी मर्दाना शान में कुछ फ़र्क़ आ जायेगा।

उस रात जब बग्गासिंह घर में खाना खाने आया तो उसकी आँखें जस्सू को तलाश करने लगीं। सर्दी के कारण वे दिन का भोजन बाहर धूप में बैठकर खाया करते थे और रात का खाना भीतर या बाहरवाले पसार में बैठकर खाते थे। इस समय बग्गा भीतर के पसार में था। उसने बहन से पूछा, "जस्सू कहाँ है?"

बहन उत्तर देने भी न पायी थी कि न जाने किस अँधेरे कोने में से निकलकर जस्सू बग्गासिंह के सामने जा खड़ा हुआ। उसका वही अन्दाज़ था...जैसे धरती में मोटा मज़बूत खूँटा गड़ा हो।

बग्गासिंह ने निवाला चबाते हुए जस्सू को सिर से पाँव तक देखा। उसके चौड़े-चौड़े नथुनों में से पहले तो गुर्राहट की आवाज़ निकली, और फिर मानो अपने-आपसे बोला, "यह भानछोद लौंडा भी बड़ा अजीब-सा है...बिल बतौरा कहीं का।"

जहाँ तक जस्सू का सम्बन्ध था, उसके चेहरे पर न कोई चिह्न उभरता था, न कोई रंग आता था, और न कोई रंग जाता था।

बग्गासिंह ने धमकी-भरे स्वर में कहा, "जस्सू! यह न समझना कि यहाँ तुम्हें हराम की रोटियाँ तोड़ने को मिलेंगी।"

जस्सू ने जल्दी से उत्तर दिया, "अच्छा चाचा!"

बग्गासिंह को जस्सू का इतनी हाज़िरदिमागी से बोलना भी भला नहीं लगा। बग्गासिंह ने फिर कहा, "चाहे तुम मेरे भतीजे ही क्यों न हो, लेकिन तुम्हें यहाँ पर गधे की तरह काम करना होगा।"

"हाँ, चाचा।"

जस्सू के स्वर में शराफ़त और भय का नाम तक नहीं था, उसके बोलने के अन्दाज़ में अजीब-सी हठधर्मी और अक्खड़पन था।

"यहाँ हवेलीराम को बहुत काम करना पड़ता है। भजनो! मैं सोचता हूँ कि अब हवेलीराम का काम जस्सू सँभाल ले। हवेलीराम खेतों पर जाया करेगा या बाहर का काम किया करेगा।"

भजनो ने कोई उत्तर नहीं दिया तो बग्गासिंह ने लड़के की ओर देखकर कहा, "समझे?"

"हाँ, चाचा।"

उस रात बग्गासिंह जल्दी ही सो गया, ताकि प्रातःकाल उठकर शहर को जा सके।

घर में सबसे पहले भजनो जागा करती थी। इस उम्र में भी वह तीन भूरी भैंसों का दूध जमाकर सितारों की छाँव में दही बिलोया करती थी। जब उसने बड़े मटके में भारी मथनी डालकर दही बिलोना आरम्भ किया तो उसके शोर से बग्गासिंह जाग पड़ा। सब तैयारियाँ पिछली शाम को ही हो चुकी थीं। वह नगर में चाँदी-सोने के लेन-देन का काम भी करता था। आसपास के गाँव के लोग आवश्यकता पड़ने पर उसके पास जेवर रखकर क़र्ज़ा ले जाया करते थे। कुछ लोग ऐसे भी होते थे जो क़र्ज़ा लौटाकर जेवर छुड़ा नहीं पाते थे। इस प्रकार का सोना-चाँदी वह शहर में बेच आता था।

उनके गाँव से शेखूपुरा सत्ताईस मील की दूरी पर था। अधिकतर लोग लारी में बैठकर आने-जाने लगे थे। बग्गासिंह को लारी में बैठना पसन्द नहीं था। झंझट भी तो काफ़ी था। पहले गाँव से ढाई-तीन मील चलकर पक्की सड़क पर पहुँचना पड़ता था। सड़क के किनारे किसी वृक्ष की छाया में बैठकर लारी की प्रतीक्षा करनी पड़ती थी। लारी आने पर भी कभी स्थान मिलता और कभी न मिलता। बग्गासिंह को यह सब पसन्द नहीं था। वह घोड़े पर सवार होकर पगडण्डियों से होता हुआ शहर पहुँच जाता। आजकल की तरह शहरों में बसों और कारों की भरमार नहीं होती थी। वह घोड़े पर सवार होकर बाज़ारों में भी घूम लिया करता था।

भजनो ने दही बिलोने के बाद जल्दी से कुछ बड़े-बड़े पराठे तैयार किये। जितनी देर में बग्गासिंह ने दही, मक्खन, लस्सी और पराठों का नाश्ता किया, उतनी देर में रहीम ने घोड़े पर काठी कसकर उसे तैयार कर दिया। बग्गासिंह को ऐसे सफ़र सदा बड़े सुहावने लगते थे। वह घोड़े पर सवार होकर धीमी-धीमी गति से चला। गर्मियों के ज़माने में जल्दी करने की ज़रूरत होती थी, क्योंकि धूप चढ़ आने पर पसीने के मारे घोड़े और घुड़सवार दोनों की बुरी दशा हो जाती थी। सर्दियों के ज़माने में इस बात की कोई चिन्ता ही नहीं थी।

बग्गासिंह गाँव से निकला तो अधिकांश लोग खेतों में जा रहे थे। कुछ ऐसे भी थे जो नहा-धोकर गुरुद्वारे पहुँच चुके थे। किसी ज़माने में प्रत्येक गाँव की भाँति उनका गाँव भी रक्षा की दृष्टि से चारदीवारी से घिरा हुआ था। अब वह चारदीवारी लगभग टूट चुकी थी, कहीं-कहीं उसके कुछ भाग दिखायी देते थे। उन मोटी-ऊँची दीवारों के ऊपर लगे हुए काँच के नोकदार टुकड़े सितारों के मन्द प्रकाश में हलकी-हलकी झलक दिखा रहे थे।

जब बग्गासिंह गुरुद्वारे के निकट पहुँचा तो उसने घोड़े से उतरकर उसे निकटवाले बबूल के वृक्ष से बाँध दिया। वह गुरुद्वारे में घुसा, गुरु ग्रन्थ साहब के सामने मत्था टेका, और उलटे पाँव लौट आया।

एक बार फिर वह घोड़े पर सवार हुआ और उसे सरपट दौड़ा दिया। यह तो सभी मानते थे कि इलाक़े-भर में बग्गासिंह का घोड़ा सर्वोत्तम था, और वह स्वयं अद्वितीय घुड़सवार था। उसके घुड़सवारी के अन्दाज़ से लोग दूर से पहचान लेते कि यह बग्गासिंह जा रहा है। हलकी-हलकी धूप निकल आयी, और घोड़ा हवा से बातें करने लगा। बीच में पैहे भी पड़ते थे, यानी चौड़े और कच्चे रास्ते। ऐसे रास्तों पर घोड़ा तीव्र-से-तीव्र गति से दौड़ सकता था। वास्तव में ये पैहे घोड़े के लिए पक्की सड़क से बेहतर रहते थे। पक्की सड़क पर घोड़े की नालों के रपट जाने का भय रहता था।

रास्ते में बग्गासिंह ने केवल एक बार आठ-दस मिनट तक दम लिया। यद्यपि इसकी भी आवश्यकता नहीं थी। उसे अपने घोड़े से बहुत प्रेम था, और वह बिना कारण घोड़े को निरन्तर दौड़ाना नहीं चाहता था। शहर में जाकर वह एक तरह से छुट्टी मना लेता था। आजकल के शहरों और उस ज़माने के शहरों में बड़ा अन्तर था। उस ज़माने के शहरों को साधारण गाँव से बीस-पच्चीस गुना बड़ा गाँव कह सकते थे। न सिनेमा, न लाउडस्पीकर, न आइसक्रीम, न रेस्टोरेण्ट, न बसें, न कारें। शहरवालों के कपड़े भी गाँववालों से अधिक भिन्न नहीं होते थे।

बग्गासिंह ने जल्दी ही अपना काम समाप्त कर लिया। उसने एक ढाबे में मांस और रोटी खायी। उसे खरोड़ों का सालन बहुत पसन्द था। बकरे के टखनों को खरोड़े कहा जाता था। इन्हीं को काट-छाँटकर शोरबेदार सालन तैयार किया जाता था। हालाँकि यह चीज घटिया मानी जाती थी और शौकीन तबीयत के लोग यह सालन नहीं खाते थे, लेकिन बग्गासिंह खरोड़ों पर जान देता था।

सारा दिन घूमने-फिरने के बाद तीसरे पहर बग्गासिंह वापस लौट पड़ा। अब तक उसके दिमाग़ में बार-बार उस औरत का ख़याल आ चुका था जिसे उसने अपने घर पर देखा था। औरत का अन्दाज़ ही ऐसा था कि यह उसकी ओर आकर्षित हो गया। लेकिन इसके आगे की समस्या ज़रा कठिन थी। वह भजनो से पूछ-ताछ करने में संकोच का अनुभव कर रहा था। इसमें भी सन्देह नहीं कि सिवाय भजनो के कोई और उस औरत के विषय में उसे कुछ नहीं बता सकता था। वह सोचता था कि औरत को भुला देना ही बेहतर होगा। ऐसी दशा में पूछ-ताछ की आवश्यकता नहीं पड़ेगी।

वापसी पर बग्गासिंह ने घोड़े को अधिक तेज दौड़ाने की आवश्यकता नहीं समझी। वह अच्छी-ख़ासी गति से सफ़र तय करता रहा। मार्ग में दो बार रुककर उसने घोड़े को पानी पिलाया।

अभी सूर्य अस्त नहीं हुआ था कि उसे दूर से गाँव की रूपरेखा दिखायी देने लगी। विशेषकर टूटी-फूटी चारदीवारी पर लगे हुए काँच के टुकड़े धूप में ख़ूब चमक रहे थे। जंब वह नहर के निकट पहुँचा तो उसने सोचा कि दोपहर को तेज़ धूप में दौड़ने के कारण घोड़े को फिर से प्यास लग गयी होगी, इसलिए उसे नहर पर पानी पिला देना चाहिए।

वह घोड़े पर से उतरा और उसकी लगाम पकड़कर नहर की ओर बढ़ा। अब उसने देखा कि पटरी से नीचे नहर के बिलकुल किनारे पर कई औरतें बैठी थीं। वे दिन में कपड़े धोने के लिए आयी थीं। उन्होंने घास पर फैले धुले कपड़ों को समेट लिया और अपनी-अपनी गठरी तैयार कर ली थी। वापस लौटने से पहले वे हाथ-पाँव धो रही थीं।

यह कहना कठिन है कि बग्गासिंह सचमुच घोड़े को पानी पिलाने आया था या वहाँ बैठी औरतों को देखकर नहर-किनारे जा पहुँचा। इस बात का निर्णय वह स्वयं भी न कर सका।

जब घोड़ा पानी पी रहा था तो एकाएक ही बग्गासिंह चौंक पड़ा। परले किनारे पर बैठी औरत ईंट के टुकड़े से अपनी एड़ियाँ रगड़ रही थी। जब बग्गासिंह की दृष्टि उस पर पड़ी तो उसने तुरन्त पहचान लिया कि वह औरत वही थी जिसे उसने पिछले दिन अपने घर में देखा था। ऐन उसी समय औरत की नज़र बग्गासिंह पर पड़ी और उसने फ़ौरन घूँघट खींचकर चेहरा दूसरी ओर फेर लिया।

यदि वह औरत इस तरह चौंककर मुँह फेरने की बजाय सामान्य ढंग से बैठी रहती तो सम्भवतः बग्गासिंह के मन में इतनी हलचल उत्पन्न न होती। औरत की हरकत और सूरत से स्पष्ट होता था कि वह उसे पहचान गयी थी—पहचाने जाने के इस विचार ने ही बग्गासिंह के मन में हलचल मचा दी थी।

पानी से पेट भर लेने के बाद घोड़े ने मुँह खींच लिया। बग्गासिंह को अपनी धुन में काफ़ी देर तक इस बात का पता ही नहीं चला। फिर वह चौंका, घोड़े को लेकर पटरी से दूसरी ओर को उतर गया और उस पर सवार होकर गाँव की ओर चल दिया।

बग्गासिंह ने न तो घोड़े को एड़ दी और न लगाम खींचकर घोड़े को विशेष संकेत किया। इसका परिणाम यह हुआ कि घोड़ा मौज में टापें भरता हुआ धीरे-धीरे गाँव की ओर बढ़ता गया और बग्गासिंह बिलकुल खोया-सा ढीले-ढीले अन्दाज़ से उसकी पीठ पर बैठा रहा। दीवारों, मकानों, पेड़ों आदि की छाया बहुत लम्बी हो चुकी थी। खेतों में कुत्ते एक-दूसरे के पीछे भागते फिर रहे थे।

तबेले में पहुँचा तो रहीम ने आगे बढ़कर घोड़े की लगाम थाम ली। उनके अहाते की नीची-सी दीवार के उस पार रहमत उल्ला की चक्की चल रही थी। चक्की को चलाने के लिए एक साँड़नी जुती हुई थी, जो गर्दन ऊपर उठाये और होंठ नीचे को लटकाये अपने चौड़े-चौड़े गद्‌देदार पाँव धरती पर मारती गहुई चक्कर काट रही थी। चक्की के भारी-भरकम पाट गरड़-गरड़ का शोर मचाते हुए घूम रहे थे। जिस बात ने बग्गे का ध्यान उधर को आकर्षित किया, वह यह थी कि जस्सू हाथ में कपास की छड़ी लिये साँड़नी को हाँकता हुआ उसके पीछे-पीछे चल रहा था। यह देखकर बग्गा तिलमिला उठा। उसने ज़ोर से आवाज़ दी, "जस्सू! ओय जस्सू!"

जस्से ने मुड़कर चाचा को देखा तो छड़ी वहीं फेंककर इधर को भागा। एक ही छलाँग में नीची दीवार को लाँघकर वह अपने अहाते में आ गया।

बग्गे ने आँखों से अँगारे बरसाते हुए पूछा, "तुम वहाँ क्या कर रहे थे?"

"कुछ नहीं चाचा!"

"क्या रहमत उल्ला ने तुम्हें अपने यहाँ नौकर रख लिया है?"

"नहीं चाचा!"

"तो फिर तू वहाँ कैसे पहुँच गया?"

"यूँ ही चाचा।"

"यूँ ही के बच्चे...एक दिन मैं यूँ ही इतनी ज़ोर की लात तेरे चूतड़ पर टिकाऊँगा कि तू उड़कर उसी गाँव में जा गिरेगा जहाँ से आया था।"

यह कहकर बग्गा उसे यूँ घूरने लगा जैसे उसे आँखों-ही-आँखों में खा जायेगा। जस्सू ने भी महसूस किया कि चाचा को ठण्डा करने के लिए उसे अपनी इस हरकत का कारण भी बताना पड़ेगा। वह बोला, "मैं तो बुआ के पास बैठा था। फिर उसके पास वही औरत आ गयी...मैं रहमत उल्ला की चक्की की ओर फाँद गया..."

बग्गे ने माथे पर बल डालकर पूछा, "वही औरत? यह वही औरत कौन है?"

"वही कलवाली औरत!"

सम्भवतः जस्सू ने भी अनुभव कर लिया था कि उसी औरत के कारण वह अधिक मार खाने से बच गया था। उधर बग्गासिंह सोचने लगा कि उस औरत को तो वह नहर पर छोड़कर आया था, वह उससे पहले गाँव कैसे पहुँच गयी। तब उसे याद आया कि वह बहुत ही धीमी गति से लौटा था। रास्ते में दो-एक जगह घोड़ा रुक भी गया।

खोये-खोये ढंग से उसने दो-एक व्यक्तियों से बात भी की थी। इसीलिए उसे देर हो गयी।

जस्सू फिर बोला, "उसने तसले में धुले हुए कपड़े रख रखे थे..."

बग्गासिंह ने हाथ को झटका देकर कहा, "ठीक है, ठीक है! आइन्दा मैं तुम्हें आवारागर्दी करते नहीं देखना चाहता। अगर फालतू समय हो तो घर का कोई काम किया करो।"

बग्गासिंह कुछ उत्सुकता से घर की ओर बढ़ा। ज़ीने से चढ़कर सेहन में पहुँचा तो देखा कि भजनो बाहर के पसार में अकेली बैठी थी। शायद वह औरत जा चुकी थी। एक बार तो बग्गासिंह भीतर घुस गया, और कुछ ही पलों के बाद बाहर आकर बोला, "भजनो! वह औरत कौन है?"

"कौन औरत?"

"जो यहाँ आयी थी।"

"यहाँ तो सारा दिन औरतें आती ही रहती हैं। तुम किसके बारे में पूछ रहे हो?"

बातचीत के दौरान भजनो की दृष्टि जस्सू पर पड़ी जो अजीब-सी शक्ल बनाये चाचा के पीछे खड़ा हुआ था। भजनो भाँप गयी कि दाल में कुछ काला है।

बग्गासिंह ने ज़रा झिझककर कहा, "मेरा मतलब उस औरत से है जो कल भी यहाँ बैठी थी। जब मैं जस्सू को डाँट रहा था तो..."

ओह! तुम्हारा उस औरत से मतलब है?

"हाँ...लौटते समय मैंने उसे नहर के किनारे पर भी देखा था। वहाँ वह दूसरी औरतों के साथ कपड़े धोने गयी होगी। जस्सू ने बताया कि अब भी तो कुछ देर पहले वह तुम्हारे पास बैठी थी।"

भजनो ने फिर एक उचटती हुई नज़र जस्सू पर डाली और बोली, "अच्छा, वह औरत!...मैं समझ गयी..."

"वह हमारे गाँव की तो नहीं है। मैंने उसे पहले कभी नहीं देखा।"

"नहीं, वह हमारे गाँव की नहीं है। वह हिन्दुस्तान* की रहनेवाली है। कुछ ही दिन पहले यहाँ आयी थी..."

अब बग्गासिंह को एकाएक महसूस हुआ कि उस औरत में इतनी अधिक दिलचस्पी दिखाना ठीक नहीं होगा। बेपरवाही से बोला, "ठीक है...मैं समझा, न जाने कौन है!"

बग्गासिंह सेहन में से गुजरता हुआ तबेले की ओर उतर गया। फिलहाल उसने औरत के विषय में बस इतना पर्याप्त समझा...बाक़ी बातें किसी और अवसर पर भी हो सकती थीं।

बग्गासिंह के चले जाने के बाद भजनो ने अर्थपूर्ण ढंग से जस्सू की ओर देखा और पूछा, "क्यों रे छोकरे, तूने अपने चाचा से यह क्यों कहा कि अभी-अभी वह औरत यहाँ

* पंजाब के बाहर के इलाक़े को उस ज़माने में हिन्दुस्तान कहा जाता था।

बैठी थी। अगर मैं बता देती कि इस समय वह यहाँ नहीं आयी थी तो जानते हो कि तुम्हारी क्या दुर्गत बनती?"

जस्सू ने केवल अपने कन्धों को हिला दिया और बिना कुछ कहे ही वह भी धीरे-धीरे तबेले की ओर चला गया।

3

लाला बालमुकन्द उम्र-भर सरकारी नौकरी करते रहे। पहले क्लर्क रहे, और नौकरी समाप्त होते-होते हेड क्लर्क बन गये। जब तक शहर में थे, बड़े पायँचेवाली बहुत खुली-खुली पैण्ट पहना करते थे, गाँव में आकर टिक गये तो लुंगी पहनने लगे। उनकी मूँछें और सिर के बाल दहकते हुए अँगारों की भाँति लाल दिखायी देते थे, क्योंकि वह उन्हें मेंहदी से रँगा करते थे। मूँछें बहुत बड़ी-बड़ी, घनी और नीचे को गिरी रहती थीं। सदा से बदहज़मी का शिकार रहे। आँखों में पीलापन नज़र आता था, मानो वह यरकान के रोगी हों। उन्हें अपने हेड क्लर्क होने पर बड़ा गर्व था। लोग उन्हें सदा लाला बालमुकन्द हेड क्लर्क कहा करते थे। प्रायः तो उन्हें हेड क्लर्क साहब कहकर ही सम्बोधित किया जाता था।

नौकरी समाप्त हो जाने पर जब वह गाँव में पहुँचे तो उन्हें अपना समय काटना मुश्किल हो गया। कहाँ तो वह सुबह से फ़ाइलों में नाक घुसेड़ते और सन्ध्या को ही सिर ऊपर उठाते, और कहाँ अब एक तिनका तक दोहरा करने का काम भी नहीं रह गया था। घरवालों को भी पहले-पहल उनके घर आ जाने पर बड़ी प्रसन्नता हुई। बुज़ुर्गों की छत्रच्छाया बहुत बड़ी चीज़ होती है। परन्तु थोड़े ही दिनों में उनका चाव समाप्त हो गया, क्योंकि लाला जी ने सबका खाना-पहनना, हँसना-बोलना हराम कर दिया। वह हर छोटे-बड़े की टीका-टिप्पणी करते रहते थे। घर के प्रत्येक सदस्य की नाक में दम आ गया। सबसे बड़ी मुश्किल यह थी कि लाला जी को दिन-भर कोई काम नहीं करना होता था। सुबह होते ही, मौसम के अनुसार, घर के सेहन या पसार में चारपाई डालकर बैठ जाते। हुक्का ताज़ा करके उसकी नली दाँतों में दबा लेते। वहाँ बैठे-बैठे उनकी दृष्टि हर बच्चे, हर बेटी-बेटे और हर बहू पर पड़ती रहती थी। टोकने से वह बाज़ नही आते थे। सबका दम फूला रहता था। मन-ही-मन वे लाला जी को कोसते और सोचते कि वह नौकरी से रिटायर न होते तो अच्छा होता! नौकरी के दौरान वह महीने में एकाध बार घर आते तो किसी को न खलता।

भगवान् ने घरवालों की प्रार्थना सुन ली। गाँव के कुछ बड़े-बूढ़ों ने लाला जी से कहा कि आप क्यों सारा दिन औरतों की तरह घर में घुसे रहते हैं। बाहर निकलकर दूसरे लोगों के साथ बैठा कीजिये।

पहले-पहल तो लाला जी कतराते रहे। आख़िर अनपढ़, अनगढ़ और बेढब देहातियों से उनकी क्या बातचीत हो सकती थी?—लेकिन जब उन्होंने बैठकबाज़ी आरम्भ कर दी तो उन्हें बड़ा मज़ा जाने लगा। घर में वह केवल गिनती के लोगों की नुक्ताचीनी कर सकते थे, परन्तु घर से बाहर तो क्षेत्र बहुत ही विशाल था। उनकी वही दशा हुई जैसे कुएँ का मेंढक बहुत बड़ी नदी में पहुँच गया हो। केवल यही नहीं, नदी में पहुँचकर उसी मेंढक ने मगरमच्छ का रूप धारण कर लिया। टीका-टिप्पणी तो उनकी हड्डियों में रच गयी थी। लोग तो उनकी लच्छेदार बातों पर फ़िदा थे, और उन्हें सनकी समझकर उनकी टीका-टिप्पणी की चिन्ता नहीं करते थे। कुछ बड़े-बूढ़े उन्हें सनकी नहीं समझते थे, अपितु यह महसूस करते थे कि वह गहरी बातें करते हैं और दूर की कौड़ी लाते हैं।

बहरहाल वास्तविकता जो भी हो, कम-से-कम लाला जी अब अपने-आपको बेकार नहीं महसूस करते थे। सुबह नाश्ता करते ही घर से निकल जाते। भन्ते-वेले यानी लञ्च टाइम पर भोजन करते। वृद्धावस्था की निर्बलता के कारण कुछ देर सो भी जाते। फिर घर से निकल पड़ते। शतरंज या चौपड़ खेलते। दिन ढले लौटते। रात के भोजन से पहले और बाद में घरवालों की थोड़ी नुक्ता-चीनी करते, और फिर बिस्तर पर लेटकर खुर्राटे भरने लगते।

आज भी लाला जी ने लुंगी पर सिल्क का कुर्ता पहना, कुल्लेदार पगड़ी बाँधी, और चारपाई पर बैठकर पराठे-मक्खन और लस्सी का नाश्ता किया। फिर एक हाथ से छड़ी थामी, दूसरे हाथ से अँगोछे का कोना पकड़ा और लाल-लाल मूँछों पर से लस्सी साफ़ करते हुए चल दिये। उनके घर से निकलते ही हर व्यक्ति का मन ख़ुशी से नाच उठता। बहुएँ घूँघट उठा देतीं, बच्चे कलाबाज़ियाँ खाने लगते, लड़कियाँ ठुमकने लगतीं।

हरिपुरा का अपना एक महत्त्व था। यहाँ पर बग्गासिंह रहता था, और यहाँ पर लाला बालमुकन्द हेड क्लर्क रहते थे। हरिपुरा का गुरुद्वारा भी ऐतिहासिक होने के कारण दूर-दूर तक प्रसिद्ध था। लाला जी एक विशेष अन्दाज़ से खाँसते-खँखारते भागमल की दुकान पर पहुँचे। उसकी पन्सारी की दुकान गाँव के बीचोबीच थी। दुकान के सामने गोबर-मिट्टी से लिपा हुआ ख़ूब बड़ा-सा चबूतरा था। यह वास्तव में गाँव का बड़ा चौराहा था। गाँव में इधर-उधर जानेवाले प्रत्येक व्यक्ति को इस चौराहे से गुज़रना पड़ता था। ये बुर्ज़ुग लोग चबूतरे पर दो-तीन खेस बिछाये इत्मीनान से बैठे रहते थे। इनके चौधरी लाला बालमुकन्द ही थे।

जब लाला जी भागमल की दुकान के निकट पहुँचे तो कुछ लोग पहले से ही उनकी प्रतीक्षा में वहाँ उपस्थित थे। उन्हें देखते ही उनका स्वागत किया, "आओ जी, हेड क्लर्क साहब!"

लाला जी की बाछें खिल गयीं। वह पालथी मारकर बैठ गये। माँड़ लगी पगड़ी के दो शमले, एक नीचे को लटका हुआ और दूसरा हवा में उठा हुआ, अपनी अलग ही

बहार दिखा रहे थे। ताज़ा किया हुआ हुक्का पहले से मौजूद था। लाला जी बैठे तो हुक्के का रुख़ उनकी ओर कर दिया गया। लाला जी ने हुक्के को चिलम के नीचे से थामा और फिर हुक्के की नली का सिरा उनकी घनी लाल मूँछों के नीचे ग़ायब हो गया। कुछ देर तक उनकी मूँछों से धुएँ के बादल उठते हुए यूँ लग रहे थे जैसे मूँछों में से भाप ऊपर को उड़ रही हो।

लाला जी अधिकतर अपने दफ़्तर के ज़माने के क़िस्से सुनाया करते थे। सुनाने योग्य कई छोटी-बड़ी घटनाएँ घट चुकी थीं, जिनमें वह मिर्च-मसाला भी लगा देते थे। इन घटनाओं का स्टॉक समाप्त हो गया तो भी उनके साथी उनसे कहते कि लाला जी हमें फलाँ बात फिर से सुनाइये। बिलकुल ऐसे ही जैसे किसी कवि से उसकी पुरानी कविताओं में से किसी एक को फिर से सुनाने का अनुरोध किया जाता है।

भागमल भी इस महफ़िल में पूरी दिलचस्पी लेता था। वहाँ की दुकानदारी भी बस ऐसे ही चकर-चूँ करती हुई चल रही थी। कभी पैसे-दो पैसे का ग्राहक आ जाता तो भागमल को उठकर भीतर जाना पड़ता, वरना वह वहीं बैठा रहता।

पारस्परिक बातें तो होती ही रहती थीं, लेकिन इन बड़े-बूढ़ों का एक शुगल और भी था, यानी चौराहे से गुजरनेवाले किसी भी व्यक्ति की ओर आकर्षित हो जाते तो उसी के विषय में विचार-विनिमय होने लगता। लाला बालमुकन्द तो और भी धड़ल्ले के आदमी थे। उन्हे गाँव की बहू-बेटियों की इज़्ज़त-आबरू की बहुत चिन्ता रहती थी। वह गाँव की किसी भी बहू-बेटी को टोके बिना न रहते थे। उनका विचार था कि खूसट बुढ़ियों के सिवा गाँव की प्रत्येक स्त्री और लड़की को घूँघट निकालकर चलना चाहिए। सिर पर दुपट्टा ओढ़े रहने की परम्परा तो थी ही, लेकिन घूँघट पर लाला जी ही अधिक बल देते थे। भागमल का चौराहा इस बात के लिए प्रसिद्ध हो गया था कि यदि कोई भी स्त्री घूँघट निकाले बिना उधर से गुज़र जाती तो लाला बालमुकन्द हेड क्लर्क अपनी गरजदार आवाज़ में उसे वहीं टोक देते। अपने साथियों से इस बात का पता लगाकर कि वह किस घर की बहू-बेटी थी, वह किसी-न-किसी अवसर पर उसके मकान पर भी पहुँच जाते। बहू-बेटियों में तहलका-सा मचा हुआ था। जिस औरत को भागमल के चौराहे से गुज़रना होता था, वह अपने शरीर को अच्छी तरह दुपट्टे में लपेट लेती और लम्बा-सा घूँघट निकाल लेती। यह अलग बात थी कि चौराहा पार करते ही वह घूँघट उठा देती और मुस्कराती हुई अपने रास्ते पर चली जाती।

अब महफ़िल गर्म होने को ही थी कि शामत की मारी एक औरत उधर से गुज़री। गेहुँएँ रंग की बड़ी-बड़ी आँखोंवाली इस नौज़वान औरत के यौवन पर ऐसी कयामत की बहार आयी थी कि कुछ देर तक तो लाला जी और उनके साथी उसकी झलक देखकर बिलकुल चकित-से रह गये। घूँघट की बात ही छोड़िये, औरत के सिर का दुपट्टा भी पीछे को खिसककर उसके जूड़े में लगे क्लिप पर फँसा था। लाला जी ने बार-बार अपनी पीली-पीली आँखें झपकायीं। न जाने कितने समय बाद वह ऐसी औरत को देख रहे थे जिसने इतनी जुर्रत की कि छोटा-सा घूँघट भी नहीं निकाला।

इसके पहले कि लाला जी सँभल सकें और औरत को टोक सकें, वह चौराहे से गुज़रकर गली में घुस चुकी थी। लाला जी के मन की बात मन में ही रह गयी। उनकी यह दशा देखकर उनके साथियों के होंठों पर बेइख़्तियार मुस्कराहट उत्पन्न हो गयी। लाला जी ने माथे पर बल डालकर कहा, "यह कौन औरत है? किस घर की है?"

उस औरत के वहाँ से गुज़रते समय कुछ इधर-उधर के मनचले भी चौकन्ने हो गये थे। उनमें से एक बूढ़ोंवाले चबूतरे के निकट आकर बोला, "लाला जी, आप इसे औरत कहते हैं। यह तो पटाखा है!"

लाला जी के माथे के बल और गहरे हो गये, बोले, "घर की बहू-बेटियों को पटाखा कहना बड़ी शर्म की बात है।"

वह आदमी फिर बोला, "यह किसी घर की बहू-बेटी नहीं है।"

एक और आदमी निकट आकर बोला, "लाला जी ठीक कहते हैं। माना कि यह औरत इस गाँव की बहू-बेटी नहीं है, लेकिन कहीं-न-कहीं की तो बहू-बेटी होगी ही। क्या हमें बाहरवालों से इस तरह का व्यवहार करना शोभा देता है?"

पहला आदमी कहने लगा, "इस औरत में बहू-बेटियोंवाली कोई बात नज़र नहीं आती।"

दूसरे आदमी ने गर्म होकर कहा, "वह घूँघट निकालकर नहीं चलती, इसीलिए तुम ऐसी बात कह रहे हो। तुम समझते हो कि जो औरत घूँघट न निकाले वह चरित्रहीन होती है।"

लाला जी ने झगड़ा बढ़ते देखकर कहा, "तुम दोनों ने आपस में ख़ामख़ाह झगड़ा शुरू कर दिया। आख़िर असली बात क्या है?"

दूसरे आदमी ने उत्तर दिया, "लाला जी! वह औरत हिन्दुस्तान से आयी है और वह हमारे रीति-रिवाज नहीं जानती। यदि उसे कोई समझाये तो वह निश्चय ही मान जायेगी।"

"मगर यह है कौन?" लाला जी ने पूछा।

"इस विषय में मैं कुछ नहीं बता सकता। मैं केवल इतना जानता हूँ कि यह पीपलवाली गली के नुक्कड़ पर रहती है।"

"अकेली?"

"नहीं, इसके साथ सोलह-सत्रह वर्ष का लड़का भी है।"

"वह इसका बेटा तो नहीं हो सकता, क्योंकि स्वयं औरत की उम्र बहुत कम है।"

"बेटा तो नहीं है, लेकिन मुझे यह भी नहीं मालूम कि वह उसका क्या लगता है।"

लाला जी कुछ चिन्तित होकर बोले, "तो क्या गाँव में इस औरत को कोई नहीं जानता?"

वही आदमी बोला, "मेरे ख़याल में चन्ननसिंह आपको इसके विषय में जानकारी दे सकता है।"

"क्यों?"

"इसलिए कि इस औरत को उसने ही रहने के लिए जगह दी है। चन्ननसिंह पहले उसी मकान में रहता था। पिछले महीने जब चन्ननसिंह का नया मकान बनकर तैयार हो गया, तो वह बड़े मकान में चला गया। पुराना छोटा-सा मकान खाली पड़ा था, जो उसने इस औरत को दे दिया।"

लाला जी को तो गाँव के लोगों की बहुत अधिक जानकारी नहीं थी। वह यहीं के रहनेवाले थे, लेकिन ज़िन्दगी-भर बाहर नौकरी करते रहे। वह नहीं जानते थे कि चन्ननसिंह कोई अच्छा आदमी नहीं है। उन्होंने अपने एक साथी से पूछा, "यह चन्ननसिंह कौन है?"

"अजी उसे कई बार आपने चलते-फिरते देखा होगा। अक्सर बादामी रंग का तहमद बाँधे इधर-उधर मटरगश्ती करता रहता है। यहाँ के बग्गासिंह का रिश्तेदार है। मगर उनकी आपस में बहुत लगती है। एक-दूसरे के शत्रु बने हुए हैं, और हर समय कोई-न-कोई झगड़ा चलता रहता है।"

लाला जी अब शहरी आदमी हो चुके थे। वह गाँव की पॉलिटिक्स (राजनीति) को बिलकुल नहीं समझते थे। अनजाने ही वह गाँव की बहू-बेटियों के रक्षक बन बैठे थे। इसलिए उनके मन में बेचैनी-सी होने लगी कि आख़िर यह औरत है कौन, और चन्ननसिंह उसे यहाँ क्यों ले आया था?

गाँव में गिनती के तो मकान थे। अच्छी ईंटों और गारे-गोबर का नया मकान उन्होंने भी देखा था। अब पता चला कि उसमें चन्ननसिंह रहता था।

उस दिन की महफ़िल बरख़ास्त हुई तो लाला जी घर लौटे और भोजन करके आराम करने के लिए लेट गये। उनकी आँखों के आगे उस औरत की शक्ल अब भी घूम रही थी—न जाने बेचारी कौन परदेसन थी, कहाँ से और क्यों आयी थी?

आख़िर उन्होंने निश्चय कर लिया कि वह सन्ध्या को घर से निकलकर सीधे चन्ननसिंह के पास जायेंगे, और पूरी जानकारी प्राप्त करेंगे।

थोड़ी देर ऊँघने के बाद लाला जी जागे, मुँह-हाथ धोया, फूली हुई लट्ठे की शलवार पहनी सिर पर बँधी-बँधायी कुल्लेदार पगड़ी टिकायी और हाथ में चाँदी की मूठवाली छड़ी लेकर चन्ननसिंह के घर को चल दिये।

नये मकान के बड़े दरवाज़े के दोनों ओर दो छोटे-छोटे चबूतरे थे, जिन पर मुश्किल से एक आदमी बैठ सकता था। जब लाला जी मकान के सामने पहुँचे तो चन्ननसिंह अपने तहमद में हाथ डालकर खुसिये खुजा रहा था। लाला जी को देखा तो हाथ को तहमद से बाहर निकाले बिना ही मैले-मैले दाँत दिखाते हुए बोला, "आओ जी, हेड कलरक साहब!"

चन्ननसिंह की शक्ल तो लाला जी को निराशाजनक लगी, लेकिन उन्हें इस बात से बड़ी ख़ुशी हुई कि चन्ननसिंह ने उन्हें हेड क्लर्क साहब कहकर सम्बोधित किया था। मुस्कराकर बोले, "तो क्या आप मुझे जानते हैं?"

चन्ननसिंह की खीसें निकल आयीं, कहने लगा, ''भला हेट कलरक साहब को कौन नहीं जानता।''

यह कहकर चन्ननसिंह चबूतरे से नीचे उतर आया। लाला जी बोले, ''मैं आप ही से मिलने आया था।''

चन्ननसिंह ने बड़े दरवाज़े की ओर हाथ से संकेत करते हुए कहा, ''आइये, पधारिये!... यह तो चींटी के घर भगवान् के आनेवाली बात हुई।''

चन्ननसिंह लाला जी को ड्योढ़ी में ले गया, और बड़ी-सी चारपाई पर उनके बैठने के लिए उजला धारीदार खेस बिछा दिया। लाला जी बैठ गये। पहले भी कई बार चन्ननसिंह को वह आते-जाते देख चुके थे, लेकिन आज उन्होंने उस पर बड़ी गहरी दृष्टि डाली। उसकी उम्र अड़तीस-चालीस वर्ष के लगभग थी। सिर और दाढ़ी के बालों में कुछ सफ़ेदी भी नज़र आने लगी थी। अपनी शक्ल और डील-डौल के लिहाज़ से वह गुण्डा लगता था, लेकिन लाला जी को उसके बोलने का ढंग अच्छा लगा। उन्होंने सोचा कि इस व्यक्ति से क़ायदे की बातचीत की जा सकती है।

पहले तो वे यूँ ही इधर-उधर की हाँकते रहे, लेकिन चन्ननसिंह को उनकी शक्ल से लगता था कि लाला जी विशेष उद्देश्य से आये थे। लाला जी भी असली विषय पर बातचीत करने के लिए उत्सुक हो रहे थे। वह केवल यही सोच रहे थे कि उस औरत के विषय में बातचीत कैसे आरम्भ की जाये—आख़िर उन्होंने बुज़ुर्गाना-अन्दाज़ से मुस्कराते हुए सुबहवाली घटना कह सुनायी।

बस इतना ही काफ़ी था। चन्ननसिंह बोल उठा, ''वह औरत मेरे ही मकान में रहती है...मेरे पुराने मकान में। उसका नाम रामप्यारी है।''

लाला जी के मन से बोझ उतर गया, क्योंकि चन्ननसिंह ने स्वयं ही जानकारी देना आरम्भ कर दिया। अगर लाला जी को कुरेद-कुरेदकर बातें पूछनी पड़ीं तो उससे निश्चय ही उन्हें परेशानी होती। वह कहने लगे, ''उस औरत के रंग-ढंग से लगता था कि वह हमारे रीति-रिवाज नहीं जानती।''

''आप ठीक कहते हैं। रामप्यारी बनारस के एक गाँव की रहनेवाली है।''

''बनारस तो बहुत मशहूर धार्मिक स्थान है।''

''जी हाँ, लेकिन वह नगर हिन्दुस्तान में है। वहाँ के लोगों के रीति-रिवाज हमसे बिलकुल भिन्न हैं।''

लाला जी खाँसकर गला साफ़ करते हुए बोले, ''वह औरत अभी बिलकुल जवान है। आख़िर वह इतनी दूर कैसे चली आयी...क्यों चली आयी?''

''लाला जी, बात सिर्फ़ इतनी है कि मैं पिछली बार कुछ दिनों के लिए लाहौर गया था। आप जानते ही हैं कि महाराजा रणजीतसिंह की समाधि के निकट सुप्रसिद्ध ऐतिहासिक गुरुद्वारा डेरा साहब है। एक रोज़ मैं गुरुद्वारे के दर्शन करने गया तो वहीं

इस औरत से मुलाक़ात हुई। शब्द-कीर्त्तन और पाठ के बाद कड़ाह-प्रसाद लेकर मैं बड़े दरवाज़े से बाहर निकला तो रामप्यारी ने ख़ुद ही दोनों हाथ जोड़कर सतसिरी-अकाल कहा। उसे देखकर मुझे अचम्भा हुआ। मैंने सोचा कि शायद हम पहले कभी मिल चुके हैं, और मैं उसे पहचान नहीं पा रहा। मेरी शक्ल से ही वह दिल की बात भाँप गयी। उसने कहा, हम पहले कभी नहीं मिले। मैं मुसीबत की मारी लाहौर में आयी हूँ। बिलकुल बेसहारा हूँ, मुझे मदद की ज़रूरत है। आप शक्ल से भले आदमी लगते हैं, इसीलिए मैंने सोचा कि क्यों न मैं आप ही को अपने मन की बात बता दूँ..."

लाला जी टकटकी बाँधे चन्ननसिंह की ओर देख रहे थे। शायद वह सोच रहे थे कि आख़िर चन्ननसिंह किस पहलू से शरीफ़ आदमी दिखायी देता है। उन्होंने पूछा, "तो फिर रामप्यारी ने अपने विषय में क्या बताया?"

"एक तरह से सोचिये तो उसने कुछ भी नहीं बताया और दूसरी तरह से सोचिये तो उसने सब-कुछ बता दिया था।"

"मैं आपका मतलब नहीं समझा।"

चन्ननसिंह ने दाँत दिखाते हुए कहा, "उसने मुझे केवल इतना ही बताया कि वह बहुत मुसीबत में है। यहाँ से सैकड़ों मील दूर अपने वतन में उस पर ऐसी विपदा पड़ी कि वह वहाँ रह न सकी। उसे जान का ख़तरा पैदा हो गया था। वहाँ से भाग निकलने के अतिरिक्त कोई चारा न रह गया। आख़िर वह छोटे भाई को साथ लेकर अपने गाँव से निकल पड़ी। पहले वह दिल्ली पहुँची, और दिल्ली से लाहौर चली आयी। इस नगर में भी वह अपने-आपको सुरक्षित महसूस नहीं कर रही थी।"

लाला जी ने कुरेद करते हुए पूछा, "तो क्या उसने यह अब तक नहीं बताया कि किस कारण से उसे वहाँ से भागना पड़ा?"

"नहीं लाला जी, यह तो हमारे अपने समझने की बात है। आप ही सोचिये कि उस पर क्या मुसीबत पड़ सकती है। यह तो हो नहीं सकता कि वह कत्ल करके या डाका मारकर गाँव से भाग गयी हो। आप तो जानते ही हैं कि हमारे समाज में औरतों पर कैसे-कैसे ज़ुल्म होते हैं। शायद उसकी समस्या ऐसी है, जिसे वह होंठों तक नहीं लाना चाहती। मैं उससे यह तो कह नहीं सकता था कि जब तक वह अपनी पूरी मुसीबत खोलकर न सुनाये, तब तक मैं उसकी सहायता नहीं करूँगा। मैं तो केवल उसे दुखियारी समझकर यहाँ ले आया और रहने के लिए अपना मकान भी दे दिया। मैं तो बस यही कहता हूँ कि 'कर भला, हो भला'!"

लाला जी उसकी बातों से बहुत प्रभावित हुए। सम्भवतः उन्होंने सोचा कि चन्ननसिंह वास्तव में इतना बुरा नहीं था, जितना कि उसके शत्रु उसे कहते थे।

चन्ननसिंह फिर बोला, "रामप्यारी को यहाँ आये केवल गिनती के दिन हुए हैं। मैंने सोचा था कि जब उसका दिल सँभल जायेगा तो अपने-आप ही मन की बात कह देगी। आपको देखकर ख़याल आया कि क्यों न इस बात का पता आप ही लगायें।"

"मैं!" लाला जी को कुछ आश्चर्य हुआ।

चन्ननसिंह ने कहा, "आप बुज़ुर्ग हैं, पिता समान हैं। रामप्यारी बेखटके आपसे दिल की बात कह सकती है। बेचारी दुखियारी है। एक तरह से वह हमारी मेहमान है। गाँववालों में से हर एक का कर्त्तव्य है कि वह उसकी सहायता करे या कम-से-कम उससे हमदर्दी जतलाये। क्या ख़याल है आपका?"

"ख़याल तो बुरा नहीं है।"

"तो कब जा रहे हैं आप उसके पास?"

लाला जी चौंके, "रामप्यारी के पास?"

"जी। आपके वहाँ जाने में कोई हर्ज़ नहीं है। आपकी तो वह बेटी-जैसी है। देखिये न, मैं चाहे नवयुवक नहीं हूँ, लेकिन बूढ़ा भी तो नहीं हूँ। मुझे रामप्यारी के पास जाते हुए झिझक लगती है। सोचता हूँ कि मुझे वहाँ आते-जाते देखकर कहीं लोग उलटी-सीधी बातें न उड़ाने लगें। मैं मर्द हूँ, मेरा कुछ नहीं बिगड़ेगा, लेकिन वह बेचारी तो बदनाम हो जायेगी। मेरे वहाँ अधिक आने-जाने से लोग कहने लगेंगे कि मैं ऐयाशी करने के लिए उसे कहीं से उड़ा लाया हूँ। अगर आप उससे मिलना स्वीकार कर लें तो मैं आपका आभार मानूँगा। हमारे बुज़ुर्ग होने के नाते यह काम आप ही को करना चाहिए।"

लाला जी यहाँ यह सोचकर नहीं आये थे कि स्वयं उन्हीं पर कोई ज़िम्मेदारी डाल दी जायेगी। लेकिन अब उन्होंने अपने मन को इस काम के लिए तैयार कर लिया। चन्ननसिंह से विदा होते समय उन्होंने कहा, "बहुत अच्छा! मुझसे जो कुछ बन पड़ेगा सो मैं करूँगा।"

चन्ननसिंह ने उत्तर में कहा, "आप बिना खटके जब जी चाहे रामप्यारी के पास चले जायें। आप मेरा नाम लेकर कह दीजियेगा कि चन्ननसिंह ने ही मुझे भेजा है।"

उस शाम तो लाला जी रामप्यारी के यहाँ नहीं गये, लेकिन उनकी आँखों के आगे उसकी सूरत घूमती रही। बेचारी!

दूसरे दिन भागमल के चबूतरे पर महफ़िल जमी तो लाला जी ने चन्ननसिंह से अपनी मुलाक़ात का सारा हाल बता दिया। रामप्यारी की कथा भी सुना दी...लेकिन चन्ननसिंह के सुझाववाली बात गोल कर गये। उन्हें संकोच हो रहा था कि कहीं उनके साथी इस बात का कोई उलटा मतलब न निकाल लें। वह रामप्यारी से चुपचाप मिल लेना चाहते थे। उन्होंने योजना बना ली थी कि अगर रामप्यारी से उनकी मुलाक़ात का किसी को पता चल भी गया तो वह कहेंगे कि वह उधर से गुज़र रहे थे, और इत्तफ़ाक़ से रामप्यारी के साथ भी बातचीत हो गयी।

उस शाम लाला जी पहले तो अकेले ही गाँव के बाहर खेतों को निकल गये, ताकि देखनेवाले यही समझें कि वह घूमने-फिरने को गये हैं। सूर्य अस्त हो जाने पर वह गाँव

के दूसरे सिरे से घुसे। वहीं पर चन्ननसिंह का पुराना मकान था, जहाँ रामप्यारी रहती थी। घर के दरवाज़े पर पहुँचकर वह ठिठक गये। पासवाले पीपल के पेड़ पर कौवों ने शोर मचा रखा था। लाला जी सोच में डूबे हुए थे कि वह रामप्यारी से क्या कहेंगे, कैसे कहेंगे!

आख़िर उन्होंने हिम्मत करके अपनी छड़ी से दरवाज़े को खटखटाया।

थोड़ी देर बाद भीतर से दरवाज़े का कुण्डा खुलने की आवाज़ सुनायी दी। दरवाज़ा खुला तो आगे रामप्यारी हाथ में मिट्टी का दीया लिये खड़ी थी। दीये की काँपती हुई लौ के हलके प्रकाश में रामप्यारी का चेहरा बहुत ही सुन्दर लग रहा था। उसके चेहरे का हर चिह्न यूँ लगता था जैसे तराशकर बनाया गया है। लाला जी को यह देखकर ख़ुशी हुई कि रामप्यारी ने अपने दुपट्टे से पूरा सिर ढँक रखा था। लाला जी मुस्करा पड़े और बोले, "तुम मुझे नहीं जानती बेटी!"

रामप्यारी ने पल-भर को अपनी हिरनी जैसी आँखें उनके चेहरे पर गाड़ दीं और इन्कार में सिर हिला दिया।

उसका इस तरह सिर हिलाना भी एक अनोखी अदा बनकर रह गया, क्योंकि बालों की एक लट आगे को गिरकर उसके सुनहरे और दमकते हुए गाल पर लोटने लगी।

लाला जी फिर बोले, "मुझे चन्ननसिंह ने यहाँ भेजा है।"

चन्ननसिंह का नाम सुनकर रामप्यारी ने पीछे हटकर लाला जी के भीतर आने का रास्ता छोड़ दिया। उस समय वे ड्योढ़ी में खड़े थे।

रामप्यारी सुरीली आवाज़ में बोली, "आइये, भीतर चले आइये।"

रामप्यारी दीया हाथ में लेकर आगे-आगे चली और लाला जी उसके पीछे-पीछे। बड़े सहज में भी रामप्यारी अपना भरपूर सीना ताने बड़े बाँकपन से चलती हुई सेहन में पहुँचीं। उसकी कमर से भी नीचे तक पहुँचनेवाली काले बालों की चोटी इतनी मोटी थी कि एक हाथ में समा नहीं सकती थी। उसकी कमर के नीचे का फैलाव तानपूरे की तरह नज़र आता था।

सेहन से गुज़रकर वे पसार में पहुँचे जहाँ एक लड़का भी खड़ा था। रँगीले पायोंवाले पलँग पर उजला बिस्तर बिछा था। रामप्यारी ने हाथ के इशारे से लाला जी को पलँग पर बैठने को कहा और स्वयं एक पीढ़ा घसीटकर उनके सामने बैठ गयी।

लाला जी की सारी उम्र सरकारी फ़ाइलों पर नाक घिसते गुज़री थी। अपनी सीधी-सादी शक्लवाली पत्नी के अतिरिक्त उन्होंने कभी किसी परायी औरत से बात तक नहीं की। आज हुस्न का एक अद्भुत शोला उनके सामने बहक रहा था। पल-भर को उनकी आँखें चौंधिया गयीं और उनकी बुड्ढी हड्डियाँ सुलग उठीं। दिल में यह सन्देह भी उठा कि उनका उस अपिरिचित युवती के पास इस तरह आना उचित था भी या नहीं। आ ही गये तो उससे क्या कहें? बात कैसे आरम्भ करें?

रामप्यारी की शराब-सी छलकती हुई आँखें लाला जी के बूढ़े चेहरे पर जमी हुई थीं और वह अपनी लम्बी घनी पलकें झपका-झपकाकर इस बात की प्रतीक्षा कर रही थी कि लाला जी कुछ कहें। आख़िर वह स्वयं ही तो आये थे, कम-से-कम उसने तो उन्हें नहीं बुलाया था।

लाला जी ने कुछ बेचैनी से अपनी छड़ी को उँगलियों में फँसाते हुए कहना आरम्भ किया, "बेटी! लगता है कि तुम किस और इलाके की रहनेवाली हो।"

"जी हाँ। लेकिन आपको कैसे पता चला? मैं वस्त्र तो वही पहनती हूँ जो यहाँ की औरतें पहनती हैं।"

कोई भी तीव्र बुद्धि का व्यक्ति समझ सकता था कि रामप्यारी ने जान-बूझकर यह बात उठायी थी। वह चाहती थी कि लाला जी के मुँह से ज़्यादा-से-ज़्यादा बातें कहलवा सके। इस तरह ही वह लालाजी के मन की गहराई तक पहुँच सकती थी।

लाला जी मन में ख़ुश भी हुए। रामप्यारी ने एक तरह से उनकी तीव्र बुद्धि की प्रशंसा की थी। एक बार तो लाला जी के मन में आया कि वह कह दें कि हम तो उड़ती चिड़िया को पहचानते हैं। मगर फिर वह सँभलकर बोले, "बेटी, यह कोई कठिन बात नहीं है। कल सुबह मैं गाँव के कुछ और व्यक्तियों के साथ भागमल की दुकान पर बैठा था कि तुम उधर से गुज़रीं। तुम्हारी चाल-ढाल देखकर मुझे शक हुआ कि तुम न तो हमारे गाँव की हो और न हमारे इलाक़े की रहनेवाली हो।"

रामप्यारी के दमकते माथे पर चिन्ता की एक नन्हीं-सी लकीर नज़र आयी। उसने पूछा, "तो क्या मुझसे कोई भूल हो गयी?"

"इसमें भूल की कोई बात नहीं बेटी...हर इलाक़े के अपने-अपने रीति-रिवाज होते हैं। अगर किसी की चाल-ढाल उनके अनुकूल न हो तो ऐसा व्यक्ति फ़ौरन पहचाना जाता है।"

"मेरी तो यही कोशिश होती है कि मैं यहाँ के लोगों के तौर-तरीक़ों का पालन कर सकूँ।"

"यह बड़ी ख़ुशी की बात है। हमारे यहाँ की बहू-बेटियाँ सदा घूँघट काढ़कर चलती हैं। नंगे सिर चलना तो बहुत ही बुरा समझा जाता है।"

"जी हाँ याद आया, मेरा सिर तो आधे से अधिक खुला था।"

"मैं तुम्हें परेशान नहीं करना चाहता। बात केवल इतनी है कि तुम्हें हमारे रीति-रिवाजों का ज्ञान नहीं है। तुमने कुछ जान-बूझकर तो किया नहीं।"

"आइन्दा मैं इस बात का पूरा-पूरा ध्यान रखूँगी। मैं नहीं चाहती कि मेरी चाल-ढाल या व्यवहार से गाँववालों को कोई शिकायत हो। मुझे यहीं पर रहना है, और मुझे आप सबके आशीर्वाद की ज़रूरत है, सद्भावना की ज़रूरत है। आप मेरे पिता समान हैं। मुझ दुखियारी को यहाँ पूछनेवाला कौन है...आप लोगों के सिवा?"

लाला जी का दिल बड़ा नर्म पड़ गया, बल्कि मोम की तरह पिघल गया। एक बार तो उनका जी चाहा कि वह हाथ बढ़ाकर रामप्यारी की पीठ पर फेरें। लेकिन अनजाने भय और झिझक के कारण वह ऐसा न कर सके। कहने लगे, ‘‘तुम कोई ख़ानदानी लड़की मालूम होती हो। चिन्ता मत करो, यहाँ तुम्हें सबकी सहानुभूति प्राप्त होगी।—वैसे बेटी, तुम ऐसी भरी जवानी में घर से क्यों चली आयीं?’’

रामप्यारी की पलकें नीचे को झुक गयीं और उसके बड़े-बड़े पपोटे औंधी पड़ी सीपियों की तरह दिखायी देने लगे। उसके होंठ कँपकँपाये, ‘‘आपने तो एक ही प्रश्न पूछा है, लेकिन मेरे बारे में बीसियों प्रश्न उठाये जा सकते हैं। अगर मैं उन सबके उत्तर देना चाहूँगी तो मुझे अपनी पूरी जीवन-कथा सुनानी पड़ेगी। लेकिन मेरी जीवन-कथा इतनी दुःखभरी है कि शायद अभी मैं सुना ही न पाऊँ...बस, आप इतना समझ लीजिये कि मैं अबला हूँ...आप लोगों के साये के नीचे अपने जीवन का कुछ समय व्यतीत करने के लिए आयी हूँ।...’’

लाला जी अपने रूखे-सूखे हाथ आशीर्वाद देने के अन्दाज़ से ज़रा ऊपर को उठाते हुए बोले, ‘‘बस-बस बेटी! और ज़्यादा कुछ कहने की ज़रूरत नहीं। मेरे ये बाल धूप में सफ़ेद नहीं हुए हैं, मैंने ज़माना देखा है। मैं जानता हूँ कि बाज़ दुःख ऐसे भी होते हैं जिन्हें ज़बान पर नहीं लाया जा सकता।’’

फिर लाला जी ने देखा कि रामप्यारी जल्दी-जल्दी आँखें झपकाने लगी। सम्भवतः आँसू भर आये थे। लाला जी बेचैन हो उठे। उन्हें लगा कि अगर यही दशा रही तो उनकी आँखें भी डबडबा आयेंगी।

वातावरण में एक पवित्र-सी ख़ामोशी छायी हुई थी। तब लाला जी की नज़र एक लड़के पर पड़ी जो कुछ दूरी पर दीवार से कन्धा टेके खड़ा था और अपनी एक उँगली से नथुने कुरेद रहा था। लाला जी को उस अनगढ़ दुबले-पतले लड़के से कोई दिलचस्पी तो महसूस नहीं हुई, लेकिन केवल बात करने की ख़ातिर उन्होंने पूछा, ‘‘यह लड़का कौन है?’’

‘‘मेरा भाई है।’’

वह लड़का शक्ल-सूरत से रामप्यारी का भाई बिलकुल नहीं लगता था। उसने चौड़े पायँचे का पायजामा और उस पर चिकन का कुर्ता पहन रखा था। उसके बाल बिलकुल सीधे थे, और उसकी दोपल्ली टोपी के भीतर से काँटों की तरह बाहर निकले हुए थे। वह बिलकुल चुगद-सा लगता था। उसकी भवें ज़रूरत से ज़्यादा घनी थीं, और नाक ज़रूरत से कहीं ज़्यादा लम्बी थी।

लाला जी ने पूछा, ‘‘क्या नाम है इसका?’’

लड़का कुछ नहीं बोला, वह चुपचाप अपनी नाक कुरेदता रहा। शायद उसने सोचा हो कि लाला जी ने प्रश्न उसकी बहन से किया था, इसलिए उसे उत्तर देने की कोई मजबूरी नहीं थी। रामप्यारी आँचल सँभालते हुए बोली, ‘‘इसका नाम मंगल है।’’

लाला जी ने दोनों हाथ छड़ी पर रखे और उस पर बोझ डालकर धीरे-धीरे उठ खड़े हुए। उन्होंने कमरे में उचटती हुई दृष्टि दौड़ायी, हालाँकि बलगम फँसी नहीं थी, फिर भी उन्होंने खाँसकर गला साफ़ किया और धीरे से बोले, "अच्छा बेटी! अब मैं चलता हूँ। तुम्हें कभी किसी भी चीज़ की ज़रूरत हो तो मेरे पास चली आना।"

रामप्यारी फिर हाथ में मिट्टी का दीया उठाये लाला जी के आगे-आगे ड्योढ़ी की ओर बढ़ी। उसकी क़ाफ़िर जवानी का उभार देखकर एक बार फिर लाला जी की आँखें झपक गयीं। उन्होंने नज़र झुका ली।

चलते-चलते रामप्यारी कहने लगी, "आइन्दा मैं आपको शिकायत का मौक़ा नहीं दूँगी।"

लाला जी शायद किसी और ही दुनिया में खोये हुए थे। जल्दी से समझ नहीं पाये कि रामप्यारी का संकेत किस ओर है। वह काठ के उल्लू की तरह रामप्यारी की ओर देखने लगे।

रामप्यारी उनके मन की दशा को फ़ौरन भाँप गयी और बोली, "मैं हमेशा घूँघट काढ़कर चला करूँगी।"

लाला जी ने साहस से काम लेकर रामप्यारी की सुडौल और भरपूर पीठ पर हलकी-सी थपकी दे दी...और चुप रहे।

ड्योढ़ी के दरवाज़े पर पहुँचकर रामप्यारी के क़दम रुक गये। लाला जी दरवाज़े से निकलकर गली में खड़े हो गये। चिराग़ की झिलमिलाती रोशनी में रामप्यारी बिलकुल जलपरी-सी लग रही थी। लाला जी के मन के तहख़ानों की गहराई में से एक हूक-सी उठी। उन्हें इस बात का कटु अनुभव हुआ कि उनकी और रामप्यारी की दुनिया में काले कोसों की दूरी थी। कितनी दुःखदायी थी यह वास्तविकता! वह जवान होते...चाहे रामप्यारी उनकी जवानी के बावजूद उनके आगे दाना न डालती...फिर भी वह यह तो महसूस करते कि वे एक ही संसार के रहनेवाले थे।

एकाएक रामप्यारी ने गहरी साँस ली। उसके पिचके हुए पेट के ऊपर दो भरपूर चकोर मानो फड़फड़ाये। उसके रस-भरे होंठ हिले, "एक बात कहूँ?"

अगर रात की ऐसी तन्हाई में आज से तीस-पैंतीस वर्ष पहले रामप्यारी ने उनसे यही प्रश्न किया होता तो उनका दिल कितने ज़ोर से धड़क उठता।

लाला जी चुपचाप रामप्यारी के चेहरे की ओर देखने लगे, जैसे वह उसकी अगली बात की प्रतीक्षा कर रहे हैं।

रामप्यारी का सीना ज्यों-का-त्यों तना रहा, केवल आँखें झुक गयीं, बोली, "मैं औरत जात हूँ। गाँव में ज़्यादा घूमना-फिरना मुझे शोभा नहीं देता। क्या आपके लिए यह सम्भव नहीं होगा कि कभी-कभी आप ही मेरे यहाँ आ जाया करें। मुझे कोई मुसीबत पड़ेगी तो मैं बिना संकोच आपके पास चली आऊँगी, लेकिन अगर आप यूँ ही

घूमते-फिरते कभी-कभी यहाँ आ जाया करें तो मेरे मन को बड़ा सहारा मिलेगा। मैं अपने-आपको अकेली नहीं महसूस करूँगी।"

लाला जी का मन उमड़ आया। एक बार तो जी चाहा कि फिर ड्योढ़ी में घुसकर रामप्यारी का माथा चूम लें, लेकिन अपने इरादे से स्वयं ही घबराकर वह ठिठक गये और कुछ काँपते हुए स्वर में बोले, "मैं इस बात का ख़याल रखूँगा। तुम गाँव में अपने-आपको अकेली नहीं महसूस करोगी।"

यह कहकर लाला जी ने छड़ी सँभाली और वहाँ से चल दिये।

रामप्यारी ने भी धीरे-धीरे दरवाज़े के दोनों पट बन्द कर दिये।

लाला जी नहीं जानते थे कि गाँव में कुछ लोग ऐसे भी थे जिन्हें रामप्यारी के घर के आसपास मँडराने के अतिरिक्त और कोई काम नहीं था। कोई चूहा भी रामप्यारी के घर में घुसे तो उन्हें इस बात की ख़बर हो जाती थी। भला लाला जी के वहाँ आने-जाने की बात कैसे छिपी रह सकती थी! रातोंरात गाँव-भर में यह बात फैल गयी कि लाला जी रामप्यारी के दर्शन के लिए उसके घर गये थे। लौंडे-लफाड़े कुछ समझें न समझें, लेकिन अगली सुबह को जब उन्होंने लाला जी को देखा तो दूर ही से एक गीत के मशहूर बोल गाने लगे–

नाले बाबा राती रह गया
नाले दे ग्या दवानी खोटी।

(अर्थात् एक तो बुड्ढा रात किसी औरत के पास काट भी गया, और फिर विदा होते समय औरत की हथेली पर खोटी दुअन्नी टिका दी।)

छाह-वेला (नाश्ते) से फ़ुर्सत पाकर लाला जी ठस्से-से तैयार हुए और छड़ी हिलाते हुए भागमल की दुकान को चल दिये। आज उन्हें अपने साथियों के सामने रामप्यारी से मुलाक़ात की पूरी रिपोर्ट पेश करनी थी।

जब वह चबूतरे के निकट पहुँचे तो सामान्य से अधिक उत्साह से उनका स्वागत किया गया। एक सज्जन बोल उठे, "आइये! आइये लाला जी! आज तो आपके चेहरे पर नया ही नूर (प्रकाश) दिखायी देता है।"

लाला जी के मन में गुदगुदी-सी हुई, चेहरा गम्भीर बना रहा। चबूतरे पर चढ़े, जूते उतारे, खेस के ऊपर बैठ गये और हुक्के की नै (डण्डी) दाँतों में दबाकर उसके सुरूर में खो गये।

सब साथी यह जानने के लिए उत्सुक हो रहे थे कि पिछली शाम की मुलाक़ात कैसी रही। लाला जी की गम्भीर सूरत देखकर सभी गम्भीर हो गये। चाहे उनके मन में लड्डू फूट रहे थे।

हुक्के का कुछ आनन्द ले चुके तो लाला जी सँभलकर बोले, "बेचारी अबला है।"

एक मनचले ने बात-ही-बात में चुटकी ली, "अजी, अबला तो वह देखने से ही लगती है। हम जानना यह चाहते हैं कि आप जो इतनी देर उसके यहाँ बैठे रहे तो वहाँ क्या-क्या हुआ?"

"हुआ?" लाला जी ने उस आदमी की ओर ज़रा बिगड़कर देखा, "होना क्या था? भई आप लोग भी कमाल करते हैं। भलाई का ज़माना नहीं रहा।"

तब एक और लाला बोले, "इनकी बातों को छोड़िये। सवाल यह है कि एक परदेसन औरत हमारे गाँव में आ गयी है। हम जानना चाहते हैं कि वह कौन है, कहाँ से और क्यों आयी है।"

लाला जी फ़ौरन बोले, "इन बातों का मेरे पास कोई उत्तर नहीं है।"

दूसरे लाला जी फिर बोले, "आप भी बड़े भोले-भाले हैं। आप वहाँ इतनी देर क्या करते रहे?"

लाला बालमुकन्द मन-ही-मन में डाँवाँडोल हो गये। वह नहीं चाहते थे कि रामप्यारी के विषय में यह बातचीत ऐसा रुख़ अख़्तियार करे। इस समय उनका अधिक बिगड़ना भी उचित नहीं था। बड़ी गम्भीरता से बोले, "मेरा ख़याल नहीं कि मैं वहाँ बहुत देर तक टिका रहा हूँ।"

वहाँ बैठे अधेड़ उम्र के सरदार जी, जिनका नाम मूलसिंह था, अधिक बारीक़ बातों में विश्वास तो नहीं रखते थे, लेकिन उस समय उनके मुँह से बारीक़ बात निकल ही गयी, "लाला जी ऐसे मौक़ों पर वक़्त गुज़रने का कुछ पता नहीं चलता।"

लाला जी ख़ून का घूँट पीकर रह गये। वह यह भी जानते थे कि अगर वह बौखला गये तो उनके साथी उन्हें और अधिक परेशान करेंगे। उन्होंने धैर्य को हाथ से जाने नहीं दिया, कहा, "बेचारी रामप्यारी सचमुच बहुत दुःखी है। उसके जीवन में कोई ऐसी घटना ज़रूर घटी है जिसके कारण उसे अपना प्रदेश और घर-बार छोड़कर यहाँ आना पड़ा। हमारा कर्त्तव्य यह है कि हम एक-दूसरे का मज़ाक उड़ाने की जगह हर तरह से उसकी सहायता करें। मैंने उसे समझा दिया है कि उसे हमारे गाँव में यहाँ की रीति-रिवाजों के अनुसार रहना होगा। उसने मेरी यह बात स्वीकार कर ली है। मुझे विश्वास है कि धीरे-धीरे हमें इस बात का भी पता चल जायेगा कि किस परेशानी के कारण उसे यहाँ परदेस में आना पड़ा।"

●

डार कूँजाँ दे बाँग विच फिरन बेले, इक दूजे दे संग संगेलियाँ नीं।

—वारे शॉ

जैसे कूँजों (ख़ूबसूरत पक्षी) की पंक्ति आकाश में उड़ती है उसी तरह से ये सब सखियाँ जंगल में एक-दूसरे के साथ खेलती-कूदती थीं।

1

जस्सासिंह सवेरे-सवेरे घर से खेतों की ओर निकल पड़ा। यह उसका रोज़ का काम था, मगर आज उसकी बग़ल में कपड़े में लिपटी हुई बारह-चौदह बासी रोटियाँ भी थीं। वह कुछ चाव में था। गाँव में उसका एक भी मित्र नहीं था। ऐसे गुम-सुम रहनेवाले लड़के से भला किसकी दोस्ती हो सकती थी। स्वयं जस्सा अपने को दूसरों से अलग-अलग महसूस करता था। सब लड़के अपने माता-पिता के साथ रहते थे, और घर की बातें करते समय प्रायः अपने भाई-बहनों का भी ज़िक्र करते रहते थे। जस्से का ऐसा कोई घर नहीं था। न माँ, न बाप, न बहन, न भाई। दूसरों की अपेक्षा उसके मन में हीनता की भावना नहीं थी क्योंकि वह आवश्यकता से अधिक ही कठोर था, वरन् उसे दूसरों से दूरी का सदा ही गहरा अहसास रहा। हमउम्र लड़कों से अपनी इसी दूरी को मिटाने की उसने कभी कोशिश नहीं की। वह अपने संसार में खोया रहता था। जब उसका जी चाहता, वह अपना अलग से संसार बसाने की कोशिश भी करता। सप्ताह में एक-दो बार वह आसपास के घरों से बासी रोटियाँ लेकर कपड़े में लपेटता और उन्हें बग़ल में दबाकर गाँव से बाहर निकल जाता। आज भी वह ख़ुशी की कुछ घड़ियाँ गुज़ारने के लिए जा रहा था।

गाँव से काफ़ी दूरी पर एक कुआँ था। किसी ज़माने में वहाँ रहट चला करता था। दो बैल भारी-भरकम चरखड़ों को घुमाया करते थे, और पानी टिण्डों में से छलाछल गिरकर पाड़छे द्वारा बहता चला जाता था। वहाँ थोड़ी-बहुत गहमागहमी भी रहती थी। गाँव से अधिक दूर पर होने के कारण औरतें कपड़े धोने के लिए वहाँ तक नहीं आती थीं, लेकिन कुछ मनचली पहुँच भी जाती थीं। कारण यह कि वहाँ उन्हें बिलकुल एकान्त मिलता था।

कुएँ से निकला हुआ पानी आसपास के खेतों की सिंचाई करता था। रहट पर बैलों को हाँकने के लिए केवल एकाध लड़का मौज़ूद होता था। मर्द खेतों में होते थे। औरतें लड़के को भगा देतीं और किसी लड़की को बैल हाँकने पर लगा देतीं। तब सारे रहट पर उन्हीं का राज्य हो जाता। वे बिना किसी संकोच के रहट के पानी में नहातीं, कपड़े धोतीं, और अधनंगी इधर-उधर घूम-फिरकर धूप में कपड़े फैलाया करती थीं।

कई वर्ष पूर्व कुएँ का पानी अपने-आप सूख गया। मुँडेर गिर गयी, और कुएँ के भीतरवाली दीवार पर जंगली जड़ी-बूटियाँ उग आयीं। कुछ चिह्न देखकर पता चलता था कि किसी समय वहाँ पर बैल चला करते थे। आसपास के शिरीं और तुन के घने वृक्षों पर अब उल्लुओं और चीलों का बसेरा था। कुछ कुत्तों ने भी उस जगह को अपना ठिकाना बना रखा था। कभी इन कुत्तों को आसपास के साहसियों ने पाल रखा था। वे उन्हीं कुत्तों के द्वारा जंगली बिल्लों का शिकार किया करते थे। अगर कोई कुत्ता चोट या बीमारी के कारण नाकारा हो जाता तो उसे साहसी घर से निकाल देते, क्योंकि वे बेकार कुत्ते को खिला-पिला नहीं सकते थे। ऐसे कुत्ते मानो संन्यास लेकर उस अन्धे कुएँ के निकट रहने लगे। वे दिन में आसपास के देहात का चक्कर लगाते, कूड़े-करकट से कुछ खा-पीकर अपने ठिकाने पर लौट आते। एक दिन इत्तफ़ाक़ से जस्सा वहाँ जा निकला। आख़िर वे सधाये हुए कुत्ते थे। उन्होंने जस्से को देखा तो दुम हिलाने लगे। जब जस्सा दोबारा वहाँ गया तो उसकी बग़ल में कई रोटियाँ दबी हुई थीं। उसने कुत्तों को रोटियाँ खिलायीं। कभी-कभी तो वह बहुत अधिक संख्या में रोटियाँ ले जाता। कुत्ते पेट भरकर खाते, और अपने इस नेक मालिक की ख़ैर मनाते।

यह भी अनोखी स्थिति थी। एक मनुष्य का लड़का और कुत्ते अपने-आपको एक-दूसरे के काफ़ी निकट महसूस करने लगे थे। जस्से को यह भी पता चल गया कि ये कुत्ते शिकार खेलने के लिए उतावले रहते थे, यद्यपि वह नहीं जानता था कि यह साहसियों से सधाये हुए कुत्ते थे। अब जस्से को नया शुगल हाथ आ गया। वह अपने कुत्तों की टोली को लेकर खेतों, क़ब्रिस्तानों और झड़बेरियों में दौड़ता फिरता था। कभी कोई जंगली खरगोश या बिल्ला किसी झाड़ी में से निकल पड़ता तो बस मज़ा आ जाता। कुत्ते बड़े उत्साह से उछलकर शिकार के पीछे दौड़ पड़ते। जस्सा भी हा-हू करता हुआ भाग निकलता। माना कि वे कुत्ते किसी शिकार को पकड़ने में समर्थ नहीं थे, लेकिन इस भाग-दौड़ में जस्से को बड़ा मज़ा आता। शिकार के बच निकलने पर भी जस्सा और उसके कुत्ते बड़े ख़ुश होते। वास्तव में शिकार का इसके अतिरिक्त कोई महत्त्व नहीं था कि इस बहाने से वे भाग-दौड़ लेते थे। इतने परिश्रम के बाद जस्से को भूख लगती तो वह खेतों में से शलगम उखाड़ता और खा जाता।

बस, अपनी ज़िन्दगी की यही कुछ घड़ियाँ थीं जिन्हें जस्सा इतनी ख़ुशी और इतमीनान से व्यतीत करता था। वह अपने जीवन के बोझ और सूनेपन को भूल जाता।

कुछ दिन पूर्व वह नहर की ओर जा निकला। वहाँ औरतें नहाने और कपड़े धोने के लिए जाया करती थीं। नाबालिग लड़कियों ने अपना अलग अड्डा बना रखा था। उनकी चीख-चिल्लाहट और धमा-चौकड़ी से उकताकर उनकी माताएँ उन्हें परे धकेल दिया करती थीं। लड़कियों ने भी नहर के मोड़ पर बबूल के वृक्षों के नीचे नहाना-धोना आरम्भ कर दिया। पानी न इतना तेज़ था कि बह जाने का भय होता, और न इतना गहरा था कि डूबने का ख़तरा होता। वे किनारे से गड़ाप-गड़ाप नहर में छलाँगें लगातीं, बत्तखों की तरह बाज़ुओं और हाथों से पानी छपछपातीं, और एक-दूसरे पर छींटें उड़ाकर चीख-चीखकर हँसतीं। जस्से ने दूर से ऐसा ही एक दृश्य देखा था जो उसे बहुत भला लगा। शायद लड़कियों में सम्मिलित होना तो उसके लिए ठीक नहीं था, लेकिन वह दूर से तो उनके खेल-तमाशों से अपना मन बहला सकता था।

यह बात केवल उसके मन में थी, लेकिन वह दोबारा नहर पर गया नहीं। लड़कियों के मामले में उसे सन्देह था कि न जाने वे उससे कैसा व्यवहार करें, लेकिन अपने कुत्तों पर उसे पूर्ण विश्वास था।

आज भी कुत्तों को रोटियाँ खिला देने के बाद वह वृक्षों की छाया-तले कुछ ढालू धरती पर अधलेटा-सा हो रहा था कि इतने में उनके गाँव का मौजीराम घोड़े पर सवार उधर से निकला। वह शहर से कुछ सामान लेने जा रहा था। जस्से पर नज़र पड़ी तो उसने घोड़ा रोक लिया और ऊँचे स्वर में पूछा, "अरे! तुम जस्सू हो क्या?"

जस्से के कानों में जाना-पहचाना स्वर पहुँचा तो वह उठकर बैठ गया। उस समय वह दाँतों में घास का लम्बा-सा तिनका चबा रहा था। मौजीराम को पहचानकर बोला, "हाँ चाचा! मैं ही हूँ..."

"अरे! तुम यहाँ बैठे हो, और तुम्हारा चाचा साँड़ की तरह बौखलाया हुआ तुम्हें ढूँढ़ रहा है।"

चाचे का नाम सुनकर जस्सा फ़ौरन उठकर खड़ा हो गया। मौजीराम उसे तसल्ली देने के लिए बोला, "घबराने की बात नहीं। मैंने तुम्हारे चाचा से कह दिया था, बच्चा है, यहीं आसपास खेल रहा होगा। इत्तफ़ाक़ से तुम दिखायी भी दे गये। अब फ़ौरन घर चले जाओ..."

मौजीराम ने अपनी बात समाप्त करके घोड़े को एड़ लगायी और वहाँ से चल दिया।

जस्सा फ़ौरन गाँव की ओर भागा। कुत्ते भी उसके साथ-साथ हो लिये। जस्से को ख़याल आया कि कुत्तों को उसके साथ देखकर कहीं चाचा भड़क न उठे। वह रुका तो कुत्ते भी रुक गये। उसने दोनों बाज़ू हिला-हिलाकर कुत्तों को शिशकारा और वापस लौट जाने को कहा।

कुत्ते वापस तो नहीं गये, लेकिन जहाँ-के-तहाँ खड़े रहे। वे इतना समझ गये कि जस्सा उन्हें अपने साथ नहीं ले जाना चाहता।

इस तरह कुत्तों को पीछे छोड़कर जस्सा फिर घर की ओर दौड़ पड़ा।

शायद जिस तरह किसी कवि को कविता की रचना करने में आनन्द की अनुभूति होती है, उसी तरह जस्से को दौड़ लगाने में ख़ुशी होती थी। वह बड़ी तीव्र गति से लम्बे फ़ासले तक बिना दम टूटे दौड़ सकता था। कभी-कभी तो वह अपने कुत्तों के बराबर दौड़ लेता था। पैहों (चौड़े रेतीले मार्गों), खेतों, पगडण्डियों पर से होता हुआ झाड़ियों, वृक्षों और टीलों के निकट से गुज़रता हुआ जस्सा घोड़े के चंचल बच्चे की भाँति मानो उड़ता चला जा रहा था। अपने दौड़ लगाने पर उसे अभिमान था। कभी-कभी वह इस बात पर मुग्ध हो उठता कि उसकी टाँगें उसके शरीर को इतनी तीव्रता से आगे, और आगे ले जा सकती थीं।

गाँव के निकट पहुँचकर भी उसने अपनी गति मन्द नहीं की। टूटी-फूटी चारदीवारी के पीछे गोबर-मिट्टी से लिपी हुई दीवारों और सपाट तथा समतल छतोंवाले मकान सुबह की धूप में जगमगा उठे थे। मकानों की मुँडेरों पर सफ़ेद काले कौवे काँव-काँव कर रहे थे। रास्ते में कोई छोटी-मोटी चीज़ आती तो जस्सा कूदकर उसके ऊपर से फलाँग जाता। चाचा के तबेले के पहलू में चक्की से जुती हुई साँड़नी का सिर उसे दिखायी देने लगा था। बड़े फर्राटे से जब वह तबेले के अहाते में घुसा तो बग्गासिंह उसकी ओर पीठ किये रहीम से कुछ कह रहा था।

जस्सा एक जगह रुककर स्थिर हो गया, दम फूला हुआ था, और उसके मुँह में से भाप निकल रही थी। उसकी टाँगों पर धूल भी थी और घास पर जमी ओस की बूँदों के छींटे भी थे।

रहीम से बात समाप्त करके बग्गा मुड़ा तो उसकी नज़र जस्से पर पड़ी। बग्गा अधिक गुस्से में नहीं था। उसने देखा कि जस्सा बड़े ज़ोर-ज़ोर से हाँफ रहा है तो उसे यह समझने में देर नहीं लगी कि जस्से को जहाँ भी इस बात की ख़बर मिली होगी कि चाचा उसे ढूँढ़ रहा है, वहीं से बगटुट भागता हुआ वह तबेले में पहुँच गया था। इस ख़याल से बग्गा कुछ और ठण्डा पड़ गया। उसने एक बार पूछ ही लिया, "अबे, कहाँ गया था जस्से?"

"हगने!"

जस्से ने एक शब्द में उत्तर दे दिया और फिर शान्त हो गया। उसकी यह ख़ामोशी ऐसी दृढ़ थी कि उसे चाचे के थप्पड़ और घूँसे भी तोड़ नहीं सकते थे। लेकिन चाचा मार-पिटाई के मूड में नहीं था। वह जस्से के बड़े से जूड़े पर हाथ रखकर उसे तबेले के कमरे में ले गया। वहाँ पीतल की कलईदार बाल्टी उजले झाड़न से ढँकी रखी थी। बग्गे ने झाड़न का एक कोना उठाया तो जस्से ने देखा कि बाल्टी किनारे से चार अँगुल नीचे तक मट्ठे से भरी हुई थी और उसमें कम-से-कम पाव-भर मक्खन का गोला तैर रहा था। फिर चाचा ने उसे निकट पड़ा लोहे का बड़ा-सा कमण्डल दिखाया, जिसमें तीन-साढ़े तीन सेर ताज़ा दूध था।

जस्से ने अपनी छोटी-छोटी आँखें चाचा के चेहरे पर गाड़ रखी थीं। वह यह जानने का इच्छुक था कि उसका चाचा चाहता क्या था।

बग्गे ने अपना दाहिना पाँव निकट पड़ी चारपाई की बाही पर रखा और बायाँ हाथ जस्से के कन्धे पर धरकर कुछ रहस्यपूर्ण अन्दाज़ में बोला, "तुम्हें ये दोनों चीज़ें रामप्यारी के यहाँ पहुँचानी हैं।"

हमेशा की तरह जस्से का चेहरा यूँ दिखायी दे रहा था जैसे वह काठ का बना है। उत्तर में उसके मुँह से एक ही शब्द निकला, "अच्छा!"

कुछ कहने से पहले बग्गे को अपने गले में कोई चीज़ अटकी-सी महसूस हुई। उसने ज़ोर से खाँसकर बलगम का लोंदा बाहर को फेंका जो दीवार पर जा चिपका। उसने जस्से की बटन-जैसी आँखों में आँखें डालकर कहना आरम्भ किया, "हाँ, तो रामप्यारी का मकान..."

जस्से ने बात काटकर कहा, "मैं जानता हूँ।"

चाचे ने ठिठककर अपना दाहिना पाँव चारपाई से हटाया और फ़र्श पर टेक दिया। उसे लगा जैसे जस्सा आवश्यकता से कुछ अधिक ही जानता था। उसने धीरे से पूछा, "तो तू जानता है कि रामप्यारी किस मकान में रहती है?"

"हाँ, चाचा" जस्से ने बड़े चौकन्नेपन से उत्तर दिया।

मादरछोद!...बग्गे ने मन-ही-मन में कहा। फिर उच्च स्वर में बोला, "ये दोनों चीज़ें रामप्यारी के घर पहुँचा दो—चुपके से!"

इतना कहकर बग्गे ने जस्से के चेहरे की ओर देखा। उस काठ के चेहरे पर कोई चिह्न दिखायी नहीं देता था। बग्गे ने पूछा, "मेरी बात समझ गये न?"

"हाँ' ये दोनों चीज़ें रामप्यारी को पहुँचानी हैं—चुपके से!"

बग्गे ने शब्द 'चुपके से' सुनकर एक बार फिर लड़के की ओर देखा। उसका चेहरा सपाट था। बग्गे को इतमीनान हो गया।

एक हाथ में बाल्टी और एक हाथ में कमण्डल उठाकर जब जस्सा दरवाज़े में से बाहर जाने लगा तो बग्गा बोला, "रामप्यारी से कह देना कि चाचा ने भिजवाया है।"

जस्सा तेज़ी से पग उठाता हुआ चुपचाप वहाँ से चल दिया। ऐन उसी मौक़े पर बग्गे को भजनो खड़ी दिखायी दी।

भजनो ने जस्से को दरवाज़े में से निकलते देख लिया था।

कुछ ही समय पहले बग्गे ने मकान के भीतर से मट्ठा और मक्खन मँगवाया था। भैंसों के दुहे हुए दूध में उसने एक कमण्डल भरकर पहले ही रख लिया था, और बाक़ी दूध भीतर भजनो को भिजवा दिया था। भजनो को दूध के विषय में तो कुछ मालूम नहीं था, लेकिन मट्ठे के बारे में वह यही समझी कि सम्भवतः अहाते में बग्गे के कुछ मेहमान आये होंगे। अब जस्से को दूध का कमण्डल और मट्ठे की बाल्टी ले जाते देखकर उसके मन में जिज्ञासा जागी कि जस्सा इन चीज़ों को कहाँ पहुँचाने के लिए जा रहा था।

बहन के मन की इस बात को भाँपने में बग्गे को देर नहीं लगी। उसने तुरन्त ही कहा, 'मैंने यह दूध और मट्ठा उसके घर भिजवाया है...क्या नाम है उसका!...अरे तुम्हारे पास भी तो मैंने एक-दो बार उसे बैठे देखा है!...भला-सा नाम है उसका। हाँ...याद आया...रामप्यारी!''

बग्गे को यह नाम भली-भाँति याद था, लेकिन वह जान-बूझकर अभिनय करता रहा। भजनो तबेले के भीतर चली आयी। वह दीवार से टिके बैलगाड़ी के एक बहुत बड़े पहिये पर कोहनी रखकर खड़ी हो गयी। चाहे उसने कुछ कहा नहीं, लेकिन उसकी शक्ल से लग रहा था कि वह यह जानना चाहती थी कि आख़िर बग्गे को ये चीज़ें भिजवाने का ख़याल कैसे आया।

बग्गा भजनो से डरता नहीं था, मगर यह बात ही ऐसी थी जिस पर कुछ-न-कुछ प्रकाश डालना आवश्यक था। उसने अपनी दो लम्बी-लम्बी उँगलियाँ पगड़ी में घुसेड़कर सिर खुजाते हुए कहा, ''बेचारी अबला है...मुसीबत की मारी है।''

भजनो के होंठों पर शरारत-भरी मुस्कराहट उत्पन्न हुई और उसने पूछा, ''तुम्हें कैसे पता चला कि वह मुसीबत की मारी है?''

कोई और विषय होता तो बग्गा बहन को घुड़ककर टाल देता, मगर रामप्यारी के मामले में वह ऐसा करना नहीं चाहता था। वही चोर की दाढ़ी में तिनकावाली बात थी। उसने अपना बड़ा-सा हाथ ज़रा-सा हवा में हिलाकर उत्तर दिया, ''भला मुझे इसका पता कैसे चल सकता था! रामप्यारी से तो आज तक मेरी एक बात भी नहीं हुई—अपने वह लाला जी हैं न...लाला बालमुकन्द, हेड कलरक, गौरमिण्ट इण्डिया!—वही रामप्यारी के पास गये थे। उन्होंने पूरी छानबीन करने के बाद कहा कि वह बेचारी मुसीबत की मारी है, दुखियारी है, इसलिए हम सब गाँववालों को चाहिए कि उसकी हर प्रकार से सहायता करें।''

इस पर भजनो ने एक आँख बन्द कर ली, लेकिन बग्गे की नज़र उसकी ओर नहीं थी। वह बोली, ''तो इसीलिए तुमने मट्ठा और दूध उसके यहाँ भेजा है?''

''हाँ भजनो! हमारे यहाँ तो मट्ठे और दूध की नदियाँ बहती हैं। तुम तो बचा हुआ मट्ठा मजबूरन भैंसों को पिला देती हो, या गाँव से बाहर मैदान में भी उँडेल आती हो। भला किसी ग़रीब के काम आ जाये तो क्या बुरा है।''

''मैं यह कब कहा कि इसमें कोई बुराई की बात है? यह तो बहुत ही शुभ कार्य किया है तुमने।''

यह कहते समय भजनो दरवाज़े के बाहर निकल गयी और पीछे से बग्गा यह भी न देख पाया कि उसके चेहरे की क़ैफ़ियत क्या थी।

जस्सा बड़ी तेज़ी से क़दम बढ़ाता हुआ चला जा रहा था। उस समय उसने घुटनों से ऊपर तक का केवल कछहरा (जाँघिया) पहन रखा था, जिसका नीचे को लटकता हुआ मैला कमरबन्द उसके घुटनों से टकरा-टकराकर नाच रहा था। वह गाँव के बाहर-बाहर से होकर गया। पीपल के नीचे रामप्यारी का मकान था। पीपल ज़रा ऊँची

जगह पर था। जस्सा उस चढ़ाई पर भी बड़ी तेज़ी से चढ़ गया। रास्ते के ढालू किनारे पर कूड़े-करकट के ढेर थे जिन्हें मुर्गियाँ पंजों से कुरेद रही थीं।

दरवाज़े के आगे पहुँचकर पल-भर को वह ठिठका। उसके दोनों हाथ खाली नहीं थे। उसने दरवाज़े पर एक पाँव मारा तो वह खुल गया। वह लम्बा डग भर के ड्योढ़ी में पहुँच गया। सेहन की दीवार के पास चारपाई पर रामप्यारी बैठी धूप सेंक रही थी। जब उसे ड्योढ़ी के दरवाज़े में से जस्सा सेहन में आता दिखायी दिया तो उसे थोड़ा आश्चर्य हुआ। वह समझी कि यह लड़का शायद भूल से उसके यहाँ चला आया था।

रामप्यारी को गाँव में कौन नहीं पहचानता था! हाँ, वह बहुत कम लोगों को पहचानती थी। विशेषकर जस्से के विषय में उसे लगा कि उस लड़के को उसने पहले कभी नहीं देखा था। उसने लड़के से पूछा, "किसके यहाँ जाना है तुम्हें?"

जस्से ने खटाक से उत्तर दिया, "मैं तुम्हारे ही पास आया हूँ।"

रामप्यारी ने चारपाई से उठने के लिए अपना पाँव नीचे की ओर बढ़ाते हुए कुछ आश्चर्यपूर्ण स्वर में पूछा, "मेरे पास?"

इतनी देर में जस्से ने बाल्टी और कमण्डल को सेहन के कच्चे फ़र्श पर रख दिया और बोला, "मैं मट्ठा, मक्खन और दूध लाया हूँ।"

रामप्यारी ने उठकर बाल्टी और कमण्डल पर से उजला झाड़न हटाया और फिर उन्हें ढँक दिया। तब लड़के की ओर देखकर प्रश्न किया, "कहीं तुम भूल से तो यहाँ नहीं चले आये?"

"नहीं—तुम्हारा ही नाम रामप्यारी है न?"

"हाँ!—तुम कौन हो?"

जस्से ने नाक सुड़ककर उत्तर दिया, "मेरा नाम जस्सा है। मुझे चाचा ने तुम्हारे यहाँ भेजा है।"

"कौन है तुम्हारा चाचा?"

"बग्गासिंह।"

यह नाम सुनकर रामप्यारी के मुँह का आकार बिलकुल गोल-सा हो गया...जैसे वह सीटी बजाने जा रही हो। फिर उसने आवाज़ दी, "मंगल! अरे मंगल!"

मंगल दुबली-पतली बकरी की तरह झलाँग लगाकर बाहर निकल आया। एक हाथ से अपनी टोपी को दायीं ओर खिसकाते हुए पूछने लगा, "क्या है दीदी?"

रामप्यारी ने बाल्टी और कमण्डल की ओर हाथ से संकेत करते हुए कहा, "इन्हें भीतर ले जाओ, और अपने बर्तनों में दूध और मट्ठा उँडेलकर खाली बाल्टी और कमण्डल इस लड़के को वापस कर दो।"

मंगल ने होंठों पर जीभ घुमायी और दोनों बर्तन उठाकर भीतर चला गया।

रामप्यारी ने कहा, "तुम्हारे चाचा ने इतनी तक़लीफ़ काहे की?"

"मैं नहीं जानता।" जस्से ने फटाक से उत्तर दिया।

रामप्यारी उसके इस उत्तर पर मुस्करा दी। बोली, ''इस समय तुम्हारे चाचा कहाँ हैं?''

''घर पर .... तबेले में।''

''ओ!''

जस्से को इतने निकट से रामप्यारी बहुत अच्छी लगी। उसकी आवाज़ भी सुरीली थी और वह बातें भी बड़ी अदा से करती थी।

मंगल दोनों बर्तन खाली करके ले आया तो रामप्यारी बोली, ''इन्हें पानी से धो देना।''

मंगल ने यह काम भी बड़ी फुर्ती से किया। जस्सा बर्तन उठाकर चलने लगा तो उसके कानों में रामप्यारी की चूड़ियों की खनक की आवाज़ सुनायी दी। वह अपना कोमल हाथ उठाकर उसे रुकने का इशारा करती हुई कह रही थी, ''ज़रा ठहरो।''

रामप्यारी कमरे के भीतर गयी और एक तश्तरी में भुँजी हुई गेहूँ के मरूँडे, खाँड का बना हुआ गट्टा, और चीनी की चौकोर मिठाई के टुकड़े लेकर लौट आयी, और जस्से से कहने लगी, ''यह लो!''

जस्से की समझ में नहीं आया कि वह मिठाई को किस चीज़ में ले। अगर बर्तन न भी सामने होते तो उतनी मिठाई उसके दोनों हाथों में नहीं समा सकती थी। उसका दिमाग़ बड़ा तेज़ था। उसने झट से एक तरकीब निकाल ली। अपने कुर्ते के अगले पल्लू के दोनों कोनों को मिलाकर उसने ऐसे अन्दाज़ से उनको गाँठ लगायी कि झोली-सी बन गयी। इस झोली में पूरी मिठाई समा गयी।

रामप्यारी उसकी यह तरकीब देखकर मुस्करा दी। जस्से ने पूछा, ''यह मिठाई चाचा को देनी है?''

उसकी इस बात पर रामप्यारी बेइख़्तियार ही खिलखिलाकर हँस दी। उसने बड़ी अदा से हँसी रोकने के लिए कोमल हाथ को उलटी ओर से मुँह पर रख लिया, और कहने लगी, ''नहीं, यह मिठाई तुम्हारे लिये है। तुम इसे रास्ते में ही खा लेना। चाचा से इसका ज़िक्र भी न करना। समझे न?''

जस्से ने ज़रा झेंपकर सिर हिला दिया। खाली बर्तन उठाकर वह ड्योढ़ी में घुसा और जब गली के दरवाज़े तक पहुँचा तो उसके कान में फिर वही सुरीला स्वर सुनायी दिया, ''ज़रा रुको।''

जस्सा रुक गया।

रामप्यारी लपककर उसके पास पहुँची, और उसे अपने एक बाज़ू में लपेट लिया। औरत के गुदगुदे भरपूर शरीर के स्पर्श से जस्सा भीतर-ही-भीतर काँप-सा गया। रामप्यारी ने उसके कान की ओर मुँह बढ़ाया तो उसके बोझिल बाल आगे को झुक पड़े और उनमें लगे तेल की महक से जस्से के दिमाग़ पर नशा-सा छाने लगा। वह फुसफुसाकर बोली, ''चाचा से कहना कि कभी दर्शन भी तो दें...चुपके से!''

जस्सा कुछ उलझन में फँस गया। चाचा ने भी 'चुपके से' कहा था, और रामप्यारी भी 'चुपके से' का प्रयोग कर रही थी।

रामप्यारी ने शायद उसकी उलझन दूर करने के लिए उसकी पीठ पर हलकी-सी थपकी देते हुए कहा, "अब तुम जाओ।"

जस्सा दरवाज़े के बाहर निकल गया, और रामप्यारी दरवाज़े की दरार में से उसे गली के नुक्कड़ पर ग़ायब होते देखती रही।

जस्से ने एक हाथ में खाली बाल्टी और कमण्डल को लटका लिया और दूसरे हाथ से झोली में से मिठाई के दाने निकाल-निकालकर मुँह में फेंकने लगा। वह बहुत धीरे-धीरे चल रहा था ताकि घर पहुँचने तक मिठाई समाप्त हो जाये। मगर ऐसा नहीं हो सका। वह घर के निकट पहुँच गया, लेकिन उसकी झोली आधी से अधिक भरी हुई थी। उस समय वह गाँव की टूटी-फूटी चारदीवारी के साथ-साथ चल रहा था। रेतीली ज़मीन थी, उसे महसूस हुआ कि जैसे उसके नीचे नर्म-सी चादर बिछी हुई है।

वह बड़े इतमीनान से धीरे-धीरे मिठाई के दाने चबा रहा था। उसकी दृष्टि दूर खेतों ...और उनसे भी परे क्षितिज पर जमी थी। कभी वह आकाश की ओर देखने लगता जहाँ गिद्ध और चीलें उड़ रही थीं। धीरे-धीरे रामप्यारी की सूरत उसके मन की आँखों के सामने उतर आयी। वह कैसे बातें करती थी, कैसे हँसती-मुस्कराती, कैसे अपने कोमल हाथ हिलाती-डुलाती थी। वह अधिक कुछ नहीं समझता था, परन्तु कुल मिलाकर रामप्यारी उसे गाँव की दूसरी औरतों से बिलकुल भिन्न लगी...और अच्छी भी। उसके घने बालों में से निकलनेवाली सुगन्ध ने उसके दिमाग़ को तर कर दिया था। अब तक जीवन में उसे केवल दुर्गन्ध का आभास हुआ था, लेकिन आज पता चला कि ऐसी सुगन्ध भी होती है जिससे नशा छा जाता है।

आज जो कुछ उसने किया था, उसमें उसे गहरे रहस्य का आभास हो रहा था। चाचा ने उसे चुपके से मट्ठा और दूध रामप्यारी के घर पहुँचाने को कहा था; और उधर रामप्यारी ने भी एक सन्देश चुपके से चाचा तक पहुँचा देने को कहा था। वह इन मामलों को ठीक से समझता नहीं था, फिर भी अपने मन की गहराई में वह अनोखी-सी गुदगुदी और सनसनी महसूस कर रहा था...

जस्से को पता ही नहीं चला कि मिठाई समाप्त हो जाने पर भी वह जहाँ-का-तहाँ बैठा रहा। वह उसी समय चौंका जब उसके कानों में एक कठोर स्वर सुनायी दिया, "जस्सू! तुम यहाँ बैठे क्या कर रहे हो?"

जस्सू ने सिर उठाकर देखा जैसे वह अपने-आपको विश्वास दिलाना चाहता हो कि उसके सामने वही व्यक्ति खड़ा था जिसकी आवाज़ उसके कानों में पहुँची थी। बग्गे को सामने पाकर वह हड़बड़ाकर उठा और उसके मुँह से निकला, "हाँ, चाचा!"

बग्गे ने उसका कान अपनी चुटकी में दबाया और कहा, "हाँ चाचा के बच्चे! मैंने तो तुम्हें काम से भेजा था।"

"चाचा! मैं मट्ठा और दूध पहुँचा आया।"

बग्गे ने देखा कि खाली बाल्टी और कमण्डल निकट ही लुढ़के पड़े हैं। उसने गुर्राकर कहा, "अबे वहाँ पहुँचा आया है कि ख़ुद ही सब-कुछ खा-पी गया है?"

यह कोई अनहोनी बात नहीं थी। जस्सा इतना मक्खन, मट्ठा और दूध हड़प कर सकता था, और हज़म भी कर सकता था। उसने चाचा को विश्वास दिलाते हुए कहा, "चाचा, तुम ख़ुद पता लगा लो...मैं अभी-अभी सब चीज़ें पहुँचा आया हूँ।"

उसे पल-दो-पल घूरने के बाद चाचा को विश्वास हो गया कि भतीजे ने उसका काम पूरा कर दिया है। उसके पूछ-ताछ करने पर जस्से ने बड़े विस्तार से बताया कि रामप्यारी के घर पर क्या-क्या हुआ। सारी कथा सुनकर बग्गे के मन का बचा-खुचा सन्देह भी दूर हो गया। आख़िर जस्सू यह सब बातें मन से गढ़कर तो नहीं कह सकता था। आख़िर बग्गा बोला, "बच्चू! जब मैंने तुम्हें एक ख़ास काम पर भेजा था तो तुम्हें लौटकर बताना तो चाहिए था कि तुम काम पूरा कर आये हो। मैं घर में तुम्हारा इन्तज़ार करता रहा और तुम यहाँ बैठ गये।"

"मैं मिठाई ख़त्म करने के लिए बैठ गया था।"

"मिठाई! मिठाई कहाँ से मिली?"

"रामप्यारी ने ख़ुश होकर मुझे मिठाई दी थी। मैंने पूछा कि यह मिठाई चाचा को दे दूँ, तो उसने कहा कि नहीं, यह तुम ख़ुद ही खा लेना।"

बातचीत के इस दिलचस्प मोड़ पर चाचा ने उसका कान छोड़ दिया। उसे मिठाई की कोई चिन्ता नहीं थी। उसने पूछा, "तो क्या रामप्यारी ने कोई और बात भी कही थी?"

अब एकाएक जस्से को महसूस हुआ कि उसने सबसे महत्त्वपूर्ण बात तो बतायी ही नहीं थी। बोला, "रामप्यारी ने कहा था कि अपने चाचा को हमारी ओर से कहना कि कभी ख़ुद भी तो दर्शन दें।"

जस्से ने देखा कि यह बात सुनकर उसके चाचे का मुँह खुले-का-खुला रह गया। लगता था कि चाचा भीतर-ही-भीतर बहुत ख़ुश था। बग्गे के दोनों घुटने झुक गये और उसने अपना चेहरा जस्से के चेहरे के निकट लाकर पूछा, "कुछ और भी कहा था उसने?"

जस्सा आँखों की पुतलियाँ इधर-उधर घुमाते हुए सोच में डूब गया, और फिर एकाएक ही बोल उठा, "रामप्यारी ने मुझे ताक़ीद कर दी थी कि मैं तुम्हें यह बात चुपके से बताऊँ।"

चाचा की बाछें खिल गयीं। सीधे खड़े होने से पहले चाचा ने जस्से की कमर पर प्यार से थप्पड़ मारा और बोला, "चल। सूर दा (का) पुत्तर!"

जस्से को यह पता तो चल गया कि चाचा ने ख़ुशी में धप्प जमाया था। लेकिन वह धप्प भी इतना करारा पड़ा था कि हँसी उसके होंठों तक नहीं आ सकी। फिर भी

वह घर की ओर दौड़ पड़ा। बाल्टी और कमण्डल एक-दूसरे से टकरा-टकराकर शोर मचा रहे थे।

घर के सेहन में भजनो इधर-उधर के कामों में व्यस्त दिखायी दी। जस्से को सामने पाकर उसने पूछा, "कहाँ गया था रे छोकरे?"

जस्से को मालूम नहीं था कि बुआ उसे मकान से बाहर जाते देख चुकी थी। बोला, "कहीं नहीं बुआ।"

"क्यों रे! मुझे बेवकूफ़ बना रहा है क्या? मैं अच्छी तरह जानती हूँ कि तू रामप्यारी के पास गया था। आज तू चाचे का सगा बन बैठा। वही चाचा जो तुझे केवल मारना-पीटना ही जानता है। मैं तेरी इतनी देख-भाल करती हूँ, तुझे दूध-मक्खन खिलाती हूँ, घी-खाँड़ की पूरी खिलाती हूँ। तू मुझ ही से झूठ बोलता है?"

जस्से ने अपनी भूल को महसूस कर लिया, वह झेंप गया और उसने पूरी कहानी सुना देने के बाद कहा, "लेकिन चाचा को मालूम न होने पाये कि मैंने तुम्हें सब-कुछ बता दिया है।"

"नहीं रे! वह तो तेरी चमड़ी उधेड़कर रख देगा। तुझे पिटते देखकर मुझे कोई ख़ुशी तो नहीं होती—जा! टोकरी में से रोटी उठा ला। तेरे लिये दही और मक्खन अलग कटोरे में पड़ा है।"

मिठाई खा लेने के बावजूद जस्से की भूख ज्यों-की-त्यों मौज़ूद थी। उसने एक मुट्ठी बूरा खाँड़ दही के कटोरे में डाली, उसे उँगली से हिलाया, और जल्दी-जल्दी रोटी खाने लगा।

बुआ ने लाड़ से पूछा, "क्यों रे जस्से! आज सन्ध्या को मेरे साथ चलेगा?"

"कहाँ बुआ?"

"मक्खनसिंह के लड़के की शादी होनेवाली है। आजकल उनके घर में हर रात ढोलक बजायी जाती है और शादी के गीत गाये जाते हैं।"

"मैं वहाँ क्या करूँगा?

"अरे, वहाँ तेरी उम्र के लड़के और लड़कियाँ आयेंगी। तुम उनके साथ खेलते रहना। वहीं पर खाने को दो रोटियाँ भी मिल जायेंगी। घर पर रहकर क्या करेगा? अधिक-से-अधिक चाचे की घुड़कियाँ खायेगा।"

जस्सा चाचे की घुड़कियाँ खाने के मूड में नहीं था। वह तुरन्त ही बुआ के साथ जाने को तैयार हो गया, लेकिन उसे चाचा की भी चिन्ता थी। पूछा, "अगर चाचे ने मना कर दिया तो?"

"चाचा मना कैसे करेगा! तू तो मेरा लाड़ला है, उस दुष्ट को तुझसे इतना प्यार तो नहीं है कि वह तुझे अपनी आँखों के सामने रखना चाहेगा।"

शायद भजनो को अपने भाई से ईर्ष्या हो रही थी। अपने जीवन की शून्यता भुलाने के लिए वह जस्सू को बेटे की तरह प्यार करने लगी थी, लेकिन आज उसे महसूस हुआ कि उसके भाई ने जस्सू को अपना राज़दाँ बना लिया था।

जस्सा बोला, "ठीक है बुआ...जैसा तुम कहोगी मैं वैसा ही करूँगा।"

बुआ खिल उठी, और दूर से ही भतीजे की बलाएँ लेती हुई बोली, "यह हुई न क़ायदे की बात!...आख़िर बेटा किसका है।"

जब दिन में बग्गासिंह भोजन करने आया तो भजनो ने कहा, "तुम्हारे लिये रात को रोटी पकाकर रख जाऊँगी। निकालकर खा लेना।"

बग्गे के माथे पर इतने बल पड़ गये कि लगता था जैसे उसके माथे में कई दरारें आ गयी हैं। बोला, "तुम शाम को कहाँ जा रही हो?"

"मक्खनसिंह के लड़के की शादी है न! आजकल उनके यहाँ गाना-बजाना हो रहा है। वहीं जाऊँगी।"

"जाना ज़रूरी है क्या?"

"तुम्हारा दिमाग़ तो नहीं चल गया?...कल तुम्हारी शादी रचाऊँगी सो मुझे भी तो सबको बुलाना पड़ेगा, वरना यहाँ गीत कौन गायेगा! सुनसान आँगन देखकर लोग कहेंगे कि अजीब शादी है...न ढोलक, न ब्याह के गीत।"

बग्गे का मुँह बन्द हो गया।

लगे हाथ भजनो ने बतला दिया, "जस्सू भी मेरे साथ जायेगा।"

बग्गे ने अपना मुँह और भी भींचकर बन्दकर लिया। वह जानता था कि भजनो जो कह रही थी, सो करके रहेगी। यूँ भी उसे जस्सू की शक्ल इतनी प्यारी नहीं लगती थी कि वह उसे भजनो के साथ जाने से रोक देता।

शाम को भजनो ने जस्सू से कहा, "लो बेटा, अब तैयार हो जाओ।"

तैयार हो जानेवाली यह बात जस्से की समझ में नहीं आयी। विवाहवाले घर जाने के लिए घोड़े पर काठी कसने की तो कोई आवश्यकता नहीं थी। बस उन्हें ज्यों-का-त्यों चल देना था। जस्सा यही समझे बैठा था, लेकिन उसकी बुआ का इरादा कुछ और था।

साधारणतः जस्सा एक कुर्ता और एक कछहरा पहना करता था। सिर पर पगड़ी बहुत कम बाँधता था। चीथड़ानुमा बुआ का पुराना दुपट्टा पगड़ी के तौर पर वह सिर पर लपेट लेता। प्रायः नंगे सिर ही रहता। उसके जूड़े पर दो रंगीन फुँदनोंवाली जाली कसकर बँधी रहती थी। लगता है कि आज बुआ उसे इनसान का बच्चा बनाने पर तुली हुई थी। उसने अपने हाथ से जस्सू के लिए खद्दर का एक पायजामा तैयार किया था। वह उसके लिए घटिया मलमल की एक पगड़ी भी ख़रीद लायी थी, जिसे उसने नीले रंग में रँग दिया था। धुली हुई कमीज़ की तह जमाकर पायजामे पर रख दी गयी थी। तुर्रा कि जस्से के लिए देसी जूता भी तैयार हो चुका था।

जब जस्से ने यह सारा सामान देखा तो उसके दिल में गुदगुदी-सी होने लगी। सामान्य लड़कों की तरह उसे भी अच्छे कपड़े पहनने का शौक था। उसने कभी इस बात की इच्छा प्रकट नहीं की।

भजनो उसके चेहरे को टकटकी बाँधकर देखती रही। लेकिन लड़के का चेहरा नये जूते के चमड़े की तरह था, कड़ा और भावहीन! लेकिन जिस उत्सुकता से उसने जूते

की ओर पाँव बढ़ाया, उससे उसके मन की उत्सुकता का पता चलता था। एकाएक उसने पाँव पीछे हटाकर जूता हाथ में उठा लिया। काफ़ी सुन्दर बना हुआ था। पत्थर की तरह भारी और सख़्त था। जूते की नोक से एक लम्बी-सी चमड़े की मूँछ ऊपर को उठकर पीछे की ओर घूम गयी थी।

भजनो लाड़ से उसकी पीठ पर हाथ फेरते हुए बोली, "बेटा, पहले पायजामा पहन लो। मैल के मारे इस कच्छे को उतारकर कोने में डाल दो। मैं इसे साबुन में उबालकर धो डालूँगी।"

जस्से ने चुपचाप नया पायजामा और धुला हुआ कुर्ता उठाया और भीतरवाले कमरे में चला गया। थोड़ी देर बाद वह बाहर निकला तो उसे देखकर बुआ का मन गद्‍गद हो उठा। उसने पगड़ी सँभालते हुए कहा, "आज तुझे मैं पगड़ी बाँधूँगी। तू बिलकुल देहातियों की तरह पगड़ी को ऊबड़-खाबड़ सिर पर लपेट लेता है। पगड़ी ऐसी होनी चाहिए जैसी कि गुरुद्वारे के ग्रन्थी जी बाँधते हैं। तू भी उसी तरह पगड़ी बाँधना सीख ले।"

भजनो ने जमा-जमाकर पगड़ी बाँध दी। जस्से ने शीशे में झाँककर देख तो सचमुच ही पगड़ी बड़े ठस्से की नज़र आ रही थी। उसकी बायीं आँख और कनपटी की सीध में पगड़ी के ऊपर छोटा-सा शमला मुर्गे की कलगी की तरह दिखायी दे रहा था। गुद्दी के नीचे से एक लम्बा-सा शमला निकलकर दायें कन्धे से होता हुआ नीचे को लटक रहा था। जस्से ने सोचा कि चलो यह तो अच्छा हुआ, इस लम्बे शमले से वह अपनी नाक पोंछ लिया करेगा। लेकिन पगड़ी इतनी कसकर बँधी हुई थी कि जस्से को लग रहा था जैसे उसका सिर लोहे के शिकंजे में कस गया है।

अब जूतों की बारी थी।

नये जूतों में पाँव घुसेड़कर वह इधर-उधर टहलने लगा। जूते बड़े बोझिल थे और उसे यूँ महसूस हो रहा था जैसे उसके पाँव कीलों से कच्चे फ़र्श में गाड़ दिये गये हैं। यद्यपि उसके पाँव बहुत सख़्त थे, फिर भी हड्डी-मांस के बने हुए थे, जूते निरे पत्थर थे।

भजनो ने उसकी यह दशा देखकर पूछा, "क्या जूते काटते हैं?"

अभी जस्से को जूतों के काटने की चिन्ता नहीं थी, उसे परेशानी यह थी कि जूतों में लचक नाम को भी नहीं थी! भजनों उसकी मुसीबत को समझ गयी। वह सरसों के तेलवाला बड़ा दीया उठा लायी, और उसने जूतों को भीतर से तेल लगा-लगाकर अच्छी तरह चुपड़ दिया। कहा, "अब जूतों में पाँव डालो तो।"

जस्से ने फिर से जूते पहने तो उसे कुछ राहत महसूस हुई।

इस मौक़े के लिए बुआ भी ख़ूब सज-धज गयी। उसने लट्ठे की शलवार निकाली जिसे आज ही नील में भिगोकर सुखाया गया था। नील का रंग आवश्यकता से कुछ अधिक ही गहरा हो गया था। वह एक-सा भी तो नहीं लगा था। कहीं गहरे धब्बे थे

और कहीं बड़ा हलका रंग था। लेकिन इससे क्या होता है, शलवार थी तो लट्ठे की। दुपट्टे के ऊपर भजनो ने अपनी पुरानी फुल्कारी ओढ़ ली।

इस प्रकार सज-धजकर बुआ और भतीजा घर के बाहर निकले। नये जूतों के कारण जस्सू ठीक से चल भी नहीं पा रहा था। उसे यूँ महसूस हो रहा था जैसे उसकी टाँगें लकड़ी की तरह कड़ी हो गयी हैं। वह हर क़दम तौल-तौलकर रख रहा था, मानो उसे लड़खड़ाकर गिर जाने का भय हो।

तबेले के अहाते में खड़े बग्गासिंह ने उसे इस अन्दाज़ में चलते देखा तो उसकी नाक से बुलडॉग के गुर्राने की-सी आवाज़ निकली, और वह धीरे से बोला, "हरामज़ादा कहीं का!"

विवाहवाले घर में अभी ढोलक बजनी आरम्भ नहीं हुई थी। असल में तो अभी औरतों के एकत्र होने का समय ही नहीं हुआ था। मक्खनसिंह की पत्नी से भजनो की कुछ अधिक ही पटती थी, इसलिए उसने उसे जल्दी ही आने को कह दिया था।

मक्खनसिंह की पत्नी ने भजनो को प्रसन्न करने के लिए जस्सू पर कुछ अधिक ही लाड़ दिखाया, फिर वह भीतर गयी और दो मुट्ठियाँ-भर नुगदी ले आयी। बेसन की मोटी सेवइयों पर खाँड़ चढ़ाकर नुगदी बनायी जाती थी। जस्सा झोली में नुगदी डलवाकर अपना कुर्ता ख़राब नहीं करना चाहता था। उसने दोनों हाथ मिलाकर सारी नुगदी ले ली। अब समस्या यह थी कि उसे खाये कैसे। बुआ ने यह दशा देखी तो झट से मिट्टी की हाँडी का ढक्कन उसकी ओर बढ़ा दिया। जस्से ने इतमीनान की साँस ली। वह बड़ी तीव्र गति से नुगदी खाने लगा। ऐसा करते समय उसके जबड़े किसी यन्त्र की भाँति बराबर हिलते जा रहे थे। वह इतने ज़ोर-शोर से मुँह हिला रहा था कि मानो वह वहाँ केवल नुगदी खाने के उद्देश्य से ही आया था।

भजनो और मक्खनसिंह की पत्नी तथा बेटियों ने मिलकर योजना बनायी कि जब गानेवाली लड़कियाँ और औरतें आयें तो उन्हें कहाँ बैठाया जाये। आख़िर निर्णय हुआ कि पसार में ही फ़र्श पर खेस बिछा दिये जायें। चुनाँचे देखते-ही-बेखते फ़र्श पर अलग-अलग रंगों के खेस बिछ गये। भीतर के कमरे के खूँटे पर ढोलक लटक रही थी, जिस पर मानो धूल जमी हुई थी। मक्खनसिंह की एक लड़की खूँटे से ढोलक उतार लायी और एक बोर के टुकड़े से उसे घिस-घिसकर साफ़ करने लगी। ढोलक बिलकुल ढीली पड़ी हुई थी। दोनों ओंर के चमड़े आपस में सुतली की रस्सी द्वारा बँधे हुए थे, लेकिन अभी उन्हें कसने की आवश्यकता थी। छोटी बहन रस्सियों में पड़े हुए लोहे के छल्लों को कसने लगी तो बड़ी बहन ने टोककर कहा, "ठहरो! यह काम बिल्लो करेगी। तुम बिलकुल अनाड़ी हो। कहीं कोई और गड़बड़ न कर देना।"

छोटी को एकाएक ही एक बात याद आयी तो बोली, "ढोलक के लिए रोड़े की भी तो ज़रूरत होगी।"

यह तो बहुत ही महत्त्वपूर्ण बात थी। बड़ी बहन बोली, "हाँ-हाँ! जा, कहीं से अच्छा-सा रोड़ा ढूँढ़ ला। रोड़ा न मिले तो ठीकरी ही ले आना।"

छोटी बहन शलवार फड़फड़ाती पसार के बाहर निकल गयी, और थोड़ी देर बाद सुन्दर-सा रोड़ा ले आयी। बड़ी बहन ने रोड़ा धोकर और कपड़े से पोंछकर ढोलक के पास रख दिया।

धीरे-धीरे औरतें जमा होने लगीं। कुछ लड़कियाँ भी आ गयीं। आपस में हँसी-ठिठोल और बातें होने लगीं। एक औरत को ख़याल आया तो बोली, "अब तो ढोलक पर थाप पड़नी चाहिए।"

मक्खनसिंह की बड़ी लड़की ने उत्तर दिया, "हम बिल्लो का इन्तज़ार कर रहे हैं। वही आकर छल्ले कसेगी और ढोलक बजायेगी।"

कोने में से एक औरत नाक पर उँगली रखकर बोली, "अरी बिल्लो क्या ख़ाक ढोलक बजायेगी!"

यह बात सुनकर सब औरतें यूँ चकित-सी रह गयीं जैसे उन्होंने कोई अनहोनी बात सुन ली हो। दूसरी औरत सँभलकर बोली, "हाय-हाय! करतारो दी बेबे! भला बिल्लो भी ढोलक नहीं बजा सकती तो और कौन बजायेगी? बिल्लो का तो गाँव-भर में कोई जवाब नहीं है।"

करतारो की माँ, जिसने आपत्ति उठायी थी, फिर बोली, "जब तक गाँव में कोई और ढोलक बजानेवाली नहीं थी, तब तक बिल्लो अन्धों में कानी...रानी बनी रही।"

दूसरी औरत ने चिढ़कर और झल्लाकर कहा, "हाय, तो तुम्हीं बुला लो न, अपनी किसी होती-सोती को। ज़रा देखें तो...बिल्लो से बढ़कर ढोलक पीटनेवाली कौन है हमारे गाँव में।"

करतारो की बेबे गर्म होकर बोली, "है क्यों नहीं...उसका नाम रामप्यारी है।"

"वही औरत, जो कुछ ही दिन पहले हमारे गाँव में आयी है? वह देखने में भी कितनी सुन्दर है। चिड़िया की तरह हलकी-फुलकी। गली में दिख जाये तो यूँ लगता है जैसे छोटे-छोटे क़दमों से नाचती चली आ रही है।"

"हाँ भई! अगर उसे ढोलक बजाते सुन लो तो बस तबीयत ख़ुश हो जाये।"

"उसे बुलाये कौन? अगर हममें से किसी का उसके यहाँ जाना है तो वही उसको बुला लाये।"

इस बात पर सब औरतें एक-दूसरे का मुँह देखने लगीं। उनमें से एक-दो रामप्यारी को जानती थीं। लेकिन जिस औरत का न पति हो न बच्चे, उसके घर कौन आये-जाये। जो उसे पसन्द भी करती थीं, वे उसके घर में जाने से कतराती थीं।"

यह बड़ी टेढ़ी समस्या उठ खड़ी हुई। इतने में भजनो बोल उठी, "मैं कहती हूँ कि किसी औरत के जाने की ज़रूरत ही क्या है! मेरा जस्सा जाकर उसे बुला लायेगा।"

जस्से ने अपना ज़िक्र सुना तो पहाड़ी बकरे की भाँति सिर ऊपर उठाकर इधर-उधर देखने लगा।

एक औरत ने पूछा, "तो क्या जस्सा अक्सर उसके यहाँ जाया करता है?"

भजनो बोली, "भला यह क्या करने जायेगा! मैंने ही आज इसके हाथ रामप्यारी के यहाँ दूध और मट्ठा भिजवा दिया था। सुना है कि लाला बालमुकन्द कहते हैं कि बेचारी हिन्दुस्तान की रहनेवाली है और बहुत दुखियारी है। ऐसी अबला की सहायता करना हम सबका कर्त्तव्य है।"

सब औरतों ने प्रशंसा व्यक्त की। दो पल बाद जस्सा धीरे-धीरे क़दम उठाते हुए गली में चल दिया। नये और भारी-भरकम जूतों ने मानो उसके पैरों में बेड़ियाँ डाल रखी थीं। अँधेरे में पहुँचा तो उसने चुपके से जूते उतारकर बग़ल में दबा लिये और तेज़ी से अपनी मंज़िल की ओर बढ़ने लगा। रामप्यारी के दरवाज़े पर पहुँचकर पहले तो उसने बग़ल से जूते निकालकर पाँव में पहने और फिर कुण्डी खटखटा दी।

दरवाज़ा खुला तो मंगल की शक्ल दिखायी दी। उसने जस्से को पहचाना नहीं। वह हिजड़ों की तरह ठिठककर एक क़दम पीछे हट गया। फिर बगुले की तरह जस्से की ओर यूँ गर्दन बढ़ायी जैसे वह इनसान का नहीं, ऊँट का बोंता (बच्चा) हो।

जस्से पर उसकी इन हरकतों का कोई प्रभाव नहीं पड़ा। वह अपनी पगड़ी के ऊपर को उठे हुए शमले को उँगलियों से छूते हुए बोला, "भीतर जाकर कह दो कि जस्सा आया है।"

मंगल ने गुद्दी पर लटके हुए अपने बालों पर हाथ फेरते हुए कहा, 'कौन जस्सा?"

"मैं आज ही सुबह मट्ठे की बाल्टी और दूध का कमण्डल लाया था।"

मंगल के मुँह से बेइख़्तियार ही निकल गया, "उई राम!"

मंगल लपककर ड्योढ़ी के आले में रखे हुए मिट्टी के दीये को उठा लाया और उसे जस्से के चेहरे के चारों ओर यूँ घुमाने लगा जैसे उसकी आरती उतार रहा हो। उसका चेहरा अच्छी तरह देख लेने के बाद बोला, "भीतर चले आओ न! तुम तो घर ही के आदमी हो।"

पसार में बैठी रामप्यारी भी जस्से को दूर से पहचान नहीं सकी। वह पगड़ी, उजला कुर्ता, नया पायजामा और फिर सब पर तुर्रा यह कि तेल से चमकते हुए जूते पहने था। अपनी मानो काठ की बनी हुई टाँगों पर अजीब ढंग से चलता हुआ जस्सा जब निकट पहुँचा तो रामप्यारी की तीव्र आँखों ने तुरन्त ही उसे पहचान लिया। वह पीढ़े से उठकर दो क़दम आगे बढ़कर बोली, "अरे जस्से! चला आ रे! संकोच किस बात का है?"

रामप्यारी नहीं जानती थी कि अपनी ओर से जस्सा बाक़ायदा चलने का प्रयत्न कर रहा था, लेकिन उसके जूतों ने मुसीबत खड़ी कर रखी थी। उसने कह भी दिया, "जूते नये हैं न!...अभी ठीक से चला नहीं जा रहा।"

चलने में उसकी यह परेशानी देखकर रामप्यारी कह उठी, "अरे मैं वारी जाऊँ...यह जूते पहनना क्या बहुत ज़रूरी है?"

जस्से के पास इस प्रश्न का कोई उत्तर नहीं था।

रामप्यारी ने पहले तो जस्से का हाथ थामा, और फिर लाड़ से उसे गले से लगा लिया, जैसे वह कोई नन्हा-सा बच्चा हो। जस्से को आज तक किसी लँगड़े-लूले बूढ़े-खूसट ने भी गले से नहीं लगाया था। आज दूसरी बार ख़ुशबुओं से लदी हुई औरत उसे अपनी बाँहों में लपेटे हुए थी। जस्से का दिल तो बच्चों का-सा ही था। सुबह की भाँति अब भी रामप्यारी के शरीर का स्पर्श उसे भला भी लगा, लेकिन वह हिचकिचा भी रहा था। कम-से-कम उसने रामप्यारी को सहयोग नहीं दिया। उसने अपना बदन ढीला छोड़ रखा था। रामप्यारी ने अपनी कोमल उँगलियों से उसकी ठुड्डी दबाकर कहा, "क्यों रे! आज तो बड़े ठाठ में दिखायी दे रहा है।"

जस्सा मन-ही-मन झेंप गया। उसे लगा जैसे रामप्यारी यह समझ रही थी कि केवल उसी से मिलने के लिए वह इतने ठाठ-बाट से उसके पास आया था। अपनी स्थिति साफ़ करने के लिए बोला, "आज हमें शादीवाले घर जाना था, इसलिए बुआ ने मुझे नया कपड़े पहना दिये।"

रामप्यारी की बाछों से हँसी फूटी पड़ती थी, बोली, "हाय रे! तू इन कपड़ों में कितना सुन्दर लगता है!"

रामप्यारी की इस बात पर जस्से का दिमाग़ बिलकुल ही चक्कर खा गया। वह कुछ कह न पाया, केवल नाक सुड़ककर रह गया।

रामप्यारी ने उसके सीधे लेकिन ढीले-ढाले शरीर को एक बार फिर ज़रा-सा भींचते हुए पूछा, "क्या अपने चाचा का कोई सन्देश लाया है?"

"नहीं।"

जस्सा को लगा कि उसके 'नहीं' कह देने से रामप्यारी को बड़ी निराशा हुई थी। वह अपने चेहरे को ज़रा पीछे हटाकर बोली, "मैं तो समझे बैठी थी कि तू ख़ास तौर पर चाचा का सन्देशा लेकर मेरे पास आया है—तो क्या तूने अपने चाचा से मेरीवाली बात नहीं कही थी?"

जस्सा अपने-आपको अपराधी-सा महसूस करने लगा। जल्दी से बोला, "मैंने चाचा से कह दिया था कि वह ख़ुद भी तो मिलने आये—चुपके से कहा था।"

रामप्यारी तबीयत से भी ख़ुशमिज़ाज थी। जस्से की बात पर खिलखिलाकर हँस पड़ी। बोली, "तो फिर तेरे चाचा ने क्या कहा?"

"कुछ भी नहीं।"

रामप्यारी अपनी ठुड्डी पर उँगली रखकर बोली, "कुछ तो कहा होगा। ज़रा सोचके बता न!"

जस्से ने कुछ सोचा, और फिर बोला, "तुम्हारा सन्देशा सुनकर चाचा ने मेरी कमर पर जोर का थप्पड़ मारा और कहा—चल! सूर दा पुत्तर..."

यह सुनकर रामप्यारी मारे हँसी के लोट-पोट हो गयी। जब कुछ सँभली तो पूछा, "तो क्या तू मुझे अपने नये कपड़े दिखाने आया है?—बड़े सुन्दर हैं...मिठाई खायेगा?"

जस्से को बड़े अपमान का आभास हुआ। वह नये कपड़े दिखाने या मिठाई खाने नहीं आया था। उसने असली सन्देशा भी तो नहीं दिया था। रंग-रँगीली रामप्यारी के निकट पहुँचकर अपने-आप ही को भूल गया था...भला सन्देशा देना कैसे न भूलता!

अब उसने और अधिक देर करना उचित नहीं समझा। बोला, "तुम्हें बुआ ने बुलाया है।"

"तुम्हारी बुआ भजनो ही है न?"

"हाँ"?

रामप्यारी के चेहरे पर हर्ष का हलका-सा प्रकाश झलकने लगा। मगर जब उसे पता चला कि भजनो ने अपने घर नहीं बल्कि मक्खनसिंह के घर बुलाया था तो उसे फिर कुछ निराशा हुई। बोली, "वहाँ मेरा क्या काम?"

"ढोलक बजाने के लिए बुलाया है।"

"ढोलक? ओह! मक्खनसिंह के लड़के की शादी है न! ब्याह के गीत गाये जायेंगे।"

"हाँ।"

"अच्छा, थोड़ी देर रुक जा, मैं तैयार होकर तेरे साथ ही चलती हूँ।"

रामप्यारी पिछवाड़ेवाले कमरे में चली गयी। जस्से के कानों में कपड़ों की सरसराहट का हलका-हलका शोर सुनायी देता रहा। इतने में मंगल दोस्ताना अन्दाज़ से उसके निकट चला आया। जस्सा अपनी नाक ऊपर को चढ़ाकर एक क़दम पीछे हट गया। मंगल के बालों में से अजीब तरह की दुर्गन्ध आ रही थी, जैसे उसने मिट्टी का तेल मल रखा हो। रामप्यारी के बालों की बेहोश कर देनेवाली सुगन्ध के बाद यह दुर्गन्ध कैसी ख़राब लग रही थी? मंगल ने दाँत निकोस दिये।

रामप्यारी नये लहँगे और रंग-बिरंगे कपड़ों में लिपटी हुई झिम-झिम करती भीतर के कमरे से निकल आयी और जस्से के कन्धे की ओर हाथ बढ़ाते हुए बोली, "आ रे!"

जब वे गली में चले जा रहे थे तो जस्से ने सोचा कि रामप्यारी 'रे-रे' बहुत कहती थी। लेकिन उसके मुँह से 'रे' कितना अच्छा लगता था!

उस समय रामप्यारी ने छोटा-सा घूँघट निकाल रखा था। वह अच्छे घराने की सुघड़ बहू नज़र आ रही थी। गली में सामने से आते हुए मर्द उसके लिए रास्ता छोड़ देते। अनजाने में ही रामप्यारी के पहलू-ब-पहलू चलते हुए जस्से को गर्व का आभास हो रहा था।

जब वे मक्खनसिंह के घर के निकट पहुँचे तो रामप्यारी रुकी और जस्से के कान में फुसफुसाकर बोली, "अपने चाचा से कह देना कि उसने जो हमारे सन्देशे का कोई उत्तर नहीं दिया, हमें इस बात पर बहुत ही दुःख हुआ है—यह कहना भूलोगे तो नहीं?"

जस्से ने रामप्यारी की बड़ी-बड़ी मदभरी आँखों में अपनी साँप-जैसी सपाट और छोटी-छोटी आँखें डालकर उत्तर दिया, "नहीं, बिलकुल नहीं भूलूँगा।"

"तू कितना अच्छा है रे!"

फिर, रे!...जस्से ने अपने-आपको कभी अच्छा नहीं समझा था, लेकिन रामप्यारी के कहने से उसे विश्वास होने लगा कि निश्चय ही उसमें कोई अच्छाई है।

मकान के भीतर पहुँचे तो वहाँ बैठी सब औरतों की नज़रें एक साथ ही रामप्यारी की ओर उठ गयीं। रामप्यारी के चेहरे से आत्मविश्वास मानो टपक रहा था। सबने उसे बड़े आदर से बैठने को कहा। ढोलक के निकट उसके बैठने को छोटा-सा आसन बिछा दिया गया था। वह बैठ गयी तो करतारो की बेबे जो उससे ज़रा बेतकल्लुफ़ थी, कहने लगी, "बहन! सच पूछो तो मैंने ही तुम्हें बुलाया है।"

रामप्यारी ने कल्ले में पान दबा रखा था। जब उसने अपना कोमल मुँह खोला तो ख़ुशबू की लहरें इधर-उधर फैल गयीं। बोली, "मैं तो अपने-आप पर सभी बहनों का अधिकार मानती हूँ। मैं आपकी आभारी हूँ कि आपने मुझे बुला भेजा।"

उसके बोलने के अन्दाज़ पर मोहित होकर दूसरी औरत बोली, "लेकिन बहन, हमने कष्ट तो दिया न आपको।"

रामप्यारी ने उत्तर दिया, "मैं तो इसे कष्ट नहीं बल्कि अपना सौभाग्य समझती हूँ।"

इस प्रकार की बेतकल्लुफ़ बातें हो चुकीं तो करतारो की माँ असली बात पर आ गयी, "लड़के की शादी का मौक़ा है। मैंने सिफ़ारिश की कि ढोलक बजाने के लिए तुमको बुलाया जाये।"

बिल्लो पहले से आयी बैठी थी। वह स्वयं ही रामप्यारी से कहने लगी, "मैं ही ढोलक बजाया करती हूँ। सुना है कि आप बहुत ही अच्छा ढोलक बजाती हैं।"

रामप्यारी ने एकहरे बदन की हँसमुख लड़की की ओर देखा और कहा, "मैं किस क़ाबिल हूँ? यह तो आप लोगों की मेहरबानी है जो आप ऐसा समझती हैं।"

बिल्लो ने रोड़ा सँभालते हुए कहा, "आप ढोलक शुरू कीजिये, रोड़ा मैं बजाऊँगी।

रामप्यारी ने छोटे रंगीन रूमाल से बाछों पर लगे पान के रंग को पोंछते हुए कहा, "आपके यहाँ दूसरे ढंग से ढोलक बजायी जाती है। न जाने मैं वैसी बजा भी सकूँगी या नहीं। पहले आप बजाइये तो मुझे पता चले कि आपके यहाँ क्या तरीक़ा है।"

बिल्लो ने ढोलक को अपने आगे घसीटकर उँगलियाँ चलानी शुरू कर दीं, और दुबली-पतली हथेलियों से थाप देने लगी।

रामप्यारी दो-तीन मिनट तक सुनती रही, और यह भी देखती रही कि उसकी उँगलियाँ कैसे चलती हैं। तब उसने बिल्लो से कहा, "लाइये तो मैं देखूँ। कुछ-कुछ समझ में तो आ गया है।"

रामप्यारी ने आँखें झुकाकर पहले तो धीरे-धीरे ढोलक को बजाया, और जब ठीक ताल पर आ गयी तो उसने सिर पीछे की ओर फेंककर और निचला होंठ दाँतों में दबाकर

बड़ी मस्ती के आलम में ढोलक बजानी आरम्भ कर दी। उसके कोमल हाथ और पतली उँगलियाँ हरकत करते समय यूँ लगती थीं जैसे ख़ूबसूरत पक्षी पर फड़फड़ाते हुए हवा में चकफेरियाँ ले रहें हैं।

किसी औरत ने गीत का पहला बोल उठाया। फिर दूसरी औरतों ने भी उसके स्वर के साथ स्वर मिला दिये। वातावरण औरतों के संगीत और ढोलक की थाप से गूँज उठा।

थोड़ी देर तक जस्सा मुँह खोले चुपचाप यह सब-कुछ देखता रहा। धीरे-धीरे उसका मन ऊब गया। इसी बीच कई छोटे-छोटे लड़के और लड़कियाँ भी वहाँ पहुँच गयीं। बड़ी-बूढ़ियों ने उन्हें भीतर से भगाते हुए कहा, "जाओ भई, तुम लोग अलग से खेलो। क्यों हमारे सिर पर काँय-काँय लगा रखी है!"

दुत्कारे जाने पर बच्चे बाहर भाग गये। जस्सा बिलकुल शान्त बैठा था। उस पर किसी ने आपत्ति नहीं उठायी। वह स्वयं ही तंग आ गया। बाहरवाले पसार से बच्चों के भागने-दौड़ने और चीखने-चिल्लाने की आवाज़ें आ रही थीं। जस्से के मन में भी कुछ-कुछ होने लगा। वह उठकर दरवाज़े की ओर बढ़ा।

बाहरवाले पसार में, सेहन में और चौड़े तख़्तोंवाली सीढ़ियों पर लड़के-लड़कियों ने हुड़दंग मचा रखा था। जस्सा उनमें से किसी को नहीं जानता था। वह दीवार से टेक लगाकर खड़ा हो गया।

अपनी सूरत, कपड़ों, ख़ासकर पगड़ी के कारण उसकी विशेषता इतनी बढ़ गयी थी कि अनजान होने पर भी हर लड़के और लड़की की दृष्टि उस पर पड़ने से रह नहीं सकी। मगर वे केवल उसकी ओर देख लेते थे। बातचीत किसी ने नहीं की।

उन सबमें जस्से से कुछ वर्ष छोटी एक लड़की बहुत सुन्दर और चंचल थी। उसने सभी से छेड़छाड़ चालू कर रखी थी। किसी की एकाध चुटक लेकर वह बड़े ज़ोर से भाग निकलती। दूसरा उसका पीछा करने लगता तो वह ज़ोर-ज़ोर से चीखने लगती।

इसी भागदौड़ में कभी बच्चे ज़ीने पर चढ़ जाते और कभी धड़धड़ाते हुए नीचे उतर आते। एकाध औरत उधर आ निकलती तो डाँटकर कहती, "तुम लोगों ने बहुत ज़्यादा हुड़दंग मचा रखा है। कहीं ऐसा न हो कि एकाध ज़ीने से गिर पड़े...और नयी मुसीबत खड़ी हो जाये।"

बच्चे डाँट सुनकर पल-भर को रुकते, और फिर उसी तरह हुड़दंग मचाने लगते।

जस्से की आँखें बेइख़्तियार उस चंचल लड़की का पीछा करने लगीं। लड़की की आँखें चमकदार और गाल फूली हुई कचौरी की तरह नज़र आते थे। निस्सन्देह वह उन सब लड़कियों से कहीं अधिक सुन्दर थी। जस्सा चुपचाप उसकी शरारतों को देखता रहा। इस तरह खेलते-खेलते उन्होंने आँख-मिचौली आरम्भ कर दी।

यह हल्ला-गुल्ला चालू रहा। जस्सा जहाँ-का-तहाँ खड़ा मौज ले रहा था। एकाएक उसे अहसास हुआ कि कचौरी की-सी गालोंवाली लड़की ज़ीने पर चढ़कर नीचे नहीं उतरी। उसके न होने से दूसरे बच्चों की चीख-चिल्लाहट फीकी-फीकी-सी लगने लगी।

जस्सा न रह पाया। वह नाप-तौलकर क़दम रखता हुआ ज़ीने पर चढ़ने लगा। छत पर पहुँचकर भी उसे दूसरे बच्चों में वह लड़की दिखायी नहीं दी। वे सब भी इधर-उधर भाग-दौड़कर सम्भवतः उसी की तलाश कर रहे थे।

जस्सा भी हैरान था कि आख़िर वह चली कहाँ गयी। निस्सन्देह गाँव के उतने भाग में दस-ग्यारह मकानों की छतें आपस में मिली हुई थीं। मगर वह किसी भी छत पर चली जाती तो छिप नहीं सकती थी, क्योंकि किसी भी छत पर दो-चार अँगुल से अधिक ऊँची मुँडेर नहीं थी।

एक बार फिर नीचे आँगन से किसी बुढ़िया के चिल्लाने की आवाज़ आयी, "न जाने इन बच्चों पर क्या मस्ती आयी है!—चलो, सब लोग नीचे उतर आओ, वरना मैं अभी डण्डा लेकर ऊपर आती हूँ।"

यह डाँट सुनकर बच्चे बारी-बारी ज़ीने से नीचे उतरने लगे। यह ज़ीना लकड़ी के तख़्तोंवाला नहीं था, बल्कि कच्ची ईंटों का बना हुआ था। ज़ीने के ऊपर छोटी-सी छत भी थी और दरवाज़ा भी। इसे ममटी कहा जाता था।

वास्तव में वह लड़की ममटी के ऊपर चढ़कर छिप गयी थी। मकान की छत से ममटी की छत कम-से-कम सात फुट ऊँची थी। इसीलिए वह लड़की दिखायी नहीं दी। ममटी के पिछवाड़े ऊँची मुँडेर थी। उसी पर पाँव रखकर लड़की ममटी पर पहुँच गयी थी।...

छत बच्चों से खाली हो गयी तो भी जस्सा जहाँ-का-तहाँ खड़ा रहा। उसके मन में चिन्ता-सी लगी हुई थी कि आख़िर वह लड़की गयी-तो-गयी कहाँ।

कहीं किसी छत से नीचे गिरकर चुपचाप मर न गयी हो। उसके मर जाने के ख़याल से जस्सा बड़ा उदास हो गया।

इतने में उसने लड़की को ममटी से लटककर ऊँची मुँडेर पर पाँव रखते देखा, और फिर वह मुँडेर से छलाँग मारकर छत पर आ गयी। जस्सा उससे चार क़दम के फ़ासले पर खड़ा था, लेकिन लड़की ने उसकी ओर ध्यान नहीं दिया। उसकी आँखों में वही शरारत की चमक थी, हँसी फूटी पड़ती थी, उसके दाँत दूधिया मक्की के दानों की तरह थे। हँसते समय उसके फूले-फूले गाल कितने प्यारे लगते थे!

जस्सा उसे चुपचाप देखता रहा। मन-ही-मन प्रसन्न था कि वह मरी नहीं थी। दीवार पर उतरने-चढ़ने से लड़की के कपड़ों पर भूसे के तिनके चिपक गये थे। वह कपड़ों और उलझे हुए बालों में फँसे उन तिनकों को झाड़ती रही, और फिर मटक-मटककर ज़ीने से उतरने लगी।

जस्से के पाँव कुछ तो जूतों के कारण पहले ही भारी हो रहे थे, लेकिन दिल की क़ैफ़ियत के कारण और भी बोझिल हो गये।...फिर भी खोया-खोया-सा, धीरे-धीरे वह ज़ीने से उतरने लगा।

2

दूसरे दिन जस्से को चाचा ने तबेले के कमरे में बुलाया। वहाँ और कोई व्यक्ति नहीं था। चाचा ने उसके कन्धे पर हाथ रखकर कहा, "देखो जस्सू, आज भी रामप्यारी के यहाँ मट्ठा, मक्खन और दूध दे आना। मैंने तुम्हारी बुआ को समझा दिया था।"

अब बग्गासिंह का साहस बढ़ गया था। उसने सोचा कि भजनो को सब-कुछ मालूम तो हो ही गया है, अब वह उसे पूरा-पूरा सहयोग देगी। वरना वह कोई आपत्ति उठाती।"

जस्सा एक क़दम पीछे हट गया। चाचा का हाथ भी उसके कन्धे से फिसल गया। वह बोला, "चाचा, मैं मट्ठा देने नहीं जाऊँगा।"

बग्गे की घनी भवों के नीचे उसकी आँखें आश्चर्य से फैल गयीं, पूछा, "क्यों नहीं जायेगा?"

जस्सा ख़ामोश रहा।

बग्गा बिगड़कर उच्च स्वर में बोला, "अबे मैं पूछता हूँ कि तू क्यों नहीं जायेगा?"

जस्से ने झुकी-झुकी आँखें ऊपर को उठायीं और मुँह बनाकर बोला, "वह गुस्सा है।"

"कौन गुस्सा है?"

"वही—रामप्यारी।"

"क्या वह तुझसे गुस्सा है? तूने ऐसा क्या किया?"

"वह मुझसे नहीं, तुमसे गुस्सा है।"

अबके बग्गा ज़रा पीछे को हट गया, बोला, "उससे तो मेरी आज तक एक बात भी नहीं हुई। वह मुझसे क्यों गुस्सा होने लगी?...कल तू उसके पास से लौटकर आया तो तूने मुझसे कोई ऐसी बात न कही।"

"सुबह नहीं, उसने कल रात कहा।"

"अबे कल रात तेरी उससे मुलाक़ात कहाँ हुई?"

"मैं उसके घर गया था।"

बग्गे की भवें ऊपर को उठ गयीं। समझ में नहीं आ रहा था कि बालिश्त-भर के इस लौंडे को क्या सूझी कि यह रात रामप्यारी के यहाँ जा पहुँचा।

जस्से ने अपने वहाँ जाने का कारण बताया, और कहा, "जब मैं और रामप्यारी मक्खनसिंह के मकान की ओर जा रहे थे तो उसने कहा था कि तुम्हारे चाचा ख़ुद हमसे मिलने नहीं आते, इसलिए हम ख़फ़ा हैं।"

यह सुनकर बग्गे की बाछें खिल गयीं, बोला, "अच्छा, तो यह बात है!...बच्चू! तू इस बात की चिन्ता मत कर।"

"मगर अब उसने मुझसे यही बात कही तो मैं क्या उत्तर दूँगा?"

बग्गे ने दाढ़ी में दो उँगलियाँ घुसेड़कर अपनी ठुड्डी खुजाते हुए कहा, "तू उसे समझा देना कि चाचा को आजकल बहुत काम है। फ़ुरसत पाते ही वह ज़रूर आयेगा।...बोल! अब तो वहाँ मट्ठा-दूध पहुँचा आयेगा न?"

"हाँ!"

जस्सू लौटने लगा तो चाचा ने रोककर कहा, "तू हर सुबह मट्ठा-दूध पहुँचा दिया करना। चाहे मैं कहूँ न कहूँ, तुम यह काम कर डालना।"

"अच्छा।"

चार दिन गुज़र गये। अपने चाचा के आज्ञानुसार जस्सा हर सुबह रामप्यारी के यहाँ मट्ठा-दूध पहुँचा आता था। उसने जब चाचेवाली बात रामप्यारी से कही तो वह ख़ुश होकर बोली, "अच्छा तो मैं तुम्हारे चाचा के इन्तज़ार में रहूँगी।"

दिन के भोजन के बाद से लेकर सन्ध्या तक जस्सू को बिलकुल फ़ुरसत रहती थी। चाचा खेतों को चला जाता, और उसे प्रायः भजनो ही दोपहर का खाना पहुँचा देती थी। गाँव से आधा कोस परे उनका अपना रहट था। रहट के निकट एक और तबेला था। घर के तबेले में दूध देनेवाली भैंसे, गायें और घोड़ा बँधा रहता था। बाहरवाले तबेले में खेतों और रहट में जोते जानेवाले बैल बँधे रहते थे। जो भैंस या गाय दूध देना बन्द कर देती थीं, उन्हें भी बाहरवाले तबेले में पहुँचा दिया जाता था। अब घर का सारा काम जस्से के जिम्मे था और हवेलीराम या तो खेतों में रहता या बाहरवाले तबेले में।

जस्सा अवसर पाता तो सारा-सारा दिन मौज उड़ा लेता था। बुआ उसे लाड़ करती थी, किसी बात से टोकती नहीं थी। चाचा का भय था, लेकिन चाचा अधिकतर घर से बाहर रहता था। कभी जस्सू की अनुपस्थिति में चाचा घर पर आ भी जाता और उसके विषय में पूछ-ताछ करता तो बुआ उसे यह कहकर टरका देती कि यहीं कहीं होगा जस्सू!

एक दोपहर भोजन के बाद जस्से को भजनो ने कहा, "क्यों रे लड़के, आज तू चाचा को खाना पहुँचा देगा?"

जस्सा इनकार में सिर हिलाते हुए बोला, "नहीं बुआ, तुम ही जाओ।"

"बेटा, आज मैं थकी हुई हूँ। तू ही चला जा न!"

"नहीं बुआ, मेरा जी नहीं चाहता वहाँ जाने को।"

इतना तो भजनो भी जानती थी कि उसका भाई कितने कठोर मन का था, और बच्चों से तो बात तक करना नहीं जानता था। उसने यूँ-ही पूछ लिया, "तो क्या तुझे कहीं जाना है!"

"हाँ बुआ।"

"कहाँ?"

"मैं नहर पर नहाने जाऊँगा।"

"इतनी सर्दी में? कहीं ठण्ड न खा जाना बेटा!"

"नहीं बुआ, भला दोपहर के समय भी ठण्ड लगती है?"

"अच्छा तो जा—मैं ही तेरे चाचा को खाना पहुँचा आऊँगी।"

वास्तव में जस्से का न तो नहर पर जाने का, और न वहाँ नहाने का इरादा था। यह बात तो जस्से के मुँह से यूँ-ही निकल गयी। जल्दी में उसे और कोई बहाना नहीं सूझा।

बुआ से झुटकारा पाकर जस्सा गाँव के बाहर निकल आया। गाँव के आसपास थोड़ी-सी रेतीली और थोड़ी-सी सख़्त और बंजर धरती थी। खेत कुछ दूरी पर शुरू होते थे। जस्से ने अपने दोनों हाथ कमर पर रख लिये और चारों ओर दृष्टि दौड़ाने लगा। कुछ समझ में नहीं आ रहा था कि वह कहाँ जाये। गाँव के लड़कों में से कोई उसका घनिष्ठ मित्र नहीं था। दो-चार से थोड़ा-बहुत परिचय था, मगर वे पढ़ने के लिए दूसरे गाँव के मदरसे में गये हुए थे।

खेतों से होकर आनेवाली ठण्डी हवा के झोंकों में उसने कुछ गहरी साँस ली तो वह अपने-आपको ताज़ा दम महसूस करने लगा। उसको अंग-अंग में बिजली-सी दौड़ती महसूस हो रही थी। काश, उसके पर होते तो वह नीले आकाश में उड़ जाता। लेकिन अब वह या तो अपने कुत्तों के पास जा सकता था या खेतों में मटरगश्ती कर सकता था। आसपास के दो-तीन गाँवों की सैर भी हो सकती थी। फिर एकाएक ही उसे नहरवाली बात याद आ गयी।

गाँव की दूसरी गली में से उसने आठ-दस औरतों को निकलते देखा जो लोहे के तसले सिर पर रखे नहर को जा रही थीं। तसलों में उन्होंने सोडे में भीगे कपड़े जमा रखे थे। इन औरतों के कारण चौड़ी नहर पर मेला-सा लग जाता था। जहाँ औरतें होंगी, वहाँ छोटी-बड़ी लड़कियाँ भी होंगी, और जहाँ छोटी-बड़ी लड़कियाँ होंगी वहाँ उस लड़की के होने की भी सम्भावना थी, जिसे उसने मक्खनसिंह के घर में देखा था। वह इश्क़-प्रेम की मंज़िल से अभी बहुत दूर था, इसके बावजूद उसे वह लड़की बहुत अच्छी लगी थी। वह उसे फिर देखना चाहता था, बल्कि बार-बार देखना चाहता था।

इस ख़याल से उसके मन में गुदगुदी-सी होने लगी। अगर लड़की दिख गयी तो उसका समय बहुत अच्छा कट जायेगा। उसके जीवन में यह एक नया शुगल था, और नयेपन के साथ इसमें रहस्यपूर्ण आकर्षण भी था।

यह निश्चय करके वह नहर की ओर चल दिया। नहर के दोनों किनारों पर खड़े शीशम और बबूल के पेड़ों की पंक्तियाँ उसे स्पष्ट रूप में दिखायी दे रही थीं। चलते-चलते उसके हाथ एक लम्बी-सी छड़ी लग गयी। खेतों में से गुज़रते समय वह उस छड़ी को तलवार की तरह घुमाकर पौधों पर मारता तो कई पौधों की कोंपलें टूटकर नीचे को झुक जातीं।

वह अपने ध्यान में ही चला जा रहा था कि अचानक उसे सामने से एक लड़का आता दिखायी दिया। लड़के ने बग़ल में लकड़ी की तख़्ती, स्लेट और कुछ किताबें दाब रखी थीं। गोया वह मदरसे से लौट रहा था। मगर अभी छुट्टी का समय तो नहीं हुआ था। विद्यार्थियों को दिन-ढले फ़ुरसत मिलती थी, क्योंकि पढ़ाई समाप्त हो जाने के बाद भी उन्हें मदरसे की फुलवारी में काफ़ी काम करना पड़ता था। लड़के का नाम सन्तू

था। दूर ही से उसके नाक सुड़कने की आवाज़ सुनायी देने लगी। उन दोनों में इतनी कम दूरी रह गयी थी कि जस्सू किसी और दिशा को खिसक भी नहीं सकता था। सन्तू से उसकी बहुत मामूली जानकारी थी, उससे बात करना उसके लिए आवश्यक नहीं था। मन में यही सोचकर जस्से ने बेपरवाही से उसके निकट से गुज़र जाने का प्रयास किया, मगर सन्तू ने स्वयं ही उसको आवाज़ दे दी, "अरे जस्सू! तू कहाँ जा रहा है?"

जस्सा इस प्रश्न का कोई उत्तर नहीं देना चाहता था। उसने उलटे सन्तू से ही प्रश्न कर डाला, "तुम कहाँ से आ रहे हो?"

"मदरसे से।"

"अभी छुट्टी तो नहीं हुई होगी!"

"नहीं।"

"तो क्या वहाँ से टिपकर आये हो?"

सन्तू के चेहरे से यूँ लगा जैसे वह अपने को अपराधी महसूस कर रहा है। जल्दी से बोला, "नहीं, टिपकर नहीं आया। मेरे पेट में दर्द हो रहा था, मैंने छुट्टी ले ली।"

लेकिन सन्तू की शक्ल से ऐसा नहीं लग रहा था कि उसके पेट में कोई तक़लीफ़ थी। वह जस्से के निकट बड़े इतमीनान से खड़ा हो गया। जस्सा इस प्रतीक्षा में था कि वह गाँव की ओर क़दम उठाये तो यह भी आगे को बढ़ जाये। लेकिन सन्तू सम्भवतः उसका साथ देने पर तुला हुआ था। उसने फिर पूछा, "तुम कहाँ जा रहे हो?"

पहले तो जस्सू के मुँह से असली बात निकलने लगी, लेकिन फिर वह बोल उठा, "तुम मुझसे यह बात क्यों पूछ रहे हो?"

सन्तू थोड़ा-सा झेंपकर बोला, "मैं सोच रहा था कि अगर तुम इधर-उधर मटरगश्ती करने जा रहे हो तो क्यों न एक साथ मिलकर घुमायी की जाये।"

जस्सू ने तुरन्त ही आपत्ति उठायी, "तुम तो कह रहे थे कि पेट में दर्द हो रहा है!"

सन्तू खिसियानी हँसी हँसकर बोला, "पहले हो रहा था, अब ठीक हूँ।"

इसी बीच जस्सू को उससे बच निकलने का उपाय सूझ गया, बोला, "मैं तो तबेले में अपने चाचा के पास जा रहा हूँ।"

सन्तू ने हाथ झटककर कहा, "छोड़ो भी, चाचा के पास जाकर क्या करोगे? आओ, ज़रा मौज मनायें।"

"न बाबा! चाचा तो मार-मारकर मेरी हड्डियाँ तोड़ देगा। उसने मुझे बुला रखा है। न जाऊँगा तो मेरी ख़ैरियत नहीं।"

ऐसा दो-टूक जवाब पाकर सन्तू को निराशा हुई, और वह मजबूरन बोझिल क़दमों से गाँव की ओर चल दिया।

जस्से के मन से बहुत बड़ा बोझ उतर गया।

वह सावधान होकर चलने लगा, ताकि फिर किसी मुसीबत में न फँस जाये। अब तो उसे दूर से कोई आता दिखायी दिया तो वह उसके रास्ते से हट जायेगा। इस तरह

चलते-चलते जब वह नहर के निकट पहुँचा तो नहर की पटरी की ओट में कपड़े धोने का शोर सुनायी देने लगा। औरतें डण्डों से कपड़े कूट रही थीं।

जस्से ने बिलकुल सीधे नहर पर जाना उचित नहीं समझा। वह नहीं चाहता था कि सब औरतों की नज़र ख़ा-म-ख़ाह उस पर पड़े। वह दाहिने हाथ को मुड़ गया, और लम्बा-सा चक्कर काटते हुए नहर की ओर बढ़ा।

अब उसे पटरी पर दो छोटी-छोटी लड़कियाँ दिखायी दीं। उनकी ढीली-ढाली, पतली-पतली चोटियाँ बल खायी हुई नागिनों-सी लग रही थीं। यह देखकर जस्सू को कुछ तसल्ली हुई। वह लड़कियों की इस टोली से भी कई क़दम आगे निकल गया, और फिर उनका जायज़ा लेने के लिए नहर की पटरी पर चढ़ गया। नहर के किनारे लगभग बीस-पच्चीस लड़कियाँ बैठी कपड़े धो रही थीं। उनमें से कभी कुछ उठकर खेतों में धुले हुए कपड़े फैलाने के लिए चली जातीं, और कुछ को शरारत सूझती तो वे एक-दूसरे के पीछे भागने लगतीं। लगभग सभी ज़ोर-ज़ोर से चीख-चिल्ला रही थीं।

पहले तो जस्सा दम लेने के लिए कुछ देर पटरी पर बैठा रहा। वह यह भी नहीं चाहता था कि देखनेवालों को उस पर किसी प्रकार का सन्देह हो। कुछ ही समय बाद उसने कुर्ता उतार दिया, ताकि देखनेवाले समझें कि वह भी नहर पर नहाने-धोने आया था।

जस्सा इतना छोटा था कि उस पर कोई आपत्ति उठाने का किसी को ख़याल हीं नहीं आ सकता। जहाँ औरतें बैठती थीं, वहाँ कुछ क़दमों के फ़ासले पर एक पुल था। राहगीर पुरुष उस पुल पर से चुपचाप गुज़र जाते थे, आम तौर से वे स्त्रियों के निकट नहीं जाते थे। धूप में बैठे-बैठे जस्सा अपनी नज़रें दौड़ाता रहा। उसे उस विशेष लड़की की तलाश थी। अभी तक वह दिखायी नहीं दी थी। जस्से की दृष्टि गिद्ध की तरह तीव्र थी, वरना ढेर-सी लड़कियों में इतनी दूर से उस विशेष लड़की को पहचान लेना सरल नहीं था। धीरे-धीरे वह निराश होने लगा, क्योंकि उसने महसूस किया कि जिसकी तलाश उसे थी, वह वहाँ मौजूद नहीं थी। उसने सोचा कि वह कुर्ता पहनकर किसी और दिशा को चल दे तो ठीक रहेगा। धीरे-धीरे उसने कुर्ता पहन भी लिया। वह उठकर खड़ा हो गया। इतने में ही उसे एक लड़की पर शक हुआ, जो अभी तक पीठ फेरे कपड़े धो रही थी। उसका आधा चेहरा देखकर यह उसे नहीं पहचान सका, मगर जब वह कुछ धुले और निचोड़े हुए कपड़े बाँह पर उठाकर पटरी पर चढ़ने लगी तो उसका पूरा चेहरा जस्से के सामने था। उसे यह पहचानने में देर नहीं लगी कि यह वही लड़की थी, जिसकी उसे तलाश थी।

पटरी पर पहुँचकर वह लड़की लगभग आठ-दस क़दम के फ़ासले पर नीचे खेतों की ओर उतर गयी।

उफ! जस्से के दिल में तो हलचल-सी मच गयी। इस हलचल का कारण वह स्वयं भी नहीं समझ पाया। सम्भवतः निराशा के बाद एकाएक वही लड़की सामने दिखने

से ही उसका दिल उछल पड़ा था। वह कनखियों से लड़की की ओर देखता। खेत में जाकर लड़की ने कपड़े घासवाली जगह पर रख दिये और फिर एक-एक को झटक-झटककर फैलाने लगी। जब वह कपड़े झटकती थी तो इसके साथ ही उसकी कलाइयों की चूड़ियाँ भी खनकती थीं।

जब वह सारे कपड़े सूखने के लिए फैला चुकी तो नहर की ओर लौट पड़ी। जस्से के मन में नयी समस्या खड़ी हो गयी। अब वह क्या करे? फिर से कुर्ता उतारकर वहीं बैठ जाये। यदि कोई लड़की उसे पहले भी कुर्ता उतारते और पहनते देख चुकी है तो वह क्या कहेगी, या मन में क्या समझेगी?

वह इसी उधेड़बुन में था कि एकाएक ही उसके कानों में बड़े ज़ोर की 'सी' की आवाज़ आयी। उसने देखा कि उसी लड़की ने अचानक ही अपना एक पैर धरती से ऊपर उठा लिया था, और फिर देखते-ही-देखते वह खेत के किनारे पर बैठ गयी।

खेतों में प्रायः साँप भी पाये जाते थे। यह ख़याल बिजली की तरह जस्से के दिमाग़ में कौंध गया कि कहीं लड़की को साँप ने तो नहीं डस लिया। दूसरे खेतों में कपड़े फैलानेवाली कुछ लड़कियाँ अपनी सहेली की ओर भागीं। उन्होंने उसे चारों ओर से घेर लिया। जस्सा रह न सका, वह भी बज़ाहिर बेपरवाही से चलता हुआ उनसे चन्द क़दमों की दूरी पर रुक गया। उसे शीघ्र ही पता चल गया कि साँप ने नहीं डसा था, अपितु लड़की के पाँव में काँटा चुभ गया था। एक लड़की कह रही थी, "हाय रे! काँटा तो चुभकर टूट गया है। यह निकलेगा कैसे?"

वह हँसमुख लड़की इस समय फूट-फूटकर रो रही थी। उसका एक घुटना खेत की नर्म मिट्टी में धँसा हुआ था, और दूसरा घुटना घुमाकर वह अपने पाँव को देखती हुई आँसू बहा रही थी। पाँव से खून टपक रहा था।

दूसरी लड़की निराशा से सिर हिलाकर बोली, "यह तो घर जाकर सुई से ही निकालना पड़ेगा। यहाँ तो किसी के पास सुई होगी नहीं।"

जस्सा मानो किसी अनजानी डोरी से खिंचता हुआ उनके निकट पहुँच गया। वह कोई साधारण काँटा नहीं था, अच्छा-ख़ासा मोटा और मज़बूत काँटा था। एड़ी में चुभा होता तो सम्भवतः इतना कष्ट न होता, लेकिन वह पंजेवाले भाग में चुभा था। एड़ी का माँस सख़्त होता है और पंजे के नीचेवाला कोमल। निस्सन्देह लड़की को बहुत तीव्र पीड़ा हो रही थी।

एक और लड़की बोली, "अब तो यह इस पाँव को धरती पर रख भी नहीं सकेगी। गाँव तक किसी के सहारे से जाना होगा।"

इतने में लड़कियों ने जस्से को भी देख लिया। वे काँटे की समस्या में ऐसी उलझी हुई थीं कि इस लड़के को सरसरी नज़र से देखकर रह गयीं और उन्हें उसकी उपस्थिति विचित्र भी नहीं लगी। सम्भवतः उनमें से कुछ ने जस्से को गाँव में चलते-फिरते देखा

भी होगा, और उन्हें इस बात पर भी इतमीनान होगा कि वह लड़का उन्हीं के गाँव का रहनेवाला है।

जस्से ने अपना परिचय दिये बिना कहा, "इस काँटे को सुई के बिना भी निकाला जा सकता है।"

अब सबने उसकी ओर ध्यानपूर्वक देखा। जस्सा फिर बोला, "कोई मोटी-सी सूल (काँटा) मिल जाये तो उसी से इसको निकाला जा सकता है।"

यह कहकर उसने इधर-उधर नज़र दौड़ायी। बाज़ खेतों के किनारे-किनारे लम्बे-लम्बे काँटोंवाली बाड़ भी थी। जस्से ने तलाश के बाद दो बड़े मज़बूत काँटे तोड़ लिये। सब लड़कियाँ अपने-आप ही उसे सहयोग देने के लिए तैयार हो गयीं।

जस्सा असली देहाती लड़का था। वह कई बार काँटे से ही पाँव में चुभे हुए काँटों को निकाल चुका था। न उसने किसी से कुछ कहा, और न कोई लड़की कुछ बोली। वह खेत में बैठ गया, और उसने लड़की का पाँव ऊपर उठाकर अपने दोनों घुटनों में दबा लिया, ताकि पाँव इधर-उधर हिलाया न जा सके। उस लड़की को भी लगा जैसे उसका पाँव शिकंजे में कस दिया गया है। जस्से ने काँटेवाली जगह का मांस चुटकी में भर लिया और अपने हाथ में पकड़े हुए काँटे से चुभे हुए काँटे के आसपास का मांस कुरेदने लगा।

इस पर लड़की की हलकी-हलकी चीखें निकलने लगीं। जस्से ने पाँव से नज़र ऊपर उठायी और दूसरी लड़कियों से कहा, "इसके दोनों कन्धे अच्छी तरह पकड़े रहो। यह हिलने न पाये।"

लड़कियों ने ऐसा ही किया। जस्से ने फिर काँटे के आसपास के मांस को कुरेदना चालू कर दिया। लड़की को तो पहले ही इतनी ज़ोर का दर्द हो रहा था, और जब जस्से ने काँटा चुभो-चुभोकर मांस को काटना आरम्भ किया तो दर्द कई गुना बढ़ गया। जस्से ने अपने काम में व्यस्त रहते हुए धीरे से कहा, "काँटे के आसपास का मांस हटेगा तो काँटे का सिर नंगा हो जायेगा। तब उसे नाख़ूनों से पकड़कर बाहर निकाल देंगे।"

इस बात को तो सभी लड़कियाँ समझ रही थीं, परन्तु जिसका मांस कुरेदा जा रहा था, सारा कष्ट तो उसे सहना पड़ रहा था।

जस्से के मन में पल-भर को भी संकोच उत्पन्न नहीं हुआ। वह निपुण डॉक्टर की भाँति अपने काम में जुटा रहा। मांस के नन्हें-नन्हें टुकड़े कटते रहे, ख़ून बहता रहा।—आख़िर काँटे का सिर थोड़ा-सा नंगा हो गया।

जस्से की उँगलियों के नाख़ून मामूली तौर से बढ़े हुए थे। उसने नाख़ूनों से काँटे को पकड़ने का प्रयत्न किया। एक बार काँटे का सिर उसकी पकड़ में आ गया तो उसने उसे पूरी शक्ति से बाहर को खींचा।

एक बार तो लड़की तड़प उठी। दूसरे ही पल काँटा निकलकर बाहर आ गया। वह रक्त से सना हुआ था। जस्से ने लगभग आधा इंच लम्बे काँटे की नोक को कुर्ते के

सिरे से पोंछ डाला। वह इस बात की तसल्ली कर लेना चाहता था कि कहीं काँटे की नोक भीतर टूट तो नहीं गयी। जब उसने देखा कि नोक ज्यों-की-त्यों मौज़ूद थी तो उसके कठोर चेहरे पर हलकी-सी मुस्कराहट फैल गयी। उसने लड़की से कहा, "हाथ आगे बढ़ाओ।"

काँटा निकलते समय लड़की को बहुत तीव्र पीड़ा तो पहुँची थी, लेकिन काँटा निकलते ही मानो उसे अजीब-सी शान्ति का आभास होने लगा। उसने डरते-डरते अपनी हथेली आगे को बढ़ायी तो जस्से ने काँटा हथेली पर रख दिया।

इतने लम्बे काँटे को देखकर लड़की की आँखें भय और आश्चर्य से फैल गयीं। उसकी एक सहेली बोली, "देख दीपी! कितना बड़ा काँटा है! जभी तो इतना दर्द हो रहा था।"

दूसरी लड़की, जो उम्र में ज़रा बड़ी थी, कहने लगी, "तुम्हारी तो बहुत बड़ी मुसीबत कट गयी, वरना गाँव तक पहुँचना मुहाल हो जाता।"

दीपी अपना पाँव उसके घुटनों में से निकालने लगी तो जस्से ने उसे हाथ के इशारे से रोका, और फिर खेत की चुटकी-भर मिट्टी काँटेवाले घाव में भर दी।

लड़कियाँ उठकर जाने लगीं तो जस्से ने कहा, "इस जगह पर कसकर पट्टी बाँध देना।"

इस घटना को घटे पन्द्रह-सोलह दिन बीत गये। जस्से को अब तक याद था कि काँटा निकलवाने के बाद जब दीपी अपनी सहेलियों के साथ वापस जा रही थी तो उसने दो-तीन बार उसकी ओर मुड़-मुड़कर देखा था। उसकी आँखों से ही लग रहा था कि वह उसका कितना आभार मान रही थी।

जस्सा दीपी से क्या चाहता था? इस बात का स्वयं जस्से को भी कुछ पता नहीं था। उसने अपने मन में कभी यह प्रश्न ही नहीं किया था कि वह दीपी से किस चीज़ का तलबगार है। इतना गहराई तक सोचने की उसकी उम्र नहीं थी। वह केवल यह जानता था कि दीपी उसे अच्छी लगती थी। वह उसके निकट रहना चाहता था, उससे बातें करना चाहता था, और उसके साथ खेलना चाहता था। गाँव में इस उम्र के लड़के-लड़कियों के एक साथ खेलने की कोई परम्परा नहीं थी। दोनों छोटे थे, दोनों नाबालिग़ थे, परन्तु फिर भी उनकी उम्र तक पहुँचते-पहुँचते लड़कों और लड़कियों के क्षेत्र अलग-अलग हो जाते थे।

पहले कुछ दिन गाँव में चलते-फिरते जस्सू को रूखे-सूखे बालोंवाली प्यारी-प्यारी दीपी दिखायी दे जाती थी। उसके पाँव में मैली-सी पट्टी भी बँधी नज़र आती थी, जो उन दोनों को काँटा चुभनेवाली घटना की याद दिला देती थी। दीपी की आँखें उससे मिलतीं तो वह बच्चों की तरह मुस्करा देती। सम्भवतः दीपी के मन में जस्सू की अपेक्षा आधी भी मिलने की लगन नहीं होगी। अलबत्ता जस्सू महसूस करने लगा कि यदि यही दशा रही तो धीरे-धीरे उनका नाता बिलकुल ही टूट जायेगा। ऐसा कोई उपाय होना चाहिए था जिससे उन्हें आपस में उठने-बैठने का अवसर मिल सके।

दीपी सज्जनसिंह की बेटी थी। सज्जनसिंह बड़ी लम्बी और बीबी दाढ़ीवाला था। बीबी से तात्पर्य ऐसी भरपूर दाढ़ी जिससे शराफ़त टपकती हो। वह बेचारा न तीन में न तेरह में। न कभी वह उसके चाचा से मिलने आता था और न चाचा उसके यहाँ जाता था। बग्गासिंह गाँव के उन लोगों में से था जो बदमाश और कुछ बदनाम माने जाते थे। यहाँ तक कि भजनो भी उनके यहाँ बहुत कम जाती थी। यूँ तो गाँव में कौन किसको नहीं जानता, परन्तु उन दोनों परिवारों के सम्बन्ध घनिष्ठ नहीं थे। बेचारे जस्सू के रास्ते में यह एक बहुत बड़ी बाधा बन गयी।

पन्द्रह-सोलह दिन के बाद पूर्णमासी का दिन आया। उस दिन गुरुद्वारे में बड़ी चहल-पहल होती थी। आसपास के देहातों के लोग वहाँ एकत्र होते। शब्द-कीर्त्तन होता, और गुरु का लंगर भी चलता था। इस भीड़-भाड़ में किसी को किसी की ख़बर नहीं रहती थी। ऐसे अवसर पर जस्सू और दीपी जैसी उम्र के बच्चे भी सरलता से घुल-मिल सकते थे। गुरुद्वारे में एकत्र संगत को कई प्रकार के छोटे-मोटे काम मिल-जुलकर करने पड़ते थे। औरतें अधिकतर लंगरवाले भाग में रहतीं। बड़े-बड़े देगचों में उर्द-चने की दाल चढ़ा दी जाती। उर्द-चने की दाल पक-पककर अन्त में खोए की तरह हो जाती, और खाने में बड़ी स्वादिष्ट लगती थी। दाल तैयार हो जाने पर बड़ी-बड़ी भट्ठियों में आग जलायी जाती और उनके ऊपर लोहे की चादरों के बने हुए लम्बे-चौड़े तवे टिका दिये जाते थे। इन पर एक ही बार में बीस-बीस, बाईस-बाईस परशादे (चपातियाँ) तैयार हो सकते थे।

ऐसा ही मौक़ा उस दिन भी था। दाल सुबह चार बजे ही चढ़ा दी गयी थी। धूप फैली तो औरतें उठकर लंगरवाले भाग नें चली गयीं। मर्द गुरुद्वारे के भीतर ही टिके रहे। लड़के-बच्चे इधर-उधर कूद-फाँद रहे थे। जस्सू दूर-ही-दूर दीपी के चारों ओर मँडरा रहा था। अब कम-से-कम उसे इस बात का भय नहीं था जो एक अपरिचित दीपी से हो सकता था। वह उसे भली-भाँति पहचानने लगी थी। लंगर में बैठी दो औरतों ने दीपी और उसकी दो सहेलियों को मटरगश्ती करते देखा तो एक बोली, "अरी लड़कियों, तुम लोग बेकार में कुदाड़े मारती फिर रही हो, जाओ कुएँ से पानी ले आओ।"

कुआँ कुछ दूरी पर गुरुद्वारे के बाग़ में था। यह बैलों या ऊँट द्वारा चलनेवाला रहट नहीं अपितु चर्खीवाला कुआँ था। यूँ तो गुरुद्वारे के खेतों में बना हुआ रहट भी चालू था, लेकिन वहाँ आने-जानेवालों का ताँता बँधा हुआ था। कोई नहा रहा था, कोई मुँह-हाथ धो रहा था, और कोई केवल अपने पाँव ही साफ़ कर रहा था। चरखड़ेवाला कुआँ खाली पड़ा था। दीपी दो लड़कियों को लेकर उस कुएँ पर पहुँची। चारों ओर गोल चबूतरा बना हुआ था, जिसके ऊपर कुँए की ओर झुका हुआ चरखड़ा था। चरखड़े पर मोटा रस्सा लिपटा हुआ था जिसका एक सिरा लोहे के भारी-भरकम डोल से बँधा हुआ था। यह डोल इतना बड़ा था कि इसमें बड़ी-बड़ी दो बाल्टी पानी भर सकता था।

लड़कियाँ चाव में कुएँ पर जा पहुँचीं, और उन्होंने डोल पानी में फेंक दिया। जब वह भर गया तो एक लड़की से ऊपर खींचते न बना। अब दो लड़कियाँ जुटीं, डोल दो-चार हाथ ऊपर आया कि इनके हाथ से चरखड़ा छूट गया। कुएँ की गहराई में डोल के गिरने की आवाज़ सुनायी दी। गोया भाग्य अब भी जस्सू का साथ दे रहा था। वह चबूतरे के निकट पहुँचकर बोला, "लालो, मैं डोल खींचता हूँ।"

दीपी ने मुड़कर उसे देखा। तुरन्त पहचान गयी, बोली, "तुम अकेले ही भरा हुआ डोल निकाल लोगे?"

जस्सू का शरीर मानो लोहे का बना हुआ था। उसने दीपी के प्रश्न का कोई उत्तर नहीं दिया। जूते उतारकर नंगे पाँव चबूतरे पर चढ़ गया। उसने दोनों हाथ चरखड़े की मुट्ठियों पर रखे और बड़ी सरलता से चरखड़े को घुमाने लगा। डोल छलकता हुआ ऊपर आ गया। लड़कियाँ बड़ी प्रसन्न थीं। स्वयं जस्सू ने ही उनकी बाल्टी भर दी। डोल में अब भी बाल्टी-भर पानी शेष था! दीपी ने साथवाली लड़कियों से कहा, "तुम दोनों बाल्टियों को लंगर में पहुँचा दो। वापसी पर एक बाल्टी लेती आना। अगली बार मैं भी तुम लोगों के साथ छोटी बाल्टी भर लेकर चलूँगी।"

कुएँ से डोल निकालते समय जस्सू सोच रहा था कि यदि दीपी अपनी दोनों सहेलियों को भेज दे तो कितना अच्छा हो। दीपी ने वही किया, मानो वह उसके मन की बात को समझ गयी थी। या यदि समझी नहीं तो स्वयं उसका मन जस्सू से बातें करने को चाह रहा होगा। अकेले रह जाने पर दीपी बोली, "तू तो बड़ा तगड़ा है!"

जस्सू ने नम्र स्वर में उत्तर दिया, "मैं लड़का हूँ।"

दीपी ने अपने सफ़ेद-सफ़ेद दाँत निकाल दिये। उसने फिर पूछा, "तुम्हारा नाम क्या है?"

"मेरा नाम जस्सासिंह है...वैसे मुझे सब जस्सा कहते हैं।"

पल-दो-पल दीपी उसके चेहरे की ओर देखती रही। सम्भवतः वह इस प्रतीक्षा में थी कि वह कुछ कहे। लेकिन जब जस्सू ख़ामोश ही रहा तो उसने स्वयं ही बातें आरम्भ कर दीं, "जानते हो गुरुद्वारे की फुलवारी में रंग-बिरंगे फूल खिलते हैं।"

"अच्छा! मुझे नहीं मालूम। मैं इधर कभी नहीं आया।"

दीपी ने भवें ऊपर उठाकर पूछा, "क्यों?"

"मैं इस गाँव का रहनेवाला नहीं हूँ, मैं दूसरे गाँव से आया हूँ।"

"इसका मतलब है कि तुम कुछ दिन यहाँ रहकर वापस लौट जाओगे?"

"नहीं, मैं अपने चाचा के साथ ही रहूँगा। बग्गासिंह मेरा चाचा है।"

"तो क्या अपने माँ-बाप से मिलने को तुम्हारा मन नहीं चाहेगा?"

अनायास ही जस्से का चेहरा एक बार फिर भूसे की तरह कसकर कठोर हो गया। उसने सपाट स्वर में उत्तर दिया, "मेरे माँ-बाप नहीं हैं। अगर होते तो मैं यहाँ क्यों आता?"

दीपी को लगा कि बात ग़लत ढर्रे पर जा रही थी। उसने तुरन्त ही रुख़ बदलकर कहना आरम्भ किया, "गुरुद्वारे से कुछ दूरी पर एक क़ब्रिस्तान है। क़ब्रिस्तान में छोटी-छोटी झड़बेरियाँ हैं। उनमें बड़े मीठे-मीठे बेर लगते हैं। हम वहाँ बेर खाने जाया करते हैं।"

"अच्छा तो एक दिन चलेंगे।"

"नहीं जस्सू, वह बेर तो गर्मियों में लगते हैं, आजकल नहीं।"

"तो क्या गुरुद्वारे के बाग़ में फलों के पेड़ नहीं हैं?"

"हैं तो, लेकिन जाकर देखना पड़ेगा कि यहाँ कौन-से फल मिलते हैं। किसी दिन यहाँ आयेंगे।"

"क्या तुम्हारे घरवाले आने देंगे?"

दीपी इस विषय में कुछ अधिक नहीं जानती थी, लेकिन तुरन्त ही बोल उठी, "क्यों नहीं, मैं लड़कियों के साथ यहाँ भी आती हूँ और नहर पर भी जाती हूँ।"

जस्सा गुम-सा हो गया। शायद वह केवल दीपी के साथ वहाँ आना चाहता था। लेकिन दीपी अकेली नहीं आ सकती थी, तो चलो उसकी सहेलियाँ भी साथ हों तो उसमें क्या हर्ज़ है।

दीपी फिर बोली, "तुम भी तो नहर पर जाया करते हो।"

"नहीं—जिस दिन तुम्हारा काँटा निकाला था, उस दिन मैं पहली बार वहाँ गया था।"

"तो फिर तुम कहाँ जाया करते हो?"

जस्सा शान्त रहा। उसके जाने की कोई विशेष जगह तो थी नहीं, और जो थी भी वह बताने योग्य नहीं थी।

दीपी को जस्से का इस तरह चुप रहना अजीब भी लगा, और उसे जस्से पर दया भी आयी। बेचारा अनाथ था। सम्भवतः उसका एक भी मित्र नहीं था। उसने फिर जस्सू से पूछा, "बताते क्यों नहीं? तुम लड़की तो हो नहीं कि घर में बैठ रहो।"

जस्से ने अपने कान का पिछला भाग खुजाते हुए उत्तर दिया, "मेरे जाने की कोई खास जगह तो है नहीं। अक्सर खेतों में रहता हूँ। समय मिल जाये तो आसपास के गाँवों में भी घूम आता हूँ..."

कुछ सोचकर जस्से ने कुत्तोंवाली बात भी बता दी। इस पर दीपी बहुत ख़ुश हुई। बोली, "हाय, तो कुत्तों के साथ शिकार खेलने में तुम्हें ख़ूब मज़ा आता होगा!"

जस्से ने रुक-रुककर कहा, "हाँ मज़ा तो बहुत आता है...कभी तुम भी चलो न।"

"भला लड़कियाँ भी शिकार खेलती हैं कहीं?"

"शिकार न सही, तुम मेरे कुत्तों को तो देख सकोगी।"

"हाँ, मुझे कुत्ते बहुत अच्छे लगते हैं। तुमने उनके नाम भी रखे होंगे।"

''हाँ—एक का नाम डब्बू है, दूसरे का नाम कालू है, तीसरे का नाम मोती है...बस, इसी तरह के नाम हैं। तुम भी चलो तो कितना मज़ा आयेगा।''

दीपी कुछ देर सोचती रही, फिर बोली, ''अगर मेरी एक-दो सहेलियाँ साथ देने को तैयार हो जायें तो मैं चल सकती हूँ।''

''तो फिर सहेलियों को तैयार करो न!''

दीपी कुछ उत्तर भी न दे पायी थी कि उसे दूर से अपनी दोनों सहेलियाँ आती दिखायी दीं। वह कहने लगी, ''देखो, वे दोनों पानी पहुँचाकर लौट आयी हैं। अब फिर बातें होंगी, क्योंकि मैं उनके साथ ही छोटी बाल्टी में पानी ले जाया करूँगी।''

''तो फिर हम बातें कब कर सकेंगे?''

''अभी तो सारा दिन पड़ा है। तुम यहीं पर रहोगे न? तुम्हें वापस लौटना तो नहीं पड़ेगा?''

''नहीं तो—मैं लंगर में ही खाना खाऊँगा।''

''तुम्हें लंगर की सेवा भी तो करनी चाहिए।''

''मैं क्या सेवा कर सकता हूँ?''

''तुम कुल्हाड़ी से लकड़ियाँ फाड़ सकते हो, लकड़ियों को भट्ठी में झोंक सकते हो। करना चाहोगे तो कई छोटे-मोटे काम सूझ जायेंगे। जब खाना तैयार हो जायेगा तो तुम संगतों को भोजन खिलाने का काम भी तो कर सकते हो। अगर तुम लंगर में रहोगे तो बातें करने का मौक़ा भी मिल जायेगा।''

दीपी की सहेलियाँ कुएँ तक पहुँच चुकी थीं। उनकी बातचीत बन्द हो गयी। जस्से को दीपी का यह सुझाव पसन्द आया कि लंगर में काम करते समय दोनों को बातचीत करने का अवसर मिल जायेगा।

जब तक लड़कियाँ पानी ढोती रहीं तब तक जस्सा कुएँ में से डोल भर-भरकर निकालता रहा। और जब दीपी अन्तिम बार पानी की छोटी बाल्टी उठाकर चली गयी तो थोड़ी देर के बाद जस्सा भी लंगर में पहुँच गया। वहाँ उसने महसूस किया कि वह तो ख़ा-म-ख़ाह ही झिझक रहा था। उसकी उम्र के कई और लड़के लंगर में घूम-फिरकर छोटे-मोटे काम कर रहे थे। काम का कोई बन्धन भी नहीं था। किसी ने जो कुछ कह दिया कर दिया, वरना इधर-उधर मटरगश्ती करते रहो।

जब से जस्सा हरिपुरे आया था तबसे उखड़ा-उखड़ा घूम रहा था। आज पहली बार उसका मन बहल गया। लंगर में सारा दिन कई बार दीपी से छोटी-मोटी बातें होती रहीं। दिन का भोजन समाप्त होने के बाद औरतों ने कुछ देर विश्राम किया, और फिर रात के लंगर की तैयारियाँ आरम्भ कर दीं।

कई औरतें जस्से को पहचानने लगी थीं, क्योंकि वह कामचोर नहीं था और हर किसी का कहना मान लेता था।

जस्से को सबसे अधिक प्रसन्नता इस बात की थी कि दीपी सारा दिन उसके सामने रही। इससे भी अधिक प्रसन्नता की बात यह थी कि अब वे दोनों एक-दूसरे से अपरिचित नहीं थे।

3

आज बग्गासिंह के खेतोंवाले तबेले में महफ़िल जमी हुई थी। यार-दोस्तों के साथ शराब का दौर चल रहा था। तबेले के सेहन में भट्ठी पर महाप्रसाद (मांस) का बहुत बड़ा पतीला रखा हुआ था। जस्सा वहाँ उपस्थित नहीं था, क्योंकि उस पर केवल घर का काम करने का ही उत्तरदायित्व था। यहाँ पर हवेलीराम मेहमानों की सेवा कर रहा था। ख़ूब ही हल्ला मचा हुआ था। गपशप में रामप्यारी का विषय भी चल निकला। लद्धासिंह ने बग्गासिंह से कहा, "सारे गाँव में यह बात मशहूर हो गयी है कि तुम हर रोज़ रामप्यारी को मट्ठा, मक्खन और दूध पहुँचाते हो।"

बग्गे ने मूँछों की शराब अँगोछे से पोंछते हुए बड़ा-सा मुँह फैलाकर कहा, "हाँ, यह कोई अफ़वाह नहीं है, मैं सचमुच ही यही कुछ कर रहा हूँ।"

वरियामसिंह ने पूछा, "आख़िर तुम्हारा इरादा क्या है?"

बग्गासिंह ने पीले-पीले दाँत दिखाते हुए उत्तर दिया, "एक बेचारी अबला की सहायता करना। हमारे लाला बालमुकन्द भी तो कह चुके हैं कि रामप्यारी हमारी मेहमान है..."

लद्धासिंह बोला, "तुम यमले जट (बगुलाभगत जाट) हो। इसलिए यह मानना कठिन है कि तुम यह सब-कुछ सेवा-भाव की दृष्टि से कर रहे हो।"

जवाब में बग्गे ने सिर पीछे फेंककर क़हक़हा लगाया। उस समय उसके सिर पर पगड़ी नहीं थी। जब उसने सिर पीछे को फेंका तो उसके बालों का जूड़ा और भी ढीला हो गया।

किशनसिंह ने हाथ बढ़ाकर बग्गे के कन्धे पर रखते हुए कहा, "मेरी राय यह है बग्गासिंह...तुम चाहे और जो कुछ भी करो, लेकिन किसी लंझे में न फँस जाना।"

बग्गे ने किशनसिंह की ओर बड़े ध्यान से देखा। वह किशनसिंह की राय को सदा ही बहुत महत्त्व देता था। बोला, "किशनसिंह, इसमें लंझे की क्या बात है? वह औरत है और मैं मर्द हूँ। न रामप्यारी दूध-पीती बच्ची है और न बग्गासिंह दूध-पीता बच्चा है।"

किशनसिंह की आँखें सिकुड़ गयीं, और वह बोला, "लेकन यह मत भूलो कि रामप्यारी को चन्ननसिंह गाँव में लाया था, और उसी के दिये हुए घर में वह रह रही है।"

लद्धासिंह नथुने फुलाकर बोला, "अगर चन्ननसिंह रामप्यारी को यहाँ लाया है तो इसका यह मतलब तो नहीं कि वह उसकी जायदाद बन गयी है। आख़िर चन्ननसिंह का रामप्यारी पर क्या अधिकार है?"

लद्धासिंह की हिमायत पाकर बग्गासिंह का साहस बढ़ गया, और वह किशनसिंह से कहने लगा, "ठीक ही तो है! चन्ननसिंह ज़्यादा रोब गाँठेगा तो रामप्यारी के रहने का मैं अलग से प्रबन्ध कर सकता हूँ।"

वरियामसिंह बोला, "अगर चन्ननसिंह ने रामप्यारी को रहने के लिए जगह दी है तो इसका यह मतलब नहीं कि जिससे वह चाहे उससे रामप्यारी बात करे, जिससे वह न चाहे, उससे रामप्यारी नाता तोड़ ले—यह तो ख़ुद औरत पर निर्भर करता है। वह जिसे चाहे अपना ले और जिसे चाहे ठुकरा दे।"

अब बग्गासिंह और भी शेर हो गया। उसने चारपाई की बाँहीं पर मुक्का जमाते हुए कहा, "अगर मैं चाहूँ तो रामप्यारी को चन्ननसिंह से छीन सकता हूँ। आख़िर चन्ननसिंह है किस होश में!"

किशनसिंह के चेहरे पर निराशा और परेशानी झलकने लगी। उसने कहा, "बग्गासिंह, तुममें और चन्ननसिंह में यही अन्तर है। तुम आगा-पीछा बिलकुल नहीं देखते, बस! मुँह-तोड़ घोड़े की तरह बढ़ते ही जाते हो।"

बग्गे ने उठकर दोनों हाथ किशनसिंह के दोनों घुटनों पर रख दिये और भारी स्वर में बोला, "किशनसिंह, तुममें ख़राबी यह है कि तुम ज़रूरत से ज़्यादा फूँक-फूँककर क़दम रखते हो। ऐसे घोड़े के मुक़ाबले में जो एक जगह खड़ा कनबतियाँ हिलाता रहे, मुँह-तोड़ घोड़ा हमेशा बाज़ी ले जाता है। विश्वास रखो कि मैं काफ़ी सावधान हूँ, लेकिन इसके साथ यह भी मत भूलो कि रामप्यारी मेरी मुट्ठी में है।"

किशनसिंह बेचैनी से उठ खड़ा हुआ, और अपना एक हाथ अपनी कमर पर रखकर बोला, "क्या तुम अपने इतने उत्साह का कारण बता सकते हो?"

बग्गे ने उत्तर दिया, "उन्नीस-बीस दिन पहले मैंने रामप्यारी के यहाँ मट्ठा और दूध भिजवाया था। उसने पहले ही दिन मुझसे मुलाक़ात करने की इच्छा व्यक्त की थी। इसके बाद भी उसने कई बार जस्से की ज़बानी मुझसे मुलाक़ात करने का सन्देश भेजा, मगर मैं आज तक उसके यहाँ नहीं गया। वह हमारे घर भजनो से मिलने-जुलने भी आती रहती है, लेकिन जब मुझे पता चलता है तो मैं इधर-उधर खिसक जाता हूँ। इसी से तुम अनुमान लगा सकते हो कि मैं किस क़दर सावधान हूँ। अगर तुम्हारे कथनानुसार मैं केवल एक मुँह-तोड़ घोड़ा ही होता तो अब तक कई बार रामप्यारी से मिल चुका होता।"

लद्धासिंह ने किशनसिंह की ओर देखते हुए कहा, "अब तो तुम बग्गासिंह पर कोई आरोप नहीं लगा सकते।"

लगता था कि किशनसिंह भी मन में बग्गासिंह की दूरदृष्टि को मान गया था। वह धीरे से बोला, ''अगर यह मामला ठीक है तो।''

बग्गासिंह शराबवाले कुल्हड़ को हवा में लहराते हुए बोला, ''लेकिन मित्रो! आज तुम सब लोगों को मैंने इसलिए बुलाया है ताकि मैं इस विषय में तुम लोगों से सलाह-मशविरा कर सकूँ।''

किरपालसिंह अब तक ख़ामोश बैठा था। बग्गासिंह की इस बात पर सबको चुप पाकर उसने पूछा, ''हाँ तो बग्गासिंह, तुम क्या सलाह लेना चाहते हो?''

बग्गासिंह बोला, ''यही, कि अब मुझे क्या करना चाहिए? मैं रामप्यारी के पास जाऊँ या न जाऊँ?''

लद्धासिंह दाँत दिखाकर बोला, ''मेरे ख़याल से तुम रामप्यारी के पास जाये बिना नहीं रहोगे। सलाह-मशविरा बेकार है।''

बग्गासिंह के चेहरे पर शरारत खेलने लगी, ''तुमने ठीक ही कहा है। आख़िर वहाँ जाने में हर्ज़ भी क्या है?''

सब लोग किशनसिंह की ओर देखने लगे। वह तो सोच में डूबा रहा, लेकिन वरियामसिंह ने कहा, ''आख़िर बग्गासिंह मर्द है। जब रामप्यारी औरत होकर उसे बार-बार बुला रही है तो इसमें बग्गासिंह को डरने की क्या ज़रूरत है?''

बग्गासिंह बमककर बोला, ''अरे भाई! बग्गासिंह यह जानता ही नहीं कि डर किस चिड़िया का नाम है। मैं तो पहले भी कह चुका हूँ कि अगर चन्ननसिंह ने ज़्यादा तू-तड़ाँ की, या रामप्यारी को मुझसे मिलने से मना किया तो फिर मैं ख़ुद ही रामप्यारी के रहने का प्रबन्ध कर दूँगा। चन्ननसिंह हमारे गाँव का मालिक तो नहीं है। यहाँ हम भी बसते हैं। हम पहल नहीं करेंगे, लेकिन उसने अगर शरारत की तो फिर उसे मज़ा भी चखा देंगे।''

किशनसिंह चुपचाप उन तीनों की ओर देख रहा था, और उसकी शक्ल से लग रहा था कि उसे बग्गासिंह का बढ़-चढ़कर बातें करना पसन्द नहीं था। स्वयं वह उन आदमियों में से था जिन्हें यदि लड़ना भी हो तो वे शेखी नहीं बघारते। इसके बाद किशनसिंह नहीं बोला और बाक़ी लोग बग्गासिंह से इस विषय पर गप्पें हाँकते रहे।

कुछ देर बात किशनसिंह उठ खड़ा हुआ और बग्गासिंह से कहने लगा, ''अच्छा तो मैं चलता हूँ।''

किरपालसिंह ने पूछा, ''महाप्रसाद पक रहा है। खाना नहीं खाओगे क्या?''

किशनसिंह ने उत्तर दिया, ''यह तो मैंने बग्गासिंह से पहले ही कह दिया था कि मैं यहाँ भोजन नहीं करूँगा। मेरे घर में रिश्तेदार आये हुए हैं, खाना उन्हीं के साथ खाना पड़ेगा।''

किशनसिंह केवल पीने-पिलाने में ही उनका साथ देने के लिए आया था। वह तबेले से बाहर निकल गया तो लद्धासिंह ने अपने साथियों से कहा, ''यारो! किशनसिंह राई

का भी पहाड़ बना देता है। हम जाट लोग हैं, हम तो पहाड़ का भी सुर्मा बनाकर रख देते हैं।''

सबके क़हक़हों से वातावरण गूँज उठा। तब वरियामसिंह ने बग्गासिंह की पीठ पर हाथ मारकर कहा, ''तुम किसी की चिन्ता मत करो। बिलकुल बेधड़क होकर रामप्यारी से मिलो। आख़िर वह तुम्हें बुला रही है। जब तुम्हें चन्ननसिंह से डर नहीं लगता तो तुम्हें भी दबने की क्या ज़रूरत है?''

बग्गासिंह नथुने फुलाकर बोला, ''अरे डरता कौन है! न जाने कितने चन्ननसिंह मैंने अपनी टाँग के नीचे से निकाल दिये हैं।''

लद्धासिंह ने दोनों हाथ हवा में फेंककर कहा, ''यह हुई न मर्दोंवाली बात!...तुम्हें रामप्यारी बिना कारण तो नहीं बुला रही होगी। जब कोई ख़ूबसूरत औरत किसी जवान मर्द से मिलना चाहे तो उसका केवल एक ही मतलब होता है। उस्ताद! तुमने मट्ठा, मक्खन और दूध भेजकर रामप्यारी के मन में अपने लिये जगह तो बना ली है। अब दो-चार मुलाक़ातें भी कर लो, और फिर मौक़ा पाते ही उसे छक जाओ।''

''ही-ही-ही।'' अजीब अन्दाज़ से सभी के हँसने की आवाज़ चारों ओर गूँज गयी।

महाप्रसाद तैयार हो गया और तन्दूर की रोटियाँ हवेलीराम घर से ले आया तो फिर सब यारों ने ख़ूब पेट भरकर भोजन किया। उनमें से अपने घर कोई नहीं लौटा। इतना नशा करके के बाद घर जाना ठीक भी नहीं था। वे सब वहीं लोट-पोट हो गये।

दूसरे दिन सुबह जब जस्सा मट्ठा और दूध लेकर रामप्यारी के घर को जाने लगा तो बग्गासिंह ने उसे समझा दिया कि वह रामप्यारी से कह दे कि आज चाचा तुमसे मिलने आयेगा।

सारा दिन बग्गासिंह बड़ा अधीर-सा रहा। शाम हुई तो मुँह-हाथ धोकर उसने लाल किनारेवाला बैंगनी रंग लाचा (तहमद) बाँधा, लम्बी सिल्क की कमीज़ पहनी, सिर पर तुर्रेदार पगड़ी बाँधी, और हाथ मे पीतल की शामवाली लठ थामकर वह तैयार हो गया। दिन में जस्से ने उसके जूते भी तेल से चुपड़ दिये थे। घर से बाहर क़दम रखने से पहले बग्गासिंह ने मिट्टी के चिराग़ में पड़े सरसों के तेल में दो उगलियाँ डुबोयीं, और अपनी मूँछों और दाढ़ी को चिकना कर लिया।

अँधेरा हो चुका था। वह लम्बे-लम्बे डग भरता हुआ गाँव के बाहर-बाहर से रामप्यारी के मकान तक जा पहुँचा। उसने लाठी के सिरे से दरवाज़ा खटखटाया। मंगल ने कुण्डा खोला, और बग्गासिंह को अपने सामने पाकर मानो इसके हाथ-पाँव फूल गये। वह मिट्टी के दीए को दीवार के आले में रखकर बिना कुछ कहे-सुने भीतर भाग गया।

बग्गासिंह के होंठों पर मुस्कराहट उत्पन्न हुई। इस ख़याल से कि कहीं कोई उसे रामप्यारी के दरवाज़े के आगे खड़ा न देख ले, वह क़दम बढ़ाकर ड्योढ़ी में चला गया।

इतने में रामप्यारी हाथ में लालटेन लटकाये बड़ी फुर्ती से छोटे-छोटे क़दम उठाती हुई वहाँ आ पहुँची। उसके पाँव में पायल छनछना रही थी, और वह सोने-चाँदी के गहनों

से लदी हुई थी। काजल की धार ने उसकी मोटी और कँटीली आँखों को कटार बनाकर रख दिया था। उसकी सजधज से लगता था कि उसने अपने-आपको बग्गासिंह के स्वागत के लिए ख़ूब अच्छी तरह तैयार कर रखा था।

मंगल ने बढ़कर गलीवाला दरवाज़ा बन्द कर दिया, और रामप्यारी अपने दोनों कोमल हाथ ज़रा फैलाकर बोली, "भीतर चले आइये न...आज तो चींटी के घर भगवान् के पधारनेवाली बात हुई।"

लम्बे ऊँचे डील-डौलवाला बग्गासिंह जिस दरवाज़े में से गुज़रता, उसे अपना सिर नीचे को झुकाना पड़ता था। पसार के एक सिरे पर रंग-रँगीले पायोंवाला भारी-भरकम पलँग पड़ा था जिस पर उजला बिस्तर बिछा था और सिरहाने की ओर धुले हुए खोलवाला गावतकिया पड़ा था।

रामप्यारी की बत्तीसी निकली पड़ती थी। उसके दाँत छोटे और चमकीले थे। दाँतों के साथ नाक में पड़ी कील भी चमक रही थी। वह चाव-भरे स्वर में बोली, "पधारिये न।"

बग्गासिंह ने अपनी लम्बी लाठी दीवार के साथ टिका दी, और स्वयं तहमद को समेटकर पलँग पर बैठ गया। रामप्यारी ने अपने बैठने के लिए एक ऊँचा-सा मूढ़ा खींच लिया।

मकान में कोई विशेषता नहीं थी, लेकिन बग्गासिंह को यूँ लग रहा था जैसे वह किसी नये संसार में पहुँच गया है। रामप्यारी के फूल-से मुखड़े में से कैसे मीठे-मीठे बोल निकल रहे थे। बातें करने का उसका अन्दाज़ भी बिलकुल अनोखा था। वह उसे आप कहकर सम्बोधित कर रही थी।

ज्यों ही वे आमने-सामने बैठे तो रामप्यारी ने कहा, "बड़ी लम्बी राह दिखायी आपने!"

बग्गासिंह कुछ शर्मिन्दा-सा हो रहा था। वह जल्दी में उचित उत्तर भी नहीं दे पाया। रामप्यारी जानती थी कि मेहमान को यदि बोलने में संकोच हो तो कम-से-कम उसे बातचीत का सिलसिला जारी रखना चाहिए। वह फिर बोली, "मैं तो हर रोज़ ही जस्से से कहा करती थी कि अपने चाचा को यहाँ भेजो। फिर भी न जाने आपने यहाँ आने में इतने दिन क्यों लगा दिये।"

बग्गासिंह ने महसूस किया कि उसे भी कुछ-न-कुछ कहना चाहिए। बोला, "मन तो मेरा भी चाहता था, लेकिन कुछ तो काम की वजह से न आ सका, और कुछ..."

बग्गासिंह की ज़बान को इस तरह अटकते देखकर रामप्यारी की आँखों में शरारत की चमक उत्पन्न हुई, उसने चंचलता से पूछा, "तो क्या आपकी बहन यहाँ नहीं आने देती थी?"

अबके फिर बग्गासिंह को कोई उत्तर नहीं सूझा। औरत की ज़बान बहुत तेज़ी से चलती थी, और बग्गासिंह के लिए यह एक नयी बात थी। इतनी ख़ूबसूरत, इतनी चंचल और इतनी तेज़ ज़बानवाली औरत से बात करने का उसे पहले कभी अवसर ही नहीं मिला था।

बग्गासिंह से कोई उत्तर न पाकर रामप्यारी ने कुछ उदास होकर कहा, "आपकी बहन ने यहाँ आने से मना किया है तो ठीक ही तो है। मैं परदेसन हूँ, अपरिचित हूँ...और न जाने कौन हूँ। मुझसे मिलने में किसी का संकोच में पड़ना स्वाभाविक ही तो है। भला यह आपकी मेहरबानी कम है कि हर रोज़ मुझे इतना दूध, इतना मक्खन और मट्ठा भिजवा देते हैं। इस गाँव में इतना बड़ा दिल तो मैंने किसी और का नहीं पाया। यह ठीक है कि कभी-कभी कहीं-न-कहीं से कुछ-न-कुछ आ जाता है। लेकिन आपकी तरह प्रतिदिन इतना भेजनेवाला और कौन बैठा है मेरा यहाँ!"

हुस्न को इतना उदास पाकर बग्गासिंह के छक्के छूट गये। उसका बेइख़्तियार जी चाहा कि उठकर उस रंगीन चिड़िया को मूढ़े से उठा ले और ख़ूब पुचकार-पुचकारकर प्यार करे। आख़िर इसी तरह तो उसके नन्हें-से दिल को तसल्ली दी जा सकती थी—मगर उसने ऐसी कोई हरकत नहीं की। सँभलकर बोला, "भजनो ने तो मुझे कभी मना नहीं किया, वैसे भी मैं भजनो के कहने से थोड़ी रुक सकता था। बस, यूँ-ही संकोच के कारण नहीं आ सका।"

रामप्यारी का चेहरा फिर खिल उठा, आगे को झुककर मानो रहस्यपूर्ण स्वर में बोली, "भला अपने घर में संकोच की क्या बात!"

बग्गासिंह को अपनेपन की यह बात बहुत भली लगी। कहा, "आपके लिए मैं भी तो अनजान था। मैं सोच रहा था कि मेरा आपके घर में आना, न जाने आपको कैसा लगे।"

"वाह-जी! यह भी कोई सोचने की बात है? अपनों के बारे में तो मन में ऐसी कोई बात आ ही नहीं सकती। आपने हम पर इतनी मेहरबानी करके हमारा दिल जीत लिया है, हमें अपना बना लिया है। अब आपके आने से यह भी नहीं लगता कि मैं विदेश में हूँ। यह गाँव अपना देश नज़र आने लगा है।"

इन मीठी-मीठी बातों पर बग्गासिंह मोहित हो गया।

रामप्यारी ने मंगल से कहकर पानदान मँगवाया। उसका ढक्कन खोलकर वह अपनी पतली-पतली उँगलियों से पत्ते पर चूना-कत्था लगाने लगी। उसमें अन्य मसाले भी डाले, और फिर पत्ते को तह करके बड़ी अदा से उसे बग्गासिंह की ओर बढ़ाते हुए बोली, "लीजिये! पान खाइये।"

पाना खाना तो दरकिनार, बग्गे ने आज तक किसी को पान खाते नहीं देखा था। उसे आश्चर्य हुआ, पूछा, "तो क्या यह पत्ता ऐसे कच्चा ही खा लिया जाता है?"

रामप्यारी माशूक़ाना अन्दाज़ से मुस्कराते हुए बोली, "अजी आप इसे मुँह में तो रखिये। बताशे की तरह घुल जायेगा। मैंने आपको जान-बूझकर एक ही पान दिया है। हम लोग तो चार-चार पान कल्लों में दबा लेते हैं।"

देखने में बग्गासिंह को पान में कोई आकर्षण नहीं लगा, फिर भी रामप्यारी के कहने से उसने इसे मुँह में रख लिया। पल-भर में उसके बालोंवाले नथुने सुगन्ध से भर गये। पान में पत्ते सहित जो कुछ भी था उसे दाँतों से पीस-पीसकर बग्गासिंह भीतर निगल गया। पीकदान धरा-का-धरा रह गया। बग्गासिंह को पता ही नहीं चला कि लम्बी गरदनवाला बर्तन रामप्यारी ने उसकी ओर क्यों बढ़ा दिया था।

उसने पूछा, "हमारे इलाक़े में तो कभी पान की शक्ल भी नहीं दिखायी देती। आप यह पत्ते कहाँ से मँगवाती हैं।"

"लाहौर या दिल्ली को आने-जानेवाले किसी-न-किसी आदमी से मँगवा लेती हूँ। पानों के बिना बड़ी परेशानी रहती है। दिन-भर में दस-बारह से अधिक नहीं खा पाती। अपने देश में तो प्रतिदिन पचास-पचास पान खा लेती थी।"

बग्गासिंह हैरान हो रहा था कि यह औरत बकरी है या गाय! क्या कोई इनसान इतने पत्ते भी खा सकता है! उसे इस तरह आश्चर्य में डूबा पाकर रामप्यारी बोली, "हमारे यहाँ की रीति यह है कि घर में कोई मिलने आये तो पान से ही उसकी ख़ातिर की जाती है।"

बग्गासिंह की आँखें फैल गयीं, लेकिन उसने इस विषय पर अधिक बोलना उचित नहीं समझा। पूछा, "मैं यह जानने के लिए आया था कि आपको यहाँ पर कोई तक़लीफ़ तो नहीं है?"

यह सुनकर रामप्यारी का हाथ उसके सीने पर जा टिका, और वह ठण्डी आह भरकर बोली, "यह जानने के लिए तो आपको हर रोज़ यहाँ आना पड़ेगा..."

उसके इन शब्दों पर बग्गे ने उसकी ओर बड़े ग़ौर से देखा। और रामप्यारी ने अपनी बात जारी रखते हुए कहा, "इस समय मैं ठीक-ठाक हूँ, लेकिन न जाने कल शाम तक क्या तक़लीफ़ हो जाये! अगर आप हर रोज़ मिल लिया करेंगे तो मैं अपनी तक़लीफ़ बता दिया करूँगी। यूँ तो छोटी-मोटी तक़लीफ़ आपके दर्शन पाकर ही ठीक हो जाया करेगी।"

बग्गे को बार-बार ख़याल आ रहा था कि यह औरत कैसे मैना की तरह चहचहा रही थी। उसका जी चाहता था कि वह बोलती रहे और यह बैठा सुनता रहे। वाह! कैसे बात में से बात निकालती थी।

रामप्यारी ने भी कल्ले में दो पान दबा लिये, और पानदान मंगल की ओर धकेलते हुए बोली, "लो! तुम भी एक पान खा लो।—तुम यहाँ बैठे क्या कर रहे हो? क्या और कोई काम नहीं है?"

मंगल केवल इस ख़याल से उनके पास बैठा था कि सम्भवतः बहन को उससे कोई काम पड़ जाये। डाँट खाकर उसने एक बीड़ा पान मुँह में रखा और जाकर ड्योढ़ी में बैठ गया।

रामप्यारी ने कहा, "आप कहाँ खो गये सरकार!... मैं तो यहाँ आपके सामने बैठी हूँ।"

बग्गासिंह को रामप्यारी की अदाओं ने अधमुआ कर दिया। उस जादूगरनी के जादू ने उसे सारी दुनिया भुला दी। सारी इट्टी-सिट्टी भूल गया। यही समझ में नहीं आता था कि ऐसी बाँकी औरत से अब वह क्या कहे। उसकी जगह कोई और होती तो शायद अब तक बग्गा उसे अपने बाज़ुओं में लपेट लेता। मगर इस समय तो वह अपने-आपको सँभालने में ही लगा रहा।

रामप्यारी ने फिर बात आरम्भ की, "सरकार! ऐसे चुपचाप ही बैठे रहेंगे क्या?"

बग्गे ने हिम्मत से काम लेकर उत्तर दिया, "सच तो यह है कि मैं आप ही की बातों के जादू में खो गया हूँ।"

रामप्यारी दोनों घुटनों में ठुड्डी दबाकर बड़े प्यारे अन्दाज़ से हँस दी।

बग्गे ने गम्भीर होकर पूछा, "क्या चन्ननसिंह यहाँ नहीं आता?"

"कभी-कभार।"

"कभी-कभार क्यों? उसे तो आपका पूरा-पूरा ख़याल रखना चाहिए। आख़िर वही तो आपको यहाँ लाया है।"

"वह नहीं लाये, मैं ख़ुद आयी हूँ। मेरा कोई ठिकाना नहीं था। उनकी यह मेहरबानी भी कम नहीं है कि उन्होंने रहने के लिए मुझे मुफ़्त मकान दे रखा है।"

बग्गासिंह चन्ननसिंह की प्रशंसा पर प्रसन्न नहीं हुआ। लेकिन यह देखकर कि रामप्यारी उसका इतना आभार मान रही थी, उसने उसके विरुद्ध कुछ कहना उचित नहीं समझा। वह ज़रा अक़्ल से काम लेकर बोला, "ठीक ही तो है, आप तो सारे गाँव की मेहमान हैं।"

बग्गासिंह को 'आप' कहकर बात करना बड़ा कठिन लग रहा था, क्योंकि इस अन्दाज़ से बात करने की उसकी आदत नहीं थी। वह खुरदुरी तबीयतवाला इनसान था और खुरदुरे ढंग से ही बातचीत कर सकता था।

अब बातचीत आगे चलाने के लिए बग्गासिंह को कुछ नहीं सूझा तो पलँग पर बैठे-बैठे बेचैनी से पहलू बदलकर बोला, "अच्छा, तो मैं चलता हूँ।"

रामप्यारी की कटार-जैसी भवें ऊपर को उठ गयीं, और वह मीठे स्वर में कहने लगी, "इतनी जल्दी?"

"हाँ, अभी कुछ काम है।" बग्गासिंह ने झूठ बोला।

रामप्यारी आँचल सँभालती हुई उठ खड़ी हुई, "अगर कोई ज़रूरी काम है तो मैं नहीं रोकूँगी। लेकिन आपको वायदा करना होगा कि आप अक्सर मुझसे मिलने आया करेंगे।"

बग्गासिंह उस कोमल और हसीन जवान औरत पर सिर से पाँव तक नज़र डालते हुए सोचने लगा कि ऐसी मनमोहिनी युवती को क्या वह सचमुच इस हद तक अच्छा लगा था कि वह उससे प्रतिदिन मिलने की इच्छुक थी।

रामप्यारी के होंठ मुस्करा रहे थे, उसकी आँखें मुस्करा रही थीं...बग्गासिंह को चक्कर-सा आने लगा। वह बड़ी मुश्किल से कह सका "मैं ज़रूर आया करूँगा।"

बग्गासिंह ने पसार के दरवाज़े की ओर क़दम बढ़ाया तो रामप्यारी भी उसके साथ-साथ चली। एकाएक बग्गासिंह ने उसके बाज़ू पर हाथ रखकर कहा, "बस! आप भीतर ही बैठिये। बाहर सर्दी बहुत है।"

रामप्यारी ने नयनों के तीर चलाते हुए उत्तर दिया, "अगर आपकी यही इच्छा है तो ठीक है...लेकिन अपना वायदा न भूलियेगा।"

रामप्यारी के बाज़ू पर हाथ रखते ही बग्गासिंह ने हाथ पीछे खींच लिया। उसे अपने भीतर न जाने क्या-क्या महसूस होने लगा था। उसे यूँ लगा था जैसे उसने दहकते हुए शोले को पकड़ लिया है।

मंगल बग्गासिंह को विदा करने के लिए ड्योढ़ी तक गया। उसने गली में पाँव रखा तो ड्योढ़ी का दरवाज़ा बन्द हो गया। बग्गासिंह ज़रा बेखलाया हुआ-सा था। पल-दो-पल वह जहाँ-का-तहाँ खड़ा रहा और फिर जब उसने वापस जाने के लिए क़दम बढ़ाया तो ठिठककर रह गया—दीवार के साथ पीठ लगाये कोई लम्बा-सा आदमी खड़ा था।

बग्गासिंह की उँगलियाँ लाठी पर कस गयीं। दूसरे आदमी ने पगड़ी के शमले से अपना चेहरा ढँक रखा था। कुछ समझ में नहीं आ रहा था कि वह कौन था। लेकिन इसे अधिक देर प्रतीक्षा नहीं करनी पड़ी। उधर से आवाज़ आयी, "क्या तुम बग्गासिंह हो?"

बग्गे ने चन्ननसिंह की आवाज़ पहचानते हुए उत्तर दिया, "हाँ, तुम चन्ननसिंह हो?"

चन्ननसिंह ने अपने चेहरे से शमले का नकाब हटा दिया और दो क़दम आगे बढ़कर रामप्यारी के मकान के दरवाज़े के सामने खड़ा हो गया।

कोई उत्तर न पाकर बग्गासिंह आगे की ओर बढ़ गया तो उसे अपने पीछे से कुण्डे के खटखटाने की आवाज़ सुनायी दी।

4

बग्गासिंह का रामप्यारी के घर जाना कोई ऐसी बात नहीं थी जो ढँकी-छिपी रह जाती, विशेषकर जब चन्ननसिंह ने अपनी आँखों से उसे रामप्यारी के घर से निकलते देख लिया था। चन्ननसिंह ऐसे सुनहरे अवसर को भला कैसे हाथ से जाने देता।

दूसरे दिन सुबह जब लाला बालमुकन्द की महफ़िल जमी तो चन्ननसिंह टहलता हुआ वहाँ जा पहुँचा। लाला जी और उनके साथियों ने चन्ननसिंह का स्वागत किया और थोड़ी देर बैठने का अनुरोध किया।

चन्ननसिंह बोला, "मैं तो ज़रा खेतों को जा रहा हूँ, आपको देखकर रुक गया।"

लाला जी बोले, "घड़ी-दो-घड़ी यहाँ बैठ जाने से आपका कोई ख़ास हर्ज़ तो हो नहीं जायेगा।"

चन्ननसिंह वास्तव में वहाँ बैठने के लिए तो आया ही था। सिक्ख तम्बाकू नहीं पीते, इस बात का लिहाज़ करते हुए हुक्के को ज़रा परे हटा दिया गया। इधर-उधर की बातें चल निकलीं। इत्तफ़ाक़ से लाला जी ने स्वयं ही रामप्यारी का ज़िक्र छेड़ते हुए कहा, "जहाँ तक मैं जानता हूँ, हमारे गाँव के सभी लोग रामप्यारी को सहयोग दे रहे हैं और उसकी सहायता भी कर रहे हैं।"

चन्ननसिंह इस अवसर की ताक में था, व्यंग्यपूर्ण अन्दाज़ में बोला, "जी हाँ, यही नहीं बल्कि बाज़ लोग तो रामप्यारी का जी बहलाने के लिए बाक़ायदा उसके घर भी जाने लगे हैं।"

यह सुनकर लाला जी के कान खड़े हो गये, क्योंकि इस बीच वह भी वहाँ के तीन-चार चक्कर लगा चुके थे। मगर वह वहाँ पाँच-सात मिनट से अधिक कभी नहीं रुके। चन्ननसिंह भी इस बात को जानता था। जो व्यक्ति भी रामप्यारी से मिलने जाता उसकी सूचना चन्ननसिंह को मिल जाती थी। मगर चन्ननसिंह इस मामले में लाला जी का नाम नहीं घसीटना चाहता था, उसे तो बग्गासिंह के विरुद्ध ज़हर उगलना था। बोला, "कल रात बग्गासिंह काफ़ी देर तक रामप्यारी के घर में बैठा रहा।"

यह सुनकर लाला जी के मन से बोझ उतर गया। उन्होंने इतमीनान से अपने साथियों की ओर दृष्टि डालते हुए कहा, "हमने तो केवल इतना सुना था कि बग्गासिंह रामप्यारी को हर रोज़ मट्ठा और दूध भिजवाता है।"

चन्ननसिंह ने कहा, "वह तो अच्छी बात है, उस पर किसको एतराज़ हो सकता है!..."

उसी समय लद्धासिंह वहाँ से गुज़रा तो लाला जी की महफ़िल में चन्ननसिंह को पाकर वह भी रुक गया। उसे देखकर चन्ननसिंह की बात जहाँ-की-तहाँ टूट गयी, क्योंकि वह जानता था कि लद्धासिंह बग्गासिंह का आदमी है। वह संकोच केवल पल-भर को ही रहा। चन्ननसिंह नहीं चाहता था कि लद्धासिंह यह महसूस करे कि उसके आ जाने पर इस विषय में बातचीत ही टूट गयी। उसने फिर कहना आरम्भ किया, "रात-बेरात अगर कोई मर्द किसी औरत के पास बैठा रहे...तो यह कोई अच्छी बात नहीं।"

लद्धासिंह ने यह पहले ही सुन लिया था कि बग्गासिंह की चर्चा चल रही है। उसे यह मालूम नहीं था कि पिछली रात बग्गा रामप्यारी के यहाँ गया था, यद्यपि वह जानता

था कि बग्गासिंह वहाँ जाने की सोच रहा था। उसने मन में कहा कि कल पहली बार ही बग्गा रामप्यारी के यहाँ गया होगा, वरना पहले जाता तो उसे ख़बर मिल जाती। उसने उच्च स्वर में कहा, "क्या बग्गासिंह का ज़िक्र हो रहा है?"

सब लोग तो चुप रहे। चन्ननसिंह ही बोला, "हाँ, बग्गासिंह का ज़िक्र हो रहा है। वह कल रात रामप्यारी के यहाँ गया था..."

लद्धे ने उसकी बात बीच में ही काटते हुए कहा, "पर चन्ननसिंह, शायद तुम्हें मालूम नहीं कि ख़ुद रामप्यारी ने उसे बुलाया था। मैं जानता हूँ कि कितने दिनों से रामप्यारी उसे बुला रही है, लेकिन वह वहाँ गया नहीं। आख़िर कल चला भी गया तो इसमें क़हर की क्या बात है?"

चन्ननसिंह लद्धे या बग्गे की तरह मोटी अक़्ल का व्यक्ति नहीं था। उसने बड़े इतमीनान से उत्तर दिया, "मैंने यह तो नहीं कहा कि उसमें कोई क़हर की बात है। अगर रामप्यारी ख़ुद ही उसे बुलाती है तो उसके वहाँ जाने में किसी को क्या आपत्ति हो सकती है। मेरा मतलब यह है कि बग्गासिंह दिन के समय भी तो वहाँ जा सकता था। आख़िर रात के अँधेरे में मुलाक़ात करने की क्या ज़रूरत थी?"

लद्धा बोला, "मुमकिन है कि रामप्यारी ने रात को ही बुलाया हो।"

चन्ननसिंह सहज में हँसकर बोला, "लद्धया! तुम भी कभी-कभी बच्चों की-सी बातें करने लगते हो। तुम एक तरह से एक ख़ूबसूरत और नौज़वान औरत पर आरोप लगा रहे हो कि उसने जान-बूझकर एक अनजान मर्द को रात के समय अपने पास बुलाया—क्या तुम कभी रामप्यारी से मिले हो?"

लद्धे ने इनकार में सिर हिलाते हुए कहा, "नहीं, मैंने उससे कभी बातचीत नहीं की। दूर से दो-चार बार देखा ज़रूर है।"

"अब तुम ख़ुद ही सोचो कि जिस स्त्री से तुम अपरिचित हो उसके विषय में तुम निश्चित रूप से क्या कह सकते हो? कम-से-कम सब लोगों के सामने किसी स्त्री को चरित्रहीन सिद्ध करने की कोशिश तो बहुत ही बुरी बात है।"

इतना कहकर चन्ननसिंह थोड़ी देर के लिए ख़ामोश हो गया ताकि उसके शब्द सुननेवालों के मन में अच्छी तरह बैठ जायें। उसने फिर कहना आरम्भ किया, "हमें अच्छी तरह समझ लेना चाहिए कि एक ख़ूबसूरत और जवान औरत की आबरू बड़ी ही नाजुक चीज़ होती है। वह बेचारी हम लोगों के भरोसे पर वहाँ बैठी है और अगर हम लोग उसे बदनाम करने लगें तो उसे कितना दुःख होगा—जहाँ तक मैं जानता हूँ रामप्यारी ने बग्गासिंह से यह तो नहीं कहा था कि वह उसे प्रतिदिन मट्ठा, मक्खन और दूध भेजा करे। चलो मान लिया कि बग्गासिंह ने अपनी इच्छा से यह सब-कुछ भेजना शुरू कर दिया। इस पर तो कभी किसी ने आपत्ति नहीं उठायी। लेकिन रात-बे-रात अकेली और जवान औरत के घर में जा घुसना तो निश्चय ही आपत्तिजनक बात है। रामप्यारी ने आभार मानकर बग्गासिंह को बुला भेजा होगा, लेकिन यह तो

बग्गासिंह के सोचने की बात थी कि वह रात की जगह दिन में ही उसके यहाँ हो आता।"

अब लाला जी को भी अपनी पोज़ीशन साफ़ करने के लिए अवसर मिल गया, बोले, "सरदार चन्ननसिंह, यूँ तो मैं भी तीन-चार बार रामप्यारी के यहाँ जा चुका हूँ। लेकिन मैं दिन के समय जाता था और पाँच-सात मिनट से ज़्यादा वहाँ नहीं रुकता था। मैं उसका कुशल-मंगल पूछकर लौट आता था।"

चन्ननसिंह ने कहा, "लाला जी! आपकी बात कुछ और है। आप उसके पिता के समान हैं। आप बुज़ुर्ग हैं। खरी बात यह है कि न तो आप पर कोई सन्देह किया जाता है, और न आपके मामले में रामप्यारी पर शक किया जा सकता है। अगर वह आपको बुला भेजे तो यही समझा जायेगा कि एक बेटी ने किसी काम से अपने पिता को बुलाया है। लेकिन अगर यह कहा जाये कि रामप्यारी ने बग्गासिंह या मेरी उम्र के आदमी को रात के समय मिलने के लिए बुलाया है तो इसमें ख़ा-म-ख़ाह बेचारी औरत बदनाम होती है।"

लद्धासिंह के पास इन बातों का कोई उत्तर नहीं था। उसने यह भी महसूस किया कि वहाँ बैठे सभी लोग चन्ननसिंह से सहमत हो रहे थे। उसने केवल इतना ही कहा, "कोई किसी के मन में तो घुस नहीं सकता। यह कहना कठिन है कि कौन अच्छा है कौन बुरा। हमें तो केवल इतना मालूम है कि रामप्यारी बुलाती रही, लेकिन बग्गा सिंह उससे मिलने के लिए नहीं गया। अगर वह कल गया भी होगा तो उसका यह पहला ही मौक़ा है। यह बात तो मैं पूरे विश्वास से कह सकता हूँ।"

इतना कहकर लद्धासिंह वहाँ से चल दिया।

चन्ननसिंह उसे जाते देखता रहा, और जब वह दूर निकल गया तो वह बोला, "लद्धासिंह तो बग्गासिंह का अपना आदमी है, और उसका कट्टर हिमायती है। हम तो किसी की तरफ़दारी नहीं करते। हम तो केवल इतना कहते हैं कि इत्तफ़ाक़ से एक दुखियारी हमारे ही सहारे पर गाँव में रह रही है, इसलिए हमें कोई ऐसी बात नहीं कहनी चाहिए और न कोई ऐसी हरकत करनी चाहिए जिससे वह बेचारी बदनाम हो और परेशान भी हो। लाला जी! आप बुज़ुर्ग हैं, आप ही बताइये कि क्या मैंने कोई बेज़ा बात कही है?"

सभी लोगों ने चन्ननसिंह की सहमति में सिर हिला दिये, और चलते-चलते चन्ननसिंह बोला, "बग्गासिंह मेरे लिये कोई पराया नहीं है। मेरा उसका ख़ून का रिश्ता है। चाहे दूर का ही रिश्ता सही, लेकिन वह मेरा रिश्तेदार तो है न। फिर भी मैं यह कहे बिना नहीं रह सकता कि बग्गासिंह अपनी बुद्धि से बहुत कम काम लेता है।"

इस प्रकार सबको प्रभावित करके चन्ननसिंह वहाँ से चल दिया।

उसी समय लद्धासिंह बग्गासिंह को यह ख़बर पहुँचाने के लिए उसके घर पर गया। पता चला कि वह खेतोंवाले तबेले में है। लद्धासिंह तुरन्त खेतों की ओर चल दिया।

जब वह तबेले के निकट पहुँचा तो देखा कि बग्गासिंह सिर के बाल बिखराये धूप में खुरली पर बैठा है। इसे देखते ही बग्गासिंह ने ललकारकर पूछा, "आ ओए लद्धया! सुबह-सुबह इधर कहाँ आ टपका?"

"तुम इसे सुबह कहते हो? इतनी धूप चढ़ आयी है। मैं समझा था कि तुम घर पर होगे। वहाँ पता चला कि तुम यहाँ पर हो।"

"हाँ, आज मैंने सिर धोया था। गीले बाल लपेटकर यहाँ चला आया। यहाँ खेतों की देख-भाल भी होती रहेगी और बाल भी सुखा लूँगा!—तुम कहो, कोई ख़ास बात है क्या जो तुम इस तरह लपकते हुए यहाँ आये हो?"

"मैं भागमल की दुकान के पास से गुज़रा तो वहाँ चबूतरे पर लाला जी की महफ़िल जमी हुई थी। उनमें चन्ननसिंह को बैठे देखकर मुझे आश्चर्य हुआ, क्योंकि वह तो अपनी महफ़िल गाँव के दूसरी ओर धर्मशाला के निकट जमाया करता है। मैं भी वहाँ बैठ गया। तब मुझे पता चला कि रात तुम रामप्यारी के यहाँ गये थे..."

"ओह-हो! तो चन्ननसिंह ने यह 'ख़बर लाला जी तक पहुँचा दी। हाँ, मैं रात रामप्यारी के यहाँ गया था। अब मैं उसके घर से बाहर निकल रहा था तो चन्ननसिंह से भेंट हुई। उसी समय मुझे शक हो गया कि अब यह बदमाश मुझे गाँव-भर में बदनाम करने की कोशिश करेगा।"

"वही तो!—यूँ मालूम होता था जैसे चन्ननसिंह के तन-मन को आग लग गयी है। मैंने तो साफ़-साफ़ कह दिया कि बग्गासिंह अपनी इच्छा से वहाँ नहीं गया। न जाने ख़ुद रामप्यारी ने कितनी बार उसे बुलावा भेजा, लेकिन बग्गासिंह टालता रहा। मैंने खुल्लम-खुल्ला कह दिया कि अगर रामप्यारी के बुलाने से वह वहाँ चला भी गया तो इसमें क़हर की क्या बात है?"

"तुमने यह ठीक किया..."

"चन्ननसिंह तो भरा बैठा था। कहने लगा कि एक नौज़वान ख़ूबसूरत औरत की इज़्ज़त बहुत ही नाज़ुक होती है। इसमें गाँव की बदनामी होने का भी तो डर है।"

अब बग्गासिंह ने बिफरकर कहा, "यह भी ख़ूब रही! अगर मैं वहाँ जाऊँ तो औरत की आबरू ख़तरे में है और गाँव की बदनामी होती है। लेकिन अगर चन्ननसिंह जाये तो इनमें से किसी भी बात का डर नहीं है। तो गोया रामप्यारी उसके बाप का माल है। उसे रहने के लिए दो कमरे देकर उसने रामप्यारी पर इतना हक़ जमा लिया है कि उसे किसी और का उससे बात करना भी अच्छा नहीं लगता।"

लद्धासिंह ने हामी भरते हुए कहा, "ख़ुद रामप्यारी यह बात कभी नहीं मानेगी। वह चन्ननसिंह से सहमत होती तो तुम्हें इतनी बार बुलावा क्यों भेजती।"

बग्गासिंह नथुने फुलाकर बोला, "मैं चन्ननसिंह को ठेंगे पर रखता हूँ। मैं रामप्यारी के पास डंके की चोट पर जाऊँगा, उस हरामज़ादे से जो बन पड़े सो करे।"

"ठीक ही तो है। तुम क्या चन्ननसिंह का दिया खाते हो।"

"अरे भई! मैं तो पहले भी कह चुका हूँ कि अगर चन्ननसिंह को अपने मकान की इतनी धौंस है तो मैं रामप्यारी के रहने के लिए अलग इन्तज़ाम कर दूँगा। बस! चन्ननसिंह की सारी धौंस ख़तम हो जायेगी।"

"तुम इस बात का रामप्यारी से भी ज़िक्र करो। सुनो तो, वह क्या कहती है।"

"मैंने सोचा था कि दो-तीन दिन रुककर रामप्यारी के यहाँ जाऊँगा। अब मैंने निश्चय कर लिया है कि आज ही शाम को फिर उसस मिलूँगा। ज़रा देखूँ तो कौन माई का लाल मुझे वहाँ जाने से रोकता है!"

उस शाम बग्गासिंह ने बड़े ठस्से से कपड़े वगैरह पहने। पीले रंग का अँगोछा बायीं बग़ल से निकालकर दाहिने कन्धे पर फेंक लिया। कलाईवाले मोटे कड़े पर ख़ूब बड़े रेशमी रूमाल की गिरह लगायी, और लाठी लेकर रामप्यारी से मिलने को चल दिया।

पिछले रोज़ की तरह आज भी अँधेरा हो चुका था। उसने शान-चढ़ी लाठी से दरवाज़ा खटखटाया। कुछ देर शान्ति रही, फिर ड्योढ़ी में हलका-सा प्रकाश फैल गया। दरवाज़े के निकट ही भीतर से ज़नाना आवाज़ सुनायी दी, "कौन है?"

"मैं हूँ।"

"मैं कौन?—मैं घर में इस समय अकेली हूँ। नाम बताइये!"

"मैं बग्गासिंह हूँ।"

"ओफ-हो! माफ कीजिये, मैं आवाज़ नहीं पहचान पायी।"

इसके साथ ही दरवाज़ा खुल गया। सामने लालटेन की रोशनी में रामप्यारी खड़ी थी और उसका चेहरा चाँद की तरह दमक रहा था। वह हँस रही थी, और उसके गाल गर्मा-गर्म कचौड़ियों की तरह फूल गये थे। लगता था कि बग्गासिंह को देखकर उसका मन गद्‌गद हो उठा था।

बग्गासिंह ने पूछा "भीतर आ जाऊँ?"

"ज़रूर आ जाइये!...भला इसमें पूछने की क्या बात है?"

"आपने बताया न कि आप घर पर अकेली हैं..."

"तो क्या हुआ। आप कोई ग़ैर थोड़े ही हैं। जल्दी में आपकी आवाज़ पहचान नहीं सकी। इसीलिए नाम पूछ लिया।"

बग्गासिंह ने ड्योढ़ी में क़दम रखा तो रामप्यारी ने गलीवाले दरवाज़े का कुण्डा भीतर से चढ़ा दिया। वह लालटेन लेकर आगे-आगे चली। उसके नृत्य करते हुए कूल्हे पानी की लहरों पर हिचकोले लेते हुए कमल की भाँति लग रहे थे।

पसार में पहुँचकर रामप्यारी ने बग्गासिंह को पिछले रोज़ की तरह पलँग पर बैठाया, और स्वयं ऊँचे मूढ़े पर बैठ गयी। बोली, "आपने बहुत अच्छा किया जो चले आये। मैं बड़ा सूनापन महसूस कर रही थी।"

"मंगल कहाँ है?"

"न जाने कहाँ निकल गया है! कह गया था कि मैं कुछ देर से आऊँगा। आख़िर बेचारा कहाँ तक मेरे साथ बँधा रहेगा।"

बग्गे ने इधर-उधर नज़र दौड़ाकर कहा, "यह घर भी तो गाँव के एक सिरे पर पड़ जाता है। काफ़ी सूना रहता है इधर।"

"क्या किया जाये! यही ग़नीमत है कि सिर छिपाने को जगह मिल गयी।"

बग्गासिंह के मन में आया कि वह मकान बदलने का सुझाव दे दे। लेकिन इतनी जल्दबाज़ी भी उचित नहीं थी। इसके लिए कुछ मैदान तैयार करना होगा।

रामप्यारी मुस्कराये जा रही थी। बग्गे ने भी मुस्कराकर कहा, "आप बहुत ख़ुश नज़र आती हैं।"

रामप्यारी का चेहरा और भी खिल उठा, बोली, "आपको यहाँ पाकर बहुत ख़ुशी हो रही है। मैं डर रही थी कि आप ज़रूर तीन-चार दिन का नागा कर जायेंगे। यह कितने सौभाग्य की बात है कि आप आज ही यहाँ चले आये।"

"लेकिन रामप्यारी जी, बाज़ लोग ऐसे भी हैं जिन्हें मेरा यहाँ आना पसन्द नहीं है।"

"हाय राम! आपके यहाँ आने पर किसी को क्या आपत्ति हो सकती है?"

रामप्यारी चिन्तित नज़र आने लगी। वह मूढ़े से उठ खड़ी हुई और धीरे-धीरे पलँग के पास पहुँच गयी।

बग्गासिंह ने कहा, "आप सुनेंगी तो आपको बड़ा आश्चर्य होगा। शायद आप भी मुझे यहाँ आने से मना कर दें।"

रामप्यारी उसी खोये-खोये अन्दाज़ में बग्गासिंह के निकट पलँग पर बैठ गयी, और गम्भीर स्वर में बोली, "आख़िर वह है कौन?"

"आपका चन्ननसिंह!"

रामप्यारी के माथेवाले बल गहरे हो गये। हैरान होकर बोली "अरे! उन्हें आपके यहाँ आने पर आपत्ति क्यों है?"

"इसका कारण तो मैं भी नहीं जानता।"

"नहीं ऐसा नहीं हो सकता। शायद आपको धोखा हुआ है।"

"मुझे धोखा नहीं हुआ। ख़ुद मेरे आदमी लद्धासिंह ने चन्ननसिंह को यह बात खुली महफ़िल में कहते सुना।"

कुछ देर को वातावरण पर पूर्ण मौन छा गया। रामप्यारी की पलकें झुकी हुई थीं।

बग्गासिंह बोला, "अगर आपको भी बुरा लगता है तो मैं आगे से नहीं आऊँगा।"

इस पर रामप्यारी ने अपना हाथ बढ़ाकर बग्गासिंह के हाथ पर रख दिया, "नहीं, आपका आना मुझे बुरा नहीं लगता। आप आते हैं तो मुझे अच्छा लगता है। मेरे पास और लोग भी तो आते हैं। आप बेखटके आया कीजिये।"

"अगर आपके चन्ननसिंह ने और अधिक शोर मचाया तो?"

रामप्यारी दृढ़ स्वर में बोली, "उन्हें ऐसा नहीं करना चाहिए। लेकिन जो हो, सो हो। मैं आपका साथ नहीं छोड़ सकती।"

●

वारे शॉ न थाँ दम मारने दा, चार चरम दी जदों घमसान होई।

—वारे शॉ

[ऐ वारे शॉ, जहाँ चार आँखों में घमासान युद्ध छिड़ जाता है, वहाँ दूसरा कोई दम भी नहीं मार सकता। (अर्थात् दूसरे लोग विवश होकर रह जाते हैं)]

1

जब से जस्सा अपने चाचा के पास हरिपुरे आया था, तभी से उसका मन उखड़ा-उखड़ा-सा था। लेकिन जब दीपी से उसकी मुलाक़ात हो गयी तो उसका मन भी बहल गया। गुरुद्वारेवाली घटना के बाद उन्हें प्रायः एक साथ रहने का अवसर मिलता रहा था। एक-दूसरे के प्रति उनका लगाव बिलकुल बचकाना-सा था लेकिन उनकी चेतना की गहराई में इस पारस्परिक नाते का कोई गहरा कारण भी उपस्थित था। चाहे वे इस बात को अभी नहीं समझते थे मगर निस्सन्देह उम्र बढ़ने के साथ-साथ यह बात भी उन पर स्पष्ट हुए बिना नहीं रह सकती थी।

देहात में उनकी उम्र के लड़के-लड़कियों का एक साथ देखा जाना कुछ अधिक आपत्तिजनक नहीं था। फिर भी इस बात की आशा की जाती थी कि दस-ग्यारह वर्ष की लड़कियों को लड़कियों के साथ और जस्से की उम्र के लड़कों को लड़कों के साथ ही खेलना शोभा देता है। एक-दो वर्ष गुज़र जाने पर तो निश्चय ही उनके लिए खुल्लम-खुल्ला बातचीत करना असम्भव हो जाता। इस समय भी वे नज़र बचाकर मिलते थे। वे नहीं जानते थे कि बड़ों को इस पर आपत्ति क्यों थी। वे केवल इतना जानते थे कि उन्हें एक-दूसरे के साथ मिल-जुलकर खेलना-कूदना या बातें करना अच्छा लगता है।

मिलने-जुलने का सबसे अच्छा अवसर उस समय होता था जब औरतें दोपहर-भर के लिए नहर पर कपड़े धोने चली जातीं। दीपी पहले से बनायी हुई योजना के अनुसार अपनी दो-तीन सहेलियों के साथ वहाँ से खिसक जाती और जस्से से जा मिलती। वे सब मिल-जुलकर गप्पें हाँकते और कोई-न-कोई खेल भी खेलते।

जस्से ने दीपी को अपने कुत्ते भी दिखाये। दीपी और उसकी सहेलियों का मन ख़ुश करने के लिए उसने इस बात का भी प्रयत्न किया कि किसी खरगोश या जंगली बिल्ले

के पीछे कुत्तों को दौड़ाये। इत्तफ़ाक़ से न तो कभी कोई खरगोश नज़र आया और न जंगली बिल्ला। विवश होकर जस्सा कुत्तों को गिलहरियों के पीछे ही दौड़ाता रहा। गिलहरियाँ तुरन्त ही पेड़ों पर चढ़ जातीं और किसी शाखा पर दुम उठा-उठाकर फुदकने लगतीं। लड़कियों के लिए इतना-सा तमाशा ही काफ़ी था। वे उछल-उछलकर तालियाँ बजातीं, और चीख-चीखकर हँसतीं।

अब जस्से को रामप्यारी कोई भी खाने की चीज़ देती तो वह उसे सँभालकर रखता, और मुलाक़ात होने पर दीपी को दे देता। दीपी कहती, "लो! तुम भी तो खाओ।"

जस्सा अपने पेट को फुलाकर और उस पर हाथ फेरते हुए कहता, "नहीं दीपी, मैं बहुत-कुछ खा चुका हूँ। देखो तो मेरा पेट मशक की तरह फूला हुआ है।"

दीपी अपने छोटे-छोटे चमकीले दाँत दिखाकर हँसती। उसे खिला-पिलाकर जस्से के मन को कितनी ख़ुशी होती थी!

नहर के बहुत नीचे की ओर जाकर वे एक साथ नहाते भी थे। उन लड़कियों के शरीर अभी लड़कों की तरह सपाट थे। फिर भी जस्से को उनके साथ नहर में तैरना और गोते लगाना अच्छा लगता था। वह उन सबका नायक माना जाता था। हर कठिन अवसर पर जस्सा ही उनके काम आता था।

इन सुहाने दिनों का क्रम शीघ्र ही टूटने लगा। दूसरी लड़कियों ने दीपी और उसकी सहेलियों की शिकायत घरवालों को पहुँचा दी कि वे इधर-उधर ग़ायब होकर जस्से के साथ खेलने के लिए निकल जाती हैं। दीपी को इस बात पर डाँट भी पड़ी। अब उनका मेल-जोल और खेलना-कूदना समाप्त हो गया। तीन दिन ग़ायब रहने के बाद एक रोज़ दीपी गली में मिल गयी तो आँख चुराकर जस्से के पास से निकल गयी। जस्से ने आवाज़ देकर बुलाया तो वह रुक गयी। उसने पूछा, "दीपी! आजकल तुम कहाँ रहती हो?"

दीपी ने हिचकिचाते हुए कहा, "अब हम नहीं मिल सकते।"

जस्से के सीने में मानो घूँसा-सा लगा। पूछा, "क्यों?"

"घरवाले कहते हैं कि लड़कों के साथ खेलना अच्छा नहीं है।"

जस्से ने कुछ सोचकर सुझाव दिया, "अच्छा, हम एक साथ नहीं खेला करेंगे, लेकिन हम वैसे तो मिल सकते हैं।"

"न बाबा!"

"कितनी डरपोक हो तुम! क्या बात करने में भी घरवालों को आपत्ति होगी?"

"मैं नहीं जानती।"

जस्से को यूँ लगा जैसे स्वयं दीपी ही जान-बूझकर उससे पीछा छुड़ाना चाहती है। उसने जल्दी से आगे-पीछे नज़र दौड़ायी। गली सुनसान पड़ी थी। उसने गिद्ध की तरह पंजा बढ़ाकर दीपी की चुटिया दबोच ली और उसे बड़े ज़ोर के साथ अपनी ओर खींचा।

दर्द के मारे 'आह' कहकर दीपी सहमी हुई-सी जस्से की ओर देखने लगी। जस्से का चेहरा हथौड़े की तरह गोल-मटोल हो गया था, और उसकी आँखों में इस्पात की-सी

चमक थी। उसने भिंचे हुए दाँतों के साथ गुर्राकर कहा, "तुम मुझे अच्छी लगती हो—याद रखो, अगर तुमने मुझसे मिलने में आनाकानी की तो मुझसे बुरा कोई नहीं होगा।"

दीपी ने काँपते हुए होंठों से कहा, "तुम हमें घरवालों से पिटवाना चाहते हो क्या? हम बुरी तरह पिटेंगे तो क्या तुम्हें अच्छा लगेगा?"

जस्से ने मन में सोचा कि बेचारी दीपी की पिटाई होने पर उसके मन को ज़रा भी प्रसन्नता नहीं होगी। उसने चुटिया छोड़ दी, और ज़रा नर्म स्वर में बोला, "तुम अपनी सहेलियों को अपने साथ क्यों चिपकाये रखती हो? इसीलिए तो सारी गड़बड़ होती है।"

"तो क्या करूँ?"

"अकेली आया करो..."

बात बीच में ही रह गयी, क्योंकि गली के नुक्कड़ से कोई आता दिखायी दिया तो दीपी तेज़-तेज़ क़दमों से आगे को बढ़ गयी। जस्सा सहज से दूसरी ओर को चल दिया।

नुक्कड़ से जो आदमी मुड़ा था, वह चन्ननसिंह था। वह उसी को ओर आ रहा था। निकट पहुँचकर चन्ननसिंह रुक गया। जस्सा समझा कि उसने उसे दीपी की चुटिया खींचते या उससे बात करते देख लिया है। मगर चन्ननसिंह ने दूसरी बात आरम्भ कर दी। उसने पूछा, "क्यों बे, तू ही बग्गासिंह का भतीजा है?"

जस्से के पत्थर-जैसे चेहरे पर जड़ी बटनों-जैसी आँखें पल-भर को उठीं, और वह बोला, "हाँ।"

"क्या नाम है तेरा?"

"जस्सा।"

"हाँ...जस्सू। मैंने नाम सुन रखा था, याद नहीं आ रहा था।"

जस्से ने चन्ननसिंह की बातचीत में कोई दिलचस्पी नहीं दिखायी। वह मुड़कर वहाँ से चलने लगा तो चन्ननसिंह फिर बोला, "सुनो तो।"

जस्सा रुक गया।

चन्ननसिंह ने अपनी लम्बी मोटी उँगली उसके कन्धे पर टिकाते हुए पूछा, "तुम्हारा चाचा कहाँ है इस समय?"

"मालूम नहीं।"

"मालूम कैसे नहीं?...क्या तुम घर में नहीं रहते हो?"

"रहता हूँ, लेकिन अभी तो काफ़ी देर से मैं बाहर ही घूम रहा हूँ।"

चन्ननसिंह ने कड़ुवेपन से कहा, "आवारागर्दी नहीं करेगा तो और क्या करेगा!... जैसा चाचा, वैसा ही भतीजा।"

जस्से को क्रोध तो बहुत आया, लेकिन वह चन्ननसिंह जैसे लम्बे-चौड़े आदमी का क्या बिगाड़ सकता था। चुपचाप वहाँ से चलने लगा तो चन्ननसिंह ने उसका कन्धा थामकर कहा, "रुको!"

वह रुक गया।

चन्ननसिंह ने रहस्यपूर्ण लहज़े में पूछा, "आजकल कहाँ-कहाँ जाता है तेरा चाचा?"

जस्से ने रूखेपन से उत्तर दिया, "मैं क्या जानूँ! मैं उसके पीछे-पीछे घूमता रहता हूँ?"

चन्ननसिंह लठनुमा लड़के को पल-भर घूरता रहा, और फिर धीरे से पूछा, "तुझे यह तो मालूम होगा कि आजकल तेरा चाचा रामप्यारी के पास दिन में कितनी बार जाता है।"

"मैं नहीं जानता।"

"अब तो शायद तू यह भी कहेगा कि तू रामप्यारी को भी नहीं जानता।"

जस्से ने हठधर्मी से कहा, "हाँ, मैं उसे भी नहीं जानता।"

जस्सा बड़ा ढीठ और निडर लड़का था। चाहे वह चन्ननसिंह से भिड़ नहीं सकता था लेकिन दबनेवाला भी नहीं था।

इतनी बातचीत के बाद जस्सा वहाँ से चल दिया। उसने निश्चय कर लिया कि यदि अब चन्ननसिंह ने रुकने के लिए कहा भी तो वह नहीं रुकेगा।

चन्ननसिंह खड़े-खड़े जस्सू को जाते देखता रहा। जब वह गली के नुक्कड़ से ग़ायब हो गया तो चन्ननसिंह दाँत पीसते हुए बड़बड़ाया, "हराभ का तुख़्म!"

जब जस्सा घर पहुँचा तो देखा कि उसका चाचा खड़ा रहीम से बातें कर रहा है। जस्से ने नज़र बचाकर ख़िसक जाने का प्रयास किया, लेकिन चाचा ने उसे देख लिया। वह दहाड़कर बोला, "ओए, हरामी के पिल्ले! ज़रा इधर तो आ।"

जस्सा चाचे की ओर चल दिया। चाचे ने पूछा, "क्यों बे, तू सारा-सारा दिन कहाँ ग़ायब रहता है?"

जस्सा समझ गया कि अब उसकी ख़ैर नहीं। चन्ननसिंहवाला बहाना भी अच्छा था, वह तुरन्त बोला, "मैं आ रहा था तो गली में चन्ननसिंह मिला।"

चन्ननसिंह का नाम सुनकर बग्गासिंह के कान खड़े हो गये। पूछा, "तो क्या तुझसे कुछ कह रहा था?"

"हाँ।"

"क्या?"

"पहले उसने मुझसे पूछा कि क्या मैं ही तुम्हारा भतीजा हूँ..."

"उस भानछोद का इस बात से क्या मतलब!—फिर?"

"जब मैंने बताया तो उसने पूछा कि आजकल तेरा चाचा कहाँ-कहाँ जाता है।"

जस्से के इन शब्दों पर बग्गासिंह बिदका...सम्भवतः रहीमे की उपस्थिति की वजह से। वह जस्से की पीठ पर हाथ रखकर उसे कमरे के भीतर ले गया, और ज़रा धीमे स्वर में कहा, "अब बता कि उसने क्या-क्या कहा।"

"उसने मुझसे पूछा कि तेरा चाचा दिन में कितनी बार रामप्यारी के पास जाता है।"

यह सुनकर बग्गासिंह आग-बबूला हो गया और मुँह से थूक उड़ाते हुए बोला, "हरामज़ादा कहीं का, भला लड़के को गली में रोककर ऐसी बातें करने की क्या ज़रूरत है। अच्छा बच्चू! अगर मैंने भी गज पर लाठी न कर दी तो मेरा नाम बग्गासिंह नहीं।"

चाचे के क्रोध को नयी दिशा में ढलते देखकर जस्से को इतमीनान हुआ।

चाचा ने फिर पूछा, "और क्या-क्या कहा चन्नन के बच्चे ने?"

जस्से ने बाक़ी बातें भी बता दीं।

बग्गा दाँत पीसने लगा।

जस्से ने इस अवसर का लाभ उठाते हुए पूछा, "मैं जाऊँ चाचा?"

बग्गा खोये-खोये बोला, "जा।"

जस्से ने लौटने के लिए क़दम उठाया ही था कि एकाएक ही बग्गे को कुछ याद आ गया। उसने हाथ बढ़ाकर जस्से को जूड़े से दबोच लिया और लाल-लाल आँखें दिखाते हुए बोला, "बच्चू! तू कहाँ को चला? तेरी मेरी बात तो हुई नहीं।"

जस्सा समझे बैठा था कि उसकी जान छूट गयी है और चाचा उसे जिस बात पर फटकारना चाहता था वह चन्ननसिंह के झगड़े में समाप्त हो चुकी है। मगर ऐसा नहीं हुआ। वह यह भी नहीं जानता था कि चाचा को उससे किस बात पर शिकायत है और वह क्यों उसे डाँटना चाहता है। यह भी ठीक था कि चाचा उसे बिना कारण भी दूसरे-तीसरे दिन दो-चार थप्पड़ लगा देता मगर उसका आज का क्रोध अधिक गहरा और तीव्र प्रतीत होता था।

जस्से को जूड़े से पकड़कर उसका चेहरा अपनी ओर घुमाते हुए चाचा ने डाँटकर पूछा, "क्यों बे, आजकल तुझे लड़कियों के साथ खेलने की धुन क्यों रहती है?"

जस्से ने अनजान बनकर कहा, "लड़कियाँ!"

"मैं तुम्हें कई बार समझा चुका हूँ कि मेरे सामने बनने की कोशिश मत किया करो। यह भी मत समझो कि मैं अफीम खाकर और अपने कान और आँखें बन्द करके ऊँघता रहता हूँ। मेरी आँखें और कान हमेशा खुले रहते हैं।"

जस्से की समझ में नहीं आ रहा था कि स्वयं चाचे ने उसे किसी लड़की के साथ देखा था या किसी ने उससे शिकायत की थी।

चाचे ने पूछा, "यह वीरो और प्रीतो के साथ तुम्हारा घूमने का मतलब क्या है?"

प्रीतो और वीरो दीपी की सहेलियाँ थीं और वे दोनों दीपी के साथ उसके पास आया करती थीं। आश्चर्य तो इस बात का था कि चाचा से दीपी का नाम क्यों नहीं लिया। आख़िर उसके गहरे सम्बन्ध तो दीपी से ही थे।

चाचा ने फिर कहा, "वीरो और प्रीतो दोनों के बाप तुम्हारी शिकायत करने आये थे। वे तो ख़ुद ही तुम्हारी हड्डियाँ तोड़ देते लेकिन तुम्हें मेरा भतीजा जानकर उन्होंने छोड़ दिया। अब तू यह बता कि गाँव में क्या सब लड़के मर गये हैं? लड़कियों में घुसपैठी करने का क्या मतलब है? सुअर की औलाद! अभी पैदा तो हो ले, इश्क़ करने की सारी उम्र पड़ी है।"

जस्से ने बहाना बनाया, ''चाचा, यह दोनों लड़कियाँ तो ख़ुद ही मेरे पास एक-दो बार आयीं। मैं नहर पर नहाने गया था, वहीं उनसे बातचीत हुई। मैं उनके साथ कभी नहीं खेलता।''

चाचा ने उसके जूड़े को और भी मज़बूती से पकड़कर उसे ख़ूब अच्छी तरह झिंझोड़ते हुए कहा, ''बदज़ात कहीं के! मैं अच्छी तरह जानता हूँ कि तू जितना धरती के बाहर है, उससे दो गुना धरती के भीतर है। अगर तेरी खोपड़ी में तिल बराबर भी बुद्धि है तो आज मेरी यह बात अच्छी तरह समझ ले कि आइन्दा मैंने तेरी शिकायत सुनी तो ऐसी मार मारूँगा कि देखनेवालों को पता नहीं चल पायेगा कि तेरा मुँह किधर है और गाँड़ किधर है—समझा?''

बाल खिंच जाने से दर्द के मारे जस्से का चेहरा लाल हो गया। वह धीरे से बोला, ''हाँ चाचा, समझ गया।''

चाचे ने उसका जूड़ा छोड़ दिया। जस्सा घर की ओर चला गया।

भजनो ने उसे देखा तो बोली, ''क्यों, चाचे से डाँट पड़ी है क्या?''

जस्सा चुपचाप एक ओर बैठकर तिनका तोड़ने लगा।

भजनो ने फिर कहा, ''अबके तो मैं तेरे चाचा पर दोष नहीं धरूँगी। ग़लती तेरी है। तू कैसा लड़का है। लड़कियों में खेलता है। अब तू इतना छोटा भी नहीं है। गाँव के लड़के कहते हैं कि तू सबसे अलग-थलग रहता है। अजीब बात है कि तू लड़का होकर लड़कों से दूर भागता है। इस मामले में मैं तेरा साथ बिलकुल नहीं दूँगी।''

जस्से ने बुआ को भी अपना विरोध करते देखा तो उसका दिल और भी उदास हो गया।

भजनो उसके पास आकर बैठ गयी और कहने लगी, ''दीपी की माँ मेरे पास आयी थी। वह तेरे चाचा से मिलना चाहती थी लेकिन मैंने उसे टाल दिया। उसने बताया कि तुमने दीपी से भी बड़ा मेल-जोल बढ़ा रखा है। दीपी का बाप बेचारा बहुत ही भला आदमी है। वह तेरे चाचा के पास जान-बूझकर नहीं आया। अब मैं तुझसे केवल इतना ही कहना चाहती हूँ कि आइन्दा तू ऐसी कोई भी हरकत हरगिज़ न करना, वरना तुम्हारा चाचा तुम्हारी चमड़ी उधेड़कर रख देगा।''

इसके बाद भी बुआ उसे बहुत देर तक समझाती रही कि वह एक अनाथ लड़का है, इसलिए उसे बहुत सँभलकर रहना चाहिए।

जस्से के मन पर इन सब बातों का इतना ही प्रभाव पड़ा कि वह और अधिक उदास हो गया और उसके मन में दीपी से मिलने की इच्छा पहले से भी अधिक तीव्र और दृढ़ हो गयी।

वह चुपचाप उठा और मकान के पिछवाड़ेवाले दरवाज़े से बाहर निकल गया। पहले वह गाँव की गलियों में घूमता रहा और फिर गाँव के बाहर जौहड़ के किनारे गिरे हुए पेड़ के तने पर बैठकर उन भैंसों को देखता रहा जिन्हें कुछ लड़के पानी के छींटें मार-मारकर नहला रहे थे।

वहाँ से उठकर जस्सा बेमाँ के बोते (ऊँट का बच्चा) की तरह खेतों में आवारागर्दी करता रहा। उसकी समस्या बड़ी गम्भीर थी। उसे या तो बुआ भजनो से प्यार मिला था या दीपी से मित्रता का अहसास हुआ था। आज उसे दीपी से अपना नाज़ुक सम्बन्ध टूटता नज़र आया और फिर उसे बुआ से भी सहानुभूति की आशा नहीं रही थी।

इधर-उधर मटरगश्ती करते समय वह चारों ओर खोयी-खोयी नज़रों से देखता रहा।

2

दिन गुज़रते जा रहे थे। बग्गासिंह लगभग प्रतिदिन शाम का समय रामप्यारी के पास गुज़ारता था। वहाँ जाने का साहस इसलिए भी बढ़ा कि स्वयं रामप्यारी भी यही चाहती थी। उनकी मुलाक़ातें बिलकुल वैसी ही होती थीं जैसी दो मित्रों में होती है। वे एक-दूसरे से लम्बी-चौड़ी बातें करते, कुछ अपने मन की कहते, कुछ दूसरे की सुनते। हलकी-फुलकी हँसी और मज़ाक वगैरह भी चलता रहता। कुल मिलाकर उनके ये सम्बन्ध बातचीत तक ही सीमित रहे।

उनकी इन मुलाक़ातों का एक नया पक्ष यह था कि सारे गाँव में ख़बर फैल चुकी थी कि उन दोनों का सम्बन्ध आशिक़-माशूक़वाला सम्बन्ध है। बंग्गासिंह नहीं जानता था कि रामप्यारी के कानों तक ये बातें पहुँचती थीं या नहीं, लेकिन जहाँ तक उसका अपना सम्बन्ध था, प्रायः लोग इशारेबाज़ी किया करते थे। बग्गासिंह इन इशारेबाज़ियों से न तो चिढ़ता था और न उसे बुरा लगता था। बल्कि उसके मन में सुहावनी-सी गुदगुदी होने लगती थी। जब किसी मर्द का नाम रामप्यारी जैसी हसीना से जोड़ा जाये, तो ऐसे पुरुष को निश्चय ही अच्छा लगेगा। वही हाल बग्गासिंह का था। जो लोग उससे ज़्यादा बेतकल्लुफ़ नहीं थे, वे केवल संकेत से काम लेते, और जिनसे उसकी बेतकल्लुफ़ी थी, वे अपने मन की बात खुल्लम-खुल्ला कह डालते। बग्गा हर किसी की बात को हँसी में टाल देता।

गाँव में एक माना हुआ व्यक्ति और भी था। उसका नाम शेरसिंह था। चढ़ती जवानी के ज़माने में उसने भी कई कारनामे कर दिखाये। शादी हो गयी, कुछ बच्चों का बाप बना तो वह सँभल गया। बुरी आदतें बहुत हद तक छूट गयीं। एक सामान्य गृहस्थ बन जाने के बावजूद उसका धाकड़पन कम नहीं हुआ था। गाँव में तीन ही तो गुट थे—बग्गासिंह का, चन्ननसिंह का और शेरसिंह का। चन्ननसिंह चूँकि रिश्तेदार था, इसलिए बग्गासिंह की उससे चलती थी। शेरसिंह से उसके सम्बन्ध बहुत अच्छे थे। दो ऐंठवाले व्यक्तियों में मित्रता तो नहीं हो सकती, लेकिन वे एक-दूसरे को समानता तो दे ही सकते हैं। यही हाल बग्गासिंह और शेरसिंह का था। वे आपस में बड़ी बेतकल्लुफ़ी से हँस-बोल लेते थे, मगर एक-दूसरे के रास्ते में रोड़ा अटकाने से बाज़

रहते थे। न तो शेरसिंह बग्गासिंह से टक्कर लेना चाहता था, और न बग्गासिंह शेरसिंह के मुक़ाबले में आना चाहता था। छोटी-मोटी समस्या उठती भी तो इसके पूर्व कि वह अधिक गम्भीर हो पाये, या शेरसिंह पीछे हट जाता या बग्गासिंह कन्नी काट जाता। यह वह ज़माना था जब 'जिसकी लाठी उसी की भैंस' वाला सिद्धान्त चलता था। जो लोग कमज़ोर पड़ते थे, वे दबकर रहते, और हर गुट से बचने का प्रयत्न करते। जो थोड़े साहसवाले होते, वे किसी-न-किसी गुट में सम्मिलित हो जाते। हर गाँव के माने हुए धाकड़ अपनी बस्ती की बहू-बेटियों की रक्षा करना अपना धर्म समझते थे। गोया इस तरह देहात की सामाजिक गाड़ी चकरचूँ करती हुई चलती थी।

एक दिन प्रातःकाल बग्गासिंह गुरु ग्रन्थ साहब के आगे माथा टेकने के बाद गुरुद्वारे से लौट रहा था तो गाँव के बाहर शेरसिंह से उसकी भेंट हो गयी। एक-दूसरे को 'सतसिरी-अकाल' कहने के बाद बग्गासिंह ने शिकायत की, "ओय शेरया! न जाने कहाँ रहता है तू! कभी तेरी शक्ल तक दिखायी नहीं देती।"

शेरसिंह ने दोस्ताना अन्दाज़ से हलका-सा घूँसा बग्गासिंह के सीने पर जमाते हुए उत्तर दिया, "मैं तो गाँव में ही रहता हूँ। न कहीं आना न जाना। यह अलग बात है कि तुझे मैं नज़र नहीं आता। जो तेरी तरह ऊँचा उड़ रहा हो, उसे गाँव की गलियों में चलते-फिरते लोग कैसे दिखायी दे सकते हैं?"

बग्गासिंह उसकी चोट को समझ गया। उसने बात का रुख़ पलटकर पूछा, "तूने कहीं आना-जाना बन्द क्यों कर रखा है?"

"बच्चू! मैंने जान-बूझकर बन्द नहीं किया, घर-गृहस्थी ने ज़बरदस्ती बन्द करा दिया है। तेरी-मेरी उम्र लगभग एक ही बराबर है। तू इकतीस-बत्तीस साल का होगा, और मैं तैंतीस-चौंतीस साल का। मुझे देख...बड़ी लड़की नौ-दस वर्ष की हो चुकी है। छह सात साल गुज़रने में कौन देर लगती है। मेरी औरत को तो अभी से ही बड़ी लड़की की चिन्ता खाये जा रही है। उसकी शादी हो जाने पर दो लड़कियाँ और तैयार हो जायेंगी। हमें तो भैया इसी जंजाल से फ़ुरसत नहीं, हम नये लंझे क्या पालेंगे—मगर तेरा जवाब नहीं। अब भी ढमकड़े बजाता फिर रहा है। आम के आम गुठलियों के दाम। जीवन हो तो तुम्हारे जैसा, यानी मौज भी मारी और सिर पर बाल-बच्चे की ज़िम्मेदारी भी न आयी।"

"यार तू तो बेकार में जल रहा है।"

शेरसिंह ने बड़ी गम्भीरता से कहा, "धर्म नाल (कसम से), मैं जलता बिलकुल नहीं। जले तो वह जिसने अपनी ज़िन्दगी में ख़ुद कुछ न किया हो। मेरा भी एक ज़माना था जब मेरी पाँचों उँगलियाँ घी में और सिर कड़ाही में होता था।—हम तो बस यह कहते हैं कि मौज उड़ाये जाओ! माल बहुत अच्छा है...बिलकुल कड़ाह (हलुवा) है कड़ाह!"

बग्गासिंह ने होंठों पर जीभ घुमाते हुए अपना हाथ शेरसिंह के कन्धे पर रख दिया और भारी स्वर में बोला, "देख शेरया! दूसरे लोग भी ऐसे इशारे करते हैं तो मैं सिर्फ़

हँस देता हूँ, लेकिन तुझसे मैं कुछ छिपाना नहीं चाहता। शायद तुम्हें मेरी बात पर विश्वास न आये, लेकिन असलियत यह है कि रामप्यारी से मेरा सम्बन्ध केवल बातचीत का ही है। बस! इससे आगे कुछ नहीं।"

"ओए, नूर दे सन! क्या तूने सचमुच उसे अभी तक नहीं छका?"

"नहीं।"

"कारण?"

"कारण भी कोई ख़ास नहीं है।"

"क्या वह तुझसे भड़कती है या बचकर रहने की कोशिश करती है, या तुझे सिर्फ़ बातों पर टरका देना चाहती है?"

"न वह मुझसे भड़कती है और न बचकर रहने की कोशिश करती है...लेकिन मैं यह नहीं जान पाया कि वह मुझे केवल बातों पर टरका देना चाहती है, या उसके मन में कुछ और भी है।"

"ओए, गंगा बह रही है और तू सूखम-सूखा किनारे पर बैठा है। मार दे छलाँग!—बग्गासिंह डरता किससे है।"

बग्गासिंह ख़ामोश रहा। वह किसी से नहीं डरता था। रामप्यारी के मामले में अब तक उसे डर की कोई बात ही नहीं महसूस हुई थी। सिर्फ़ ज़रा-सी झिझक थी। इस बात का संकोच था कि कहीं ऐसा न हो कि वह रामप्यारी पर हाथ डाले तो आगे से टका-सा जवाब मिल जाये।

विदा होने से पहले शेरसिंह ने उसकी पीठ पर हलकी-सी थपकी देते हुए कहा, "बच्चू! जीवन में ऐसे मौक़े बार-बार नहीं आया करते। याद रख कि जो आदमी अपना आगा-पीछा नहीं सोचता, वह वास्तव में गधा होता है, मगर जो व्यक्ति ज़रूरत से ज़्यादा आगा-पीछा सोचता रहता है वह भी गधा ही होता है।"

दो क़दम आगे बढ़कर शेरसिंह को मानो नयी बात सूझी। उसने मुड़कर पल-भर को बग्गासिंह की ओर देखा और फिर कहा, "मैं तुम्हें अच्छी तरह जानता हूँ, इसलिए रामप्यारी और अपने बारे में तूने जो कुछ कहा मैंने उस पर विश्वास कर लिया। गाँव का कोई और व्यक्ति तेरी इस बात को बिलकुल नहीं मानेगा। तू यह भी तो भली-भाँति जानता है कि तेरे कुछ मेहरबान ऐसे भी हैं जो तुझे दिन-रात बदनाम करते रहते हैं..."

इस बात पर बग्गासिंह का भद्दा चेहरा और भी भद्दा हो गया। उसका ध्यान तुरन्त चन्ननसिंह की ओर चला गया।

लम्बे-चौड़े डील-डौलवाले शेरसिंह ने अपना एक हाथ कमर पर रखकर सलाह दी, "ज़रा सोचने की बात है कि इस मुफ़्त की बदनामी से तुझे क्या लाभ हो रहा है? ओए! बदनाम ही होना है तो कुछ करके बदनाम हो!—अच्छा, सतसिरी-अकाल?"

शेरसिंह की ये बातें दिन-भर उसके दिमाग़ में घूमती रहीं। वह बहुत ही बेचैन रहा। उसने निश्चय कर लिया कि आज वह रामप्यारी का हाथ थाम लेगा। जो हो सो हो!

वह सीधी तरह नहीं मानेगी तो ज़बरदस्ती ही सही। अगर वह अब तक फोकट में बातें ही करती रही है तो मेरे ज़बरदस्ती करने पर अधिक-से-अधिक चन्ननसिंह के सामने अपना रोना रोयेगी। चन्ननसिंह ने कुछ किया तो उससे भी निबट लिया जायेगा।

अब तक रामप्यारी के विषय में बग्गासिंह कई प्रकार की बातें सोचता रहा था। उनमें सबसे महत्त्वपूर्ण बात यह थी कि क्या रामप्यारी केवल उसका आभार मानकर उससे घुली-मिली रहती थी, या उसके मन में कुछ और भी था। पहली बात के ठीक होने में तो कोई सन्देह ही नहीं था, और दूसरी बात को सिद्ध करने का अब तक उसे साहस नहीं हो पाया। मगर आज इस बात का निर्णय होकर रहेगा।

शाम हुई तो बग्गासिंह ने मुँह-हाथ धोकर धुले हुए कपड़े पहने। लाचा, पगड़ी, कुर्ता आदि सभी कुछ बदल डाला। दाढ़ी में मक्खन लगाकर उसे कंघे से साफ़ किया। एक अँगोछा कन्धे और बग़ल के आर-पार फेंका। दोनों आँखों में सुरमे की सलाई हलके से छुआ दी। इस तरह बाँका बनकर बाँके अन्दाज़ से चलता हुआ वह रामप्यारी के दरवाज़े तक जा पहुँचा और अपने विशेष अन्दाज़ से उसने लाठी से दरवाज़े को खटखटाया।

दरवाजा मंगल ने खोला। उसके हाथ में मिट्टी का दीया था। बग्गासिंह ने बड़ी ख़ुशमिज़ाजी से पूछा, "कहो मंगल, क्या हाल है?"

मंगल को थोड़ा आश्चर्य हुआ, क्योंकि बग्गासिंह बहुत कम उसका हालचाल पूछा करता था। बोला, "ठीक हूँ, सरदार जी!"

बग्गासिंह ने पूछा, "तुमने खाना खा लिया?"

मंगल ने बग्गे के चेहरे की ओर देखते हुए उत्तर दिया, "हाँ।"

बग्गासिंह ने मिट्टी का दीया मंगल के हाथ से ले लिया और उसकी पीठ पर हलकी-सी थपकी देते हुए कहा, "अच्छा तो जाओ, ज़रा घूम आओ।"

"घूम आऊँ? कहाँ घूम आऊँ?

बग्गे ने उसकी पीठ पर हाथ रखकर हलके अन्दाज़ से दरवाज़े की ओर धकेलते हुए कहा, "अरे कहीं भी घूम आओ। अब मैं आ गया हूँ। चिन्ता किस बात की है। मेरे होते घर में डाका तो नहीं पड़ सकता।"

मंगल गली में जा खड़ा हुआ। वह पल-दो-पल बग्गे के कठोर चेहरे की ओर देखता रहा, और फिर धीरे से बोला, "अच्छा! अगर आप कहते हैं तो मैं घूमने चला जाता हूँ।"

"शाबाश!"

मंगल अपने कन्धों पर पड़ी चादर को अच्छी तरह लपेटकर आगे बढ़ गया, और बग्गे ने दरवाज़ा बन्द करके कुण्डी चढ़ा दी।

जब उसने पलटकर सेहन के दरवाज़े की ओर देखा तो वहाँ रामप्यारी खड़ी थी। बग्गा कुछ ठिठककर रह गया। रामप्यारी ने मुस्कराकर सहज स्वर में पूछा, "मंगल को कहाँ भगा दिया?"

"मैंने नहीं भगाया। वह खाना खा चुका था, अब टहलने गया है।"

इस पर रामप्यारी खिलखिलाकर हँस दी।

एक-दूसरे के हाथ-में-हाथ डाले वे दोनों पसार में पहुँचे तो रामप्यारी ने पलँग की ओर संकेत करते हुए उसे बैठने के लिए कहा। वह बैठ गया, लेकिन उसने रामप्यारी का हाथ नहीं छोड़ा, और कहा, ''आख़िर यह कब तक चलेगा?''

रामप्यारी ने बग्गे के हाथ में फँसे हुए हाथ को धीरे-धीरे झुलाते हुए पूछा, ''क्या कब तक चलेगा?''

''यही, हम जो हाथ-में-हाथ ले लेते हैं।''

''क्या हाथ-में-हाथ लेने पर आपको कोई आपत्ति है?''

''हाँ...है।''

''अच्छा जी! मैं भी तो सुनूँ कि आपत्ति क्या है?''

''आपत्ति यह है कि हमारे हाथ एक-दूसरे के गले में होने चाहिए।''

बग्गे ने देखा कि रामप्यारी ने उसकी बात का बुरा नहीं माना। वह माशूक़ाना अन्दाज़ से सिर पीछे को फेंककर कहने लगी, ''आज तो आप बड़ी अनोखी बोली बोल रहे हैं!''

''क्या करूँ, मजबूरी है।''

''मजबूरी कैसी?''

''दुनिया मजबूर कर रही है।''

''वाह भई वाह! मैं तो समझी थी कि आप कहेंगे कि मेरी आँखों, मेरी ज़ुल्फ़ों, मेरे रस-भरे होंठों और मेरी भरपूर जवानी ने आपको मजबूर कर दिया है।''

''मजबूर तो इन चीज़ों ने भी कर रखा है, फिर भी मैं अपने-आपको सँभाले रहा...मगर अब...''

''अब क्या?''

बग्गे ने उसे अपनी ओर खींचते हुए कहा, ''जानती हो, हम सारे गाँव में बदनाम हो गये हैं।''

रामप्यारी बड़ी आसानी से उसकी गोद में चली गयी, और फिर अपनी कोमल उँगलियों से उसकी नाक दबाते हुए बोली, ''बस? इतने में ही छक्के छूट गये? इसी बूते पर रोज़ आया करते थे?''

''रामप्यारी, मैं तो सदा से ही बदनाम आदमी हूँ। चिन्ता तो तुम्हारी थी कि कहीं तुम्हारी बेइज़्ज़ती न हो...लेकिन...''

''आज तो बुझारतों में बातें कर रहे हैं।''

''मैं तो सीधे-सीधे बदनामीवाली बात कह रहा था। बुझारत कैसी?—सच पूछो तो इसमें तुम्हारे मेहरबान का बहुत बड़ा हाथ है।''

''कौन मेहरबान?''

''एक ही तो मेहरबान है तुम्हारा।''

"एक नहीं कई हैं—और आप मेरे सबसे बड़े मेहरबान हैं।"

"मेरा मतलब चन्ननसिंह से है।"

"तो क्या आप चन्ननसिंह से डरते हैं?"

"देखो आइन्दा यह बात कभी न कहना। मुझे तो फ़िक्र तुम्हारी है। तुम्हीं तो उसका बड़ा एहसान मानती हो।"

"बेशक मैं उसका एहसान मानती हूँ, लेकिन मैं उससे डरती नहीं।"

"वह तुम्हारे मेरे मेल-जोल पर बुरी तरह जलता है।"

"जो जलता है उसे जलने दो।"

"अगर क्रोध में आकर उसने तुम्हें घर से निकाल दिया तो?"

"मुझे इस बात की चिन्ता नहीं है। इसकी चिन्ता तो आपको होनी चाहिए।"

बग्गे ने हिम्मत करके उसके गाल की चुटकी भरते हुए कहा, "बेशक! अगर चन्नन बहुत रोब गाँठे तो मेरे पास तुम्हारे रहने की बहुत जगह है।"

"मुझे आपसे इसी बात की उम्मीद थी।"

"चलो यह बात तो तय हो ही गयी।"

रामप्यारी अर्थपूर्ण अन्दाज़ से बोली, "अजी हमारी तरफ़ से तो सभी कुछ तय समझिये।"

बग्गे ने रामप्यारी की थिरकती हुई कमर को बाज़ुओं में लेते हुए कहा, "अगर मैं कहूँ कि मुफ़्त में बदनाम होने का क्या फ़ायदा...तो तुम क्या कहोगी?"

"कहना क्या है...मैं आपसे सहमत हूँ।"

"तुम मेरा मतलब समझीं?"

"समझा दीजिये न!"

"मतलब यह कि मुफ़्त में बदनाम होने का क्या लाभ! अगर बदनाम ही होना है तो कुछ करके बदनाम होना चाहिए।"

रामप्यारी ने फिर बग्गे की नाक दबाकर खींची और बनावटी अन्दाज़ से दाँत पीसते हुए बोली, "हाँ, तो कुछ कीजिये न!"

"क्या करें, "तुम्हारा इज़ारबन्द ही ग़ायब है।"

"बड़े मर्द बने फिरते हैं। इज़ारबन्द नहीं मिलता तो तोड़ डालिये न।"

"लो! तोड़ डाला।"

3

दिन के ग्यारह बजे थे और बग्गे के मकानवाले तबेले में कोलाहल मचा हुआ था। उसके यार-दोस्त कमरे के बाहर घेरा बाँधे खड़े थे। दूर से रहीम भी यह तमाशा देख रहा था। तमाशा यह था कि जस्से की पिटाई हो रही थी।

वैसे तो हर दूसरे-तीसरे दिन जस्से को पीटने के लिए बग्गे की हथेली खुजाने लगती थी, क्योंकि उसके बिना बग्गे को खाना हज़म नहीं होता था...लेकिन आज बड़े तगड़े अन्दाज़ से ठुकाई की जा रही थी।

जस्सा बाहर से लौटा तो उस समय बग्गा अपने यार-दोस्तों के साथ अहाते में बैठा था। जस्सा सदा की भाँति नज़र बचाकर घर की ओर जाने लगा तो चाचा ने उसे आवाज़ देकर बुलाया। जस्सा जहाँ-का-तहाँ रुक गया। बग्गा चारपाई से उठा, और अपने ढीले-ढाले तहमद के दोनों पल्लुओं को एक बार खोला और फिर उन्हें कसकर तहमद में उड़स लिया। वह नपे-तुले क़दमों से भतीजे की ओर बढ़ा, और निकट पहुँचकर बिना किसी भूमिका के उसने घसीटकर एक थप्पड़ जस्से के मुँह पर रसीद किया।

उस समय जस्सा पगड़ी बाँधे हुए था, जो सिर से उछलकर परे लुढ़क गयी। जस्सा ज़मीन पर गिर पड़ा।

बग्गे ने एक उँगली के संकेत से उसको अपनी ओर बुलाया। जस्सा खूँटे की भाँति बिलकुल सीधा उसके आगे जा खड़ा हुआ। अबके बग्गे ने उलटे हाथ का झापड़ रसीद किया। जस्सा लड़खड़ाकर परे लुढ़क गया। चाचे ने फिर एक ही उँगली से निकट आने का संकेत किया। बिना किसी संकोच के जस्सा तुरन्त उसके सामने जा खड़ा हुआ। फिर थप्पड़ पड़ा। जस्सा फिर लुढ़का।

थप्पड़बाज़ी का यह सिलसिला कुछ देर तक यूँ ही चलता रहा। न बग्गे ने हाथ रोका, और न जस्सा मार खाने से पीछे हटा। जस्से की नाक और मसूड़ों में से ख़ून बह निकला। वह बार-बार नीचे गिरता था। ख़ून उसके चेहरे पर फैलता जा रहा था। हर बार ख़ून के कारण उसके चेहरे पर धूल और भूसे के तिनके चिपक जाते।

पहले तो देखनेवाले कुछ देर तक चुपचाप खड़े रहे। आख़िर लद्धे ने कहा, "बग्गासिंह, मारपीट बन्द करो। अब तो यह भी नहीं पता चलता कि इस छोकरे का मुँह किधर है, या नाक और आँखें कहाँ हैं।"

बग्गे ने आँखों से क़हर बरसाते हुए कहा, "यही तो मैं चाहता हूँ।"

जस्सा अब भी ज्यों-का-त्यों उसके सामने खड़ा था। उसकी छोटी-छोटी आँखों के आसपास धूल की परत जम गयी थी और उसकी भवों से चिपके हुए तिनके आँखों तक लटक आये थे। बग्गे ने जस्से को डाँटा, "बच्चू! मैंने तुझसे कहा था न कि अपनी हरकतों से बाज़ आ जा, वरना वह मार मारूँगा कि यह पता भी नहीं चलने का कि तेरा मुँह किधर को है और गाँड़ किधर को है।"

सचमुच बग्गा बहुत ही क्रोध में था। कहना चाहिए कि वह गुस्से से पागल हो रहा था। उसने फिर हाथ ऊपर उठाया तो दो-तीन आदमियों ने बढ़कर उसकी कलाई थाम ली। एक ने कहा, "बस! बहुत हो चुका। चाहे उसका कुछ भी दोष हो। उसके लिए यह दण्ड कम नहीं है।"

बग्गे के दोनों हाथ काबू में कर लिये गये तो उसने एक लात जस्से के सीने में खींच मारी। लड़का पटरे की तरह पीछे की ओर धड़ाम से जा गिरा। मगर सबको यह देखकर बड़ा आश्चर्य हुआ कि दूसरे ही क्षण जस्सू फ़ुर्ती से उठकर फिर चाचा के सामने जा खड़ा हुआ। उसने एक बार भी अपना हाथ या बाज़ू उठाकर, या पहलू बदलकर बग्गे के थप्पड़ का वार बचाने का प्रयत्न नहीं किया। वह अपनी बटन की-सी आँखों को बिना झपकाये साँप की भाँति चाचा को टकटकी बाँधे देख रहा था।

इस पर बग्गे को और आग लगी। मगर अब सब लोग उससे लिपट गये, और उसे धकेलकर पीछे की ओर ले गये। यहाँ तक कि उसे ज़बरदस्ती चारपाई पर बैठा दिया।

एक ने कहा, "अब ठण्डा पानी पिओ बग्गासिंह...लड़के को झटकाई (कसाई) की तरह पीटने में कोई बहादुरी नहीं है।"

बग्गे ने सबको लाल-लाल आँखें दिखाते हुए कहा, "तुम बहादुरी की बात कहते हो...मैं इसको कुत्ते से बदतर समझता हूँ। इसकी खाल खींचकर चीलों और गिद्धों के आगे डाल दूँगा..."

किसी ने पूछा, "भई, आख़िर ऐसी क्या बात हो गयी?"

"अरे! इस अनाथ लौंडे को मैंने अपने पास रख लिया, लेकिन यह तो मेरी इज़्ज़त का दुश्मन बना हुआ है। कई लड़कियों के बाप मुझसे इसकी शिकायत कर चुके हैं। ज़रा इसकी शक्ल देखो...इसकी उम्र देखो! अरे! मैं कहता हूँ कि पहले पैदा तो हो लो। इन सब कामों के लिए तो सारी उम्र पड़ी है।"

लद्धा बोला, "उँगल बराबर लड़का। भला यह लड़कियों से क्या कहेगा! लोग-बाग तो यूँ-ही बात का बतंगड़ बना देते हैं। इतनी-सी उम्र में तो लड़के-लड़कियाँ एक साथ भी खेल लेते हैं। ज़्यादा-से-ज़्यादा तेरह-चौदह वर्ष का होगा यह!"

बग्गा दहाड़कर बोला, "यही तो रोना है। यह उम्र और ये कारनामे!"

"अरे कारनामे क्या करेगा यह। हमने इसे कभी-कभार आठ-दस वर्ष की उम्र की लड़कियों के साथ खेलते देखा है। इसमें इतना बमकने की क्या बात है?"

बग्गे ने अपने बाज़ू छुड़ाते हुए कहा, "हटाओ यार, तुम कहते हो तो मैं इसे नहीं मारता। लेकिन अब यह मेरे घर में एक पल नहीं रह सकेगा।"

लद्धे ने उसके कन्धे को झँझोड़ते हुए पूछा, "अरे बाबा! यह तो बताओ, कि इसने ऐसा बड़ा अपराध क्या किया है?"

बग्गा अपनी मूँछों पर से थूक के नन्हें-नन्हें छींटें अँगोछे से पोंछते हुए बोला, "सुनना ही चाहते हो तो सुनो!...आज मैंने देखा कि खेत की मुँडेर पर सज्जनसिंह की लड़की बैठी मूत रही थी, और यह हरामज़ादा चार क़दम परे खड़ा देख रहा था।"

बग्गासिंह की इस बात पर सन्नाटा छा गया। वह फिर बोला, "पूछो तो इस कुत्ते के पिल्ले से! यह बात ठीक है या ग़लत?"

सबने जस्से की ओर देखा। जस्सा बिलकुल स्थिर और सीधा खड़ा था। उसने इस अपराध से इनकार नहीं किया। यह भी पता नहीं चला कि धूल और ख़ून से ढके हुए उसके चेहरे पर किसी प्रकार की भावना का कोई चित्र उभरा या नहीं।

बग्गा चारपाई से उठ खड़ा हुआ। क्रोध की तीव्रता मन्द हो चुकी थी, लेकिन मन में वह एक दृढ़ निश्चय कर चुका था। वह साथियों की ओर देखते हुए बोला, "मैं यह दृश्य देखकर चुपचार घर लौट आया। लड़की का मामला था, मैं बोलता तो वहीं तमाशा बन जाता।"

अब बग्गे ने दूर खड़े रहीम को आवाज़ देकर बुलाया और उससे कहा, "रहीम्या! तू इसी समय तैयार हो जा और इस कुत्ते के पिल्ले को यहाँ से दूर लायलपुर की ज़मीनों पर छोड़ आ। मैं अब इसकी शक्ल नहीं देखना चाहता। वहाँ पर जगीरसिंह है ही—उसे मेरी तरफ़ से समझा देना कि यह लौंडा बड़ा बदज़ात है, इसलिए इसे शिकंजे में कसकर रखने की ज़रूरत है। अगर यह कभी हरिपुरा आने की कोशिश करे तो वहीं पर इसकी टाँगें तोड़ दे...और अगर जगीरसिंह को झाँसा देकर यह यहाँ आ भी गया तो फिर मैं इसकी टाँगें और बाज़ू तोड़कर रख दूँगा।"

इतने में भजनो भी वहाँ आ पहुँची। जस्से का हुलिया देखकर वह परेशान हो उठी, उधर बग्गे को इतने क्रोध में पाकर वह ज़रा परे ही खड़ी रही।

रहीम ने पूछा, "तो टेशन (स्टेशन) तक रेड़ी ले जाऊँ?"

रेड़ी डिब्बेनुमा चौकोर-सी घोड़ागाड़ी को कहते थे। इस रेड़ी से बहुत-से काम लिये जाते थे। शहर से ज़रूरत का सामान, खेतों से मवेशियों के लिए चारा लाने और स्टेशन तक सवारी को पहुँचाने का काम इसी से लिया जाता था।

बग्गे ने उत्तर दिया, "ठीक है, अपने साथ हवेलीराम को भी ले जा। तुम दोनों को गाड़ी पर चढ़ाकर हवेलीराम रेड़ी को वापस ले आयेगा।"

फिर बग्गे ने जस्से से कहा, "जा। अपने जो दो-चार कपड़े हैं, सँभाल ले। अब तू यहाँ एक पल नहीं रह सकता।"

भजनो बोली, "इतना गुस्सा भी क्या! रोटी पक चुकी है, इसे खाना तो खा लेने दो। स्टेशन पर गाड़ी पहुँचने में अभी तो बहुत देर है।"

जब बग्गे के सिर पर गुस्से का भूत सवार होता था वह आगा-पीछा नहीं देखता था। उसने भजनो को भी डाँट दिया, और कहा, "इसकी रोटियाँ झाड़न में लपेटकर दे दो। स्टेशन पर जाकर खा लेगा।"

भजनो को जस्से पर बड़ी दया आ रही थी। मगर वह उसकी कुछ सहायता नहीं कर सकती थी। उसने केवल इतना कहा, "चल रे, मुँह तो धो ले।"

बग्गे ने उसके मुँह धोने पर कोई आपत्ति नहीं उठायी।

रेड़ी तैयार हो गयी। जस्सा बगल में रोटियाँ और दो-चार कपड़ों की पोटली दबाये रेड़ी के भीतर घुस गया। उसके पहलू में खड़े रहीम ने घोड़े की लगाम खींची तो ज़ोर

की खड़खड़ाहट के साथ रेड़ी आगे को चल निकली। बग्गासिंह बड़बड़ाया, "जब से आया था, यह लौंडा मेरे खोपड़े पर सवार था। मुझे हैरानी तो इस बात पर है कि इसे लायलपुर भिजवाने की तरकीब पहले क्यों नहीं सूझी।"

रेड़ी कच्चे रास्ते पर चल निकली तो जस्से ने पल-पर-पल पीछे को हटते हुए गाँव पर अन्तिम दृष्टि डाली। उसकी ज़िन्दगी बचपन से अब तक परेशानियों से भरी रही थी। यह नयी स्थिति भी उसके लिए बहुत अनोखी नहीं थी। लेकिन इसके बावजूद इस गाँव में कुछ लड़कियों के हँसते हुए चेहरे अब भी उसके दिमाग़ में घूम रहे थे। विशेषकर दीपी का चेहरा याद करके वह काफ़ी उदास हो गया। लड़कों में माना कोई उसका गहरा मित्र नहीं बन सका, फिर भी उनमें कुछ ऐसे गिने-चुने लड़के थे जिनसे उसका परिचय हो गया था। उनमें से एक मोहनसिंह था। वह बड़ा ख़ूबसूरत और तगड़ा था। जस्से से कुछ वर्ष बड़ा होने के बावजूद वह इसे पसन्द करता था, और यह उससे मिलकर ख़ुश होता था। —आज वह यह सब-कुछ छोड़ जा रहा था। वह भावुक भी हो रहा था, लेकिन उसने दृढ़ निश्चय कर लिया था कि वह लौटकर हरिपुरे कभी नहीं आयेगा। चाचा के व्यवहार से उसके मन में भी ज़िद उत्पन्न हो गयी थी।

रहीम ने उसे इस क़दर चुपचाप देखा तो मसखरेपन से बोला, "क्यों भई जस्सू! आख़िर तू क्या देख रहा था जिसके कारण तुझे इतनी मार खानी पड़ी?"

जस्से को रहीम का यह गन्दा मज़ाक बिलकुल पसन्द नहीं आया। रहीम का व्यहवार उससे सदा ही अच्छा रहा था। जस्से को उससे कोई शिकायत नहीं थी। लेकिन इस समय वह बड़ी भद्दी बात कर रहा था...जस्सा ख़ामोश रहा।

रहीम ने अपना मुँह उसके निकट लाकर कहा, "अरे भई, मुझसे क्या छिपाना! हम दोनों तो यार-दोस्त हैं। मुझे तो बता दे। बोल!...दिखी?"

एकाएक जस्सा झुँझलाकर रहीम पर पिल पड़ा। रहीम अच्छा तगड़ा जवान था। उसने हँसते हुए जस्से को अपने एक बाज़ू में यूँ लपेट लिया कि लड़के के दोनों हाथ उसके चंगुल में फँस गये। रहीम ख़ुशमिज़ाजी से बोला, "गुस्सा मत करो सरदार जस्सासिंह!—इसमें शरमाने की क्या बात है! सब मर्द ऐसा करते हैं। चाहे तुम अभी मर्द नहीं हो, लेकिन मर्द बनने की तैयारियाँ तो बड़े ज़ोर-शोर से कर रहे हो।"

जस्से ने तड़पकर अपने-आपको रहीम के चंगुल से छुड़ा लिया। तब रहीम हाथ हवा में उठाकर उसे रोकते हुए बोला, "बस-बस! जस्सासिंह सरदार...तुम्हारी मेरी कोई लड़ाई थोड़ी है। अब तुम हाथापाई करोगे तो सामने तबेले के निकट खड़ा हवेलीराम देख लेगा। फिर तो वह ज़रूर समझ जायेगा कि मामला कुछ गड़बड़ है।"

जस्से ने हाथापाई करनी बन्द कर दी। पहले भी लाड़-ही-लाड़ में रहीम से उसकी झपटा-झपटी हो जाया करती थी।

खेतोंवाले तबेले के सामने पहुँचकर रहीम ने घोड़े की लगाम खींची और रेड़ी रुक गयी। हवेलीराम ने दूर से ही पूछा, "कहाँ को चल दिये रहीम?"

"टेशन तक जा रहा हूँ।"

"क्यों?"

"अपने जस्से को लेकर गाड़ी पर बैठना है—तुम भी हमारे साथ चलोगे। बड़े सरदार जी ने कहा है।"

हवेलीराम ने निकट आकर कहा, "मैं वहाँ जाकर क्या करूँगा? यहाँ बहुत-सा काम करने को पड़ा है।"

"भाई मेरे! मैं जस्से को लेकर लायलपुर में चक पीराँ तक जा रहा हूँ। हम दोनों तो रेलगाड़ी पर सवार हो जायेंगे, तुम रेड़ी वापस ले आना।"

हवेलीराम ने दोनों हाथों से रेड़ी का किनारा पकड़ा, एक पाँव पहिये के धुरे पर रखा, और फिर उचककर उनके पहलू में आ गया।

रेड़ी चल दी।

हवेलीराम ने पूछा, "चक पीराँ में क्या करने जा रहे हो?"

"मुझे तो वहाँ कुछ नहीं करना है। जस्सासिंह अब वहीं रहेगा।"

हवेलीराम ने जस्से के कन्धे पर हलकी-सी थपकी देते हुए कहा, "तुम मुँह बनाये क्यों खड़े हो? (रेड़ी में बैठने का कोई स्थान नहीं होता था)—वहाँ तुम मौज में रहोगे। इतनी भैंसें, इतनी गायें हैं वहाँ कि तुम न केवल दिन-भर पेट भरकर दूध पिया करोगे, बल्कि चाहोगे तो दूध में नहा भी सकोगे—अच्छा हुआ जो तुम वहाँ जा रहे हो। यहाँ क्या रखा है। रोज़-रोज़ चाचे के जूते-लात और गाली-गलौज से तो बचोगे।"

जस्से को यह देखकर इतमीनान हुआ कि रहीम ने उसके वहाँ से निकाले जाने का कारण नहीं बताया।

रास्ते भर रहीम और हवेलीराम गप्पें हाँकते रहे, और जस्सा जंगली बिल्ले की तरह मुँह फुलाये रहा। जब वे स्टेशन के निकट पहुँचे तो हवेलीराम ने जस्से से पूछा, "तुम पहले कभी रेलगाड़ी पर सवार हुए हो?"

जस्से ने इनकार में सिर हिला दिया।

हवेलीराम बड़े उत्साह से मुँह फैलाकर बोला, "तब तो बच्चू, आज तुम बम्बूकाट (इंजन) देखोगे।"

जस्से के होंठ सिले रहे।

हवेलीराम ने आगे को झुककर पूछा, "जानते हो बम्बूकाट क्या होता है?...नहीं जानते?...जिस तरह रेड़ी के आगे घोड़ा जोता जाता है, उसी तरह रेलगाड़ी के आगे बम्बूकाट जोड़ दिया जाता है। बम्बूकाट ही तो रेलगाड़ी को खींचता है। रेलगाड़ी लोहे की बँधी हुई पटरियों पर चलती है।"

जस्सा चाहे ख़ामोश था, लेकिन उसे हवेलीराम की बातों में दिचचस्पी महसूस हो रही थी। वह हर बात को कान धरकर सुन रहा था।

पक्की ईंटों के बने हुए दो कमरोंवाले स्टेशन के निकट रेड़ी रुक गयी। रहीम और जस्सा छलाँग लगाकर उतर पड़े। हवेलीराम ने पूछा, ''अब मेरे यहाँ रुकने की तो कोई ज़रूरत नहीं है?''

रहीम ने उत्तर दिया, ''तुम फ़ौरन लौट जाओ। ऐसा न हो कि देर हो जाने पर सरदार जी चिल्लायें।''

जाने से पहले हवेलीराम ने पूछा, ''तुम वापस कब आओगे?''

''मैं जस्से को जगीरसिंह के पास छोड़कर चला आऊँगा।''

''तुम्हारे आने का कुछ ठीक हो तो तुम्हारे लिये टेशन पर रेड़ी भेज दूँ?''

''रेड़ी-वेड़ी की बात छोड़ो। जब लौटते समय गाड़ी से उतरूँगा तो हमारे गाँव का न सही, आसपास के गाँव का कोई आदमी तो मेरे साथ उतरेगा ही। बस, उसी के साथ मैं लौट आऊँगा। चाहे पैदल आना पड़े, चाहे उसी की कोई सवारी मिल जाये।''

हवेलीराम ने बाज़ू हवा में लहराते हुए घोड़े की लगाम खींच दी और ऊँचे स्वर में बोला, ''तो मैं चला।''

रहीम ने दो टिकटें ख़रीदीं। प्लैटफ़ार्म और उसके पास रेल की पटरियाँ देखकर जस्सा चकित रह गया। उसके चेहरे से लग रहा था जैसे वह किसी नयी दुनिया में पहुँच गया है। रहीम बोला, ''अब रोटी खा लो। वह देख, प्लैटफ़ार्म के कोने पर दस्ती बम्बा है। वहीं पर पानी पी लेना।''

जस्से ने रोटी खायी, पानी पिया, और फिर वे दोनों गाड़ी की प्रतीक्षा में बैठ गये।

वे समय से बहुत पहले आ गये थे। ज्यों-ज्यों समय गुज़रने लगा त्यों-त्यों कुछ और लोग भी आते गये। यहाँ तक कि दस-ग्यारह आदमी जमा हो गये। तब दूर से धुआँ उड़ाते हुए काला-काला इंजन आता दिखायी दिया। धीरे-धीरे गड़गड़ाहट की आवाज़ ऊँची होने लगी। यहाँ तक कि जब इंजन प्लैटफ़ार्म के निकट पहुँचा तो धरती काँपने लगी। जस्से के लिए इंजन बड़ा अनोखा देव था। बड़ी उत्सुकता से वह इंजन को अपने निकट से गुज़रते देखता रहा। रहीम ने उसका हाथ दबाकर कहा, ''यही बम्बूकाट है।''

रेलगाड़ी को देखकर एक बार तो जस्सा अपना सारा दुःख-दर्द भूल गया। उतरने या चढ़नेवाले यात्रियों की भीड़ तो थी ही नहीं, फिर भी रहीम ने जस्से का हाथ खींचकर कहा, ''चलो, जल्दी से डिब्बे में बैठ जायें। यहाँ गाड़ी बहुत कम समय के लिए रुकती है।''

थर्ड क्लास के डिब्बे में रहीम ने पहले जस्से को चढ़ने का मौक़ा दिया, और फिर स्वयं भी गाड़ी पर सवार हो गया। उन दिनों बहुत कम डिब्बे पूरी तौर से भरा करते थे। वे दोनों प्लैटफ़ार्म की ओर खिड़की के निकट ख़ूब पसरकर बैठ गये। सीटी बजी, गार्ड ने हरी झण्डी दिखायी, इंजन ने छकाछक का शोर मचाकर ज़ोर मारा, और गाड़ी धीरे-धीरे आगे को खिसकने लगी। थोड़ी ही देर बाद एक विशेष सुर-ताल के साथ गाड़ी

तीव्र गति पर चल निकली। जस्सा पीछे को भागते हुए वृक्षों और खेतों को बड़ी दिलचस्पी से देख रहा था। यदि आज उसके चाचा का दिमाग़ इतना उखड़ न जाता तो सम्भवतः जस्से को लम्बे समय तक रेलगाड़ी देखने का इत्तफ़ाक़ न होता।

मन-ही-मन जस्से को यह सब देखकर बड़ा आश्चर्य हो रहा था। उससे न रहा गया, बोला, ''रहीम्या! क्या इतनी लम्बी गाड़ी को अकेला बम्बूकाट ही खींचता है?''

रहीम बोला, ''हाँ, बम्बूकाट में बड़ी ताक़त होती है।''

''लेकिन रहीम्या, बम्बूकाट में इतनी ताक़त आयी कहाँ से? वह कैसे इतने बड़े-बड़े डिब्बों को खींच ले जाता है?''

यह प्रश्न रहीम के लिए भी बड़ा टेढ़ा था। उसने बुज़ुर्गाना अन्दाज़ से माथे पर बल डालकर इस समस्या पर गहरा सोच-विचार किया, और फिर नथुने फुलाकर कहा, ''जस्सासिंह सरदार! बात यह है कि यह बम्बूकाट फरंगी का बनाया हुआ है।''

जस्से की छोटी-छोटी आँखें ज़रा फैल गयीं और उसने पूछा, ''यह फरंगी कौन है?''

''तू नहीं जानता...पंजाब और हिन्दुस्तान पर फरंगी राज्य करता है।''

''मैंने फरंगी कभी नहीं देखा।''

''किसी दिन देख लोगे...फरंगी का चेहरा बिलकुल लाल होता...बन्दर के चूतड़ की तरह...''

जस्से ने भोलेपन से कहा, ''मैंने तो वह भी नहीं देखे।''

रहीम ने बनावटी झल्लाहट से कहा, ''अजीब बात करते हो! मदारी बन्दर लेकर गाँव-गाँव घूमते हैं। भला यह कैसे हो सकता है कि तुमने किसी बन्दर की...''

''मैंने ध्यान नहीं दिया...''

रहीम ने शरारत से मुँह फैलाकर कहा, ''तेरा ध्यान तो दूसरी ओर लगा रहता है। तेरा चाचा तेरे बारे में ठीक ही तो कहता है कि यह लौंडा जितना धरती से ऊपर है, उससे दोगुना धरती के भीतर है।''

जस्से ने रहीम की बात सुनी-अनसुनी करते हुए पूछा, ''यह फरंगी कहाँ रहते हैं?''

''फरंगी विलायत में रहते हैं।''

''क्या विलायत पंजाब में है या हिन्दुस्तान में?''

रहीम जस्से की इस मूर्खता पर दिल खोलकर हँसा, और फिर उसे समझाते हुए बोला, ''विलायत यहाँ से सैकड़ों, लाखों, करोड़ों कोस की दूरी पर है।''

जस्से का सिर चकरा गया। रहीम उसे चक्कर में देखकर उसे दूसरे ढंग से समझाने लगा। उसने अपने हाथों की सात उँगलियाँ खड़ी करके जस्से से कहा, ''फरंगी का देश यहाँ से सात समुद्र पार है।''

जस्सा अब भी कुछ नहीं समझा, लेकिन वह यह बात प्रकट नहीं करना चाहता था। उसने अपने मुँह का गोल-सा आकार बनाकर रहीम की ओर देखा, और पूछा, ''तो सात समुद्र पार फरंगी विलायत में बैठकर बम्बूकाट बनाया करता है?''

"हाँ—अब तुम समझे असली बात।"

इस विषय को यहीं पर छोड़ दिया गया, क्योंकि एक ओर रहीम का ज्ञान समाप्त हो चुका था, और दूसरी ओर जस्से का दिमाग़ खाली हो गया था। वे नये-नये विषयों पर बातें करने लगे।

लायलपुर तक का सफ़र बड़े आराम से कटा।

लायलपुर के स्टेशन से गाँव का फ़ासला दो कोस का उन्हें पैदल तय करना था। रहीम जवान था और जस्सा फुर्तीला छोकरा था। उनके पास भारी सामान था नहीं। वे सूर्य अस्त होने से पहले-पहले चक पीराँ के निकट जा पहुँचे। जस्से ने देखा कि यह गाँव काफ़ी ऊँचे टीले पर बना हुआ था। वास्तविकता यह थी कि दो-ढाई हजार वर्ष पूर्व से लेकर अब तक एक ही स्थान पर कई गाँव बस चुके थे। किसी कारण एक गाँव उजड़ जाता तो लोग उसे छोड़ देते। यहाँ तक कि वह ज़रा-सा ऊँचा टीला बन जाता। फिर किसी को ख़याल आता तो उस टीले पर गाँव बसा देता। इसी तरह न जाने कितने गाँव उजड़े और कितने बस गये। परिणाम यह हुआ कि अब चक पीराँवाला टीला नन्हीं-सी पहाड़ी की तरह नज़र आता था। यह भी ग़नीमत थी कि जिस मकान में जस्से को जाना था, वह दूसरे मकानों की अपेक्षा काफ़ी नीचेवाली ढलान पर बना हुआ था। दीवारें और मकान की बनावट बहुत ही भद्दी थी। ऐसे मकान राशे बनाया करते थे। राशे वास्तव में पठान मज़दूर होते थे, जो मकान बनाने के लिए गाँव के बाहर बहुत-सी धरती खोदकर मिट्टी गूँध डालते। जब मिट्टी तैयार हो जाती तो वे उसके बड़े-बड़े लोथड़े पीठ पर लाद ले आते, और इन्हें नीचे-ऊपर फेंकते हुए दीवारें खड़ी कर देते। बाद में घर की औरतें इन दीवारों पर गोबर, मिट्टी और भूसे की लीपा-पोती करती रहती थीं, लेकिन दीवारें फिर भी ऊबड़-खाबड़ और बेडौल नज़र आती थीं।

वे गाँव के निकट पहुँचे तो कुछ कुत्तों ने भौंक-भौंककर उनका स्वागत किया। नंगे बच्चे और अपने फूले हुए पेट खुजा-खुजाकर उन्हें टुक-टुक देखे जा रहे थे। एक सँकरी-सी गली में चन्द क़दम चलकर वे बहुत बड़े अहाते में जा घुसे। वहाँ कई भैंस, गायें और बैल खूँटों से बँधे हुए थे। रहीम ने अहाते के कोने की ओर उँगली से संकेत करते हुए कहा, "वह देखो, सामने जगीरसिंह बैठा है।"

जगीरसिंह को देखकर जस्सा सन्नाटे में आ गया। वह समझे बैठा था कि जगीरसिंह उसके चाचे की तरह लम्बा-चौड़ा और ज़ालिम आदमी होगा। मगर यह जगीरसिंह तो काफ़ी बूढ़ा था। सिर से नंगा था, ऊपर सफ़ेद बालों का ढीला-ढाला जूड़ा था, और आधे बाल पीछे को उलटकर गुद्दी पर झुके हुए थे। वह टाँगें चौड़ी किये एक छप्पर के नीचे बैठा था। टाँगों के बीच में बहुत बड़ा कूँडा था जिसमें वह एक भारी डण्डे से घुटाई कर रहा था। डण्डा भी अपने ढंग का अनोखा था, नीचे से पतला और ऊपर से जगीरसिंह के सिर के बराबर मोटा। मोटी ओर से कुछ घुँघरू लटक रहे थे, जो घुटाई के समय छना-छन बोलते थे।

इन दोनों को अहाते में देखकर जगीरसिंह ने नज़र कूँडे से हटायी और उन दोनों का जायज़ा लेने लगा। उसकी दाढ़ी और मूँछों के सफ़ेद बाल बहुत घने थे और बुरी तरह इधर-उधर फैले हुए थे। यहाँ तक कि उसके सारे शरीर पर लम्बे-लम्बे बाल मौज़ूद थे। कानों के बाल दायें-बायें पंखी की भाँति फैले हुए थे। मुँह तक दिखायी नहीं देता था। जस्से को यूँ लगा जैसे कोई व्यक्ति घनी झाड़ी की ओट में छिपा उसे चुपचाप देख रहा है। रहीम ने जस्से के कान में फुसफुसाकर उसे समझाया कि जगीरसिंह की नज़र कमज़ोर है और कानों से भी वह ऊँचा ही सुनता है...और फिर रहीम उच्च स्वर में बोला, ''चाचा! मैं रहीम हूँ। हरिपुरे से आया हूँ।''

यह सुनकर जगीरसिंह अपने स्थान से उठा तो जस्से ने देखा कि बूढ़े की टाँगें दोनों ओर को धनुष की तरह मुड़कर चौड़ी हो चुकी थीं। वह आगे बढ़ा तो यूँ लगा जैसे केकड़ा चला आ रहा है। नहर के किनारे जस्से ने कई बार केकड़ों को इस तरह से चलते देखा था।

जब जगीरसिंह बिलकुल उनके निकट आ गया तो जस्से को पता चला कि उसकी सफ़ेद भवें भी झुककर उसकी आँखों पर छायी हुई थीं। जगीरसिंह यह स्वीकार करना नहीं चाहता था कि उसकी नज़र कमज़ोर हो चुकी है। वह सिर हिलाते हुए बोला, ''रहीम्या, भला मैं तुझे भी नहीं पहचानता...लेकिन यह छोकरा कौन है? इसे मैंने पहले कभी नहीं देखा।''

जगीरसिंह की आवाज़ भी बड़ी खरखराती हुई-सी थी। रहीम ने जस्से के विषय में और तो सब-कुछ बता दिया, लेकिन यह नहीं बताया कि उसे किस अपराध पर मार-पीटकर घर से निकाला गया था। अन्त में इतना ही कहा, ''चाचा! जस्सासिंह यहीं तुम्हारे पास रहेगा।''

इस बीच जगीरसिंह अपने घुटनों तक लम्बे कछहरे (जाँघिया) के लटकते हुए मैले इज़ारबन्द को कई बार सँभालने का प्रयत्न कर चुका था, लेकिन वह अब भी ज्यों-का-त्यों नीचे को झूल रहा था।

रहीम ने कूँडे की ओर संकेत करते हुए पूछा, ''इतनी ठण्ड में भी भाँग छान रहे हो चाचा?''

जगीरसिंह हँस पड़ा, और उसके खोखले मुँह का मात्र अगला एक दाँत हवा में लटकता-सा नज़र आने लगा। बोला, ''आजकल शरदाई (ठण्डाई) नहीं बनाता। भाँग को घोटकर गोली तैयार कर लेता हूँ और फिर उस गोली को मलाई में लपेटकर निगल जाता हूँ।''

इतने में ही पिछले कमरे से जगीरसिंह की बूढ़ी औरत बाहर आ गयी। उसे देखकर रहीम बोला, ''पैरी पै, चाची!''

चाची बोली, ''बुराँ दीयाँ रखाँ! जवानियाँ माने!...यह छोकरा कौन है?''

जगीरसिंह डाँटकर बोला, ''चल-चल, आयी छोकरे की कुछ लगती! जाकर इसके लिए रोटी-वोटी पका।''

बुढ़िया गुर्राकर बोली, "मक्कड़ कहीं का! इतनी बार समझाया है कि हर बात में टाँग मत अड़ाया कर। रोटी तो मैं पकाऊँगी ही।"

रहीम बोला, "चाची! मैं रोटी नहीं खाऊँगा।"

जगीरसिंह यह सुनते ही मकोड़े की तरह अकड़ा और खरखराते स्वर में बोला, "ओए, क्यों?"

"चाचा, तुम जानते ही हो कि यहाँ मेरा एक दोस्त है...शरीफ़! रात मैं उसी के पास रहूँगा। रोज़-रोज़ मुलाक़ात का मौक़ा कब मिलता है। कल सुबह तुम्हारे दर्शन करके वापस लौट जाऊँगा।"

चाची बोली, "सूखे मुँह थोड़ा जाने दूँगी। थोड़ा दूध ही पी ले–यहाँ एक पीपा घी का तैयार हो गया है, वह कल लेते जाना।"

दूध पीने के बाद रहीम अपने मित्र के पास चला गया, और जस्सा पेटभर रोटी खाकर सो गया।

प्रातःकाल जस्से ने हड़बड़ाकर आँखें खोल दीं। देखा कि जगीरसिंह उस पर झुका हुआ है। यह बेचारा कुछ समझ न पाया। जगीर कह रहा था, "उठ!"

जस्से की नींद से बोझिल आँखें फिर बन्द हो गयीं।

जगीरसिंह ने उसे और भी झँझोड़कर कहा, "उठ!"

जस्से को बूढ़े से डर नहीं लग रहा था, इसलिए वह करवट बदलकर बोला, "मुझे नींद आयी है।"

एकाएक ही जगीर ने उसके गिरेबान को पिछली ओर से पकड़कर ऊपर को झटका दिया तो वह उठकर बैठ गया। जगीर फिर खरखराती आवाज़ में बोला, "चल!"

जस्से की समझ में नहीं आ रहा था कि बुड्ढा उसे कहाँ ले जाना चाहता था, लेकिन उसने यह भी महसूस कर लिया कि केकड़े के चंगुल से निकलना उसके वश की बात नहीं थी। अतः वह कुछ सोया कुछ जागा लड़खड़ाते क़दमों से बूढ़े के साथ-साथ चल दिया। जगीर ने अब भी उसके गिरेबान को पिछली ओर से थाम रखा था।

एक मोटी-ताजी भूरी भैंस के निकट पहुँचकर वे पाँव के बल बैठ गये, और जगीर ने कहा, "मुँह खोल!"

जस्से ने मुँह खोल दिया।

उसके मुँह में दूध की धारें टकराने लगीं। वह घूँट-पर-घूँट भरता गया। जब उसका पेट भर गया तो उसने मुँह बन्द कर लिया और इनकार में सिर हिला दिया। बूढ़े ने कहा, "जा!"

वह नींद में लड़खड़ाता हुआ लौटा और बिस्तर में घुस गया।

धूप चढ़ आयी। यदि रहीम उसे आकर उठा न देता तो न जाने वह कब तक पड़ा सोया रहता।

जस्से ने हथेलियों से अपनी आँखें मलीं क्योंकि धूप की चमक में वे खुल नहीं पा रही थीं। वह खपरैल के नीचे चारपाई पर सोया था। आँखें मलने के बाद उसने इधर-उधर नज़र दौड़ायी तो उसे यह गाँव हरिपुरे से बेहतर लगा। ऊपर की ओर कई मकान दिखायी दे रहे थे, और नीचे की ओर ढलान थी। ख़ासी दूरी पर पानी का नाला भी नज़र आ रहा था, जिसके दोनों किनारों पर बबूल के वृक्ष खड़े थे।

नाश्ते-पानी के बाद रहीम जाने को तैयार हुआ तो पानी भरनेवाले महरे को बुलाया गया ताकि वह घी का कनस्तर स्टेशन तक छोड़ आये। विदा होने से पहले रहीम ने मज़ाक से जगीरसिंह को सम्बोधित करते हुए कहा, ''सरदार बग्गासिंह ने ताक़ीद की है कि जस्से का पूरा-पूरा ख़याल रखा जाये। उन्होंने यह बता देने को भी कहा था कि यह लौंडा जितना ज़मीन से ऊपर है उससे दोगुना धरती से नीचे है...''

जगीरसिंह टाँगे चौड़ी किये खड़ा था। रहीम की बात सुनकर उसने फटी-फटी आँखों से जस्से की ओर देखा। जस्से ने बटन-सी आँखों से जैसे रहीम को घूरा, और रहीम ने दाँत दिखा दिये।

●

वारे शॉ, ऐस इश्क़ दे वंज विच्चों, किसे पल्ले न बधड़ी दमड़ी ए।

—वारे शॉ

(ऐ वारे शॉ, इश्क़ के इस व्यापार में कभी किसी को दमड़ी-भर का लाभ नहीं हुआ।)

1

हरिपुरे में भजनो जस्से के चले जाने से उदास हो गयी। उसने भाई से कहा, ''तुम्हें गुस्सा आ जाये तो आगा-पीछा नहीं देखते। ख़ा-म-ख़ाह जस्से को चक पीराँ भेज दिया। बेचारा अनाथ लड़का है। उसका भी यहाँ मन लग गया था।''

बग्गासिंह ने बहन को डाँटकर कहा, ''तुम हर काम में टाँग न अड़ाया करो। मैं अच्छी तरह जानता हूँ कि उस सूअर के बच्चे का यहाँ पर मन क्यों लग गया था।''

भजनो झल्लाकर बोली, ''उस कल के झोकरे को तो तुमने बेकार-सी बात पर यहाँ से भगा दिया, लेकिन तुम अपनी कहो। इस आठ-दस अंगुल लम्बी दाढ़ी के होते हुए तुम क्या कर्म कर रहे हो!''

बग्गा आग-बबूला हो गया, ''क्या कर्म कर रहा हूँ। बाहरवाले तो बदनाम करें सो करें, अब घरवालों ने भी ताने देने शुरू कर दिये।''

''प्रश्न ताने का नहीं है, बल्कि यह तो बिलकुल स्पष्ट दिख रहा है कि तुम्हारी इन हरकतों का कोई अच्छा नतीजा नहीं निकलेगा।''

''बड़ी बहन हो न। इसी तरह शाप देती रहोगी तो बुरा नतीजा तो निकलेगा ही।''

भजनो ने चिमटे से जलती हुई लकड़ियों को कोंचते हुए कहा, ''जो होगा सो तेरे ही कर्मों के कारण होगा। मैं तो अभी से कह रही हूँ कि बाद में किसी और पर दोष न धरना।''

''तो ठीक है! जो होगा सो देखा जायेगा।''

''तुम्हें शाप लगा भी तो बेचारे मासूम लड़के का लगेगा, जिसे तुमने पहले तो मार-मारकर अधमरा कर दिया, और फिर कान पकड़कर घर से बाहर निकाल दिया।

"हाँ-हाँ, वह लड़का तो बड़ा सतयुगी महात्मा है, जिसका शाप मुझे भस्म करके रख देगा।"

भजनो नहीं जानती थी कि जो नशा इस समय बग्गासिंह को चढ़ा हुआ था, वह अब इतनी जल्दी उतरनेवाला नहीं था। प्रतिदिन रामप्यारी से मुलाक़ातें होती थीं, हर रात प्रेम का झूला झूला जाता था—और मंगल पल-पल की ख़बर चन्ननसिंह को पहुँचा देता था।

चन्ननसिंह ने अलग ऊधम मचा रखा था। उसने सारे गाँव में बग्गासिंह को बदनाम कर डालने की गोया क़सम खा रखी थी। मंगल के द्वारा जो कुछ उसे पता चलता, यह सब चन्ननसिंह गाँव के प्रत्येक व्यक्ति के कानों तक पहुँचा देता। शेरसिंह का गुट अलग था। वह किसी के पक्ष में नहीं था, लेकिन एक दिन उसने चन्ननसिंह से इतना कहा, "अरे भई, तुम ख़ा-म-ख़ाह बग्गासिंह की बदनामी क्यों करते हो?"

चन्ननसिंह ने उत्तर दिया, "मैं तो गाँववालों तक सच्ची बातें पहुँचाता हूँ। अगर सच्ची बात कहने से बग्गे की बदनामी होती है तो इसमें मेरा क्या दोष! उसे चाहिए कि अपनी हरकतों से बाज़ आ जाये।"

शेरसिंह इस बात को लेकर चन्ननसिंह से लड़ना नहीं चाहता था, उसने समझाते हुए कहा, "भला इस संसार में क्या नहीं होता! जहाँ गुड़ होगा, वहाँ मक्खियाँ भी मँडरायेंगी। रामप्यारी जवान है, ख़ूबसूरत है...अगर कोई मर्द उसकी ओर आकर्षित हो जाये तो इसे उसका अपमान तो नहीं समझना चाहिए। विशेषकर जबकि ख़ुद रामप्यारी उसे बड़ी खुशी से स्वीकार करती है। यह तो आपस में पटने की बात है। रामप्यारी नाबालिग तो है नहीं, न बग्गासिंह दूधपीता बच्चा है। रामप्यारी बदमाश भी नहीं है, क्योंकि बग्गे के अतिरिक्त और किसी के सम्बन्ध में रामप्यारी की कोई बात सुनने में नहीं आयी। रामप्यारी से तुम्हारा कोई रिश्ता नहीं है। वह न तुम्हारी जोरू है, न बहन, न बेटी। आख़िर तुम ख़ा-म-ख़ाह आपे से बाहर क्यों हो रहे हो?"

"शेरसयाँ! रामप्यारी को गाँव में तो मैं ही लाया हूँ, मैंने ही उसे रहने को जगह दी है, इसलिए मुझी पर उसकी ज़िम्मेदारी भी है।"

"चलो, तुम्हारी यह बात भी मान ली। मगर तुम्हारी ज़िम्मेदारी तभी हो सकती है जब रामप्यारी तुमसे शिकायत करे। अगर वह यह कहे कि फलाँ आदमी उसे तंग करता है, तो तुम पर ज़िम्मेदारी आती है। ऐसी हालत में हम पर भी ज़िम्मेदारी आती है। लेकिन यहाँ मामला बिलकुल उलटा है। मुद्दई सुस्त, गवाह चुस्तवाली हालत हो गयी है। तुम्हारे इस तरह बेकार तड़पने से लगता है कि दरअसल तुम ख़ुद मीठे चावलों में हाथ मारना चाहते हो। तुम ठहरे बाल-बच्चेदार। रामप्यारी को जँचे नहीं तो उसने बग्गे से यारी गाँठ ली। तुम ज्यों-ज्यों भड़कते हो, त्यों-त्यों तुम्हारे प्रति हमारा सन्देह बढ़ता जाता है।"

"यार, बेकार की मीनमेख मत निकालो। जाओ अपना काम करो।"

शेरसिंह मुस्करा दिया, "कोई जवाब सूझा नहीं तो इस बात पर उतर आये। हमारा क्या जाता है...केवल दोस्ती-यारी के नाते समझाना चाहता था कि ख़ा-म-ख़ाह आपस में दुश्मनी पैदा करने का क्या फ़ायदा।"

"अगर ऐसी बात है तो उस औंधी खोपड़ीवाले बग्गासिंह को भी तो समझाओ।"

"ज़रूर समझाऊँगा। मुझे मालूम नहीं था कि यह मामला इतना बढ़ जायेगा। लेकिन मैं यह कहे बिना नहीं रह सकता कि अगर तुम राई का पहाड़ न बनाते तो नौबत यहाँ तक न पहुँचती। मैं तो केवल इतना ही चाहता हूँ कि तुम दोनों के सम्बन्ध और अधिक बिगड़ने न पायें। लेकिन अगर तुम दोनों आपस में सिर फुटौवल करने पर तुले हुए हो तो फिर कुछ भी नहीं हो सकता। मैं न तुम्हारा दुश्मन हूँ और न उसका। अगर मैं और मेरे जैसे दूसरे लोग तुम दोनों को लड़ने-झगड़ने से रोक न सके तो फिर अलग बैठकर तमाशा देखेंगे।"

"जिसे तमाशा देखना है बेशक देखे। बग्गे को भी समझा देना कि यह तमाशा उसे महँगा पड़ेगा।"

शेरसिंह ने चुप रहना ही उचित समझा, यद्यपि वह यह अब तक न समझ पाया कि चन्ननसिंह आपे से बाहर क्यों हो रहा था।

दिन गुज़रते गये। बग्गासिंह और रामप्यारी के लिए ये बड़ी ही मस्ती के दिन थे। उनकी हर रात नशीली और रंगीन होती थी।

एक शाम बग्गासिंह रामप्यारी के घर पहुँचा तो मंगल बाहर निकल आया। यह कोई नयी बात नहीं थी। हर रात यही होता था। मंगल सीधा चन्ननसिंह के पास पहुँचा। चन्ननसिंह अपने मकान की ड्योढ़ी में कुछ साथियों के साथ बैठा गप हाँक रहा था। जब मंगल वहाँ पहुँचा तो चन्नन के एक साथी शामसिंह ने कहा, "अरे मंगल! यह मामला क्या है! इधर रात होती है, उधर तू या तो यहाँ पहुँच जाता है, या भूखे गीदड़ की तरह गाँव की गलियाँ नापता रहता है।"

मंगल के कुछ कहने से पहले दूसरा आदमी बुधसिंह बोला, "अरे भई! मेरे ख़याल में इसे बाहर ही कहीं सोना भी पड़ता है। कई बार तो मैंने इसे इस ड्योढ़ी में ही सोये देखा है।"

मंगल ने उन दोनों से कुछ नहीं कहा, वह चन्ननसिंह के कान में फुसफुसाया, "सरदार जी पहुँच गये हैं घर पर।"

चन्ननसिंह ने अपने साथियों की ओर देखा। एक तीसरे साथी जीवनसिंह ने पूछा, "क्या बात है?"

चन्नन बोला, "बात तो रोज़वाली ही है...यानी हमारे राँझा साहब अपनी हीर के पास पहुँच गये हैं।"

बुधसिंह नाक चढ़ाकर बोला, "अब तो कुछ करना चाहिए।"

चन्ननसिंह चारपाई से उठ खड़ा हुआ, और अँगोछा कमर से लपेटकर उसे कसते हुए बोला, "ठीक है! मैं जाकर उससे दो-दो बातें करता हूँ।"

"अकेले?" शामसिंह ने पूछा।

"हाँ, अकेले जाऊँगा तो वह मुझे खा तो नहीं जायेगा।" चन्ननसिंह नथुने चौड़े करके गुर्राया।

मंगल ने बकरी की तरह मिमियाकर चन्ननसिंह से पूछा, "मैं भी चलूँ?"

"तू चलकर वहाँ पर क्या उखाड़ लेगा! बैठ यहीं पर। मैं बग्गे से अकेला ही निबट लूँगा। अगर वह सीधे-सीधे मान गया तो ठीक है, वर्ना जिस तरह वह चाहेगा उससे निबट लिया जायेगा।"

यह कहकर चन्ननसिंह ने पगड़ी को ज़रा ठीक-ठाक किया, लाठी सँभाली और गली में चल निकला। मकान के दरवाज़े पर पहुँचकर चन्ननसिंह ने बाहर लटके हुए कुण्डे को एक सिरे से पकड़कर ज़ोर-ज़ोर से खटखटाया। कुछ देर शान्ति रही। फिर दरवाज़े की दरारों में से लगा जैसे ड्योढ़ी में हलका-हलका प्रकाश फैल गया है। भीतर से रामप्यारी की आवाज़ सुनायी दी, "कौन है?"

"मैं हूँ—चन्ननसिंह।"

चन्ननसिंह को लगा जैसे रामप्यारी फुसफुसाती आवाज़ में किसी से पूछ रही है कि दरवाज़ा खोलूँ या न खोलूँ।

इसका तात्पर्य था कि रामप्यारी के निकट बग्गासिंह भी उपस्थित था। उसने न जाने औरत से क्या कहा, लेकिन पल-भर रुककर रामप्यारी बोली, "क्या काम है?"

वो गोया बग्गासिंह ही ये सब बातें उसे सिखा रहा था। चन्नन बोला, "बात सिर्फ़ यह है कि मैं बग्गासिंह से मिलना चाहता हूँ।"

भीतर थोड़ी देर तक फुसफसाहट हुई। तब रामप्यारी बोली, "कोई ख़ास बात है क्या?"

"मेरी समझ में नहीं आता कि बग्गासिंह एक औरत के कन्धे पर बन्दूक़ रखकर क्यों चला रहा है। मैं उससे बात करने आया हूँ, वह सीधे-सीधे मुझसे बात क्यों नहीं करता?"

फिर शान्ति!

आख़िर रामप्यारी ने पूछा, "आपके साथ कौन-कौन हैं?...देखिये, सरदार बग्गासिंह के लिए डरने की कोई बात नहीं। डर तो मुझको लग रहा है। मैं नहीं चाहती कि जिस घर में मैं रह रही हूँ, वहाँ ख़ा-म-ख़ाह कोई गड़बड़ या झगड़ा हो।"

चन्ननसिंह सान्त्वना देते हुए बोला, 'मैं अकेला हूँ रामप्यारी!...चिन्ता मत करो, मैं यहाँ लड़ने के लिए नहीं आया हूँ।"

बग्गासिंह भयभीत होनेवाला व्यक्ति नहीं था। बात केवल इतनी थी कि वह रामप्यारी के पास कुछ ख़ुशी की घड़ियाँ व्यतीत करने आया था। चन्ननसिंह की

उपस्थिति में यह सम्भव नहीं था। इसके अतिरिक्त ऐसे बेवक्त चन्ननसिंह का आना भी किसी अच्छी बात की ओर संकेत नहीं करता था।

दरवाज़ा खुल गया, चन्ननसिंह ने देखा कि दरवाज़े के आगे स्वयं बग्गासिंह खड़ा था। उसके निकट ही रामप्यारी हाथ में दीया लिये मौज़ूद थी। बग्गे ने क़हर भरी नज़रों से चन्नन की ओर देखते हुए कहा, ''मालूम होता है कि तुम अपने-आपको बड़ा धाकड़ समझने लगे हो। जभी तो कह रहे थे कि बग्गासिंह को डरने की कोई ज़रूरत नहीं। अगर तुम्हारी खोपड़ी में तिल बराबर भी अक़्ल होती तो तुम ये शब्द न कहते। अगर तुम्हें अपने-आप पर इतना ही घमण्ड है तो जाओ कुछ साथियों को भी बुला लाओ। मैं अकेला ही तुम्हारा इन्तज़ार करूँगा।''

चन्ननसिंह ने ड्योढ़ी में क़दम रखते हुए कहा, ''रामप्यारी के मन पर अपना रोब जमाने के लिए तुम जो भी कहो सो कम है। तुम्हें लड़ने का बहुत शौक है तो चिन्ता मत करो, वह घड़ी भी आ जायेगी। तब तुम दिल का गुबार निकाल लेना। इस समय मैं यहाँ लाठी घुमाने के लिए नहीं आया।''

बग्गासिंह ने अड़ियलपन से पूछा, ''तो फिर क्यों आये हो तुम यहाँ?''

चन्ननसिंह के होंठों पर घृणा-भरी मुस्कराहट उत्पन्न हुई। बोला, ''बग्गासिंह, तुम भूल रहे हो कि यह मकान मेरा है। मैं जब चाहूँ, यहाँ आ सकता हूँ...अलबत्ता मैं तुमसे पूछ सकता हूँ कि तुम यहाँ क्यों आये हो?''

यह कहकर चन्ननसिंह ड्योढ़ी से निकला, और सेहन में से होता हुआ पसार में जा पहुँचा। रामप्यारी और बग्गासिंह पीछे-पीछे चले आये। हालाँकि वे दबे स्वर में बातचीत कर रहे थे, फिर भी वातावरण में बड़ा ही कठोर तनाव उत्पन्न हो चुका था।

चन्ननसिंह ने अपनी लम्बी नाक को किसी शिकारी पक्षी की चोंच की तरह ऊपर को उठाकर कहा, ''तुमने मेरी बात का जवाब नहीं दिया बग्गासिंह।''

बग्गासिंह ने बड़े पलँग के बाज़ू पर कूल्हे टिका दिये और दाढ़ी में उँगली घुसेड़कर अपनी ठुड्डी खुजाते हुए बोला, ''तुम्हारा मतलब है कि मैं तुम्हारे घर नहीं आ सकता? तुम्हारा यह मतलब है कि जब कभी तुम मेरे घर में आओ तो मैं भी तुमसे यही प्रश्न करूँ...कि तुम यहाँ क्यों आये हो?''

''नहीं, मेरा मतलब यह नहीं है। हमारा ख़ून का रिश्ता है...चाहे दूर का ही सही। हम एक-दूसरे के घरों में आ-जा सकते हैं—लेकिन जब तुमने मेरे ही घर में मुझ पर यह आपत्ति उठायी कि मैं यहाँ क्यों आया हूँ तो मुझे जवाब में यह बात कहनी पड़ी।''

''ठीक है! तुम्हारे इस प्रश्न का जवाब रामप्यारी ही दे सकती है। मैं यहाँ रामप्यारी की इच्छा से आता हूँ...ज़बरदस्ती नहीं।''

चन्नन ने उसी घमण्ड-भरे अन्दाज़ से रामप्यारी की ओर देखा, वह बोली, ''बेशक, यह मेरी इच्छा से आते हैं। मैं बिलकुल नहीं जानती थी कि इनके यहाँ आने पर आपको कोई एतराज़ हो सकता है।''

चन्नन सपाट स्वर में बोला, "रामप्यारी, मैं तुमसे केवल इतना कहना चाहता हूँ कि तुम बहुत बदनाम हो रही हो।"

अब बग्गासिंह बीच में बोल उठा, "इसने बदनामीवाली कोई हरक़त नहीं की। यह तुम ही हो जो इलाक़े भर में इसकी बदनामी करते फिर रहे हो।"

चन्ननसिंह ने उत्तर दिया, "तुम जो चाहो सो समझते रहो। प्रश्न यह है कि जब लोग मुझसे तुम दोनों की रँगरेलियों के विषय में पूछते हैं तो मैं क्या जवाब दूँ?"

बग्गासिंह ज़रा गर्म होकर बोला, "समझ में नहीं आता कि लोग तुम्हीं से क्यों पूछते हैं?"

चन्नन माथे पर बल डालकर कहने लगा, "तुमने फिर वही घनचक्करोंवाली बात कही न!...अरे! जब वह मेरे मकान में रह रही है तो यहाँ जो कुछ भी होगा, उसके बारे में लोग मुझ ही से तो पूछेंगे।"

रामप्यारी ने कहा, "यह ठीक है कि बग्गासिंह जी मेरे पास आते हैं, लेकिन यह भी तो ठीक है कि मैंने गाँव के किसी आदमी से कभी एक बात तक नहीं की। मेरी समझ में नहीं आता कि लोग मुझे क्यों बदनाम कर रहे हैं। क्या आपके मकान में रहने का यह मतलब है कि मैं दुनिया में किसी से न मिलूँ?"

चन्नन बोला, "तुम औरत हो, तुम्हें औरतों के पास ही उठना-बैठना चाहिए।"

रामप्यारी व्यंग्यपूर्ण लहज़े में बोली, "अच्छा, तो आपके यहाँ औरतें केवल औरतों से ही सम्बन्ध रखती हैं। उन्हें मर्द की ज़रूरत कभी नहीं महसूस होती?"

रामप्यारी की इस बात पर चन्ननसिंह का मुँह मटके की तरह खुल गया। क्षण-भर को उसके कण्ठ में से हलका-सा स्वर भी नहीं निकल पाया। उसकी आँखों में आश्चर्य की झलक थी। आख़िर वह बोला, "आ-हा! तो सीधे-सीधे कहो न कि तुम्हें मर्द की ज़रूरत महसूस हो रही है।"

बग्गासिंह तड़पकर सीधा खड़ा हो गया, उसकी गरदन असली मुर्गे की तरह आगे को खिंच गयी, उसकी आँखें अँगारा बन गयी, और वह चन्ननसिंह की नाक-से-नाक भिड़ाकर बोला, "तुम रामप्यारी का इस तरह अपमान नहीं कर सकते। तुम्हें इतनी जुर्रत कैसे हुई?"

चन्नन को लगा जैसे उसकी मूँछों पर बग्गासिंह की थूक के छींटे पड़ रहे हैं। वह बिदककर एक क़दम पीछे हट गया, और बोला, "यह बात मैं नहीं कह रहा हूँ, वह ख़ुद कह रही है।"

इतना कहकर चन्ननसिंह नपे-तुले क़दमों के साथ चलता हुआ दीवार के निकट जा खड़ा हुआ। फिर वह रामप्यारी की ओर देखकर बोला, "तुम दूधपीती बच्ची नहीं हो। तुम अच्छी तरह जानती हो कि बाज़ स्थितियों में स्त्री-पुरूष के मेल-जोल पर समाज को आपत्ति हो सकती है। मैंने लोगों से कह रखा है कि तुम ब्याहता स्त्री हो। यह बात तुम्हीं ने मुझे बतायी थी।"

बग्गासिंह चन्नन के इन शब्दों पर चौंक पड़ा। उसने चन्द क़दम पर खड़ी रामप्यारी की ओर देखा। बग्गे को मालूम नहीं था कि वह विवाहिता थी। उसने कभी यह जानने का प्रयत्न भी नहीं किया। उसके चेहरे से लग रहा था कि उसे रामप्यारी से शिकायत थी कि उसने यह राज़ अब तक बताया क्यों नहीं।

रामप्यारी कुछ नहीं बोली। उसकी आँखें डबडबा आयीं, वह झपटकर आगे बढ़ी, और बग्गासिंह के गले से लिपट गयी।...फिर उसने मुड़कर चन्ननसिंह की ओर देखते हुए कहा, "मैं इनसे प्रेम करती हूँ।"

चन्ननसिंह ने पूछा, "और तुम्हारा पति?"

"उससे मेरी इच्छा के बिना ज़बरदस्ती धोखे से शादी कर दी गयी। मैं उसका मुँह भी नहीं देखना चाहती थी, इसीलिए तो मैं वहाँ से भाग निकली।"

चन्ननसिंह व्यंग्यपूर्ण अन्दाज़ से दाँत दिखाते हुए बोला, "भूत और परी का यह जोड़ा तो वाक़ई बहुत अच्छा है...लेकिन रामप्यारी, क़ानून की नज़र में तुम अपने पति की पत्नी हो।"

रामप्यारी के जवान और भरपूर शरीर को अपने जिस्म से लिपटे पाकर बग्गासिंह ने औरत के फूल-जैसे चेहरे पर, और मस्ती-भरी आँखों पर निगाह डाली, और साँड़ की तरह डकारकर कहा, "तुम उसके पति की वकालत क्यों कर रहे हो? बड़े आये क़ानून झाड़ने!"

चन्ननसिंह ने दोनों हाथ अपनी पीठ पर बाँध लिये और बेचैनी से इधर-उधर टहलने लगा। फिर वह एकाएक रुका, और दोनों प्रेमियों की ओर देखा जो अब भी एक-दूसरे से लिपटे खड़े थे। वह गम्भीर स्वर में बोला, "मुझे मालूम नहीं था कि यहाँ हीर-राँझे का तमाशा हो रहा है..."

रामप्यारी उसकी बात काटते हुए चिल्लाकर बोली, "यह तमाशा नहीं है...हम एक-दूसरे के हो चुके हैं। हमें कोई अलग नहीं कर सकता।"

चन्नन ने कहा, "चलो मान लिया कि तुम दोनों का प्रेम तमाशा नहीं है, लेकिन यह तो निश्चय ही तमाशा है कि तुम लोग अपने इस महान् प्रेम का खेल मेरे मकान में खेल रहे हो।"

बग्गासिंह झल्लाकर बोला, "तुम बार-बार अपने मकान की धौंस गाँठ रहे हो। तुम समझते हो कि इस गाँव में रामप्यारी को तुम्हारे घर के सिवा रहने की और कोई जगह नहीं मिल सकती।"

चन्नन दाँत दिखाते हुए बोला, "क्यों नहीं मिल सकती। इसे अपने प्रेमी...यानी तुम्हारे दिल में रहने के लिए जगह मिल सकती है।"

अब रामप्यारी भी कुछ क्रोध में आ बोली, "सरदार चन्ननसिंह! आपको यह सब इतना ही बुरा लग रहा था तो आपने मुझे घर से क्यों न निकाल दिया?"

चन्नन ने उत्तर दिया, "तुमने मेरा सहारा माँगा, मैंने तुम्हें सहारा दिया। यह तो मैंने सपने में भी नहीं सोचा था कि यहाँ यह सब-कुछ हो जायेगा।"

बग्गे ने रोब गाँठते हुए कहा, "अभी तो बहुत-सी ऐसी बातें होंगी जो तुम सपने में भी नहीं सोच सकते।"

चन्नन ने कड़वाहट का उत्तर कड़वाहट में देते हुए कहा, "जब ऐसी बातें होंगी तो उनसे भी निबट लिया जायेगा। हमने कोई चूड़ियाँ नहीं पहन रखी हैं।"

गुस्से के मारे बग्गे की मुट्ठियाँ भिंच गयीं और बाज़ू कस गये। रामप्यारी उसकी नस-नस के तनाव को महसूस करके और भी ज़ोर से उसके साथ चिपक गयी, और धीमे स्वर में बोली, "आपको मेरी कसम! इस झगड़े को अब और न बढ़ाइये..."

कुछ देर तक बग्गासिंह चन्ननसिंह को यूँ क़हर-भरी नज़रों से देखता रहा जैसे उसे कच्चा ही खा जायेगा। उसके कानों में रामप्यारी के स्वर की मिठास भी घुल रही थी। वह ज़रा ठण्डा होकर रामप्यारी से कहने लगा, "अब मैं तुम्हें यहाँ एक पल के लिए भी नहीं रहने दूँगा। समझ में नहीं आता कि तुमने ऐसे कमीने के मकान में रहना स्वीकार क्यों कर लिया।"

चन्ननसिंह रामप्यारी को हाथ से संकेत करते हुए कहने लगा, "ठीक है, तुम्हें मुझ-जैसे कमीने के घर में रहने की कोई ज़रूरत नहीं। अब तुम इस राजा भोज के घर में रहकर देख लो।"

बग्गासिंह बोला, "चलो रामप्यारी!"

रामप्यारी ने बग्गे की आँखों में आँखें डालकर कहा, "मेरा सामान?"

बग्गे ने उत्तर दिया, "तुम्हारा सामान रहीम को भेजकर मँगवा लूँगा। चन्नन में इतनी जुर्रत नहीं है कि तुम्हारा सामान भेजने से इनकार कर दे।"

चन्ननसिंह ने मज़ाक उड़ाते हुए कहा, "मैं औरतों के साथ जूझने का आदी नहीं हूँ। मैं इसकी सुई तक भिजवा दूँगा।"

रामप्यारी ने झपटकर अपना पानदान उठाया और सीने से लगा लिया, मानो उसमें पान नहीं थे, अपितु डिब्बा हीरे-मोतियों से भरा हुआ था।

रामप्यारी कूल्हे मटकाते हुई चलने लगी तो चन्ननसिंह ने पुकारकर कहा, "वह तुम्हारा भैया मंगल!...क्या उसे भी वहीं तुम्हारे पास भिजवा दूँ?"

इस पर बग्गा अपने घूँसे को हवा में गदा की तरह हिलाते हुए बोला, "हाँ-हाँ, भेज देना। मंगल के खाने-पीने के लिए मेरे यहाँ कोई कमी नहीं है।"

चन्ननसिंह धीरे-धीरे उनके पीछे बढ़ा। ड्योढ़ी के दरवाज़े तक पहुँचकर वह रुक गया। गली में दोनों प्रेमी एक-दूसरे की कमर में हाथ डाले वहाँ से जाते हुए बिलकुल प्रतिबिम्ब-से लग रहे थे।

चन्ननसिंह लौटकर पसार में आया और ताला ढूँढ़ने लगा। थोड़ी देर बाद वह ड्योढ़ी के बाहर की कुण्डी चढ़ाकर अपने घर को चल दिया। वहाँ उसके साथी अब भी उपस्थित थे, और मंगल एक कोने में पड़ा ऊँघ रहा था।

चन्नन को देखते ही शामसिंह का चेहरा खिल उठा, बोला, "आ गये तुम?"

चन्नन ने बेपरवाही से लाठी एक ओर टिकाते हुए उत्तर दिया, "तो क्या तुम यह समझते थे कि बग्गासिंह मुझे वहीं मार डालेगा?"

"नहीं, यह बात नहीं। बग्गा अड़ियल आदमी तो है ही, वह किसी प्रकार का भी झगड़ा खड़ा कर सकता था। तुमने देर भी काफ़ी लगा दी।"

"वह बहस करने लगा। इसी तू-तू-मैं-मैं के कारण इतनी देर हो गयी।"

बुधसिंह ने पूछा, "आख़िर इस तू-तू-मैं-मैं से नौबत कहाँ तक पहुँची?"

"मैंने उनका बोरिया-बिस्तर गोल कर दिया है।"

बातों का शोर सुनकर मंगल भी जाग उठा। बुधसिंह ने फिर पूछा, "तुम्हारा मतलब क्या है?"

"मतलब यह कि मैंने उन्हें मकान से बाहर निकाल दिया है।"

सब लोग हैरान होकर एक-दूसरे की ओर देखने लगे। शामसिंह ने पूछा, "क्या इस समय रामप्यारी तुम्हारे मकान में नहीं है?"

"नहीं। बग्गासिंह उसे अपने साथ ले गया है।"

मंगल हड़बड़ाकर बोला, "तो अब मैं कहाँ जाऊँगा?"

चन्नन ने कहा, "तुम ख़ा-म-ख़ाह परेशान क्यों हो रहे हो? तुमसे या रामप्यारी से तो मेरा कोई झगड़ा नहीं है।"

"सो तो ठीक है, परन्तु बग्गासिंह से तुम्हारे झगड़े के कारण मेरी बहन को ख़ा-म-ख़ाह परेशानी हो रही है। अब वह बेचारी नयी परेशानी में फँस गयी है।"

चन्नन बोला, "मूर्ख कहीं के! ख़ामख़ाह क्यों घबरा रहे हो। तुम्हारी बहन अपने प्रेमी के घर गयी है। उसका प्रेमी उसे सिर-आँखों पर बैठाकर रखेगा।"

मंगल निराशा से सिर हिलाते हुए बोला, "न जाने यह क्या लफड़ा है!...आख़िर मेरा क्या बनेगा!"

शामसिंह ने मंगल का मज़ाक उड़ाते हुए कहा, "मैं जानता हूँ कि तुम्हारा क्या बनेगा। तुम्हारा भुर्ता बनेगा। बैंगन का भुर्ता देखा है न कभी?"

मंगल बच्चों की तरह फैल गया, और कहने लगा, "यह देखो! उलटे हमारा मज़ाक उड़ा रहे हैं।"

चन्नन ने बड़े गम्भीर अन्दाज़ में कहा, "यह लो मकान की चाबी। तुम वहाँ जाकर इतमीनान से सो जाओ। सुबह होने पर अपना सामान समेट लेना।"

मंगल ने परेशान होकर पूछा, "सामान तो समेट लूँगा, लेकिन मैं जाऊँगा कहाँ?"

"बग्गासिंह के घर—मेरे मकान को ताला लगाकर चाबी यहाँ घर पर दे जाना।"

"न बाबा! मैं बग्गासिंह के घर नहीं जाऊँगा। अगर उसने भी जूता दिखा दिया तो मैं क्या करूँगा?"

"घबराओ मत! वह तुम्हें जूता नहीं दिखायेगा, बल्कि बड़े प्रेम से अपने पास रखेगा। मुझसे बातचीत के समय उसने कहा था कि तुमको वह अपने पास ही रखेगा।"

मंगल ने चाबी चन्नन के हाथ से ले ली और बुरा-सा मुँह बनाकर सबकी ओर देखने लगा।

उसकी अजीब-सी शक्ल देखकर सबको हँसी आ गयी। बुधसिंह ने कहा, "अबे! अँधेरे में डर लगता हो तो मैं तुम्हें वहाँ तक छोड़ आऊँ।"

इस पर मंगल का मुँह और ख़राब हो गया, फिर वह चुपचाप दरवाज़े से बाहर निकल गया।

मंगल के जाते ही महफ़िल में गर्मी आ गयी। जीवनसिंह बोला, "यार चन्नन, यह तो तुमने कमाल कर दिया। तुमने दोनों को घर से बाहर ही निकाल दिया! हमें तुमसे इतनी उम्मीद नहीं थी।"

चन्नन के होंठों पर गर्वपूर्ण मुस्कराहट उत्पन्न हुई, और वह इतमीनान से चारपाई पर बैठकर बग्गे से अपनी झड़प का क़िस्सा सुनाने लगा।

2

बग्गासिंह ने रामप्यारी को रात-भर अपने अहातेवाले कमरे में ही रखा। भजनो को रात के समय ही इस बात का पता चल गया था कि उसका भाई रामप्यारी को घर ले आया है। उस समय वह शान्त रही।

सुबह हुई, काफ़ी धूप निकल आयी तो बग्गासिंह के कमरे का दरवाज़ा खुला। वह बहुत जल्दी जागने का आदी था। रहीम और दूसरे कारिन्दे चकित थे कि आज बग्गासिंह को क्या हो गया। उन्हें रातवाली कार्यवाही का कुछ पता नहीं था। वे नहीं जानते थे कि गयी रात तक रामप्यारी और बग्गा आपस में बातें करते रहे थे। इतनी देर से सोनेवाला प्रातःकाल ही कैसे जाग सकता था।

दरवाज़ा खोलकर बग्गासिंह अपने ढीले जूड़े को कसकर लपेटता हुआ मकान के भीतर चला गया। अनजाने में रहीम ने किसी काम से कमरे में क़दम रखा तो सामने अधलेटी रामप्यारी को देखकर वह ठिठक गया। पल-भर को उसे अपनी आँखों पर विश्वास नहीं हुआ।

रामप्यारी भी सँभलकर बैठ गयी, और सुरीली आवाज़ में बोली, "चले आओ! बेशक अपना काम करो..."

रहीम ने कमरे में से दो फावड़े उठाये और चुपचाप बाहर निकल आया।

बग्गासिंह ने चूल्हे के निकट जाकर बहन से कहा, "आज दो का नाश्ता चाहिए।"

भजनो भुनभुनाते हुए बोली, "जानती हूँ।"

बग्गे ने बहन को ज़रा ग़ौर से देखा और पूछा, "बात क्या है? आज तो बहन का मिज़ाज बिगड़ा नज़र आता है।"

भजनो बिगड़कर बोली, "तुम उसे यहाँ क्यों ले आये हो?"

बग्गे ने अनजान बनकर कहा, "किसे यहाँ ले आया हूँ?"

"रामप्यारी को...और किसको?"

"तो क्या हुआ...? यह कोई ढकी-छिपी बात तो है नहीं। दुनिया जानती है कि मैं रामप्यारी के यहाँ जाता हूँ।"

"तुम्हारे वहाँ जाने की बात कुछ और थी...लेकिन उसे अपने घर में लाने की क्या ज़रूरत थी?"

"तुम औरतें भी ख़ूब होती हो! वह तो तुम्हारे पास भी आया करती थी। ब्याह-शादी के घर में उसे ढोलक बजाने के लिए भी बुलाया जाता है। अगर वह यहाँ आ गयी तो इसमें ज़ुल्म की क्या बात है?"

"मैं पूछती हूँ कि तुम सारी उम्र कूड़ा-करकट ही सूँघते फिरोगे? क्यों नहीं क़ायदे से शादी कर लेते। जैसी भी औरत मिले, ले आओ और घर बसा लो। यही भले आदमियों का क़ायदा है। बूढ़ी बहन के सिर में बदनामी की राख क्यों डालते हो?"

"तुम ख़ामख़ाह आपे से बाहर हो रही हो। दुनिया का क्या है! दुनिया तो ऋषि-मुनियों पर भी कीचड़ उछालने से बाज़ नहीं आती।"

"तुम जैसे ऋषि-मुनि हो वह मैं अच्छी तरह जाती हूँ—लेकिन इतना याद रखो कि मैं रामप्यारी को घर में नहीं रहने दूँगी। अगर तुमने बड़ी धाकड़बाज़ी दिखायी तो मैं घर छोड़कर लाहौर चली जाऊँगी। गुरुद्वारे के लंगर में रोटी खाऊँगी, वहीं रहूँगी, और गुरुधर की सेवा करूँगी।"

"तुम बेकार में बिगड़ती जा रही हो! विश्वास करो, मैं रामप्यारी को घर में नहीं टिकाऊँगा।"

भजनो ने लाल-लाल आँखों से उसकी ओर देखते हुए पूछा, "तो कहाँ रखोगे उसे?"

"मैं उसे कुएँवाले तबेले में ही रखूँगा।"

अब भजनो को कुछ इतमीनान हुआ, और वह थालियों में पराठे रखने लगी।

जस्से को भगा दिया गया था, और हवेलीराम खेतों के काम में ही जुटा हुआ था और रहीम के हाथ वह रामप्यारी को नाश्ता भिजवा ही नहीं सकता था। वह जानता था कि मुसलमान का छुआ खाना वह हरगिज़ नहीं खायेगी। इसलिए वह स्वयं ही दोनों थालियाँ पकड़कर अहाते की ओर चला गया।

नाश्ता देखकर रामप्यारी बोली, "हाय राम! अभी तो मैंने कुल्ला भी नहीं किया।"

"यहाँ पानी रखा है। मुँह-हाथ भी धो लो और कुल्ला भी कर लो।"

"नहाने का क्या होगा?"

"न जाने तुम कहाँ की ब्राह्मणी हो! नाश्ता तो कर लो, धूप चढ़ेगी तो गर्म पानी से नहा लेना।"

रामप्यारी ने मुस्कराकर उसकी बात मान ली।

नाश्ता करते समय रामप्यारी ने कहा, "न जाने बेचारा मंगल कहाँ भटकता होगा! मेरे साथ उसकी भी मिट्टी ख़राब हो रही है।"

"आ जायेगा! घबराने की क्या बात है। वह दूधपीता बच्चा तो नहीं है।"

नाश्ते के साथ-साथ बातें भी होती रहीं। बग्गा यूँ बोल पड़ा जैसे एकाएक ही कोई बात याद आ गयी हो, "रामप्यारी!"

"जी।"

"तुम्हारी ज़बान कितनी मीठी है!"

रामप्यारी हँस पड़ी, "मैं समझी थी कि कोई ख़ास बात कहने जा रहे हैं।"

"बात तो कहनी है। तुम जानती ही हो कि तुम्हारे यहाँ आ जाने पर आज चन्ननसिंह गाँव-भर में शोर मचा देगा।"

"हाँ, लेकिन अब जो होगा सो देखा जायेगा। जब एक क़दम उठा ही लिया है तो अब डरने की क्या ज़रूरत।"

"यहाँ भी कौन डरता है। मैं डरने या न डरने की बात नहीं कह रहा हूँ। मैं तो सिर्फ़ यह सोच रहा हूँ कि जब गाँव में बातें उड़ेंगी तो तुम्हारे कानों तक भी पहुँचेंगी...तुम्हारा मन भी ख़राब होगा..."

रामप्यारी ने बड़ी-बड़ी आँखें बग्गे के चेहरे पर गाड़कर पूछा, "तो...?"

बग्गे ने रामप्यारी का हाथ थामकर कहा, "तुम यह मत समझना कि मेरा मन डोल रहा है। तुम्हारी ख़ातिर तो मैं पहाड़ से भी टक्कर ले सकता हूँ। यह चन्ननसिंह और इसके साथी मेरी नज़र में मच्छर से ज़्यादा हैसियत नहीं रखते। मुझे चिन्ता सिर्फ़ तुम्हारी है। मैं चाहता हूँ कि गाँव में उड़नेवाली अफ़वाहों और उलटी-सीधी बातों से तुम दूर रहो। इसका तरीक़ा यह है कि यहाँ रहने की बजाय तुम गाँव के बाहर मेरे रहटवाले तबेले में टिक जाओ। वहाँ जगह कम है, लेकिन इसका इन्तज़ाम हो जायेगा। मैं एक-दो दिनों में राशों को बुलाकर वहाँ दो नयी कोठरियाँ बनवा दूँगा—बोलो मंज़ूर है?"

"बिलकुल मंजूर है। चन्ननसिंह से तो निभ नहीं पायी, अब आपसे जैसे भी होगा निभाऊँगी।"

"तो ठीक है। तुम्हारे लिये दूध देनेवाली एक गाय बाहरवाले तबेले में पहुँच जायेगी, ताकि तुम्हें दूध, दही, मक्खन आदि की कोई तक़लीफ़ न रहे। अच्छा, तो मैं रहीम को अभी कह दूँ कि वह राशों का इन्तज़ाम कर दे।"

बग्गा दरवाज़े से बाहर निकला तो सामने मंगल सिर पर कुछ सामान उठाये आता दिखायी दिया। दोनों की आँखें मिलीं तो मंगल ठिठककर रुक गया। बग्गे ने हाथ

उठाकर बड़ी गर्मजोशी से उसका स्वागत करते हुए कहा, "आओ, आओ! तुम्हारा ही इन्तज़ार था।"

बग्गे को इतने अच्छे मूड में पाकर मंगल के चेहरे पर रौनक आ गयी। बग्गा लपककर कमरे के भीतर पहुँचा और उच्च स्वर में बोला, "देखो रामप्यारी! कौन आया है!"

इतने में दरवाज़े पर मंगल की शक्ल दिखायी दी। बहन पर नज़र पड़ते ही उसने खीसें निकाल दीं। बग्गा बोला, "और मंगल! तेरी बहन तेरे कारण बहुत परेशान हो रही थी। मैंने समझाया कि मंगल कोई दूधपीता बच्चा नहीं है, सुबह होते ही यहाँ पहुँच जायेगा।"

भाई-बहन को छोड़कर बग्गा भजनो को यह कहने के लिए मकान के भीतर चला गया कि वह मंगल के लिए भी नाश्ता तैयार कर दे। उसने बहन को समझाया, "मैं मंगल को ही यहाँ नाश्ता करने के लिए भेजूँगा। तुम चुपचाप उसे खिला-पिला देना। कोई उलटी-सीधी बात न कहना। मैंने रामप्यारी को बाहरवाले तबेले में रहने के लिए राज़ी कर लिया है। अब वह तुम्हारे पास घर में नहीं रहेगी!"

बहन को यह ताक़ीद करके बग्गा रामप्यारी के पास पहुँच गया।

दिन के भोजन के बाद रामप्यारी मंगल को लेकर रहटवाले तबेले में चली गयी। रहीम ने निकटवाले गाँव में जाकर राशों से बातचीत की, और वे दूसरे ही दिन काम करने पर तैयार हो गये।

एक सप्ताह तक राशे धड़ाधड़ काम करते रहे, और उन्होंने दो छोटी-छोटी कोठरियों की कच्ची दीवारें खड़ी कर दीं। कोठरियों पर छत भी पड़ गयीं। ये कोठरियाँ नयी होने के कारण साफ़-सुथरी थीं। दो महरियों ने जाकर दोनों कोठरियों के भीतर और बाहर गोबर-गारे की लीपा-पोती भी कर दी तो कोठरियाँ जगमगाने लगीं। कोठरियों में पलँग, चारपाइयाँ और मूढ़े भी पहुँच गये। सर्दियों का अब थोड़ा ही समय रह गया था, और आनेवाले मौसम को सम्मुख रखते हुए दो चूल्हे सेहन के कोने में बना दिये गये। चूल्हे के आसपास बालिश्त भर ऊँचा कच्चा चबूतरा भी तैयार हो गया। इस तरह रसोई-घर सहित रामप्यारी का छोटा-सा घर बन गया। बग्गासिंह अपना अधिकतर समय वहीं गुज़ारता, और उसे यूँ लगता था, जैसे अब वह पक्का गृहस्थ हो गया है।

गाँववाले इस तमाशे को काफ़ी दिलचस्पी से देख रहे थे...हाँ! उनके लिए यह तमाशा ही तो था।

बस्ती के रहनेवाले एक दृष्टि से चार भागों में विभक्त थे। उनमें अधिकांश तो वे लोग थे जिनका धाकड़बाज़ी से दूर का भी सम्बन्ध नहीं था। सुबह से शाम तक उनका बना-बनाया प्रोग्राम होता था। गाँव में हिन्दू और सिक्ख अधिक संख्या में थे, और मुसलमान नाममात्र थे। वहाँ मस्जिद कोई नहीं थी, केवल गुरुद्वारा था। हिन्दू भी श्री गुरु नानकदेव से लेकर गुरु गोविन्दसिंह तक, दसों गुरुओं में श्रद्धा रखते थे। वे

भी गुरुद्वारे में जाते, ग्रन्थ साहब का पाठ करते, और प्रत्येक धार्मिक उत्सव पर सिक्खों के साथ बराबर का भाग लेते। वास्तव में त्योहार हिन्दू-सिक्ख दोनों जातियाँ एक साथ ही मनाती थीं। ये भले लोग धाकड़ों से ज़रा दूर-दूर रहते थे। धाकड़ उन्हें बेजा तौर पर कभी नहीं सताते थे। धाकड़ की टक्कर धाकड़ से रहती थी। दूसरे प्रकार के लोगों में बग्गा अधिक प्रसिद्ध या बदनाम था। कारण यह कि उसकी अक़्ल मोटी थी, वह हथछुट और मुँहफट भी था। इसीलिए उसी के ख़ानदान के लोग, यानी चन्ननसिंह आदि आवश्यकता से अधिक ही उसका विरोध करने लगे थे। आपसी ईर्ष्या और शत्रुता की नौबत यहाँ तक आ पहुँची थी कि वे एक-दूसरे को मिट्टी में मिला देना चाहते थे।

जैसा कि बताया जा चुका है, बग्गासिंह और चन्ननसिंह के गुट के अतिरिक्त चौथा गुट शेरसिंह का था। वह उस पहलवान की तरह था जो ख़लीफ़ा कहलाता है, यानी स्वय लँगोट खोल बैठा था, लेकिन अपने पट्ठों को ज़रूरत पड़ने पर किसी-न-किसी से भिड़ा देता था। कभी-कभी शेरसिंह स्वयं भी दाँव खेल जाता।

बग्गासिंह और रामप्यारी-काण्ड के विषय में तीनों गुट परस्पर कानाफूसी करते रहते थे। शेरसिंह को न बग्गे से अधिक दिलचस्पी थी, और न चन्नन से। वह दूर बैठा इतमीनान से आग ताप रहा था। वह जानता था कि यह मामला अभी तूल पकड़ेगा। वह अपने साथियों से प्रायः कहा करता था कि इस काण्ड के पीछे कोई गहरा रहस्य है। वह क्या रहस्य था, इस बात का अभी किसी को पता नहीं था।

बग्गासिंह ऐसी बात को एक कान से सुनता और दूसरे कान से उड़ा देता। रामप्यारी-जैसी हसीन और लुस-लुस करती औरत पाकर वह जीते-जी स्वर्ग में पहुँच चुका था। उसकी हर रात दीवाली की रात होती थी।

एक दिन जबकि धूप ख़ूब चढ़ आयी थी बग्गासिंह और रामप्यारी कोठरियों के आगेवाले छोटे-से सेहन में चारपाइयों पर बैठे थे। मंगल सेहन के परले कोने पर मुँह दूसरी ओर किये छोटा-सा हुक्का गुड़गुड़ा रहा था। सिक्ख होने के नाते से बग्गासिंह को हुक्के-सिगरेट से सख़्त घृणा होती थी। केवल रामप्यारी की ख़ातिर उसने मंगल को उन कोठरियों में हुक्का-सिगरेट लाने की आज्ञा दे दी थी। इसके साथ ही उसने मंगल को मना कर दिया था कि वह कभी उसके सामने बैठकर तम्बाकू न पिये।

रामप्यारी और बग्गा काफ़ी देर से गप्पें हाँक रहे थे। एकाएक बग्गे ने पहलू बदलकर कहा, "अब तो धूप गर्म लगने लगी है। ऐ मंगल! ज़रा चारपाइयाँ छाँव में खिसका दे तो।"

मंगल ने तुरन्त अपनी गुड़गुड़ी सेहन के कोने में टिका दी। वह इधर आने को ही था कि दूर से कुछ देखकर वह चौंक पड़ा। दो क़दम बग्गे की ओर बढ़कर वह धीरे से बोला, "सरदार जी, कोई आ रहा है।"

"आ रहा है तो आने दो। तुम्हें क्यों परेशानी हो रही है?"

मंगल ने चारपाइयाँ दीवार की छाया में खिसका दीं और उन दोनों की ओर अर्थपूर्ण अन्दाज़ में देखते हुए बोला, "वह चन्ननसिंह है।" बग्गासिंह चौंका। जब से रामप्यारी

उसके घर में आयी थी, तब से चन्नन उससे मिलने कभी नहीं आया। कभी गली में आते-जाते भेंट होती तो आपस में दो-चार रूखी-सूखी बातें भी हो जातीं। आज वह उसके यहाँ क्यों आ रहा था?

प्रतीक्षा करने के अतिरिक्त कोई चारा नहीं था। सेहन की चारदीवारी इतनी नीची थी कि जब चन्ननसिंह वहाँ आया तो कमर से ऊपर तक स्पष्ट दिखायी दे रहा था। आपस में आँखें मिलीं तो चन्नन ने वहीं से सतसिरी-अकाल कहकर हाथ जोड़ दिये।

बग्गे और रामप्यारी ने भी बनावटी अन्दाज़ से उसका स्वागत किया।

जब वह सेहन में पहुँचा तो चारपाइयों के निकट उसके बैठने के लिए दो फुट ऊँचा गोल मूढ़ा रख दिया गया।

चन्नन बड़ा प्रसन्न नज़र आता था। उसका इस प्रकार ख़ुश होना बग्गे की परेशानी का कारण बना हुआ था। चन्नन ने अपने हाथों की उँगलियाँ एक-दूसरे में उलझाकर सरसरी नज़र से चारों ओर देखा, और मुस्कराकर बोला, ''रामप्यारी ने तो बड़ा सुन्दर छोटा-सा घर बसा लिया है। यह सब देखकर मुझे बड़ी ख़ुशी हो रही है।''

अब बग्गे को विश्वास हो गया कि चन्ननसिंह कुछ-न-कुछ शरारत करने आया है। मगर वह शान्त बैठा रहा। रामप्यारी ने इधर-उधर की बातचीत चालू रखी।

कुछ कुरेदने के ख़याल से रामप्यारी ने चन्ननसिंह से कहा, ''लगता है कि आप मुझसे खफ़ा हो गये थे। आज आप चले आये तो यह शक भी दूर हो गया।''

चन्ननसिंह बोला, ''तुम मेरा मकान छोड़कर चली आयीं तो इसमें नाराज़गी की कोई बात नहीं है। मैं बिलकुल भी नाराज़ नहीं था। मुझे तो तुम्हारे वहाँ रहने में बिलकुल आपत्ति नहीं थी, लेकिन देखो न, दुनियावालों का मुँह कैसे बन्द किया जा सकता है। बस इतनी-सी बात मैंने उस रोज़ भी कही थी जो बग्गासिंह को बुरी लगी। रामप्यारी! सच पूछो तो अन्तर ही क्या है। मेरा मतलब है कि चाहे तुम मेरे यहाँ रहतीं या बग्गे के यहाँ...बात एक ही है। बग्गे का और मेरा ख़ून का रिश्ता है। जब दो बर्तन साथ-साथ रखे होते हैं, तो कभी टकरा भी जाते हैं। बस यही हम दोनों का मामला भी है। मैं तो कहता हूँ कि यह स्थिति ज़्यादा बेहतर है। चोरी-चोरी मुलाक़ातों की बजाय खुल्लम-खुल्ला एक साथ रहना ठीक है...''

बग्गे ने मन में सोचा कि चन्ननसिंह की इन चिकनी-चुपड़ी बातों के पीछे ज़रूर कोई रहस्य है। वह चुपचाप अपने शत्रु-रिश्तेदार को घूरे जा रहा था। चन्नन ने देखा कि उन दोनों की ओर से बातचीत रुक गयी थी तो फिर वह भी मतलब की बात पर आ गया, ''तुम दोनों का कितना अच्छा चल रहा था। इसमें मुझे तो क्या किसी भी गाँववाले को कोई आपत्ति नहीं थी—मगर...''

बग्गा बिफरकर बोला, ''मगर क्या?''

चन्नन ने अपने स्वर में सहानुभूति और कुछ दर्द पैदा करते हुए कहा, ''यह मामला ऐसे ही है जैसे खीर खाते समय मुँह में कंकड़ आ जाये।''

बग्गे का ख़ून भीतर-ही-भीतर खौलने लगा था। उसने अपने-आप पर वश रखते हुए धीरे से कहा, "तुम्हारा मतलब क्या है?"

चन्नन का चेहरा एकाएक गम्भीर, बल्कि कठोर हो गया, बोला, "रामप्यारी का पति आ पहुँचा है।"

रामप्यारी यह सुनते ही उछल पड़ी, और घबराये हुए स्वर में बोल उठी, "कहाँ है वह?"

"मेरे घर पर ही बैठा है।"

बग्गे की शक्ल बिगड़ गयी और वह एक-एक शब्द पर बल देते हुए बोला, "तो तुम यह ख़ुशख़बरी सुनाने के लिए ही यहाँ आये हो?"

"मैं आया नहीं, भेजा गया हूँ।"

रामप्यारी ने पूछा, "उसे इस बात का पता कैसे चला कि मैं यहाँ पर हूँ?"

चन्नन ने दोनों कन्धे हिला दिये और मुँह बनाकर बोला, "यह मैं क्या जानूँ? वह तुम्हारा अता-पता पूछता हुआ आ गया होगा।"

रामप्यारी ने प्रश्न किया, "वह चाहता क्या है?"

"वह तुम्हें यहाँ से ले जाना चाहता है।"

अब रामप्यारी तो ख़ामोश रही, और बग्गासिंह भड़क उठा, "रामप्यारी कहीं नहीं जायेगी। वह मेरे पास ही रहेगी।"

चन्ननसिंह ने हमदर्दी जतलाते हुए कहा, "मैंने उसे बता दिया था कि तुम इस बात पर राज़ी नहीं होगे। इस पर वह कहने लगा कि रामप्यारी मेरी ब्याहता है, और मैं उसे प्राप्त करने के लिए पुलिस की सहायता भी ले सकता हूँ।"

बग्गा गरजकर बोला, "पुलिस नहीं, पुलिस का बाप आ जाये...तो भी रामप्यारी यहाँ से नहीं जायेगी।"

चन्ननसिंह ने बारी-बारी उन दोनों की ओर देखा और फिर रानों पर हाथ रखकर उठ खड़ा हुआ, "तो मैं जाता हूँ। वह पुलिस तक यह बात पहुँचाना चाहता था, इसलिए मैंने सोचा कि तुम्हें सावधान कर दूँ..."

बग्गासिंह का मुँह और भी भिंच गया।

जाने से पहले चन्ननसिंह ने एक बार फिर कहा, "बग्गा! यह ठीक है कि मेरी-तुम्हारी कभी नहीं बनती। बहुत हद तक हमारी दुश्मनी भी है। फिर भी हमें यह नहीं भूलना चाहिए कि हमारा ख़ून का रिश्ता है। हम भले ही आपस में लड़ते-भिड़ते रहें, लेकिन अगर मुसीबत बाहर से आये तो एक-दूसरे के लिए हमदर्दी जाग ही उठती है। मैं रामप्यारी के पति का मित्र नहीं हूँ। लेकिन यह कहे बिना नहीं रह सकता कि क़ानून उसी के हक़ में है। इस बात से रामप्यारी को भी इनकार नहीं कि उसकी शादी हो चुकी है...मैंने सोचा कि चाहे जो कुछ भी हो, बग्गा फिर भी अपना है। मुझे उसे

आनेवाले झंझट से ख़बरदार कर देना चाहिए। सब-कुछ जान लेने के बाद तुम जो क़दम भी उठाना चाहो उसमें मैं तुम्हें रोक नहीं सकता।''

बग्गासिंह ने मन में सोच रखा था कि रामप्यारी के पति का सफ़ाया ही कर दिया जायेगा। न रहे बाँस और न बजे बाँसुरी। इसके बाद जो होगा, सो देखा जायेगा।

चन्नन दरवाज़े की ओर बढ़ा तो रामप्यारी बोल उठी, ''रुकिये!''

चन्नन के क़दम रुक गये, और वह मुड़कर पीछे की ओर देखने लगा।

रामप्यारी ने आँचल सँभालते हुए पूछा, ''क्या आप उसे यहाँ नहीं ला सकते? मैं ख़ुद ही उससे बातचीत करना चाहती हूँ।''

चन्नन बोला, ''उसे यहाँ पर कोई आपत्ति तो होनी नहीं चाहिए। यह तो बहुत ही अच्छा है। पति-पत्नी की आमने-सामने बात हो जाये तो किसी और को इस झगड़े में पड़ने की ज़रूरत ही नहीं रहेगी।—लेकिन, शर्त यह है कि अगर मैं उसे यहाँ ले आऊँ तो उसकी सुरक्षा की ज़िम्मेदारी भी मुझ ही पर होगी। जब तक वह मेरे साथ रहे, तब तक किसी को उस पर उँगली उठाने की भी जुर्रत नहीं होनी चाहिए।''

यह कहते-कहते चन्ननसिंह ने बग्गे की ओर देखा। रामप्यारी उसका मतलब समझते हुए बोली, ''इस बात से निश्चिन्त रहिये। मैं इसकी ज़िम्मेदारी लेती हूँ।''

बग्गा ख़ामोश रहा, और चन्नन लाठी सँभालकर वहाँ से चल दिया।

अकेले रह जाने पर बग्गे ने रामप्यारी से पूछा, ''तुम ख़ा-म-ख़ाह घबरा गयीं...उसे यहाँ बुलवाने की क्या ज़रूरत थी?''

''जो मामला बातचीत से तय हो जाये, वही ठीक है। मैं नहीं चाहती कि वह पुलिस को लेकर यहाँ आये।''

''जब मैं पुलिस से नहीं डरता तो तुम्हें क्यों परेशानी हो रही है?''

''मैं आपकी बदनामी नहीं चाहती।''

''मैं पहले से ही बदनाम हूँ। पुलिस के आ जाने से मेरी बदनामी में कोई फ़र्क़ नहीं पड़ेगा।''

''मगर वे मुझे यहाँ से ले तो जा सकते हैं। अगर आप खुल्लम-खुल्ला पुलिस से भिड़ भी जायें तो इससे कोई लाभ नहीं होगा। अंग्रेज का राज्य है। इस बात का क्या फ़ायदा कि आप पुलिस से टक्कर लेकर मुसीबत में भी फँसें और मैं भी हाथ से निकल जाऊँ।''

''तुम हाथ से कैसे निकलोगी। मैं तुम्हें यहाँ से ग़ायब कर दूँगा। मैं पुलिस से कह दूँगा कि बेशक रामप्यारी आज तक अपनी इच्छा से मेरे पास रहती थी, लेकिन अब वह न जाने कहाँ चली गयी। पुलिस पूछ-ताछ के बाद दफ़ा हो जायेगी और मैं फिर तुमको यहीं पर ले आऊँगा।''

''अगर पुलिस फिर आ गयी तो?''

''मैं तुम्हें फिर ग़ायब कर दूँगा—सोचने की बात यह है कि पुलिस को इतनी फ़ुरसत नहीं कि वह बार-बार मेरे घर के चक्कर लगाती रहे। मेरे पास ऐसे आदमी हैं जो पुलिस

के यहाँ पहुँचने से पहले ही मुझे सावधान कर सकते हैं। मैं पूछता हूँ कि पुलिस कब तक यह आँख-मिचौली खेलती रहेगी, और कब तक तुम्हारा यह पति यहाँ सिर टकराता रहेगा। चाहे वह चन्ननसिंह की सुरक्षा ही में रहे, मैं मौक़ा पाकर उसके हाथ-पाँव तुड़वा दूँगा। उसे घबराकर तुम्हारे बिना ही यहाँ से लौटना पड़ेगा।''

''इस झंझटबाज़ी का क्या फ़ायदा!...उसे आने तो दीजिये। सब बातें आमने-सामने हो जायेंगी।''

बग्गे को रामप्यारी के ये विचार पसन्द नहीं आये। काफ़ी देर तक उन दोनों की बहस चलती रही, यहाँ तक कि मंगल ने आकर ख़बर दी कि चन्नन रामप्यारी के पति को लेकर चला आ रहा है।

जब चन्ननसिंह सेहन में आया तो उसके साथ चालीस-बयालीस वर्ष का पिलपिले शरीरवाला एक आदमी था, जिसने चूड़ीदार पायजामा, रेशमी कमीज़ और गर्म बास्केट पहन रखी थी। सिर पर काले रंग की किश्तीनुमा टोपी थी, और पाँव में पम्प शू थे। उसके मुँह में पान के बीड़े ठुँसे हुए थे, और हाथ में पानदान था।

आते ही चन्नन ने कहा, ''मैं अकेला आया हूँ, ताकि पति-पत्नी इतमीनान से बातचीत कर सकें। मुझे उम्मीद है कि मैंने जो शर्त रखी थी, वह आप लोगों को याद होगी।''

बग्गासिंह चुपचाप पलँग से उठ खड़ा हुआ और नये आदमी की ओर यूँ देखने लगा जैसे भेड़िया बकरी के बच्चे को देखता है। रामप्यारी ने बग्गे को इस बात पर राज़ी कर लिया था कि वह बातचीत में टाँग नहीं अड़ायेगा।

वे चारों पसार में बैठ गये, क्योंकि धूप सारे सेहन में फैल चुकी थी।

चन्ननसिंह ने नये आदमी का परिचय देते हुए बताया कि उसका नाम पारसनाथ है।

शक्ल-सूरत से पारसनाथ काफ़ी गम्भीर मालूम होता था। उसका स्वर और बोलने का अन्दाज़ भी गम्भीर था। उसने बड़े सहज़ ढंग से पत्नी से बात आरम्भ की, ''देखो रामप्यारी, तुम्हें इस तरह चुपचाप घर से नहीं भागना चाहिए था। तुम्हारी इस हरकत से मेरे साथ-साथ तुम्हारे घरवालों और तुम्हारे ख़ानदान की भी बेइज़्ज़ती हुई। तुम्हें यह नहीं भूलना चाहिए कि तुम एक जाने-माने ख़ानदान की लड़की हो।''

रामप्यारी ने बड़ी दिलेरी से उत्तर दिया, ''इस सारी बदनामी का कारण तो आप ख़ुद हैं।''

पारसनाथ ने उसी ठहरे हुए अन्दाज़ में कहा, ''रामप्यारी, मैंने तो तुमसे केवल विवाह किया है। न तुम मेरे पास रहीं, न तुमने मेरे बारे में कुछ जानने की कोशिश की, तो फिर इसमें मेरा क्या दोष है। शादी करना तो कोई पाप नहीं है। हाँ, मेरे घर में रहकर अगर तुम्हें कोई परेशानी होती तो तुम मुझ पर दोष धर सकती थीं। तुमने तो मुझे आज़माकर देखा ही नहीं कि मैं कैसा आदमी हूँ। मुझे इस बात का मौक़ा ही नहीं दिया और अपने-आप ही में भड़क उठीं।''

"सौ बात की एक बात यह है कि आप जो कुछ भी हैं, मैं आपसे शादी नहीं करना चाहती थी। मुझे इस बात का दावा नहीं है कि आप बुरे आदमी हैं या अच्छे...मेरी तो सीधी-सीधी बात यह है कि जब आपको यह मालूम हो चुका था कि मैं आपको पसन्द नहीं करती तो फिर आपने मेरे माँ-बाप और दूसरे रिश्तेदारों पर ज़ोर डालकर मुझसे शादी क्यों की?"

पारसनाथ पल-भर चुप रहकर बोला, "तुम मुझे अच्छी लगती थीं, इसलिए मैंने शादी की। मुझे पूर्ण विश्वास था, और अब भी है कि मेरे पास कुछ दिन रह लोगी तो तुम्हें मुझमें कोई बुराई नज़र नहीं आयेगी। तुम्हारा जीवन सुखी रहेगा।"

"मैंने भी दृढ़ निश्चय कर लिया था कि अगर ज़बरदस्ती मेरी शादी की गयी तो मैं आपसे कोई मतलब नहीं रखूँगी।"

"बग़ैर किसी को जाने-बूझे उसके विषय में कोई भी निर्णय करना तुम्हें शोभा नहीं देता।"

"मुझे क्या शोभा देता है और क्या शोभा नहीं देता, यह मैं भली-भाँति समझती हूँ। आप ही मुझे बताइये कि यह जानते हुए कि मैं आपको पसन्द नहीं करती मुझसे ज़बरदस्ती शादी करना आपको शोभा देता है?"

"मैं स्वीकार करता हूँ कि इस तर्क का मेरे पास कोई उत्तर नहीं है। मैं केवल इतना ही कह सकता हूँ कि तुम्हारी सुन्दरता ने मुझ पर जादू कर दिया था।"

"इसका मतलब यह हुआ कि अगर किसी मर्द को कोई लड़की पसन्द आ जाये तो वह हर ग़लत तरीक़े से भी उससे शादी कर सकता है। और अगर लड़की को आदमी पसन्द न हो, तो वह किसी तरह भी उसके चंगुल से बच नहीं सकती।"

बग्गे को रामप्यारी की यह बात कुछ अजीब-सी लगी, क्योंकि उस ज़माने में औरतों की हैसियत बेज़बान भेड़-बकरियों से अधिक नहीं समझी जाती थी। ऐसी स्थिति में रामप्यारी का तड़ाक-फड़ाक बातें करना बग्गे को अजीब भी लगा और अच्छा भी लगा। आख़िर वह उस मोहिनी पर मरता था।

पारसनाथ ने रामप्यारी से कहा, "देखो, जो होना था सो हो चुका। बीसियों व्यक्तियों के सामने मेरी-तुम्हारी शादी हुई...।"

रामप्यारी बात काटकर बोली, "वह इसलिए कि मुझे माँ-बाप ने मजबूर कर दिया था। मगर शादी की रस्म पूरी होते ही मुझे यूँ लगा जैसे किसी ने मुझे आग के लपकते हुए शोलों में फेंक दिया है।"

"लेकिन शादी तो हो गयी न!"

रामप्यारी भड़ककर बोली, "ज़ोर-ज़बरदस्ती और धोखेबाज़ी की यह शादी...शादी नहीं डाका है।"

पारसनाथ ने अपने दिमाग़ में ज़रा भी गर्मी नहीं आने दी, और उसी सहज स्वर में बोला, "तुम्हारा ऐसा समझना ही तो तुम्हारी भूल है। मेरी मोहब्बत का अन्दाज़ा तुम

इसी बात से लगा सकती हो कि तुम्हारी इन सारी हरकतों और बदनामी के बावजूद मैं तुम्हें अपनाने के लिए तैयार हूँ।''

रामप्यारी चिल्लाकर बोली, ''मैं कहती हूँ कि मेरे जैसी बदनाम औरत को घर ले जाकर क्या करोगे? मुझे मेरे हाल पर छोड़ दो।''

''नहीं, मैं अपनी पत्नी को यहाँ छोड़ नहीं सकता। जिस काम के लिए मैं सैकड़ों मील से यहाँ तक आया हूँ, उसे पूरा करके ही छोड़ूँगा। अगर तुम सुलह-सफाई से मेरे साथ चलने के लिए तैयार न हुईं तो मुझे मजबूरन क़ानून का सहारा लेना पड़ेगा।''

कुछ देर के लिए शान्ति छा गयी। तब रामप्यारी ने बग्गे को संकेत किया और वे दोन्नों पिछवाड़ेवाली कोठरी में चले गये। रामप्यारी ने पहले तो अपनी काली और मोटी-मोटी आँखें बग्गे की आँखों में डाल दीं और फिर उसके दोनों हाथ अपने हाथों में लेती हुई बोली, ''मेरे ख़याल में अभी मैं इसके साथ चली ही जाऊँ तो अच्छा है।''

यह सुनकर बग्गासिंह अनायास ही इस तरह पीछे को हटा जैसे उसे नाग ने डस लिया हो, बोला, ''मैं तुम्हें हरगिज़ नहीं जाने दूँगा रामप्यारी!...मैं केवल तुम्हारी ख़ातिर इतनी देर से उसकी टर्र-टर्र सुन रहा हूँ। तुमने बग्गासिंह के हाथ नहीं देखे हैं। मैं तो इसे ज़िन्दा ही धरती में गाड़ दूँगा, या इसके टुकड़े-टुकड़े करके अन्धे कुएँ में फिंकवा दूँगा।''

रामप्यारी ने माथे पर बल डाल लिये और कुछ रूठने के अन्दाज़ से उसके दोनों हाथों को झटका देकर बोली, ''जाओ! आपकी इसी प्रकार की बातें तो मुझे पसन्द नहीं हैं। ज़रा मेरी तबीयत को समझने की भी तो कोशिश कीजिये।''

''तो तुम यह चाहती हो कि मुझे छोड़कर उस लफंगे के साथ चली जाओ और मैं यहाँ टापता रह जाऊँ।''

रामप्यारी ने झट से अपना कोमल हाथ उसके मुँह पर रखते हुए कहा, ''आपको छोड़ने की बात तो मैं सोच भी नहीं सकती।''

''यह क्या तमाशा है? ख़ुद ही तो कह रही हो कि मैं उसके साथ चली जाऊँगी।''

''ओ हो! आप मेरा मतलब नहीं समझे। मैं उसके साथ वापस अपने गाँव को नहीं जाऊँगी, मैं इसी गाँव में रहूँगी। सिर्फ़ आपके घर से निकलकर चन्ननसिंह के मकान में चली जाऊँगी। चन्ननसिंह ने उसको भी उसी मकान में ठहराया होगा जो उसने मुझे दे रखा था।''

''फिर?''

''मैं चाहती हूँ कि वह कोई क़ानूनी कार्यवाही न करने पाये। पुलिसवाला झंझट भी मुझे पसन्द नहीं है। मैं अकेले में उसे अच्छी तरह समझा दूँगी कि मैं किसी भी शर्त पर उसके साथ रहने को तैयार नहीं हूँ। उसे यह भी समझाना पड़ेगा कि अगर वह मुझे ज़बरदस्ती अपने साथ ले भी गया तो उसका कोई अच्छा नतीजा नहीं निकलेगा और वह कभी सुख नहीं भोग पायेगा।''

बग्गासिंह को यह तरकीब पसन्द तो नहीं थी लेकिन उसे रामप्यारी का भी बहुत ख़याल था। वह नहीं चाहता था कि रामप्यारी का मन उससे उखड़ जाये। उसने धीरे से पूछा, ''अगर तुम्हारे समझाने पर भी वह न माना तो?''

''तो क्या!...आप तो यहीं पर हैं न। मैं आपको ख़ुफ़िया सन्देश भेज सकती हूँ। अगर मैं आपसे एकाध बार मिलना भी चाहूँगी तो वह मुझे नहीं रोकेगा। मतलब यह कि अगर वह अपनी ज़िद पर अड़ा रहा तो हम दोनों कोई नयी योजना बना लेंगे। ज़रूरत पड़ी तो मैं चन्ननसिंह के मकान से रात के अँधेरे में निकल आऊँगी। आप मुझे किसी ख़ुफ़िया जगह पर छिपा दीजियेगा।''

''मैं तो अब भी तुम्हें छिपा सकता हूँ। फिर इतना लम्बा झंझट करने की क्या ज़रूरत है?''

''आप समझे नहीं। अगर मैं यहाँ से ग़ायब हो जाऊँ तो इसका दोष आप पर लगेगा। लेकिन अगर मैं चन्ननसिंह के मकान से भाग जाऊँ तो आप कह सकते हैं कि मेरे घर से तो उसे उसका पति ले गया था, अब मैं उसके विषय में कुछ नहीं जानता।''

बग्गा चुपचाप उसकी आँखों में आँखें डाले उसे देखता रहा। उसे लगा कि रामप्यारी केवल अनुपम सुन्दरी ही नहीं थी, अपितु चतुर भी थी।

रामप्यारी ने अपनी एड़ियाँ उठाकर दोनों बाज़ू बग्गे के गले में डालते हुए कहा, ''अब आप कुछ न बोलियेगा। मेरी यह तरकीब बहुत अच्छी है। मेरा आदमी मक्कार है। आपकी ज़बानी मुझे यह भी पता चल गया है कि चन्ननसिंह भी धोखेबाज़ है। ऐसे लोगों से सीधी तरह से निबटा नहीं जा सकता। धोखेबाज़ी का जवाब धोखेबाज़ी से ही देना चाहिए।''

उस हसीन फूल को अपने गले का हार बना देखकर बग्गे के दिमाग़ पर फिर से नशा छा गया। वह भारी स्वर में बोला, ''अच्छा रामप्यारी, तुम यही चाहती हो तो ठीक है...मैं कुछ नहीं बोलूँगा।''

आपस में सलाह-मशविरा करके वे दोनों कोठरी से निकलकर पसार में आ गये। चन्ननसिंह और पारसनाथ की आँखें उनकी ओर उठ गयीं। रामप्यारी आगे-आगे थी और बग्गासिंह पीछे-पीछे।

रामप्यारी ने उन दोनों से तो कुछ नहीं कहा, उसने दरवाज़े में से झाँककर सेहन में खड़े मंगल को बारीक़ स्वर में बुलाया, ''मंगल!''

''हाँ, दीदी।''

मंगल दरवाज़े में आ खड़ा हुआ। रामप्यारी बोली, ''भाई, अपना सारा सामान समेट लो। हम यहाँ से जा रहे हैं।''

यह सुनकर पारसनाथ और चन्ननसिंह के चेहरे खिल उठे।

रामप्यारी ने चन्ननसिंह से पूछा, ''इन्हें आपने कहाँ ठहराया है?''

"वहीं, उसी मकान में जिसमें तुम रह चुकी हो।"

"ठीक है।"

मंगल ने बड़ी फुर्ती से धुले हुए कपड़ों की गठरी अलग बाँधी और मैले कपड़ों की अलग। सामान बहुत थोड़ा था, जिसे मंगल ने आसानी से उठा लिया। पानदान रामप्यारी ने अपने हाथ में ले लिया। इस तरह इन चार व्यक्तियों का छोटा-सा क़ाफ़िला घर से निकल पड़ा। जाते समय चन्ननसिंह ने कहा, "चलो, सारी बात शान्ति से तय हो गयी।"

बग्गासिंह चुप रहा। रामप्यारी ने केवल एक उचटती हुई नज़र उस पर डाली, और फिर वह मुँह फेरकर चल दी।

बग्गासिंह सेहन में खड़ा उन सबको जाते हुए देखता रहा। खेतों में चलते-चलते वे उसकी नज़रों से ओझल हो गये। बग्गासिंह के मन की अजीब-सी दशा हो रही थी। उसका दिल उनके साथ ही खिंचा चला जा रहा था। उसे लग रहा था जैसे अब उसे रामप्यारी फिर कभी भी दिखायी नहीं देगी।

3

बग्गासिंह का मन सारा दिन उड़ा-उड़ा-सा रहा। कहाँ तो रामप्यारी की मदभरी आँखें उसे नशा पिलाया करती थीं, और कहाँ अब उसे सारे घर में भूत नाचते नज़र आते थे। इधर-उधर मटरगश्ती करके उसने सारा दिन गुज़ार दिया। अँधेरा पड़ने पर इस बात की आशा बँधी कि रामप्यारी उसे कोई-न-कोई सन्देश भेजेगी। एक-एक पल गुज़ारना मुसीबत बनकर रह गया। दिन में तो खेतों, रहट, या घर पर इधर-उधर के कामों में उसका ध्यान बँटा रहा, मगर रात ने तो मानो बड़ा ही भयंकर रूप धारण कर लिया। रामप्यारी के साथ इतने दिनों तक उसने जीवन का जो आनन्द पाया था, अब गोया उसी का उसे दण्ड मिल रहा था। स्वप्न में भी उसे इस बात का अनुभव नहीं हुआ था कि एक घड़ी ऐसी भी आयेगी जब उसे इतना दुःख सहना पड़ेगा।

पल-पल गिनते आधी रात गुज़र गयी। सारे गाँव में कुत्तों के भौंकने की आवाज़ें सुनायी दे रही थीं। पहले उसने कभी कुत्तों के भौंकने की ओर ध्यान ही नहीं दिया था...और आज वह शोर उसे बड़ा ही भयंकर लग रहा था। इस ख़याल से कि कहीं रामप्यारी बुरा न माने, उसने पता लगाने के लिए किसी को नहीं भेजा। परेशानी तो इस बात की थी कि रामप्यारी को क्यों ख़याल नहीं आया कि उसका प्रेमी उसके बिना व्याकुल हो रहा होगा।

सारी रात आँखों में कट गयी। वह घरवाले तबेले के कमरे में ही लेटा रहा था। जब भोर का तारा चमका तो वह अपने शरीर पर मोटा-सा खेस लपेटकर रहट के तबेल की ओर चल दिया। निकट पहुँचा तो उसकी आँखें अनायास ही उस छोटे-से घर की ओर

उठ गयीं जिसमें रामप्यारी कुछ सप्ताह गुज़ार चुकी थी। क्या यह सम्भव नहीं था कि रात को किसी समय वह अपने इस प्यारे मकान में लौट आयी हो। यह जानते हुए भी कि ऐसा होना असम्भव था, वह मकान की ओर खिंचता चला गया। दिल की धड़कन भी बढ़ गयी। जब दरवाज़े में घुसा तो सेहन सुनसान पड़ा था और दरवाज़े के कुण्डे पर ताला लटक रहा था। याद आया कि ताले की चाबी भी तो उसी के पास थी।

सेहन में टहलते-टहलते दिन चढ़ आया। सूर्य की प्रथम किरण चमकी तो उसे हवेलीराम जाता दिखायी दिया। खद्दर की चादर लपेटे, मुँह में दातुन ठूँसे वह खेत में हगने जा रहा था। उस समय तो बग्गा कुछ नहीं बोला, मगर जब वह लौटकर आया तो बग्गे ने उसे आवाज़ दी। हवेलीराम ने निकट आकर पूछा, "क्या बात है सरदार जी?"

"रात को मंगल तो इधर नहीं आया था?"

"नहीं।"

"रामप्यारी का कोई सन्देश यहाँ नहीं पहुँचा?"

"नहीं।"

बग्गासिंह जानता था कि रामप्यारी का सन्देश उसे घर पर भी मिल सकता था, फिर भी वह अपनी तसल्ली के लिए पूछ-ताछ करता रहा, "तुमने कल सारा दिन या रात को उनमें से किसी को नहीं देखा...मेरा मतलब मंगल और रामप्यारी से है।"

"मैं तो खेतों में ही रहा। मुझे कुछ मालूम नहीं।"

"अच्छा तो तुम हाथ-मुँह धोकर मेरे पास आओ।"

थोड़ी देर बाद हवेलीराम आया तो बग्गे ने कहा, "तुम ज़रा रामप्यारी का पता तो लगाओ।"

"कहाँ से?"

"तुम जानते हो कि वह चन्ननसिंह के दिये मकान में रहती थी?"

"जी हाँ, वह मकान मेरा देखा हुआ है।"

"बस...तो तुम मकान तक हो आओ। ज़रा भीतर झाँक लेना। मंगल या रामप्यारी की नज़र तुम पर पड़ेगी तो वे कुछ-न-कुछ ज़रूर कहेंगे।"

"बहुत अच्छा।"

"मगर तुम बड़ी फुर्ती से जाओ और फुर्ती से ही लौटकर आओ। मैं इन्तज़ार कर रहा हूँ।"

हवेलीराम अपनी लम्बी-लम्बी टाँगों से क़दम उठाता हुआ गाँव की ओर लपका। बग्गा पसारेवाले पलँग पर लेट गया और अपने ख़यालों में खो गया।

थोड़ी देर बाद उसे भारी क़दमों की आहट सुनायी दी। उसने ज़रा-सा सिर ऊपर को उठाया तो सेहन में लद्धासिंह और वरियामसिंह आते दिखायी दिये। भीतर घुसते ही उन दोनों ने चारों ओर देखा फिर लद्धे ने पूछा, "रामप्यारी कहाँ गयी?"

बग्गे ने उत्तर दिया, "क्या तुम्हें मालूम नहीं कि उसका आदमी उसे लेने आया था?"

"वह तो मालूम है—लेकिन रामप्यारी यहाँ से जाने को राज़ी कैसे हुई?"

बग्गे ने सारा क़िस्सा कह सुनाया।

वे तीनों इसी विषय पर बातें करते रहे। वे सेहन में फैली हुई धूप में आ बैठे। बग्गे की आँखें दूर गाँव पर लगी हुई थीं। उसे यूँ महसूस होता था जैसे हवेलीराम ने लौटने में बहुत देर कर दी।

आख़िर हवेलीराम आता दिखायी दिया। यह बड़ी तेज़ी से क़दम उठा रहा था, और जब वह उनके पास पहुँचा तो हाँफ रहा था। आते ही बोला, "रामप्यारी तो उस मकान में नहीं है।"

बग्गे को यह बात बड़ी अजीब लगी। उसने पूछा, "और मंगल?"

"वह भी नहीं था—वहाँ होता कौन! दरवाज़े पर तो ताला पड़ा हुआ था।"

बग्गा चारपाई से उठ खड़ा हुआ। उसने अपने साथियों की ओर देखते हुए कहा, "लगता है कि चन्ननसिंह ने रामप्यारी और उसके आदमी को अपने घर ही में ठहराया है। तुम लोगों का क्या ख़याल है?"

वरियामसिंह बोला, "हाँ, दाल में कुछ काला है।"

बग्गे ने पलटकर हवेलीराम से पूछा, "तुम चन्ननसिंह के घर पर तो नहीं गये?"

"इस बात का ख़याल तो आया था, लेकिन मैं गया नहीं। मैंने सोचा कि शायद ऐसा करना ठीक नहीं होगा...अगर आप कहें तो मैं अब चन्ननसिंह के घर चला जाता हूँ।"

दो पल सोचकर बग्गा बोला, "नहीं, तुम्हारे जाने की कोई ज़रूरत नहीं।"

हवेलीराम चुपचाप खेतों की ओर चल दिया।

बग्गे ने अपने साथियों की ओर देखते हुए कहा, "मैंने सारा मामला तुम लोगों के आगे रख दिया है। इस विषय में तुम लोगों की क्या राय है?"

वरियामसिंह ने कहा, "हमारी राय क्या हो सकती है? हम तो तुम्हारे साथ हैं।"

लद्धासिंह बोला, "अगर तुम राय लेना ही चाहते हो तो फिर किशनसिंह से ही सलाह-मशविरा करो...देखो। वह इधर ही चला आ रहा है।"

किशनसिंह निकट पहुँचा तो उन सबकी शक्लें देखकर कहने लगा, "बात क्या है? आज तुम सब बड़े गम्भीर नज़र आ रहे हो?"

अबके लद्धासिंह ने सारी बात कह सुनायी, और अन्त में बोला, "अब बग्गासिंह हमारी राय जानना चाहता है। तुम ही सयाने हो, कुछ बताओ कि अब क्या करना चाहिए।"

किशनसिंह ने बग्गे की ओर देखकर कहा, "पहले तो यह पता लगाना चाहिए कि रामप्यारी कहाँ है? दो-तीन बातों में से एक ही हो सकती है। या तो रामप्यारी चन्ननसिंह के घर में है, या चन्ननसिंह ने पति-पत्नी को कहीं छिपा दिया है, या फिर वे यहाँ से भाग निकले हैं।"

बग्गासिंह बोला, "मेरे ख़याल में रामप्यारी चुपचाप यहाँ से भाग नहीं सकती। वह अपने आदमी का त्याग करके ही तो यहाँ आयी थी, भला अब उसी के साथ वापस कैसे लौट जायेगी?"

किशनसिंह ने उत्तर दिया, "मुझे इस बात का दावा तो नहीं है कि वह अपने पति के साथ भाग गयी है। मैंने केवल वे बातें बतायी हैं जो सम्भव हो सकती हैं—बेहतर तो यही होगा कि तुम ख़ुद चन्ननसिंह के घर जाकर इस बात का पता लगाओ।"

"मैं ख़ुद जाऊँ?" बग्गासिंह बोल उठा।

किशनसिंह ने कहा, "इसमें झिझक की बात ही क्या है! जब चन्ननसिंह तुम्हारे यहाँ आ सकता है तो तुम वहाँ क्यों नहीं जा सकते?"

बग्गासिंह सेहन में धीरे-धीरे इधर-उधर टहलता रहा। वह गहरी सोच में डूबा हुआ था। आख़िर उसने कहा, "ठीक है, मुझे ख़ुद ही जाना पड़ेगा।"

किशनसिंह ने राय दी, "तुम्हारा जाना इसलिए भी ज़रूरी है कि कल चन्ननसिंह और रामप्यारी से केवल तुम्हारी ही बातचीत हुई थी।"

बग्गासिंह के मन की उत्सुकता बहुत बढ़ चुकी थी। अब एक पल चैन से बैठना उसके लिए असम्भव था। उसने तहमद को ज़रा कसकर बाँधा और हाथ में लाठी लेकर गाँव की ओर चल दिया। लद्धासिंह ने पीछे से आवाज़ देकर कहा, "अच्छा तो हम भी अपने-अपने काम पर जाते हैं। अगर हमारी ज़रूरत पड़ी तो हम फ़ौरन तुम्हारे पास पहुँच जायेंगे।"

बग्गासिंह ने कोई उत्तर नहीं दिया, और वह लम्बे-लम्बे डग भरता हुआ गाँव की ओर बढ़ता गया। गलियों में चक्कर लगाता हुआ वह चन्ननसिंह के मकान के सामने पहुँच गया। दरवाज़ा खुला पाकर वह बिना रुके भीतर चला गया।

सेहन में चन्ननसिंह चारपाई डाले बैठा था। इसे देखते ही वह बोला, "आ बग्गा! मैं जानता था कि तुम ज़रूर आओगे।"

बग्गासिंह को चन्ननसिंह का हर शब्द ज़हर में बुझा हुआ लगा। चन्नन फिर बोला, "इस तरह क्यों खड़े हो? चारपाई पर बैठ जाओ न।"

बग्गासिंह बहुत धीरे से नीचे को झुकता हुआ चारपाई पर बैठ गया। उसकी नज़रें चारों ओर घूम रही थीं। चन्ननसिंह के घर की औरतें इधर-उधर काम करती फिर रही थीं, लेकिन बग्गासिंह से सम्बन्ध खराब होने के कारण उनमें से किसी ने उससे एक बात तक नहीं की।

बग्गासिंह ने पूछा, "तुम यह कैसे जानते थे कि मैं यहाँ आऊँगा?"

बग्गा चन्नन का इशारा तो समझ चुका था, उसने केवल बात चलाने की ख़ातिर ये शब्द कह डाले।

चन्नन ने एक हलका-सा बनावटी क़हक़हा लगाते हुए उत्तर दिया, "इस बात का अनुमान लगाना कि तुम ज़रूर आओगे, ऐसी कठिन बात तो नहीं। मेरी जगह तुम होते तो तुम्हें भी यह समझने में देर नहीं लगती।"

बग्गा हँसी-मज़ाक के मूड में नहीं था। उसके मन में तो केवल एक ही उलझन थी कि रामप्यारी कहाँ है।

सबके सामने इस विषय पर बात करना उचित न समझते हुए बग्गे ने कहा, "चन्नन! मकान से बाहर आओ...तुमसे कुछ बातें करनी हैं।"

चन्ननसिंह तुरन्त उठकर खड़ा हो गया। जब वे गली में पहुँचे तो चन्नन बोला, "मुझे मालूम है कि तुम क्या जानना चाहते हो।"

बग्गे ने कठोर स्वर में कहा, "जब तुम इस बात को जानते ही हो तो फिर उत्तर भी दे दो।"

"उत्तर यह है कि अब रामप्यारी की तलाश करना बेकार है।"

बग्गे ने महसूस किया जैसे चन्नन ने बीच खेत के उसे ललकारा है। बिगड़कर बोला, 'क्यों'?"

"इसलिए कि वह यहाँ नहीं है।"

बग्गे के पाँव के नीचे से मानो धरती खिसक गयी। वह जल्दी से बोला, "मैं यह बात हरगिज़ नहीं मान सकता।"

"यह कोई ऐसी अनहोनी बात तो नहीं कि तुम इसे मानने से ही इनकार कर दो।"

"तुमने ज़रूर उसे कहीं छिपा दिया है।"

"बग्गे! मैं ऐसी नीयत का आदमी नहीं हूँ। मेरी अपनी बीवी है, बच्चे हैं। यह काम तो कोई ऐसा बाँका ही कर सकता है, जिसे बीवी न मिलती हो।"

बग्गा गुस्से से लाल-पीला होकर बोला, "देखो चन्नन, मैं यहाँ इसलिए नहीं आया कि तुम मुझ पर चोटें करो। मैं अपनी सीधी-सादी बात का सीधा-सादा उत्तर चाहता हूँ।"

"सीधा-सादा उत्तर यह है कि रामप्यारी अपने पति के साथ वापस लौट गयी है।"

"यह असम्भव है।"

"यह असम्भव नहीं है...यूँ क्यों नहीं कहते कि तुम्हारा मन इस बात को स्वीकार नहीं करना चाहता।"

बग्गा टकटकी बाँधकर चन्नन के चेहरे की ओर देखने लगा...जैसे वह उसकी खोपड़ी में घुसकर वास्तविकता को पा जायेगा। आख़िर उसने फिर पूछा, "वह रात-भर कहाँ रही थी?"

"यह बताना मेरे लिये असम्भव है।"

"क्यों?"

"इसलिए कि वह रात यहाँ थी ही नहीं। कल दिन ढले वह मंगल और अपने पति के साथ पैदल चलकर पक्की सड़क पर पहुँची। वहाँ से उन्हें शेखूपुरे को जाती हुई लारी मिल गयी। वे तीनों लारी में बैठ गये थे। मेरा ख़याल है कि अब तो वे लाहौर से गाड़ी में बैठकर अपनी मंज़िल को चल दिये होंगे।"

यह सुनकर बग्गासिंह का चेहरा उतर गया। उसका दिल यह मानने को तैयार नहीं था कि रामप्यारी इतनी आसानी से उसे छोड़कर चली गयी थी। वह ऐसी औरत नहीं थी। वह उससे बेवफ़ाई नहीं कर सकती थी। अपने पति को वह स्वयं ही छोड़कर हरिपुरे में आयी और स्वयं ही उसने मोहब्बत जतलायी। उससे किसी ने ज़ोर-ज़बरदस्ती नहीं की। जिस पति से वह घृणा करती थी, भला उसी के साथ वह चुपचाप उसे छोड़कर कैसे चली गयी। बग्गे ने यही बात चन्नन से कही तो उसने उत्तर दिया, "मैंने माना कि अपने पति के प्रति उसके मन में कुछ ग़लतफ़हमी थी और वह तुम्हारी ओर झुक गयी थी, लेकिन मन में वह भली-भाँति जानती थी कि पारसनाथ के साथ वह शादी के बन्धन में बँध चुकी थी। ठीक है, तुमने रामप्यारी को कोई पट्टी पढ़ायी होगी... लेकिन अकेले में पारसनाथ ने भी उसे इस समस्या का ऊँच-नीच समझा दिया होगा।"

बग्गा तीव्र स्वर में बोला, "इसमें सरासर तुम्हारी शरारत है।"

"अगर तुम इसमें मेरी शरारत ही समझते हो तो मेरे लिये कुछ कहना-सुनना बेकार है। मैंने तो तुम्हें किसी बात के लिए मजबूर नहीं किया। तुम चाहते तो नतीजे की चिन्ता किये बिना रामप्यारी को अपने घर से निकलने ही न देते। मैं नहीं जानता था कि रामप्यारी ने तुम्हें क्या समझाया-बुझाया, लेकिन यह बात तो स्पष्ट है कि तुमने ख़ुद उसे जाने की इजाज़त दे दी..."

"उसने मुझे विश्वास दिलाया था कि वह पारसनाथ के साथ नहीं जायेगी।"

"इसके बावजूद वह चली गयी—इस बात का उत्तर भी रामप्यारी ही दे सकती है, मैं नहीं।"

कोई प्रमाण न होते हुए भी बग्गासिंह को इस बात में चन्नन की ही शरारत महसूस हो रही थी। उसके मन की दशा को भाँपकर चन्नन ने फिर कहा, "बग्गे! ज़रा सोचो तो कि अगर मुझे रामप्यारी से कोई दिलचस्पी होती तो जिन दिनों वह मेरे मकान में रह रही थी, उन्हीं दिनों मैं उससे प्रेम जतलाता। क्या रामप्यारी ने तुमसे एक बार भी कहा था कि मेरी नीयत ठीक नहीं थी?"

बग्गा जानता था कि रामप्यारी ने चन्नन के विषय में कोई ऐसी बात नहीं कही थी। चन्नन बोलता गया, "मोहब्बत आदमी को अन्धा कर देती है। यही हालत तुम्हारी भी हुई। अगर रामप्यारी कुँवारी होती तो फिर कोई समस्या खड़ी न होती। मैंने तुम्हारा भला सोचा था। किसी की ब्याहता औरत को अपने घर में नहीं रखा जा सकता। पारसनाथ पुलिस को लाने की धमकी दे रहा था। पुलिस आ जाती तो तुम्हारी कितनी बदनामी होती। तुम्हारे साथ हम लोगों का भी मुँह काला हो जाता—चाहे तुम्हें बुरा लगे, लेकिन मैं तो यही कहूँगा कि जो हुआ, सो अच्छा हुआ। इसी में तुम्हारी भी भलाई है।"

बग्गा खिसियाकर बोला, "तुम, और मेरी भलाई?...नामुमकिन! मैं तुम्हें अच्छी तरह जानता हूँ।"

चन्ननसिंह बग्गे की खिसियाहट का बड़ा मज़ा ले रहा था। कहने लगा, "बस यही तो दुःख की बात है। आजकल भलाई का बदला भी बुराई में ही मिलता है।"

बग्गा अटल विश्वास के साथ बोला, "रामप्यारी मुझे छोड़कर कभी नहीं जा सकती। वह यहीं कहीं होगी। मैं उसे ढूँढ़ निकालूँगा।"

"ज़रूर ढूँढ़ निकालो। मुझे इस पर कोई आपत्ति नहीं है। रामप्यारी तुम्हारे पास रहे या पारसनाथ के पास—मेरे जूते से! मुझे तो कुछ भी लेना-देना नहीं है। अगर तुम्हारे दिल को यह मानकर तसल्ली होती है कि रामप्यारी यहीं कहीं है तो भी ठीक है।—हाँ, जाते-जाते ज़हीर छीम्बे से पूछ-ताछ कर लेना, क्योंकि वही रामप्यारी का सामान उठाकर उन्हें पक्की सड़क तक छोड़ आया था।"

गुस्से में होंठ काटते हुए बग्गा बोला, "ज़हीर छीम्बे से तो मैं पूछ ही लूँगा। लेकिन तुम्हें भी नहीं छोड़ूँगा।"

चन्नन ने खुसिए खुजाते हुए उत्तर दिया, "ठीक है, मुझसे भी निबट लेना।"

बग्गा आँखों से क़हर की आग बरसाता हुआ विदा हो गया।

छीम्बे वे लोग होते थे जो छोटी-मोटी मेहनत-मज़दूरी का काम करते थे। वे बड़े घरों के कपड़े भी साफ़ करते और खेतों की मज़दूरी भी। उनका गुट गाँव के एक विशेष कोने में रहता था। बग्गा लपकता हुआ सीधा वहीं पर पहुँचा। वह उनके चौधरी के सेहन में जा खड़ा हुआ। चौधरी चारपाई पर बैठा चिमटी से हुक्के की चिलम को कुरेद रहा था। बग्गे को एकाएक ही अपने सामने पाया तो हुक्का परे रखकर वह हड़बड़ाहट में उठ खड़ा हुआ। यूँ तो गाँव के किसी भी ख़ानदानी व्यक्ति का वहाँ आना अचम्भे की बात थी, लेकिन बग्गे जैसे धाकड़ का पहुँच जाना तो मानो तूफ़ान के आने से कम नहीं था।

चौधरी ने अपने कन्धों पर पड़े हुए मैले और फटे हुए खेस को सँभालकर बदन से लपेटा और पूछा, "कहिये सरदार बग्गासिंह जी!...यहाँ कैसे आना हुआ?"

बग्गे ने कठोर स्वर में पूछा, "ज़हीर छीम्बा कहाँ है?"

कुछ उत्तर दिये बिना चौधरी सँकरी और गन्दी-सी गली में दौड़ता हुआ गया और ज़हीर की कोठरी के सामने रुककर ज़ोर-ज़ोर से उसका नाम पुकारने लगा।

ज़हीर छीम्बा पैंतीस-छत्तीस वर्ष का दुबला-पतला व्यक्ति था। वह जल्दी से बाहर निकला तो चौधरी ने अपना चेहरा उसके निकट ले जाकर फुसफुसाकर कहा, "लगता है कि तेरी मुसीबत आयी है।"

"क्यों"? ज़हीर ने कुछ सहमकर पूछा।

"बग्गासिंह आये हैं...उनके तेवर अच्छे नहीं दिखते—"तूने कोई ऐसी-वैसी हरकत तो नहीं की?"

ज़हीर ने दायें-बायें सिर हिलाते हुए उत्तर दिया, 'नहीं चौधरी, मुझे तो ऐसी कोई बात याद नहीं पड़ती—लगता है तुम्हें वहम हो गया है। सरदार बग्गासिंह मुझे कोई काम बताने के लिए आये होंगे।''

''अरे मियाँ! ऐसी ही बात होती तो क्या सरदार जी किसी नौकर को भेजकर तुझे नहीं बुलवा सकते थे?''

ज़हीर को भी महसूस हुआ कि ज़रूर कोई गड़बड़ है। वह धीरे-धीरे बग्गासिंह की ओर बढ़ा और निकट पहुँचकर दोनों हाथ जोड़ दिये।

बग्गे ने छूटते ही पूछा, ''क्यों बे! कल रात तू गाँव से किसी का सामान उठाकर पक्की सड़क तक पहुँचाने गया था?''

''हाँ जी!''

''हाँ जी के बच्चे! कौन थे वे?''

''एक औरत थी और दो आदमी।''

''वही औरत जो चन्ननसिंह के मकान में रहती थी?''

''हाँ जी।''

''क्या तुझे मालूम नहीं था कि अब वह मेरे पास रह रही थी?''

''मालूम था।''

''तो फिर मुझसे पूछे बिना तू उसे सड़क तक पहुँचाने क्यों गया?''

''मुझे इस बात का बिलकुल पता नहीं था कि आपको इस पर आपत्ति होगी। फिर भी मैंने जाने से इनकार किया था।''

''इनकार के बाद भी तू चला गया?''

''बादशाहो! हम तो मज़दूर हैं। हमें चार पैसे देकर कोई भी काम कराया जा सकता है।''

बग्गा भड़ककर बोला, ''अबे मैं काम करने से कहाँ मना करता हूँ...मैं तो यह पूछ रहा हूँ कि जब तूने एक बार इनकार कर दिया तो फिर उनका सामान क्यों ले गया?''

''मुझे मालूम नहीं था कि आप इतना गुस्सा करेंगे, लेकिन मैंने इतना कहा कि कहीं आपको आपत्ति न हो...''

''कहा?...किससे कहा?''

''मैंने उसी आदमी से कहा जो रामप्यारी के साथ था। उस आदमी ने मुझे तसल्ली दी कि इसमें डरने की कोई बात नहीं...यहाँ तक कि सरदार चन्ननसिंह ने भी यही बताया कि यह सब-कुछ आपकी इच्छा से हो रहा है। उन्होंने यहाँ तक कहा कि आपने अपनी मर्ज़ी से रामप्यारी को घर से जाने की आज्ञा दी थी...''

बग्गे ने एकाएक ही अपना पंजा आगे फेंककर ज़हीर के लम्बे-लम्बे पट्ठे दबोच लिये, और दहाड़कर कहा, ''बच्चू! तुझे सब अच्छी तरह मालूम था। धीरे-धीरे सारी बातें कबूल करता जा रहा है। अब तेरी ख़ैर नहीं।''

ज़हीर को कँपकँपी छूट गयी। मिमियाकर बोला, "मुझे तो बीबी रामप्यारी ने भी कहा था कि आपको उसके चले जाने पर कोई आपत्ति नहीं है।

अचानक ही बग्गे ने पंजा खोल दिया, और उसके बाल छोड़कर एक क़दम पीछे हटते हुए कहा, "झूठ!"

"बिलकुल सच!"

यह भारी स्वर पिछवाड़े से सुनायी दिया था।

बग्गे ने पलटकर देखा तो चन्ननसिंह खड़ा नज़र आया।

पहले तो दोनों एक-दूसरे को देखते रहे, और फिर चन्नन बोला, "इस ग़रीब मज़दूर को क्यों धाकड़पना दिखा रहे हो? इसका दोष क्या है?"

"हाँ, दोष तो वास्तव में तुम्हारा ही है। इस सारी साज़िश में तुम्हारा ही हाथ था।"

चन्नन ने सीने को ज़रा फुलाते हुए कहा, "तो फिर तुम हमसे बात करो न।"

"तुमसे बात ज़बान से नहीं होगी..."

"यह तो मैं भी जानता हूँ।"

बग्गासिंह की आँखें अँगारा हो गयीं और वह नाग की तरह फुफकारकर बोला, "चन्ननसिंह! तेरे सिर पर मौत मँडरा रही है।"

"वाह! यह बात तो यूँ कह रहे हो जैसे सबकी ज़िन्दगी और मौत तुम्हारे हाथ में है।"

"अच्छा चन्नन! अब मैं चलता हूँ—तुम्हारी मेरी बात अब बैसाखी के मेले पर होगी। देख ले, तुझे सावधान कर दिया है मैंने, ताकि बाद में तुझको रोने-धोनेवाले यह न कह सकें कि बेचारा चन्नन धोखे में जान से हाथ धो बैठा।"

चन्नन कड़वी हँसी हँसकर बोला, "इससे तो यही बेहतर है कि तुम्हें मौत के घाट उतार दिया जाये, क्योंकि तुम्हें रोने-धोनेवाला सिवाया बूढ़ी भजनो के और कोई नहीं है। सच पूछो तो उसकी भी जान मुसीबत से छूट जायेगी।"

यह सुनकर बग्गासिंह की आँखें ही नहीं, बल्कि उसकी गरदन और चेहरा भी अँगारे की तरह लाल हो गये। बोला, "चन्नन! तुम यह इच्छा मन में ही लिये एक रोज़ चिता पर जा लेटोगे, या मुमकिन है कि तुम्हें चिता भी नसीब न हो और तुम्हारा मांस चील-कौवे खा जायें..."

चन्नन ने महसूस किया कि बग्गा हद से अधिक बढ़ रहा था। उसने तेज़ी से बायाँ हाथ बढ़ाया और बग्गे को गिरेबान से पकड़ लिया। बग्गे ने एक उँगली तक नहीं हिलायी। उसने केवल इतना किया कि पहले एक नज़र अपने गिरेबान पर डाली और फिर क़हर भरी आँखें चन्नन की आँखों में गाड़कर कहा, "मेरा गिरेबान छोड़ दे। याद रख कि अभी वह आदमी पैदा ही नहीं हुआ जो बग्गासिंह की जान ले सके। बग्गा जब मरेगा वाह गुरु अकाल पुरख के हुक्म से मरेगा। वह चन्नन जैसे किसी चूतिया के हाथ से नहीं मरेगा।"

चन्नन शक्तिशाली व्यक्ति था, मगर अपने मन की गहराई में वह जानता था कि कहीं उसी समय भिड़न्त हो गयी तो बग्गासिंह उसकी जान लेने में संकोच नहीं करेगा। उसे तो लोग जन्म का हत्यारा कहते थे।

बग्गे ने अपनी बात दोहरायी, "चन्नन, एक बार फिर कहता हूँ कि मेरा गिरेबान छोड़ दे। तेरी जान तो मेरे हाथ से जायेगी ही...लेकिन अभी नहीं।"

बग्गे की इस ललकार से चन्नन का ख़ून खौलने लगा, मगर उसका हाथ ढीला पड़ गया। उसने गिरेबान छोड़ दिया।

बग्गे ने हाथ से खींच-खाँचकर अपनी कमीज़ के बल ठीक किये और जाते-जाते कहा, "अब हमारी मुलाक़ात बैसाखी के मेले पर होगी। याद रखो कि मेले से हम दोनों जीते-जागते नहीं लौट पायेंगे। केवल मैं ज़िन्दा आऊँगा।"

बग्गासिंह बड़ी सहजता से क़दम रखता हुआ वहाँ से चला गया। चन्ननसिंह पीछे से उसे देखता रहा। उन दोनों में एक बहुत बड़ा अन्तर तो यह था कि चन्नन के कथनानुसार बग्गे का रोने-धोनेवाला कोई नहीं था। चन्नन की गृहस्थी थी। इसके बावजूद उसके जीवन में भी बाज़ क्षण ऐसे आ जाते थे जब वह गृहस्थी को भूलकर मरने-मारने को तैयार हो जाता था। आज भी ऐसा अवसर आ गया था। वह जानता था कि यदि वह अकेला लड़ पड़े तो बग्गासिंह का पलड़ा भारी होने की अधिक सम्भावना थी। बैसाखी के मेले में अपने साथियों की सहायता से वह यह हिसाब चुका सकता था।

4

छीम्बों की गली में चन्नन और बग्गे की झड़प कोई साधारण बात नहीं थी। सन्ध्या तक सारे गाँव में यह बात फैल गयी। शान्तिप्रिय गुट के बड़े-बूढ़ों ने इस पर दुःख व्यक्त किया। आपस में सलाह-मशविरा करके उन्होंने तय किया कि वे चन्नन और बग्गे से अलग-अलग मिलेंगे और उनसे इस लड़ाई-झगड़े को समाप्त करने का अनुरोध करेंगे।

शेरसिंह के कानों तक ये सब बातें पहुँचीं तो उसने अपने साथियों से कहा, "बग्गासिंह और चन्नन की लड़ाई को कोई नहीं रोक सकता। उनमें से एक-न-एक या तो क़त्ल हो जायेगा या अपने हाथ-पाँव कटवा बैठेगा।"

शेरसिंह के साथी जैमलसिंह ने कहा, "रामप्यारीवाला यह काण्ड न होता तो शायद उन दोनों की दुश्मनी ऐसा भयंकर रूप धारण न करती।"

शेरसिंह बोला, "इसमें कुछ सन्देह नहीं कि रामप्यारी के मामले में चन्ननसिंह ने जान-बूझकर बग्गे को चोट पहुँचायी है। कभी-कभी तो मुझे इसमें कोई गहरी साज़िश नज़र आती है।"

शेरसिंह के साथियों की दिलचस्पी बढ़ी। उनमें से सोहनसिंह ने पूछा, 'साज़िश तो यह है न कि चन्ननसिंह ने बग्गासिंह के घर से रामप्यारी को निकलवाने में रामप्यारी

के पति का साथ दिया। फिर रात के अँधेरे में चन्नन की सहायता से ही वे लोग इतने चुपके से खिसककर ग़ायब हो गये कि बग्गासिंह को कुछ पता ही नहीं चला।''

शेरसिंह ने कहा, ''इस साज़िश को बस इतना ही न समझो।''

सोहनसिंह ने पूछा, ''तो क्या इसमें कोई और राज़ भी है?''

शेरसिंह ने उत्तर दिया, ''कोई ऐसा राज़ तो नहीं है जो मुझे ठीक से मालूम हो, लेकिन मेरे मन में ही सन्देह उठ रहा है।''

''क्या?''

शेरसिंह कुछ संकोच से बोला, ''जो कुछ मैं कहूँ इसका किसी और से ज़िक्र नहीं होना चाहिए। कारण यह कि मुझे केवल शक है, निश्चित रूप से कुछ पता नहीं। अगर यह बात इधर-उधर फैल गयी तो हम भी इस झगड़े की लपेट में आ जायेंगे। हमें इसमें कुछ लेना न देना। गुनाह बेलज़्ज़त का क्या फ़ायदा!''

जैमलसिंह ने कहा, ''यह भी तो बताओ कि तुम्हें शक किस बात का है?''

शेरसिंह ने अपने सारे साथियों पर एक नज़र डाली और रहस्यपूर्ण अन्दाज़ में बोला, ''मुझे रामप्यारी घरेलू क़िस्म की औरत नहीं लगी। उसका भाई अपनी शक्ल-सूरत और आदतों के लिहाज़ से बड़ा टुटपुंजिया-सा लगता था। मैंने उस आदमी को भी देखा जिसे चन्ननसिंह रामप्यारी का पति बताता था। उस साले की शक्ल भी रण्डियों के दल्ले (दलाल) जैसी थी...''

यह सुनकर सब लोग चकित रह गये। इस ओर तो उनका ध्यान गया भी नहीं था। उनमें से हर कोई अपने-अपने अन्दाज़ में सोचने लगा कि क्या सचमुच चन्ननसिंह ने बग्गे को तबाह करने के लिए यह जाल बिछाया था?

शेरसिंह के इस सन्देह के विषय में बग्गे को कुछ मालूम नहीं था। वह केवल इतना जानता था कि रामप्यारी के चले जाने से उसके जीवन में अँधेरा छा गया है। इतना समय ऐसी हसीन और जवान स्त्री की मोहब्बत में गुज़ारने के बाद अब उसे एक-एक पल गुज़ारना कठिन हो रहा था।

बग्गे के लिए दिन घिसट-घिसटकर गुज़रने लगे। वह अब भी आशा लगाये बैठा था कि सम्भवतः एकाएक ही कहीं से रामप्यारी आ निकले।

बार-बार रामप्यारी की शक्ल उसकी आँखों के आगे घूम जाती थी। बार-बार बग्गा अपने मन को समझाता कि रामप्यारी जैसी औरत उसे कभी धोखा नहीं दे सकती। वह जानती थी कि यह उसे कितना प्यार करता है।

बग्गे के मन में आशाओं के दीपक जलते रहे, और जल-जलकर बुझते रहे। रामप्यारी का कुछ पता नहीं था। आख़िर वह कहाँ गयी। क्या ज़मीन ने उसे निगल लिया, या आसमान ने उसे उठा लिया? यदि वह इस धरती पर थी तो कहाँ थी?

बग्गासिंह के इन प्रश्नों का कोई उत्तर नहीं मिलता था। उसके पास रामप्यारी का पता भी तो नहीं था, वरना वह उसके पास पहुँच जाता। बैसाखी भी निकट आ रही थी। बग्गे ने निश्चय किया कि बैसाखी में चन्ननसिंह से निबट लेने के बाद वह

रामप्यारी की तलाश में निकल जायेगा। वह बनारस के किस गाँव की रहनेवाली थी, यह तो वह नहीं जानता था, लेकिन उसने निश्चय कर लिया कि वह उस इलाक़े का एक-एक गाँव छान मारेगा, और रामप्यारी जहाँ कहीं भी होगी, वह उसे ढूँढ़ निकालेगा।

ज्यों-ज्यों बैसाखी निकट आने लगी, त्यों-त्यों दोनों गुट लड़ाई की तैयारियाँ करने लगे। शान्ति-प्रिय बुज़ुर्ग झगड़े को टालने का पूरा प्रयत्न कर रहे थे। स्वयं लाला बालमुकन्द इसमें गहरी दिलचस्पी ले रहे थे। वह पूरी चतुराई से कभी चन्ननसिंह से बातचीत करते और कभी बग्गे से। एक बार उन्होंने बग्गे का मन टटोलने के लिए कहा, "हमने चन्ननसिंह को समझाया था कि वह बाल-बच्चेदार आदमी है, इसलिए उसे ऐसे झगड़ों में नहीं पड़ना चाहिए।"

बग्गा बोला, "अगर उसे अपने बाल-बच्चों का ज़रा-सा भी ख़याल होता तो वह मेरे मामले में टाँग न अड़ाता।"

लाला जी बोले, "हम उसे समझाने की कोशिश तो कर रहे हैं... मुमकिन है कि बैसाखी के मौक़े पर वह झगड़ा करने से बाज़ आ जाये।"

लाला जी ने यह बात जान-बूझकर कही थी कि देखें बग्गासिंह के मन में क्या बात है। बग्गे ने इसका दो-टूक उत्तर दिया, "अगर चन्ननसिंह मेले में लड़ाई करने से कन्नी काट गया तो भी मैं उसे हरगिज़ नहीं छोड़ूँगा। उसके लिए अच्छा यही रहेगा कि वह अपने साथियों सहित मर्दों की तरह मेरा मुक़ाबला करे, क्योंकि अब वह किसी तरह से भी मेरे हाथ से नहीं बच सकता। उसने ज़िन्दगी-भर मुझसे दुश्मनी की है, अब मैं सदा के लिए उसकी धाँधली समाप्त कर देना चाहता हूँ।"

बग्गे के इन शब्दों से स्पष्ट हो गया कि अब यह लड़ाई होकर रहेगी। लाला जी यह भी समझ गये कि इस झगड़े का निबटारा शान्ति-प्रिय गुट के वश की बात नहीं थी।

वापस लौटकर जब लाला जी ने अपने साथियों को सारी स्थिति समझायी तो उन सबने राय दी कि ऐसे गम्भीर मामले को सम्भवत शेरसिंह सुलझा सकेगा। मगर जब शेरसिंह से पूछ-ताछ की गयी तो उसने इस झगड़े में टाँग अड़ाने से साफ़ इनकार कर दिया। उसका कहना यह था कि चन्नन और बग्गा दोनों से ही उसके सम्बन्ध मैत्रीपूर्ण थे। वह वर्षों से उनके पारस्परिक झगड़ों से परिचित था। वह महसूस करता था कि उन दोनों को जितना समझाया जायेगा, वे उतना ही भड़कते जायेंगे। उन्हें उनके हाल पर छोड़ देना ही बेहतर है। हक़ीक़त यह थी कि चन्ननसिंह तो शायद किसी का कहना मान भी जाता, लेकिन बग्गा अपनी हठ का पूरा था, उसे रोकना असम्भव था।

बग्गे के दिमाग़ पर इश्क़ का भूत सवार न होता, और उसने दिल पर ऐसी गहरी चोट न खायी होती तो शायद यह लड़ाई टल जाती। वर्षों की शत्रुता और कड़ुवाहट अब बहुत ही भयंकर रूप धारण कर चुकी थी। दोनों ओर से तैयारियाँ होने लगीं।

बैसाखी के मौक़े पर जगह-जगह मण्डियाँ लगती थीं, जहाँ अनाज के सौदे होते थे और मवेशी भी बेचे जाते थे। बीसियों दुकानदार चादरें तान-तानकर अपनी दुकानें बनाते, और इस प्रकार मेले की रौनक़ बढ़ाते थे।

जिस मण्डी में चन्नन और बग्गा जाया करते थे वहाँ बहुत बड़ा मेला लगता था। दूर-दूर तक तम्बू तान दिये जाते थे। कई प्रकार के खेल-तमाशे होते, और लोग पंगूढ़ों में भी झूलकर मज़े लिया करते थे। मानो वीराने में एक नया नगर-सा बस जाता था।

दोनों पार्टियों के लोग मेले में पहुँच गये। यह बात तो बिना कहे ही निश्चित थी कि झगड़ा मेले के अन्तिम दिन होगा। इस प्रकार की सभी लड़ाइयाँ मेले के अन्तिम दिन भुगतायी जाती थीं, ताकि चाहे किसी की जान चली जाये लेकिन उसके काम-काज का हर्ज़ा न होने पाये। मज़बूत लम्बी लाठियाँ उठाये वे जब एक-दूसरे के निकट से गुज़रते तो बड़े अर्थपूर्ण अन्दाज़ में खाँसते। इन लाठियों को कई दिन तक सरसों के तेल में भिगोकर रखा जाता था। फिर उनके ऊपर एक-एक बालिश्त के फ़ासले पर ताँबे की तारें कस दी जातीं। इस तरह लड़ाई-भिड़ाई के मौक़ों पर लाठियों के टूटने का बहुत कम ख़तरा होता था। लाठी के मोटेवाले रुख़ और पतले सिरे पर पीतल की टोपी चढ़ी होती थी। लाठी की आदर्श लम्बाई तब समझी जाती थी जब लाठी के ऊपरवाला सिरा आदमी के कान तक पहुँचे।

किशनसिंह ही एक ऐसा व्यक्ति था जो बहुत हद तक बग्गे को अपनी राय से प्रभावित कर सकता था। इस अवसर पर वह बग्गे को लड़ाई से अलग तो नहीं रख सका, मगर लड़ाई के हथियारों के मामले में उसने बग्गे को इस बात पर राज़ी कर लिया कि केवल लाठियों का ही प्रयोग किया जाये। बग्गा लाठियों पर छव्वियाँ चढ़ाना चाहता था और सफाजंग का प्रयोग भी करना चाहता था। ये दोनों शस्त्र आमने-सामने की लड़ाई में बहुत ख़तरनाक माने जाते थे। छव्वी बिना दाँते की दराँती से मिलती-जुलती होती थी जिसे लाठी के सिरे पर चढ़ा दिया जाता था। जब छव्वी की नोक पेट में घुसती तो लाठी को ज़ोर से पीछे की ओर खींच लिया जाता, और एक ही बार में आँतें बाहर को उबल पड़तीं। सफाजंग एक प्रकार की कुल्हाड़ी होती थी। इसका बार सिर या गरदन पर किया जाता था। किशनसिंह ने सोचा कि केवल लाठियों की लड़ाई में सम्भव है कि किसी की मृत्यु न हो। इस प्रकार की लड़ाई से बग्गासिंह के मन की भड़ास भी निकल सकती थी और इस बात की भी बहुत-कुछ सम्भावना थी कि इस लड़ाई का कोई अधिक गम्भीर परिणाम न निकले।

अन्तिम दिन भी आ पहुँचा। तीसरे पहर के बाद दोनों गुट जत्थेबन्द होकर एक-दूसरे की तलाश में घूमने लगे। उन्होंने जी भरकर शराब पी रखी थी। तनी हुई मूँछों के बालों में सरसों का तेल रचा रखा था।

एक-दूसरे की ताक में घूमते-फिरते दिन ढल गया और अँधेरा फैल गया। मेले में स्थान-स्थान पर दुकानदारों ने गैस जला रखे थे, जिनके प्रकाश से वातावरण जगमगा रहा था। एक बहुत चौड़े रेतीले मार्ग के दोनों ओर दुकानें लगी हुई थीं। एक ओर से बग्गे का गुट आता दिखायी दिया और दूसरी ओर से चन्नन का गुट आ रहा था। जब दोनों एक-दूसरे के बराबर पहुँचे तो उनकी मूँछें फड़कने लगीं। वे क़रीब-क़रीब

एक-दूसरे के पहलू से गुज़र चुके थे कि बग्गे के इशारे पर लद्धासिंह ने चन्ननसिंह के एक साथी के टखने पर अपने पाँव के मोटे जूते की ठोकर जमा दी।

जिसको यह ठोकर लगी, उसका नाम बालसिंह था। लोग उसे बाला कहकर बुलाया करते थे। बाले को ठोकर मारने का कारण यह था कि गुस्सा उसकी नाक की नोक पर बैठा रहता था। बग्गासिंह ने सोचा कि छेड़खानी ऐसे व्यक्ति से की जाये जो झटपट लड़ने को तैयार हो जाये। मेले में पुलिस भी काफ़ी संख्या में मौजूद थी। बग्गा चाहता था कि खटाखट लाठियाँ चलने लगें, और पुलिस के पहुँचने से पहले-पहले चन्ननसिंह का खोपड़ा खोल दिया जाये।

बाले के टखने पर ठोकर लगी तो उसने लकड़बग्घे की तरह मुँह टेढ़ा करके लद्धासिंह से कहा, "देखते नहीं हो? या अन्धे हो?"

लद्धा ने तुरन्त लाठी हाथ में तौलकर कहा, "ओए बाल्या! मुँह सँभालकर बोल। लाठी के एक ही वार से जबड़ा तोड़ दूँगा।"

अब तो बाले का दिमाग़ ख़राब हो गया, और वह फुफकारकर बोला, "इस बात का फ़ैसला तो अभी हो जायेगा कि तू मेरा जबड़ा तोड़ता है या मैं तेरा जबड़ा तोड़ता हूँ। ले सँभाल!"

इन शब्दों के साथ ही बाले ने अपनी लाठी घुमा दी। लद्धा भी कच्चा लाठीबाज़ नहीं था। उसने बाले का वार अपनी लाठी पर रोका। देखते-ही-देखते सबने लाठियाँ चलानी शुरू कर दीं। बग्गा कूदकर चन्नन के सामने जा पहुँचा। पल-भर को दोनों ने एक-दूसरे की ओर दहकती हुई आँखों से देखा। बग्गे ने लाठी बहुत ऊपर उठायी और पंजों के बल आगे को झुककर भरपूर वार किया। इस वार से चन्नन का खोपड़ा फट जाता, लेकिन उसके दो साथियों ने अपनी लाठियाँ बढ़ाकर इस ख़तरनाक वार को रोक लिया।

मेले में हड़बोंग मच गयी। लाठियाँ सनसनाने लगीं। दो-चार पगड़ियाँ खुल गयीं। दो-चार के पाँव तहमद में उलझ गये और वे लड़खड़ा गये। कुछ दुकानदारों के गैस टूट गये। हर ओर कोलाहल मच गया...

यह लड़ाई तीन-चार मिनट से अधिक नहीं चल सकी। मेले का मामला था, पुलिस दूर नहीं थी। तुरन्त ही सीटियाँ बजने लगीं। पुलिस के जवान भागते हुए वहाँ पहुँच गये और सब लड़नेवालों को घेरे में ले लिया। इतनी-सी देर में भी चोटें तो कइयों को आयीं, मगर एक ही आदमी मरा। वह आदमी चन्ननसिंह नहीं था, बल्कि मेले में घूमता-फिरता कोई व्यक्ति लड़ाई की चपेट में आ गया और धोखे में अपनी जान खो बैठा। लड़नेवाली पार्टियों में से दो-तीन के सिर पर बड़ी गम्भीर चोटें आयीं और वे धूल में गिर पड़े।

पुलिस ने दंगा करनेवालों को हिरासत में ले लिया। इस खलबली में बग्गासिंह बच निकला, चन्ननसिंह पकड़ा गया। बग्गासिंह के सारे साथी भी पकड़े गये। बग्गा मौक़ा पाकर घोड़ी पर सवार हुआ और उसने अपने गाँव में आकर ही दम लिया। किशनसिंह

ने इस लड़ाई में भाग नहीं लिया था, वह शायद जान-बूझकर मेले में नहीं गया था। लड़ने-भिड़ने की उसकी उम्र ही नहीं रही थी। घोड़ी को तबेले में रहीम के हवाले करके बग्गासिंह सीधा किशनसिंह के पास पहुँचा। उसकी शक्ल देखते ही किशनसिंह ने स्थिति का अनुमान लगा लिया। बग्गासिंह ने जाते ही कहा, "लड़ाई हुई भी, लेकिन चन्नन मेरे हाथ से बच गया। अब महसूस होता है कि हमें मेले में यह लड़ाई नहीं करनी चाहिए थी, क्योंकि पुलिस फ़ौरन वहाँ पहुँच गयी।"

किशनसिंह जानता था कि बग्गे के लिए लड़ाई-भिड़ाई कोई अनोखी बात नहीं थी। इसके साथ ही वह यह भी जानता था कि अब एक लम्बी मुसीबत प्रारम्भ हो गयी है। उसने पूछा, "कोई मरा तो नहीं है?"

"मेरे ख़याल में एक आदमी मर गया है।"

"कौन था वह?"

"वह हम दोनों के गुट का आदमी नहीं था। न जाने कौन था। दो-तीन अन्य व्यक्तियों के सिर फट गये हैं। कहना मुश्किल है कि वे बचेंगे या नहीं। मुझे तो दुःख केवल इस बात का है कि चन्ननसिंह पर मैंने दो-तीन वार किये, मगर उसके साथियों ने बीच में आकर अपनी लाठियों पर मेरी लाठी के वार रोक लिये।"

किशनसिंह चन्ननसिंह के बच जाने से प्रसन्न था। इसलिए नहीं कि उसे चन्ननसिंह से मोहब्बत थी, बल्कि इसलिए कि अगर वह मर जाता तो बग्गासिंह क़त्ल के मुक़द्दमे में फँस जाता।

किशनसिंह ने पूछा, "पूरा हाल बताओ। आख़िर हुआ क्या?"

"होना क्या था! लड़ाई गर्म भी नहीं होने पायी थी कि पुलिस की सीटियाँ बजने लगीं। मैं तो पहली सीटी की आवाज़ सुनकर ही लाठी फेंककर वहाँ से खिसक आया। मेरी घोड़ी एक पेड़ के नीचे तैयार खड़ी थी।"

"यह तो अच्छा किया। तुम वहीं पर पकड़े जाते तो इसका नतीजा ठीक न होता।"

"मैं भाग तो आया हूँ, लेकिन कल पुलिस भी यहाँ ज़रूर पहुँचेगी।"

"हाँ, सो तो होगा ही...अब तुम्हारा यह बयान होना चाहिए कि तुम मेले में गये ही नहीं।"

बग्गासिंह शरारत से मुस्कराया, "इसलिए तो मैं वहाँ से खिसक आया। जब देखा कि लड़ाई चालू नहीं रह सकेगी तो मैंने सोचा कि ख़ामख़ाह पुलिस के क़ाबू में आने का फ़ायदा क्या।"

"यह तुमने बहुत अच्छा किया।"

कुछ और सलाह-मशविरे के बाद बग्गासिंह घर में लौट आया और इतमीनान से सो गया।

दूसरे दिन जब वह नाश्ता कर चुका था तो चन्ननसिंह की निशानदेही पर पुलिस उसके घर आ पहुँची।

तुर्रेबाज़ थानेदार घरवाले तबेले के कमरे में बैठ गया, और रहीम बग्गासिंह को घर से बुला लाया।

थानेदार का मन बग्गे का डील-डौल देखकर प्रभावित तो हुआ, मगर उसने पुलिसवाली अकड़ से काम लेते हुए पूछ-ताछ आरम्भ कर दी।

बग्गा इस बात से बिलकुल मुकर गया कि वह मेले में गया था।

चन्ननसिंह और उसके साथी पुलिस को बयान दे चुके थे कि यह लड़ाई बग्गासिंह ने ही आरम्भ की, और वह मेले में उपस्थित था।

इसी बयान का ज़िक्र करते हुए थानेदार ने कहा, "हमारे पास ऐसे लोग हैं जो आप ही के गाँव के रहनेवाले हैं, और वे इस बात की गवाही देने को तैयार है कि आप मेले में मौज़ूद थे।"

बग्गा बड़े इतमीनान से बोला, "थानेदार साहब! मैं उन लोगों को अच्छी तरह जानता हूँ। वे मेरे रिश्तेदार हैं। मेरे शरीक (रिश्तेदार) होने के कारण इनके मन में मेरे विरुद्ध दुश्मनी भरी हुई है। सारा गाँव जानता है कि वर्षों से वे मुझे नीचा दिखाने की कोशिश कर रहे हैं। वे तो चाहते ही हैं कि मुझे कहीं-न-कहीं फँसा दें।"

थानेदार ने मुस्कराकर कहा, "सरदार बहादुर, दुश्मनी तो दोनों ही ओर से चला करती है। आपकी भी तो उनसे दुश्मनी होगी।"

ये सारे ऐंच-पेंच किशनसिंह ने पिछली रात ही बग्गे को समझा दिये थे। बग्गा बोला, "आप जो कुछ कह रहे हैं सो ठीक है। जो मुझसे दुश्मनी करेगा, मुझे भी उससे नफ़रत हो जाना स्वाभाविक ही है। मगर मैं इनसे हमेशा बचकर रहने की कोशिश करता हूँ। चन्ननसिंह ने मुझे धमकी दी थी कि बैसाखी के मेले में तुम्हारी खबर ली जायेगी। मैं चुप रहा। मेले के पहले दिन मैं वहाँ गया, और अपना सारा काम अपने आदमियों को सौंपकर उसी रोज़ शाम के समय गाँव लौट आया। मैं इज़्ज़त-आबरूवाला आदमी हूँ, गुण्डे लोगों से बचकर रहता हूँ।"

थानेदार और निकट खड़े सिपाही बग्गासिंह की इस बात पर मुस्करा दिये। इस मुस्कराहट का रहस्य उस समय खुला जब थानेदार ने कहा, "चन्ननसिंह का दावा यह है कि बैसाखी के मेले में लड़ाई की धमकी आप ही ने दी थी।"

बग्गासिंह ने उत्तर दिया, "आपने चन्ननसिंह का बयान पहले लिया, उसने इसी बात का लाभ उठाया है। अगर आप पहले मुझसे मिल लेते तो फिर आपको स्वीकार करना पड़ता कि यह धमकी मैंने नहीं चन्ननसिंह ने ही दी थी।"

थानेदार बोला, "यदि मामला केवल घायलों तक रहता तो पुलिस इसे दंगा-फ़साद कहकर समाप्त कर सकती थी। मगर एक आदमी की मौत हो जाने से मामला गम्भीर हो गया है। फ़िलहाल मैं आपको गिरफ़्तार करके थाने ले जाऊँगा।"

बग्गासिंह ऐसी बातों से डरनेवाला इनसान नहीं था। अगर यह मामला केवल उसी की बुद्धि पर छोड़ दिया जाता तो सम्भवतः वह थानेदार से भी सिर फुटौवल करने को

तैयार हो जाता। बाद में जो होता सो देखा जाता। लेकिन वह किशनसिंह जैसे सूझ-बूझवाले गुरु का पढ़ाया हुआ था। उसने समझा दिया कि थानेदार के सामने अकड़ने की कोई आवश्यकता नहीं। अगर गिरफ़्तारी हो भी गयी तो वह बाद में ज़मानत पर छूट सकता था। जो आदमी मरा था, वह दंगे-फ़साद में अपनी जान गँवा बैठा।

बग्गासिंह गिरफ़्तारी के लिए तैयार हो गया। वह थाने में जा पहुँचा। जहाँ उसके अन्य साथी भी बन्द थे।

किशनसिंह ने एक बड़े चतुर वकील को यह केस सौंप दिया। बग्गासिंह और उसके साथियों को ज़मानत पर छोड़ दिया गया और मुक़द्दमा आरम्भ हो गया।

कुछ महीनों तक मुकद्दमा चलता रहा। शेरसिंह से एक मुलाक़ात के दौरान वह बग्गासिंह से बोला, "बग्गा, तुम्हारे मुक़द्दमे का क्या हाल है अब?"

बग्गे ने उत्तर दिया, "चल रहा है, देखें क्या फ़ैसला होता है।"

"मैंने सुना है कि चन्ननसिंह ने कई ऐसे गवाह भुगताये हैं जिन्होंने कहा है कि उन्होंने अपनी आँखों से देखा है कि उस आदमी की मृत्यु तुम्हारी लाठी लगने से हुई।"

"हाँ, बहुत-से गवाहों ने ऐसा कहा है। कोई बात नहीं, मैं इन सबको चुन-चुनकर ठिकाने लगाऊँगा।"

शेरसिंह ने कहा, "मुझे इस बात पर बड़ा आश्चर्य है कि बग्गासिंह के विरुद्ध गवाही देने की इन लोगों को जुर्रत कैसे हुई। वे भी तो अच्छी तरह जानते हैं कि बग्गा उससे इन्तक़ाम लिये बिना नहीं रहेगा। तुम पहले भी तो कई उलटी-सीधी कार्यवाहियाँ कर चुके हो। मगर गवाह न मिलने के कारण तुम्हारा बाल भी बाँका नहीं हो सका।"

"इस बार भी मेरे ख़िलाफ़ एक गवाह नहीं मिल सकता था। दरअसल चन्ननसिंह ने उन्हें विश्वास दिला दिया है कि मुझे अबके फाँसी हो जायेगी। वे समझते हैं कि जब मैं ज़िन्दा ही नहीं बचूँगा तो उनसे बदला क्या ले पाऊँगा।"

शेरसिंह ने अपनी दाढ़ी खुजाते हुए कहा, "मुझे भी यह लगता है। मेरा ख़याल है कि केवल इतनी-सी तसल्ली मिल जाने पर कोई आदमी तुम्हारे विरुद्ध गवाही देने को तैयार न होता। निश्चय ही चन्ननसिंह ने उन्हें काफ़ी रिश्वत दी होगी।"

"हो सकता है। मगर इन गवाहों का खाया-पिया तो मैं एक दिन निकाल ही लूँगा।"

शेरसिंह ने बात का रुख़ बदलते हुए पूछा, "रामप्यारी का कुछ पता चला?"

"नहीं।"

पल-भर ख़ामोश रहकर शेरसिंह ने हिचकिचाते हुए कहा, "तुम मानो या न मानो, मुझे तो इसमें भी चन्ननसिंह की साज़िश नज़र आती है। तुम्हें चाहे रामप्यारी पर कोई शक हो या न हो, मगर मैं यही महसूस करता हूँ कि उसने भी तुम्हारे विरुद्ध साज़िश कर रखी थी।"

"कैसी साज़िश?"

"मुझे लगता है कि रामप्यारी के बारे में चन्ननसिंह ने बिलकुल झूठी कहानी गढ़ी थी। यह औरत तुम्हें फँसाने के लिए यहाँ लायी गयी। तुम तो सचमुच उसके इश्क़ में गिरफ़्तार हो गये। बिलकुल ठीक मौक़े पर वह तुम्हें लटकता छोड़कर खिसक गयी।"

बग्गा कुछ देर तक टकटकी बाँधे शेरसिंह की ओर देखता रहा, और फिर धीरे से बोला, "मुझे विश्वास नहीं होता।"

"किसी भी प्रेमी के लिए अपनी प्रेमिका पर शक करना कठिन होता है। ख़ुद ही सोचो कि अगर रामप्यारी की मोहब्बत सच्ची होती तो वह तुम्हारा सहारा लेकर कोई भी क़दम उठा सकती थी।"

"उसकी मजबूरी भी तो थी। वह ब्याहता औरत थी, उसे इस बात का डर था कि उसका पति क़ानून का सहारा लेकर उसे मुझसे छीन सकता है। उसने मुझे बताया था कि वह यह नहीं चाहती थी कि उसके कारण मैं किसी मुसीबत में फँस जाऊँ।"

बग्गासिंह की सूरत देखकर स्वयं शेरसिंह को भी दया आ गयी। सचमुच रामप्यारी पर अन्धविश्वास के कारण उसकी दशा बहुत ख़राब हो चुकी थी।

अदालत में इस केस पर वकीलों ने ख़ूब बहस की। अदालत का फ़ैसला यह था कि वह आदमी बग्गासिंह के हाथ से ही मारा गया था। इसके साथ ही अदालत ने यह भी स्वीकार किया कि बग्गासिंह की उस व्यक्ति से कोई दुश्मनी नहीं थी, और उसने जान-बूझकर यह जान नहीं ली थी। इसलिए बग्गासिंह को पाँच साल क़ैद बामशक्कत का दण्ड दिया गया।

सेशन के बाद हाईकोर्ट में अपील नामंजूर हो गयी, और सज़ा बरक़रार रही।

वारे : ग़फ़लताँ विच्च नाबूद जेहड़े, तिन्हाँ आख कीह खटना-वटनाएँ।

—वारे शॉ

(ऐ वारे शॉ, जो लोग ग़फ़लत में डूबे हुए हैं, भला उन्हें किसी भी प्रकार का लाभ कैसे हो सकता है।)

1

बग्गासिंह को पाँच वर्ष जेल में काटने पड़े।

अप्रैल माह के आरम्भ में एक सुहावनी सुबह को वह सेण्ट्रल जेल लाहौर के दरवाज़े से बाहर निकल आया।

उसका स्वागत करने के लिए उसकी बहन भजनो, किशनसिंह, शेरसिंह और कुछ अन्य व्यक्ति उपस्थित थे। लद्धासिंह, किरपालसिंह, वरियामसिंह आदि भी आये हुए थे।

जब उनकी नज़रें बग्गासिंह पर पड़ीं तो उनके मन में यह विचार भी था कि इतने वर्षों की क़ैद भुगतने के बाद बग्गासिंह की शक्ल और तबीयत में कोई परिवर्तन आया है या नहीं। जहाँ तक शक्ल का सम्बन्ध था, वह अब भी ज्यों-का-त्यों स्वस्थ और हट्टा-कट्टा नज़र आ रहा था। बल्कि शरीर में ज़रा-सा भारीपन था। उसे खाने-पीने की कोई कमी नहीं थी। पहरेदारों से साँठ-गाँठ करके वह अपने खाने-पीने की मनपसन्द वस्तुएँ तथा आवश्यकता की चीज़ें बाहर से मँगवा लिया करता था। शारीरिक परिश्रम करना पड़ता था, और इसका उसके स्वास्थ्य पर अच्छा ही प्रभाव पड़ा था।

सबने आगे बढ़कर हँसी-ख़ुशी उसका स्वागत किया। रहीम और हवेलीराम ने तो अपने मालिक के घुटनों को हाथ से छुआ भी। बग्गे ने उन्हें थपकी दी। जब कभी भजनो उससे मिलने आती थी तो बताया करती थी कि रहीम और हवेलीराम बड़ी मेहनत से सारा काम कर रहे थे। बग्गे ने अपने साथियों से हाथ मिलाया, और उनका कुशल-मंगल पूछा।

कुछ ही देर बाद उन सबको पता चला कि बग्गासिंह का इरादा अब हरिपुरे जाने का नहीं था। भजनो को बुरा लगा और उसने पूछा, "अब तुम घर नहीं चलोगे तो क्या संन्यास लेने का इरादा है?"

भजनो ने यह बात कुछ मज़ाक और कुछ गम्भीरता से पूछी थी। वहाँ खड़े सब लोग हँस पड़े। बग्गे को हँसी नहीं आयी। वह थोड़ा-सा मुस्कराकर रह गया, और बोला, "अब मैं चक पीराँ को जाऊँगा।"

भजनो ने पूछा, "क्यों, अपने घर में रहने की बजाय वहाँ जाने की क्या ज़रूरत है?"

बग्गे ने दृढ़ और धीमे स्वर में उत्तर दिया, "हाँ भजनो, अब मेरा इरादा सदा के लिए चक पीराँ में ही रहने का है।"

भजनो के माथे पर बल पड़ गये और वह कुछ परेशान-सी होकर बोली, "हरिपुरेवाले खेत और मकान का क्या बनेगा?"

बग्गासिंह के चेहरे का रंग गहरा पड़ गया, बोला, "ये बातें बाद में भी हो सकती हैं। क्या यहीं पर सब-कुछ तय करना ज़रूरी है?"

उसका यह दो-टूक उत्तर सुनकर भजनो चुप रह गयी, और दूसरे व्यक्तियों ने इस विषय पर कुछ बोलना उचित नहीं समझा।

इसके बाद बग्गासिंह ने बताया कि पहले वह लाहौर के गुरुद्वारा डेरा साहब में जायेगा, क्योंकि उसने मन्नत मान रखी थी कि जिसे अब पूरा करना आवश्यक था।

तीन ताँगों पर बैठकर सारी टोली महाराजा रणजीतसिंह की समाधि के निकट गुरुद्वारा डेरा साहब पहुँची।

वहाँ का काम समाप्त हो गया तो भजनो ने बग्गे से पूछा, "कहो तो मैं भी तुम्हारे साथ चक पीराँ चली चलूँ। वैसे मैं घर का कोई ख़ास प्रबन्ध करके नहीं आयी हूँ।"

बग्गासिंह ने कहा, "अभी मैं अपने साथ लद्धासिंह और किरपालसिंह को ले जाऊँगा। तुम घर का सारा प्रबन्ध करके सलाह-मशविरे के लिए दो-चार दिन में चक पीराँ आ जाना।"

इस तरह एक टोली हरिपुरा जाने के लिए तैयार हो गयी और दूसरी चक पीराँ को।

विदा होते समय शेरसिंह ने बग्गे से हाथ मिलाते हुए कहा, "मैंने सोचा था कि तुम अपने ही गाँव में आओगे, और एक बार फिर आपस में उठने-बैठने और हँसने-बोलने के मौक़े मिलते रहेंगे। मगर तुम तो चक पीराँ जा रहे हो।"

बग्गे ने गर्मजोशी से उसका हाथ दबाकर कहा, "दिल एक-दूसरे के निकट होने चाहिए। हम निश्चय ही मिलते रहेंगे। क्या तुम मेरी ख़ातिर चक पीराँ तक नहीं आ सकोगे?"

शेरसिंह ने उसी गर्मजोशी से उसके हाथ को हिलाते हुए उत्तर दिया, "क्यों नहीं! तुम बुलाओगे तो भी आयेंगे और अगर नहीं बुलाओगे तो भी आयेंगे।"

इस तरह वे दोनों एक-दूसरे से विदा हुए। अपने गाँव को लौटते समय रास्ते में भजनों ने शेरसिंह से कहा, "मैं नहीं जानती कि बग्गे के मन में क्या है। मैं सोच रही थी कि अब उसे शादी पर राज़ी कर लूँगी। आख़िर कब तक डमकड़े बजाता रहेगा। अपनी इन्हीं हरक़तों के कारण तो वह अब तक घर नहीं बसा सका। अब तो रिश्ता

मिलना और भी कठिन होगा। मैं सोच रही थी कि वाह गुरु अकाल पुरुख का दिया सब-कुछ है, इसलिए भाग-दौड़ करने से कोई-न-कोई रिश्ता मिल ही जायेगा। लेकिन सबसे पहले तो बग्गे की रज़ामन्दी चाहिए।''

शेरसिंह ने तसल्ली देते हुए कहा, ''बहन, तुम परेशान क्यों होती हो! दो-चार दिन तक तुम उसके पास जा रही हो, उस विषय पर खुलकर बातचीत कर लेना। मुझे उम्मीद है कि अब वह ज़्यादा अड़ियलपन नहीं करेगा। आख़िर वह भी तो महसूस करता है कि उसकी जवानी कुछ समय तक ढलने लगेगी, और अगर अब भी उसने घर न बसाया तो उसका भविष्य बिलकुल अन्धकार में डूब जायेगा।''

''मैं तो उससे कहूँगी ही, लेकिन अगर उसके मित्र भी उसे इस बात का सलाह-मशविरा दें तो काम बन जायेगा।''

''मेरी उससे जब कभी मुलाक़ात होगी तो मैं इस बात पर बल दूँगा। वैसे मैं महसूस करता हूँ कि उस पर मेरा ज़्यादा प्रभाव नहीं पड़ सकता। तुमको चाहिए कि उसके साथ उठने-बैठनेवालों से कहो कि वे उसे शादी करने पर तैयार कर लें।''

इसके बाद शेरसिंह ने किशनसिंह को सम्बोधित करते हुए कहा, ''भाई साहब, इस काम के लिए आपसे बेहतर और कोई आदमी मिल नहीं सकता। आप बुद्धिमान् हैं और आपका उस पर काफ़ी प्रभाव भी है।''

किशनसिंह बोला, ''मैं तो पाँच साल पहले भी इसे समझाया करता था। अब उम्मीद है कि इतने वर्षों तक जेल में रहने के बाद उसके दिमाग़ का फितूर कम हो गया होगा। मैं तुम दोनों से सहमत हूँ, और मैं अपनी ओर से पूरा ज़ोर लगा दूँगा।''

भजनो को कुछ सूझा तो किशनसिंह से कहने लगी, ''दो-चार दिनों तक आप भी मेरे साथ चक पीराँ को चले चलिये न। हम दोनों मिलकर उस पर ज़ोर डालेंगे।''

इस गुट में ये बातें चल रही थीं, और दूसरा गुट बिलकुल शान्त लायलपुर को जानेवाली गाड़ी में बैठा हुआ था। बग्गे को खोया-खोया देखकर उसके दोनों साथी भी चुप थे।

बग्गे के दिमाग़ में एक नया तूफ़ान उठ रहा था। यह ख़ामोश तूफ़ान था। वह अब भी रामप्यारी को अपने मन से निकाल नहीं सका था। यह कहना कि उसे अब भी रामप्यारी से इश्क़ था, ठीक नहीं होगा। फिर भी रामप्यारी किसी-न-किसी रूप में उसके मन की गहराइयों में बसी थी। इतने वर्षों तक एक भी दिन ऐसा नहीं गया, जिस रोज़ उसने रामप्यारी के विषय में न सोचा हो।

मुक़द्दमे के बाद जब उसको सज़ा हो गयी तो उसने सोचा कि यह सूचना निश्चय ही रामप्यारी के कानों तक पहुँचेगी। वह परेशान हो उठेगी। वह उससे मिले बिना नहीं रह सकेगी।

लेकिन ऐसा नहीं हुआ। और समय गुज़रता चला गया। यह कैसे हो सकता था कि रामप्यारी अचानक ही उसे इस तरह छोड़ दे। उसने रामप्यारी को इतना प्यार दिया

था जितना कि कोई पुरुष स्त्री को दे सकता है। रामप्यारी की भी हर हरकत से यही प्रतीत होता था कि वह उसका कितना आभार मानती थी, और उसे सच्चे दिल से प्यार करती थी। भला ऐसी औरत एकाएक उसे कैसे छोड़ सकती है?

अपने मन की घुटन दूर करने के लिए वह जेल में दो-चार आदमियों से प्रायः इस विषय पर बातें किया करता था। उसने अपना रहस्य उन्हें नहीं बताया, वह केवल स्त्री-पुरुष की मोहब्बत के विषय पर ही उनसे बातचीत करता था। उनके विचार भी भिन्न-भिन्न थे। बग्गा जानना चाहता था कि क्या कोई भी मोहब्बत करनेवाली स्त्री अचानक ही पूर्ण रूप से अपने प्रेमी से नाता तोड़ सकती है या नहीं। उसके एक साथी का कहना यह था कि जब स्त्री अपना नाता तोड़ती है तो वह पूर्ण रूप में ही होती है। एक बार स्त्री नाता तोड़ने को तैयार हो जाये तो फिर उसमें वह डाँवाँडोल नहीं होती।

बग्गे को यह राय पसन्द नहीं थी। दूसरे साथी का कहना था कि सच्चे दिल से प्यार करनेवाली स्त्री कभी अपने प्रेमी को नहीं छोड़ सकती। अगर वह छोड़ दे तो समझ लेना चाहिए कि उसने वास्तव में मोहब्बत की ही नहीं थी।

यह सुनकर बग्गासिंह के मन में सन्देह उठता कि कहीं ऐसा तो नहीं कि रामप्यारी ने उससे सच्चा प्यार न किया हो। आख़िर इसकी कसौटी क्या हो सकती थी!

एक और साथी की राय थी कि स्त्री को समझने का प्रयास कभी नहीं करना चाहिए। समझना-समझाना उसी के साथ होता है जिसमें बुद्धि होती है। स्त्री की खोपड़ी में बुद्धि नाम की कोई वस्तु नहीं होती। मर्द का व्यवहार यह होना चाहिए कि जिस स्त्री से जब तक निभ सके निभा ले, और जब यह महसूस करे कि स्त्री का मन डाँवाँडोल हो रहा है तो स्वयं ही पहल करके उसे करारी ठोकर जमा दे। जीवन-भर एक ही स्त्री से चिपके रहना मूर्ख आदमी का काम है।

बग्गे ने अपनी प्रेम-कहानी का उदाहरण सामने रखने के लिए काल्पनिक पात्र गढ़कर अपने इन साथियों को पूरी प्रेम-कथा सुना रखी थी। वह इसी उदाहरण को सामने रखकर यह जानने की कोशिश किया करता था कि इस कथा की नायिका का असली रूप क्या था, और उसके मन में क्या था।

क़ैदखाने में एक पुराने बुज़ुर्ग भी मौज़ूद थे जिनकी दाढ़ी सफ़ेद थी, लेकिन काले कारनामों की वजह से जेल की हवा खा रहे थे। जीवन में उन्हें जो अनुभव प्राप्त हुए थे, उनसे इनकार नहीं किया जा सकता। उन्होंने बग्गासिंह से कहा, "देखो सरदार बहादुर, जैसी औरत का तुम ज़िक्र कर रहे हो, वह भले घर की स्त्री हो ही नहीं सकती।"

इस प्रकार बग्गासिंह ने क़ैद के पाँच लम्बे वर्ष काट दिये। कभी-कभी स्वयं उसे अपने-आप पर आश्चर्य होता था कि वह अपने मन से रामप्यारी का ख़याल क्यों नहीं निकाल पाया। उसने बहुत चाहा कि वह रामप्यारी के विषय में किसी दृष्टि से भी न सोचे, लेकिन ऐसा हो नहीं सका। दिल का यह घाव धीरे-धीरे नासूर बन गया। अन्त में उसने जेल के साथियों से इस विषय पर बात करनी छोड़ दी, लेकिन दिल की चोट पुरानी हो जाने पर भी ज्यों-की-त्यों बनी रही।

जेल से छूटकर वह हरिपुरे लौटना नहीं चाहता था। उसे लगता था जैसे हरिपुरे से उसका सम्बन्ध टूट चुका था। वह चन्ननसिंह जैसे दुश्मनों से आँख नहीं मिला सकेगा। उनके प्रति उसके मन की कड़वाहट फिर कोई भयंकर रूप धारण कर सकती थी। हकीकत यह थी कि अपने मन की गहराई में वह अपनी हार स्वीकार कर चुका था। चन्ननसिंह से तो दस बार हारकर भी वह हिम्मत छोड़नेवाला नहीं था, लेकिन जो मात उसने रामप्यारी से खायी थी, उसने उसकी मानो कमर तोड़कर रख दी थी।

रेलगाड़ी की खिड़की के आगे बैठा वह बाहर के मैदानों, खेतों, वृक्षों और पौधों को देखते हुए भी नहीं देख रहा था। अपने साथियों को वह बहुत बदला हुआ नज़र आता था। वे महसूस करते थे कि बग्गासिंह अब पहलेवाला व्यक्ति नहीं रहा था। उनका यह भी ख़याल था कि इतने दिनों जेल में ज़िन्दगी गुज़ारने के बाद बाहर की दुनिया से उसका सही सम्पर्क धीरे-धीरे ही स्थापित हो पायेगा। इसलिए वे भी ख़ामोश रहे।

गाड़ी लायलपुर के स्टेशन पर रुकी तो वे तीनों उतर गये। चक पीराँ तक का फ़ासला उन्होंने पैदल चलकर तय किया। ऊँचे टीले पर बना हुआ यह गाँव काफ़ी दूर ही से दिखायी देने लगा। जब वे निकट पहुँचे तो बग्गासिंह रुक गया और गाँव की ओर टकटकी बाँधकर देखने लगा। उसके मन में बीसियों ख़याल उभर रहे थे, जिन्हें वह एक-दूसरे से न तो अलग कर पा रहा था और न उन्हें समझ पा रहा था। लेकिन एक बात तो स्पष्ट थी कि अब उसने अपने जीवन के बाक़ी दिन इसी गाँव में गुज़ारने का निश्चय कर लिया था। कुछ देर स्थिर खड़ा बग्गासिंह गाँव के वातावरण का चुपचाप जायज़ा लेता रहा। उसके दोनों साथी भी दो क़दम पीछे ख़ामोश खड़े थे। आख़िर बग्गे ने क़दम उठाया और आगे को बढ़ा।

उनका अपना मकान लगभग गाँव के सिरे पर ही था। जगीरसिंह को मालूम हो चुका था कि बग्गासिंह जेल से छूटनेवाला है। उसे बग्गासिंह के आने का पता चल गया और जल्दी से बाहर निकलकर ढलान पर खड़ा हो गया। उसके साथ उसकी बूढ़ी औरत भी थी। जगीरसिंह के हुलिये में कोई विशेष अन्तर नहीं हुआ था। अब भी उसकी दाढ़ी के बेतहाशा बढ़े हुए बाल इधर-उधर फैले हुए थे; और सिर के बचे-खुचे बालों का छोटा-सा जूड़ा काले धागे से बँधा हुआ था। उसके मटमैले कछहरे (जाँघिये) में से उसकी चौड़ी टाँगें बाहर को निकली हुई थीं, और उसके पाँव दायें-बायें टिके हुए थे, और गन्दा-सा इज़ारबन्द टाँगों के बीच में झूल रहा था। उसने तंग-सी आधी बाँहवाली कुर्ती पहन रख थी जिसमें से पेट की नाफ़ झाँक रही थी।

बग्गासिंह ढलान से ऊपर को आ रहा था और यह पति-पत्नी उसका स्वागत करने के लिए नीचे की ओर बढ़े। जगीरसिंह ने बड़ी गर्मजोशी से अपने हाथों में बग्गे का हाथ लेकर दबाया और उसका कुशल-मंगल पूछा।

बग्गासिंह बोला, "मैं तो ठीक-ठाक हूँ। तुम अपनी कहो!"

जगीरसिंह अपनी बालिश्त भर चौड़ी छाती को फुलाने की कोशिश करते हुए बोला, "देख लो, तुम्हारा यह बूढ़ा शेर अब भी अपना काम किये जा रहा है। हम तो समझे थे कि तुम हरिपुरे को जाओगे, इसलिए तुम्हें इधर आते देखकर हम हैरान रह गये।"

बग्गे ने उसके नन्हें-से जूड़े को अपनी मोटी लम्बी उँगली से दबाते हुए उत्तर दिया, "जगीरसिंह, अब मैं यही पर रहूँगा।"

जगीरसिंह बड़ा प्रसन्न हुआ। उसकी पत्नी ने भी बढ़कर बग्गासिंह की बलाएँ लीं...इतने में ही बग्गासिंह कुछ चौंक पड़ा। चन्द क़दमों के फ़ासले पर उन्नीस-बीस वर्ष का एक लम्बा-तड़ंगा युवक खड़ा था। उसका सीना बड़े सूप की तरह फैला हुआ था, और हाथ-पाँव साँचे में ढले हुए इस्पात के बने हुए लग रहे थे। चेहरे पर छिदरी काई की तरह बहुत छोटी-छोटी दाढ़ी थी। रंग धुआँ खाया हुआ-सा लगता था और उसकी रूखी-सूखी भवों के नीचे छोटी-छोटी आँखें अँगारों की तरह दहक रही थीं।

बग्गे ने जगीरसिंह की ओर देखकर पूछा, "यह कौन है?"

उस पर जगीरसिंह का मुँह फैल गया, और वह दोनों हाथ उठाकर बोला, "अरे! इसे भी नहीं पहचानते?"

"नहीं।"

"यह अपना जस्सासिंह है..."

जस्सासिंह का नाम सुनकर बग्गासिंह को अपने दिमाग़ में कई गोले फटते महसूस हुए। वह तो जस्सू को भूल ही गया था। चौदह वर्ष के खूँटानुमा उस गन्दे से लड़के ने यह कैसा रूप धारण कर लिया था।

बग्गासिंह के माथे पर दो बल पड़ गये, और वह दूसरों को पीछे छोड़कर स्वयं जस्सासिंह की ओर बढ़ा। यह विश्वास करना कितना कठिन हो रहा था कि यह वही जस्सू था जिसे हर सुबह वह दो-चार थप्पड़ों का प्रसाद दिया करता था।

जस्से ने न तो हाथ जोड़कर सतसिरी-अकाल कहा, न अपने चाचा को देखकर मुस्कराया...वह केवल एकटक उसकी ओर देखे जा रहा था।

जब बग्गा जस्से के बराबर पहुँचा तो उसे पता चला कि उसका भतीजा उससे भी चार अँगुल ऊँचा हो चुका था। उसका क़द और उसका डील-डौल देखकर बग्गा दिल-ही-दिल में खौल उठा। जिस ऐंठ से जस्सा खड़ा था, उसके कारण तो बग्गे के माथे के बल दो से बढ़कर एक दर्जन भर हो गये।

बिजली की-सी तेज़ी के साथ बग्गा एक क़दम पीछे हटा और अपने भारी-भरकम हाथ का थप्पड़ जस्से के चेहरे पर दे मारा—लेकिन यह हाथ जस्से के चेहरे को छू नहीं सका। जस्से ने उसके हाथ को अपने बायें बाज़ू पर रोका और दाहिने हाथ का उलटा झापड़ इतनी ज़ोर से रशीद किया कि बग्गासिंह को महसूस हुआ जैसे उसकी गरदन, कान, कनपटी और जबड़े पर कोई भारी शहतीर आन गिरा है। बग्गे के पाँव उखड़ गये, जूते हवा में उड़ गये, और वह स्वयं बल खाकर जो गिरा तो ढलान पर कुछ क़दमों तक

लुढ़कता चला गया। उसकी पगड़ी ने भी उसके सिर का साथ छोड़ दिया और वह लुढ़कती हुई बग़्गे से भी कई क़दम आगे निकल गयी।

सबके लिए यह बड़ा ही आश्चर्यजनक दृश्य था। वे हक्के-बक्के रह गये। केवल जगीरसिंह के चेहरे पर गर्व के चिह्न दिखायी दे रहे थे। उसने लद्धासिंह और किरपालसिंह से गौरवपूर्ण लहज़े में कहा, "अपना पट्ठा बड़ी तैयारी में है।"

यह कहते-कहते जगीरसिंह की टाँगें और चौड़ी हो गयीं। जबसे जस्सा आया था, जगीरसिंह एक भैंस का दूध तो सुबह-शाम उसी को पिला देता था। घी और शक्कर में गुँधी हुई गर्मा-गर्म रोटी की चूरी उसे अलग से खिलायी जाती थी। मक्खन, दही, मट्ठा आदि अलग से खिलाया-पिलाया जाता था। जगीरसिंह को महसूस हुआ कि आज जस्से ने अपना खाया-पिया हलाल कर दिया है।

इस हड़बोंग में किसी ने बग्गे को उठने के लिए सहारा नहीं दिया। वह स्वयं ही उठकर अपने कपड़े झाड़ने लगा। तब उसके साथियों में से एक उसकी पगड़ी उठा लाया और एक जूते।

पगड़ी चाहे लुढ़क गयी थी, लेकिन अब भी ज्यों-की-त्यों बँधी हुई थी। बग्गे ने उसे सिर पर रख लिया और पाँव जूतों में डालकर घर की ओर चल दिया। जस्सा जहाँ-का-तहाँ खड़ा रहा, और यह छोटी-सी टोली उसके निकट से निकलकर आगे बढ़ गयी।

बग्गे के मसूढ़े से ख़ून रिस रहा था। सेहन में पहुँचकर उसने अँगोछे से मुँह के कोने पर लगे ख़ून को पोंछा, और जगीर से फुसफुसाकर कहा, "छोरा (लौंडा) जवान हो गया है।"

जगीर ने गर्व से अपनी टाँगें और भी चौड़ी करके उत्तर दिया, "कैसे न होता। तुम्हारी अमानत समझकर मैंने उसे खाने-पीने की कभी कोई कमी नहीं रहने दी।"

बग्गासिंह सेहन के कच्चे फ़र्श पर मसूढ़ों से निकला ख़ून थूक रहा था तो जगीर की बुढ़िया बोली, "मैं जल्दी से खाना तैयार कर लूँ।"

वह कोठरी के भीतर चली गयी और जगीर बग्गासिंह से कहने लगा, "मैंने जस्सू को तुम्हारा बेटा समझकर पाला है। कहावत है कि बेटे को देखो शेर की नज़र से, लेकिन खिलाओ उसे दामाद समझकर।"

लद्धासिंह ने दीवार से टिकी हुई बड़ी-सी चारपाई को सेहन में डाल दिया, और बग्गासिंह के बैठने के लिए उस पर धुला हुआ खेस बिछा दिया।

बग्गा बैठने नहीं पाया था कि जस्सा सहज से चलता हुआ सेहन में आया। बग्गे ने इशारे से उसे अपने पास बुलाया। लद्धे और किरपाल ने समझा कि सम्भवतः फिर झपटा-झपटी होगी, क्योंकि बग्गे के चेहरे की कठोरता ज्यों-की-त्यों मौजूद थी।

वे दोनों आमने-सामने खड़े दो-चार पल एक-दूसरे को एकटक देखते रहे। फिर बग्गा गुर्राकर बोला, "देख! बुज़ुर्गों दी बेइज़्ज़ती ख़राब नईं करी दी (बुज़ुर्गों का अपमान नहीं किया करते)।"

जस्सा ज्यों-का-त्यों पत्थर बना खड़ा रहा।

बग्गा फिर बोला, "समझे?"

अबके जस्सू ने अपने शरीर का बोझ एक टाँग से हटाकर दूसरे टाँग पर डालते हुए गुर्राकर उत्तर दिया, "हाँ चाचा!"

2

भजनो जब हरिपुरे पहुँची तो उसके घर में आने-जानेवालों का ताँता बँध गया। वे सब बग्गासिंह से मिलने आये थे। उसे वहाँ न पाकर सभी को बड़ा आश्चर्य हुआ, और हर क़ोई अपने-अपने ढंग से सन्देह प्रकट करने लगा। विशेषकर औरतें तो ख़ूब कुरेद-कुरेदकर बातें पूछ रही थीं। एक बातूनी औरत ने आकर भजनो से कहा, "बहन, सुना है कि बेचारा अभी तक जेल में बन्द है, और उसे छोड़ा नहीं गया।"

भजनो को बड़ा गुस्सा आया। उसने बिगड़कर कहा, "बहन, मुँह सँभालकर बोलो। हमारे शरीकों ने झूठे मुक़द्दमें में फँसाकर मेरे इकलौते वीर (भैया) को पाँच वर्ष तक जेल की सैर करायी। क्या अब भी तुम्हारा मन नहीं भरा?"

यह ताना सुनकर उस औरत ने कानों को हाथ लगाया, और बोली, "बग्गासिंह से मेरी कोई दुश्मनी थोड़े है। ख़बर मशहूर थी कि आज वह रिहा होकर घर लौट रहा है। मगर उसके वापस न आने पर गाँव में कई प्रकार की अफ़वाहें फैली हुई हैं।"

मर्दों की विचारधारा औरतों से भिन्न थी। वे यह तो जानते थे कि बग्गासिंह क़ैद से छूट गया था, और उसके घर न लौटने का कारण किसी को मालूम नहीं था। सन्ध्या समय लाला जी की टोली इस विषय पर बड़ी गम्भीरता से विचार कर रही थी। एक ने कहा, "लगता है कि बग्गा सिंह कुछ सहम गया है।"

दूसरे ने कहा, "इसका मतलब है कि तुम बग्गासिंह को नहीं जानते। वह भयभीत होना नहीं जानता।"

तीसरा बोला, "इसमें कोई सन्देह नहीं, मगर उसके न लौटने का कारण भी तो मालूम होना चाहिए।"

लाला जी ने राय दी, "अगर वह एकदम सीधा अपने घर को नहीं लौटा तो इसका यह मतलब नहीं लगाना चाहिए कि वह यहाँ कभी नहीं आयेगा।"

लाला जी की राय गुट के दूसरे लोगों को कुछ ठीक ही लगी। एक ने सहमति प्रकट करते हुए कहा, "सम्भव है कि इस समय बग्गे को झेंप लग रही हो। जब वह यहाँ था तो औरत के इश्क़ की गर्मा-गर्मी के कारण वह डटा रहा। अब पाँच वर्षों तक जेल में रहने के कारण उसके विचारों और दृष्टिकाण में कुछ-कुछ परिवर्तन तो हुआ ही होगा।"

एक और ने राय दी, "मुमकिन है कि कुछ समय के बाद बग्गा कभी-कभी यहाँ का चक्कर लगाने आ जाया करे, और फिर यहाँ सदा की तरह रहने लगे।"

चन्ननसिंह के टोले में बड़ी ख़ुशियाँ मनायी जा रही थीं। देशी शराब का दौर चल रहा था। पाँच वर्ष पहले जब बग्गे को क़ैद की सज़ा सुनायी गयी तब भी उन्होंने ज़ोरदार जश्न मनाया था। अब जब कि बग्गासिंह हरिपुरा लौटने की बजाय चक पीराँ को चला गया था, उनके लिए एक नयी ख़ुशी का मौक़ा था। वे महसूस करते थे कि बग्गासिंह मैदान से भाग गया है, और उसकी पराजय हुई है। वापस न आकर गोया उसने अपनी पराजय स्वीकार कर ली है।

आज तीन-चार मुर्ग़ों का झटका किया गया था। शराब के बाद मुर्ग़ों के महाप्रसाद के साथ दावत का प्रोग्राम था। चन्ननसिंह शराब का कुल्हड़ हाथ में उठाये लहक-लहककर बड़ा हाँक रहा था, "देखा तुमने, कैसा दाँव मारा! मैंने तो पहले ही कहा था कि अगर बग्गे की हरिपुरा से जड़ तक न उखाड़ दूँ तो मेरा नाम चन्ननसिंह नहीं। अब बग्गासिंह हरिपुरा में मुँह दिखाने के क़ाबिल नहीं रहा।"

बालसिंह ने क़हक़हा लगाकर पूछा, "अरे भई! प्यारे बग्गासिंह की रामप्यारी कहाँ है...किस हाल में है?..."

बुधसिंह उसकी पीठ पर धौल जमाकर बोला, "ओए, लाँ दे मौड़े! चन्ननसिंह ने बता तो दिया था कि रामप्यारी अब इतमीनान से बनारस के रण्डी बाज़ार में कोठे पर बैठी धन्धा कर रही है। चन्ननसिंह ने इस शुभ कार्य के लिए उसकी मुट्ठी अच्छी तरह गर्म कर दी थी। अब वह बैठी मौज ले रही है।"

बग्गासिंह के वापस न आने के कारण को किसी हद तक शेरसिंह ही समझ पाया था। वह जानता था कि औरत की बेवफ़ाई ने बग्गे का दिल तोड़कर रख दिया था। जिस हरिपुरे में रामप्यारी न हो, वहाँ बग्गासिंह रहकर क्या करेगा। उसे यहाँ की हर चीज़ राभप्यारी की याद दिलायेगी। अब वह यहाँ ख़ुश नहीं रह सकता था।

शेरसिंह को बग्गे से सहानुभूति थी। वह महसूस करता था कि चन्नन चतुर है, और उसने बग्गे की मूर्खता का लाभ उठाकर उसके जीवन में उम्र-भर के लिए विष घोल दिया है। अब शेरसिंह को भी रामप्यारी की वास्तविकता का पक्का पता चल गया था। मगर उसने बग्गासिंह को रामप्यारी का पता बताना उचित नहीं समझा। अगर वह ऐसा कर देता तो इसके दो ही परिणाम निकल सकते थे, या तो बग्गासिंह बनारस पहुँचकर रामप्यारी की हत्या कर डालता, या वहीं पर रामप्यारी के चरणों में रहकर अपनी सारी ज़िन्दगी बरबाद कर लेता। ये दोनों बातें ठीक नहीं थीं। शेरसिंह को आशा थी कि सम्भवतः कुछ और समय बीत जाने के बाद बग्गे को रामप्यारी का पता मिल भी गया तो वह इस विषय में कोई भी क़दम नहीं उठायेगा। यह जानकर कि रामप्यारी तो केवल बाज़ारी रण्डी थी और चन्ननसिंह यह दाँव खेलने के लिए उसे यहाँ लाया था, बग्गे का दिल और भी बुझकर रह जायेगा।

यह कहना कठिन था कि भविष्य में क्या होनेवाला है, फिर भी शेरसिंह की इच्छा यही थी कि अब बग्गासिंह घर बसा ले, और अपनी ज़िन्दगी को सुधारने का प्रयास करे। इसीलिए उसने गाँव में किसी को नहीं बताया कि बग्गासिंह का इरादा क्या था। उसने भजनो को भी मना कर दिया था कि वह किसी से भी यह न कहे कि बग्गासिंह हरिपुरे कभी नहीं आयेगा।

सारा दिन आने-जानेवालों के साथ सिर खपाने के बाद रात के समय भजनो को कुछ शान्ति मिली। उस वक़्त वह अहाते के तबेले में बैठी थी। रहीम और हवेलीराम के अतिरिक्त बग्गासिंह के कुछ साथी भी वहाँ उपस्थित थे। वे बग्गासिंह का स्वागत करने के लिए भजनो के साथ तो नहीं गये थे, अलबत्ता उन्होंने बग्गे के लौटने पर जश्न मनाने का प्रोग्राम बना रखा था। यह बात सभी को परेशान किये हुए थी कि बग्गासिंह जेल से निकलकर चक पीराँ क्यों चला गया।

भजनो ने उन्हें समझाने की कोशिश करते हुए कहा, "यह तो मैं नहीं जानती कि वह पहले वहाँ क्यों चला गया, लेकिन इसमें चिन्ता की क्या बात है!...उसे घर तो आना ही पड़ेगा। न जाने इस बुढ़ापे में कब मेरा दम निकल जाये!...अब चाहे वह कुछ भी कहे, मैं शीघ्र-से-शीघ्र उसकी शादी कर डालूँगी। मरने से पहले भतीजे-भतीजियों का मुँह तो देख लूँ।"

उन्हें सुनाने के लिए भजनो यह सब-कुछ कह तो रही थी, लेकिन भीतर-ही-भीतर उसका दिल बैठा जा रहा था। वह जानती थी कि अपने अड़ियल भाई को रास्ते पर लाना उसके लिए असम्भव था। वह मन-ही-मन में शरीकों को हज़ारों गालियाँ दे रही थी, जिन्होंने उसके भाई को न घर का रखा न घाट का।

बातचीत के बाद बग्गासिंह के साथी चले गये। भजनो ने हवेलीराम को भी खेतोंवाले तबेले को भेज दिया। रहीम बिलकुल घर का आदमी था, और वह वर्तमान स्थिति को बहुत हद तक समझ भी रहा था।

भजनो ने उसके सामने अपने दिल का हाल खोलते हुए कहा, "मेरे मन को बार-बार यही विचार सता रहा है कि न जाने अब क्या होगा।"

रहीम ने सहानुभूति दिखाते हुए कहा, "बेबे! चिन्ता करने का क्या फ़ायदा। वही होगा जो अल्लाह ताला चाहेगा। मैं तो समझता हूँ कि सरदार जी के जेल से लौट आने से घर की एक बहुत भारी मुसीबत समाप्त हो गयी। आप दो-तीन दिन तक चक पीराँ जा ही रही हैं। सरदार किशनसिंह को अपने साथ लेकर ही जाइयेगा। मुझे यक़ीन है कि आप दोनों मिलकर सरदार जी को शादी के लिए राज़ी कर लेंगे।"

"लेकिन रहीम, पहले बग्गा यहाँ तो आये। उसने घर लौटने से बिलकुल इनकार कर दिया है।"

"यह इनकार अब सारी उम्र तो नहीं चलेगा। आप हिम्मत क्यों हार रही हैं। एक बार कोशिश करके तो देखिये।"

भजनो गहरी साँस भरते हुए बोली, "हाँ, कोशिश तो मैं ज़रूर करूँगी। मुझे शायद वहाँ चार-छह दिन लग जायें। मेरी ग़ैरहाज़िरी में घर की देख-भाल अच्छी तरह करते रहना। दही जमाने, बिलोने के लिए मैं इन्तज़ाम कर दूँगी। ऊपर का काम तुम देख लेना।"

"हाँ बेबे, अब आप जल्दी-से-जल्दी वाह गुरु का नाम लेकर वहाँ पहुँच जाइये। जाने के पहले सरदार किशनसिंह से सलाह-मशविरा भी कर लीजिये। इस बात का निश्चय करके जाइये कि आप अपने भैया को शादी के लिए राज़ी करके छोड़ेंगी।"

"ऐसा ही होगा...किशनसिंह को तो मैं साथ ही ले जाऊँगी।"

इस बातचीत के तीसरे दिन भजनो गाड़ी पर सवार हो गयी। उसके साथ किशनसिंह भी था। वे दोनों रास्ते भर बग्गासिंह के विषय में ही बातें करते रहे। भजनो को इतनी परेशानी में देखकर किशनसिंह बार-बार सान्त्वना दे रहा था। भजनो भी बार-बार एक ही बात दोहराये जा रही थी, "आप तो जानते ही हैं कि मुझे अपने इकलौते भाई की कितनी चिन्ता है। वर्षों से मैं इसी प्रतीक्षा में हूँ कि वह सुधर जाये और सामान्य व्यक्तियों की तरह घरेलू जीवन व्यतीत करने लगे। अब मुझमें सब्र नहीं रहा। आप ख़ुद ही सोचिये कि मैं और किसका मुँह देखूँ।"

उसकी यह दशा देखकर किशनसिंह ने मन में पक्का निश्चय कर लिया कि वह जिस तरह बन पड़ेगा बग्गे को ठीक रास्ते पर लाने का प्रयत्न करेगा।

चक पीराँ पहुँचते-पहुँचते अँधेरा छा गया। गाँव के मकानों के ऊपर हलका-हलका धुआँ फैला हुआ था। उन्होंने सेहन में क़दम रखा तो जस्सासिंह के अतिरिक्त बाक़ी सब लोग वहाँ उपस्थित थे। जगीरसिंह और उसकी पत्नी ने भजनो का हार्दिक स्वागत किया, क्योंकि वह वहाँ काफ़ी समय के बाद आयी थी।

उस रात तो बग्गासिंह को वापस ले जाने के विषय पर कोई बात नहीं हुई। यह विषय झगड़े का था, और इसीलिए किशनसिंह ने भजनो को मना कर दिया था कि जाते ही ऐसा कोई झगड़ा नहीं खड़ा करना चाहिए।

जस्सासिंह खेतवाले तबेले में गया हुआ था। उसे भजनो के आने की सूचना भेज दी गयी, और वह रात के भोजन के समय घर पहुँच गया। रात-भर इधर-उधर की बातें ही होती रहीं।

दूसरे दिन नाश्ते के बाद भजनो ने किशनसिंह को इशारा किया कि अब वह विषय आरम्भ हो जाना चाहिए। रात-भर में किशनसिंह ने नयी योजना बना ली थी। उसने भजनो के कान में फुसफुसाकर कहा, "यह विषय बहुत नाज़ुक है। मैं सोचता हूँ कि अगर खुल्लम-खुल्ला यह बात उठायी गयी तो बग्गासिंह उखड़ जायेगा। अगर उसे क्रोध आ गया तो फिर उसे समझाना-बुझाना और भी कठिन हो जायेगा।"

भजनो के मन में सन्देह उठा, और उसने पूछा, "आपका मतलब है कि जिस काम के लिए मैं आपको इतनी दूर से लायी हूँ, उसका ज़िक्र तक न किया जाये?"

"मेरा मतलब यह नहीं है। मैंने तय किया है कि मैं खुद अकेले में बग्गासिंह से बात करूँगा। मेरे ख़याल में इस तरह यह मामला जल्दी सुलझ जायेगा।"

"ठीक है, मैं तो चाहती हूँ कि वह हमारी बात मान जाये...चाहे वह जिस तरह से भी माने।"

किशनसिंह ने बग्गे से कहा, "आओ, जरा खेतों तक हो आयें।"

बग्गासिंह उसके साथ चल दिया। गाँव से बाहर निकलकर किशनसिंह ने कहा, "तुम्हें मालूम है कि भजनो मुझे ख़ास तौर पर यहाँ क्यों लायी है?"

"हाँ, मैं जानता हूँ... मैं तो बस इतना ही कहूँगा कि भजनो का दिमाग़ सठिया गया है।"

"ऐसे काम नहीं चलेगा। मैं इस मामले में तुम्हारा साथ नहीं दे सकता। मैं तो भजनो का ही पक्ष लूँगा। अगर मैं उसके विचारों से सहमत न होता तो उसके साथ यहाँ कभी न आता।"

बग्गासिंह बोला, "भजनो दो बातें चाहती है : एक तो यह कि मैं हरिपुरे लौट चलूँ, और दूसरी यह कि मैं शादी कर लूँ। मैं इन दोनों में से कुछ भी नहीं करूँगा।"

किशनसिंह ने बिगड़कर कहा, "जब तुम टट्टू की तरह अड़ियल बन जाते हो तो मुझे बड़ा दुःख होता है। अब तुम्हारी ऐसी उम्र नहीं रही कि तुम अड़ियलपन की बातें करो।"

"मैंने अपने मन की बात कह दी तो इसका मतलब यह नहीं कि मैं अड़ियलपन दिखा रहा हूँ।"

"तुम्हें अपने इनकार का कोई कारण भी बताना चाहिए।"

"हरिपुरे लौटने को मेरा जी नहीं चाहता, इसलिए मैं वहाँ नहीं जाऊँगा।"

"अरे भई! मनुष्य की ज़िन्दगी में ऐसी घटनाएँ होती ही रहती हैं। तुम यहाँ टिके रहोगे तो तुम्हारे दुश्मनों को बड़ हाँकने का मौक़ा मिल जायेगा।"

"मैंने इन सब बातों को अच्छी तरह सोच लिया है। मेरे दुश्मन जो चाहे सोचें, मैं वापस नहीं जाऊँगा।"

चलते-चलते किशनसिंह एकदम रुक गया। उसने बग्गासिंह को सिर से पाँव तक देखा और दूसरा दाँव चलाया, "चलो, तुम्हारी एक बात हम मान लेते हैं, और हमारी एक बात तुम मान लो।"

"क्या मतलब?"

"मैं भजनो को समझा-बुझा लूँगा, और वह तुम्हारे वापस चलने पर अधिक बल नहीं देगी। लेकिन शर्त यह है कि तुम शादी के लिए तैयार हो जाओ।"

"नहीं, अब मेरी शादी इस ज़िन्दगी में तो हो नहीं सकती।"

"फिर वही बेवकूफ़ी की बात...औरतें इनसान की ज़िन्दगी में आती और जाती रहती हैं। तुम तो बिलकुल राँझे बन गये हो। राँझे को तो फिर भी एक भले घर की लड़की

से मोहब्बत हुई थी, और तुम्हारी तो न जाने कौन थी। अफ़वाहें उड़ रही हैं कि वह कोई बाज़ारी औरत थी।"

"मैंने यह तो नहीं कहा कि शादी करूँगा तो उसी से करूँगा वरन् किसी से नहीं करूँगा।"

अब तो उन दोनों की बड़ी गर्मा-गर्मी हो गयी। आख़िर किशनसिंह ने पूछा, "शादी से इनकार करना बड़ी ही ग़लत बात है। इसका कोई कारण तो होना चाहिए।"

बग्गे ने एक-एक शब्द पर बल देते हुए उत्तर दिया, "कारण केवल यह है कि मुझे स्त्री-जाति से ही घृणा हो गयी है। अब चाहे रामप्यारी भी मेरे पाँव पर आकर नाक रगड़े, मैं उससे भी शादी नहीं करूँगा। बस तुम मेरी इस बात से ही समझ जाओ कि मुझे औरत जात से कैसी सख़्त नफ़रत हो गयी है। मेरी यह नफ़रत मरते दम तक रहेगी।"

बग्गासिंह ने ये शब्द इतने ज़ोरदार लहज़े में कहे कि किशनसिंह बिलकुल निराश हो गया। वह जितना ज़ोर लगा सकता था, लगा चुका। अन्त में उसने बड़े धीमे स्वर में समझाया, "मैं यह मानता हूँ कि इस मामले में तुम्हारी इच्छा के विरुद्ध कुछ नहीं हो सकता। तुम बहन के बारे में सोचो। उसकी मजबूरी को समझो, उसकी भावनाओं का अनुमान लगाने की कोशिश करो। बड़ी बहन माँ की तरह होती है, और हर माँ की यही इच्छा होती है कि उसका बेटा दूल्हा बने। दूल्हन को ब्याह करके घर लाये, और फले-फूले। मैं यह सब-कुछ केवल भजनो की ख़ातिर कह रहा हूँ।"

बग्गासिंह अपना एक हाथ कमर जमाकर बोला, "अगर यही बात है तो भजनो जस्सू को अपने साथ क्यों नहीं ले जाती?"

एकाएक किशनसिंह के मस्तिष्क में फुलझड़ी-सी छूटी। ऐसी परिस्थिति में यह सुझाव सर्वोत्तम था। बग्गासिंह से वह निराश हो चुका था, लेकिन जस्से के विषय में यह सुझाव ऐसा था जो भजनो को भी पसन्द आ सकता था।

किशनसिंह ने अपने चेहरे से कुछ स्पष्ट नहीं होने दिया, और धीरे से बोला, "अच्छा, जब तुम नहीं मानते तो मैं भजनो से जस्से के विषय में बात करूँगा।"

वे घर को लौट आये। भजनो बड़ी उत्सुकता से उनके लौटने की प्रतीक्षा कर रही थी। किशनसिंह ने उसे अधिक प्रतीक्षा में रखना उचित नहीं समझा। वह भजनो को मकान के पिछवाड़ेवाली कोठरी में ले गया और बोला, "सुनो भजनो, इस अड़ियल टट्टू को समझाना असम्भव है। कहावत है कि कहने से कुम्हारन गधे पर नहीं चढ़ती। यही हाल बग्गे का है। इसे जितना समझायेंगे, उतना ही वह अपनी ज़िद में दृढ़ होता जायेगा..."

यह सुनकर भजनों के आँसू बहने लगे। किशनसिंह ने उसके काँपते हुए कन्धे पर हाथ रखकर कहा, "भजनो, दुनिया में बाज़ बातें असम्भव होती हैं, उनकी ख़ातिर आँसू बहाना मूर्खता की बात है।"?

भजनो ने रोते-रोते पूछा, "अब आप ही कहिये न कि मैं क्या करूँ?"

"अब अगर तुम भी भाई की तरह ज़िद न करो तो मैं तुमसे एक बात कहूँ"

भजनो ने आँसुओं में डूबी हुई आँखों से किशनसिंह की ओर देखा, बोली, "कहिये।"

"मेरी राय यह है कि तुम जस्से को अपने साथ ले जाओ। उसे तुम बेटे की तरह चाहती हो। वह भी तुम्हें बहुत चाहता है। वह नवयुवक है, शादी से इनकार नहीं करेगा। आख़िर भतीजा भी तो बेटा ही होता है। अगर नालायक भाई ने तुम्हारे चाव पूरे नहीं किये तो तुम्हारा भतीजा करेगा।"

"लेकिन बग्गे का क्या बनेगा?"

"तुम बग्गे का मामला वाह गुरु अकाल पुरुख पर छोड़ दो। यह बिलकुल सम्भव है कि कुछ समय गुज़र जाने के बाद वह ख़ुद ही शादी पर राज़ी हो जाये।"

"ऐसा भी हो सकता है?"

"क्यों नहीं, धीरे-धीरे सभी जख़्म भर जाते हैं। चाहे वे शरीर के हों या दिल के—लेकिन अभी तुम जस्से को ही अपने साथ ले जाओ। मुझे पूर्ण विश्वास है कि वह तुम्हें बड़ा ख़ुश रखेगा।"

यह बात तो भजनो के मन को भी भा गयी। एक सन्देह ने मन में सिर उठाया तो बोली, "अगर उसने भी वापस जाने से इनकार कर दिया तो?"

"वह इनकार क्यों करने लगा?"

"आप नहीं जानते कि वह भी बड़ा जिद्दी है। जब छुटपन में उसे मारकर बग्गे ने हरिपुरे से यहाँ भिजवा दिया था तो उसने भी प्रण कर लिया था कि वह भी कभी हरिपुरे वापस नहीं लौटेगा। पिछले छह वर्षों में वह एक बार भी हरिपुरे नहीं गया। मैं ही साल-छह महीने में उसे यहाँ मिलने आ जाती थी। अगर मैं कभी उसे वापस चलने को कहती तो वह चाचे की तरह अड़ियलपन से इनकार कर देता था।"

"पहले से ही उलटी-सीधी बातें मत सोचो। भोजन के समय तक जस्सा खेतों से लौट आयेगा। तब हम इस विषय को चलायेंगे।"

दिन के भोजन के समय जस्से सहित सब लोग घर में मौज़ूद थे। किशनसिंह ने मन में तय कर रखा था कि भोजन समाप्त होते ही वह इस विषय को छेड़ देगा। उसने भजनो पर यह बात भी ज़ाहिर नहीं होने दी कि यह सुझाव वास्तव में बग्गे ने ही दिया था क्योंकि इस तरह भजनो के भड़क जाने का भय था।

भोजन के बाद जब सब कुल्ला वगैरह कर चुके तो किशनसिंह ने बग्गे को सम्बोधित करते हुए कहा, "एक बात मुझे सूझी है, जिसका ज़िक्र मैं भजनों से कर चुका हूँ। अगर इस पर सब सहमत हो जायें तो हमारी यह जटिल समस्या तुरन्त हल हो सकती है। वैसे, कुछ देर पहले मैं भजनो को अपनी यह योजना बता चुका हूँ। उसने मेरा कहना मान लिया है..."

बग्गा तो असली बात को समझता ही था। तुरन्त बोल उठा, "किशनसिंह, अगर भजनो को तुमने किसी बात पर राज़ी कर लिया है तो भला मुझको उस पर क्या आपत्ति हो सकती है।"

"फिर भी, मेरी बात तो सुन लो।"

"कहो।"

"मैंने भजनो बहन को सुझाव दिया है कि अगर तुम हरिपुरे जाने को तैयार नहीं हो तो वह जस्से को अपने साथ ले जाये।"

बग्गा जल्दी से बोला, "मुझे इस पर कोई आपत्ति नहीं। अपने बारे में मेरी जो मजबूरी थी सो मैंने बता दी, लेकिन अगर किसी और ढंग से मेरी बहन ख़ुश हो सकती है तो मैं उसे पूरा सहयोग दूँगा। जस्सा अब समझदार हो गया है, और मुझे विश्वास है कि वह हरिपुरे का सारा काम-काज सँभाल लेगा।"

भजनो बोली, "इसमें अड़चन यह है कि जस्सा भी तो हरिपुरे जाने को तैयार नहीं है। जब तुम जेल में थे तो न जाने कितनी बार मैंने इससे हरिपुरे चलने को कहा मगर इसने हमेशा इनकार कर दिया।"

बग्गे ने पूछा, "आख़िर इसे हरिपुरे जाने में क्या आपत्ति है?"

बग्गे के इस प्रश्न का उत्तर देते हुए भजनो ने कहा, "यह सब तुम्हारा ही किया-धरा है। तुमने उसे मार-पीटकर जब हरिपुरे से निकाला था तो यह भी कहा था कि वह कभी लौटकर न आये।"

बग्गा बोला, "अगर जस्से को यही ज़िद है जो इसका उपाय बहुत ही आसान है। बेशक मैंने उस समय मना किया था, लेकिन अब मैं कहता हूँ कि ऐसा करके मैंने झक मारी। वह बेशक हरिपुरे चला जाये। पर अगर मेरे मना कर देने की वजह से उसे वहाँ जाने पर आपत्ति है, तो अब मेरे कहने से वापस जा भी तो सकता है।"

किशनसिंह जस्से की ओर देखते हुए बोला, "लो जस्से, अब तो तुम्हारा चाचा कह रहा है कि मैंने जस्से को वापस आने से मना करके झक मारी। मेरे .ख़याल में अब तुम्हें बुआ के साथ वापस लौट जाना चाहिए। इसी में बुआ की ख़ुशी है, और इसी में मेरी और तुम्हारे चाचा की ख़ुशी है।"

जस्से का चेहरा ज्यों-का-त्यों कठोर बना हुआ था। लगता था कि वह मन-ही-मन कुछ सोच रहा था। उसे यह भी मालूम हो चुका था कि बग्गा अब चक पीराँ में ही रहेगा, और वह स्वयं चाचा के साथ रहने का इच्छुक भी नहीं था। बुआ के साथ रहना कहीं बेहतर था। जिस चाचे ने मना किया था, आज वही कह रहा था कि उसने झक मारी। अब अगर वह लौट भी जाये तो उसकी शान में कोई फ़र्क़ नहीं आयेगा...उसे इस तरह चुप देखकर किशनसिंह बोला, "कुछ तो कहो बेटा! तुम भी चाचे की तरह ज़िद मत करना। इस समस्या का आख़िर कुछ तो समाधान होना ही चाहिए।"

अब जस्से ने धीमे और भारी स्वर में कहा, "मैं बुआ के साथ जाने को तैयार हूँ।"

उसकी यह बात सुनकर सब लोगों के हृदय में प्रसन्नता की लहर दौड़ गयी। विशेषकर भजनो बहुत प्रसन्न हुई। उसने जस्से के निकट पहुँचकर उसकी बलाएँ लेते हुए कहा, "तू तो मेरा बड़ा अच्छा बेटा है—हम कल सुबह ही यहाँ से चल देंगे। तू अपना सामान आज ही इकट्ठा कर ले।"

"अच्छा बुआ!"

किशनसिंह ने कहा, "वाह, भाई वाह! बड़ी मुश्किल से यह समस्या हल हुई।"

उस रात जस्से को बड़ी देर से नींद आयी। वह हरिपुरे के विषय में सोच रहा था, जिसे छोड़े हुए उसको लगभग छह वर्ष हो चुके थे। वह वहाँ के गली-कूचों, खेतों और रहटों, लड़कों और लड़कियों के सम्बन्ध में सोचने लगा। फिर न जाने कब उसे नींद आ गयी।

एक पहर रात बाक़ी थी कि उसकी आँख खुल गयी। उसे लगा जैसे किसी ने उसे उसका नाम लेकर बुलाया था।

आँखों से नींद दूर हुई तो उसने देखा कि बुआ उसके निकट खड़ी कह रही थी, "बेटे जस्से, अब उठो! हमें जल्दी-जल्दी नाश्ता करके यहाँ से चल देना है। पराठे बन रहे हैं, तुम भी कपड़े-वपड़े बदलकर तैयार हो जाओ।"

इतना कहकर बुआ चली गयी। जस्सा पाँव नीचे लटकाकर बिस्तर पर बैठ गया, और फिर उसने बाँहें फैलाकर लम्बी अँगड़ाई ली।

इतने में ही उसने चाचा को भीतर क़दम रखते देखा। उसे ज़रा अजीब-सा लगा। यूँ मालूम होता जैसे चाचा उससे कोई बात करने आया है।

उसका यह ख़याल ठीक निकला। चाचे ने हरिपुरा की ज़मीन, वहाँ की पैदावार, और अपने शरीकों के विषय में उसे सारा ऊँच-नीच समझा दिया।

बातें समाप्त हो गयीं तो जस्सा उठकर खड़ा हो गया। जब वह दरवाज़े से बाहर जाने लगा तो चाचे ने उसके कन्धे पर हाथ रख दिया। वह रुक गया तो चाचा बोला, "तुमसे एक बात और भी कहनी है।"

जस्सा ख़ामोश रहा।

बग्गे ने कहना आरम्भ किया, "अब तुम जवान हो गये हो...इस उम्र में मनुष्य के दिमाग़ में एक तूफ़ान-सा उठ खड़ा होता है। मैं तुमसे इतना ज़रूर कहना चाहता हूँ कि तुम किसी मुसीबत में न पड़ना।"

जस्से की शक्ल से ही लग रहा था कि चाचे की बात उसकी समझ में नहीं आयी।

चाचा फिर बोला, "मैं अपने अनुभव से कहता हूँ कि औरत की मोहब्बत के जाल में फँसने से ज़्यादा और कोई बेवकूफ़ी हो ही नहीं सकती। तुम्हारा जो जी चाहे सो करना, लेकिन इश्क़-विश्क़ के चक्कर में न फँसना समझे? मेरी बात याद रहेगी?"

"हाँ चाचा!"

3

किशनसिंह और भजनो रेलगाड़ी में बैठकर उसी दिन हरिपुरे पहुँच गये, मगर जस्सा उनके साथ नहीं आया। जस्से ने गाड़ी पर सफ़र करने से इनकार कर दिया। उसका

एक बहुत ही प्यारा और शक्तिशाली घोड़ा था, जिसे वह अपने साथ ले जाना चाहता था। उसने यह तय किया कि वह घोड़े पर ही सफ़र करेगा। पहले वह लायलपुर से लाहौर जायेगा, एक रात लाहौर में काटेगा, और दूसरे दिन लाहौर से शेखूपुरे, और शेखूपुरे से अपने गाँव हरिपुरे पहुँच जायेगा।

जस्से को घोड़े की इस लम्बी यात्रा में बड़ा मज़ा आया। अब वह ऐसे हरिपुरे में जा रहा था जहाँ उसके सिर पर चाचे का जूता नहीं होगा। वह वहाँ के स्याह-सफ़ेद का मालिक होगा, और अपनी मर्ज़ी का भी मालिक होगा।

चाचे ने जो ऊँच-नीच उसे समझाया था, वह सब उसे याद था। नारी-प्रेम के सम्बन्ध में चाचे की अन्तिम नसीहत भी उसे याद थी—लेकिन उसने निश्चय कर रखा था कि हरिपुरे पहुँचने पर सबसे पहले वह अपने चाचा की अन्तिम नसीहत का उल्लंघन करेगा।

वह दीपी को भूला नहीं था। उसे विश्वास था कि वह भी उसे नहीं भूली होगी... और यदि वह भूल भी गयी होगी तो वह उसकी चुटिया खींचकर सब-कुछ याद दिला देगा। और यदि दीपी ने उसके साथ वही व्यवहार करने का प्रयत्न किया जो रामप्यारी ने उसके चाचे से किया था तो वह दीपी का सुन्दर-सा गला काटकर उसका सिर नहर में फेंक आयेगा और धड़ किसी ऐसी सुनसान जगह पर छोड़ आयेगा जहाँ चील-कौवे और गिद्ध उसके शरीर की सुन्दर-सुन्दर बोटियाँ काटकर खा सकें।

वह आकाश में उड़ते हुए बाज़ की-सी तेज़ी के साथ पंजाब के हरे-भरे मैदानों में घोड़ा दौड़ाता हुआ रात के समय लाहौर जा धमका। हालाँकि आधी रात बीत चुकी थी। वह सीधा गुरुद्वारा डेरा साहब में जाकर रुका। वहाँ के एक सेवादार (सेवक) को कुछ पैसे देकर उसने घोड़े के दाने-पानी का प्रबन्ध कर दिया। गुरुद्वारे के लंगर में बची-खुची रोटियाँ और चने-उरद की दाल खाकर कुछ घण्टों के लिए सो गया।

सूर्योदय से पहले ही जाग उठा। नहा-धोकर श्री गुरु ग्रन्थ साहब के सामने माथा टेका। कुछ देर तक उसने पवित्र वाणी का पाठ सुना। यह वाणी उसकी समझ में नहीं आती थी, लेकिन गुरु की वाणी को पवित्र मानकर वह बड़े धैर्य से इसे सुन लिया करता था।

सूर्य की पहली किरण के साथ ही वह घोड़े पर सवार हुआ। रावी नदी के पुल के उस पार एक सड़क गुजराँवाले को जाती थी और दूसरी शेखूपुरे को जाती थी। वह लगाम को हलका-सा झटका देकर शेखूपुरेवाली सड़क की ओर मुड़ गया। दोपहर होने तक उसने बत्तीस मील का फ़ासला तय कर लिया। शेखूपुरे के एक ढाबे में उसने भोजन किया।

एक बार फिर घोड़े पर सवार हुआ, और अभी सूर्य क्षितिज से एक-डेढ़ हाथ ऊँचा ही था जब उसे गाँव के इधरवाली नहर की पटरी दिखायी देने लगी।

एक बार तो वह बिलकुल ठिठककर रह गया...और फिर बहुत धीरे-धीरे नहर की ओर बढ़ा।

पटरी पर पहुँचा तो सारी नहर को खाली देखकर उसे कुछ भी आश्चर्य नहीं हुआ, क्योंकि उस समय तक औरतें कपड़े धो और सुखाकर वापस चली जाती थीं। उसने नहर पर घोड़े को पानी पिलाया, एक कपड़े से उसकी चारों टाँगों की धूल पोंछ डाली। उसने स्वयं भी मुँह और हाथ-पाँव धो डाले, कपड़े बदले, और टीन के चौखटेवाला छोटा-सा शीशा सामने रखकर कलफ़ लगी पगड़ी सिर पर बाँधी।

इस प्रकार तैयार होकर उसने पैदल ही नहर का पुल पार किया। घोड़े की लगाम उसके हाथ में थी। अब गाँव तक पैदल ही जाने का इरादा था। इस तरह वह जानी-पहचानी जगहों का आनन्द ले सकता था।

कुछ दूरी पर एक लड़की खेतों की मुँडेरों पर से सूखे कपड़े उठाकर अब उनकी तह जमा रही थी। शायद वह अपना काम समाप्त कर चुकी थी, क्योंकि वह कपड़ों की गठरी बाँधकर धीरे-धीरे गाँव की ओर चल खड़ी हुई। जस्से की टाँगें लम्बी होने के कारण उसके क़दम भी बड़े-बड़े थे। न चाहते हुए भी वह उस लड़की के बराबर पहुँच गया। न जाने लड़की भी क्यों रुक गयी। पल-भर को जस्से के दिमाग़ में यह विचार बिजली की तरह कौंध गया कि कहीं वह दीपी तो नहीं। जब निकट से उसके चेहरे पर नज़र डाली तो जस्से को विश्वास हो गया कि वह दीपी नहीं हो सकती। दीपी तो छुटपन में ही बड़ी ख़ूबसूरत थी, और अब तो उसने भरपूर यौवन और नया रूप निकाला होगा।

उसने लड़की के निकट से चुपचाप आगे बढ़ जाना चाहा, लेकिन लड़की ने स्वयं ही पहल करते हुए पूछा, "क्या तुम जस्सासिंह हो?"

जस्से के क़दम रुक गये, वह पल-दो-पल लड़की को घूरता रहा, फिर भी उसे नहीं पहचान पाया तो बोला, "हाँ।"

लड़की हँस दी, "मैं पहचान गयी न तुम्हें!"

"तुम कौन हो?"

"मेरा नाम अल्लादित्ती है। मैं अब्दुल्ला अराईं की बेटी हूँ।"

जस्से को अब भी कुछ याद न आया। बोला, "तुमने मुझे कैसे पहचान लिया?"

"तुम्हारी बुआ ने चक पीराँ से लौटकर गाँव-भर में यह बात मशहूर कर दी है कि तुम आज यहाँ पहुँचनेवाले हो। तुम्हारी शक्ल और डील-डौल से मैंने अनुमान लगाया कि तुम निश्चय ही जस्सासिंह हो। तुम्हें याद तो नहीं होगा कि हम छुटपन में एक साथ खेला करते थे।"

जस्सासिंह अल्लादित्ती की शक्ल पहचान नहीं पा रहा था, और न उसे यह याद आ सका कि बचपन में वह उसके साथ खेला करता था।

उसे उलझन में देखकर अल्लादित्ती ने कहा, "हमारे साथ दीपी भी हुआ करती थी। तुम कुत्तों के साथ खरगोशों का शिकार खेला करते थे। हम लोग नहर पर नहाने भी जाया करते थे..."

अपनी बात बीच में ही तोड़कर अल्लादित्ती ने सिर घुमाया और अपने ढीले-ढाले हाथ से नहर की ओर संकेत करते हुए कहा, "वहाँ एक बार दीपी के पाँव में काँटा

चुभ गया था, और तुमने एक लम्बे-से काँटे से चुभे हुए काँटे को निकाल दिया था...''

ये सब बातें तो उसे स्मरण हो आयीं लेकिन अल्लादित्ती की बचपन की सूरत याद न आ सकी। जस्से ने महसूस किया कि अल्लादित्ती को पहचानने से इनकार करने में उसकी अपनी हानि थी। वह दीपी की बेतकल्लुफ़ सहेली थी, और उसी के द्वारा वह दीपी को सन्देश भेज सकता था। चुनांचे उसने पैंतरा बदलकर कहा, ''हाँ अल्लादित्ती, अब मुझे याद आ गया कि हम लोग कैसे-कैसे खेल खेला करते थे....आजकल दीपी कहाँ है?''

वह जानता था कि दीपी गाँव में ही थी, लेकिन बातचीत चालू करने के लिए उसने यह पूछा।

''गाँव में ही रहती है।''

''अब तो उसकी शक्ल भी बिलकुल बदल गयी होगी। जैसे मैं तुम्हें नहीं पहचान पाया, उसी तरह उसे भी नहीं पहचान पाऊँगा।''

''ठीक कहते हो। अब तो वह ख़ूब लम्बी और जवान हो गयी है। उसका मुखड़ा बिलकुल चाँद-सा लगता है। उसकी सुन्दरता और जवानी की तो धूम मची हुई है। इलाक़े-भर के युवक हथेली पर दिल रखकर उसके आसपास मँडराते रहते हैं।''

जस्से को यह बात अच्छी नहीं लगी। माथे पर बल डालकर बोला, ''कौन लोग हैं?''

अल्लादित्ती अब माशा अल्लाह ख़ुद भी जवान थी। जस्से के मन की दशा समझने में उसे देर नहीं लगी। बोली, ''कोई एकाध हो तो नाम भी बताऊँ...मगर ऐसा तो हुआ ही करता है।''

जस्सा जानना चाहता था कि क्या दीपी भी किसी को पसन्द करने लगी थी। लेकिन यह प्रश्न करने में उसे संकोच हो रहा था। उसने इस बात को दूसरे ढंग से पूछा, ''अल्लादित्ती, तुमने तो मुझे फ़ौरन पहचान लिया, क्या दीपी भी मुझे पहचान जायेगी?''

''जब वह तुम्हें भूली ही नहीं तो पहचानेगी क्यों नहीं!''

यह सुनकर जस्से का दिल ज़ोर से उछल पड़ा। वह अल्लादित्ती से बड़ा प्रसन्न हुआ।

अल्लादित्ती काफ़ी चतुर लड़की थी। उसने कनखियों से एक उचटती हुई नज़र जस्से के चेहरे पर डाली, और फिर दबे स्वर में बोली, ''दीदी तुम्हारे बारे में बहुत-सी बातें बताया करती है।''

''क्या बातें?''

''यही कि तुम छुटपन में उसे गोद में बैठा लेते थे, कभी-कभी उससे चिपक जाते थे और उसके गालों पर होंठ रख देते थे—क्या तुमने ये बातें अपने चाचा से सीखी थीं?''

अल्लादित्ती ने जस्से के साथ ही उसके चाचा की पोज़ीशन भी ख़राब कर दी थी। हड़बड़ाहट में उसके मुँह से निकल गया, ''चाचा?''

"यह बात तो अब तक यहाँ मशहूर है कि तुम्हारे चाचा की रामप्यारी नामक किसी औरत से यारी थी। उसी के पीछे उसे पाँच वर्ष की क़ैद हुई..."

जस्से ने टालते हुए कहा, "छोड़ो इन बातों को!...मैं तो उन दिनों छोटा था, मैं कभी इन बातों की ओर ज़्यादा ध्यान नहीं देता था।"

अल्लादित्ती ने अपनी पतली-सी उँगली ऊपर को उठाकर आँखें नचाते हुए कहा, "लेकिन तुम दीपी की ओर तो ध्यान देते थे...अब भी उसे चाहते हो न।...देखो, हमसे झूठ मत बोलना–हाँ!"

जस्से की तबीयत में चंचलता नहीं थी, लेकिन इस समय उसका वास्ता चंचल लड़की से ही पड़ा था। वह इतना खुल्लम-खुल्ला यह स्वीकार नहीं करना चाहता था कि वह अब भी दीपी से प्रेम करता था।

उसने फिर बात घुमाते हुए कहा, "ये बातें जो तुम मुझसे पूछ रही हो, क्या कभी अपनी सहेली दीपी से भी पूछी हैं?"

"उससे पूछने की क्या ज़रूरत है।"

"ज़रूरत क्यों नहीं?"

"इसलिए कि उसके मन का हाल तो मैं भली-भाँति जानती हूँ। जिसकी ख़ातिर तुम्हारी इतनी पिटाई हुई, भला वह तुम्हें कैसे भूल सकती है!"

अल्लादित्ती का पिटाईवाली बात याद दिलाना जस्से को अच्छा नहीं लगा। अल्लादित्ती तो मज़ा लेने पर तुली हुई थी, बोली, "आख़िर तुम्हारे चाचा ने तुम लोगों को क्या करते देख लिया था?"

"अजीब लड़की हो। हम उस समय बहुत छोटे थे। आख़िर चाचा हमें क्या करते देख सकता था?"

अल्लादित्ती ने शरारत से पूछा, "बताऊँ?"

जस्से ने बुरे दिल से कहा, "बताओ न!"

"तुम..." अल्लादित्ती कुछ कहने की बजाय हाथ अपने मुँह पर रखकर ज़ोर-ज़ोर से हँसने लगी। हँसते-हँसते वह दोहरी होती जा रही थी।

एक बार तो जस्से का जी चाहा कि उस बदतमीज़ लड़की को उठाकर नहर में फेंक आये। लेकिन वह बड़े काम की लड़की थी! एक तरह से उसकी राज़दार भी थी। जस्से ने बदमिज़ाजी ज़ाहिर करने की बजाय ज़रा मुस्कराकर कहा, "तुम तो जानती ही हो कि उस उम्र में अक़्ल कच्ची होती है...कई बेवकूफ़ी की हरकतें हो ही जाती हैं। बीती बातों को कुरेदने का क्या फ़ायदा!"

"ठीक है, छोड़ो बीती बातों को! ...मगर देखो, अब कोई ऐसी-वैसी हरकत मत कर बैठना!"

"हम दोनों की मुलाक़ात तक हुई नहीं, और तुम्हें पिस्सू भी पड़ गये।"

"मुलाक़ात भी हो जायेगी। घबराते क्यों हो!'

"नहीं, मैं घबरा नहीं रहा हूँ—मगर तुम उसे इतना तो बता दोगी कि मैं गाँव में आ गया हूँ।"

"उसे यह तो मालूम है कि आज तुम गाँव पहुँच रहे हो।"

"मालूम है? वह कैसे?"

"बताया न, तुम्हारी बुआ ने सारे गाँव में ढिंढोरा पीट रखा है।"

"तो फिर अब तुम उसे कह देना कि मैं यहाँ पहुँच गया हूँ।"

"बता देंगे।"

"यह भी कहना कि मैं उससे मुलाक़ात करना चाहता हूँ।"

"अरे भई मुलाक़ात भी करा देंगे...और बोल!"

"लेकिन हम कहाँ मिल पायेंगे?"

"कल गुरुद्वारे में उत्सव होगा। वहीं मुलाक़ात कर लेना।"

"वहाँ तो बहुत लोग होंगे...गुरुद्वारे से कहीं बाहर मुलाक़ात नहीं हो सकती?"

"क्यों नहीं...लेकिन जगह भी तो बताओ।"

"क़ब्रिस्तान के पास वह एक बूढ़ा नाला था न..."

"हाँ, वह तो अब भी है।"

"बस, तुम दीपी को वहीं भेज देना।"

"किस समय?"

"कल भोर का तारा निकलने से पहले ही मैं वहाँ पहुँच जाऊँगा। वह उसी समय आये तो अच्छा है। अँधेरे में किसी को पता भी नहीं चलेगा।"

"ठीक है।"

"अपने इज़ारबन्द को गाँठ लगा लो...ताकि कहीं भूल न जाओ।"

"अजी यहाँ तो दिल में गाँठ लग गयी है, भूलने का प्रश्न ही नहीं उठता।"

जस्से ने सोचा कि गाँव तक का बाक़ी रास्ता उसे अल्लादित्ती के साथ नहीं तय करना चाहिए। वह अल्लादित्ती से विदा होकर घोड़े पर बैठ गया, और एड़ लगाकर उससे बहुत आगे निकल गया।

गाँव के सामनेवाले मैदान में लड़कों ने धमा-चौकड़ी मचा रखी थी। उनमें से कुछ कबड्डी खेल रहे थे और कुछ गुल्ली-डण्डा खेल रहे थे। जस्सा उनके निकट पहुँचा तो वे खेल रोककर इस नये घुड़सवार को देखने लगे।

जस्सा इधर-उधर नज़र दौड़ाता हुआ बढ़ता चला गया। उसे कुछ नवयुवक भी दिखायी दिये। उसने सोचा कि इनमें वे भी होंगे जो उसके ज़माने में केवल लड़के थे, और अब उनके जवान हो जाने पर वह उन्हें पहचान भी नहीं पा रहा था।

वह अहाते के चौड़े और ऊँचे दरवाज़े में से घोड़े पर बैठा-बैठा भीतर घुस गया। अहाते की परली दीवार के निकट उसे रहीम दिखायी दिया जो भैंसों के लिए सानी कर

रहा था। इन छह वर्षों में रहीम दो-चार बार भजनो के साथ जाकर चक पीराँ में उससे मिल चुका था। लेकिन आज वे एक-डेढ़ साल बाद मिल रहे थे। रहीम को भजनो की ज़बानी जस्से के आने की ख़बर मिल चुकी थी। वह यह भी समझ चुका था कि अब जस्सासिंह घर के मालिक की हैसियत से आ रहा था। चुनाँचे उसने जस्से को घोड़े से उतरते देखा तो लपककर घोड़े की लगाम थामने को बढ़ा, और बोला, "सतसिरी-अकाल सरदार बहादुर।"

"सतसिरी-अकाल—ठीक हो?"

जस्से का स्वर सपाट था, लेकिन रहीम को उसकी आवाज़ बड़ी रोबदार लगी। जस्से की ओर देखा तो उसका मुँह सख़्ती से बन्द था। रहीम को कुछ और कहने का साहस नहीं हुआ। वह घोड़े को लेकर खूँटे की ओर बढ़ गया। कुछ पलों के लिए जस्सा जहाँ-का-तहाँ खड़ा रहा। बीती बातें मानो ज़बरदस्ती उसके दिमाग़ में घुस आयीं थीं। उसे उस जगह को देखकर अपने जीवन का दुःखद अध्याय स्मरण हो आया।

उसने धीरे-धीरे मकान के दरवाज़े की ओर क़दम बढ़ाया। अब उसे दरवाज़े में से झुककर भीतर घुसना पड़ा। भजनो सेहनवाले चूल्हे के निकट ही बैठी थी। उसे देखते ही हड़बड़ाकर उठी और बोली, "अरे आ गये जस्से!"

जस्से ने बुआ के पाँव छुए तो नहीं, केवल ज़रा झुककर उनकी ओर दोनों हाथों से मानो इशारा कर दिया। बुआ ने उसे यूँ आशीर्वाद दिया जैसे वे वर्षों के बाद मिले हों। बोली, "मैं यहाँ चली तो आयी लेकिन मन में यही दुविधा लगी रही कि देखें तू यहाँ आता है या नहीं।"

"इसमें सन्देह की क्या बात थी बुआ? मैंने कह तो दिया था कि मैं घोड़े पर आऊँगा।"

"सो तो ठीक है, फिर भी मेरा भय तो बना रहा कि न जाने कब अपने चाचा की तरह तेरी नीयत बदल जाये।"

"तो क्या मैं चाचे की तरह हूँ?"

"हाँ, उसी की तरह लम्बा-चौड़ा और अड़ियल मिज़ाज का है तू।"

"लेकिन बुआ, जब मैं किसी से कोई वायदा कर लेता हूँ तो उसे पूरा करके छोड़ता हूँ।"

"यह तो बहुत अच्छी बात है। ऐसा ही होना चाहिए। मैं यह भी नहीं चाहती कि तू अपने चाचेवाली आदतें ग्रहण करे।"

जस्सा इतमीनान से रसोई की चौड़ी मुँडेर पर बैठते हुए बोला, "चाचे की कोई ख़ास आदत है जो तुम्हें पसन्द नहीं?"

"उसमें अच्छी आदत ही कौन-सी है—और यह औरतोंवाला तो झंझट ही बड़ा ख़राब है। न जाने इस प्रकार के मर्दों की बुद्धि में कौन-सा कीड़ा घुस जाता है। मैं कहती हूँ कि मर्द सीधे-सीधे शादी करके घर क्यों नहीं बसा लेते...बजाय इसके कि औरतों से यारी गाँठते फिरें..."

बुआ की इस बात पर जस्से के मन में गुदगुदी उत्पन्न हुई। उसे दीपी का ख़याल आ गया।—बुआ उसके चुप रहने पर टकटकी बाँधे उसकी ओर देखे जा रही थी। वह एकदम चौंककर बोला, "हाँ बुआ, ठीक ही तो कहती हो।"

बुआ हँस दी... और फिर बोली, "अरे! मैं तो भूल ही गयी...तुझे भूख लगी होगी। रोटी पकाने में देर है, थोड़ा दूध ही पी ले।"

"लाओ।"

धरती की सतह के नीचे बनी हुई अँगीठी का गोल मटमैला ढक्कन उठाकर भजनो ने भीतर रखी मिट्टी की हाँड़ी को बाहर निकाला। उपलों के मन्द सेंक के कारण दूध मज़े का गर्म था। सुबह का रखा हुआ यह दूध पक-पककर भूरे रंग का हो चुका था, और उसके ऊपर मलाई की मोटी तह जमी हुई थी। तीन पाव का छन्ना (कटोरा) भजनो ने लबालब भर दिया, और लकड़ी की कड़छी से दो-तीन छटाँक मलाई उठाकर उस पर डाल दी। फिर वह भीतर को चली।

जस्से ने दोनों हाथों से छन्ना उठा लिया। भजनो बोली, "भीतर से शक्कर उठा लाऊँ।"

"रहने दो बुआ, मुझे कढ़ा हुआ दूध बिना शक्कर के ही अच्छा लगता है।"

भजनो वापस लौट आयी, और फिर अहातेवाले दरवाज़े में जाकर ज़ोर-ज़ोर से चिल्लाने लगी, "रहीम्या?...वे रहीम्या!..."

दूर से रहीम की आवाज़ सुनायी दी, और फिर वह अहाते में दिखायी दिया। भजनो बोली, "आज रात को रोटी यहाँ खाना। जस्सा आया है, कुछ गपशप रहेगी।"

रहीम को यह बात पसन्द आयी, क्योंकि उसे भजनो के बने हुए पराठे बहुत अच्छे लगते थे, और कड़ाह (हलुवा) तो उसे और भी स्वादिष्ट लगता था। ज़ोर से चिल्लाकर बोला, "ज़रूर खाऊँगा...लेकिन बेबे, कड़ाह ज़रूर बनाना।"

भजनो अँगूठा दिखाकर बोली, "ठेंगा!...कड़ाह पर कैसी राल टपकती है तेरी!"

रहीम बगलें बजाता हुआ भैंसों की ओर भाग गया।

वह लौटी तो जस्सा दूध समाप्त करके मूँछें पोंछ रहा था। भजनो कहने लगी, "आज तू आया है न, इसलिए रहीम को विश्वास है कि कड़ाह जरूर बनेगा।"

जस्सा रसोई की मुँडेर से उठकर सीधा खड़ा हो गया और बोला, "बुआ, तुम कंजूसी न किया करो।"

"हाँ रे! मैंने ऐसी कौन-सी कंजूसी की है। तू तो उलटी ही बात कह रहा है। तेरा चाचा कहा करता था कि मेरा हाथ बहुत खुला है...और तू मुझे कंजूस बताता है।"

"मैं चाहता हूँ कि तू रहीम को पेट भरकर कड़ाह खिला दे।"

"वह जब खाता है पेट भरकर ही खाता है। कड़ाह खाने में वह बिलकुल कंजूसी से काम नहीं लेता।"

"तो फिर इसका मतलब यह होगा कि इतना कड़ाह खाकर भी उसका मन नहीं भरेगा।"

"अरे छोरे (छोकरे)! तू यह क्यों नहीं स्वीकार करता कि मेरा बनाया हुआ कड़ाह इतना स्वादिष्ट होता है कि उसे खाकर किसी का जी भर सकता ही नहीं!"

रात भोजन के बाद तीनों की महफ़िल जमी। भजनो प्रसन्न होकर बोली, "घर कितना सूना रहता था। आज जस्से के आ जाने से घर भरा-भरा लगता है।"

रहीम के मुँह में अब भी कड़ाह का स्वाद आ रहा था इसलिए वह भी ख़ुश था। बोला, "बेबे, रौनक़ तो तब होगी जब जस्से की दुल्हन आयेगी, और कुछ ही वर्षों में कई भुजंगी (बच्चे) सारे घर में हुड़दंग मचाते फिरेंगे।"

यह सुनकर तो भजनो बिलकुल ही मुग्ध हो गयी, कहने लगी, "तेरे मुँह में घी-शक्कर! मैं तो यही चाहती हूँ, अब आगे जस्से के हाथ में है।"

रहीम बोला, "जस्से के हाथ में क्या है? सब आपके हाथ में है। जस्सा तो आज्ञाकारी बेटा है, जो आप कहेंगी सो ही करेगा।"

"आज्ञाकारी तो बग्गे को भी होना चाहिए था। छोटा भाई बेटा ही तो होता है। मगर उसके कारनामे तो तुमने देख लिये। तभी तो जस्से से भी डर लगता है कि कहीं यह शादी से इनकार न कर दे।"

रहीम ने उत्तर दिया, "अब आप अगर उससे ज़बरदस्ती इनकार करवाना चाहती हैं तो अलग बात है...वर्ना इसे कोई आपत्ति होती तो चुपचाप क्यों बैठा रहता!"

जस्सा ख़ामोश रहा।

भजनो बोली, "बेटा, कुछ तो बोल!"

जस्से ने अपने कसे हुए जूड़े को ज़रा ढीला करके कहा, "मेरे विषय में बेकार की चिन्ता मत करो बुआ!—लेकिन अभी तो कामकाज सँभालना है। यह सारा मामला ठीक हो जाये तो दूसरी बातों को भी सोचा जायेगा।"

रहीम ने हाँ-में-हाँ मिलायी, "छोटे सरदार की इस बात से तो मैं भी सहमत हूँ। इससे पता चलता है कि छोटे सरदार को अपनी ज़िम्मेदारी का पूरा अहसास है।"

भजनो दोनों हाथों की उँगलियों को आपस में फँसाकर बोली, "क्यों रे रहीम! क्या अब तू जस्से को छोटा सरदार कहा करेगा?"

"क्यों नहीं, बड़े सरदार जी तो चक पीराँ जा पहुँचे, और अब यही तो हमारे मालिक हैं।"

भजनो जस्से से कहने लगी, "बेटा, रहीम को तू चाचा ही कहना। आख़िर तुझसे बड़ा है, और हमने कभी इसे नौकर की तरह नहीं माना है।"

जस्से के होंठों पर बहुत ही हलकी-सी मुस्कराहट उत्पन्न हुई और वह रहीम की ओर देखते हुए बोला, "अच्छा तो रहीम चाचा, अब गाँववालों के बारे में कुछ बताओ। इतने

वर्षों में लड़के जवान हो गये होंगे, और कुछ लोग जो उस ज़माने में जवानी की अन्तिम सीमा पर थे, अब अधेड़ हो चुके होंगे।"

"हाँ छोटे सरदार, अब तो आपको गाँव का पूरा नक़्शा समझाना पड़ेगा। पहले तो उस शख़्स के बारे में सुनो जो आपके ख़ानदान का सबसे बड़ा वैरी है।"

जस्सा फ़ौरन ही बोल उठा, "तुम्हारा इशारा चन्ननसिंह की ओर है?"

"हाँ, अब तो दुनिया जान गयी है कि हमारे बड़े सरदार के भोलेपन और चन्नन की चतुराई के कारण इस घर पर कितनी बड़ी मुसीबत आयी। यह अच्छी तरह समझ लीजिये, छोटे सरदार, कि चन्ननसिंह आपको देखकर ज़रा भी ख़ुश नहीं होगा। उसके सीने पर तो साँप लोट जायेगा।"

"उसके कुछ लड़के भी तो थे?"

"जी हाँ, उसका बड़ा लड़का तो उम्र में आपसे डेढ़-पौने दो साल ज़्यादा होगा। उससे छोटा आपकी उम्र का होगा। बड़े का नाम लखनसिंह और छोटे का नाम दिलेरसिंह है। इन दो भाइयों के बाद दो लड़कियाँ हैं, जो शीघ्र ही शादी के क़ाबिल हो जायेंगी। इन दो लड़कियों से भी छोटा एक और लड़का है जिसका नाम सुन्दरसिंह है और उम्र दस साल है।"

"यहाँ पर एक सरदार शेरसिंह भी तो रहते हैं।"

"हाँ, वह भले आदमी हैं। उनके भी दो लड़के हैं, लेकिन अभी बड़ावाला पन्द्रह साल ही का है। सबसे बड़ी लड़की है, जिसका नाम दिलजीत कौर है। वह अट्ठारह वर्ष की हो चुकी है और ब्याह के लायक़ है।"

जस्से ने पूछा, "हमारे गाँव में तगड़े और धाकड़ जवान कौन-कौन से हैं?"

"शेरसिंह के बेटे जवान होकर सचमुच शेर नज़र आयेंगे। लेकिन आजकल तो चन्नन के दोनों बेटों की धाक बैठी हुई है। दोनों ही तगड़े जवान हैं। लेकिन छोटा ज़्यादा शक्तिशाली और बदमाश है। इन सबमें बदमाश थुन्ना है। वह चन्ननसिंह का भानजा है। थुन्ना पूरा लट्ठ है, बेहद मुँहफट और हथछुट भी है। मामा अपने इस भानजे यानी थुन्ने को दिल से चाहता है, क्योंकि हर बदमाशी के काम में वह थुन्ने को आगे कर देता है। थुन्ने का अपने ममेरे भाइयों से दिन-रात का उठना-बैठना है। घर में वाह गुरु अकाल पुरुख का दिया सब-कुछ है, लेकिन उसके बावजूद सुना गया है कि वे शौकिया कभी-कभी डाके भी मार लेते हैं।"

जस्सा पूरे गाँव, बल्कि इलाक़े का जायज़ा लेना चाहता था। उसने फिर पूछा, "तो रहीम चाचा, इनके अलावा भी तो हमारे गाँव में चुने हुए जवान हैं।"

"क्यों नहीं, बहुत-से ऐसे हैं जो खेल-कूद के मैदान में अपनी ताक़त का परिचय देते हैं। –लेकिन छोटे सरदार, मेरी नज़र में इस गाँव का जो सबसे ज़्यादा शक्तिशाली जवान है, उसका नाम तो मैंने अभी तक बताया ही नहीं।"

जस्से ने चौकन्ने होकर पूछा, "वह कौन है?"

"उसका नाम सरदार जस्सासिंह है।"

भजनो चिल्ला उठी, "हट रे रहीम! मेरे बेटे को नज़र मत लगाना।"

कुछ देर तक हँसी-मज़ाक होता रहा। फिर जस्से ने पूछा, "आसपास के देहात में भी कुछ लड़के मेरे थोड़े-बहुत यार-दोस्त बन गये थे। न जाने उनका क्या हाल है। सोचता हूँ तो उनकी शक्ले आँखों के आगे घूमने लगती हैं।"

"उन्हें तो मैं पहचानता नहीं।"

जस्सासिंह ने कहा, "उनमें से पूरनसिंह को तो तुम पहचानते ही होगे।"

"हाँ, याद आया। वह उम्र में आपसे कुछ बड़ा, और देखने में कुछ ख़ूबसूरत-सा था।"

"हाँ-हाँ वही।"

"वह तो पढ़-लिखकर पुलिस में भर्ती हो गया है। उसके बाप की काफ़ी पहुँच थी, और वह छोटा-मोटा अफ़सर बन गया। पाँच-छह महीने पहले मैंने उसे दूर से देखा था। बहुत ही अच्छा जवान निकला है। सैकड़ों में एक!...वर्दी में तो वह और भी सजता है।"

"तो तुमने उसे पहचान लिया?"

"उसे पहचानना ज़्यादा कठिन नहीं है। जिसने उसे आज से छह साल पहले देखा था, वह आज भी उसे पहचान सकता है। याद है, उसकी बायीं आँख के नीचे गाल पर छोटा-सा मस्सा भी है। वह उसकी पक्की निशानी है।"

इस तरह बातें करते-करते उन तीनों को जम्हाइयाँ आने लगीं। महफ़िल बरख़्वास्त हो गयी, और वे सोने के लिए अपने-अपने बिस्तर पर जा पहुँचे। रहीम तबेलेवाली कोठरी को चला गया, और बुआ और भतीजा बाहरवाले पसार में अपनी-अपनी चारपाइयों पर लेट गये।

बिस्तर पर पड़े-पड़े भजनो ने पूछा, "मैं तो रात के तीसरे पहर जाग पड़ूगी और गुरुद्वारे जाकर लंगर की सेवा करूँगी। दिन चढ़ने तक मुझे दही बिलोने के लिए लौटकर आना होगा।"

"ठीक है बुआ! जाने से पहले मुझे जगा देना। मैं भी गुरुद्वारे में मत्था टेकने जाऊँगा।"

"बहुत अच्छा"

थोड़ी देर के बाद वे सो गये। जस्से को नींद तो एकदम आ गयी, लेकिन वह भजनो से पहले जाग उठा। रात ही से वह उत्सुक था, क्योंकि उसे दीपी से मिलना था। बुआ से पहले वह जाना नहीं चाहता था, अतः चुपचाप लेटा रहा।

भजनो जागी। उसने सेहन में लगे दस्ती नल के नीचे बैठकर जल्दी-जल्दी स्नान किया, और फिर जब कपड़े पहनकर तैयार हो गयी तो जाते-जाते जस्से को भी आवाज़ दे दी।

जस्सा बोला, "हाँ बुआ, मैं जाग गया।"

"जाग तो गये, कहीं फिर ऊँघ न जाना। गुरुद्वारे में ज़रूर आना। वहाँ कई लोगों से मुलाक़ात भी हो जायेगी।"

भजनो का चिन्ता करना बेकार था, क्योंकि जस्सा तो उससे भी अधिक उत्सुक हो रहा था। भजनो घर से बाहर निकली तो जस्सा एकदम उछलकर बैठ गया। उसने भी दस्ती नल के नीचे स्नान किया, कपड़े बदले, सिर पर पगड़ी बाँधी, और उसके दो तुर्रे नीचे और ऊपर को छोड़े, मूँछों को घी से चुपड़ा, और इस तरह तैयार होकर वह घर से चल खड़ा हुआ। उसने गुरुद्वारे को जाने की बजाय दूसरा ही मार्ग अपना लिया। खेतों की मेंड़ों पर से क़दम बढ़ाता हुआ वह क़ब्रिस्तान की ओर बढ़ता गया। क़ब्रिस्तान के इस ओर एक छोटा-सा पुराना नाला था, जिसे बुड्ढा नाला कहा करते थे। जस्सा सीधे बुड्ढे नाले पर पहुँचा। नाला अधिक चौड़ा नहीं था। उसने लाठी बीच में टिकायी और उछलकर नाले को पार कर गया। नाले के दूसरी ओर वह एक ऊँची-सी जगह पर झाड़ी की ओट में बैठ गया। उसके एक ओर क़ब्रिस्तान था और दूसरी ओर गुरुद्वारा। गुरुद्वारे में बजनेवाले लम्बे चिमटों, ढोलक और गानेवालों का मिला-जुला हलका-सा शोर कानों तक पहुँच रहा था।

वह एकटक गुरुद्वारे की तरफ़ देखे जा रहा था। बार-बार मन में यह विचार उभरता कि क्या दीपी आयेगी भी या नहीं! छह वर्ष का समय छह शताब्दियों के बराबर लग रहा था। दुबली-पतली प्यारी-सी दीपी अब कैसी लगती होगी। यह देखने के लिए वह बहुत बेचैन हो रहा था।

समय गुज़रता गया। जब गुरुद्वारे की ओर से कोई भी आता दिखायी नहीं दिया तो वह निराश हो गया। फिर उसने सोचा कि अभी तो काफ़ी अँधेरा है। दीपी को इतने अँधेरे में इधर आने से डर लग रहा होगा...

वह अपने विचारों में खो गया, उसका सिर झुक गया, और वह लाठी के सिरे से धरती को कुरेदने लगा—एकाएक ही उसके कानों में हलका-सा शोर सुनायी दिया।

सिर उठाया तो कुछ दूरी पर एक लड़की दिखी। वह घबरायी हुई नज़रों से चारों ओर देख रही थी। कुछ अँधेरे के कारण और कुछ झाड़ी की ओट के कारण वह जस्से को देख नहीं पायी। उस पर नज़र पड़ते ही जस्सा तो चकित रह गया। यह लड़की थी या जवानी का भड़कता हुआ शोला!...क्या उस मैली-कुचैली, दुबली-पतली, सहमी-सहमी छोटी-सी लड़की ने अब यह रूप धारण कर लिया था!

फिर उसे महसूस हुआ कि लड़की कुछ निराश हो गयी थी। इस भय से कि कहीं वह नाउम्मीद होकर लौट न जाये, जस्सा उठ खड़ा हुआ।

तब लड़की की दृष्टि उस पर पड़ी। भला इतने लम्बे-चौड़े जवान पर उसकी नज़र पड़े बिना कैसे रह सकती थी।

जीवन में पहली बार जस्से ने अपने-आपको बिलकुल विवश-सा महसूस किया। उसे लगा जैसे किसी ने उस पर जादू कर दिया है। दोनों की नज़रें मिलीं तो लड़की

भी चकित रह गयी। चकित होने के साथ वह कुछ सहमी हुई-सी भी लगती थी। इतने वर्षों में उसके छुटपन के मित्र का भी तो हुलिया बहुत बदल गया था। वह भी हैरान थी कि क्या यह वही जस्सू था जो उन दिनों बिलकुल अनाथ-सा लगता था।

दोनों एक-दूसरे के निकट पहुँचे। जस्से के दिल और दिमाग़ पर हुस्न का जादू कुछ ऐसा छाया हुआ था कि उसे पता ही नहीं चला कि उन दोनों की आपस में क्या बातचीत हुई। जब खेत की ऊँची मुँडेर पर बैठे-बैठे दीपी ने वापस लौटने की बात कही तो जस्सा चौंका। वह इतनी जल्दी उससे अलग नहीं होना चाहता था। दीपी उसकी थी, और अब कोई दीपी को उससे अलग नहीं कर सकता था। इसी भावना के वशीभूत उसने निश्चय कर लिया कि यदि कोई इधर आ निकला तो वह उसे जान से मार देगा—मगर शीघ्र ही उसे अपनी भूल का अहसास हो गया। दीपी ठीक ही तो कहती थी। दिन का प्रकाश फैलने से पहले-पहले उसे लौट जाना चाहिए। अगर किसी ने देख लिया तो नया बवाल जाग उठेगा। ऐसा होना ठीक नहीं था। वह अपने चाचे की भाँति बदनाम नहीं होना चाहता था। अपने से अधिक उसे दीपी की बदनामी का भय था। बदनामी का सबसे बुरा परिणाम यह निकल सकता था कि दुनिया उनके रास्ते में नित नयी अड़चनें उत्पन्न करने लगेगी—नहीं, वह बहुत ही फूँक-फूँककर क़दम रखेगा। आवश्यकता पड़ने पर जान की बाज़ी भी लगा देगा, लेकिन वह ख़ा-म-ख़ाह स्वयं को और दीपी को मुसीबत में नहीं डालेगा। वह दीपी को प्राप्त करना चाहता था, और वह अच्छी तरह जानता था कि इस मंज़िल तक पहुँचने के लिए उसे बहुत ही सावधान रहना पड़ेगा।

ये सब बातें सोचकर वह धीरे से बोला, "दीपी! तुमसे अलग होने को जी तो नहीं चाहता, लेकिन अगर तुम जाना चाहती हो तो मैं तुम्हें ज़बरदस्ती रोकने की कोशिश नहीं करूँगा।"

काले बालों में दीपी का चेहरा दमक रहा था। वह अपनी मोटी-मोटी आँखें उसकी आँखों में डालकर बोली, "जब तक तुम अपनी ख़ुशी से मुझे वापस जाने को नहीं कहोगे, तब तक मैं नहीं जाऊँगी।"

दीपी की यह बात सुनकर जस्से के मन का उत्साह कहीं अधिक बढ़ गया। दीपी भी उसको अपना समझती थी। अब वे एक हो चुके थे। इस इतमीनान के बाद जस्सा कोई ऐसी हरकत नहीं करना चाहता था कि जिससे बना-बनाया खेल बिगड़ जाये। उसने खेत की मुँडेर पर रखे हुए दीपी के गोरे, गोल-मटोल और कोमल हाथ को कनखियों से देखा, और फिर अपना हाथ बढ़ाकर उसके हाथ पर रख दिया। हाथ के इस स्पर्श से हज़ारों बिजलियाँ जस्से के शरीर में सनसना गयीं। जहाँ तक दीपी का सम्बन्ध था, वह पल-भर बाद उठी, लपककर आगे बढ़ी, और उसने जस्से के गले में बाँहें डाल दीं। उसका सारा शरीर हरी-भरी बेल की तरह जस्से के शरीर से लिपट गया था।

कुछ पल इसी तरह गुज़र गये। जस्से ने अपने-आप पर काबू पाते हुए उसके कान में फुसफुसाकर कहा, "न चाहते हुए भी मैं तुम्हें वापस भेजने पर मजबूर हूँ। हम दोनों के लिए यही अच्छा है।"

उसी अवस्था में दीपी ने पूछा, "अब हम फिर कब मिलेंगे?"

"मैं अल्लादित्ती के द्वारा ही तुम्हें सन्देश भिजवा दूँगा। मेरी यह बात याद रखो कि हमें हर समय सावधान रहने की ज़रूरत है। ज़रा-सी जल्दबाज़ी से हमारा भाण्डा फूट सकता है और सारा काम बिगड़ सकता है।"

वे दोनों धीरे-धीरे अलग हो गये। दीपी रुक-रुककर पीछे को हटी। कुछ दूरी पर पहुँचकर उसने हाथ हवा में हिलाते हुए मधुर स्वर में पूछा, "तो मैं जाऊँ?"

"हाँ, जाओ! डरने की कोई बात नहीं। जब तक तुम गुरुद्वारे में नहीं पहुँच जाओगी तब तक मेरी नज़र तुम पर ही टिकी रहेगी।"

4

दीपी चली गयी जस्सा जहाँ-का-तहाँ बैठा रहा। उसकी तीव्र दृष्टि तेज़ी से चलती हुई दीपी पर उस समय तक जमी रही, जब तक कि वह गुरुद्वारे के पिछवाड़ेवाली फुलवारी में पहुँचकर ग़ायब नहीं हो गयी। वह बहुत अजीब-सा महसूस कर रहा था। उसे इस बात का भी कोई पता नहीं था कि वह वास्तव में क्या महसूस कर रहा था। इसमें सन्देह नहीं कि वह शान्त था। दीपी से मुलाक़ात होने से पहले उसके मन में खलबली मची हुई थी। दीपी के प्रति उसके मन में कई उमंगें भी थीं, और उन उमंगों पर अनजाने भय और निराशा की काली घटा भी छायी हुई थी, लेकिन अब दीपी की सुन्दरता और अपने प्रति उसके व्यवहार को देखकर उसके मन को प्रसन्नता भी हुई और इतमीनान भी। अगर इस मामले में कोई गड़बड़ हो जाती तो न जाने जस्से के मन में क्या प्रतिक्रिया होती। सम्भवतः वह तबाही की डगर पर चल निकलता। इन बातों का अब कोई डर नहीं रहा था। उसे अपना मार्ग बहुत ही स्पष्ट नज़र आने लगा था। वह बड़े स्वस्थ अन्दाज़ से अपने भविष्य का कार्यक्रम बना सकता था। उसे पागलों की-सी हरकत करने की आवश्यकता ही नहीं रही थी।

उसके जीवन के नये अध्याय का शुभारम्भ हो चुका था।

उजाला फैलने लगा और सूर्य ने अपनी किरणें धरती पर फेंकी तो वह उठ खड़ा हुआ। बुआ को दिया हुआ अपना वचन उसे याद था। वह ज़रूर गुरुद्वारे में उसकी प्रतीक्षा कर रही होगी। यह सोचकर वह गुरुद्वारे की ओर चल दिया।

दीपी गुरुद्वारे के पिछवाड़ेवाले द्वार से गयी थी, लेकिन उसे सामनेवाले बड़े दरवाज़े की ओर से होकर जाना था। वह उस कच्ची-चौड़ी सड़क पर हो लिया जो गुरुद्वारे के निकट से गुज़रती थी। जब वह उस स्थान तक पहुँचा जहाँ गुरुद्वारे से आनेवाला मार्ग सड़क से आकर मिलता था, तो वहाँ उसने कुछ व्यक्तियों को खड़े पाया। उनमें से

चन्ननसिंह को तो उसने तुरन्त ही पहचान लिया। उसके साथ कुछ और युवक थे। पक्की ईंटों के बने हुए इस मार्ग के किनारे-किनारे बबूल और धरेक के वृक्ष उगे हुए थे। उन युवकों में से एक हाथ में बहुत लम्बे दस्ते की कुल्हाड़ी लिये बबूल की...कोमल शाखाओं को काट रहा था, और दूसरा चाकू से उन कोमल शाखाओं के काँटे काट-काटकर दातून बना रहा था। दो-तीन युवक और भी थे, जो आसपास मँडरा रहे थे। ज्यों-ज्यों दातून तैयार होते गये त्यों-त्यों हर कोई अपने मुँह में दातून दबाता गया। जस्से के वहाँ पहुँचने तक दातूनों की सारी कार्यवाही पूर्ण हो चुकी थी।

दातून मुँह में दबाये व्यक्तियों ने दूर से ही एक लम्बे-चौड़े जवान को आते देखा तो आपस में पूछ-ताछ करने लगे कि वह कौन हो सकता था। उनके कानों तक जस्से के लौटने की ख़बर नहीं पहुँची थी, न ही उन्होंने अपने गाँव या आसपास के देहात में इतना तगड़ा जवान देखा था। उन्हें उस समय और अधिक आश्चर्य हुआ जब उस अपरिचित युवक ने निकट आकर चन्ननसिंह से कहा, "चाचा, सतसिरी-अकाल!"

चन्ननसिंह का मुँह हिलते-हिलते रुक गया, और उसने दातून बाहर निकालकर कहा, "सतसिरी-अकाल!...मैंने तुम्हें पहचाना नहीं।"

"मैं जस्सासिंह हूँ। तुम मुझे कैसे पहचानते, मैं लगभग छह वर्षों के बाद यहाँ आया हूँ।"

जब जस्सासिंह गाँव में था तो उन दिनों चन्ननसिंह ने उसकी ओर कभी विशेष ध्यान नहीं दिया था। जस्से की बात सुनकर उसकी आँखों के सामने पल-भर को एक गन्दे, मूर्ख और अनाथ-से लड़के की शक्ल घूम गयी। उसने दातून को निकटवाले वृक्ष के पतले तने पर दो-तीन बार मारा, ताकि उसमें से फालतू रेशे झड़ जायें, और फिर बोला, "ओह! तो तुम बग्गासिंह के भतीजे हो?"

"हाँ।"

यह जानकर कि वास्तव में वह कौन था, आसपास खड़े युवकों के चेहरे कुछ कठोर पड़ गये। चन्ननसिंह का दिल भी कुछ बुझ-सा गया। उसने दातून के इशारे से निकट खड़े व्यक्तियों का बारी-बारी परिचय दिया, "यह मेरा बड़ा लड़का लक्खनसिंह है, और वह छोटा लड़का दिलेरसिंह, और उधर मेरा भानजा थुन्ना खड़ा है।"

शेष दो व्यक्तियों का परिचय देते हुए चन्ननसिंह ने कहा, "ये भी अपने ही गाँव के आदमी हैं—अच्छा तो तुम्हारा चाचा अब चक पीराँ में ही रहेगा। ऐसा मैंने सुना था।"

"हाँ, चाचा ने सदा के लिए वहीं डेरा जमा लिया है।"

"इसका मतलब है कि तुम यहाँ का काम देखने के लिए कभी-कभी आ जाया करोगे।"

चन्नन ने यह बात जान-बूझकर कही थी, क्योंकि वह जस्से का इरादा जानना चाहता था। जस्सा बोला, "मैं अब यहीं पर रहूँगा।"

यह सुनकर चन्नन को अच्छा नहीं लगा, लेकिन वह मन की बात दबाते हुए बोला, "कब पहुँचे तुम यहाँ?"

"कल शाम।"

"ठीक है, मैं शेखूपुरे गया हुआ था। रात देर से लौटा, इसीलिए तुम्हारे आने की ख़बर नहीं मिली।"

जब चन्ननसिंह बातें कर रहा था तो जस्सा आँखों-ही-आँखों में लक्खनसिंह, दिलेरसिंह और थुन्ने का जायज़ा ले रहा था। वह भली-भाँति जानता था कि हरिपुरे में रहकर उन लोगों से उसकी टक्कर अनिवार्य थी। सचमुच दिलेरसिंह अपने बड़े भाई से भी अधिक जवान था। थुन्ना सुअर की तरह पला हुआ था वह नाक की बजाय मुँह से साँस ले रहा था, और शक्ल से बिलकुल घामड़ लगता था।

चन्ननसिंह ने पूछा, "गुरुद्वारे में मत्था टेकने आये हो?"

"हाँ।"

"इत्तफ़ाक़ की बात कि हम यहाँ खड़े थे। जभी तो मुलाक़ात हो गयी।"

जस्सा धीरे से मुस्कराया और उसने गुरुद्वारे की ओर क़दम बढ़ा दिया।

चन्नन ने फिर कहा, "हमें मिलने के लिए आते रहना, जस्से!...आख़िर वह भी तो तुम्हारा ही घर है!"

"क्यों नहीं, क्यों नहीं।" गरदन घुमाकर जस्से ने धीरे से यह बात कही और गुरुद्वारे की ओर बढ़ गया।

वे सब उसे टकटकी बाँधे देख रहे थे। लक्खनसिंह बुरा-सा मुँह बनाकर बोला, "हरामज़ादे चाचा से पीछा छूटा था, अब यह दूसरा हरामज़ादा आ गया है।"

लक्खनसिंह ने यह बात इतने धीमे स्वर में नहीं कही थी कि जस्से के कानों तक न पहुँच पाती, लेकिन जस्से ने सुना-अनसुना कर दिया। वह ऐसा कर सकता था, क्योंकि यह बात सीधे उसके मुँह पर नहीं कही गयी थी। उसने दृढ़ निश्चय कर लिया था कि वह जल्दबाज़ी में कोई हरकत नहीं करेगा। दीपी के प्यार ने उसके मन में यह सन्तुलन उत्पन्न कर दिया था। यह कहना कठिन था कि चन्ननसिंह के बेटों का व्यवहार इसी प्रकार का रहने पर वह कब तक अपने इस सन्तुलन को बनाये रखेगा।

चन्ननसिंह के लिए भी जस्से का वहाँ आना धमाके से कम नहीं था। वह अपनी दाढ़ी के बाल मुट्ठी में दबाते हुए बोला, "यह अचानक कैसे आ धमका।"

निकट खड़े गाँव के दूसरे आदमी ने कहा, "चन्ननसिंह, यह बात तो भजनो ने परसों से ही फैला रखी है कि उसका भतीजा आनेवाला है।"

दिलेरसिंह ज़ोर से ज़मीन पर थूकते हुए बोला, "यह तो मैंने भी सुना था। मैंने ज़्यादा ध्यान नहीं दिया, सोचा कि होगा कोई चिरकुट।"

गाँव का दूसरा आदमी बोल उठा, "दिलेर! इसे चिरकुट समझना बहुत भारी भूल होगी।"

थुन्ना कड़वेपन से दाँत दिखाते हुए बोला, "तेल देखो, तेल की धार देखो—और यह भी देखो कि यह कब तक यहाँ टिकता है। जब इसके चाचा की जड़ें उखड़ गयीं, तो भला यह किस खेत की मूली है।"

दूसरे व्यक्ति ने कहा, "थुन्ने! मैं बग्गे के गुट का आदमी तो नहीं हूँ, न मुझे इनके ख़ानदान से कोई सहानुभूति है। लेकिन बुज़ुर्गों का कथन याद रखो कि शत्रु को कभी मामूली नहीं समझना चाहिए।"

थुन्ना गरदन अकड़ाकर बोला, "अजी तुम देखते जाओ। हमने इसकी हगनी-मूतनी न बन्द कर दी तो हमारा नाम बदल देना।"

थुन्ने के मुँह से निकली हुई इस बात का बहुत अधिक महत्त्व था। दूसरा आदमी इतने में ही चुप हो गया।

जस्सा टूटी-फूटी दीवार में बने हुए फाटकनुमा दरवाज़े से गुज़रकर गुरुद्वारे के दालान में पहुँचा तो एक ओर से भजनो लपकती हुई उसकी ओर बढ़ी और बोली, "आ गये तुम?"

"हाँ बुआ, क्या मेरे आने में कोई सन्देह था?"

"सन्देह तो नहीं था, लेकिन कभी यह डर मन में ज़रूर उठता है कि आख़िर तू बग्गे का ही भतीजा है न। न जाने कब मन पर कौन-सी धुन सवार हो जाये।"

जस्से ने सहज से दाँत दिखा दिये, और बोला, "बुआ, तुम यह क्यों भूल जाती हो कि मैं केवल चाचा का ही नहीं, तुम्हारा भी भतीजा हूँ।"

भजनो की बाछें खिल गयीं, "हाँ, सो तो है। लेकिन तूने बहुत देर लगा दी रे। मैं इस इन्तज़ार में रही कि तुझे यहाँ देख लूँ तो घर को जाऊँ। घर पर दही बिलोने को पड़ी है। अच्छा तो मैं चली...और जब तक मैं लौटकर गुरुद्वारे में न आऊँ तू यहीं पर रहना। कुछ समय गुरु के चरणों में भी गुज़ारना चाहिए...समझे?"

"हाँ बुआ।" जस्से ने ऊबे हुए स्वर में उत्तर दिया।

इतने में शेरसिंह भजनो के पास आ खड़ा हुआ। उसने जस्से पर सिर से पाँव तक एक नज़र डाली, और भजनो से पूछा, "यह तेरा भतीजा जस्सा है न?"

भजनो ने बड़े गर्व से उत्तर दिया, "हाँ, यह वही लड़का है जो छह वर्ष पहले हमारे यहाँ रहता था।—अरे जस्से! यह भी तुम्हारे चाचा हैं। इनका नाम शेरसिंह है।"

जस्सासिंह को शेरसिंह की शक्ल भी याद नहीं आ रही थी क्योंकि लड़कपन के ज़माने में शेरसिंह से उसका पाला नहीं पड़ा था। फिर भी उसने दोनों हाथ जोड़कर शेरसिंह से सतसिरी-अकाल कह दी। शेरसिंह ने जस्से की पीठ पर हलकी-सी थपकी दी।

जस्सा दालान में से होता हुआ गुरुद्वारे के भीतर की ओर बढ़ा, और शेरसिंह ने भजनो से कहा, "वाह भई, वाह! तेरा भतीजा तो वाक़ई दर्शनीय जवान निकला है।"

"बेटा कहो बेटा। मैं उसे भतीजा नहीं बेटा मानती हूँ।"

"हाँ बेटा तो है ही—अब तुम कहाँ को चलीं?"

"मैं वापस गाँव जा रही हूँ। दही बिलोने को पड़ी है। मैं जस्से की प्रतीक्षा करती रही, वरना और ज़ल्दी लौट जाती।"

"तो चलो, मैं भी गाँव को जा रहा हूँ। एक से दो भले। रास्ते में गपशप होती रहेगी।"

"चलो।"

शेरसिंह ने दीवार के निकट पड़े अगणित जूतों में से अपने जूते खोजकर पहने और भजनो के साथ बड़े दरवाज़े से बाहर निकल आया।

वे ईंटों के बने मार्ग पर चल रहे थे कि उन्हें चन्ननसिंह अपने बेटों सहित कच्ची सड़क के निकट खड़ा दिखायी दिया।

बग्गासिंह को पाँच वर्ष की क़ैद हो जाने के बाद काफ़ी अर्से तक भजनो ने चन्ननसिंह से बात भी नहीं की। अब थोड़ी-बहुत बोलचाल हो जाती थी। इसमें भी प्रायः चन्ननसिंह ही पहल करता था। शेरसिंह से तो उसकी मुलाक़ात गुरुद्वारे में हो चुकी थी, लेकिन अभी भजनो से भेंट नहीं हुई थी। ज्यों ही ये निकट पहुँचे त्यों ही चन्ननसिंह उच्च स्वर में बोला, "पैरी पैना...बहन भजनो!"

भजनो को भी कहना पड़ा, "जीते रहो।"

चन्ननसिंह फिर बोला, "बधाई होवे। तुम्हारा भतीजा तुम्हारे पास आ गया है।"

भजनो ने बधाई स्वीकार करते हुए पूछा, "तुमने उसे कब देखा?"

"देखा ही नहीं, बातचीत भी हुई। अभी वह इधर से होकर तो गुरुद्वारे में गया था। मैंने उसका उसके भाइयों से भी परिचय करा दिया है।"

चन्नन का संकेत अपने बेटों की ओर था।

भजनो बोली, "यह भी अच्छा किया। आख़िर सब भाइयों को एक साथ ही रहना है।"

'क्यों नहीं बहन! दुनिया में ऊँच-नीच तो चलता ही रहता है। अगर आपस में एक बार कुछ रंजिश भी हो जाये तो उसका यह मतलब नहीं कि सारी उम्र के लिए इनसान एक-दूसरे का दुश्मन बन जाये...और फिर ख़ून का रिश्ता तो कभी टूट ही नहीं सकता।"

इस तरह एक-दो बातें और हुईं, फिर ये दोनों आगे बढ़ गये।

कुछ दूरी पर पहुँचकर शेरसिंह बोला, "बहन, इनके झाँसे में मत आना। चन्नन बड़ा ही मक्कार आदमी है। इसका वही हाल है कि बगल में छुरी और मुँह में राम!"

"हाँ शेरूया! मैं इन्हें अच्छी तरह समझती हूँ। मेरे बाल धूप में सफ़ेद नहीं हुए हैं।"

"ज़रा जस्से को भी समझा देना। कहीं वह इनकी चिकनी-चुपड़ी बातों में न आ जाये। इनका सब यही तरीक़ा है कि पहले तो लच्छेदार बातों से दूसरे को अपनाते हैं, और फिर उसे ऐसे गहरे गड्ढे में गिरा देते हैं, जहाँ से वह कभी बाहर न निकल पाये।"

"हाँ, मैं जस्से को समझा दूँगी। वैसे मुझे विश्वास है कि जस्सा इतना बुद्धू नहीं है जितना कि वह नज़र आता है। फिर भी मैं उसे सावधान कर दूँगी।"

शेरसिंह किसी से कम धाकड़ या बदमाश नहीं था, लेकिन वह मक्कार बिलकुल नहीं था। उसकी लड़ाई सीधी लड़ाई होती थी। विश्वासघात उसने कभी नहीं किया था। मक्कार से मक्कारी करने से वह चूकता भी नहीं था।

गाँव के निकट पहुँचकर जब वे अपने-अपने घर को जाने लगे तो विदा होने से पहले भजनो बोली, "मुझे इस बात का आभास है कि जस्सा भेड़ियों से घिरा रहेगा। चन्नन और उसके बेटे कभी पसन्द नहीं करेंगे कि जस्सा यहाँ इतमीनान से रह सके। वे तो यही चाहेंगे कि जिस तरह उन्होंने चाचा को भगा दिया है, उसी तरह भतीजे को भी भगा दें। मुझे जस्से के यहाँ आने की ख़ुशी भी है और इसके साथ इन भेड़ियों का भय भी लगा हुआ है।"

"वह सब तो मैं पहले से ही जानता हूँ। लेकिन मेरे ख़याल में शारीरिक शक्ति में भी जस्सा इन लोगों से कम नहीं रहेगा, बल्कि भारी पड़ेगा। बग्गासिंह के पुराने यार भी गाँव में मौजूद हैं, उनकी सहानुभूति तो जस्से के साथ ही रहेगी। इनके अतिरिक्त जस्सा गाँव में अपने कुछ मित्र भी बना लेगा।"

"लेकिन मैं चाहती हूँ कि जस्से के सिर पर तुम्हारे जैसे अनुभवी चाचा का हाथ रहना चाहिए।"

"अरी! यह भी कोई कहने की बात है। मेरा हाथ तो उसके सिर पर रहेगा ही। चन्ननसिंह को मैं दो कौड़ी का आदमी समझता हूँ। मैं अब तक चन्ननसिंह का दिमाग़ ठीक कर देता, लेकिन घर-गृहस्थीवाला हो जाने के कारण मैं ख़ामख़ाह कोई झगड़ा नहीं उठाना चाहता। देखो न, एक बेटी तो अब बिलकुल शादी करने लायक़ है। अगर मैं बेकार के झगड़ों में पड़ गया तो मेरी सारी ज़िम्मेदारियाँ कौन निभायेगा।"

"ठीक है भई, मैं भी यह नहीं चाहती की तुम ख़ामख़ाह जस्से की ख़ातिर फ़ौजदारी में पड़ो। मेरी तो बस इतनी ही इच्छा है कि उसके बुरे-भले का ख़याल रखना, और चन्नन की मक्कारियों से उसे पहले ही सावधान कर देना।"

"चिन्ता मत करो...ऐसा ही होगा।"

वे दोनों अपने-अपने घर को चले गये। उधर जब जस्सा गुरुद्वारे में घुसा और उसने आगे बढ़कर गुरु ग्रन्थ साहब के सामने माथा टेका, और फिर एक ओर हटकर चौकड़ी मारकर बैठ गया, तो इस दौरान कुछ लोगों की आँखें उस पर जमी रहीं। आख़िर यह गाँव था। गाँव के लोग नये व्यक्ति को बड़ी उत्सुकता की नज़र से देखते हैं।

पुरुषों से भी अधिक उत्सुकता कुछ लड़कियों ने दिखायी। विशेष रूप से उन लड़कियों ने जो जस्से और दीपी के विषय में सब-कुछ जानती थीं।

औरतों के बैठने का भाग अलग था। वहाँ से कभी एक लड़की उचककर ज़रा ऊपर को उठ जाती, कभी दूसरी। वे जस्से को देखने का प्रयत्न कर रही थीं। उँगलियों से इशारे भी हो रहे थे।

कुछ बड़ी-बूढ़ियों ने लड़कियों को टोका तो वे बताने लगीं, "आज यहाँ भजनो बेबे का भतीजा आया है।"

जस्सासिंह छिपी नज़रों से यह सब देख रहा था। मन-ही-मन वह परेशान था। वह नहीं जानता था कि लड़कियाँ ऐसी हरकतें भी करेंगी।

जस्सा जान-बूझकर आँखें झुकाये बैठा रहा। जब अरदास (प्रार्थना) के लिए सब लोग खड़े हुए तो कुछ लड़कियाँ भीतर-ही-भीतर खिसक कर आगे बढ़ आयीं, ताकि जस्से को निकट से अच्छी तरह देख सकें।

अरदास के बाद कड़ाह प्रसाद बाँटा गया। प्रसाद के बाद लोग बिखरने लगते हैं। जस्सा भी बाहर दालान में आ खड़ा हुआ। वह किसी से परिचित नहीं था। लड़कियाँ थीं कि अब भी बाज़ नहीं आ रही थीं। यह भी ग़नीमत थी कि उनमें दीपी मौज़ूद नहीं थी। शायद वह जान-बूझकर लंगर में जा बैठी थी।

इधर-उधर घूमते-फिरते जस्से को अपने चाचा के पुराने जानकार आ-आकर मिलने लगे। पहले के उसके हमउम्र लड़के अब जवान हो चुके थे, वे भी उससे मिले। इस तरह धीरे-धीरे उसकी जान-पहचान बढ़ गयी।

जस्सासिंह को लगा कि यदि लड़कियाँ इसी तरह हुड़दंग मचाती रहीं तो दीपीवाला रहस्य खुल जायेगा। और अगर एक बार यह रहस्य खुल गया तो फिर लम्बा लंझा आरम्भ हो जायेगा। वह तुरन्त घर को लौट जाना चाहता था, ताकि इस झंझट से उसकी जान छूट जाये। मगर वह घर नहीं जा सकता था। इसके दो कारण थे : एक तो यह कि आज घर पर खाना नहीं पकनेवाला था, उसे लंगर में ही भोजन करना था। दूसरे बुआ का डर था, जो अब गाँव से लौटने ही वाली थी।

थोड़ी देर बाद बुआ आ गयी तो वह बोला, "बुआ, मुझे तो लंगर से चार-छह रोटियाँ ला दो। मैं कहीं अलग बैठकर खा लूँगा।"

"क्यों?"

"न जाने कौन लड़कियाँ हैं, ख़ा-म-ख़ाह तंग कर रही हैं। मैं उन्हें जानता भी नहीं।"

"अरे तू लड़कियों की तरह शरमा क्यों रहा है। ऐसे मौक़ों पर यही कुछ होता है। यह अच्छा तो नहीं लगेगा कि मैं तुम्हें अलग से रोटियाँ ला दूँ। लोग क्या सोचेंगे। सबके साथ लंगर में बैठना ही उचित है।"

मजबूरन जस्से को रुकना पड़ा।

●

राँझा आखदा एह जहान सुफ़नाँ...

—वारे शॉ

(राँझा कहता है कि यह संसार केवल एक स्वप्न है।)

1

चन्ननसिंह के लड़कों ने अपना एक अखाड़ा बना रखा था। शहर गुजराँवाला के निज़ाम नामक एक मुसलमान पहलवान को चन्ननसिंह ने अपने यहाँ रख छोड़ा था। किसी ज़माने में निज़ाम की धाक दूर-दूर तक बैठी हुई थी। कुश्ती में उसने बड़ा नाम कमाया। अब वह चालीस वर्ष से ऊपर का हो चुका था, इसलिए लँगोट भी खोल चुका था। वैसे वह ख़ूब स्वस्थ था। इस उम्र में भी वह नये लौंडे-लपाड़ों को कुश्ती के दाँव-पेंच ख़ूब अच्छी तरह सिखा सकता था। चन्ननसिंह के यहाँ खाने-पीने की कोई कमी नहीं थी। निज़ाम को अच्छी खुराक के अतिरिक्त सेर भर दूध, बादाम और दूसरे मेवे भी खाने को मिलते थे। वह किसी के बुरे-भले में नहीं था। उसका काम केवल इतना था कि सुबह-शाम वह चन्ननसिंह के बेटों और उनके साथियों को अखाड़े में ज़ोर करा देता था।

जिस सुबह चन्ननसिंह और उसके बेटे की जस्सासिंह से भेंट हुई, उसी शाम अखाड़े में जस्से की चर्चा भी चली। चन्ननसिंह स्वयं अखाड़े में नहीं आता था। कभी-कभार आता भी तो युवकों को दाँव-पेंच लगाते देखकर प्रसन्न होता और थोड़ी देर बाद चला जाता। स्वयं चन्ननसिंह जस्से को अधिक महत्त्व नहीं देना चाहता था। उसने यही सोच रखा था कि यदि जस्से ने अपनी ओर से कोई शरारत की तो उससे उसके लड़के, थुन्ना और उनके अन्य साथी बड़ी सरलता से निबट लेंगे। जहाँ तक चन्नन के बेटों का सम्बन्ध था, वे जस्से को देखते ही तौव्वा गये। उन्हें यह तो ज्ञात ही था कि उनके बाप ने किस तरह जस्से के चाचा को फाँसा, जेल की हवा खिलवायी और उसे गाँव से भाग जाने पर विवश किया। जस्से को देखकर उन्होंने ख़ा-म-ख़ाह ही यह मान लिया कि चाचे के भतीजे को ख़ाक चटाना, और यदि हो सके तो गाँव से भगा देना उनका कर्त्तव्य

था। वे इस बात को जानने की प्रतीक्षा नहीं करना चाहते थे कि जस्से के मन में उनके साथ उलझने की इच्छा है भी या नहीं। वर्षों से दण्ड पेलकर वे भरपूर जवान बने थे, और अब अपनी जवानी का प्रदर्शन करने के लिए वे उत्सुक हो रहे थे। जब तक उस्ताद निज़ाम ज़ोर कराते रहे, तब तक तो वे कुछ नहीं बोले, लेकिन जब उस्ताद वापस चले गये तो वे सब अखाड़े के किनारे पर घेरा डालकर बैठ गये और जस्से के विषय में बातचीत आरम्भ कर दी। पहले थुन्ने ने की...वह जानता भी था कि चन्ननसिंह के दोनों लड़के स्वयं भी इस विषय पर ही बातचीत करना चाहते थे। थुन्ना बोला, "समझ में नहीं आता कि चाचा के बाद भतीजा यहाँ क्यों आ गया।"

उन्हीं के एक मित्र जगतसिंह ने कहा, "भई, उनका यहाँ पर घर है, ज़मीन है, मवेशी हैं...इनकी देख-भाल करने के लिए भी तो किसी-न-किसी का यहाँ रहना बहुत ज़रूरी है।"

थुन्ने ने आपत्ति उठायी, "मगर इस काम को तो रहीम भली-भाँति कर रहा था।"

जगतसिंह बोला, "नौकर और मालिक में बड़ा अन्तर होता है। जब तक बग्गासिंह जेल में था तब तक मजबूरन यह काम रहीम करता रहा, लेकिन जब वह जेल से बाहर आ गया तो उसने भतीजे को यहाँ भेज दिया।"

लक्खनसिंह ने कहा, "बग्गासिंह जेल में था, लेकिन जस्सा तो जेल में नहीं था। वह पहले ही यहाँ क्यों न आ गया।"

यह बात तो पते की थी, लेकिन इसका रहस्य किसी को नहीं मालूम था कि जस्सा इतने वर्षों तक चक पीराँ में क्यों टिका रहा। दिलेरसिंह बोला, "इससे तो यही लगता है कि हमारे बदमाश चाचा ने जान-बूझकर अपने भतीजे को हमसे टक्कर लेने के लिए यहाँ भेजा है।"

थुन्ना हवा में हाथ लहराकर बोला, "अजी छोड़ो, वह हमसे क्या टक्कर लेगा।"

लक्खनसिंह ने कहा, "हम तो यहाँ पाँच-छह जने हैं, अगर उसने हमसें भिड़ने की कोशिश की तो उसका वही हाल होगा जो उसके चाचा का हुआ था।"

उनके एक अन्य साथी अजायबसिंह ने राय दी, "मुझे तो जस्सा अपने चाचा से ज़्यादा घुटा हुआ व्यक्ति नज़र आता है। मैं किसी की तरफ़दारी की बात नहीं कर रहा हूँ। लेकिन निस्सन्देह जस्से जैसा जवान दूर-दूर तक ढूँढ़ने से नहीं मिलेगा।"

यही तो एक बात थी जो हर एक के मन की गहराई में खटक रही थी। वे खुल्लम-खुल्ला यह तथ्य स्वीकार नहीं करना चाहते थे कि जस्सा उनसे अधिक शक्तिशाली था। लक्खन बोला, "यह तो मानना पड़ेगा कि देखने में वह जी भरकर जवान है, लेकिन यह तो बाद में पता चलेगा कि उसके शरीर में सचमुच कुछ बल है भी या वह केवल दर्शनीय जवान है।"

थुन्ना बोला, "उसका डील-डौल ज़रूर जहाज़ की तरह है, लेकिन मुझे विश्वास है कि वह अगर अखाड़े में उतरे तो मैं उससे दो-दो हाथ कर सकता हूँ।"

दिलेर ने व्यंग्यपूर्ण अन्दाज़ में पूछा, "केवल दो-दो हाथ ही कर सकते हो?"

थुन्ने ने उत्तर दिया, "इस बात का पता तो उस समय चलेगा जब वह अखाड़े में मेरे मुकाबले पर आ जाये। उस्ताद के आशीर्वाद से मैं कुछ ही पलों में उसे चारों खाने चित गिरा सकता हूँ।"

"हाँ, यह हुई न मर्दोंवाली बात!" दिलेरसिंह ने शबाशी देते हुए कहा।

अजायबसिंह ने उन्हें उत्तेजित करने के लिए कहा, "एक दफ़ा बहुत-से चूहों ने मिलकर यह राय की कि बिल्ली के गले में घण्टी बाँध दी जाये, ताकि जब भी वह उनका शिकार करने के लिए आये तो वे घण्टी की आवाज़ सुनकर अपने-अपने बिलों में घुस जायें। यह प्रस्ताव तो स्वीकार हो गया, लेकिन अब प्रश्न यह उठा कि कौन-सा चूहा बिल्ली के गले में घण्टी बाँधेगा—बस यही बात यहाँ भी हो रही है।"

यह सुनते ही बाक़ी सब लोग बिफर उठे। दिलेरसिंह ने कहा, "क्यों बे अजायब! क्या जस्सू के सामने हम सब चूहे नज़र आते हैं?"

अजायब ने दाँत दिखाते हुए उत्तर दिया, "भई देखने में तो नज़र नहीं आते।"

लक्खन बोला, "देखने में नज़र नहीं आते तो फिर जब हम दो-दो हाथ करेंगे तब तुम मान जाओगे कि वास्तव में हम उसे नीचा दिखा सकते हैं।"

अजायब बदमाश और शरारती युवक था, लेकिन जगतसिंह उससे कुछ भला था। उसने राय दी, "मेरे ख़याल में ख़ा-म-ख़ाह ताव खाने की कोई ज़रूरत नहीं है। अभी कुछ दिन इतमीनान से जस्से के रंग-ढंग देखने चाहिए। यदि वह भले-मानस की तरह यहाँ रहने के लिए आया है तो ठीक है, वरना उससे निबट लिया जायेगा।"

थुन्ना अकड़कर बोला, "छोड़ जगत्या, क्या ज़नख़ोंवाली बातें करते हो। यहाँ तो हमें इस बात पर भी एतराज़ है कि गाँव में कोई और युवक हमारी तरह मूँछों को ताव देकर तथा सीना तानकर चले। अगर जस्से को यहाँ टिकना है तो उसे हमारे सामने नाक रगड़कर रहना पड़ेगा। अगर वह किसी और वहम में है, तो हम उसका वहम भी तोड़ देंगे और उसकी हेकड़ी भी चकनाचूर करके रख देंगे।"

दिलेरसिंह ने थुन्ने से सहमति प्रकट करते हुए जगतसिंह से कहा, "जिस तरह अजायब और तुमको जस्सा हमसे ज़्यादा तगड़ा नज़र आता है, उसी तरह गाँव के दूसरे लोग भी सोच सकते हैं कि जस्सा हम पर भारी पड़ेगा। हरिपुरे में तो हमारा ही राज्य है। बाक़ी के लोगों को हमारी प्रजा बनकर रहना पड़ेगा।"

जगतसिंह ने पूछा, "तो इसका मतलब है कि तुम लाठियाँ लेकर उसके घर पर चढ़ दौड़ोगे—या कहीं रास्ते में आते-जाते सब-के-सब उस पर पिल पड़ोगे।"

लक्खनसिंह बोला, "ऐसा कुछ करने की ज़रूरत नहीं है। हमारी तो इससे सिर्फ़ छेड़छाड़ ही रहेगी। जहाँ मिलेगा, वहीं उसका मज़ाक उड़ाया जायेगा। कोई-न-कोई ऐसी छोटी-मोटी बात कह दी जायेगी जिससे उसका अपमान हो। यह अपमान सब लोगों के सामने ही किया जायेगा। या तो सारा गाँव जान जायेगा कि जस्सा डर के मारे हमारी

हर बात सहन करने पर मजबूर है, या किसी-न-किसी रोज़ जस्सा भड़क उठेगा। जहाँ कहीं वह भड़का, हमने उठाकर धर पटका।''

यह सुनकर सब लोग मारे हँसी के दोहरे हो गये। थुन्ना तो जान-बूझकर अखाड़े में लोटता हुआ दूर तक चला गया। फिर वह एकाएक अखाड़े की नर्म मिट्टी में चूतड़ धाँसकर और दोनों घुटनों पर कोहनियाँ टिकाकर बोला, ''वाह लक्खन सयाँ! क्या तरकीब निकाली है। जस्से की वही हालत हो जायेगी जो मुँह में छिपकली लिये हुए साँप की होती है, खाये तो कोढ़ी, छोड़े तो अन्धा।''

अजायब बोला, ''लेकिन बात तो वहीं-की-वहीं रही।''

दिलेरसिंह ने पूछा, ''यानी?''

''यानी यह कि जस्से से छेड़छाड़ करेगा कौन? बागड़ बिल्ले के गले में घण्टी बाँधेगा कौन?''

अबके थुन्ने ने उछलकर अखाड़े की नर्म मिट्टी में दोनों घुटने गाड़ दिये और अपने सीने को घूँसे से बजाते हुए बोला, ''घबराते क्यों हो, यह काम तो मैं ही कर दूँगा।''

अजायब ने चोट लगायी—''मैं इस बात से मना तो नहीं करता लेकिन छेड़छाड़ करने से पहले हम सबको बता देना। हम पास रहेंगे तो गड़बड़ होने की सूरत में बीच-बचाव कर देंगे।''

यह सुनकर थुन्ना बड़े ताव में आ गया। वह धरती से उठकर अजायब की ओर लपका। अजायब ज़ोर-ज़ोर से हँसता हुआ दौड़ पड़ा। वे लोग इसी तरह पूरे अहाते में एक-दूसरे के पीछे दौड़ते रहे। थुन्ना शक्तिशाली अवश्य था लेकिन बोझिल होने के कारण अजायब के बराबर दौड़ नहीं सकता था। अजायब भी जानता था कि उसके हत्थे चढ़ गया तो वह उसके कानों पर एक-दो करारे घिस्से दे देगा—लक्खन ने आवाज़ लगायी, ''अरे छोड़ो भई, यह तमाशा। आओ बैठो, यह मामला हलका-फुलका नहीं बल्कि गम्भीर है। इस पर गम्भीरता से विचार होना चाहिए।''

वास्तव में समस्या गम्भीर नहीं थी लेकिन वे लोग सीधी-सादी स्थिति को गम्भीर बनाने पर तुले हुए थे। खाने-कमाने की चिन्ता नहीं थी, नसों में जवानी का ख़ून लहरें ले रहा था। इसलिए उनके मन में जूझने की इच्छा प्रबल हो उठी थी। मिल-जुलकर यही तय पाया कि जस्से से हरदम छेड़छाड़ जारी रखी जाये, उसे ताने देने और उसका मज़ाक उड़ाने का कोई भी अवसर हाथ से न जाने दिया जाये।

अपनी ओर से जस्सा बचकर रहने की सोच रहा था, लेकिन परिस्थितियाँ उसके हक़ में बिगड़ती जा रही थीं। एक ओर चन्ननसिंह के बेटे अपने यार-दोस्तों सहित गर्मी खा रहे थे, और उधर दीपी के मन में इश्क़ का शोला बहुत बुरी तरह भड़क रहा था। गुरुद्वारे की मुलाक़ात के दूसरे ही दिन अल्लादित्ती दीपी का सन्देश लेकर जस्से के पास पहुँची। उस समय जस्सा अपने मकानवाले तबेले के कमरे में बैठा था। यह वही कमरा था जहाँ पहले किसी ज़माने में उसका चाचा महफ़िलें जमाया करता था। अल्लादित्ती को देखकर जस्सा चौंका। वह यह बिलकुल नहीं चाहता था कि गाँव की नवयुवतियाँ

इस क़दर खुल्लम-खुल्ला उसके घर आने-जाने लगें। सम्भवतः उसकी इस घबराहट को भाँपकर अल्लादित्ती बोली, "मुझे दीपी ने भेजा है।"

जस्से ने उठकर कमरे के दरवाज़े में से बाहर की ओर झाँका। रहीम घोड़े की मालिश कर रहा था। उसका मुँह दूसरी ओर था। जस्से ने पलटकर अल्लादित्ती से कहा, "तुम यहाँ मत आया करो। अब भी मौक़ा है, तुम चुपचाप यहाँ से खिसक जाओ। इस बात का ख़याल रखना कि रहीम तुम्हें देखने न पाये।"

अल्लादित्ती को यह आशा नहीं थी कि उसका स्वागत ऐसे ढंग से किया जायेगा। आख़िर वह उसकी प्रेमिका का सन्देश लेकर आयी थी। उसने सोचा था कि इसी बहाने वह भी थोड़ा नखरा-टखरा दिखायेगी। यहाँ तो मामला ही गड़बड़ा गया। वह कुछ क्रोध में आ अपने दोनों कन्धों को झटकते हुए बोली, "अच्छा तो हम जाते हैं।"

जस्से ने समझाया, "तुम सीधी खेतोंवाले तबेले में पहुँच जाओ।"

अल्लादित्ती सिर को झटका देकर अपनी एक मोटी-सी ज़ुल्फ़ पीछे को फेंकते हुए बोली, "नहीं, हम वहाँ नहीं जायेंगे।"

जस्सा डाँटकर कहना चाहता था कि लड़कियाँ बड़ी अड़त होती हैं। मगर उसकी इतनी हिम्मत नहीं हो पायी। अल्लादित्ती के गाल को हलके से थपथपाते हुए उसने कहा, "तुम समझती क्यों नहीं! गुस्सा थूक दो। फ़ौरन वहीं पहुँच जाओ। मैं दूसरे रास्ते से आता हूँ। वहाँ बड़े इतमीनान से सारी बातचीत होगी।"

अल्लादित्ती के रूठे हुए चेहरे पर रौनक़ आ गयी। वह जस्से का हाथ पीछे हटाते हुए बोली, "अरे, तो हमारे गाल को काहे छू रहे हो...हमें भी क्या दीपी समझ लिया है।"

जस्से ने तुरन्त हाथ पीछे हटा दिया। अल्लादित्ती सफलतापूर्वक वहाँ से खिसक गयी...यानी रहीम की नज़र उस पर नहीं पड़ी।

जस्से ने जल्दी से अपने तहमद को कसा, एक लम्बा-सा अँगोछा कन्धे और बग़ल के आर-पार डाला, जूते पहने, बँधी-बँधायी पगड़ी को सिर पर रखा, और गुद्दी पर गिरे हुए बालों को उँगलियों से पगड़ी के भीतर ठूँसता हुआ वह कमरे से बाहर निकल आया। उसने आवाज़ देकर कहा, "रहीम चाचा, मैं ज़रा खेतों तक जा रहा हूँ।"

रहीम ने अब पलटकर देखा और पूछा, "घोड़े पर काठी डाल दूँ।"

"नहीं, पैदल ही ठीक रहेगा। मुझे ज़्यादा दूर तक नहीं जाना है।"

जब जस्सा लम्बा-सा चक्कर काटता हुआ खेतोंवाले तबेले के निकट पहुँचा तो देखा कि अल्लादित्ती रहटवाले कुएँ की मुँडेर पर बैठी थी। जस्से से आँखें मिलीं तो उसने झट से मुँह फुला लिया।

जस्से ने सिर के इशारे से तबेले के भीतर आने को कहा, और स्वयं तबेले के दालान में जा पहुँचा।

अल्लादित्ती दरवाज़े में ही अटक गयी, और उसने श्रीकृष्ण की तरह कुछ इस प्रकार की मुद्रा बनायी जैसे वह मुरली बजाने जा रही हो। जस्से ने उसकी यह दशा देखी तो बोला, "भीतर चली आओ।"

"न बाबा! कोई देख लेगा तो क्या कहेगा। मैं ठहरी कुँवारी लड़की... और तुम..."

"तुम क्या?"

"तुम बग्गासिंह के भतीजे।"

जस्से ने दाँत दिखा दिये, "तो मेरे चाचा की मशहूरी तुम्हारे कानों तक भी पहुँच गयी?"

अल्लादित्ती इठलाती हुई भीतर चली गयी और जस्से की बात पर केवल मुस्कराकर रह गयी।

जस्से ने पूछा, "अब बताओ, क्या सन्देश लायी हो?"

"इत्ती-सी बात वहीं पर नहीं सुन सकते थे।"

"तुम नहीं जानतीं कि यह 'इत्ती-सी बात' नहीं है। तुम इस मामले के ऊँच-नीच को नहीं समझती हो।"

"और लो! हम आये थे भला करने, तुम बुरा समझे।"

"मैं बुरा कुछ नहीं समझा, तुम जल्दी-से कह डालो दीपी ने क्या कहा था।"

"वह मिलना चाहती है।"

"मुझसे?" जस्से के मुँह से अनजाने ही निकल गया।

अल्लादित्ती जान-बूझकर नाक चढ़ाकर बोली, "तुमसे नहीं, मुझसे।"

"बुरा न मानो। मैं बौखला गया हूँ। आख़िर मिलने की इतनी जल्दी भी क्या है।"

यह सुनकर अल्लादित्ती उलटे क़दमों से लौट पड़ी। जस्से ने आवाज़ देकर पूछा, "तुम कहाँ को चलीं?"

"जवाब मिल तो गया। दीपी से कह दूँगी कि मिलने की अभी जल्दी ही क्या है।"

"मूर्ख कहीं की! यह तो मैं तुझसे कह रहा हूँ। उससे ऐसी कोई बात न कहना।"

अल्लादित्ती अपना पाँव ज़ोर से धरती पर मारते हुए बोली, "आख़िर बताओ भी...मैं उससे क्या कहूँ?"

"उसने किस जगह मिलने के लिए कहा है?"

अब अलादित्ती की आँखें नाचने लगीं। भवें थरथराकर रहस्यपूर्ण अन्दाज़ में बोली, "बस वहीं।"

"कहाँ भई?"

"उसी कुएँ पर ... जहाँ तुम कुत्तों से शिकार खेला करते थे। हम लोगों की ख़ूब धमा-चौकड़ी मचती थी।"

"कब?"

"कल।"

"किस समय?"

"दोपहर को।"

"तुम्हारा मतलब है कि दिन-दहाड़े..."

"अजी राँझा साहब, जब ओखली में सिर दिया है तो फिर धमोकों से क्यों डरते हो?"

"कोई देख लेगा।"

"वाह रे सरदार बहादुर! जो कोई देखेगा, तो क्या वह केवल आप ही को देखेगा? हम लोगों को भी तो देखेगा। क्या तुम लड़कियों से भी गये-गुज़रे हो?"

जस्से ने अपनी पोज़ीशन समझाने का प्रयास किया तो अल्लादित्ती ने ऋषि-मुनियों की तरह हाथ हवा में उठाकर मानो शाप देते हुए कहा, "अजी जाओ', तुमसे इश्क़-विश्क नहीं होने का।"

जस्से ने महसूस किया कि उस नटखट लड़की को समझाना बेकार है। इसलिए स्वयं दीपी को ही समझाना उचित रहेगा। बोला, "तुम दीपी से कह देना कि मैं खाना-वाना खाकर दोपहर के समय उसी जगह पहुँच जाऊँगा।"

"अच्छा, मैं यह बात दीपी से कह दूँगी, और यह भी समझा दूँगी कि तुम देखने में ही शेर नज़र आते हो। तुम दो कौड़ी के भी प्रेमी नहीं हो। आगा शेर का पीछा गीदड़ का। हम चले...और अब दीपी का सन्देशा लेकर कभी नहीं आयेंगे।"

"वह क्यों?"

"क्या सन्देश लायें, एक ज़नखे टाइप प्रेमी के लिए...तुम्हारी बातें सुनकर तो मेरा जी मिचलाने लगा। न जाने दीपी को तुममें क्या नज़र आ गया। जिस घोड़े के मुँह पर तोबड़ा चढ़ा होता है, वह भी तुमसे अच्छा नज़र आता है।"

अल्लादित्ती हँस-हँसकर ये फुलझड़ियाँ छोड़ रही थी। जस्से ने कहा, "रुड़ जानिये! अब दफ़ा हो जाओ। तू दीपी का सन्देश न लायी होती तो जानती है कि इस टर्र-टर्र करने का क्या नतीजा होता?"

अल्लादित्ती अपने पाँवों पर हिचकोले लेती हुई और एक उँगली पर चुटिया घुमाती हुई बोली, "क्या होता?"

"तुम्हारी यह चुटिया दीवार की खूँटी से बाँध देता। चमगादड़ की तरह लटकती रहती।"

"ठेंगा।"

अल्लादित्ती सौ-सौ बल खाती वहाँ से चल दी।

दोपहर के समय निश्चित स्थान पर पहुँचकर जस्सासिंह ने देखा कि अभी तक वहाँ कोई लड़की नहीं आयी थी। हर पुराने स्थान को देखकर उसे भूली-बिसरी बातें याद आ जाती थीं। पहले कभी अपने चाचा के भय से वह उस शान्त वातावरण में आ जाया

करता था। पहले-पहल कुत्तों के बीच अकेले बैठकर उसके मन को कितना इतमीनान मिलता था। उस ज़माने में वह अपने चाचा के घर में अनाथ का-सा जीवन व्यतीत कर रहा था। वह अपने-आपको प्रत्येक वस्तु से कटा-कटा महसूस करता था। इसीलिए तो वह अपनी उम्र के लड़कों से भी गहरी यारी का सम्बन्ध स्थापित नहीं कर पाया। दूसरे लड़कों के लिए भी वह अपनी ही तरह का एक नमूना था। अन्धे कुएँ के आसपास का वातावरण पहले की ही तरह सुनसान था। अन्धा कुआँ मुँह खोले भयंकर-सा लग रहा था। आसपास ऊँचे-ऊँचे वृक्ष थे जिनमें बैठे तोतों के बोलने की आवाज़ सुनायी दे रही थी। चारों ओर झाड़ियाँ थीं और उनके आगे दूर-दूर तक खेत फैले हुए थे।

वह इधर-उधर टहलने लगा। अपने विचारों में खोये-खोये उसे यूँ लग रहा था जैसे वह उस स्थान से कहीं बाहर गया ही नहीं था...जैसे जादू के ज़ोर से वह इतना बड़ा हो गया। अब वह चाचावाले घर में मालिक की तरह रह रहा था। चाचा भी अपने ही ढंग का व्यक्ति था। उसकी सारी ज़िन्दगी कबड्डी खेलते ही गुज़र गयी, न वह स्वयं कभी इतमीनान से बैठा और न दूसरों को बैठने दिया। बेचारी बुआ को चिल्लाहट बिलकुल निराधार नहीं थी...

वह वृक्षों के नीचे मटरगश्ती करता रहा। इतने में उसके सिर से कोई हलकी-सी चीज़ टकरायी। उस समय वह बरगद के पेड़ के नीचे था। नज़र ऊपर उठाकर देखा। सोचा कि तोते गूलर खा रहे होंगे, और उन्हीं की चोंच से एकाध गूलर टूटकर उसके सिर से आ टकराया...

तोतों की टाँय-टाँय में कुछ हँसी की आवाज़ें सुनायी देने लगीं। दबी-दबी हँसी का यह संगीत चारों ओर से सुनायी दे रहा था। तब उसे अहसास हुआ कि जो चीज़ उसके सिर पर लगी थी, वह गूलर नहीं, बल्कि किसी लड़की की फेंकी हुई कोई चीज़ थी। वह उच्च स्वर में बोला, "मुझे तुम्हारी असलियत का पता चल गया है। छिपे-छिपे खी-खी करने का क्या फ़ायदा।"

तब अलादित्ती की शक्ल दिखायी दी। उसके पीछे-पीछे तीन लड़कियाँ और आ गयीं। सभी जवान थीं और चंचल...लेकिन इनमें दीपी नहीं थी।

जस्सा अल्लादित्ती के निकट चला गया। अल्लादित्ती ने अपने साथवाली लड़कियों का परिचय दिया। जस्से ने उन सबको पहचानने का प्रयत्न किया। इस चढ़ती जवानी में उन्हें पहचानना बड़ा कठिन था। जस्से को उन्हें पहचानने में कोई दिलचस्पी नहीं थी। वह दीपी के विषय में सोच रहा था। अल्लादित्ती ने कहा, "जिसे तुम्हारी आँखें ढूँढ़ रही हैं, वह नहीं आ सकी। उसकी माँ ने उसे काम पर जुटा रखा है।"

यह सुनकर जस्से को बड़ी निराशा हुई।

अल्लादित्ती फिर बोली, "दीपी चाहती थी कि मैं तुम्हें यहाँ आकर बता दूँ कि वह नहीं आ सकती। मगर मैंने इनकार कर दिया। भला मैं अकेली यहाँ कैसे आ सकती थी।"

जस्से ने कहा, "अकेली आने में क्या डर था। मैं हौवा तो नहीं था कि तुम्हें खा जाता।"

"तुम्हें हौवा बनते में कोई देर तो नहीं लगती। जब मैं तुम्हें आकर बताती कि दीपी तुमसे नहीं मिल पायेगी तो तुम निश्चय ही मारे गुस्से के हौवा बन जाते। इसलिए मैं कुछ सहेलियों को अपने साथ ले आयी।"

जस्से को निराशा तो हुई, फिर भी उसने उम्मीद का सहारा लेने के लिए पूछा, "तो क्या दीपी कुछ देर बाद आयेगी?"

"नहीं, अब उसके आने की उम्मीद बेकार है। यह कहना भी कठिन है कि आइन्दा कब तक मुलाक़ात हो सकेगी।"

जस्सा ख़ामोश रह गया। अल्लादित्ती ने फिर कहा, "अच्छा तो हम चलते हैं।"

वह चल दी। कुछ दूरी पर पहुँचकर उसने गरदन घुमायी, और जस्से को अँगूठा दिखा दिया।

उसकी यह शरारत देखकर जस्से के होंठो पर हलकी-सी मुस्कराहट उत्पन्न हुई। जब तक वे झाड़ियों की ओट में उसकी नज़र से ओझल नहीं हो गयीं, वह उनकी ओर देखता रहा।

तब वह मुड़ा तो देखा... कि दीपी उसके सामने खड़ी थी, और खोये-खोये अन्दाज़ से हँस रही थी।

जस्से के चेहरे पर फिर से रौनक़ आ गयी। भारी स्वर में बोला, "मुझे शक तो हो रहा था कि इसमें ज़रूर तुम लोगों की शरारत है।"

दीपी ने आगे बढ़कर अपने हाथ उसके हाथों में देते हुए पूछा, "क्या तुम्हें उनकी बातों पर विश्वास आ गया? यह कैसे हो सकता था कि और सब तो आयें, केवल मैं ही न आऊँ।"

जस्से ने ऊँची-सी जगह पर अपना अँगोछा बिछा दिया ताकि दीपी उस पर बैठ सके।

दीपी की सहेलियाँ भी कहीं गयी नहीं थीं। वे आसपास ही छिपी थीं, और फिर झाड़ियों की ओट से निकल आयीं। वे कुछ दूरी पर बैठकर बोलीं, "हाँ भई, तुम दोनों प्रेम की बातें करो, हम दूर-ही-दूर से यह तमाशा देखेंगे।"

उस समय गाँव का दुर्लभसिंह अपने चचेरे भाई के साथ उधर से गुज़र रहा था। उन दोनों ने इस सुनसान स्थान पर जनाना हँसी की आवाज़ सुनी तो वे उधर को ही पलट पड़े। झाड़ियों की ओट में से यह अनोखा दृश्य देखकर वे चकित रह गये। पल-दो-पल के बाद वे पीछे को हटे, और अपने रास्ते पर चल दिये।

दुर्लभसिंह ने अपने भाई से कहा, "देखा तुमने?"

"हाँ देखा।"

"इन्हें पहचाने?"

"अपने गाँव की ही लड़कियाँ लगती थीं। बीच में जस्सा बैठा था—वह लड़की पहचानी नहीं गयी जो जस्से के बिलकुल निकट बैठी थी, क्योंकि उसकी मेरी ओर पीठ थी।"

"तुम मुझसे छोटे हो, फिर भी तुम्हारी नज़र मुझसे कमज़ोर है। अरे भई, वह सज्जनसिंह की लड़की दीपी थी।"

छोटा भई धनसिंह उछल पड़ा। दुर्लभसिंह ने उसके बाज़ू पर हाथ रखकर कहा, "आज की बात किसी को बताना नहीं। कुछ समय पहले मैंने अपने बेटे के लिए सज्जनसिंह से दीपी का हाथ माँगा था तो उसने मुझे टाल दिया। गुस्सा तो बड़ा आया, लेकिन मैं ख़ामोश रहा। आख़िर हम उससे किस बात में कम हैं? वह भी शरीफ़, हम भी शरीफ़, वह भी ख़ानदानी, हम भी ख़ानदानी, न वह बहुत अमीर है, न हम ज़्यादा अमीर हैं। फिर न जाने उसका दिमाग़ हवा में क्यों उड़ता रहता है। वाह गुरु अकाल पुरुख घमण्डी का सिर नीचा करके ही छोड़ता है। मैं फिर ताक़ीद करता हूँ कि किसी से कुछ कहना नहीं। मेरे विचार में अभी इनकी प्रेम-कहानी की शुरुआत ही है। सज्जनसिंह को पता चल गया तो वह मामला यहीं पर ठप कर देगा। यह खिचड़ी भीतर-ही-भीतर पकने दो। एक रोज़ जस्से से इस लौंडिया का इश्क़ रंग लायेगा, और सज्जनसिंह कहीं मुँह दिखाने के क़ाबिल नहीं रहेगा।"

"भैया, यह तो सचमुच बड़ा अच्छा हुआ। चाचे ने तो वह नाम कमाया कि इस गाँव में उसका रहना ही असम्भव हो गया—और अब उसका भतीजा भी उसी डगर पर चल रहा है। यह तमाशा तो वाक़ई देखने के क़ाबिल होगा।"

2

अगले एक सप्ताह में ही जस्से को इस बात का अहसास हो गया कि गाँव का वातावरण कितना बदल चुका था। या यह भी कहा जा सकता था कि अब का हरिपुरा उसके बचपनेवाले हरिपुरे से बहुत बदल चुका था। उसके चाचा के मित्र जो गाँव में मौजूद थे, वे जस्से से सहानुभूति रखते थे। लेकिन उम्र के अन्तर के कारण और जस्से और उनकी यारी नहीं हो सकती थी, न जस्सा उनके साथ बैठकबाज़ी कर सकता था। जहाँ तक जस्से के अपनी उम्र के युवकों का सवाल था, वे या तो अपनी-अपनी लगन में मग्न थे, या उनकी सहानुभूति चन्ननसिंह के परिवार से थी। चन्ननसिंह के बेटों ने कभी सीधे-सीधे जस्से के साथ छेड़छाड़ नहीं की, लेकिन उनके साथी, यानी थुन्ना और कुछ अन्य युवक आवाज़ें कसते रहते थे। जस्सा गाँव में कहीं को भी निकल जाता तो उसके कानों में किसी-न-किसी की अर्थपूर्ण अन्दाज़ से खाँसने की आवाज़ सुनायी देती... इसके साथ ही हँसने या क़हक़हे लगाने का शोर भी सुनायी दे जाता। जस्से को महसूस होने लगा कि वह ऐसा अजीब नमूना था कि उसे देखकर लोगों को

ख़ामख़ाह हँसी आने लगती थी। जब जस्सा गाँव को लौटा था तो उसे इस बात की बिलकुल भी आशा नहीं थी कि गाँव के कुछ युवक इतने घटिया अन्दाज़ से उसका मज़ाक उड़ायेंगे और ललकारने की कोशिश करेंगे। वे एक तरह से उसे दो-दो हाथ करने पर उभार रहे थे। जस्से ने तो सोचा था कि गाँव में जाकर पहले वह इतमीनान से कुछ समय गुज़ार देगा, धीरे-धीरे अपनी गुट्टियाँ बैठायेगा, और केवल मजबूरी की दशा में टक्कर भी ले लेगा।

शरारती युवकों के गुट के अतिरिक्त अन्य लोग महसूस करने लगे थे कि अब गाँव में कोई बहुत बड़ा हंगामा होने जा रहा है। जस्से के मन की बात तो किसी को ज्ञात नहीं थी, लेकिन वह शक्ल से ऐसा नहीं लगता था कि वह हर बात को चुपचाप सहन कर लेगा। बल्कि दस-बारह दिन गुज़र जाने पर भी जब कोई हंगामा नहीं हुआ तो लोगों को इस पर आश्चर्य अवश्य हुआ।

एक रोज़ दिन ढले जब जस्सा अपने घर को लौटा तो उसके चेहरे पर परेशानी और क्रोध के चिह्न दिखायी दे रहे थे। वह घोड़े पर खेतों का चक्कर लगाकर लौट रहा था तो उसने बहुत दूर से देखा कि थुन्ना गाँव की चारदीवारी के निकट खड़ा वहाँ पर खेलनेवाले लड़कों को चुपचाप कुछ समझा रहा था। जब जस्सा गाँव के निकट पहुँचा तो वे लड़के धूल की मुट्ठियाँ भर-भरकर उसकी ओर फेंकने लगे। बच्चों को उसके बहुत निकट आने की जुर्रत नहीं हुई, इसलिए धूल उससे परे-परे ही रही। बच्चों की यह हरकत बिलकुल साधारण-सी थी जिस पर वह सम्भवतः ध्यान भी न देता, लेकिन उसे अफ़सोस और गुस्सा इस बात पर आया कि स्वयं थुन्ना कुछ दूरी पर खड़ा मुँह फाड़कर क़हक़हे लगा रहा था...मानो यह कोई बड़ी हँसी की बात थी।

वहाँ से गुज़रते समय जस्से ने थुन्ने पर एक नज़र तक नहीं डाली, लेकिन उसका चेहरा तमतमा उठा था।

वह नहीं जानता था कि उसके चले आने के बाद गाँव के कुछ बुज़ुर्ग यह तमाशा देखकर थुन्ने के निकट पहुँचे। उनमें लाला बालमुकन्द भी थे। लाला जी ने उससे कहा, "थुन्ना! बच्चों को सिखाकर उनके हाथों जस्से पर धूल फिकवाना कोई अच्छी बात नहीं है। गाँव में सभी को मिल-जुलकर रहने का अधिकार है। माना कि जस्से का चाचा यहाँ पर हुड़दंगबाज़ी करता रहा, लेकिन लगता है कि जस्सा यहाँ पर शान्तिपूर्वक रहना चाहता है। इसलिए हमारे विचार में तुम्हारी भी यही कोशिश होनी चाहिए कि गाँव की शान्ति ख़ामख़ाह भंग न होने पाये।"

थुन्ना उसी ख़ुशमिज़ाजी से लाला जी के सामने आकर बोला, "आप बिलकुल इतमीनान रखिये लाला जी!—हम सब तो एक ही उम्र के हैं। जस्सा भी हमारी उम्र का है। हमारी इस प्रकार की छेड़छाड़ से लड़ाई-दंगे की उम्मीद नहीं रखनी चाहिए। ख़ुद जस्सा ही सबसे कटा-कटा रहता है। इसलिए यह छेड़छाड़ भी चलती रहती है। वह भी अपने हमउम्र साथियों के साथ घुल-मिलकर रहे तो सब ठीक हो जाये।"

लाला जी ने उसकी पीठ पर हलकी-सी थपकी देते हुए कहा, ''बेटा, जो जैसे रहना चाहता है, उसे वैसे ही रहने दो। अभी तो जस्सा नया-नया आया है। समय गुज़रने पर वह धीरे-धीरे तुम लोगों से घुल-मिल जायेगा।''

''बस यही तो हम भी चाहते हैं। आप चिन्ता मत कीजिये। लड़ाई-भिड़ाई करने का हमारा इरादा नहीं है।''

लाला जी को इतमीनान हो गया। आख़िर वह थुन्ने के मन में घुसकर उसके विचार तो नहीं जान सकते थे। यह भी ठीक था कि अगर वे लड़ने-भिड़ने पर उतर ही आते तो उन्हें रोकना लाला जी के वश की बात नहीं थी।

उस रात जस्से ने खाना भी खोये-खोये अन्दाज़ में खाया। बुआ ने उसके मन की इस क़ैफ़ियत का कारण जानने का प्रयत्न किया लेकिन जस्से ने हूँ-हाँ करके टाल दिया। भोजन के बाद वह घोड़े पर सवार होकर खेतोंवाले तबेले की ओर चल दिया। तबेले के निकट पहुँचकर जब वह घोड़े से उतरा तो हवेलीराम ने घोड़े की लगाम थामते हुए धीरे से कहा, ''आपसे कोई मिलने आया बैठा है।''

''यहाँ, तबेले में?''

''हाँ। उसने मुझसे पूछा कि क्या तुम्हारे मालिक यहीं पर सोते हैं। जब मैंने हाँ में जवाब दिया तो वह भीतर जाकर बैठ गया।''

''लेकिन वह है कौन?''

''ख़ुद ही देख लीजिये।''

जस्से को हवेलीराम का स्वर कुछ रहस्यपूर्ण-सा लगा। उसने सोचा कि शायद चन्ननसिंह या उसका कोई बेटा, या थुन्ना उससे मिलने आया होगा। मगर जब वह भीतर पहुँचा तो दीपी के बाप को वहाँ पाकर चकित रह गया।

सज्जनसिंह चारपाई के बिलकुल किनारे पर बैठा था। उसे वहाँ पाकर जस्से को शक हुआ कि सम्भवतः बाप को बेटी के इश्क़वाली बात का पता चल गया है। लेकिन सज्जनसिंह के चेहरे पर क्रोध का एक भी चिह्न नहीं था। वह अपनी शराफ़त के लिए गाँव-भर में मशहूर था। गाँव-भर में वही एक व्यक्ति था जो सुबह-शाम गुरुद्वारे में माथा टेकने जाता था, और पवित्र वाणी का पाठ किया करता था। वह गाँव के हर झगड़े से दूर रहता था। उसका चेहरा सदा की भाँति अब भी शान्त था।

दीवार के साथ लगे बैलगाड़ी के एक ऊँचे पहिये पर कोहनी रखकर जस्से ने सहज स्वर में पूछा, ''आप मुझसे मिलने आये हैं?''

सज्जनसिंह ने सहज स्वर में उत्तर दिया, ''हाँ, मैं तुम्हीं से मिलने आया हूँ।''

बड़े-से-बड़े धाकड़ के समुख भी जस्से को उसके रोब का आभास हुआ नहीं था, लेकिन आज उसे लगा कि शराफ़त में धाकड़पन से अधिक शक्ति होती है। उसकी आज तक सज्जनसिंह से बातचीत नहीं हुई थी। वैसे आते-जाते कई बार उनकी नज़रें एक-दूसरे पर पड़ चुकी थीं।

जस्सा बोला, "मेरे लायक़ कोई सेवा हो तो बताइये।"

"हाँ बेटा, तुम्हारे लायक़ सेवा है...और मुझे इस बात का विश्वास भी है कि तुम मेरी इस छोटी-सी बात को ज़रूर मान जाओगे।"

सज्जनसिंह के स्वर में मानो शहद घुला हुआ था। उसकी आवाज़ ने जस्से के हृदय पर बिलकुल ऐसा ही प्रभाव डाला, जैसे कि दहकते हुए अँगारे पर पानी के ठण्डे छींटे डालते हैं। वह धीरे से बोला, "कहिये!"

"जब तुम मुझे जानते हो तो यह भी जानते होगे कि मैं दीपी का बाप हूँ।"

"जी हाँ।"

सज्जनसिंह की शक्ल देखते ही जस्सासिंह चौकन्ना हो गया था। उसे मालूम था कि अब नया झंझट उठनेवाला है। थोड़ी-सी आशा की किरण यही थी कि शायद सज्जनसिंह अपनी बेटी के कारण न आया हो। लेकिन उसने छूटते ही बेटा का नाम लिया तो जस्से को महसूस हुआ कि किसी-न-किसी प्रकार से उसके सम्बन्ध की सूचना बाप के कानों तक पहुँच गयी है। लेकिन प्रश्न यह था कि अब वह यहाँ किस नीयत से आया था।

सज्जनसिंह ने अपने विशेष सहज स्वर में कहा, "मैं यहाँ तुमसे लड़ने नहीं आया।"

जस्सा उसकी इस बात पर भी सन्देह नहीं कर सकता था, क्योंकि यदि सज्जनसिंह का लड़ने का इरादा होता तो वह अकेला वहाँ न आता।

सज्जनसिंह ने फिर कहना आरम्भ किया, "इसका मतलब यह नहीं है कि मेरे पास झगड़ा करने का कोई कारण नहीं है। कारण तो है, लेकिन मैं तुमसे लड़ नहीं सकता।"

जस्सा बड़ी तेज़ी से सोचने का प्रयास कर रहा था कि उसे इस बात का क्या उत्तर देना चाहिए। जब उसने महसूस किया कि सज्जनसिंह अपनी बात के उत्तर की प्रतीक्षा कर रहा है तो वह बोला, "जहाँ तक मुझे मालूम है, आपसे झगड़े का कोई कारण नहीं है।"

सज्जनसिंह ने कुछ ध्यान से उसकी ओर देखा, जैसे वह जस्से के हृदय के भीतर तक पहुँचने की कोशिश कर रहा हो। फिर बोला, "मैंने जो कुछ सुना है, वह ग़लत नहीं हो सकता?"

"आपने क्या सुना?"

"मुझे पता चला है कि दीपी का और तुम्हारा आपस में मेल-जोल है।"

जस्से के मुँह से अनायास ही झूठ बात निकल गयी, जल्दी से बोला, "यह बात ग़लत है। किसी ने आपको मेरे विरुद्ध भड़काने के लिए ऐसा कहा होगा।"

जस्सा सोचने लगा कि कहीं स्वयं सज्जनसिंह ने ही तो उन दोनों को एक साथ नहीं देख लिया?

लगता था कि सज्जनसिंह बातचीत में हेरा-फेरी करना नहीं जानता था। बोला, "मुझे यह बात दुर्लभसिंह के चचेरे भाई धनसिंह ने बतायी थी।"

जस्सा दुर्लभसिंह और धनसिंह को नहीं जानता था। तुरन्त बोला, "मैं तो इस आदमी को जानता भी नहीं हूँ।"

"तुम नहीं जानते, लेकिन सम्भव है कि वह तुम्हें जानता हो।"

"क्या कहा उसने?"

"उसने बताया कि अन्धे कुएँ के निकट अपने बड़े भाई सहित उसने तुमको दीपी के साथ देखा। दुर्लभसिंह ने उसे मना कर दिया था कि वह यह बात किसी से न कहे। शायद इसलिए कि यदि बात फैलेगी तो मेरी बदनामी हो जायेगी। मगर धनसिंह से न रहा गया, और उसने मुझे सावधान कर दिया।"

यह तो ठीक था कि जस्सासिंह दीपी को अन्धे कुएँ के निकट दो-तीन बार मिल चुका था। गोया धनसिंह ने उनके मिलने का स्थान तो बिलकुल ठीक बताया। इसका यह मतलब भी निकला कि अवश्य उसने कुछ देखा होगा तभी सज्जनसिंह के पास इस बात की ख़बर दी।

जस्सा इस मामले को अधिक तूल नहीं देना चाहता था। उसने पूछा, "अब आप इस सिलसिले में क्या करना चाहते हैं?"

"तुम्हीं बताओ कि मुझे क्या करना चाहिए। अगर तुम बाप होते और तुम्हें पता चलता कि तुम्हारी बेटी के साथ किसी युवक का मेल-जोल है तो ऐसे मौक़े पर तुम क्या करते?"

जस्से ने महसूस किया कि बुड्ढे ने उसे उलटा दाँव मारा है। वह झेंपकर कुछ मुस्कराया और बोला, "जब तक मैं बाप न बन जाऊँ, तब तक मैं इसको कैसे समझ सकता हूँ।"

"यह भी ठीक है—तो फिर मैं अपनी ओर से यही कह सकता हूँ कि मुझे तुम दोनों का मेल-जोल पसन्द नहीं है। लेकिन तुम तो इस बात से बिलकुल इनकार कर रहे हो। ऐसी दशा में समझ में नहीं आता कि मैं क्या कहूँ।"

जस्सा चुप रहा।

सज्जनसिंह चारपाई से उठकर खड़ा हो गया, और कहने लगा, "जस्सासिंह, दो बातों में से एक तो ज़रूर है। या तो तुम्हारा दीपी से मेल-जोल है, या फिर धनसिंह और उसके भाई को कुछ ग़लती लगी है। अगर तो उनकी आँखों ने धोखा खाया है, तब मैं तुमसे कुछ नहीं कहना चाहता। लेकिन यदि यह बात सच है तो तुम ख़ुद भी तो इसका इक़रार कर सकते हो—तुम चुप हो...मैं तुम्हें इक़रार के लिए मजबूर भी नहीं करता। मैं केवल इतना चाहता हूँ कि आइन्दा के लिए तुम दीपी से मिलना छोड़ दो।"

यह कहकर सज्जनसिंह ने जस्से की आँखों में आँखें डाल दीं। जस्सा भी एकटक उसकी ओर देखे जा रहा था। अब वह न इनकार कर रहा था न इक़रार।

सज्जनसिंह ने फिर कहना शुरू किया, "मैं बेटी के मामले में किसी प्रकार का लड़ाई-झगड़ा नहीं उठाना चाहता। इसलिए कि एक तो मैं लड़ने-भिड़नेवाले आदमियों

में से नहीं हूँ। दूसरे यह कि मैं नहीं चाहता कि मेरे ख़ानदान की बदनामी हो। एक बेटी की बदनामी का प्रभाव अन्य बच्चों के भविष्य पर पड़ेगा। तुम्हारे रवैये से लगता है कि तुम ख़ा-म-ख़ाह मुझे परेशान नहीं करना चाहते। तुमने यह भी स्वीकार नहीं किया कि दीपी से तुम्हारा कोई सम्बन्ध है। ऐसी परिस्थिति में तुम आसानी से मुझसे कह सकते हो कि भविष्य में तुम दीपी से कोई सम्बन्ध नहीं रखोगे।''

जस्सा फिर भी ख़ामोश रहा।

सज्जनसिंह फिर बोला, ''यदि दाल में कुछ काला है तो मैं तुम्हें एक और उपाय बता सकता हूँ। वह यह कि तुम मुझे ख़त्म कर दो। यदि तुम चाहो तो यहाँ भी मेरी जान ले सकते हो। अगर तुम चाहो तो किसी भी दिन हम किसी ऐसी जगह चल सकते हैं जहाँ और कोई न हो। तुम वहीं पर मेरा काम तमाम करके लौट आना। किसी को पता नहीं चलेगा। हमारा यह इलाक़ा तो ऐसा है कि कई क़त्ल दिन-दहाड़े हो जाते हैं, पुलिस हत्यारों को जानते हुए भी उन्हें गिरफ़्तार नहीं कर सकती। पुलिस को मालूम होता है कि कोई आदमी गवाही देने को तैयार नहीं होगा, और बिना सबूत व गवाही के उनका मुक़द्दमा ख़ारिज हो जायेगा।''

सज्जनसिंह की इतनी बातों के बावजूद जस्सा कुछ नहीं बोला।

सज्जनसिंह ने दरवाज़े की ओर क़दम बढ़ाते हुए कहा, ''मेरी नज़र में तुम्हारी ख़ामोशी का यह मतलब है कि तुम आइन्दा दीपी से कोई सम्बन्ध नहीं रखोगे।''

सज्जनसिंह ने एक बार फिर मोटी चादर को अपने शरीर पर लपेटा और दरवाज़े के बाहर चला गया।

सज्जनसिंह के विदा होने के कुछ ही पलों के बाद जस्सा तबेले के बाहर निकल आया। कुछ दूरी पर सज्जनसिंह खेतों के बीच में से होता हुआ पैदल गाँव की ओर चला जा रहा था। दूर-दूर तक खेत फैले हुए थे, खेतों में नहर के किनारे-किनारे खड़े हुए वृक्ष बिलकुल धब्बों की भाँति दिखायी दे रहे थे। हर ओर नीरवता छायी हुई थी। रात अँधेरी थी। साफ़-सुथरे आकाश में सितारे अगणित नन्हें-नन्हें दीपों के समान झिलमिला रहे थे।

जस्सासिंह के मन की हालत बड़ी अजीब-सी हो रही थी। वह स्वयं को समझ नहीं पा रहा था। दिल का सूनापन बढ़ गया था।

इतने में किसी पक्षी के बोलने की आवाज़ सुनायी दी। उसने आँखें उठाकर ऊपर की ओर देखा। विशाल गगन में उसे एक पक्षी दिखायी दिया, जो फड़फड़ाता हुआ अकेला ही उड़ा जा रहा था। सम्भवतः वह अपने साथियों से बिछुड़ गया था। शायद उसे अपने घोंसले का रास्ता नहीं मिल रहा था।

जस्सा खोयी-खोयी नज़रों से उस पक्षी को देखता रहा, यहाँ तक कि वह रात के अन्धकार में विलीन हो गया।

दूसरे दिन जस्सा सुबह-ही-सुबह गाँव को लौट गया। नाश्ता करने के बाद वह गाँव के उस कोने की ओर चल दिया जहाँ अल्लादित्ती रहती थी। इत्तफ़ाक़ से अल्लादित्ती अपने मकान के बाहर बकरी को चारा डाल रही थी। दोनों की आँखें मिलीं तो जस्से ने दूर से ही उसे आने का इशारा किया, और स्वयं दीवार की ओट में हो गया।

अल्लादित्ती ने भी मन की तसल्ली कर ली कि उसे कोई देख नहीं रहा था। फिर वह हिरनी की तरह छलाँगें लगाती हुई दीवार की ओट में जस्से के पास पहुँच गयी। वह अपने गीले हाथ ओढ़नी के पल्ले से पोंछते हुए चमककर बोली, "क्या है?"

जस्सा बोला, "इसमें गुर्राने की क्या बात है?"

"गुर्राऊँ नहीं तो क्या करूँ। किसी ने देख लिया तो तुम्हारे साथ मेरा भी नाम जोड़ देंगे।"

'चिन्ता मत करो। इसकी नौबत नहीं आयेगी।"

"अब काम की बात कहो...कोई देख न ले।"

'दीपी से कहना कि आज शाम पुरानी जगह पर मिल ले।"

"अगर वह न आ सकी तो?"

"तुम इतनी धौंस क्यों गाँठ रही हो? उससे आने को कह देना।"

"बाबा हम उसके आने का ज़िम्मा नही लेते।"

जस्से ने महसूस किया कि अल्लादित्ती जान-बूझकर बात को घसीटे जा रही थी। उसे छेड़छाड़ में मज़ा आता था। अबके जस्से ने गुर्राकर कहा, "आते ही तुमने इतनी जल्दी मचा दी थी, और अब ख़ुद ही इतनी देर कर रही हो। मेरी बात तो ख़त्म हो चुकी है।"

इतना कहकर जस्सा वहाँ से लौट पड़ा।

शाम को दीपी अल्लादित्ती को साथ लेकर जस्से से मिलने चली आयी। जस्सा पहले से ही वहाँ मौज़ूद था।

निकट पहुँचकर दीपी को लगा कि जस्से के तेवर आज कुछ बदले हुए थे। इस ख़याल से उसे भी कुछ परेशानी का अहसास हुआ। अल्लादित्ती की आदत थी कि वह इन दोनों को एक साथ छोड़कर स्वयं परे चली जाया करती थी, ताकि वे आपस में खुलकर बातचीत कर सकें। लेकिन आज जस्से ने उसे परे जाने से रोक दिया। फिर वह दीपी की ओर देखते हुए बोला, "देखो दीपी, मैं तुम्हें समझाता रहा कि हमें एक-दूसरे से परे-परे रहना चाहिए। मगर तुम नहीं समझीं। आख़िर इसका नतीजा निकल ही आया।"

दीपी ने अपनी बायीं आँख पर गिरी बालों की लट को हाथ से पीछे हटाते हुए पूछा, "क्यों, क्या हुआ?"

"तुम्हारे पिता रात मुझसे मिलने आये थे!"

यह सुनकर दीपी पहले तो कुछ ठिठकी, और फिर पूछा, "क्या बातें हुईं?"

"उन्हें तुम्हारा मेरा पता चल गया है, और वह नहीं चाहते कि हम दोनों का यह सम्बन्ध बना रहे।"

"तो क्या तुम यह समझते थे कि इस बात का पता लगने पर वह तुम्हारे गले में फूलों की माला डाल देंगे।"

'मैं ऐसा नहीं समझता था, लेकिन यह भी नहीं चाहता था कि इतनी जल्दी हमारा यह भेद खुल जाये। अगर तुम इतनी गर्मा-गर्मी न दिखातीं तो यह स्थिति भी उत्पन्न न होती।"

"कमाल करते हो! इतने में ही तुम्हारी पिद्दी बोल गयी। इश्क़-प्रेम के मार्ग को क्या तुम इतना ही सरल समझते थे।"

"मगर इस जल्दबाज़ी का फ़ायदा क्या?"

"तुम साफ़ कह देते कि हम दोनों एक-दूसरे से शादी करना चाहते हैं।"

"और अगर वह न मानते....तो?"

"तो फिर हम कोई दूसरा रास्ता ढूँढ़ लेते।"

"दूसरे रास्ते से तुम्हारा मतलब यह है कि हम लोग यहाँ से भाग जाते।"

"ज़रूरत पड़ती तो हम वह भी कर सकते थे...तुम तो मुझे बड़ी आसानी से चक पीराँ भी ले जा सकते हो।"

"मगर दीपी, मैं हरिपुरे से जाना नहीं चाहता। मैं यहीं पर टिका रहूँगा।"

"तो मुझसे प्रेम केवल मज़ा उड़ाने के लिए ही किया तुमने?"

"तुम्हें यह समझने की कोशिश करनी चाहिए कि तुम्हारे पिता बहुत ही भले आदमी हैं। ऐसे भले इनसान के ख़ानदान को बदनाम करना मुझे अच्छा नहीं लगता। मुझे उम्मीद थी कि उचित मौक़ा आने पर मैं उनसे तुम्हारा हाथ माँग सकता था। मगर तुम्हारी जल्दबाज़ी ने काम ख़राब कर दिया।"

दीपी भड़क उठी, "अपनी कायरता को ऐसी लच्छेदार बातों में छिपाने की कोशिश न करो। देखने में तो भालू के भालू नज़र आते हो, लेकिन इतनी-सी बात से दम फूल गया।"

"दीपी, तुम्हारे सिर पर इश्क़ का भूत सवार है। मैं तुम्हें सच्चे दिल से प्रेम करता हूँ, लेकिन मैंने प्रेम को भूत बनाकर अपने सिर सवार नहीं किया। तुम जोश में आकर भाग जाने की बातें कह रही हो, लेकिन तुम्हें भाग जाने की बजाय शादी की बात सोचनी चाहिए। तुम सज्जनसिंह की बेटी हो, इसलिए मैं तुम्हें भगा ले जाने की बात भी नहीं सोच सकता, हाँ, अगर कहीं तुम चन्ननसिंह की बेटी होतीं तो मैं निश्चय ही तुम्हें भगाकर चक पीराँ ले जाता।"

"ओहो! अब असली बात का पता चला। तुम्हारी नज़र चन्ननसिंह की बेटी पर है, और मैं तो केवल मनोरंजन के लिए हूँ।"

दीपी की मूर्खता और हठधर्मी पर जस्से को एकाएक ही इतना क्रोध आया कि उसने घसीटकर दीपी के मुँह पर थप्पड़ मार दिया।

वह लड़खड़ाकर परे जा गिरी। वह फूट-फूटकर रोने लगी। तब वह उठी, कपड़े झाड़े, और एकदम आँसू पीकर ख़ामोश हो गयी। फिर उसने क़हर भरी नज़रों से जस्से की ओर देखा, और जल्दी-जल्दी क़दम उठाती हुई वहाँ से चल दी।

अल्लादित्ती ने लपककर एक हाथ दीपी के कन्धे पर रख दिया, और फिर मुड़कर जस्से की ओर देखते हुए बड़बड़ायी, "भालू कहीं का!"

3

कुछ दिनों के भीतर ही जस्से की दुनिया में कितना बड़ा इन्क़लाब आ गया। न तो गाँव के बदतमीज़ युवक उसे चैन लेने देते थे, और न दीपी से उसका प्रेम छिपा रह सका। गोया एकदम ही हड़बोंग मच गयी। आज तक जो कुछ उसने सोचा था, वह मिट्टी में मिल गया। अब परिस्थितियों का नया जायज़ा लेने की ज़रूरत थी—और यह काम जस्से के लिए काफ़ी कठिन था। अभी तो वह ऐसी उलझन में फँसकर रह गया था जिसमें से निकलने का कोई रास्ता नहीं सूझता था।

तंग आकर जस्से ने गाँव की गलियों में घूमना-फिरना छोड़ दिया। वह घर से निकलता तो अपने खेतों में पहुँच जाता। वहाँ का काम समाप्त हो जाता तो घर लौट आता। वह प्रायः रातें भी खेतोंवाले तबेले में अकेले ही काट देता। लक्खनसिंह, दिलेरसिंह और थुन्ने ने भाँप लिया कि अब जस्सा उनसे बच-बचकर रहता था। वे आपस में बैठकर उसका ख़ूब मज़ाक उड़ाते थे। उन्हें इस बात की आशा बिलकुल नहीं थी कि जस्सा इतनी सरलता से हार मान जायेगा। अब तो वे जस्से को दूर से भी देख लेते तो ठहाके मारकर हँसने लगते। यह दशा देखकर गाँव के अन्य लोग भी महसूस करने लगे कि जस्से ने तो सचमुच ही लीद कर दी। उन्हें विश्वास नहीं होता था कि ऐसे धाकड़ चाचा का भतीजा इतना दब्बू और डरपोक भी हो सकता था।

जस्से को जब भी अवकाश मिलता, वह घोड़े पर सवार होकर कोसों दूर निकल जाता। निश्चय ही वह दर्शनीय जवान था, और अपने चाचा की भाँति घुड़सवारी में भी उसका जवाब नहीं था। जस्से की नज़रों में अपने गाँव की हैसियत अनाथाश्रम से अधिक नहीं रही थी। विशेषकर दीपी से सम्बन्ध टूट जाने पर उसकी तबीयत बिलकुल ही ऊब गयी थी। गाँव में पहुँचकर जो समस्याएँ उठी थीं वे हर पल उसे बेचैन रखती थीं। घुड़सवारी के मौक़े पर भी उसके दिमाग़ में यही उधेड़बुन चलती रहती थी।

एक दिन जबकि अपने गाँव से कई कोस दूर वह घोड़े पर सवार चला आ रहा था तो उसे एकाएक ही जड़ के वृक्षों के समूह में से एक और सवार निकलता दिखायी दिया। दूसरा सवार वर्दी पहने पुलिस का कोई अफ़सर था। वह जस्से से आगे-आगे जा रहा था, और उसके घोड़े का रुख़ धम्मीवाला गाँव की ओर था।

जस्से को नये घुड़सवार के चेहरे की एक झलक देखकर कुछ शक हुआ कि कहीं वह उसके बचपन का दोस्त पूरनसिंह तो नहीं था जिसके बारे में रहीम ने बताया था कि वह पुलिस में अफ़सर बन गया था।

यह सन्देह हो जाने पर जस्से ने अपने घोड़े को एड़ लगाकर उसकी गति तीव्र की, ताकि नये घुड़सवार के बराबर पहुँच सके। उसे विश्वास था कि निकट से देखने पर वह उसको निश्चय ही पहचान लेगा।

अगले घुड़सवार की गति अधिक तीव्र नहीं थी, और जस्से को उसके बराबर पहुँचने में देर नहीं लगी। उन दोनों ने एक-दूसरे की ओर देखा। पुलिस अफ़सर की शक्ल से ही लग रहा था कि वह जस्से को नहीं पहचान सका, और इधर जस्से को विश्वास हो गया कि वह उसका पुराना मित्र ही था, क्योंकि वह ख़ूबसूरत था, खूब लम्बा-चौड़ा जवान था, और सबसे मुख्य बात यह थी कि उसके चेहरे पर मस्सा भी था। जस्से ने पूछ ही लिया, ''क्या तुम पूरनसिंह हो?''

पुलिस अफ़सर अपने ही ख़यालों में डूबा हुआ नज़र आता था। जस्से का प्रश्न सुनकर उसने घोड़े की लगाम खींची और रुक गया। उसके मन में थोड़ा आश्चर्य भी हो रहा था कि यह कौन व्यक्ति था जो उसे तुम कहकर सम्बोधित कर रहा था। उसने जस्से को पहचानने की कोशिश करते हुए उत्तर दिया, ''हाँ, मैं पूरनसिंह हूँ।''

जस्से ने तुरन्त ही कहा, ''मैं जस्सासिंह हूँ।''

पुलिस अफ़सर के चेहरे पर भावनाओं की कई झलकियाँ पल-भर में दिखायी दे गयीं। उसे अपने बचपन का ज़माना याद आ गया। उस धुँधलाहट में जस्सू नामक लड़के की शक्ल उभरी। मगर उस ज़माने के जस्सू और आज के जस्सासिंह में कितना अन्तर था!...क्या उस गन्दे-से लड़के ने ऐसे भरपूर जवान का रूप धारण कर लिया था?

पूरनसिंह का चेहरा एकदम ही खिल उठा। चाहे वह पुलिस अफ़सर बन गया था, लेकिन अपने बचपन के यार को कैसे भूल सकता था। उसने तुरन्त घोड़े को जस्से के घोड़े के निकट ले जाकर अपना हाथ उसकी ओर बढ़ाया। जस्से ने भी उसी गर्मजोशी से अपना पंजा उसके हाथ में दे दिया।

जैसा कि ऐसे मौक़ों पर होता है, दोनों मित्रों में बीते ज़माने की बातें होने लगीं। बहुत छोटी-छोटी बातें, जिनका न उस समय कोई महत्त्व था और न अब, लेकिन उन सबको याद कर-करके वे कितने प्रसन्न हो रहे थे, हँस-बोल रहे थे, बीच-बीच में क़हक़हे भी लगा रहे थे।

जस्सा बोला, ''छह वर्ष के बाद जब मैं हरिपुरे लौटा तो मैंने रहीम से अपने बचपन के मित्रों के बारे में पूछ-ताछ की थी, उसने तुम्हारे बारे में ख़ास तौर पर बताया था कि तुम पुलिस के अफ़सर बन गये हो। मुझे यह जानकर बड़ी ख़ुशी हुई। मिलने को बहुत जी चाहता था, लेकिन अता-पता मालूम न होने के कारण मुलाक़ात की कोई उम्मीद नहीं थी। आज इत्तफ़ाक से मेल हो गया।''

''अच्छा तो तुम इतने वर्षों में कहाँ-कहाँ रहे?''

"मुझे चाचा ने चक पीराँ भेज दिया था। वहाँ भी चाचा की ज़मीन है और कच्चा मकान है। इतने वर्षों तक मैं वहीं रहा।"

"मुझे यह देखकर बड़ी ख़ुशी हो रही है कि तुम बहुत ही शानदार जवान निकले हो। तुम्हारे जैसे जवान सारे पंजाब में बस गिने-चुने ही होंगे।"

जस्सा अपनी प्रशंसा सुनकर केवल नम्रता से मुस्कराकर रह गया। उसके मित्र ने पूछा, "तो अब तुम सदा हरिपुरे में अपने चाचा के पास ही रहोगे?"

जस्से ने महसूस किया या तो उसके मित्र को चाचा के जेल जाने का कुछ पता नहीं था, या उसने इस बात का ज़िक्र करना उचित नहीं समझा। जस्से ने भी ख़ा-म-ख़ाह कुछ बताने की कोशिश नहीं की, केवल इतना ही कहा, "बात यह है कि अब चाचा ने चक पीराँ में अपना पक्का डेरा जमा लिया है। यहाँ की ज़मीन की देख-भाल करने के लिए मुझे भेज दिया है। हाँ, यह बात ठीक है कि अब मुझे हरिपुरे में ही रहना होगा—मेरा मन तो नहीं लग रहा, लेकिन मुझे यहाँ रहना ही पड़ेगा।"

जस्सा अपने विषय में इससे अधिक कुछ नहीं बताना चाहता था। यह कहकर उसने भूल की थी कि गाँव में उसका मन नहीं लग रहा था। उसे भय था कि उसका मित्र मन न लगने का कारण भी पूछेगा परन्तु पूरनसिंह ने इस विषय में कोई कुरेद नहीं की, या तो सब-कुछ जानते हुए भी उसने कुछ पूछना उचित नहीं समझा, या उसने इस बात को इतना महत्त्व ही नहीं दिया।

जस्से ने पूछा, "इस समय कहाँ जा रहे हो?"

"मैं धम्मीवाला तक जा रहा हूँ।"

"ड्यूटी पर?"

"हाँ—मुझे पता चला था कि सूरतसिंह नामक एक नवयुवक धम्मीवाला में मौज़ूद है। पुलिस को काफ़ी दिनों से उसकी तलाश थी। मैं उसे पकड़ने के लिए ही वहाँ जा रहा हूँ।"

"अकेले ही?"

पूरनसिंह ने अपने चौड़े कन्धों को ज़रा-सा हिलाकर उत्तर दिया, "इससे क्या फ़र्क़ पड़ता है!"

"मैंने सूरतसिंह का नाम पहले कभी नहीं सुना।"

"वह तुम्हारे इलाक़े का रहनेवाला नहीं है। मेरे इलाक़े का भी नहीं है। दूसरे इलाक़े से यहाँ आया है।"

"क्या वह बड़ा ख़तरनाक आदमी है?"

"मैंने उसे केवल एक बार देखा था। ख़ूबसूरत है, और बहुत अच्छा जवान है। अभी तक उसने कोई बड़ा ख़तरनाक काम नहीं किया। मारपीट की छोटी-मोटी कार्यवाहियाँ ही की हैं। उसने किसी डाके में भी भाग नहीं लिया, केवल साधारण चोरियों के

सिलसिले में उस पर सन्देह किया जा रहा है। मैं उसे पकड़कर उसी के इलाक़े की पुलिस को सौंप दूँगा।''

अब वे दोनों घुड़सवार दुलकी चाल से चले जा रहे थे। पूरनसिंह ने पूछा, ''तुम्हारा कहाँ जाने का इरादा है?''

''मैं वापस अपने गाँव जा रहा हूँ। लेकिन मेरा रास्ता धम्मीवाला से होकर ही गुज़रेगा।''

''चलो, यह भी ठीक है। समय अच्छी तरह कट जायेगा।''

जस्से ने सोचा था कि यदि पूरनसिंह इस अवसर पर उसका साथ पसन्द नहीं करेगा तो वह धम्मीवाला में रुके बिना ही अपने गाँव को बढ़ जायेगा। जब पूरनसिंह ने कोई आपत्ति नहीं उठायी तो जस्से को इतमीनान हो गया।

बातें करते हुए वे धम्मीवाला की ओर बढ़ते गये। थोड़ी देर बाद दूर से गाँव दिखायी देने लगा। अभी वे आध मील इधर ही थे कि गाँव की ओर से एक आदमी तेज़-तेज़ क़दम उठाते हुए आता दिखायी दिया। पूरनसिंह धीरे से बोला, ''यह गाँव के नम्बरदार का छोटा भाई है। न जाने क्यों लपकता हुआ इधर ही को आ रहा है। आज प्रातःकाल नम्बरदार स्वयं सूरतसिंह के विषय में मुझे ख़बर देने के लिए आया था।''

वह आदमी अपनी ढीली-ढाली पगड़ी को सँभालते हुए निकट पहुँचा तो इन दोनों ने लगामें खींचकर घोड़ों को रोक लिया। पूरनसिंह ने पूछा, ''कोई ख़ास बात है क्या?''

उस आदमी ने उत्तर दिया, ''आप ही का इन्तज़ार था। सूरतसिंह यहाँ से खिसकने को है। मैंने अभी-अभी उसे परसिन्नी के साथ गली में खड़े देखा था।''

पूरनसिंह ने ठिठककर पूछा, ''परसिन्नी कौन?''

''परसिन्नी के बारे में क्या मेरे भाई ने कुछ नहीं बताया। इसी लड़की से मिलने के लिए तो सूरतसिंह यहाँ आया हुआ था। परसिन्नी पिछले कुछ दिनों से अपनी मौसी के घर टिकी हुई थी। सूरतसिंह को ख़बर मिल गयी होगी, तभी तो वह कल रात यहाँ आ पहुँचा।''

जस्से ने देखा कि पूरनसिंह के चेहरे का रंग कुछ गहरा-सा पड़ गया था, और उसकी भवों के बीच में दो बल उभर आये थे। उसने उस आदमी से कहा, ''तो क्या तुम्हारे ख़याल में अब तक सूरतसिंह गाँव से बाहर निकल गया होगा?''

''ऐसी उम्मीद तो नहीं, लेकिन वह गाँव की दूसरी ओर से ही निकलेगा क्योंकि उधर खेतों के आसपास काफ़ी झाड़ियाँ हैं, और खेत पार कर लेने के बाद बिलकुल जंगल-सा है। सूरतसिंह खुले मैदान में जाने की बजाय जंगलवाले रास्ते से होकर जाना बेहतर समझेगा।''

''अच्छा तो हम उसे गाँव की दूसरी ओर जाकर ही पकड़ेंगे।''

यह कहकर पूरनसिंह ने एक नज़र जस्से पर डाली और फिर अपने घोड़े को एड़ देकर उसे पूरी शक्ति से दौड़ा दिया। जस्सा भी घोड़ा दौड़ाता हुआ पीछे-पीछे हो लिया।

घोड़ों की टापों से घास के नन्हें-नन्हें पौधे उखड़कर इधर-उधर उड़ने लगे। कुछ कुत्ते भी महज़ मनोरंजन के लिए भौंकते हुए उनके साथ-साथ दौड़ने लगे। जब वे गाँव की दूसरी ओर पहुँचकर रुक गये तो कुत्ते भी बड़ी बेफ़िक्री से चुपचाप इधर-उधर बिखर गये।

उन दोनों की नजर तुरन्त ही सूरतसिंह पर जा टिकी। उसके निकट ही एक नवयुवती भी मौजूद थी। वे अरूढ़ी, यानी कूड़े-करकट के ऊँचे ढेर पर खड़े थे।

दोनों सवारों के घोड़ों के नथुने फड़क रहे थे, और वे रुक जाने पर भी मचल रहे थे।

जस्से ने सोचा कि सम्भवतः इसी का नाम परसिन्नी है। वह जितनी हसीन थी, उतनी ही भोली भी लगती थी।

पूरनसिंह की शक्ल देखते ही सूरतसिंह अपनी प्रेमिका से विदा होकर बड़े-बड़े डग भरता हुए खेतों की ओर चल दिया। इस पर पूरनसिंह ने फिर घोड़े को एड़ दी और पल-भर में फ़रार होते हुए जवान को जा पकड़ा।...घोड़ा उसके आगे रोककर बोला, "तुम सूरतसिंह ही हो न?"

"आहो!" सूरतसिंह ने हामी भरी।

कुछ दूरी पर रुका जस्सा सूरतसिंह को ग़ौर से देख रहा था। उसकी नयी-नयी दाढ़ी के बाल भूरे और नर्म से लग रहे थे। उसके कानों में बालियाँ थीं और उसके सीने पर सोने का कण्ठा लटक रहा था। उस ज़माने के बाँकों की तरह उसकी पगड़ी के बीच में से बालों का जूड़ा बाहर को उठा हुआ था, और उस पर कसकर बँधी हुई जाली के रंगीन फुँदने उसके बायें कान के निकट झूल रहे थे। सूरतसिंह निस्सन्देह ख़ूबसूरत था, लेकिन वह मक्कार और चतुर दिखायी देता था।

पूरनसिंह ने सपाट स्वर में सूरतसिंह से कहा, "तुम्हें मेरे साथ थाने चलना होगा।"

इतनी देर में नवयुवती भी उनके निकट पहुँच गयी। सम्भवतः पूरनसिंह के आने की ख़बर गाँव में फैल गयी थी, तभी तो कई व्यक्ति तमाशा देखने के लिए अरूढ़ियों पर आ खड़े हुए थे।

सूरतसिंह के चेहरे पर भय का एक चिह्न भी नहीं उभरा। पूरनसिंह की बात सुनकर उसके मुँह का कोना एक ओर को खिंच गया, और वह पूरनसिंह को देखते हुए बोला, "वत्त थानेदारा! ए कोई गल ताँ ना होई— तुरदे बन्दे नूँ तू घोड़ा नसाँ के फड़ ल्या ए (ऐ थानेदारा! यह कोई बात तो न बनी—पैदल चलते हुए आदमी को तूने घोड़ा दौड़ाकर पकड़ लिया है।")

उस युवती के चेहरे पर घबराहट की जगह गर्व ने ले ली थी। जस्सा ज्यों-का-त्यों अपने घोड़े पर बैठा मन-ही-मन इस स्थिति पर मुस्करा रहा था। उसने सोचा कि देखें अब क्या होता है।

पूरनसिंह घोड़े से उतर पड़ा। माना कि सूरतसिंह कद्दावर युवक था, लेकिन पूरनसिंह का क़द उससे भी निकलता हुआ था। जहाँ सूरतसिंह का शरीर कुछ नाज़ुक था, वहाँ पूरनसिंह का जिस्म कमाया हुआ था। आशिक़ माशूक़ के देखते-देखते पूरनसिंह ने घोड़े की लगाम निकट के बबूल की शाखा पर अटका दी और स्वयं खेत की मुँडेर पर बैठकर भारी-भरकम बूटों के तस्मे खोलते हुए बोला, "सूरतसयाँ! अब तुम दौड़ पड़ो। मेरे और अपने बीच जितना फ़ासला चाहो डाल लो—एक खेत, दो खेत के बाद, या जहाँ से जी चाहे मुझे आवाज़ दे देना..."

जस्से को लगा कि पूरनसिंह बड़ा गम्भीर दिखायी दे रहा था। उसके स्वर में न क्रोध था, न व्यंग्य।

पूरनसिंह की बात सुनकर सूरतसिंह को पहले तो आश्चर्य हुआ, फिर मारे ख़ुशी के उसका चेहरा दमक उठा—उसने परसिन्नी की ओर फिर मिलेंगे के अन्दाज़ से नज़र डाली और ख़ेतों की तरफ़ चल निकला।

इस बीच पूरनसिंह और परसिन्नी की आँखें पल-भर को भी नहीं मिलीं।

दो खेत पार कर जाने के बाद सूरतसिंह ने ज़ोर से आवाज़ दी, "आ आ थानेदारा!"

पूरनसिंह नंगे पाव तैयार खड़ा था। सूरत की आवाज़ सुनते ही वह भी दौड़ पड़ा।

गाँववालों के लिए यह तमाशा बड़ा ही अनोखा और दर्शनीय था। मुलज़िम और थानेदार आगे-पीछे भागते चले जा रहे थे। सूरतसिंह को अपनी तीव्र गति पर बड़ा घमण्ड था। मन-ही-मन वह इस बात पर चहक रहा था कि थानेदार के फ़रिश्ते भी उसकी धूल तक को नहीं पहुँच सकेंगे।

कुछ देर तक यह दौड़ बराबर की चलती रही। धीरे-धीरे सूरतसिंह को महसूस होने लगा कि थानेदार इनसान नहीं भूत था। उन दोनों के बीच का फ़ासला पल-पर-पल कम होता जा रहा था। सूरतसिंह के मन में घबराहट उत्पन्न हुई, और उसने अपनी गति और भी तीव्र कर दी।

पूरनसिंह रेल के इंजन की भाँति बढ़ता ही जा रहा था। न जाने उसमें इतनी शक्ति कहाँ से आ गयी थी। उसका शरीर बहुत भरपूर था, उससे इस बात की आशा नहीं की जा सकती थी कि वह दौड़ में सूरतसिंह को हरा देगा...अपनी पूरी शक्ति से दौड़ते हुए सूरतसिंह ने कनखियों से देखा कि थानेदार एक फर्राटे के साथ उसके पहलू से निकलकर आगे बढ़ गया। वह उससे चालीस-पचास क़दम की दूरी पर पहुँचकर पलट पड़ा। सूरतसिंह रुक गया। पूरनसिंह ने निकट आकर गम्भीरता से पूछा, "वत्त सूरतसयाँ! हुन ताँ ठीक ए न?"

सूरतसिंह दम साधकर चुपचाप खड़ा रहा।

पूरनसिंह ने फिर कहा, "अच्छा तो अब तुम चले आओ...मैं जाकर मोजे और बूट पहन लूँ।"

सूरत को जहाँ-का-तहाँ छोड़कर पूरनसिंह गाँव की ओर दौड़ने लगा—सूरतसिंह के मन में सन्देह की गुंजाइश ही नहीं रही थी, और उसे विश्वास हो गया था कि ऐसे

थानेदार के चंगुल से बचकर फ़रार होना असम्भव था। वह कुछ देर अपनी जगह पर रुका रहा, फिर गाँव की ओर चल दिया।

पूरनसिंह वापस लौटा तो परसिन्नी उसे टकटकी बाँधकर देख रही थी। यह कहना कठिन था कि पूरनसिंह को भी परसिन्नी की इस हरकत का अहसास था या नहीं, लेकिन उसने लड़की के चेहरे की ओर एक बार भी नहीं देखा। उसने मोजे चढ़ाकर बूट पहने और उनके तस्मे कस दिये। जब पूरनसिंह ने अपने घोड़े की लगाम पकड़ी तब भी परसिन्नी उसी की ओर देखे जा रही थी।

जस्से को सन्देह हुआ कि इसमें कभी कोई रहस्य है। परसिन्नी के व्यक्तित्व में रानियों जैसी शान थी, और उसकी पूरनसिंह पर टिकी हुई दृष्टि रहस्य से शून्य नहीं थी।

इतने में सूरतसिंह भी पहुँच गया। उसने परसिन्नी की ओर दबी नज़रों से देखा, लेकिन अबके उसकी निगाह में अजीब-सी विवशता और झेंप थी।

पूरनसिंह अपने घोड़े पर सवार हो गया, और उसने पाँव रकाबों में जमाकर लगाम सँभालते हुए कहा, ''सूरतसिंह! अब तुम्हें मेरे साथ थाने चलने की ज़रूरत नहीं है, लेकिन शर्त यह है कि आइन्दा कभी मेरे इलाक़े में क़दम रखने की जुर्रत न करना।''

निकट ही इतने लोग खड़े हुए थे, फिर भी सारे वातावरण पर शान्ति छायी हुई थी।

पूरनसिंह का घोड़ा जस्से के निकट से होकर कुछ आगे बढ़ गया। जस्सा अब भी सूरतसिंह और परसिन्नी की तरफ़ देख रहा था। पूरनसिंह की बात सुनकर सूरतसिंह ने इतमीनान की साँस ली। उसने परसिन्नी का हाथ अपने हाथ में लेकर हलके से दबाया। लेकिन परसिन्नी ने झट से हाथ छुड़ा लिया और मन्द लेकिन छुरी की-सी तेज़ आवाज़ में बोली, ''छोड़ो मेरा हाथ!''

पूरनसिंह कई गज़ आगे निकल गया तो उसे महसूस हुआ कि जस्सा अभी तक अपनी जगह से नहीं हिला था। उसने मुड़कर मित्र की ओर देखा, और आवाज़ देकर बोला, ''आओ भई जस्से!''

जस्सा धीरे-धीरे पूरनसिंह की ओर बढ़ा। जब वे पहलू-ब-पहलू हो गये तो दोनों ने घोड़ों को ज़ोर से एड़ दी, और घोड़े सटपटाकर एक ही छलाँग में आगे बढ़े और सरपट दौड़ने लगे।

कुछ मस्त कलन्दर कुत्ते जो अब तक इधर-उधर कूड़ा-करकट सूँघ रहे थे, एकदम चौंके और उन सवारों के पीछे-पीछे भागने लगे। लेकिन वे घोड़ों की धूल तक को नहीं पहुँच सके।

दोनों सवार चुपचाप घोड़े दौड़ाते चले गये। सम्भवतः वे दोनों ही अपने-अपने विचारों में खोये हुए थे। खेतों, छोटे-छोटे टीलों, नन्हें-मुन्ने पानी के नालों से गुज़रते हुए वे बढ़ते ही चले गये।

इस प्रकार लगभग एक कोस तक उनका साथ रहा। बबूल के पेड़ों के एक झुण्ड के पास पहुँचकर वे रुक गये। जस्सा बोला, ''यहाँ से हमारे रास्ते अलग-अलग हो जायेंगे।''

पूरनसिंह के होंठों पर हलकी-सी मुस्कराहट आयी, और वह बोला, "रास्ते अलग हो सकते हैं, लेकिन बचपन के दोस्तों के दिल तो अलग नहीं हो सकते।"

जस्से के उदास मन पर अपने छुटपन के मित्र की इस बात का बहुत अच्छा प्रभाव पड़ा, बोला, "बेशक!"

पूरनसिंह का घोड़ा मचल रहा था, उसने जानवर को सँभालने का प्रयत्न करते हुए कहा, "आज का दिन बड़ा अच्छा रहा कि तुमसे मुलाक़ात हो गयी। हम निश्चय ही आगे को भी मिलते रहेंगे।"

"तुमसे मिलने से पहले मैं कुछ कारणों से उदास था। मगर इस सुहावनी मुलाक़ात से दिल की सारी उदासी दूर हो गयी है। जब भी मौक़ा मिला, मैं तुम्हारे पास आऊँगा।"

"ज़रूर आना—यूँ तो मैं भी तुम्हारे पास आना चाहता हूँ, लेकिन आ नहीं सकूँगा। इसका कारण फिर कभी बताऊँगा।"

अब एक-दूसरे से विदा होने का समय आ गया था। चलने से पहले जस्सा बोला, "पूरनसिंह, मुझे संकोच तो बहुत हो रहा है, लेकिन मैं जानना चाहता हूँ कि क्या तुम उस लड़की...मेरा मतलब है परसिन्नी से प्रेम करते हो?"

इस पर पूरनसिंह ने अपने घोड़े को ज़ोर से एड़ दी, घोड़े ने आगे को छलाँग लगायी, और तेज़ी से दौड़ते हुए सवार ने उत्तर दिया, "हाँ!"

4

जस्सा घर पहुँचा तो जब वह हाँफते हुए घोड़े को रहीम के हवाले कर रहा था तो उसने कहा, "अब आप घर से बाहर जाने से पहले बेबे जी से मिल लीजियेगा। वह काफ़ी देर से आपके बारे में पूछ रही हैं।"

जस्से ने रहीम को कोई उत्तर नहीं दिया और वह सीधा घर में जा घुसा। बुआ से भी कुछ पूछने की नौबत नहीं आयी, वह स्वयं ही बोल उठी, "अरे छोकरे, कहाँ था तू सुबह से?"

"दूसरे गाँव में एक दोस्त से मिलने गया था।"

"अब तो तू अक्सर ही गाँव से बाहर निकल जाता है, और घण्टों ग़ायब रहता है। न जाने क्या बात है?"

"बुआ! ख़ामख़ाह न तो ख़ुद परेशान हुआ करो, और न मुझे किया करो, अब मैं छोटा बच्चा नहीं हूँ...मुझे बाज़ कामों के सिलसिले में इधर-उधर जाना पड़ता है। अब लौटा तो रहीम चाचा ने बताया कि तुम मुझे ढूँढ़ रही हो...क्या कोई ख़ास बात है या यूँ ही..."

"यह तो मैं नहीं जानती, लेकिन तुम्हारे चाचा ने तुम्हें फ़ौरन ही बुलाया है।"

चाचा के विषय में सुनकर जस्सा ठिठककर रह गया। बोला, "चाचा ने मुझे क्यों बुलाया है?"

"अब यह मुझे क्या मालूम।"

"कोई ख़त आया है?"

"नहीं, तुम्हारे चाचा का दोस्त लद्धासिंह चक पीराँ गया हुआ था। आज ही लौटा है और उसी ने यह सन्देश दिया है।"

"तुमने पूछा नहीं कि चाचा को मुझसे क्या काम है?"

भजनो कुछ उखड़कर बोली, "इसमें पूछने की क्या बात है? आख़िर वह तुम्हारे चाचा हैं....बुलाया होगा किसी काम से।"

जस्सा माथे पर बल डालकर बोला, "मैं कह रहा हूँ कि तुमने उससे पूछा या नहीं पूछा?"

"नहीं पूछा। तू अपने चाचा से घबराता क्यों है। वह तुझे निगल तो नहीं जायेगा।"

"अच्छा-अच्छा! कल सुबह मैं चल दूँगा।"

"ठीक है, मैं तेरे कपड़े तैयार कर दूँगी।"

जस्से को अजीब-सा लग रहा था। यह बात तो स्पष्ट थी कि न चाचे को भतीजे से और न भतीजे को चाचे से कोई प्यार था। आख़िर इतनी जल्दी चाचा ने उसे क्यों बुला भेजा।

4

दूसरे दिन एक छोटी-सी गठरी में कपड़े बाँधकर जस्सा रेलगाड़ी पर सवार हो गया। रास्ते भर बार-बार उसके मन में यही विचार उठता था कि आख़िर चाचा ने उसे इतनी जल्दी क्यों बुला भेजा।

गाड़ी का सफ़र ख़त्म होने के बाद जस्से को चक पीराँ तक पैदल जाना था। उसने लाठी के सिरे पर गठरी फँसा दी, और कन्धे पर रखकर लम्बे-लम्बे क़दम उठाता हुआ गाँव की ओर चल दिया।

चक पीराँ के आसपास का इलाक़ा जस्से का देखाभाला था। उसका लड़कपन वहीं पर तो गुज़रा था। वह गाँव उसे हरिपुरे से कहीं अधिक प्यारा था। यहाँ के ज़र्रे-ज़र्रे से उसे मोहब्बत मिली थी। हरिपुरे की प्रत्येक स्मृति उसके लिए कटु थी। वहाँ ले-देकर दीपी थी, लेकिन अभी तो वह उसके हाथ से निकल ही चुकी थी। उसे विश्वास नहीं होता था कि इतने थोड़े समय में इतना कुछ हो चुका था। काश! चाचा उसे हरिपुरे न भेजता। बचपन से उसके मन में दीपी की हलकी-सी तस्वीर बनी हुई थी...वह भी धीरे-धीरे सदा के लिए मिट जाती। हरिपुरे में जाने से ही वह मोहब्बत फिर से ताज़ा हो गयी। दीपी के बचपने और जल्दबाज़ी ने उनकी पोल खोल दी। हरिपुरे में उसका कोई मित्र नहीं था, कोई उसे अपनाने को तैयार नहीं था, और इस पर तुर्रा यह कि थुन्ना और चन्ननसिंह के बेटे उसे पल-भर को चैन नहीं लेने देते थे और उससे टक्कर लेने पर तुले हुए थे।

जब जस्से ने मकान के सेहन में क़दम रखा तो सबसे पहले उसकी नज़र जगीरसिंह पर पड़ी–जो अपनी आड़ी टाँगों के बीच में बड़ा-सा कूँडा रखे एक लम्बे-मोटे डण्डे से भंग घोट रहा था।

जस्से के लिए यह दृश्य अनोखा नहीं था। उधर जगीरसिंह ने इसकी ओर देखा तो उसे जस्से को पहचानने में पल-दो-पल लग गये। लेकिन ज्यों ही उसने जस्से को पहचाना, त्यों ही वह पटाक से उठ खड़ा हुआ। सदा की भाँति उसकी दोनों टाँगें फैली हुई थीं और उनके बीच में उसके कच्छे का मैला इज़ारबन्द झूल रहा था। मारे ख़ुशी के उसकी छोटी-छोटी आँखें चमक उठीं और उसके चेहरे पर रौनक़ आ गयी। वह उच्च स्वर में बोला, "लो! आ गया अपना बेटा जस्सा।"

उसकी बूढ़ी औरत कोठरी के भीतर से सेहन में आ गयी और उसने जस्से को आशीर्वाद दिया।

उनके इस स्नेह को देखकर जस्से को महसूस हुआ जैसे वह अपने असली घर में लौट आया था।–इसके साथ ही वह पूछना चाहता था कि चाचा कहाँ था।

जगीरसिंह ने स्वयं ही बताया, "तुम्हारा चाचा लालपरी लेने गया है।"

जस्से को मालूम था कि गाँव में एक पुराना पापी सौदागरसिंह अपने घर में ही शराब तैयार किया करता था। वह लोहे के कनस्तर में न जाने क्या-क्या मिलाकर उसे अरूढ़ी में दबा दिया करता था। सारा गाँव जानता था कि उसका कनस्तर कहाँ दबा हुआ है। निश्चित दिनों के बाद वह अपना कनस्तर निकालता और ख़ास-ख़ास मित्रों के हाथ बेच डालता। कहते हैं कि वह कई मुर्ग़े उबालकर उनके सूप में यह शराब तैयार करता था। इसलिए इस शराब का एक घूँट पीनेवाले की नस-नस में बिजली दौड़ जाती थी।

जस्सा इतमीनान से चारपाई पर बैठ गया। बुढ़िया उसके कपड़ों की गठरी उठाकर भीतर ले गयी। जब वह लौटी तो जगीरसिंह ने पोपले मुँह से उसे डाँटते हुए कहा, "अजीब औरत हो तुम!"

बुढ़िया मुँह फैलाकर बोली, "हाओ हाय! क्या किया मैंने। हर समय मुझ पर बरसते रहते हो। तुम्हारा दाँव लगे तो मेरी हड्डियाँ भी चबाकर खा जाओ।"

उनकी इस नोक-झोंक से जस्से को ज़रा भी परेशानी नहीं हुई। वह लड़कपन से उसका आदी हो चुका था। वह जानता था कि बुड्ढे-बुड्ढी का आपस में कितना प्रेम था। यह नोक-झोंक भी उसी चाहत का एक रूप थी।

जगीरसिंह ने माथे पर कोई बल डालकर कहा, "ए बुढ़िया! तेरे खोपड़े में तो निरा भूसा भरा है। अरी! अपना बेटा आया है। उसे कुछ खिलाये-पिलायेगी नहीं। रोटी तो रात को पकेगी, लेकिन एक छन्ना भर दूध तो अब भी पिला सकती हो।"

बुढ़िया को खिलाने-पिलाने का और भी अधिक शौक था। जस्से को तो वह वर्षों तक बेटे की तरह खिला-पिला चुकी थी। वह तुरन्त ही जस्से के लिए दूध का कटोरा ले आयी।

दूध ख़त्म करके जस्सा अपनी मूँछें पोंछ ही रहा था कि विशाल सेहन के दूसरे सिरे से उसे चाचा आता दिखायी दिया। उसके हाथ में शराब की बोतल थी। जस्से पर उसकी नज़र तो पड़ी, लेकिन उसके पास से यूँ गुज़र गया जैसे न तो वह उसे पहचानता है, और न ही उसने अपने भतीजे को बुलाया है।

जस्से ने भी चाचे की इस हरकत का बुरा नहीं माना। आरम्भ से ही उन दोनों में इसी प्रकार का रिश्ता चला आ रहा था।

सेहन के परले कोने में एक चबूतरा खपरैल से ढका हुआ था, और खपरैल का ढाँचा लकड़ी के दो बेडौल स्तम्भों पर टिका हुआ था। शायद बग्गे के बैठने के लिए बुढ़िया ही ने पहले से चबूतरे पर खेस बिछा रखा था। वहाँ चाँदी का गिलास भी रखा था, और बुढ़िया उसके लिए पकौड़े तलने जा रही थी।

जस्सा चुपचाप चाचा की ओर देखता रहा। चाचे के मन का हाल तो वाह गुरु जाने, लेकिन देखने में वह पहले की ही भाँति हट्टा-कट्टा था और उसके चेहरे पर लाली की झलक थी।

बग्गा चबूतरे पर बैठ गया। बोतल में क़सकर ठुँसे हुए कार्क को उसने दाँतों से पकड़कर एकदम बाहर खींचा तो उसमें से पक की आवाज़ निकली। बग्गे ने चाँदी के गिलास में शराब डाली और गिलास हाथ में उठाया और दीवार से पीठ लगाकर बैठ गया। शराब के हर घूँट के बाद वह अपनी मूँछों के ऊपर हाथ रखकर उन्हें नीचे की ओर दबाता और मूँछों के सिरे पर लगी शराब को चूस लेता।

सेहन में बैठे-बैठे गाँव के बाहर बहुत दूर तक नज़र दौड़ायी जा सकती थी। अपने विचारों में खोया हुआ बग्गा दूर तक फैले खेतों और वृक्षों को चुपचाप देख रहा था। गर्मागर्म पकौड़े आये तो उसने शराब के साथ-साथ पकौड़े खाने आरम्भ कर दिये।

इतना समय गुज़र जाने के बाद भी बग्गे ने भतीजे से कोई बात नहीं की। जस्से को सन्देह होने लगा कि चाचा ने उसे बुलाया भी था या किसी ने ग़लत सन्देश दे दिया। सन्देश ग़लत नहीं हो सकता था। जस्सा भी मग्न बैठा रहा। उसने सोचा कि यदि चाचा ने कोई बात न की तो वह दूसरे दिन वापस हरिपुरे को चल देगा।

अँधेरा छाने लगा तो दूर से आवाज़ सुनायी दी :

दमादम मस्त कलन्दर
अली दम-दम दे अन्दर।

यह आवाज़ दूर गली से आ रही थी, लेकिन इसे सुनते ही मानो बग्गे के कान खड़े हो गये। आवाज़ निकट आती गयी, यहाँ तक कि एक मुसलमान साईं बाबा खानेदार तहमद बाँधे और उस पर हरे रंग का चोंगा पहने सेहन के दरवाज़े पर खड़े नज़र आये। उन्हें देखा तो बग्गा चहककर बोला, "आओ साईं जी...चले आओ न!"

इन साईं बाबा को जस्से ने बचपन में भी देखा था। वह गाँव-गाँव चक्कर लगाया करते थे। गले में छोटे-बड़े मनकोंवाली कई मालाएँ, आँखों में सुर्मा, कन्धे तक लटकी हुई ज़ुल्फ़ों पर बँधा हुआ हरे रंग का रूमाल, कानों में मुँदरे, दाहिनी कलाई पर लोहे

के कई कड़े, और हाथ में छोटा-सा डण्डा था—इसी डण्डे से वह कड़ों को बजाते हुए भीतर चले आये। अब उनकी दाढ़ी में सफ़ेद बाल अधिक दिखायी देने लगे थे। वह उसी शान और ज़ोरदार स्वर से 'दमादम मस्त कलन्दर, अली दम-दम दे अन्दर' गाते हुए बग्गे के पास जा पहुँचे। बग्गे ने बड़े सम्मान से उन्हें अपने निकट बैठाया, और बोला, "साईं जी! माफ़ करना, बुरा काम कर रहा हूँ। ऐसी चीज़ पी रहा हूँ जो आपको पेश नहीं कर सकता।"

साईं जी ने मानो आशीर्वाद देने के अन्दाज़ से डण्डेवाला हाथ ऊपर उठाया और कहा, "पी हमने भी रखी है...लेकिन वह और चीज़ है यह और चीज़ है। हम अल्लाह के बन्दे हैं, हमारा नशा दूसरा है।"

"सो तो मैं जानता हूँ साईं जी!...लेकिन आप पकौड़े तो खा सकते हैं।"

साईं जी ने एक पकौड़ा उठाया और जस्से की ओर देखते हुए बोले, "यह जवान कौन है?"

बग्गा भारी स्वर में बोला "यह मेरा भतीजा जस्सा है।"

अब जगीरसिंह बोल उठा, "साईं जी, यह तो अपना ही बेटा है। कुछ ही समय से हरिपुरे में है, उससे पहले तो यहीं रहा करता था। आप भी तो गाँव का चक्कर लगाया करते थे।"

"हाँ!" साईं जी ने कहा, "कभी ध्यान नहीं गया होगा इसकी तरफ़। हम चलते हैं तो हमारी खुली आँखें बाहर की तरफ़ नहीं अन्दर की तरफ़ देखती हैं।"

जस्से ने साईं जी की ओर मुँह करके दोनों हाथ जोड़ दिये। साईं जी ने भी, जहाँ के तहाँ बैठे-बैठे हाथ ऊपर को उठाकर कहा, "अल्लाह मेहर करेगा बच्चा!"

इसके बाद बग्गे और साईं जी की ज्ञान-ध्यान के विषय पर बातचीत शुरू हो गयी। बग्गा एकाध बात पूछ लेता, और साईं जी ख़ूब लम्बा-चौड़ा भाषण दे देते।

आख़िर बातचीत ने दूसरा रुख़ अपनाया...विषय यह था कि ज्ञान-ध्यान के मार्ग में स्त्री जाति कितनी बड़ी बाधा सिद्ध हो सकती है। यहीं से राजा भर्तृहरि की चर्चा आरम्भ हो गयी कि अपनी चरित्रहीन रानी पिंगला के कारण उसने राजपाट त्यागकर संन्यास ले लिया और स्वयं को ईश्वर के प्रेम में खो दिया।

बग्गे ने कहा, "साईं जी, अपनी ज़बान-मुबारक से भर्तृहरि के दो-चार बोल भी तो सुना दीजिये।"

साईं जी का गला सचमुच बड़ा सुरीला था। उन्होंने बताया कि कैसे अपनी रानी पिंगला की बेवफ़ाई का पता लगने पर राजा भर्तृहरि अपने महल में जाता है और रानी को सम्बोधित करके कहता है—

इक अपना नाम बदनाम कीतो, दित्ती नाल मेरी लाज बोड़ चण्डी
हुन्दी ख़बर मैंनू बुश्यार हैं तू, तेरी रखदा भुल्ल न लोड़ चण्डी
तेरे पिच्छे मैं अपनी उमर गाली, मेरे दिल अरमान करोड़ चण्डी

(अर्थात् : ऐ चण्डाल! एक तो तूने अपनी बदनामी करायी, और उसके साथ ही मेरी लुटिया भी डुबो दी। ऐ चण्डाल! यदि मुझे मालूम होता कि तू चरित्रहीन है तो मेरे मन में कभी तेरी तलब ही न उत्पन्न होती।

ऐ चण्डाल! तेरे पीछे मैंने अपना जीवन तबाह कर लिया, मेरे दिल में करोड़ों अरमान थे...)

यह सुनकर बग्गासिंह सिर धुनने लगा, और ज़ोर से पुकार उठा, "वाह जी वाह! कितनी सच्ची बात कही है। करोड़ों अरमानों का ख़ून कर दिया रानी पिंगला ने..."

साईं जी ने फिर बताया कि वह यह बोल सुप्रसिद्ध सन्त धर्मदास के ग्रन्थ से सुना रहे थे। साईं जी ने कुछ और बोल आरम्भ कर दिये—

बार-बार धिक्कार नाले दुष्ट पापी नीच काम ताईं
भला बुरा न नफ़ा नुकसान सोचे, नहीं देखदा है ख़ास आम ताईं
धरमदास हूण चलके जोग लइए, छोड़ कूड़ कमाम तमाम ताईं

(अर्थात् : तुझ पर बार-बार धिक्कार है। और उस काम पर भी धिक्कार जिसने मुझे इतना नीच बना दिया।

काम की भावना बुरे-भले में तमीज़ नहीं कर सकती, हानि तथा लाभ को भी नहीं समझती, यह भावना मामूली-से-मामूली इनसान से लेकर ऊँचे-से-ऊँचे मनुष्य तक को विवश कर देती है।

ऐ धर्मदास! इस झूठ और माया के संसार का त्याग करके अब संन्यास ले लेने में ही कल्याण है।)

ये सुरीले बोल सुनकर बग्गे की आँखें नम हो गयीं और वह भर्रायी हुई आवाज़ में बोला, "साईं जी, आपका जवाब नहीं है। आप तो मन की आँखें खोल देते हैं।"

उधर ये बातें हो रही थीं, इधर जगीरसिंह भी भंग के नशे में धुत्त होकर जस्से के निकट आ बैठा और व्यंग्यपूर्ण स्वर में फुसफुसाकर बोला, "जद तों रामप्यारी ने तेरे चाचे दी ढू उत्ते लत्तमारी हे, तद तों तेरे चाचे दी मण दियाँ अक्खाँ खुल गईंया ने।"

(जब से रामप्यारी ने तेरे चाचे के चूतड़ों पर लात जमायी है, तब से तेरे चाचा के मन की आँखें खुल गयी हैं।)

जगीरसिंह बिना दाँतोंवाले मुँह से खी-खी करके हँसने लगा। उसकी इस बात पर जस्सा भी मुस्कराये बिना नहीं रह सका। लेकिन न जाने क्यों उसे अपने चाचा पर दया-सी आने लगी।

राजा भर्तृहरि से रानी पिंगला की बेवफ़ाईवाली बात सुनकर बग्गासिंह के मन पर बड़ा गहरा प्रभाव पड़ता था। उसे हर बार अपने जीवन का वह दुःखद काण्ड स्मरण हो आता। जब कभी साईं जी चक पीराँ का चक्कर लगाते तो बग्गासिंह को मिलने के लिए अवश्य आते थे। उनसे बातचीत करके बग्गे को अनोखी शान्ति का आभास होता था।

बग्गे का शराब का दौर चलता रहा। जब भोजन का समय आया तो साईं जी उठकर चल दिये।

भोजन के बाद भी चाचे-भतीजे की कोई बात नहीं हुई। जब जस्सा चक पीराँ में रहा करता था तो उसने सोने के लिए एक अलग कोठरी में प्रबन्ध कर रखा था। आज भी वह उसी कोठरी में जाकर सोया। उसने भीतर से दरवाज़ा बन्दकर लिया और बिस्तर पर लेट गया। कोठरी के कोने में सरसों के तेल का चिराग़ जल रहा था, जिसके फड़फड़ाते प्रकाश में वह छत पर लगे मकड़ी के जाले को वे खोयी-खोयी नज़रों से देख रहा था। यह रहस्य अब भी बना हुआ था कि चाचा ने उसे बुलाया क्यों। यदि बुला ही लिया तो अब तक कोई बातचीत क्यों नहीं की। यह भी सम्भव था कि चाचे ने नशे की झोंक में सन्देश भेज दिया हो...इस प्रकार सोचते-सोचते उसका ध्यान हरिपुरे की ओर चला गया। चन्ननसिंह के बेटों से लेकर दीपी तक के चेहरे उसकी आँखों के आगे घूम गये। उसका दिमाग़ अजीब से तनाव में जकड़ा हुआ था। वह स्वयं अपने को मकड़ी के जाले में फँसा हुआ महसूस कर रहा था...

दरवाज़े पर खटखट की आवाज़ सुनायी दी।

जस्से ने चौंककर पूछा, "कौन?"

"दरवाज़ा खोलो... सो गये क्या?"

चाचे का स्वर सुनकर जस्सा उठा और उसने दरवाज़ा खोल दिया।

दोनों का आमना-सामना हुआ। इतनी शराब पीकर भी बग्गा डाँवाँडोल नहीं हो रहा था। वह हाथी की तरह चलता हुआ जस्से के बिस्तर पर बैठ गया। जस्से को चाचा से दूर-दूर रहने की आदत थी। वह चारपाई पर नहीं बैठा, बल्कि दीवार से टेक लगाकर खड़ा हो गया।

बग्गे के पाँव ज़मीन पर टिके हुए थे, और उसकी दोनों कोहनियाँ घुटनों पर रखी हुई थीं, तथा उसने अपना चेहरा अपने ही हाथों में दबोच रखा था। वह आँखें मूँदे कुछ सोच रहा था। जस्सा चुपचाप खड़ा चाचे के बोलने की प्रतीक्षा करता रहा। आख़िर बग्गे ने कहा, "जस्से! मैं सोचता हूँ कि हरिपुरेवाला मकान और ज़मीन बेच डालूँ।"

यह बात इतनी अनोखी थी कि जस्से के मुँह से बेइख़्तियार ही निकल गया, "क्यों?"

अबके बग्गे ने जस्से की आँखों में आँखें डालकर कहा, "उस ज़मीन की देख-भाल कौन करेगा?"

चाचे की यह बात सुनकर जस्से को यूँ मालूम हुआ जैसे उसके सीने पर ज़ोर का घूँसा लगा हो। उसने सोचा कि चाचा के कानों तक सब बातें पहुँच चुकी हैं! क्या वह जानता है कि चन्ननसिंह के लड़कों ने उसके भतीजे के नाक में दम कर रखा है? क्या उसे यह भी मालूम हो चुका है कि उसका भतीजा दीपी से प्रेम करने लगा है?

बात जो कुछ भी हो, जस्सा कहे बिना नहीं रह सका "मैं जो हूँ...मैं वहाँ की देख-भाल कर रहा हूँ।"

बग्गा चारपाई से उठकर इधर-उधर टहलने लगा। फिर एकाएक रुककर उसने पूछा, "क्या तुम हरिपुरे में क़दम जमा सकोगे?"

जस्सा सोचने लगा कि आख़िर माजरा क्या है। चाचा उसे स्पष्ट रूप से कुछ नहीं बता रहा था। लेकिन इस समय मानो वह उसे ललकार रहा था...चैलेंज कर रहा था।

जस्से के कान गर्म हो गये। बग्गा फिर बोला, "वहाँ की ज़मीन बेचकर तुम भी यहीं रह सकोगे।"

जस्सा दृढ़ स्वर में बोला, "नहीं चाचा, मैं हरिपुरे में ही रहूँगा।"

"सोच लो—तुम्हारा चाचा तो वहाँ नहीं रह सका।" इतना कहकर बग्गे ने मुँह फेरा और धीरे-धीरे क़दम उठाता हुआ परे चला गया।

शायद चाचे और भतीजे दोनों के दिमाग़ में ज़ोरदार संघर्ष चल रहा था। जस्से के दाँत भिंच गये थे। अन्दर-ही-अन्दर न जाने उसे क्या हुआ। चाचे ने कुछ न कहकर भी सब-कुछ कह दिया। जस्सा सपाट स्वर में बोला, "मैं कल हरिपुरे लौट जाऊँगा।

बग्गासिंह घूमकर उसके निकट चला आया, उसके बिलकुल सामने कुछ पलों तक सीधा खड़ा रहा, फिर दरवाज़े के बाहर निकलकर दरवाज़े के दोनों तख़्तों को उसने बहुत धीरे-धीरे बन्द कर दिया।

जब फिर जस्सा लौटा तो दूर से ही हरिपुरे को देखकर उसने महसूस किया कि अगले चन्द दिनों में ही उस गाँव में कुछ महत्त्वपूर्ण घटनाएँ घटने जा रही थीं।

•

जेहड़ियाँ लैन उडारियाँ नाल वाज़ाँ, ओह बुलबुलाँ थक भरेन्दियाँ ने।

—वारे शॉ

[जो बुलबुलें बाज़ (बाज़ों) के साथ उड़ने की कोशिश करती हैं, वे अन्त में थककर मर जाती हैं।]

1

हरिपुरे लौट आने के बाद जस्से ने पहला कार्य यह किया कि अवकाश के समय घुड़सवारी करने की बजाय उसने गाँव में निस्संकोच घूमना-फिरना आरम्भ कर दिया। भयभीत न वह पहले था, न अब था।—लेकिन इस एकाएक होनेवाले परिवर्तन के लिए उसका मस्तिष्क तैयार नहीं था। दीपी से सम्बन्ध टूट जाने का भी उसे बहुत दुःख था। सज्जनसिंह से मुलाक़ात के पश्चात् भला वह किसी बात की आशा रख सकता था!—लेकिन चक पीराँ का चक्कर लगाने पर उसे इस बात का भी आभास हो गया कि अब वह ऐसी मंज़िल पर था, जहाँ से क़दम हटाना उसके लिए असम्भव था। आख़िर पीछे हटकर भी उसके लिए क्या रखा था!

उसने भविष्य के लिए कोई योजना नहीं बनायी। उसे केवल इस बात का आभास हो गया कि अपनी कठिनाइयों से मुँह छिपाने की बजाय उसे उनसे टक्कर लेनी पड़ेगी। इस टक्कर का रूप क्या होगा और यह किस प्रकार की टक्कर होगी, इस बात का उसे भी कुछ पता नहीं था। गाँव में उसका कोई ऐसा बेतकल्लुफ़ यार-दोस्त नहीं था जिससे वह सलाह-मशविरा कर सके।

चन्ननसिंह के बेटों और उनके साथियों ने फिर जहाँ-तहाँ जस्से का मज़ाक उड़ाना आरम्भ कर दिया। जस्सा हाथी की-सी बेपरवाही के साथ घूमता रहता था, मानो वे सब ऐसे कुत्ते थे जिनके भौंकने का उसके मन पर कोई प्रभाव नहीं पड़ता था। वह जान-बूझकर ऐसा कर रहा था, ताकि सभी गाँववाले अपनी आँखों से देख लें और कानों से सुन लें कि उसके चचेरे भाई आदि क्या-क्या हरकतें कर रहे हैं और क्या-क्या बातें कह रहे हैं।

जस्से की यह योजना ग़लत नहीं थी। गाँववाले काफ़ी समय से देख रहे थे कि चन्ननसिंह के बेटे जस्से को ख़ामख़ाह उत्तेजित करने का प्रयास कर रहे थे। पहले-पहल

जस्से की सहनशक्ति देखकर गाँववालों को आश्चर्य हुआ कि आख़िर बग्गासिंह का भतीजा ये सब हरकतें कैसे सह लेता है। इसके बाद आश्चर्य का स्थान प्रशंसा ने ले लिया। लोगों में यह आम ख़याल था कि जस्सा शक्तिशाली होने के बावजूद किसी प्रकार का झगड़ा नहीं करना चाहता था। लोगों ने चन्ननसिंह को भी जाकर बार-बार समझाया कि वह अपने लड़कों को रोक ले वरना कहीं ख़ून-ख़राबा न हो जाये।

चन्ननसिंह ने सबको हँसकर टाल दिया। वास्तविकता को अच्छी तरह समझते हुए भी वह कहता कि वे सब लड़के-बच्चे हैं, और इस उम्र में हँसी-मज़ाक चलता ही रहता है।

कुछ दिन और बीत गये तो लक्खनसिंह, दिलेरसिंह, थुन्ना आदि की हुल्लड़बाज़ी पर गाँवदाले बुरी तरह बौखला उठे। उन्हें जस्से पर भी गुस्सा आने लगा। आख़िर सहनशीलता की भी कोई सीमा होनी चाहिए। जस्सा उनका इतना लिहाज़ क्यों करता था?... या क्या वह उनसे दबता और डरता था?

अनजाने ही जस्सा गाँववालों की दृष्टि में एक ऐसा नायक बन चुका था जो हर प्रकार की अति होते हुए भी शान्त रहता था। लेकिन अब तो गाँव का बच्चा-बच्चा यह चाहने लगा था कि जस्सा इन बदमाशों को मुँहतोड़ जवाब दे।

आख़िर वह घड़ी भी आ पहुँची।

गाँव में एक दुकानदार ने कुछ समय से सोडा भरने की मशीन लगा ली थी। वह दस्ती मशीन थी, और एक बार में शीशे की गोलीवाली केवल दो बोतलें तैयार करती थी। दुकान के एक भाग में सभी ग्राहकों के सामने दस्ती मशीन घुमा-घुमाकर बोतलें तैयार की जाती थीं।

गर्मी का मौसम था। दिन के तीसरे पहर जस्सा सोडे की मीठी बोतल पीने के लिए उस दुकान पर पहुँचा। वहाँ पाँच-छह ग्राहक पहले से ही उपस्थित थे। उनमें से कुछ बोतल पी चुके थे, और एक-दो के हाथ में बोतलें मौज़ूद थीं। दो बोतलें मशीन में घुमायी जा रही थीं। जस्से को देखकर लोगों ने उसके बैठने के लिए जगह छोड़ दी। कच्चे चबूतरे पर बोरा बिछा हुआ था। जस्सा पाँव गली में टिकाकर चबूतरे पर बैठ गया। अब वह काफ़ी लोकप्रिय हो चुका था। गाँववालों को उस पर गर्व महसूस होता था, क्योंकि सभी यह स्वीकार करते थे कि इलाक़े भर में उनके गाँव के इस युवक के मुक़ाबले का और कोई युवक नहीं था। उसकी सहनशक्ति से वे और भी अधिक प्रभावित हुए थे। वे हँस-हँसकर इधर-उधर की बातें कर रहे थे।

इतने में दो मीठी बोतलें तैयार हो गयीं। बोतल के मुँह से शीशे की गोली दो तरीक़ों से हटायी जाती थी। एक तो लकड़ी की कुप्पी से, जिसे उलटा करके बोतल के मुँह पर जमा दिया जाता था, और उस पर ज़ोर से हाथ मारा जाता तो गोली सटककर नीचे जा गिरती और फेन उफ़नकर ऊपर को निकल आती। दूसरा तरीक़ा यह था कि कोई भी आदमी बोतल के मुँह में गोली के ऊपर अपना अँगूठा टिका देता और अँगूठे के

ऊपर एक घूँसा कसकर मारता तो गोली पटाक से नीचे लुढ़क जाती। ऐसा करने के लिए ज़रा शक्ति की आवश्यकता थी। परन्तु जस्से का तरीक़ा सबसे अलग था। वह अपने लम्बे-चौड़े हाथ से बोतल की गरदन थामकर उसी हाथ का अँगूठा गोली पर जमा देता, और अँगूठे से गोली को इतनी शक्ति से दबाता कि वह नीचे को सटक जाती। एक ही हाथ से यह सारा काम करना दूसरों के लिए असम्भव था। इसलिए जब भी जस्सा बोतल पीने आता तो वहाँ बैठे लोग यह तमाशा देखने के लिए रुके रहते। दुकानदार बोतल में इतने ज़ोर का सोडा भरता था कि गोली को केवल एक हाथ के ज़ोर पर अँगूठे से नीचे को सटकाना असम्भव था...अन्य कई लोग प्रयास कर चुके थे, लेकिन वे सफल नहीं हो पाये।

अब जो बोतलें तैयार हो गयीं तो वहाँ पर बैठे व्यक्ति यह तमाशा देखने के लिए सावधान हो गये। दुकानदार ने मुस्कराते हुए जस्से की ओर देखा। जस्सा एक के बाद एक करके कम-से-कम चार-पाँच बोतलें पिया करता था। उसे दो बोतलें देकर दुकानदार जल्दी-जल्दी दो बोतलें और तैयार करने लगता, ताकि वे बोतलें ख़तम होने पर नयी बोतलें तैयार हो जायें।

ज्यों ही दुकानदार ने बोतल आगे बढ़ायी और जस्से की उँगलियों ने उसे छुआ, तो एकाएक ही एक तीसरे हाथ ने बढ़कर बोतल को झपट लिया।

जस्से ने देखा कि यह हरकत करनेवाला व्यक्ति थुन्ना था।

दोनों की आँखें मिलीं तो थुन्ने की घनी भवें विशेष अन्दाज़ में ऊपर को उठीं और फिर नीचे गिरे गयीं। आँखों में गुण्डेपन की चमक दिखायी दी। ऐसी चमक उसके साथियों की आँखों में भी थी। चन्ननसिंह के दोनों बेटे उसके साथी थे, यानी लक्खनसिंह और दिलेरसिंह। ऐसा प्रतीत होता था कि आज वे कुछ-न-कुछ करने पर तुले हुए थे। दोनों भाई घुसपैठी करके बड़े इतमीनान से सामनेवाले चबूतरे पर बिछे बोरे पर बैठे गये और उन्होंने अपनी-अपनी टाँगें अकड़ाकर फैला दीं।

थुन्ने का मुँह चौड़े थैले की तरह फैल गया जिसमें से उसके ऊबड़-खाबड़ दाँत मनहूस अन्दाज़ से दिखायी देने लगे। उसने जस्से के हाथ से झपटी हुई बोतल को झण्डे की तरह हवा में लहराते हुए कहा, "जस्सासिंह, जवान की शक्ति का एक ही प्रमाण है। यहाँ आता है, बोतल की गोली को केवल अँगूठे से दबाकर देखनेवालों के मन में अपनी शक्ति का सिक्का जमाता है। दुनिया समझती है कि यह बहुत बड़ा तीर मारता है। आज मैं दिखा दूँगा कि जो काम यह दाहिने हाथ के अँगूठे से करता है, वह काम मैं बायें हाथ के अँगूठे से कर सकता हूँ।"

यूँ देखने को तो यह साधारण हँसी-मज़ाक की बात थी, मगर वहाँ बैठे सभी व्यक्ति जानते थे कि हँसी-मज़ाक के पर्दे के पीछे कैसी भयंकर घृणा छिपी हुई थी। उस घृणा को छिपाने की भी कोई विशेष चेष्टा नहीं की जा रही थी।

सब जानते थे कि थुन्ना कितना शक्तिशाली है। फिर भी दोनों भाइयों के अतिरिक्त अन्य व्यक्ति जस्से को थुन्ने से उन्नीस नहीं, बीस ही मानते थे। यह अलग बात थी कि जस्से ने कभी अपनी शरीरिक शक्ति का परिचय नहीं दिया था।

बायाँ हाथ ऊपर को उठाकर थुन्ने ने अपना अँगूठा बोतल की गोली पर रखा, उसे पूरी शक्ति से दबाया परन्तु गोली अपने स्थान से बाल बराबर भी नहीं दबी। कुछ खिसियाकर उसने बोतल दाहिने हाथ में पकड़ ली और गोली पर अँगूठा जमाकर उसे दबाने का भरसक प्रयत्न करने लगा।

गाँव के अन्य लोग ख़ामोश बैठे यह तमाशा देख रहे थे। कहना चाहिए कि थुन्ना अपनी पराजय का प्रमाण स्वयं अपने हाथों से ही दे रहा था।

तब जस्से ने सहज ही बोतल उसके हाथ से ले ली। थुन्ने ने उसे रोकने का प्रयास नहीं किया। सम्भवतः उसके मन की गहराई में यह सन्देह बैठा हुआ था कि इस बोतल में इतनी अधिक गैस भरी हुई है कि स्वयं जस्सा भी उसे दबा नहीं सकेगा। यदि ऐसा हुआ तो वे दोनों अटे-पटे हो जायेंगे। सबकी आँखें जस्से के अँगूठे पर जमी हुई थीं। अँगूठा पल-भर को गोली पर टिका और गोली 'सटाक' से नीचे आ गिरी यानी बोतल के गले में फँसकर रह गयी। जस्सा गटागट बोतल को अपने गले में उँडेलकर बोतलवाले से बोला, "सुनो भई, एक बोतल में बस इतनी ही गैस भरो, जिसकी गोली को थुन्ना अपने अँगूठे से दबाने में सफल हो जाये।"

यह सुनकर थुन्ना आग-बबूला हो गया। उसे सूझ नहीं रहा था कि वह क्या कहे। उधर जस्सा अपनी आदत के अनुसार बोतल-पर-बोतल पीता चला गया। अपना कोटा पूरा कर चुका तो उसने उठकर तहमद के पल्लू को खोला और पैसे निकालकर दुकानदार की हथेली पर रख दिये।

जस्सा वहाँ से जाने को तैयार हुआ था कि थुन्ने ने उसका रास्ता रोक लिया। जस्सा इतना लम्बा था कि थुन्ना मुश्किल से उसके कन्धे तक पहुँचता था। लेकिन उसका शरीर इतना ठोस था कि मानो जस्सासिंह के रास्ते में इनसान नहीं चट्टान खड़ी थी।

थुन्ना पल-दो-पल अपनी दहकती हुई छोटी-छोटी आँखों से जस्से की ओर टकटकी बाँधकर देखता रहा। फिर मुँह से थूक के छीटें उड़ाते हुए बोला, "जस्सा, तू दुनिया को यह दिखाना चाहता है कि जो कुछ तू कर सकता है वह थुन्ना नहीं कर सकता। मगर देख, मेरा अँगूठा कितना मोटा है...इतना मोटा कि वह बोतल के मुँह में घुस नहीं सकता। इसीलिए बोतल की गोली पर मेरी पूरी शक्ति का दबाव पड़ नहीं पाया। अगर ऐसा न होता तो गोली क्षण-भर में नीचे को सटक जाती।"

जस्सा न मुस्कराया और न उसके चेहरे पर कोई व्यंग्यात्मक चिह्न उत्पन्न हुआ। उसने धीरे से अपना हाथ मैत्रीपूर्ण ढंग से थुन्ने के कन्धे पर रखते हुए सपाट भारी स्वर में कहा, "मैं तुमसे सहमत हूँ।"

थुन्ने ने पंजा उठाकर एक ही झपट्टे में जस्से का हाथ अपने कन्धे से हटा दिया, बोला, "थुन्ने को छूने से पहले तुम्हें दस बार सोच लेना चाहिए।"

थुन्ने के इस ताव और ललकार को देख लक्खनसिंह और दिलेरसिंह दोनों ही बड़े खुश हो रहे थे। वे नथुने फुलाकर व्यंग्यपूर्ण अन्दाज़ से बनावटी हँसी हँस रहे थे।

"हे!-हे!-हे!-हे!"

गाँव के अन्य व्यक्ति यह देखकर मन-ही-मन ताव खा रहे थे। इस विश्वास के बावजूद कि जस्सा थुन्ने से कमज़ोर नहीं था, वे कुछ इस बात पर हैरान हो रहे थे कि आख़िर जस्सा इतना अपमान क्यों सहे जा रहा था।

जस्से ने जाने के लिए कदम बढ़ाया तो थुन्ने ने झट से अपनी टाँग आगे अड़ा दी।

जस्से ने उसकी ठुड्डी के नीचे केवल उँगली रखते हुए कहा, "अब जाने दो भई, मुझे कुछ और काम भी करने हैं।"

थुन्ना अब इतना बिफर चुका था कि उसके लिए फिर से सामान्य होना सरल नहीं था। वह नाग की तरह फुफकारकर बोला, "पहले यहाँ का काम तो निबटा लो, फिर दूसरे काम निबटाना।"

जस्सा पल-दो-पल टकटकी बाँधकर थुन्ने की ओर देखता रहा, आख़िर बोला, "थुन्या! यहाँ मुझे कौन-सा काम करना है?"

"तुम मूँछों को ताव दिये गाँव भर में घूमते फिरते हो। तुम्हें अपनी शक्ति का सबूत देना होगा।"

"मैं यह सबूत किसको दूँ?"

"मुझको।"

"मगर इसमें एक ख़राबी भी है..."

"वह क्या?" थुन्ने ने बात काटकर कुत्ते की तरह भौंकते हुए पूछा।

"ख़राबी यह है कि जब मैं अपनी शक्ति का परिचय दे चुकूँगा तो तुम यहाँ उपस्थित नहीं होगे।"

"मतलब?"

'मतलब यह कि उस वक़्त तक तुम वाह गुरु अकाल पुरुख के चरणों में पहुँच चुके होगे। ख़ुद ही सोचो कि ऐसा सबूत देने का क्या फ़ायदा जिसे सबूत का इच्छुक देख न पाये।"

यह कहकर जस्से ने अपना हाथ थुन्ने के सीने पर जमाया और उसे उसके साथियों की ओर धकेलने लगा।

थुन्ना सीना फुलाकर अड़ गया और गुर्राकर बोला, "हाँ बेटा, जितना माँ का दूध पिया है उतना ही ज़ोर लगाओ। मैं भी छुटपन से अखाड़ों में ज़ोर-आज़मायी करता रहा हूँ। आज तक कोई भी माई का लाल थुन्ने को उसकी जगह से हिला नहीं सका।"

लेकिन जस्से की हथेली के दबाव के आगे वह अँगुल-पर-अँगुल पीछे हटने के लिए विवश हो गया। तीन-चार क़दम की तो बात ही थी। जब वह लक्खन और दिलेर के निकट पहुँचा तो जस्से ने रेल के इंजन की तरह हाथ को ज़रा-सा पीछे हटाकर फिर पूरी शक्ति से आगे को धकेला तो थुन्ना लड़खड़ाकर उन दोनों भाइयों के बाज़ुओं में यूँ जा फँसा जैसे ततैया मकड़ी के जाले में जा फँसता है।

गाँव के दूसरे व्यक्ति मन-ही-मन गद्‌गद हो उठे। वे उछल पड़े, यद्यपि वे खुल्लम-खुल्ला जस्से का पक्ष लेने से डरते थे। उन्हें यह भी मालूम हो गया कि मामला यहीं पर ख़त्म नहीं हो जायेगा; या तो फ़ौरन ही, यह एकाध दिन में कोई ज़बरदस्त घटना घटकर रहेगी।

थुन्ना अपमान-पर-अपमान को सह नहीं सका। उसके साथियों की भी हार्दिक इच्छा थी कि किसी-न-किसी तरह थुन्ना उत्तेजित हो जाये। स्वयं थुन्ना आवेश में आने पर तुला हुआ था। जस्सा वहाँ से चल चुका था। थुन्ना भारी शरीर के बावजूद स्प्रिंग की तरह उछला, और साँड़ की तरह सिर झुकाकर जस्से को टक्कर मारने के लिए पूरी शक्ति से आगे झपटा।

निस्सन्देह यह टक्कर जस्से को लग जाती तो वह अपने पाँव पर खड़ा नहीं रह सकता था। मगर उसकी तीव्र आँखें पहले से ही भाँप चुकी थीं कि थुन्ना क्या करने जा रहा था। वह केवल उसके रास्ते से एक ओर को सरक गया। कहना चाहिए कि थुन्ने के सिर और जस्से के शरीर के बीच केवल दो अँगुल का फ़ासला रह गया था। अपनी ही शक्ति से आग को झपटा हुआ थुन्ना कोई रोक न पाकर लड़खड़ा गया और औंधे मुँह भूसा और गोबर मिली धूल में धँस गया।

जस्से के अन्दाज़ से लगता था कि यदि अब भी थुन्ना उठकर वापस चला जाये या जहाँ-का-तहाँ ही खड़ा रहे तो जस्सा उसे कुछ और कहे बिना वहाँ से विदा हो जाता।

परन्तु थुन्ने की आँखें ख़ून में नहा गयी थीं और उसे हर ओर ख़ून का सागर दिखायी दे रहा था। वह सँभला, उठा, और तेज़ी से अपना पंजा जस्से की गरदन की ओर बढ़ा दिया। जस्से ने अपने दाहिने हाथ में उसकी मोटी कलाई को मज़बूती से पकड़कर दूसरा हाथ उसकी कोहनी पर रख दिया। फिर उसने एक ही घुमाव देकर उसकी कोहनी पर घुटना मारा तो उसकी कलाई, कोहनी और कन्धे के जोड़ चटक गये। थुन्ने का दाहिना बाज़ू बेकार करके जस्से ने यही कार्यवाही बायें बाज़ू पर की। थुन्ने के दोनों बाज़ू टूटी हुई शाखाओं की तरह नीचे को लटक गये। तब जस्से ने एक क़दम पीछे हटकर बड़े ज़ोर से उसके पेट में लात जमायी। थुन्ना औंधे मुँह आगे को गिरा। जस्सा रुका नहीं, उसने पहले थुन्ने का दाहिना टखना अपने पंजे में पकड़ा और उसके घुटने के पीछे पाँव जमाकर ऐसा घुमाया कि घुटना टूट गया। यही हाल बायीं टाँग का हुआ।

पल-भर में थुन्ना बाज़ू और टाँगें तुड़वाकर गोबर के ढेर की तरह धूल में पड़ा था। तीव्र पीड़ा के कारण उसके चेहरे का आकार ही बिगड़ गया था। वर्षों की दबी हुई जस्से

के मन की घृणा और क्रोध शान्त नहीं हो पाये। वह इस काम को अधूरा नहीं छोड़ना चाहता था। अतः अन्त में उसने थुन्ने की पीठ की ओर से उसकी गरदन को अपने दाहिने बाज़ू में जकड़ लिया और फिर अपनी कोहनी और दूसरे हाथ के ज़ोर से ऐसा झटका दिया कि थुन्ने की गरदन के सारे मनके टूट गये।

तब जस्से ने थुन्ने का पीछा छोड़ दिया। थुन्ने का जिस्म गधे की लीद की तरह गन्दी धूल में अटा पड़ा था।

उसने जस्से की शक्ति का प्रमाण माँगा था। सो मिल गया, परन्तु जस्से के कथनानुसार उस प्रमाण को देखने के लिए वह इस संसार में मौज़ूद नहीं था। उसकी आँखें ऊपर को चढ़कर पथरा गयी थीं। आँखों की आग अब राख बन चुकी थी। शायद स्वयं उसकी आत्मा अपने त्यागे हुए शरीर की यह दुर्दशा देख रही होगी।

न गोली चली, न कृपाण। न किसी ने लाठी उठायी, न छुरे का वार हुआ। दर्शकों ने अपने जीवन में लोगों को लड़ाइयों में मरते देखा था, परन्तु किसी को इस ढंग से इतनी विवशता में मरते नहीं देखा था। लक्खनसिंह और दिलेरसिंह पल-भर को बिलकुल सुन्न-से होकर रह गये। यदि किसी और प्रकार की लड़ाई होती तो शायद वे भी लाठियाँ घुमाते हुए मैदान में टूट पड़ते। उन्होंने कभी कल्पना भी नहीं की थी कि थुन्ने जैसा आदमी यूँ मारा जा सकता था जैसे प्याज़ को मुट्ठी की एक चोट से कुचलकर रख दिया जाता है। क़ातिल की निर्दयता बड़ी भयंकर थी। थुन्ना कोई मामूली आदमी नहीं था। वह दो-चार जवानों के वश में भी आनेवाला नहीं था। मगर वह उनकी आँखों के सामने गन्दी मक्खी की तरह मसला हुआ पड़ा था। हिलना-डुलना तो एक ओर, वे दोनों भाई अँगुली तक हिलाने की शक्ति खो बैठे थे। एकाएक ही दहाड़ते हुए थुन्ने का इस तरह धूल में लोट-पोट जाना एक ऐसी दुर्घटना थी जिसे अभी वे भली-भाँति समझने की कोशिश ही कर रहे थे।

इसमें सन्देह नहीं कि इस अनोखी, कठोर और ज़ालिमाना हत्या ने गाँव के दूसरे व्यक्तियों को भी दहलाकर रख दिया था। मगर उनके मन में जस्सासिंह के प्रति किसी प्रकार की घृणा की भावना नहीं उठी। बल्कि जो आशाएँ उन्होंने अपने नायक से लगा रखी थीं वे आज साकार हो गयीं। इससे उन्हें अजीब प्रकार की शान्ति का आभास हो रहा था।

उस समय तक केवल दुकान पर बैठे हुए आदमी ही नहीं, वरन् गाँव के अन्य व्यक्ति भी वहाँ एकत्रित हो चुके थे।

उन सबने देखा कि जस्सासिंह थुन्ने की लाश को उसके टखने से पकड़कर उसे घसीटता हुआ खेतों की ओर ले जा रहा है। किसी को जस्से के निकट जाने की जुर्रत नहीं हुई। यहाँ तक कि लक्खन और दिलेर भी आँख बचाकर इधर-उधर सटक गये। वे अपने बाप तक यह ख़बर पहुँचाना चाहते थे और उससे सलाह-मशविरा करना चाहते कि अब क्या होगा।

एक खेत में पहुँचकर जस्से ने लाश का टखना छोड़ दिया और वहाँ काम करनेवाले एक व्यक्ति के हाथ से फावड़ा लेकर गड्ढा खोदने लगा। धरती नर्म थी। उसने शीघ्र ही इतना बड़ा गड्ढा खोद लिया जिसमें थुन्ने की लाश समा सकती थी। फावड़ा परे फेंककर जस्से ने थुन्ने की लाश को गरदन और घुटनों के नीचे से पकड़कर उसकी गठरी-सी बनायी और गठरी गड्ढे में फेंक दी। तब फावड़ा उठाकर गड्ढे को मिट्टी से भर दिया। एक छड़ी को थुन्ने की क़ब्र में गाड़कर जस्से ने छड़ी की नोक पर थुन्ने के दोनों जूतों को अटका दिया।

गाँव के बहुत-से लोग दूर खड़े यह सब-कुछ देख रहे थे।

जस्से ने उन पर एक नज़र डाली और बोला, "ख़बरदार, कोई इस गड्ढे के नज़दीक न आये और न कोई इस छड़ी को छुए और न जूतों को छुए।"

इतना कहकर जस्सा अपने घर को चल दिया।

जस्सा जिस काम को आज तक टाले जा रहा था, वह तो अब हो ही गया। घर लौटते समय वह सोचने लगा कि अब क्या होगा।

शीघ्र ही रात का अँधेरा छा गया। घर-घर में इस घटना की चर्चा थी। अपने-अपने मकानों में घुसे हुए लोग भी उच्च स्वर में बात नहीं कर पा रहे थे। वे केवल फुसफुसा रहे थे। वे मन में ख़ुश थे। चन्ननसिंह, उसके बेटों और उनके साथियों ने सारे गाँव में ऊधम मचा रखा था और ऐसा गन्दा वातावरण बना दिया था कि लोगों को इज़्ज़त से साँस लेना कठिन महसूस होता था।

जस्से ने अपने घर तक का फ़ासला बहुत धीरे-धीरे तय किया। अब उसे महसूस हुआ कि उसके जीवन का नक़्शा आज की घटना से बिलकुल उलट-पलटकर रह गया था। उसने एक आदमी को मार डाला था। इसके क़ानूनी पक्ष को देखते हुए उसकी ज़िन्दगी के ढाँचे का एकदम बदल जाना एक सामान्य वास्तविकता थी। इस वास्तविकता के कई पक्ष धीरे-धीरे उभरकर उसके मन की आँखों के सामने आ रहे थे। सबसे महत्त्वपूर्ण पक्ष दीपी से उसके सम्बन्ध का था। वह फाँसी पा जाये तो उनकी प्रेम-कहानी का अन्त समझना चाहिए। यदि उसे उम्र क़ैद हो जाये, तो भी दीपी उसके साथ अपना भविष्य जोड़ नहीं सकती थी।

न तो उसे इस बात का पछतावा था कि उसने थुन्ने की हत्या कर डाली, और न वह इस विचार से भयभीत था कि उसे फाँसी हो सकती थी। मगर दीपी से बिछुड़ जाने का ख़याल उसे बिना मौत ही मारे जा रहा था।

रास्ते में हर आठ-दस क़दम के बाद वह थोड़ा ठिठककर रह जाता। अन्त में इधर-उधर का चक्कर लगाता हुआ वह घर पहुँचा तो उसकी बुआ दहलीज़ पर खड़ी फटी-फटी आँखों से उसके लौटने की राह देख रही थी। जस्सा समझ गया कि उस घटना की सूचना बुआ तक पहुँच चुकी थी। सदा की भाँति अपने ऊँचे क़द के कारण दरवाज़े में से गुज़रते समय उसे ज़रा-सा झुकना पड़ा। वह चुपचाप भीतरवाले कमरे में

पहुँच गया। भजनो भी दबे पाँव चलती हुई उसके निकट जा खड़ी हुई। कुछ देर मौन छाया रहा। आख़िर भजनो बोली, "अब क्या होगा?"

जस्से ने मुड़कर बुआ की आँखों में आँखें डाल दीं। भजनो ने देखा कि उसके चेहरे पर भय का कोई चिह्न नहीं था, हाँ, वह कुछ चिन्तित अवश्य दिखायी देता था। वह भारी आवाज़ में बोला, "जो होनेवाला है वह तो स्पष्ट ही है। असली प्रश्न तो यह है कि अब मुझे क्या करना चाहिए?"

भजनो ने महसूस किया कि जस्सा ठीक ही ढंग पर सोच रहा था। उसे भी यह तय करने में देर नहीं लगी, धीरे से बोली, "तुम रात के अँधेरे में यहाँ से भाग जाओ।"

जस्सा भी यही सोच रहा था। मगर बुआ के मुँह से यह सुझाव सुनकर उसने बेइख़्तियार ही पूछा, "मगर कहाँ को?"

"चक पीराँ चले जाओ।"

"पुलिस वहाँ भी मेरा पीछा करेगी।"

"वहाँ टिकने की क्या ज़रूरत है?"

"यदि वहाँ टिकना नहीं है तो उधर का रुख़ करने की ही क्या ज़रूरत है?"

"वहाँ जाना ज़रूरी है। चाचा से मिलो, उसे सारी बात बताओ। वह तुमसे नाराज़ नहीं होगा। बल्कि ख़ुश होगा। उसने भी दुनिया का बहुत ऊँच-नीच देखा है। वह निश्चय ही तुम्हें कोई अच्छा सुझाव देगा।"

जस्से को बुआ की बात भली लगी। भजनो फिर बोल उठी, "बग्गा भी तुम्हें चक पीराँ में नहीं रहने देगा। वह तुम्हें किसी ऐसे स्थान पर भेज देगा कि जहाँ कोई भी तुम्हें ढूँढ़ नहीं पायेगा।"

वे दोनों इस पर सहमत हो गये। यह तय पाया कि जस्सा खाना खाकर थोड़ी देर सो ले। जब हर ओर ख़ामोशी छा जाये तो वह चुपके-से घोड़े पर सवार हो वहाँ से खिसक जाये।

2

शेरसिंह, बिलकुल अकेला, दबे पाँव चलता हुआ बग्गासिंह के मकान की ओर बढ़ रहा था। रास्ते में एक बहुत चौड़ा गलियारा पड़ता था, जिसके दोनों ओर बग्गासिंह के ही तबेले थे। गलियारे के अन्त में जाना-पहचाना बहुत बड़ा दरवाज़ा था जिसमें से हौदे सहित हाथी गुज़र सकता था। उसे सन्देह इस बात का था कि दरवाज़ा बन्द होगा। दरवाज़ा बन्द नहीं था। चिरचिराकर बालिश्तभर खुल गया। शेरसिंह ने उसे और अधिक धकेला, और फिर भीतरवाले तबेले के दालान में जा पहुँचा। वहाँ उसने देखा कि जस्सा घोड़े पर ज़ीन कस रहा है और भजनो उसके पास खड़ी है। उसी समय जस्से

और भजनो ने बड़े दरवाज़े के चिरचिराने और उसके भीतर एक लम्बी परछाईं को सरकते देखा। आपस का फासला कम हुआ तो उन्होंने शेरसिंह को पहचान लिया।

शेरसिंह ने बारी-बारी उन दोनों पर दृष्टि डाली और फिर यूँ बोला जैसे उसकी आवाज़ मटके में से निकल रही हो, "वही हो रहा है जिसका मुझे ख़तरा था।"

बुआ और भतीजे ने प्रश्नात्मक अन्दाज़ से शेरसिंह की ओर देखा। वह फिर बोला, "जस्सा! तुम यहाँ से फ़रार हो रहे हो न?"

जस्सा कुछ झेंप-सा गया, मानो उस पर कायरता का आरोप किया जा रहा था। उसने शेरसिंह से आँखें मिलाये बिना कहा, "हाँ।"

भतीजे का साथ देने के लिए भजनो ने संक्षेप में पूरी योजना बना दी।

सब-कुछ सुनकर शेरसिंह चुपचाप आगे बढ़ा और उसने जस्से के हाथ से घोड़े की लगाम धीरे से खींचते हुए कहा, "तुम कहीं नहीं जा रहे हो। सारे गाँव के सामने, दिन दहाड़े एक आदमी की हत्या करके तुम जा कहाँ सकोगे? सारी उम्र पागल कुत्ते की तरह मारे-मारे फिरोगे। तुम्हारी वह दशा फाँसी पाने या उम्र क़ैद से भी बदतर होगी।"

जस्से ने शेरसिंह को रोकने की कोशिश नहीं की। उसने लगाम छोड़ दी और एक कोहनी घोड़े की पीठ पर रखकर चुपचाप खड़ा हो गया।

भजनो को शेरसिंह का यह हस्तक्षेप पसन्द नहीं आया। वह भली-भाँति जानती थी कि शेरसिंह न उनका शत्रु था और न उनका बुरा चाहता था। फिर भी इस समय जो हरकत यह कर रहा था उससे जस्सा भारी मुसीबत में फँस सकता था। वह थोड़ा तुनककर बोली, "यहाँ से भाग जाने के सिवा जस्से के पास और चारा ही क्या है?"

शेरसिंह ने भजनो पर दृष्टि जमाकर गम्भीरता से कहा, "यहाँ से फ़रार होना बहुत भारी मूर्खता है।"

भजनो ज़रा तीव्र स्वर में बोली, "कल सुबह पुलिस यहाँ पहुँच जायेगी।"

"हाँ।"

"चन्ननसिंह और उसके बेटे तथा उनके अन्य साथी पुलिस को बता देंगे कि कैसे जस्सासिंह ने थुन्ने की हत्या की।"

"ठीक कहती हो।"

"फिर जस्सा गिरफ़्तार हो जायेगा। क़त्ल के मामले में ज़मानत भी नहीं होगी।"

"वह सब मुझ पर छोड़ दो।"

"तुम पर छोड़ दें?" भजनो भड़ककर बोली।

"हाँ।" शेरसिंह सहज स्वर में बोला।

"मगर यह भी तो बताओ कि तुम्हारी क्या योजना है?"

"अभी इन बातों को छोड़ दो। मैं नहीं चाहता कि जस्सा गाँव से बाहर क़दम रखे।"

भजनो आपे से बाहर हो गयी। इसके पूर्व कि वह कुछ और कहती, जस्से ने आगे बढ़कर उसे रोक दिया और कहा, "बुआ! मैं कहीं नहीं जाऊँगा। तुम शेरसिंह से झगड़ा मत करो। वह हमारा हमदर्द है, हमारा शत्रु नहीं है।"

भजनो ने भतीजे की ओर देखा। उसके चढ़े हुए तेवर धीमे पड़ गये, बोली, "यह सब मैं मानती हूँ, लेकिन यह भी तो पता चले कि शेरसिंह क्या करने जा रहा है।"

जस्सा बोला, "वह जो भी करने जा रहा है, उसे जानने की ज़रूरत नहीं है। मुझे उस पर पूरा भरोसा है।"

दूर से गाँव के बाहर कुछ कुत्तों के भौंकने की हलकी-हलकी आवाज़ें आने लगीं।

शेरसिंह ने जस्से के कन्धे पर हलकी-सी थपकी दी। वे दोनों ख़ामोशी से एक-दूसरे की ओर देखते रहे। शेरसिंह बोला, "अच्छा, तो मैं चलता हूँ। मैं छिपता-छिपाता यहाँ आया था। मुझे डर था कि कहीं तुम गाँव से निकल भागने की कोशिश न करो। वही होने जा रहा था। मैं ठीक समय पर पहुँच गया।"

जब शेरसिंह ने पीठ मोड़ी तो जस्सासिंह ने धीमे मगर दृढ़ स्वर में कहा, "निश्चिन्त रहो, अब मैं गाँव छोड़कर नहीं जाऊँगा।"

शेरसिंह बड़े दरवाज़े के बाहर निकल गया तो उन्होंने कुण्डा चढ़ा दिया जो वास्तव में जस्सासिंह के जाने के लिए ही खोला गया था। जस्से ने घोड़े से ज़ीन उतारी, उसे थान पर बाँधा, और वे दोनों चुपचाप घर के भीतर चले आये।

भजनो अब भी व्याकुल हो रही थी। कुछ चिड़चिड़े अन्दाज़ में बोली, "तुमने शेरसिंह का कहना मानकर अच्छा नहीं किया। एक बार तुम पुलिस के चंगुल में फँस गये तो फिर या तो फाँसी पाओगे या अपना जीवन बरबाद कर बैठोगे।"

"मगर बुआ, यहाँ से भाग जाने में भी मैं सुरक्षित नहीं रह सकता था। फ़रार हो जानेवाला क़ातिल पल-भर को भी चैन की नींद नहीं सो सकता।"

"तुम क़ातिल नहीं हो। तुमने अपने बचाव के लिए थुन्ने का मुक़ाबला किया। तुम्हारे पास हत्या करने का कोई साधन नहीं था। तुम उस दुकान पर थुन्ने को मारने की नीयत से नहीं गये थे। चन्ननसिंह के बेटों के अतिरिक्त दुकान पर गाँव के अन्य लोग भी तो उपस्थित थे। वे पुलिस को सही तौर से बतायेंगे कि यह घटना कैसे घटी।"

"इसका मतबल तो यह हुआ कि क़ानून की नज़र में मेरे बचाव का कोई तर्क तो है। लेकिन फ़रार हो जाने में बहुत बड़ा ख़तरा है। इसीलिए शेरसिंह ने मुझे यह क़दम उठाने से मना कर दिया है। यदि गाँववालों ने हमारा साथ दिया और हमारा वकील यह सिद्ध करने में सफल हो गया कि मेरी यह कार्यवाही हिंसात्मक नहीं थी, बल्कि अपने बचाव के लिए थी तो अदालत मुझे बरी भी कर सकती है, या कम दण्ड दे सकती है।"

भजनो विवश होकर रह गयी। वह अपने बिस्तर पर जा लेटी और जस्सा अपने बिस्तर पर। काफ़ी देर तक वे छत की ओर टकटकी बाँधकर देखते रहे।

वे सो नहीं पाये। कभी-कभी थोड़ा-बहुत ऊँघ लेते थे। यहाँ तक कि प्रातःकाल मवेशियों की घण्टियों की आवाज़ सुनायी देने लगी। वे गाँव से बाहर को हाँके जा रहे

थे। लोग मुँह में दातुनें दबाये गलियों में खाँसते फिर रहे थे। चिड़ियों ने चहचहाना आरम्भ कर दिया था।

जस्सा उठकर बिस्तर पर बैठ गया। भजनो ने लेटे-लेटे अपनी राय दी, "तुम अकेले गाँव से बाहर मत निकलना। मैं गुरुद्वारे को जा रही हूँ। मेरे लौटते तक तुम यहीं रहना।"

जस्से को कहीं जाना भी नहीं था। बुआ के विदा हो जाने पर वह भीतरी तबेले में चला गया। रहीम और उनके अन्य दो-चार कारिन्दे वहाँ मौज़ूद थे। आज वे अपने मालिक को नयी दृष्टि से देख रहे थे। उनकी नज़र में वह नायक बन चुका था। उन्हें मन-ही-मन गर्व महसूस हो रहा था कि उनके जवान मालिक ने गाँव के सबसे बड़े बदमाश को खटमल की तरह मसलकर रख दिया था।

जस्से ने भी अपने चेहरे से कुछ प्रकट नहीं होने दिया। वह सहज से छोटे-मोटे काम करता रहा, और सहज में ही वे एक-दूसरे से बातें करते रहे। पिछले दिन की घटना के विषय में किसी ने कुछ भी नहीं कहा।

जब भजनो गुरुद्वारे से लौटकर बड़े दरवाज़े में दिखायी दी तो जस्से की आँखें उससे मिलीं। उसने भवों से संकेत करके भतीजे को भीतर चलने के लिए कहा। अतः जस्सा बुआ के पीछे-पीछे घर के भीतर चला गया।

भजनो ने रहस्यपूर्ण अन्दाज़ में कहना शुरू किया, "गाँव भर में यह अफ़वाह फैली हुई है कि प्रातःकाल ही चन्ननसिंह के दोनों बेटे और उनके कुछ साथी घोड़ों पर सवार होकर थाने को गये हैं। उनका उद्देश्य तुम्हारे विरुद्ध रिपोर्ट करने के सिवा और क्या हो सकता है!"

"सो तो होगी ही।"

"इसका मतलब है कि कुछ देर में पुलिस यहाँ पहुँच जायेगी।"

"तो इसमें कौन-सी अनोखी बात है। एक आदमी मारा गया है...पुलिस तो आयेगी ही।"

"बेटा, पुलिस और क़ानून का चंगुल बहुत बुरा होता है। काश! मेरा कहना मानकर रात तुम भाग जाते तो कितना अच्छा होता।"

"नहीं, तुम बच्चों की-सी बातें कर रही हो। शेरसिंह भी पुराना घाघ है। वह चन्ननसिंह और उसके बेटों से कहीं अधिक चतुर है। उसने कुछ सोचकर ही मुझे गाँव से जाने नहीं दिया।"

"तुम भी बड़े भोले हो। माना कि शेरसिंह हमारा भला चाहता है, परन्तु उसने बताया तो नहीं कि वह इसके विषय में क्या सोचता है। उसने बचाव का कौन-सा रास्ता निकाला है। सोचने की बात यह है कि शेरसिंह की चाल, जो हमें नहीं मालूम, असफल रही तो फाँसी के फन्दे में गरदन किसकी फँसेगी।"

"मेरी—तुम्हारी नहीं।"

"वाह बेटा!" भजनो ने हाथ हवा में लहराते हुए कहा, "अरे! अगर तेरी बजाय मेरी गरदन फाँसी के फन्दे में फँस जाये तो इससे ज़्यादा सुन्दर बात क्या हो सकती है। मैं मौत के किनारे खड़ी बुढ़िया...आज नहीं तो कल मर जाऊँगी। मगर तू अभी बच्चा है। सारा भविष्य तेरे आगे है। मेरा भविष्य पीछे रह गया है।"

ये बातें होती रहीं। सदा की भाँति भजनो ने मक्खन लगे पराठे बनाये जिन्हें जस्से ने बूरा-खाँड़ मिली दही के साथ खाया। मट्ठा पिया और मूँछों को अँगोछे से पोंछकर दो-तीन भारी-भरकम डकार लिये।

सूर्य आकाश के ऊपर-ही-ऊपर चढ़ता जा रहा था। उज्ज्वल प्रकाश में जस्से को हर वस्तु सामान्य लग रही थी। कुछ नहीं हुआ था। न किसी की जान गयी थी, न किसी ने जान ली थी...

इतने में रहीम भीतरी तबेले से अन्दर सेहन में आता दिखायी दिया। उसका चेहरा गम्भीर था। मूँछें नीचे को लटकी हुई थीं। वह धीरे-धीरे नपे तुले क़दमों के साथ बुआ और भतीजे के निकट पहुँचा—मुँह से कुछ नहीं बोला।

जस्सासिंह धीरे-धीरे उठा, अँगोछा कन्धे से उतारकर कमर पर लपेटा, और फिर उसे ख़ूब कसते हुए उसने रहीम की ओर ठण्डी-सी नज़र डालकर अपने विशेष भारी स्वर में पूछा, "पुलिस आ गयी?"

रहीम की भवें हल्के-से आश्चर्य के साथ एकदम ऊपर को उठ गयीं। उसने धीरे से उत्तर दिया, "हाँ।"

बाहर तबेले के सेहन में मुसलमान दारोग़ा लोहे की कुर्सी पर बैठा था। वह भारी डील-डौलवाला व्यक्ति था और कुर्सी उसके नीचे दिखायी नहीं दे रही थी। यूँ लगता था जैसे वह हवा में ही बैठा था। कबूतर के परों की भाँति भीतर से बैठी और सिरे पर से उठी हुई मूँछों में से केवल उसका निचला होंठ दिखायी दे रहा था। मूँछों के अधिकांश बाल सफ़ेद थे। आँखों के ऊपर उसकी चौड़ी भवें एक-दूसरे से बिलकुल मिली हुई थीं। सिर पर कलफ़ लगी पगड़ी थी जिसमें से कुल्ला दिख रहा था। कुल्ले से भी ऊपर एक फुट ऊँचा शमला लहरा रहा था। चन्ननसिंह के दोनों बेटे निकट खड़े थे। कुछ सिपाही थे। सिपाहियों के भी पीछे शेरसिंह दीवार से कन्धा लगाये खड़ा था। गाँव के कुछ लोग और अधिक दूरी पर दीवारों के साथ दुबके हुए थे। इन मनुष्यों में कुछ कुत्ते भी सम्मिलित थे।

जब जस्सा मकान के सेहनवाले दरवाज़े से निकलकर भीतरी तबेले में पहुँचा तो दारोग़ा की आँखें ऊपर उठीं, उन आँखों ने तेज़ी से जस्सासिंह का ऊपर से नीचे तक जायज़ा लिया और उसकी नज़र सजीले जवान पर टिकी रह गयी।

जस्सा दारोग़ा से कुछ क़दम के फ़ासले पर पहुँचकर रुक गया और अपना एक हाथ माथे के निकट ले जाकर सलाम किया। थानेदार उसके डील-डौल से प्रभावित हुआ। उस ज़माने में इलाक़े के असाधारण जवानों को बड़े सम्मान की दृष्टि से देखा जाता

था। प्रत्येक पंजाबी के लिए यह स्वाभाविक बात थी चाहे वह दारोग़ा ही क्यों न हो। उन दिनों दारोग़ा भी साधारण हस्ती नहीं समझा जाता था। उसके मुँह से निकला एक-एक शब्द क़ानून की हैसियत रखता था। जब दारोग़ा किसी गाँव में पहुँचता था तो लोगों में तहलका मच जाता था।

अब दारोग़ा उठा और सीधे खड़े होकर जस्से की ओर बढ़ा। एक क़दम का फ़ासला रह गया तो वह रुका। दारोग़ा भी कद्दावर आदमी था, मगर उसने देखा और महसूस किया कि उसके सामने खड़ा बीसवर्षीय जवान उससे तीन-चार अँगुल ऊँचा ही था। घाघ दारोग़ा ने अपनी आदत के अनुसार पहले तो आँखों-ही-आँखों में जस्से के व्यक्तित्व की तह में पहुँचने का प्रयास किया। लेकिन उस युवक के चेहरे से कुछ भी प्रकट नहीं होता था। न उसमें नम्रता थी और न शेख़ी, न भय था और न गर्व। वह मुजरिम भी दिखायी नहीं देता था। निस्सन्देह वह सामान्य युवकों से भिन्न था।

दारोग़ा ने अपना भारी पंजा उठाया और धीरे से उसके कन्धे पर रख दिया। उसी समय जस्से ने दारोग़ा के कन्धे पर से पीछे की ओर कुछ दूरी पर खड़े शेरसिंह की ओर देखा। दोनों की आँखें मिलीं तो शेरसिंह ने बड़ी चतुराई से एक अँगुली उठाकर उसे इनकार के तौर पर हिला दिया और फिर उसी अँगुली से अपनी दाढ़ी खुजाने लगा। जस्सा फ़ौरन ही उसके संकेत को समझ गया। शेरसिंह उसे कल के जुर्म से इनकार करने को कह रहा था।

दारोग़ा जस्से के कन्धे पर हाथ रखे-रखे उसे एक ओर को ले गया और गले में फँसी बलगम के कारण खरखराते स्वर में कहना आरम्भ किया, "तुम्हीं जस्सासिंह हो?"

"जी।"

"तुम जानते हो कि तुम्हारे ख़िलाफ़ क्या रिपोर्ट लिखायी गयी है?"

"जी नहीं।"

"लिखाया गया है कि तुमने दिन-दहाड़े गाँव के थुन्ना नामक व्यक्ति को जान से मार दिया है।"

यह सुनकर जस्सासिंह के चेहरे पर किसी प्रकार की भावना का कोई चिह्न दिखायी नहीं दिया। दारोग़ा की आँखें ऐसे ही किसी चिह्न की तलाश में थीं। बोला, "यह ग़लत है।"

यह कहते समय जस्सा मन-ही-मन हँसा। इस क़दर सफ़ेद झूठ बोलने का क्या लाभ था। अभी गड्ढे में से लाश निकाल ली जायेगी तो उसकी गरदन पर फाँसी का फन्दा कसना आरम्भ हो जायेगा।

घाघ होते हुए भी दारोग़ा जस्से के तेवरों से प्रभावित हुए बिना नहीं रह सका। फिर बोला, "किसी को क्या ज़रूरत पड़ी कि बेकार में तुम पर क़त्ल का इलज़ाम लगाये। यही नहीं, रिपोर्ट लिखानेवालों का कहना है कि मौक़ा-ए-वारदात पर कई और व्यक्ति भी खड़े यह सब-कुछ देख रहे थे।"

"साब! इसी गाँव में हमारे शरीक रहते हैं। उन्होंने पहले मेरे चाचा बग्गासिंह को झूठे मुक़द्दमें में फँसाया और उसे पाँच साल के लिए जेल भोगनी पड़ी। चक पीराँ में उसकी कुछ ज़मीन है जहाँ बचपन से मैं रह रहा था। इन शरीकों से तंग आकर उसने मुझे यहाँ भेज दिया और ख़ुद वहाँ रहने लगा। हमारे शरीक यह भी नहीं चाहते कि मैं यहाँ रहकर चाचा की ज़मीन की देख-भाल करूँ।"

"तुम्हारे माँ-बाप कहाँ हैं?"

"मैं बचपन से ही अनाथ हूँ। चाचा ने ही मुझे पाल-पोसकर बड़ा किया है।"

"उन लोगों का कहना है कि तुम गाँव के माने हुए गुण्डे हो, बदमाश हो, और आसपास के इलाक़े में बहुत बदनाम हो।"

"साब, अगर मैं अपने-आपको अच्छा कहूँ तो उससे मैं अच्छा नहीं बन जाऊँगा। अगर मैं गुण्डा, लुच्चा, बदमाश हूँ तो गाँव का हर व्यक्ति जानता होगा। सरकार उनसे पूछ-ताछ कर सकते हैं। यदि वे मुझे बुरा कहें तो मुझे दण्ड मिलना ही चाहिए।"

इतने में ही बग़ल से दिलेरसिंह की आवाज़ सुनायी दी, "यह बकवास करता है साब।"

दारोग़ा को आश्चर्य हुआ कि उसकी कार्यवाही के बीच में अचानक यह कौन बोल पड़ा। उसने पलटकर दिलेरसिंह की ओर देखा। ख़ामोशी से उसे घूरता रहा। माथे पर बल पड़ गये और आँखें लाल हो गयीं। उसने बग़ल में से छोटा-सा डण्डा निकालकर उसका अगला सिरा दिलेरसिंह की छाती पर बजाते हुए कहा, "तुम देख रहे हो कि मैं इसको सबसे अलग ले आया हूँ। तुम्हें इतनी जुर्रत कैसे हुई कि तुम यहाँ घुस आये। तुम बड़े मुँहफट दिखायी देते हो। अगर तुमने अब फिर अपना मुँह फाड़ा तो तुम्हारा जबड़ा चीरकर रख दूँगा—पीछे हटो।"

दारोग़ा की कड़क के पीछे सरकार की पूरी शक्ति की धमकी मौज़ूद थी। अक्खड़ दिलेरसिंह की आँखों में भी भय की छाया दिखायी देने लगी। वह लड़खड़ाकर पीछे हट गया।

दारोग़ा का गुस्सा अब भी ठण्डा नहीं हुआ था। उसका गरज़दार स्वर फिर गूँजा, "बदतमीज़! सूअर की औलाद!"

चन्ननसिंह खाता-पीता व्यक्ति था। उसके बेटे को सूअर की औलाद कहना बहुत बड़ी बात थी। मगर सब जानते थे कि अभी तो दारोग़ा ने केवल सूअर की औलाद ही कहा था, अगर उसका मूड और बिगड़ गया तो वह सचमुच ही दिलेरसिंह को मार-मारकर सूअर बना देता।

लक्खनसिंह ने छोटे भाई के कान तक मुँह ले जाकर फुसफुसाते हुए कहा, "बेवक़ूफ़!"

उसकी फुसफुसाहट दारोग़ा ने भी सुनी और आसपास के अन्य व्यक्तियों ने भी।

दारोग़ा अब भी टकटकी बाँधे उन दोनों भाइयों की ओर देख रहा था। उसने धमकाते हुए पूछा, "वह लाश कहाँ है?"

दोनों भाई खिल उठे। लक्खनसिंह ने बड़ी नम्रता से एक हाथ आगे को फैलाकर रास्ता दिखाने के अन्दाज़ से कहा, "तशरीफ़ लाइये।"

दारोग़ा उस खेत के किनारे तक तशरीफ़ ले गया। गाँव के लोग काफ़ी दूरी पर ही रुक गये। लम्बी-लम्बी लाठियोंवाले बावर्दी सिपाही दारोग़ा से दो क़दम पीछे खड़े थे। सामने खेत में क़ब्र की तरह गड्ढा था। उसमें छड़ी घुसी हुई थी, और छड़ी के ऊपर दो जूते मौज़ूद थे...

"ये जूते," लक्खनसिंह ने कहना आरम्भ किया, "ये जूते थुन्नासिंह के ही हैं।"

दारोग़ा का मूड उन जूतों को देखकर अनजाने ही बेहतर हो गया। उसने अपना एक भारी-भरकम बूट खेत की दो बालिश्त ऊँची मेंड़ पर रख दिया और धीमे से मुस्कराकर बोला, "गोया थुन्ना ज़मीन के भीतर और उसके जूते ज़मीन के बाहर।"

ऐसे गम्भीर अवसर पर भी दारोग़ा की बात सुनकर कुछ व्यक्तियों ने मारे ख़ुशामद के खीसें निकाल दीं।

एक आदमी फावड़े से क़ब्र खोदने लगा। ताज़ी-ताज़ी मिट्टी थी, उसे हटाने में अधिक देर नहीं लगी। ज्यों-ज्यों मिट्टी बाहर निकलती जा रही थी त्यों-त्यों दोनों भाई गरदन बढ़ाये भीतर झाँकने का प्रयास कर रहे थे। यहाँ तक कि सारी मिट्टी का ढेर बाहर लग गया और गड्ढा खाली था।

दोनों भाइयों की आँखें फटी-की-फटी रह गयीं।

दारोग़ा के फूले हुए नथुने और भी फूल गये। उसकी मूँछें फड़फड़ायीं और उसने सिपाहियों, दोनों भाइयों और दूर खड़े सभी व्यक्तियों पर एक फिसलती हुई दृष्टि डाली और कहा, "यह क्या मज़ाक है।"

सब लोग शान्त थे।

दारोग़ा पल-भर मौन रहा, फिर उसने उच्च स्वर में पूछा, "एक आदमी को जान से मार डाला गया। इन दो भाइयों के कहने के मुताबिक़ कई और व्यक्तियों ने भी जस्सासिंह को थुन्ने की जान लेते देखा था। वे व्यक्ति कौन हैं?"

अब तक गाँव की लगभग आधी आबादी वहाँ एकत्र हो चुकी थी। उनमें से कोई नहीं बोला।

दारोग़ा ने अफ़सराना अन्दाज़ से अपना डण्डा हवा में लहराया और रोबदार आवाज़ में कहा, "जिन लोगों ने थुन्ने का क़त्ल होते देखा है, वे आगे आयें।"

किसी ने एक क़दम तक आगे नहीं बढ़ाया।

दोनों भाइयों के चेहरे पीले पड़ गये।

इतने में चन्ननसिंह भी वहाँ आ पहुँचा। उसने बड़े ख़ुशामदाना अन्दाज़ से पहले तो दारोग़ा को सलाम किया फिर बहुत ही नम्रता से सहज स्वर में बोला, "लोगों के दिलों पर जस्से का डर इतना ज़्यादा छाया हुआ है कि किसी को गवाही देने की हिम्मत नहीं हो रही है।"

"और लाश?" दारोग़ा ने चन्ननसिंह की ओर चुभती हुई नज़रों से देखकर पूछा।

"सरकार! हो सकता है कि लाश रातोंरात ग़ायब कर दी गयी हो।"

"हो सकता है कि आप ही लोगों ने थुन्ने को क़त्ल किया हो और इलज़ाम उस पर रख रहे हैं जिसे आप अपना दुश्मन समझते हैं।"

चन्ननसिंह ने खीसें निकालकर उत्तर दिया, "यह कैसे हो सकता है सरकार!"

"न लाश है, न कोई गवाह है। मिट्टी से भरा हुआ गड्ढा, उसमें धँसी हुई छड़ी, छड़ी के सिरे पर दो जूते। यह कैसा क़त्ल है?—वह हथियार कहाँ है जिससे क़त्ल किया गया। कोई लाठी, कोई कृपाण, कोई गँड़ासा, कोई कुल्हाड़ी...कुछ तो होना चाहिए। ...ओ! शायद जस्सासिंह के घर की तलाशी लेने पर वह हथियार भी मिल जाये जिससे हत्या की गयी है।"

लक्खनसिंह ने जल्दी से आगे बढ़कर कहा, "सरकार, उसके घर की तलाशी बेकार है। कोई हथियार नहीं मिलेगा।"

"तुम्हें कैसे मालूम?"

"क़त्ल किसी लाठी या हथियार से नहीं किया गया।"

"तो?"

तब लक्खनसिंह ने बड़े विस्तार से बताया कि थुन्नासिंह का क़त्ल कैसे हुआ।

दारोग़ा के होंठों पर व्यंग्यपूर्ण मुस्कराहट उत्पन्न हुई, बोला, "थुन्ना जाना-माना बदमाश था। आज से लगभग एक साल पहले मैंने उसे देखा था। जिस आदमी को मैं एक बार देख लूँ, उसका फ़ोटो मेरे दिल पर उतर आता है। मुझे थुन्ने का डील-डौल और शक्ल तक याद है। अगर हाथी भी उसकी गरदन पर पाँव रखकर निकल जाता तो वह मरनेवाला नहीं था। क्या वह मुर्ग़ा था या कुत्ते का पिल्ला जिसे जस्से ने गरदन से मरोड़कर परे फेंक दिया..."

दोनों भाई बीच में ही बोल उठे, "बिलकुल यही हुआ सरकार।"

दारोग़ा ने एक बार फिर उन लोगों को कटु दृष्टि से देखा और कहा, "तुम दोनों की लिखायी हुई रिपोर्ट के अनुसार अन्य व्यक्तियों के सामने यह सब-कुछ हुआ...उन व्यक्तियों को मेरे सामने पेश करो।"

लक्खन ने दूर खड़े लोगों की ओर हाथ से संकेत करते हुए कहा, "सब यहाँ मौज़ूद हैं, लेकिन उन्हें बोलने की हिम्मत नहीं हो रही है।"

"...और तुम दोनों की बोलने की ज़रूरत से ज़्यादा ही हिम्मत हो रही है। अच्छी तरह समझ लो कि क़ानून इन हवाई बातों को नहीं मानता। पुलिस को केस बनाने के लिए सबूत चाहिए। सज़ा देने के लिए क़ानून भी सबूत माँगता है। यहाँ यह अजीब तमाशा हो रहा है।"

इतने में शेरसिंह आगे बढ़ा और धीरे से बोला, "मैं अलग से आपकी ख़िदमत में एक नया पहलू पेश करना चाहता हूँ।"

दारोग़ा उसे चन्द क़दम अलग पेड़ के नीच ले गया। शेरसिंह बोला, ''सरकार बेहतर यह रहेगा कि जिन-जिन व्यक्तियों के बारे में ये दोनों भाई कहते हैं कि वे मौक़ा-ए-वारदात पर मौज़ूद थे, आप उन्हें अलग से थाने में बुलाकर यही बात पूछें। मेरे ख़याल में वे लोग जस्से से ज़्यादा चन्ननसिंह के लड़कों और उनके साथियों से डरते हैं—ख़ैर! जो कुछ मैं कहने जा रहा हूँ वह यह है कि मेरे कानों में यह बात भी पड़ी है कि कल थुन्ना इस गाँव में मौज़ूद ही नहीं था। वह दो-तीन दिनों से ग़ायब है। ख़ुद मैंने भी उसे नहीं देखा। सम्भव है कि दूसरे कामकाज में उलझा होने के कारण मेरी नज़र उस पर न पड़ी हो लेकिन आप गाँव के दूसरे व्यक्तियों से यह भी मालूम करें कि थुन्ना पिछले दो या तीन दिनों से गाँव में था भी या नहीं।''

दारोग़ा का गम्भीर चेहरा और अधिक गम्भीर हो गया। उसने कहा, ''यदि तुम्हारी बतायी हुई बातें सच निकलीं तो इससे यह साबित हो जायेगा कि यह सारा मामला दरअसल चन्नन के लड़कों की गहरी चाल के सिवा कुछ भी नहीं।''

''मैं इस विषय में निश्चित रूप से कुछ नहीं कह सकता। जो बात मैंने सुनी या मुझे सूझी, वही मैंने अर्ज़ कर दी। आप बड़ी आसानी से पता लगा सकते हैं कि यह सब-कुछ ग़लत है या सही। मेरी सिर्फ़ इतनी गुज़ारिश है कि आप किसी को यह न बतायें कि मैंने यह बातें कही थीं। दूध-का-दूध और पानी-का-पानी करना आपके लिए कोई कठिन नहीं है। यह तो आप भी चाहेंगे कि गुनहगार को सज़ा मिले और बेगुनाह मुसीबत से बचा रहे। मैं बाल-बच्चेदार आदमी हूँ। जल्द ही अपनी लड़की की शादी करने जा रहा हूँ। मैं इन सब झगड़ों में पड़ना नहीं चाहता। फिर भी जहाँ तक बन पड़ेगा मैं क़ानून की सहायता करूँगा।''

दारोग़ा ने सारी बातें सुन लीं। वह जल्दी से किसी के झाँसे में आनेवाला नहीं था। उसने निश्चय कर लिया कि वह असलियत को जानकर रहेगा। उसने शेरसिंह को भी आश्वासन दिया कि उसका नाम ख़ामख़ाह किसी मामले में नहीं घसीटा जायेगा। यद्यपि पुरानी फ़ाइलों के अध्ययन से दारोग़ा को मालूम हो चुका था कि यदि अब नहीं तो किसी ज़माने में शेरसिंह भी धाकड़बाज़ी में किसी से कम नहीं था।

अब दरोग़ा ने लोगों के बयानात लिये। लक्खन और दिलेर के अतिरिक्त किसी ने स्वीकार नहीं किया कि थुन्ने की हत्या की गयी थी। जिन व्यक्तियों ने अपनी आँखों से यह घटना देखी थी वे मन-ही-मन हैरान थे कि रातोंरात लाश कहाँ ग़ायब हो गयी। कम-से-कम इतना तो वे समझ गये कि यह सारा गहरा चक्कर था। इस चक्कर में फँसने को कोई भी तैयार नहीं था। जैसे कि पहले बताया जा चुका है गाँव के सभी लोग वास्तव में थुन्ने की हत्या और चन्ननसिंह के लड़कों की इस पराजय पर ख़ुश थे। अब उनको अपने गाँव की स्थिति में सन्तुलन दिखायी देने लगा। पहले चन्ननसिंह के ख़ानदान के सामने किसी में इतना साहस नहीं था कि चूँ भी कर सके। मगर अब जस्से का पलड़ा भारी हो गया था।

सारे बयानात हो जाने के बाद दारोग़ा ने जस्से और चन्ननसिंह के दोनों लड़कों को हिरासत में ले लिया। थाने में पहुँचकर उन तीनों को हवालात में बन्द कर दिया गया।

अगले दिन से दारोग़ा ने फिर तफ़्तीश शुरू कर दी। मगर वह किसी विशेष परिणाम पर नहीं पहुँच सका। दिन व्यतीत होने लगे, परन्तु थुन्ने की लाश का कुछ पता न चला। जिन लोगों ने उसकी हत्या होते नहीं देखी थी उन्हें इस बात का भी विश्वास नहीं था कि थुन्ना मर गया है।

शेरसिंह ने ऐसे गवाह भी भुगता दिये जिनके बयान के अनुसार हत्या के दिन थुन्ने को दूसरे ही गाँव में घूमते-फिरते देखा गया था।

दारोग़ा को लक्खन और दिलेर पर सन्देह हो रहा था कि सम्भवतः उस रात उन्होंने ही थुन्ने की हत्या करके उसकी लाश किसी अनजाने स्थान पर ठिकाने लगा दी थी।

जस्से के विरुद्ध कोई भी प्रमाण नहीं मिला। अतः उसके ख़िलाफ़ कोई भी केस नहीं बन पाया। अन्त में उसे हवालात में मुक्त कर दिया गया।

लक्खनसिंह और दिलेरसिंह को जमानत पर रिहा किया गया। जस्से की ज़मानत नहीं हुई क्योंकि इसकी कोई आवश्यकता महसूस नहीं की गयी।

जिस रोज़ जस्सा हवालात से छूटकर आया, उस दिन भजनो की ख़ुशी की कोई सीमा न रही। उसने आसपास में बताशे बाँटे और गुरुद्वारे में जाकर अखण्ड पाठ का शुभारम्भ करा दिया।

गुरुद्वारे में ही उसकी भेंट शेरसिंह से हुई। वह शेरसिंह की बलाएँ लेती हुई बोली, "तुमने मेरे जस्से को बचा लिया।"

शेरसिंह ने इधर-उधर दृष्टि दौड़ायी कि कहीं कोई सुन तो नहीं रहा। उसे भजनो का इस तरह चिल्लाकर बोलना ठीक नहीं लगा। उसने धीरे से कहा, "बचानेवाला तो वाह गुरु अकाल पुरुख है...और फिर जो निर्दोष है, उसका बाल भी बाँका नहीं हो सकता।"

भजनो की समझ में यह बात आयी नहीं। उसने आँखें ज़रा फैलाकर शेरसिंह के चेहरे का जायज़ा लेते हुए पूछा, "मगर गाँव भर में तो यह बात मशहूर हो गयी थी कि जस्से ने ही थुन्ने की..."

शेरसिंह ने बात बीच में ही काटते हुए कहा, "बेकार की बातें नहीं सोचा करते। तुम बहुत बूढ़ी हो गयी हो। बुढ़ापे में इनसान का दिमाग़ भी तो ठिकाने पर नहीं रहता। अगर दुनिया जस्से पर झूठा इलज़ाम लगाये तो क्या तुम भी गली-गली इस बात का ढिंढोरा पीटती फिरोगी। मेरी सलाह मानो तो इस विषय पर कभी किसी से बात तक न करो।"

शेरसिंह के ये शब्द भजनो के हृदय की गहराई में उतरते चले गये। उसे भी विश्वास होने लगा कि सम्भवतः जो दोष जस्से पर लगाया गया था वह ग़लत था। जस्से को

वह दिल से चाहती थी। उसने भी महसूस किया कि जस्से के विषय में लोगों से कुछ भी कहना उसके हित में नहीं होगा। वह धीरे से बोली, ''ठीक कहते हो शेरसिंह, कभी किसी से इस विषय पर बात नहीं करूँगी।'

''मुझसे भी नहीं!''

''हाँ, तुमसे भी नहीं।''

शेरसिंह दाँत निकालकर बोला, ''हाँ, यह हुई समझदारी की बात।''

3

इस घटना को घटित हुए बाईस दिन व्यतीत हो चुके थे।

दिन ढल जाने के बाद रात का भोजन समाप्त करके सज्जनसिंह और उसकी पत्नी फुसफुसाते हुए एक-दूसरे से बातचीत कर रहे थे।

सज्जनसिंह ने सिर से पगड़ी उतारकर अलग रख दी थी। अपने ढीले जूड़े को कसकर बाँधते हुए उसने पत्नी की ओर देखा।

उसे इस दशा में पाकर पत्नी ने पूछा, ''तुम किस विचार में डूबे हुए हो?''

''तुम नहीं जानती क्या?''

पत्नी जानती थी कि उसका पति दीपी के बारे में चिन्तित था। वह और कुछ बोली भी नहीं थी कि सज्जनसिंह ने फिर कहा, ''मैं जस्से के बारे में सोच रहा हूँ।''

''भाड़ में गया जस्सा। तुमको उसके बारे में सोचने की क्या ज़रूरत है?''

''पहले कभी उसके बारे में इतना सोचने की ज़रूरत नहीं थी, लेकिन अब उसके विषय में सोचना अनिवार्य हो गया है।''

''वह क्यों?'' औरत के माथे पर दो-तीन गहरे बल उभर आये।

''जानती हो कि केवल हमारे गाँव पर ही नहीं, पूरे इलाक़े पर जस्से का रोब छाया हुआ है। जिधर से सुनो उधर ही से 'चक पीराँ का जस्सू' की आवाज़ सुनायी देती है। अपने चाचा की ज़िद के कारण उसने चक पीराँ गाँव में अपने लड़कपन के दिन व्यतीत किये और वहीं पर जवान हुआ। लोग उससे डरते भी हैं और उसकी इज़्ज़त भी करते हैं।''

''कारण?''

''बड़ी मूर्ख हो तुम!...अरे! जिसने दिन-दहाड़े थुन्ने जैसे साँड़ को मक्खी की तरह मसलकर फेंक दिया, क्या तुम उसे कोई मामूली व्यक्ति समझती हो?''

''लेकिन हत्यावाली यह बात तो ग़लत बतायी जाती है।''

''यह ग़लत नहीं है।''

''तुम्हें कैसे मालूम?''

सज्जनसिंह ने पहले तो सावधानी से इधर-उधर नज़र दौड़ायी, फिर फुसफुसाकर बोला, "मैं दूर खड़ा यह सब-कुछ देख रहा था। मैंने अपनी इन आँखों से देखा कि कैसे जस्से ने थुन्ने के बाज़ू और टाँगे तोड़कर रख दीं, और अन्त में अपनी कोहनी में थुन्ने की गरदन दबाकर एक ही झटके से उसके मनके तोड़ डाले। मैंने जीवन-भर इस प्रकार किसी-को किसी की जान लेते नहीं देखा। यह बहुत ही भयंकर दृश्य था।"

उसकी पत्नी की आँखें फटी-की-फटी रह गयीं।

सज्जनसिंह ने पत्नी को ताक़ीद करते हुए कहा, "इस बात का ज़िक्र किसी से न करना, वरना मैं फँस जाऊँगा।"

"तुम क्यों फँसने लगे?"

"इसलिए कि मैंने अपनी आँखों से उस जुर्म को देखने के बाद भी पुलिस के सामने इस बात को स्वीकार नहीं किया।"

"लेकिन पुलिस ने तो तुमसे कुछ पूछा ही नहीं।"

"वह इसलिए कि मैं बहुत दूर खड़ा था। ख़ुद लक्खनसिंह और दिलेरसिंह को भी यह मालूम नहीं कि मैं इस कार्यवाही को देख रहा था। इसीलिए उन्होंने दारोग़ा के सामने मेरा नाम नहीं लिया। लेकिन क़ानून यह कहता है कि अगर मैंने अपनी आँखों से कोई जुर्म होते देखा है तो मुझे ख़ुद ही इस बात की रिपोर्ट पुलिस में दे देनी चाहिए। सोचने की बात यह है कि हम बाल-बच्चेदार आदमी ख़ामख़ाह इस मामले में टाँग क्यों अड़ायें।"

"तो तुमने जस्से को गड्ढे में थुन्ने की लाश फेंकते हुए भी देखा था?"

"हाँ—लेकिन बहुत दूर से। मैं डर के मारे नज़दीक गया ही नहीं।"

"तो फिर लाश गड्ढे में से कहाँ ग़ायब हो गयी?"

"इस बात का पता किसी को भी नहीं है। मेरे ख़याल में यह हमेशा रहस्य ही बना रहेगा।"

पत्नी कुछ देर चुप रही, फिर बोली, "छोड़ो जी, हमें इससे क्या लेना है।"

"वही तो मैं भी कहता हूँ।"

"बेकार में तुम्हें परेशान होने की क्या ज़रूरत है।"

"मैं केवल अपनी बेटी की ख़ातिर परेशान हूँ।"

"लेकिन दीपी का इससे क्या सम्बन्ध?"

सज्जनसिंह के चेहरे पर उलझन के चिह्न उभर आये और वह बिगड़कर बोला, "तुम बड़ी ख़र दिमाग़ औरत हो। अपनी नाक की लम्बाई से आगे नहीं सोच सकती। इतना भी नहीं समझती कि हमारी बेटी और जस्से का आपस में प्रेम चल रहा है।"

"मैं तो कह चुकी हूँ कि शीघ्र-से-शीघ्र दीपी के हाथ पीले करो और उसे उसके पति के घर भेज दो।"

"यह कहना आसान है, करना कठिन। पति का मिलना इतना सरल नहीं है। क्या शादी बच्चों का खेल है। उसके लिए पति क्या खेत में पड़ा मिल जायेगा?"

"ऊँ...हूँ! कोशिश करोगे तो कहीं-न-कहीं मिल ही जायेगा। शादी तो संयोग की बात है। जहाँ उसका संयोग होगा, उसकी शादी हो जायेगी। मगर इतने निठल्ले हो कि कोशिश भी तो नहीं करते।"

"तुम क्या जानो कि मैं कितनी कोशिश कर रहा हूँ लेकिन यह केवल मेरा कर्त्तव्य नहीं है कि मैं वर की तलाश करूँ।"

"कोशिश तो मैं भी बहुत कर रही हूँ। जब वाह गुरु को मंजूर होगा, तभी शादी होगी।"

"कहीं ऐसा न हो कि इस बीच कोई और ही गुल खिल जाये।"

"तुम्हारा इशारा जस्से की ओर है न?"

"हाँ।"

"तुम भी पूरे वहमी आदमी हो। एक बार जब तुम उसे मिलकर आये तो इसके बाद कोई ऐसी-वैसी बात सुनने में नहीं आयी। शायद फिर वे एक दफा भी नहीं मिले।"

"अब स्थिति बदल गयी है। यदि कभी जस्सा हमारे घर में घुस आये और दीपी की कलाई पकड़कर उसे अपने साथ ले जाये तो हम क्या कर सकते हैं। जस्से की इतनी दहशत बैठी हुई है कि गाँव का एक भी आदमी हमारी सहायता करने के लिए आगे नहीं बढ़ेगा।"

पत्नी ने पति की ओर बड़ी ही आश्चर्यपूर्ण दृष्टि से देखा मानो उसने अनहोनी बात कह दी हो। परन्तु इसके साथ ही, स्त्री होने के नाते, वह पति की इस बात की तह में पहुँच गयी। न जाने क्यों क्षण-भर को एक विचार उसके मन में बिजली की तरह चमका और ग़ायब हो गया। वह विचार यह था कि यदि जस्सू से उसकी बेटी की शादी ही हो जाये तो इसमें क्या बुराई थी। अपने पति के चेहरे पर इतनी गम्भीरता और भय के चिह्न देखकर उसने महसूस किया कि निश्चय ही इस रिश्ते में कोई बुराई होगी जो अभी उसकी समझ में नहीं आ रही थी। इस समय उसके सामने बेटी की समस्या ही नहीं थी, वरन् इससे भी बढ़कर समस्या यह थी कि वह पति के मन को इस चिन्ता से कैसे मुक्त करे। इसका समाधान ढूँढ़ निकालने में भी उसे देर न लगी। अपनी नाक पर उँगली रखते हुए बोली, "मैं कहती हूँ कि यह कौन बड़ी समस्या है। इसका उपाय तो बहुत ही सरल है।"

सज्जनसिंह के सीधे-सादे चेहरे पर आशा की किरण चमकी, चहककर बोला, "भाग्यवान्, जल्दी बताओ कि तुम्हारी योजना क्या है?"

"हम दीपी को दूसरे गाँव भेज देंगे।"

"कहाँ?"

"रत्तोके—वहाँ वह अपनी मासी के पास तीन-चार महीने भी टिकी रहे तो कोई हर्ज़ नहीं है।"

सज्जनसिंह के बाछें खिल गयीं। उसे सबसे अधिक अपनी बदनामी का भय था। उछलकर बोला, "दीपी दी माँ, तुम्हारा जवाब नहीं। न हो बाँस और न बजे बाँसुरी। जस्से को पता भी नहीं चलने का कि दीपी गयी कहाँ..."

—और दीपी बिस्तर पर लेटी-लेटी चुपचाप यह सब-कुछ सुन रही थी। माँ-बाप की योजना मालूम होते ही वह उछल पड़ी। उसके होंठों पर मुस्कराहट फैल गयी। उसकी आँखों में तारे चमकने लगे। मगर वह सूम से आँखें बन्द करके यूँ लेटी रही जैसे गहरी नींद सो रही हो। वह इस प्रतीक्षा में थी कि उसके बाप के खुर्राटों की आवाज़ सुनायी देने लगे तो वह वहाँ से फूटे।

थोड़ी ही देर बाद उसके माँ-बाप और घर के दूसरे लोग सो गये। वह दबे पाँव उठी और उसने बिस्तर पर तकिया और कुछ अन्य कपड़े फैलाकर उन्हें चादर से ढक दिया, ताकि यदि कोई उसकी चारपाई की ओर देखे तो यही समझे कि वह चादर ओढ़े सो रही है।

रात के समय किसी भी लड़की का गाँव में अकेले-दुकेले घूमना उचित नहीं था। अतः उसने अपने दुपट्टे को पगड़ी की शक्ल में सिर पर बाँध लिया और एक चादर जिस्म पर लपेट ली। ऐसी हालत में किसी भी राहगीर को वह पुरुष ही दिखायी देती।

वह चाहती थी कि उसे किसी सहेली का साथ मिल जाये। परन्तु इतनी रात गये किसी सखी के घर जाना और उसे जगाना काफ़ी ख़तरनाक काम था। उसने अकेले ही जस्से के घर पहुँचने की ठान ली।

दरवाज़े से बाहर निकली तो सारी गली सुनसान पड़ी थी। उसे कुछ इतमीनान हुआ। वह दबे पाँव बढ़ती चली गयी। गाँव के बीचोबीच एक खुला-सा स्थान था जहाँ धरेक के पेड़ों का एक छोटा-सा झुण्ड था, और उस झुण्ड के नीचे पक्की ईंटों के बने हुए चबूतरेवाला कुआँ था। कुएँ के सिरे पर ऊँची बल्लियोंवाला चरखड़ा था जिसमें मोटा रस्सा बँधा हुआ था, और उस रस्से के सिरे से लोहे का बहुत बड़ा डोल बँधा पड़ा था।

दिन में वह बीसियों बार उधर से गुज़री थी। वहाँ प्रायः गहमागहमी रहती। परन्तु इस समय वह स्थान बहुत सुनसान और बीहड़ दिखायी दे रहा था।

इतने में ही कोई चीज़ कूदकर डोल पर चढ़ी। वह चौंकी। ध्यानपूर्वक देखा तो एक मोटा-ताज़ा बिल्ला नज़र आया। दीपी को तसल्ली हुई। बिल्ला पेड़ की ओर देख रहा था। दीपी ने आँख उठायी तो पेड़ की शाखा पर एक सफ़ेद बिल्ली नज़र आयी।

दीपी मन-ही-मन कुछ सोचकर मुस्करायी। गोया वह बिल्ला अपनी बिल्ली की तलाश में था। यहाँ वह अपने बिल्ले की तलाश में जा रही थी।

कुएँ से आगे निकली तो कहीं-कहीं दुकान के किसी चबूतरे पर एक-दो व्यक्ति सोये दिखायी दिये। वह निकट से गुज़र गयी। या तो किसी ने उसे देखा नहीं, या गाँव ही का कोई आदमी समझकर ख़ामोश रहा।

रास्ते में कुछ कुत्तों से भी भेंट हुई। वे गुर्राये, भौंके। लेकिन गाँव का ऐसा कौन-सा कुत्ता था जो दीपी को नहीं पहचानता था। एक-दो ने आगे बढ़कर उसे सूँघा और इस बात का इतमीनान कर लिया कि वह बाहर से आया हुआ कोई व्यक्ति नहीं था वरन् अपनी दीपी ही थी।

आख़िर वह जस्से के भीतरवाले तबेले के बड़े दरवाज़े तक पहुँच गयी। दरवाज़ा अन्दर से बन्द था। बड़े दरवाज़े के एक तख़्ते में एक छोटा-सा दर भी था। थोड़ा झुककर उसमें से गुज़रा जा सकता था। इस दर की ज़ंजीरवाली कुण्डी भी भीतर से चढ़ी हुई थी। दीपी को मालूम था कि उस दर की खुली दरार में हाथ डालकर उसकी कुण्डी खोली जा सकती थी। अतः उसने इसी विधि से दरवाज़ा खोल लिया।

वह सोचने लगी कि यहाँ तक तो वह किसी-न-किसी तरह पहुँच गयी, लेकिन यदि जस्सा तबेले के कमरे में न हुआ तो उसका सारा परिश्रम व्यर्थ जायेगा। यह भी सम्भव था कि जस्सा भीतर मकान में ही सोया हुआ हो। वहाँ पहुँचना असम्भव था।

वाह गुरु का नाम लेकर उसने दरवाज़ा खटखटाया। पहली ही बार में अन्दर से चलने-फिरने की आवाज़ सुनायी दी। दीपी ने सोचा कि सम्भव है कि भीतर जस्से के अतिरिक्त अन्य कोई भी सोया हो। यदि किसी अन्य व्यक्ति ने दरवाज़ा खोला तो भी उसके लिए मुश्किल हो जायेगी।

दरवाज़ा धीरे-धीरे चिरचिराया। दीपी आँखें फाड़े देख रही थी। तारों का मन्द प्रकाश फैला हुआ था, और उस प्रकाश में जल्दी से किसी को पहचानना सरल नहीं था। परन्तु जस्से को पहचानना कुछ भी मुश्किल नहीं था।

खुलते हुए दरवाज़े में जस्से का लम्बा तगड़ा आकार दिखायी दिया। दीपी ने तो उसे पहचान लिया परन्तु वह उसे पगड़ी और बदन पर लिपटी हुई चादर के कारण नहीं पहचान सका।

"कौन हो तुम?" जस्से ने दीपी को पहचानने की कोशिश करते हुए पूछा।

दीपी ने अँगुली के इशारे से उसे एक ओर चलने को कहा। जस्सा उसके साथ-साथ हो लिया। खूँटों से बँधी भैंसों की ओट में पहुँचकर दीपी ने शरीर से चादर और सिर से पगड़ी उतार दी। उसके बाल झरने की लहरों की तरह नीचे की ओर गिरे।

जस्सा चौंककर एक क़दम पीछे हट गया और उसके मुँह से अनायास ही निकल गया, "तुम?"

दीपी बिना आवाज़ निकाले हँस दी। उसके दाँतों की दमक से मानो जस्से की आँखें चौंधिया गयीं।

उनकी मुलाक़ात काफ़ी समय के बाद हो रही थी। दीपी बोली, "तुमने तो मुझसे मिलना-जुलना ही बन्द कर लिया?"

"मजबूरी थी। ख़ुद तुम्हारे चाचा ने आकर इस विषय पर मुझसे बात की थी।"

उन दिनों बाप को चाचा भी कहा जाता था।

दीपी ने अपनी सुवक-सी नाक को ज़रा सिकोड़कर कहा, "अगर मेरे चाचा की ही आज्ञा माननी थी तो मुझसे प्रेम बढ़ाने की क्या ज़रूरत थी?"

"मैं तुम्हारे साथ प्रेम का नाटक नहीं खेलना चाहता। मैं तुम्हें अपनी पत्नी बनाना चाहता हूँ।"

"वाह! क्या कहने! जिसको लड़की के बाप की एक ही घुड़की भूत की झाग की तरह बैठा सकती है, उससे किसी औरत तो क्या गाय-बकरी की भी शादी नहीं हो सकती।"

"मैं इतना गया-गुज़रा नहीं हूँ दीपी...मगर मैंने सोचा कि तुम्हारे चाचा की नज़र से गिर गया तो तुमसे मेरी शादी कभी नहीं हो सकेगी।"

"यह नहीं सोचा कि मेरी नज़र से गिर गये तो क्या होगा।"

जस्से को कोई उत्तर नहीं सूझा। वह किसी भारी-भरकम उल्लू की तरह आँखें झपकाने लगा। उसके मुँह से एक शब्द नहीं निकल सका।

दीपी ने फिर कहना आरम्भ किया, "यह ठीक बात है। मैं तो यही समझे बैठी थी कि ज़नख़े से वास्ता पड़ा था जो पहली ही अड़चन पड़ने पर दुम दबाकर भाग गया..."

जस्से को उसकी कड़वी कसैली बातों पर गुस्सा आने लगा...

"लेकिन जब मैंने सुना कि तुमने थुन्ने को मच्छर की तरह मसलकर फेंक दिया है, तो फिर मुझे इतमीनान हुआ कि तुममें कुछ-न-कुछ मर्दानगी अभी है। मैं तुम्हारी प्रतीक्षा करने लगी। दिन बीतते गये। तुम न आये। एकाध बार तो मैंने तुम्हें सन्देश भी भेजा। आख़िर ख़ुद मुझ ही को आना पड़ा।"

जस्से ने दीपी के दोनों कन्धों को नर्मी से अपने बाज़ुओं के घेरे में लेते हुए कहा, "तुम नहीं जानतीं कि थुन्नासिंहवाले काण्ड के बाद मुझे किन मुसीबतों में से गुज़रना पड़ा। हवालात में बन्द रहा, सो अलग।"

"अब तो तुम्हें विश्वास हो गया होगा कि तुम्हारा बाल भी बाँका नहीं हो सकता। न लाश मिली, न गवाह, और न तुम्हारे विरुद्ध कोई सबूत ही मिला। अच्छा किया जो थुन्ने को ठिकाने लगा दिया। आते-जाते मुझ पर भी आवाज़ें कसा करता था—अब तुम इस घटना को भूलकर निश्चिन्त हो जाओ और यह बताओ कि हम दोनों का क्या बनेगा?"

"यही तो मैं सोच रहा हूँ।"

"ऐसा न हो कि तुम्हारे सोचते-सोचते मैं बुढ़िया हो जाऊँ।"

"तुम भी बड़ी घनचक्कर हो। तुम्हें बूढ़ा कौन होने देगा। मैं चाहता हूँ कि सीधी अँगुलियों से घी निकल आये। यदि ऐसा न हो सका तो फिर कोई तिकड़म लगायी जायेगी।"

"लेकिन वह तिकड़म तुम्हें कब सूझेगी?"

"उसके लिए समय चाहिए। तुमसे सलाह-मशविरा करने का मौक़ा चाहिए।"

फिर एकाएक जस्से को कुछ ख़याल आया तो बोला, "दीपी, तुम्हें इतनी रात गये इस तरह नहीं आना चाहिए था।"

"जानती हूँ, लेकिन मुझे आना पड़ा।"

"क्यों?"

"मैं यहाँ से जा रही हूँ।"

जस्सा घबरा उठा, "कहाँ जा रही हो?"

"बहूत दूर।"

"पहेलियाँ मत बुझाओ, तुम चली जाओगी तो हमारा काम और भी कठिन हो जायेगा।"

"वह कैसे?"

"मैं रत्तोके जा रही हूँ। मेरी मासी उसी गाँव में रहती है। तुम चक पीराँ जाने के बहाने से यहाँ से निकलो और रत्तोके पहुँच जाओ। वहाँ हमारी मुलाकातें बड़ी आसानी से हो जाया करेंगी।"

"एक अजनबी जगह पर अगर हम मिले-जुलेंगे तो सारी दुनिया की नज़र हम पर पड़ेगी।"

"तुम कैसे बुद्धू हो! प्रेम के क्षेत्र में पाँव रखनेवाले निडर होते हैं। तुम वहाँ आना तो। गाँव से बाहर एक ऐतिहासिक गुरुद्वारा है। वहाँ मैं अक्सर जाया करूँगी। तुम भी आना...घबराने की बात नहीं है। मैं ऐसी तिकड़म लगाऊँगी कि हमें गाँव के लोगों का कोई भय नहीं रहेगा।"

जस्सा टकटकी बाँधे उसके चेहरे की ओर देखे जा रहा था। दीपी ने कुछ झेंपकर कहा, "क्या देख रहे हो?"

"मैं देख रहा हूँ कि तुममें ऐसी क्या बात है जिसके कारण छुटपन से तुम मेरे मन का दीया बनी हुई हो। तुम यह समझती हो कि मैं किसी के डर से तुम्हें भुला भी सकता हूँ। तुम्हारा त्याग कर सकता हूँ। यह सब ग़लत है। अगर तुम न मिलीं तो मैं जिन्दा नहीं रह सकूँगा। न मिलने का प्रश्न ही नहीं उठता। जैसे भी होगा तुम्हें प्राप्त करके रहूँगा।"

उसकी ये बातें सुनकर दीपी पर मानो जादू-सा हो गया। उसने अपने दोनों हाथ उसके कन्धों पर रखकर सिर सीने पर टिका दिया।

कुछ पल इसी तरह गुज़र गये। फिर एकाएक जस्से ने चौंककर कहा, "दीपी, अब तुम्हें वापस घर जाना चाहिए।"

"नहीं, अब मैं यही रहूँगी।"

दीपी ने यह बात केवल शरारत के तौर पर कही थी। जब जस्से ने उसकी ओर घूरकर देखा, तो वह हँसने लगी। बोली, "यहाँ आने को तो मैं आ गयी, मगर वापस जाने में मुझे बड़ा डर लग रहा है।"

"डरने की क्या बात है? जैसे तुम यहाँ आयी थीं, वैसे वापस भी जा सकती हो।"

"एक तरीक़ा इससे भी ज़्यादा सरल है।"

"क्या?"

"तुम मुझे अपने कन्धे पर उठा लो। इसी तरह घर पहुँचा आओ।"

"मूर्खता की बातें न करो। किसी ने देख लिया तो?"

जस्से को मुश्किल ही से पता चलता था कि दीपी कब शरारत कर रही है और कब मज़ाक कर रही है। वह जान-बूझकर गम्भीर होकर बोली, "कोई देख भी लेगा तो क्या होगा। भला किसी में इतनी जुर्रत है कि जस्से को कुछ कह सके। सब जानते हैं कि यह चक पीराँ का जस्सू ही था जिसने हरिपुरा के थुन्ने की हड्डी-पसली बराबर कर दी, और चन्ननसिंह के मुँहफट लड़के खुजली मारे कुत्तों की तरह दुम दबाये इधर-उधर दुबकते फिरते हैं।"

यह कहते-कहते दीपी ने फिर अपने सिर पर दुपट्टे की पगड़ी बाँधनी शुरू कर दी। चादर जिस्म पर लपेटकर बोली, "अब तुम बैठो तो मैं तुम्हारे कन्धे पर चढ़ जाऊँ।"

जस्सा उसकी ओर यूँ देखने लगा जैसे वह गम्भीरता से यह सुझाव दे रही है। ऐसी स्थिति में दीपी ख़ूब मज़ा लेती थी। जस्से के चेहरे पर अजीब प्रकार की उलझन देखकर दीपी ने अपने दोनों हाथ आगे को झुकाकर रानों में दबा लिये और बच्चों की तरह खिलखिलाकर हँसने लगी।

जस्से ने घबराकर जल्दी-जल्दी इधर-उधर नज़र दौड़ायी।

दीपी ने कहा, "अच्छा अगर तुम मुझे कन्धों पर नहीं बैठाना चाहते तो मैं आप ही चली जाती हूँ। तुम कुछ फ़ासला देकर मेरे पीछे-पीछे आना। अगर रास्ते में कोई मुसीबत पड़े तो बचा लेना। यदि मैं ख़ैरियत से अपने घर के दरवाज़े में घुस गयी तो तुम उलटे पाँव लौट आना।"

अपनी बात ख़त्म करके दीपी दरवाज़े की ओर चल दी। जस्से ने घर तक उसका पीछा किया। वह अपने दरवाज़े में घुसी तो वह लौट आया।

भीतर पहुँचकर दीपी ने इधर-उधर नज़र दौड़ायी तो लगा कि हर चीज़ सामान्य थी और किसी को उसके ग़ायब होने का पता नहीं चला था। उसने दाँतों तले अपनी जीभ की नोक दबायी और चुपचाप बिस्तरे में घुस गयी।

4

चक पीराँ में बैठे बग्गासिंह को हरिपुरे में घटी इतनी बड़ी घटना का कुछ पता नहीं चला। अख़बार नहीं था कि उसमें ख़बर छपती। हरिपुरा से किसी ने पत्र नहीं लिखा कि उसे वहाँ की स्थिति का पता चलता, और न हरिपुरा का कोई व्यक्ति बग्गे को इस विषय में बताने के लिए आया—लेकिन जब उसे इसकी सूचना मिली तो निश्चय ही बड़े धड़ल्ले से मिली।

बड़ा शान्त दिन था। देहातों पर प्रायः शान्ति छायी रहती थी। मेले या उत्सव के सिवा वहाँ कभी चहल-पहल नहीं होती थी। बग्गेवाला मकान तो और भी शान्त था। न बच्चे थे कि चीखते-चिल्लाते, न युवक-युवतियाँ थे कि हँसते-बोलते और गीत गुनगुनाते। भाँग का रसिया जगीरसिंह मकड़ी की भाँति अपनी दो टाँगों में बड़े से कूँडे को दबाये उसमें बेडौल डण्डे से भाँग पीस रहा था। डण्डे के ऊपरी मोटे सिरे पर बँधे छोटे-छोटे घुँघरू छनाछन बोल रहे थे। उसकी पत्नी रात के भोजन के लिए मिट्टी की हाँड़ी में दाल पकाने जा रही थी। बग्गा चिरचिराती चारपाई पर इधर-उधर बेचैनी से पहलू बदल रहा था। वह इस प्रतीक्षा में था कि जगीर भाँग की घुटाई से फ़ुरसत पा ले तो उसके लिए शामसिंह से तली मछली ले आये। शामसिंह गाँव का बढ़ई था। उसने देहात के जौहड़ से कुछ मछलियाँ पकड़ी थीं जिन्हें डौले कहा जाता था। जब वह मछलियाँ पकड़कर लौटा तो रास्ते में बग्गे से भी मुलाक़ात हो गयी। उसने बग्गे से कहा कि सन्ध्या होने से पहले वह शराब के साथ खाने के लिए उससे मछली मँगवा ले। बग्गे को शामसिंह के हाथ की तली मछली बहुत पसन्द थी। इसलिए वह टकटकी बाँधे बेसब्री से जगीरसिंह की ओर देख रहा था।

जगीरसिंह भी बग्गे के मन की परेशानी को जानता था, मगर वह भाँग की घुटाई में कोई कमी नहीं रहने देना चाहता था। जब दोनों की आँखें मिलतीं तो जगीर अपनी छोटी अँगुली उठाकर दिखा देता। मतलब यह कि अब घुटाई का काम समाप्त होने को ही था।

आख़िर किसी तरह जगीर का काम पूरा हुआ तो कूँडे को एक मोटे-से गीले झाड़न से ढाँककर वह धीरे-धीरे खड़ा हो गया। उसके घुटनों और टखनों में दर्द रहता था। वह एकदम खड़ा नहीं हो सकता था। यहाँ तक कि वह अपनी टाँगों को बिलकुल सीधा भी नहीं कर सकता था इसीलिए उसकी टेढ़ी टाँगों की चाल भी अनोखी ही होती थी। उसने अपनी गीली-गीली आँखों से बग्गे की ओर देखते हुए पूछा, "जाऊँ?"

इस बात पर बग्गे को बड़ा आश्चर्य हुआ। गले में फँसी बलगम के कारण खरखराते स्वर में बोला, "अब भी पूछने की ज़रूरत है? क्या मुझसे स्टाम्प लिखवायेगा?"

जगीरसिंह स्वयं नशेबाज़ था। वह जानता था कि जब तलब लगी हो तो मनुष्य की क्या दशा होती है। मूँछों के नीचे उसके होंठों पर मुस्कराहट फैल गयी। कच्छे के लटकते

हुए लम्बे इज़ारबन्द को उसने उठाकर नेफे में ठूँस लिया। अपनी औरत को आवाज़ देकर बोला, "भाग्यवान्! एक कटोरा तो देना।"

जगीरसिंह बूढ़ा हो चुका था। बग्गे की बहुत-सी ज़िम्मेदारी उम्र भर वही निभाता रहा। बग्गे के मन में उसका लिहाज़ था, वरना अब तक उस पर गरजकर बरस चुका होता।

कटोरा हाथ में लेकर जगीर अपने विशेष अन्दाज़ से दरवाज़े की ओर बढ़ा। अभी वह सेहन के मध्य तक ही पहुँचा था कि खुले दरवाज़े में से एक ऊँची-सी ललकार सुनायी दी।

उन दोनों ने देखा कि दरवाज़े में हरिपुरे का रहनेवाला छत्तीसवर्षीय चैनलाल खड़ा हुआ था। उसने सफ़ेद पगड़ी बाँध रखी थी, जिसका लम्बा शमला उसके कन्धे से गिरकर सीने से उतरता हुआ पेट के नीचे तक पहुँच रहा था। लम्बा कुर्ता, खुली आस्तीनें, नीचे चारखाने का तहबन्द। अचानक ही वह एक टाँग पर खड़ा हो गया, लाठी के सिरों को दोनों हाथों से पकड़कर उसे सिर के ऊपर ले गया और एक ही टाँग पर भाँगड़ा नृत्य करता हुआ सेहन में घुस पड़ा।

जगीरसिंह जहाँ-का-तहाँ रुक गया। स्वभाव में अब तक बचपना था। एक टाँग पर भाँगड़ा उसे बड़ा मनोरंजक लगा। उसकी आँखों के दोनों कोनों की रेखाएँ गहरी हो गयीं। मुँह फैल गया। यदि उसमें शक्ति होती तो वह स्वयं भी एक टाँग पर भाँगड़ा नाचने लगता। चैनलाल ने जगीर के पास पहुँचकर नाचते हुए पूछा, "कहाँ जा रहे हो चाचा?"

जगीर ने बग्गे की ओर संकेत करते हुए अपने मुँह पर बँधी हुई मुट्ठी रख दी। चैनलाल समझ गया कि बग्गा शराब पीने जा रहा था। वह बोला, "सो तो ठीक है चाचा, परन्तु तुम कहाँ जा रहे हो?"

"मछली लेने।"

"भाड़ में डालो मछली।"

जगीर कुछ नहीं समझा। चैनलाल एक टाँग पर चकफेरियाँ लेता हुआ बग्गे के सामने पहुँचा और हाँफते हुए बोला, "मुर्ग़ा मँगाओ...मछली भूल जाओ।"

बग्गे ने भवें सिकोड़कर पूछा, "क्यों, ख़ैरियत तो है न?"

"ख़ैरियत ही तो नहीं है।"

"क्या मतलब?"

"जस्सा हवालात पहुँच गया।"

बग्गा एकाएक ही चारपाई से यूँ उठा जैसे उसे भिड़ ने डंक मार दिया हो।

चैनलाल ने फिर कहा, "और वह छूटकर बाहर भी निकल आया।"

"मगर वह हवालात में पहुँचा कैसे?" बग्गे ने उत्सुकता से पूछा।

"अरे वह शेर का बच्चा हवालात में पहुँचा तो किसी मामूली कारण से नहीं..."

"यानी?"

"यानी यह कि एक आदमी को ठिकाने लगाकर हवालात की हवा खायी।"

बग्गे को यह बात अनहोनी-सी लगी। वह सकते में आ गया। उसका गला सूख-सा गया। हकलाकर बोला, "किसे ठिकाने लगाया उसने?"

"तुम्हारे दुश्मने के एक आदमी को।"

"मेरा दुश्मन?"

"वही...चन्ननसिंह।"

बग्गा उत्सुक हो उठा। वह जानना चाहता था कि कौन आदमी मारा गया, क्यों और कैसे मारा गया।

उसके मन की दशा को भाँपकर चैनलाल ने कहना आरम्भ किया, "थुन्ना याद है?"

भला बग्गे को थुन्ना कैसे याद न होता। उसी की शह पर तो चन्ननसिंह के लड़के सदा कूदा करते थे। मगर साँड़नुमा थुन्ने को हुआ क्या। उसकी जान लेने के लिए तीन-चार आदमी भी पर्याप्त नहीं थे।

"उसी थुन्ने को दिन-दहाड़े जस्से ने गाँववालों के सामने मौत के घाट उतार दिया।"

बग्गासिंह को विश्वास नहीं हो रहा था। चिल्लाकर बोला, "क्या कह रहे हो?"

"ठीक ही कह रहा हूँ।"

बग्गे ने उसके कन्धे पर हाथ रखकर खाट की ओर संकेत करते हुए कहा, "बैठो, ज़रा खोलकर बताओ।"

"पहले तुम गाँठ खोलो तब मैं सारी बात खोलकर सुनाऊँगा। जल्दी से एक पला हुआ मुर्ग़ा मँगाओ। चाचा उसे काट-फेंटकर पकने के लिए रख देगा। बोतल खुलेगी और फिर यह सारी कथा भी सुनाऊँगा।"

जगीरसिंह स्वयं भी मुर्ग़े का बड़ा शौकीन था। वह जान-बूझकर अपने होंठों पर जीभ फेरने लगा। तब बग्गे ने पैसे दिये। अठन्नी में अच्छा पला-पलाया मुर्ग़ा मिल जाता था। कटोरा कच्चे फ़र्श पर पटककर जगीरसिंह ने अठन्नी मुट्ठी में दबायी और बाहर की ओर लपका।

अच्छा मुर्ग़ा हो तो उसके पकने में सामान्य सब्ज़ी से अधिक समय नहीं लगता। बोतल खुल गयी। शराब का दौर चलने लगा। लटपटे मुर्ग़े की टाँगें वे चिचोड़-चिचोड़कर खाने लगे। इसी दौरान चैनलाल ने आरम्भ से अन्त तक पूरी कथा कह सुनायी।

अन्त में वह शराब का गिलास हवा में लहराते हुए बोला, "बन्दूक़ नहीं चली, किसी ने लाठी नहीं घुमायी, कृपाण नहीं चमकी—यह अनोखी हत्या थी। उस दिन सारे गाँव में दहशत फैल गयी। मज़े की बात यह है कि जस्सा साफ़ बच गया। लाश ग़ायब, कोई सबूत नहीं, कोई गवाही नहीं।"

"कमाल है!" बेइख़्तियार बग्गे के मुँह से निकल गया।

चन्ननसिंह के बेटों ने अपने साथियों सहित इलाक़े भर में दहशत फैला रखी थी। विशेषकर अपने गाँववालों के नाक में दम कर रखा था। भला जस्से के विरुद्ध गवाही कौन देता। लोगों ने घी के दीये जलाये, गुरुद्वारे में प्रसाद चढ़ाये, हर व्यक्ति का मन नाच उठा। अब चन्ननसिंह के बेटे भीगी बिल्ली बने हुए हैं। बग्गा! तेरे भतीजे ने पुरानी सब बातें कर डालीं। उसने तेरा नाम ऊँचा कर दिया। अब वह चक पीराँ का जस्सू कहलाता है।"

जोश में आकर बग्गा चारपाई पर बैठा नहीं रह सका। वह उठकर इधर-उधर टहलने लगा। उसका जी चाहता था कि फ़ौरन घोड़े पर सवार होकर हरिपुरे पहुँच जाये। मगर यह उचित नहीं था। उसके शत्रु यही ख़बर फैलायेंगे कि पहले तो वह डर के मारे हरिपुरा से भाग गया, और अब जबकि उसके भतीजे ने उसके शत्रुओं को नीचा दिखा दिया है तो वह वापस लौट आया है। यह वास्तविकता भी नहीं थी। उसका मन उचाट हो गया था। रामप्यारी-काण्ड के कारण अब वह उस गाँव में नहीं रहना चाहता था। जहाँ उसने ऐसी सुन्दर स्त्री के साथ प्रेम की लीला रचायी, और फिर उसके चकमे ने उसके मन की बस्ती को उजाड़ करके रख दिया—भला उसके शत्रु यह बात क्यों समझने लगे।

चलते-चलते बग्गा रुका, उसने पलटकर चैनलाल की ओर देखते हुए कहा, "मगर मुझे यह ख़बर पहले क्यों नहीं मिली। कम-से-कम भजनो को चाहिए था कि मुझे एक कार्ड ही डाल देती।"

"शायद जस्से ने ही इस बात से मना कर दिया होगा।"

"क्यों?"

"उसने सोचा होगा कि चाचे को इतनी छोटी-सी बात के लिए परेशान करने की क्या ज़रूरत है।"

"तुम इसे छोटी बात समझते हो?"

"मैं नहीं समझता, परन्तु तुम्हारा भतीजा यही समझता होगा।"

"मुझे पता चल जाता तो मैं फ़ौरन हरिपुरे पहुँच जाता।"

"तुम्हारे पहुँचे बिना ही सारा काम बड़ी सरलता से हो गया।"

"मेरा विचार है कि इस काम को इतनी सरलता से निबटाने में शेरसिंह का ही हाथ है।"

"बिलकुल।"

उनकी बातचीत यहीं तक पहुँची थी कि दरवाज़े पर एक औरत का आकार दिखायी दिया। उसकी उम्र बत्तीस-तैंतीस वर्ष की होगी। सन्दल का-सा रंग था उसका, आँखें जैसे बादाम, होंठ जैसे सन्तरे की फाँकें, नाक जैसे कलम, एक नथुने में चमकती हुई कील। उसकी गरदन में मोरनी की-सी लचक थी। शरीर ज़रा-सा भारी होने के बावजूद

लचीला और फ़ुर्तीला था। उसकी चाल में हिरन की-सी चौकड़ी का-सा अन्दाज़ था। वह सेहन में से होती हुई जगीरसिंह की पत्नी के पास पहुँचकर बैठ गयी।

उनके निकट दीपक जल रहा था। दीपक की काँपती हुई लौ से फैलनेवाले प्रकाश में वह औरत यूँ दिखायी देती थी जैसे गंगा के पानी पर बना हुआ रंगीन चित्र!

चैनलाल ने सारस की तरह गरदन आगे बढ़ाकर बग्गे के कान में कहा, "क्या माल है?"

"बको मत!"

"बाप रे! नशा भी बुरी बला है। कहीं मुझसे बदतमीज़ी तो नहीं हो गयी। तुम्हारी रिश्तेदार है क्या?"

"नहीं" बग्गे ने रूखे स्वर में उत्तर दिया।

चैनलाल ने बग्गे की पसली में अपनी कोहनी का टहोका देते हुए कहा, "तुम्हारी तरफ़ बड़ी मीठी नज़रों से देख रही है।"

बग्गा पल-दो-पल टकटकी बाँधे चैनलाल को घूरता रहा। फिर उसकी कोहनी थामकर उसे ऊपर उठा दिया। ख़ुद भी खड़ा हो गया। वे दोनों बाहर निकल गये।

गाँव के बाहर फैले रेतीले मैदान में पहुँचकर बग्गा बोला, "देखो चैन, आज के बाद तुम ऐसी बात कभी न कहना।"

"क्यों न कहूँ। मर्दों को ही ऐसी बातें कही जाती हैं। क्या तुम मर्द नहीं हो?"

"मैं मर्द हूँ या नहीं, यह तुम भली-भाँति जानते हो। मगर अब मैं किसी औरत के साथ नत्थी नहीं होना चाहता। जवान और ख़ूबसूरत औरत की शक्ल तक नहीं देखना चाहता। ऐसी कोई बात सुनना तक नहीं चाहता।"

बग्गे का चेहरा बड़ा गम्भीर था। चैनलाल को रामप्यारी-काण्ड स्मरण हो आया। स्वयं उसके लिए यह भूली-बिसरी बात थी। उसने सोचा कि लगता है बग्गासिंह के दिल का ज़ख्म अभी तक हरा है। उसने इस विषय पर कुछ और कहना उचित नहीं समझा।

वे टहलते हुए खेतों की ओर बढ़ गये। रास्ते में बग्गे ने उसके कन्धे पर हाथ रखते पूछा, "तुमने जस्से के बारे में कोई ऐसी-वैसी बात तो नहीं सुनी?"

"ऐसी-वैसी बात?" चैनलाल ने कुछ चक्कर में आकर पूछा।

"मतलब यह कि वह किसी लड़की-वड़की..."

"ओ! समझा। नहीं भई, मुझे तो किसी ऐसी बात का पता नहीं है।"

बग्गा फिर अपने विचारों में डूबकर टहलने लगा। चैनलाल ने पूछा, 'क्यों, ऐसी कोई लड़की है यहाँ?"

बग्गासिंह चौंका, "नहीं तो। मैंने यूँ ही तुमसे पूछ लिया कि शायद तुम्हीं ने कोई बात सुनी हो। आख़िर जस्से की उम्र ही ऐसी है।"

"उम्र तो ऐसी है कि उसकी शादी हो जानी चाहिए।"

"न कराये तो अच्छा है। गृहस्थी जंजाल है, स्त्री हर पाप की जड़ है। जस्से को मैंने बेटे की तरह पाला है। यहाँ से विदा करते समय भी मैंने उसे यही सलाह दी थी।"

"तुम्हारी सलाह से क्या होगा बग्गा! जवानी दीवानी होती है।"

"अगर उसने कोई गड़बड़ की तो मुझे दुःख होगा।"

"इसमें दुःख की क्या बात है। जबसे दुनिया बनी है, यही होता आ रहा है। यह तो क़ुदरत का क़ानून है। इसे कौन तोड़ सकता है, कौन मिटा सकता है, यह तो हो के ही रहता है।"

चैनलाल की यह बात सुनकर बग्गा उदास हो गया। मन-ही-मन वह अपने को शक्तिहीन महसूस करने लगा।

दूर, बहुत दूर से कुत्ते अकारण ही भौंकते चले जा रहे थे।

वीरा कासिदा रब दा वास्ता ईं, आखीं जा राँझेटे नूँ गम मेरे।
पई सहकनियाँ मुख देखने नूँ, आ रहे ने नक ते दम मेरे।।

—वारे शॉ

(ऐ भैया सन्देशवाहक, तुझे भगवान् का वास्ता है, राँझे के पास जाकर उसे मेरे दुःख बता देना। मैं उसका चेहरा देखने के लिए तरस रही हूँ, और अब मेरा नाक में दम है, अर्थात् मरने को हूँ।)

1

गाँव से लगभग दो फर्लांग की दूरी पर एक बहुत बड़ा तालाब था। देहाती तालाब जिसके किनारों पर ईंटें नहीं लगी थीं। इसमें बरसात का पानी एकत्र हो जाता था और लोगों का विचार था कि इसकी तह में ऐसे स्रोत भी थे जिनमें से बारहों मास पानी निकलता रहता था। यह तालाब कभी सूखता नहीं था। इसके चारों ओर शिरींह, बबूल, बरगद और धरेक के अनेक वृक्ष थे। उनकी पत्तियाँ झड़-झड़कर पानी में तैरती रहती थीं। कुछ दूरी पर एक छोटा-सा बाग था जिसके बीचोबीच किसी पीर की क़ब्र थी। गाँव की स्त्रियाँ घर के कामकाज से फ़ुरसत पाकर दूसरे और तीसरे पहर वहाँ कपड़े धोने के लिए आया करती थीं।

एक ख़ूबसूरत नवयुवती गीले बाल फैलाये धुले हुए कपड़ों को निचोड़ रही थी कि इतने में ही तीस-चालीस क़दम के फ़ासले पर एक घुड़सवार एकाएक ही वृक्षों की ओट से निकल आया। वह ख़ूब लम्बा-तड़ंगा था, चेहरे की रंगत गेहुँए रंग से भी काफ़ी गहरी थी। नाक ऊँची, भँवें तनी हुईं, और छोटी-छोटी दाढ़ी के बाल कदरे बिखरे हुए थे। उसकी आँखों में अद्भुत-सी चमक और वहशत थी। कुल मिलाकर उसकी शक्ल ऐसी थी कि कोई भी स्त्री अकेले में उसे देखकर भयभीत हो जाती। यही दशा उस लड़की की भी हुई।

युवक घोड़े से उतरा और उस लड़की की ओर टकटकी बाँधकर देखने लगा। लड़की ने पलटकर तालाब की ओर दृष्टि डाली तो उसके दूसरी ओर कुछ औरतें कपड़े धोती दिखायी दीं। उसने अनुमान लगाया कि यदि वह शोर मचायेगी तो उन औरतों के कानों तक उसकी आवाज़ निश्चय ही पहुँच जायेगी।

युवक ने पूछा, "क्या यह रत्तोके ही है?"

यूँ वह लड़की काफ़ी चंचल और तेज़ तबीयत की थी। मन में डर जाने के बावजूद वह तड़ाक से बोली, "लड़कियों से बात करने की तुम्हारी यह तरकीब कोई नयी नहीं है।"

"तुमसे बात करने का मुझे कोई ख़ास शौक नहीं है। मैं केवल इतना जानना चाहता हूँ कि क्या इस गाँव का नाम रत्तोके है?"

लड़की ने फिर हाँ या न में उत्तर देने की बजाय कहा, "अगर मुझसे बात करने का शौक नहीं है तो तुम मुझे इस तरह टकटकी बाँधकर क्यों घूर रहे हो?–अब तो यह भी कह दोगे कि मैं तुम्हें घूर नहीं रहा।"

"मैं इस बात से इनकार नहीं करूँगा। मैं सचमुच तुम्हें घूर रहा हूँ। इसका कारण भी बताऊँगा। मगर इससे पहले मुझे इस गाँव का नाम मालूम करना है।"

लड़की तुनककर बोली, "जाओ-जाओ, अपना रास्ता पकड़ो। गाँव का नाम बतानेवाले तुम्हें और बहुतेरे मिल जायेंगे।"

युवक ने अपनी दोनों कोहनियाँ घोड़े की पीठ पर टेकीं और काठी से पीठ लगाकर बोला नहीं, "अब तो तुम्हीं से इस गाँव का नाम पूछकर रहूँगा।"

"बेकार की धौंस मत जमाओ। मेरे ज़रा से चिल्ला देने पर गाँव के आदमी भागते हुए यहाँ पहुँचे जायेंगे।"

युवक के नेत्रों की दमक पल-भर को और अधिक बढ़ गयी, जैसे जलती हुई लकड़ी में चिनगारी छूट जाती है। बोला, "गाँव के लोग जितनी तेज़ी से यहाँ भागते हुए आयेंगे, उससे भी तेज़ी से वे उलटे पाँव गाँव को भाग जायेंगे।"

यह सुनकर लड़की का दिल ज़ोर-ज़ोर से धड़कने लगा। निस्सन्देह वह कोई छँटा हुआ बदमाश था या जाना-माना डाकू होगा, अन्यथा उसे इस तरह बदतमीज़ी से बातें करने की जुर्रत न होती। वह और अधिक घबरायी कि अब कुछ-न-कुछ होकर रहेगा। वह उलटे पाँव तीन-चार क़दम पीछे हट गयी और एक वृक्ष के तने से पीठ लग जाने पर रुक गयी। वह जल्दी-जल्दी सोच रही थी कि अब उसे क्या करना चाहिए। उसने महसूस किया कि यदि उसने भागने की कोशिश की तो भाग नहीं पायेगी। उसकी वही दशा हो रही थी जो हिरनी की अपने सामने बाघ को देखकर होती है। उसकी टाँगें सुन्न होकर रह गयीं।

युवक सपाट स्वर में बोला, "तुमने मुझे नहीं पहचाना, परन्तु मैं तुम्हें पहचान गया हूँ।"

"जाओ, किसी और को बेवकूफ़ बनाओ। न कभी मिले, न देखा, फिर भी मुझे पहचानने का दावा करते हो।"

युवक का चेहरा और भी कठोर हो गया तथा स्वर और भी सपाट हो गया, "तुम वही लड़की हो जिसे मैंने एक बार सूरतसिंह के साथ देखा था।"

अब लड़की की ऐसी दशा हो गयी जैसे कोई घोर रँगे हाथों पकड़ा जाये। वह मस्तिष्क पर ज़ोर देकर सोचने लगी कि आख़िर यह कौन हो सकता है। कुछ याद नहीं आ रहा था।

"तुम्हारा नाम परसिन्नी है।"

लड़की का मुँह खुला-का-खुला रह गया। वह अजनबी युवक उसका नाम तक जानता था।

युवक ने फिर कहा, "जिस रोज़ दारोग़ा पूरनसिंह ने तुम्हारे सूरतसिंह को खेतों में दौड़कर पकड़ा था, उस रोज़ मैं दारोग़ा के साथ ही था।"

अब फिर परसिन्नी ने अपने दिमाग़ को टटोला। वास्तव में उस रोज़ वह ऐसी उलझनों में पड़ी हुई थी कि उसने किसी और की तरफ़ ध्यान ही नहीं दिया। उस दिन कई लोग यह तमाशा देख रहे थे। सम्भवतः वह युवक भी भीड़भाड़ में खड़ा होगा।

परसिन्नी ने अपना निचला होंठ दाँतों तले दबा लिया। मन में कई प्रश्न उठ खड़े हुए। यह युवक कौन था। क्या यह सूरतसिंह को जानता था? क्या यह दारोग़ा को जानता है? क्या यह भी पुलिस का ही कोई व्यक्ति है जो साधारण वस्त्रों में इस इलाक़े का दौरा कर रहा है? सम्भवतः इसीलिए इसने कहा था कि गाँव के लोग जितनी तेज़ी से भागते हुए आयेंगे, उससे भी ज़्यादा तेज़ी से वापस लौट जायेंगे। परसिन्नी ने एक बार उचटती हुई दृष्टि युवक पर डाली और फिर आँखें झुका लीं। उसकी पलकें धीरे-धीरे फड़फड़ा रही थीं। उसने पूछा, "तुम कौन हो?"

"मेरा नाम जस्सासिंह है। लोग मुझे चक पीराँ का जस्सू कहते हैं।"

परसिन्नी ने यह नाम कभी नहीं सुना था। इसलिए वह युवक के विषय में अँधेरे में ही रही। सम्भवतः जस्सा उसके मन की उलझन को समझ गया, बोला, "दारोग़ा पूरनसिंह मेरा बचपन का दोस्त है।"

परसिन्नी की साँस ज़ोर-ज़ोर से चलने लगी। साँस के साथ-साथ उसके सीने का उतार-चढ़ाव स्पष्ट रूप में दिखायी देने लगा। उसने दबे हुए स्वर में पूछा, "तो क्या दारोग़ा पूरनसिंह ने तुमको यहाँ भेजा है?"

"इस बात का उत्तर मैं तब दूँगा जब तुम मेरी बात का जवाब दे दोगी। मैं अपने प्रश्न को फिर दोहराता हूँ। क्या इस गाँव का नाम रत्तोके है?"

"हाँ।"

"यह हुई न बात।"

"और मेरा प्रश्न?"

"तुम्हारे प्रश्न का उत्तर यह है कि मुझे पूरनसिंह ने यहाँ नहीं भेजा।"

यह सुनकर परसिन्नी का दिल कुछ बुझ-सा गया। जस्सासिंह भी बड़ा घाघ था, बोला, "पूरनसिंह का मित्र होने के नाते मैं तुम्हारे लिये बड़े काम का आदमी हो सकता हूँ।"

परसिन्नी ख़ामोश रही।

जस्से ने बात जारी रखते हुए कहा, "तुम्हारी ख़ामोशी से पता चलता है कि तुम्हारी कोई ऐसी समस्या ज़रूर है जिसमें मैं तुम्हारी सहायता कर सकता हूँ। परन्तु..."

"परन्तु क्या?"

"मेरा भी एक छोटा-सा काम तुम्हें करना होगा।"

"क्या?"

"सहयोग देने का वायदा करो तो बताऊँ।"

"तुम्हारा काम मेरे करने लायक़ होगा तो अवश्य ही सहयोग दूँगी।"

"यहाँ एक लड़की रहती है। उसका नाम दीपी है। क्या तुम उसे जानती हो?"

अनायास ही परसिन्नी के होंठों पर मुस्कान फैल गयी। आँखों में शरारत की चमक उत्पन्न हुई, "अच्छा तो तुम्हीं दीपी के वह हो—हाँ, दीपी मेरी सखी है। मैं उसे भली-भाँति जानती हूँ।"

जस्सासिंह इतना प्रसन्न हुआ कि उसे जल्दी से समझ में नहीं आया कि वह परसिन्नी से किस प्रकार का सहयोग माँगे। परसिन्नी भी कम काइयाँ नहीं थी, "तुम्हारी समस्या तो बस इतनी ही होगी कि तुम दीपी से किसी-न-किसी तरह मिलना चाहते हो। इसमें मैं तुम्हारी सहायता कर सकती हूँ।"

जस्से को चुप देखकर परसिन्नी ने फिर कहा, "तुम दूसरे मामलों में बेशक धाकड़ होगे मगर प्रेम के मामले में नहीं हो। अब तो यूँ चुप हो जैसे इट्टी-सिट्टी ही गुम हो गयी। बताओ न मुझसे किस प्रकार का सहयोग चाहिए।"

जस्से ने गरदन को धीरे-धीरे खुजाते हुए उत्तर दिया, "यह तो ख़ुद मेरी समझ में नहीं आ रहा है।"

"तो सुनो सरदार बहादुर, इश्क़ के मैदान में बड़े सब्र से काम लेना पड़ता है। तुमको यहाँ कुछ दिनों के लिए डेरा जमाना पड़ेगा।"

"डेरा? इस गाँव में मैं किसी को नहीं जानता, न मैं किसी के घर रह सकता हूँ। कौन रखेगा मुझे।"

परसिन्नी ने महात्माओं की तरह अँगुली उठाकर आकाश की ओर संकेत करते हुए कहा, "जिसका कोई नहीं होता, उसका वाह गुरु अकाल पुर्ख होता है—अब तुम गुरुद्वारे में टिक जाओ। वहाँ घोड़े को चारा मिल जायेगा, और तुम्हें भी गुरु के लंगर की दाल-रोटी मिल जायेगी। रात-भर आराम करो, कल सुबह मैं तुम्हारे लिये अच्छा-सा नाश्ता लाऊँगी।"

जस्से ने भी ज़रा बेतकल्लुफ़ी से कहा, "नाश्ता लाओ या न लाओ, परन्तु दीपी से मुलाक़ात की कोई अच्छी-सी योजना तैयार करके ज़रूर लाना।"

"अवश्य।"

"गुरुद्वारा किधर को है?"

"चलो, मैं तुम्हें वहाँ तक छोड़ आती हूँ।"

जस्से ने घोड़े की लगाम कलाई पर लपेटकर पैदल क़दम बढ़ाते हुए कहा, "अगर किसी ने देख लिया तो न जाने तुमको क्या कहे। अपनी तो मुझे चिन्ता नहीं क्योंकि यहाँ मुझे कोई नहीं पहचानता।"

"अरे! कुछ देर पहले तो तुम गुण्डों की तरह दहाड़ रहे थे। बस इतनी-सी देर में भीगी बिल्ली बन गये। मेरी चिन्ता मत करो। मुझे कोई क्या कहेगा। अगर किसी ने पूछा भी तो मैं बता दूँगी कि एक परदेसी को गुरुद्वारे तक पहुँचाने गयी थी।"

वे दोनों अगल-बग़ल चलते हुए बढ़ रहे थे। जस्से ने पूछा, "क्या दीपी ने तुमसे कभी मेरा ज़िक्र किया था?"

"नहीं। तुम्हारा नाम कभी नहीं बताया। मैं ख़ुद ही भाँप गयी। पूछा तो पहले वह झेंपी फिर मान गयी। नाम किसी तरह भी नहीं बताया।"

इस तरह बातें करते हुए वे गुरुद्वारे के निकट पहुँचे गये। उस ज़माने के देहात में लगभग एक ही प्रकार के गुरुद्वारे हुआ करते थे। बड़ी-सी चारदीवारी जिसके भीतर जाने के लिए ऊँचा दरवाज़ा होता। भीतर गुरु ग्रन्थ साहब के लिए विशाल हॉल जिसमें उत्सवों के अवसर पर बहुत लोग समा सकते थे। चारदीवारी के दूसरी ओर ग्रन्थी और उसके बाल-बच्चों के रहने के लिए एक या दो कच्ची ईंटों के कमरे होते थे। केवल बड़े हॉल की वह दीवार पक्की ईंटों से बनी हुई थी जिसमें जाने के लिए दो दरवाज़े होते थे। चारदीवारी के बाहर छोटी-सी फुलवारी और समीप ही लकड़ी का बना हुआ भारी-भरकम रहट। यही हाल इस गुरुद्वारे का भी था।

गुरुद्वारे की सीमा तक जानेवाले चौड़े कच्चे रास्ते के दोनों ओर आड़ी पक्की ईंटें धरती में धँसी हुई थीं। जब वे गुरुद्वारे की ओर जा रहे थे तो उधर से एक औरत आती दिखायी दी—उसकी उम्र तीस वर्ष के लगभग भी, सिर के बीचोबीच सीधी माँग थी और बोझल काले बाल ढीली-ढाली चोटी की शक्ल में पीठ पर गिरे हुए थे। आँखें मानो शर्बत के कटोरे थे। होंठ गुलाब की पंखुड़ियों की भाँति थे। दाहिनी कलाई पर लोहे का कड़ा। काँच या सोने की कोई चूड़ी नहीं दिखायी देती थी। गले में ऊन के मनकों की माला थी जो उसके सफ़ेद कुर्ते पर लटक रही थी। शलवार भी सफ़ेद कपड़े की थी।

उस औरत ने आँख उठाकर भी नहीं देखा। वह गुरुद्वारे की ओर से आ रही थी और उनकी बग़ल से यूँ गुज़र गयी जैसे उसे इस बात का अहसास तक न हो कि उसके निकट से दो व्यक्ति गुरुद्वारे की ओर बढ़ रहे थे।

उस औरत के दूर निकल जाने के बाद परसिन्नी ने पूछा, "जानते हो वह कौन थी?"

"वह?"

"वही औरत जो अभी हमारे पास से निकलकर गाँव की ओर जा रही है।"

"नहीं, मैं उसे नहीं जानता।"

चलते-चलते परसिन्नी एकदम रुक गयी और अपने कूल्हों पर हाथ रखकर ज़रा तेज़ स्वर में बोली, "यह कैसे हो सकता है कि तुम उसे पहचानते तक नहीं? क्या तुमने उसे निकट से गुज़रते नहीं देखा?"

"देखा तो, मगर मुझे लगा कि मैं पहले उससे कभी नहीं मिला।"

परसिन्नी ज्यों-की-त्यों खड़ी टकटकी बाँधे उसे घूरती रही, "यह कैसे हो सकता है?"

"तो भई तुम्हीं बता दो?"

"मैं क्यों बताऊँ? तुम्हें मालूम होना चाहिए कि वह कौन है।"

"बेकार में छोटी-सी बात को घसीटे जा रही हो। तुम बता दोगी तो तुम्हारा क्या बिगड़ जायेगा।"

परसिन्नी ने कूल्हों से हाथ हटाकर बाँहें ढीली छोड़ दीं और मुँह से लम्बी साँस निकालते हुए बोली, "अजीब बात है।"

"क्यों?"

"यह मैं कल बताऊँगी।"

जस्से को उसकी यह बातचीत बेतुकी-सी लगी। उसने इस विषय में और अधिक कुछ नहीं कहा। वे एक बार फिर आगे बढ़ने लगे।

गुरुद्वारे के दरवाज़े पर लम्बी दाढ़ीवाले ग्रन्थी जी गले में सफ़ेद साफ़ा डाले खड़े थे। वह परसिन्नी को पहचानते थे। अतः उसे देखते ही मुस्कराने लगे।

परसिन्नी बोली, "सतसिरी-अकाल महाराज!"

"सतसिरी-अकाल! कहो, कहाँ की सैर हो रही है?"

"सैर कैसी?" परसिन्नी ने जस्से की ओर हाथ से संकेत करते हुए कहा, "यह परदेशी हमारे गाँव में आया है। किसी को जानता नहीं। मेरा मतलब है कि जिससे मिलने आया था, वह गाँव में है नहीं। यह एक रात गुरुद्वारे में टिकना चाहता है। इसे यहाँ का रास्ता मालूम नहीं था। मैं छोड़ने चली आयी।"

"यह तो बड़ा शुभ काम है।" ग्रन्थी जी सहज स्वर में बोले।

परसिन्नी ने हाथ जोड़कर जस्से की ओर देखते हुए कहा, "अच्छा, तो मैं चली। तालाब पर मेरे कपड़े सूख रहे हैं। उन्हें इकट्ठा करके घर जाना है। पहले ही काफ़ी देर हो गयी। माँ से डाँट पड़ेगी।"

ग्रन्थी जी ने जस्से को संकेत से कहा, "घोड़ा अन्दर ही ले आइये। काफ़ी बड़ा दालान है। एक कोने में इसे बाँध देंगे।"

यह कहकर ग्रन्थी जी बड़े दालान की ओर चले गये। विदा होते समय परसिन्नी ने फुसफुसाकर जस्से से कहा, "मैं कल सुबह नाश्ता लेकर आऊँगी।"

जस्से ने कुछ हिचकिचाते हुए कहना आरम्भ किया, "दीपी से बातचीत कब हो सकेगी?"

"कहा न, इस विषय पर गहरा सोच-विचार किया जायेगा। कोई-न-कोई बढ़िया तरकीब निकल आयेगी। अच्छा, अब कल बातें होंगी।"

परिसिन्नी मानो चिड़िया की तरह फुर्र से उड़ गयी। अर्थात् वह इतनी तेजी से लौटी कि कुछ ही पलों में वृक्षों की ओट में लुप्त हो गयी।

घोड़े को दालान में ले जाकर जस्से ने उसे ग्रन्थी जी के बताये हुए एक खूँटे से बाँध दिया। उसकी पीठ से काठी आदि का बोझ उतारा और गरदन से लेकर दुम तक हाथ फेरा।

जस्से ने सर्वप्रथम गुरु ग्रन्थ साहब के सामने पहुँचकर चाँदी का एक रुपया भेंट किया और माथा टेका।

ग्रन्थी जी ने चमकते हुए रुपये को देखा तो उनकी बाछें खिल गयीं। यह रुपया उन्हीं की जेब में जाना था। और उस समय एक रुपये की बीस सेर गेहूँ मिल जाती थी।

जस्से ने जान-बूझकर एक रुपया भेंट किया था। इसका परिणाम यह हुआ कि उसके घोड़े को अच्छा दाना-पानी मिला, और स्वयं उसे ग्रन्थी जी ने केवल लंगरवाली दाल-रोटी की बजाय पत्नी से स्वादिष्ट भोजन तैयार करवा के खिलाया।

तेल के दीपक के प्रकाश में न तो लोग कोई काम कर सकते थे और न अधिक देर तक जागने की इच्छा होती थी। अतः ग्रन्थी जी से थोड़ी-बहुत गपबाज़ी के बाद जस्सा गहरी नींद सो गया।

वह ऐसा सोया कि सुबह उसे परसिन्नी ने ही आकर जगाया। उसके हाथ में नाश्ते के लिए घी से तर पराँठे और अचार था तथा बाल्टी में मट्ठा था जिसमें मक्खन का गोला तैर रहा था।

जस्से ने लम्बे-चौड़े गिद्ध के परों की भाँति अपने बाज़ू फैला दिये और जम्हाई लेते हुए बोला, "मैंने अभी कुल्ला भी नहीं किया और तुम छाह-वेले (नाश्ते) का सामान लेकर पहुँच गयी।"

"तो ठीक है, मैं इसे यहाँ छोड़े जाती हूँ। दिन में किसी समय आकर बर्तन ले जाऊँगी।"

"तुम कहाँ चलीं? मैं यहाँ केवल तुम्हारे पराँठे खाने और मट्ठा पीने नहीं आया हूँ।"

"तो फिर?" परसिन्नी ने शरारत से पूछा।

"इतनी भोली मत बनो। चलो हम बाहर निकलते हैं। मैं बबूल से दातुन काटकर थोड़ी देर तुम्हारे साथ टहलूँगा। इस दौरान हम बातें भी कर लेंगे।"

"चलो।"

जस्से ने अपनी बिखरी हुई पगड़ी को फिर से सिर पर लपेटते हुए धीरे से पूछा, "यह तो बताओ कि ग्रन्थी जी हम दोनों को एक साथ देखकर कुछ बोलेंगे तो नहीं...या मन ही में कुछ सोचें।"

"इस बात की चिन्ता मत करो। हमारे ग्रन्थी जी बड़े भोले-भाले हैं। इसके अतिरिक्त तुम थोड़ा-बहुत माल भी उन्हें चढ़ाते रहो, ताकि उनकी पत्नी भी ख़ुश रहे।

तुम्हें यहाँ ज़्यादा दिनों तक टिकना पड़ेगा। ग्रन्थी जी, विशेषकर उनकी पत्नी को अपनी मुट्ठी में रखो। उनके बच्चों को भी रेवड़ियाँ खाने के लिए पैसे दे दिया करो। समझे?''

''समझा।''

यह कहकर जस्सा लम्बे शहतीर की तरह उठ खड़ा हुआ। वे दोनों गुरुद्वारे के पिछवाड़े की ओर चले गये जहाँ झाड़ियाँ थीं और बबूल के वृक्ष थे। जस्सा एक लम्बी-सी छोटी कुल्हाड़ी अपने साथ लेता गया था। बबूल की कोमल-सी शाखा को काटकर नीच गिराया और उसे छीलकर दातुन बना ली। तब उसने परसिन्नी से कहा, ''अब बताओ, क्या-क्या हुआ?''

''क्या मतलब? तुम समझते थे कि तुम्हारे यहाँ आने से कोई बहुत बड़ा तूफ़ान आ जायेगा। ऐसी कोई बात नहीं हुई।''

''मेरा मतलब है कि दीपी से तुम्हारी मुलाक़ात हुई या नहीं?''

''कैसे न होती। कोई बड़ा शहर तो है नहीं। छोटा-सा गाँव है। जिससे चाहो फ़ौरन मुलाक़ात हो सकती है।''

''यक़ीन नहीं आता।''

''क्यों?''

''इसलिए कि अगर दीपी को मेरे बारे में पता चल जाता तो वह इस समय मुझसे मिलने के लिए ज़रूर आती।''

परसिन्नी ने ताली बजायी और खिलखिलाकर हँसने लगी, ''तो यह बात है? सचमुच तुम्हारा नाम सुनते ही वह गुरुद्वारे की ओर भाग पड़ी। मैंने पीछे से दौड़कर उसे पकड़ा, उठाकर अपने कन्धे पर डाला, और इस तरह उसे वापस ले गयी।''

जस्से ने सोचा कि यह लड़की तो बहुत तेज़ और चुलबुली है। उसे हलकी-सी झेंप लगी। बोला, ''देखो परसिन्नी, मैं जिस काम से आया हूँ, उसमें तुमने मेरी सहायता करने का वचन दिया था। यह अच्छा सहयोग है कि मुझको ही उल्लू बना रही हो। जो बात कहता हूँ, उसे टाल देती हो।''

''मैंने तो तुम्हारे लिये कुछ-न-कुछ तो किया ही है। मगर तुम्हें भी सोचना होगा कि मुझे कैसे सहयोग दोगे।''

''तुम्हारा मतलब पूरनसिंह से है।?''

परसिन्नी मुँह दूसरी ओर को फेरकर चुप रही।

जस्सा बोला, ''तुम मुझ पर भरोसा रखो। मैं तुम्हारी पूरी सहायता करूँगा। वह मेरा गहरा दोस्त है। अगर वह सीधी तरह न माना तो उसे ज़बरदस्ती लाकर तुम्हारी गोद में बिठा दूँगा...मेरा मतलब है तुम्हारे पाँव में डाल दूँगा। अब तो कुछ बोलो।''

परसिन्नी ने चेहरा जस्से की ओर घुमाया तो उसके गालों पर लज्जा की हलकी-सी लालिमा थी और वह एक छोटे-से तिनके को अगले दाँतों में दबाये जा रही थी।

जस्से ने पूछा, ''अब तुम्हारी तसल्ली हो गयी?''

परसिन्नी ने हाँ में सिर हिला दिया। फिर बोली, "मैंने ही दीपी को यहाँ आने से मना कर दिया है। हम दोनों काफ़ी देर तक इस समस्या पर सोच-विचार करते रहे। तब इस नतीजे पर पहुँचे कि तुम्हें दीपी से न मिलाया जाये।"

चलते-चलते जस्सा रुक गया और अपने मुँह से बनावटी आह छोड़ते हुए बोला, "वाह! क्या अच्छा नतीजा निकाला है।"

"तुम तो यूँ ही बेसब्र हो जाते हो, आगे भी तो सुनो।"

"बोलो।"

"मेरी योजना यह है कि दीपी की बजाय तुम्हारी मुलाक़ात उसकी मासी से करायी जाये।

"मासी?" जस्सा चिल्लाकर बोला।

"हाँ, मासी।...और फिर मासी के द्वारा तुम दीपी को यूँ मिलो जैसे उसे पहले कभी जानते ही नहीं। अर्थात् पहले दीपी की मासी को तुमसे प्रेम होना चाहिए...इसके बाद उसकी भानजी की बारी आयेगी।"

"उस बुढ़िया से प्रेम कैसे कर पाऊँगा?"

"प्रेम तुम नहीं करोगे, मासी करेगी।"

"यह कैसे सम्भव हो सकेगा?"

"कान खोलकर सुनो। कल उत्सव का दिन है। इस ऐतिहासिक गुरुद्वारे में आसपास के देहात से बहुत लोग आयेंगे, मर्द, स्त्रियाँ, बच्चे, बूढ़े...सभी। दीपी और उसकी मासी भी आयेगी। मासी यूँ तो हट्टी-कट्टी है, परन्तु उसकी एक टाँग कमज़ोर है। चलने-फिरने में उसे थोड़ा सहारा चाहिए। वह प्रायः लाठी का सहारा लेती है। योजना यह है कि हम घर पर उसकी लाठी ही ग़ायब कर देंगे और फिर कहेंगे कि चलिये हम आपको सहारा देकर गुरुद्वारे पहुँचा देंगे। यहाँ पहुँचकर सब लोग रहट पर हाथ-पाँव धोते हैं। मासी भी रुकेगी। जब वह हाथ-पाँव धो रही होगी, हम इधर-उधर भीड़ में खो जायेंगी। तब तुम आगे बढ़कर उसको सहारा देना। इस तरह तुम्हारा उससे परिचय हो जायेगा। तुम उससे मीठी-मीठी बातें करना। बताना कि तुम परेदसी हो, और इस गाँव में तुम्हें कोई नहीं जानता। वह बड़ी भावुक है। तुम्हें घर ले जायेगी। चाहे रातें तुम्हें गुरुद्वारे में ही काटनी पड़ें, परन्तु दिन में तुम्हारा नाश्ता और खाना घर ही पर हुआ करेगा। मासी को और अधिक पटाना तुम्हारा काम है। जब एक बार प्रेमिका के घर में घुस गये तो रास्ता हमवार हो जायेगा। इसके आगे की बात बाद में देखेंगे—ठीक?"

जस्सा मुँह फैलाकर बोला, "तुम्हारा जवाब नहीं है।"

"तो मैं चली। गाँव के किसी व्यक्ति ने मुझे तुम्हारे साथ देख लिया तो ख़ामख़ाह मेरी बदनामी होगी।"

"ठीक है, तुम जाओ। मैं कल तुम्हारी प्रतीक्षा करूँगा।"

"मेरी नहीं, मासी की।"

इस पर वे दोनों हँसने लगे।

परसिन्नी चली गयी तो ग्रन्थी जी उधर आ निकले। जस्सासिंह जैसे यात्रियों को पाकर उन्हें बड़ी प्रसन्नता होती थी। सचमुच बड़े भोले-भाले और सीधे-साधे व्यक्ति थे। उनकी पत्नी ने उन्हें समझाकर भेजा कि किसी-न-किसी तरह इस युवक को कुछ दिन रोके रहो तो इससे हमारा भला हो जायेगा। इसीलिए ग्रन्थी जी जस्से को देखते ही बोले, "कहिये सरदार जी, आपको रात कोई तक़लीफ़ तो नहीं हुई?"

"जी नहीं, भला आपके होते हुए मुझे क्या तक़लीफ़ हो सकती है। बहुत गहरी नींद आयी, रात बड़े चैन से कटी।"

ग्रन्थी जी ने दाँत निकाल दिये, बोले, "मेरी मानिये तो कुछ दिन यहीं टिके रहिये।"

जस्सासिंह ग्रन्थी जी की बात की तह में पहुँच नहीं पाया। न जाने वह व्यंग्य कर रहे थे, यह समझकर कि परसिन्नी से इसका प्रेम-व्रेम चल रहा है। या इसमें कोई और रहस्य है। यह बात भी समझ में आयी कि सम्भवतः ग्रन्थी जी को पैसे-धेले का ही लालच होगा।

उसे ख़ामोश देखकर ग्रन्थी जी ने फिर कहना आरम्भ किया, "कल यहाँ उत्सव शुरू होगा। मेला भी लगेगा जो कई दिन तक चलेगा। बड़ी रौनक़, बड़ी गहमागहमी रहेगी। दूर-दूर से रागी—जत्थे और ज्ञानी आयेंगे। शुद्ध कीर्त्तन के साथ बहुत अच्छे भाषण भी होंगे।"

जस्से ने ग्रन्थी जी की बात का उत्तर देने की बजाय इधर-उधर नज़रें दौड़ाते हुए कहा, "लेकिन ग्रन्थी जी, मुझे यहाँ मेले की तो कोई तैयारी नज़र आती नहीं।"

"आज ही से दुकानें आनी शुरू हो जायेंगी। दो दिन के बाद यहाँ आपको दुकानें-ही-दुकानें दिखायी देंगी। उनके अतिरिक्त झूलोंवाले, मदारी, बाज़ीगर आदि कई प्रकार के लोग आयेंगे।"

"तब तो काफ़ी मौज मेला रहेगा।"

ग्रन्थी जी जल्दी से खिखियाकर बोले, "इसीलिए तो कहता हूँ कि आप कम-से-कम आठ-दस दिन तक ज़रूर टिके रहिये। वैसे हमारे बच्चे तो थोड़े ही समय में आपसे इतने हिल-मिल गये हैं कि जी नहीं चाहता कि आप यहाँ से जायें। आप चाहें तो यहाँ महीना भर टिके रहें।"

जस्से ने एक बार तो ग्रन्थी जी को सिर से पाँव तक बड़े ग़ौर से देखा, और फिर बड़े भोलेपन से बोला, "ग्रन्थी जी, आप जैसे देवता समान मनुष्य के वचन को मैं कैसे टाल सकता हूँ!"

ग्रन्थी जी खीसें निकाले जा रहे थे और दोनों हाथ मलते जा रहे थे। मिनमिनाकर बोले, "आप ऐसे समझते हैं, यह तो आपकी महानता है।"

ग्रन्थी जी वापस जाने लगे तो जस्से ने अपने तहबन्द के पहलू को खोलकर मुट्ठी में कुछ रुपये निकाले और ग्रन्थी जी को रोककर उनकी हथेली पर गिनकर पाँच रुपये

रख दिये और कहा, "उत्सव के मौक़े पर मेरी ओर से ढाई रुपये का कड़ाह-प्रसाद करा दें, और ढाई रुपये गुरुद्वारे के लिए स्वीकार करें।"

ग्रन्थी जी रुपये पाकर आगे को इतना झुक गये जैसे रुपयों के बोझ से सीधे खड़े रहना उनके लिए सम्भव न हो। बोले, "आप जैसे दानियों के प्रताप से धर्म का झण्डा ऊँचा रहता है। पन्थ को जब-जब संकट आया, तब-तब आप जैसे महान् व्यक्तियों ने पन्थ के बेड़े को पार लगा दिया।"

जस्से को पन्थ का बेड़ा पार लगाने की बजाय अपना बेड़ा पार लगाने की अधिक चिन्ता थी। लेकिन यदि अपना बेड़ा पार लगाने के साथ-साथ धर्म का झण्डा भी ख़ूब ऊँचा लहराता रहे तो उसे इस पर क्या आपत्ति हो सकती थी।

ग्रन्थी जी मन-ही-मन फूले नहीं समा रहे थे। वह सोच रहे थे कि जब धर्मपत्नी को पता चलेगा कि उन्होंने सोने का अण्डा देनेवाली मुर्गी को न केवल कुछ दिनों के लिए रोक लिया है वरन् पाँच रुपया नग़द दान प्राप्त करने में सफल हो गये हैं तो निश्चय ही उसकी दृष्टि में उनका पद बहुत ऊँचा हो जायेगा।

मग्न होकर लौटने लगे तो कुछ ख़याल आया, पलटे और बोले, "आपजी का शुभ नाम?—संगत में दानियों का नाम गिनाना आवश्यक होता है। इसीलिए पूछ रहा था।"

"जस्सासिंह।"

"सरदार जस्सासिंह जी।"

2

उस रोज़ सन्ध्या होने तक कई दुकानदार वहाँ पहुँच गये और धरती में बाँस गाड़कर अपनी दुकानें खड़ी करने लगे। दो झूलेवाले अपना सामान साथ लिये आ पहुँचे। इसी तरह कई प्रकार की वस्तुएँ बेचनेवाले व्यापारी आते गये।

उस रात गुरुद्वारे के बाहर काफ़ी गहमागहमी थी। कुछ दुकानदारों ने गैसों के हण्डे जला रखे थे जिनके प्रकाश से जंगल में मंगल हो रहा था। गुरुद्वारे के बड़े हॉल में लेटे-लेटे जस्सासिंह बाहर से आनेवाले शोरगुल को सुनता रहा, फिर अपने विचारों में खो गया। कब नींद आयी, उसे इस बात का पता ही नहीं चला।

प्रातःकाल वह जाग उठा। परसिन्नी के पहुँचने से पहले-पहले छोटे-मोटे कामों से फ़ुरसत पाकर उसने स्नान किया, और उजले कपड़े पहनकर, सिर पर कलफ़ लगी, रंगीन पगड़ी बाँधकर वह बिलकुल तैयार हो बैठा।

जब परसिन्नी आयी तो वह ख़ुश होकर बोला, "देखो, आज मैं बिलकुल तैयार हूँ। तुम्हारे सामने ही नाश्ता करूँगा।"

परसिन्नी बोली, "तुम तैयार हो, इसलिए मैं रुक जाती हूँ। बर्तन वापस ले जाऊँ तो ठीक रहेगा। मगर जल्दी करो। मुझे गाँव पहुँचकर फिर वापस आना है।"

जस्से ने पराँठे खाने शुरू करते हुए पूछा, "यह बताओ कि दीपी ने मुझे याद भी किया कि नहीं। मैं समझे बैठा था कि वह उड़कर मेरे पास पहुँच जायेगी।"

परसिन्नी ने बनावटी गुस्से में आकर कहा, "तुम यह क्यों नहीं समझते कि अगर अभी से भाँडा फूट गया तो बना-बनाया खेल बिगड़ जायेगा। सहज पके सो मीठा हो—जल्दी-जल्दी नाश्ता ख़त्म करो।"

अधिक बातें नहीं हो सकीं। परसिन्नी ने बर्तन बाहर ले जाकर रहट के पानी में धोये। जस्सा पास ही खड़ा था। परसिन्नी उसके मन की उत्सुकता को भली-भाँति समझती थी। जाते-जाते कहने लगी, "ज़रा रहट के आसपास ही मँडराते रहना। दीपी की मासी को तो तुम पहचान ही जाओगे, क्योंकि हम उसके साथ होंगे। जब वह हाथ-पाँव धोने बैठेगी तो हम इधर-उधर सरक जायेंगे। इसके बाद सारा काम तुम ही को सँभालना पड़ेगा।"

परसिन्नी जाने को लौटी तो जस्सा बोला, "हाँ परसिन्नी, एक बात याद आ गयी।"

परसिन्नी ने धीरे से अपने माथे पर हाथ मारते हुए कहा, "तुम हमारी योजना सफल नहीं होने दोगे—बोलो। क्या बात है?"

परसों जब हम गुरुद्वारे आये थे तो हमें यहाँ से वापस लौटती हुई एक औरत मिली थी। मैं उसे नहीं पहचाना। तुमको इस बात पर आश्चर्य हुआ। फिर तुमने वचन दिया था कि तुम उसके विषय में बताओगी।"

"बताना क्या है...वह तुम्हारे मित्र की बड़ी बहन है।"

"कौन दोस्त...पूरनसिंह?"

"हाँ, अजीब बात है न कि तुम उसके मित्र होकर उसकी बड़ी बहन को नहीं पहचानते।"

"वास्तव में मैंने उसकी इस बड़ी बहन को कभी नहीं देखा था।"

"अच्छा?...बेचारी का दुर्भाग्य देखो कि इस छोटी-सी उम्र में विधवा हो गयी।"

"अरे।"

"अब मैं चली।"

परसिन्नी चली गयी तो जस्सा कुछ देर तक जहाँ-का-तहाँ खड़ा रहा। आख़िर वह गुरुद्वारे को लौटा। दालान में घुसकर गुरुद्वारे के बड़े हॉल में जा पहुँचा।

काफ़ी संगत एकत्र हो चुकी थी। जस्सा भी गुरु ग्रन्थ साहब के सामने मत्था टेककर एक ओर बैठ गया। वह अब भी पूरनसिंह की विधवा बहन के विषय में सोच रहा था। उसे बेचारी पर दया आ रही थी।

शब्द-कीर्त्तन के दौरान जस्सा अपनी ही दुनिया में गुम रहा। उसके मन में विचार उठा कि अगर पूरनसिंह की बहन मेले में उसे कभी मिल गयी तो वह निश्चय ही उससे बातचीत करेगा।

जस्सा न जाने कितनी देर तक अपने ख़यालों में खोया रहा। तब सहसा उसे ध्यान आया कि अब आधे घण्टे से ऊपर बीत चुका है और उसे रहट के निकट पहुँच जाना चाहिए।

हॉल पूरा भरा हुआ था। जस्सा जान-बूझकर सबसे पीछे दरवाज़े के निकट बैठा था, ताकि जब उसे उठकर जाना पड़े तो उसे कोई परेशानी न हो। अतः वह उठा, वहीं से गुरु ग्रन्थ साहब को मत्था टेका और हॉल से बाहर निकल आया। दालान से बाहर भी गहमागहमी थी और चारदीवारी के बाहर तो काफ़ी भीड़-भाड़ थी। उसने रहट की ओर क़दम बढ़ाया। वह दीपी की मासी को तो नहीं पहचानता था मगर परसिन्नी और दीपी को पहचानने के बाद ही उसे ज्ञात हो सकता था कि मासी कौन थी।

रहट के औलू, अर्थात् जहाँ पानी गिरता था, के आसपास काफ़ी लोग हाथ-पाँव धोने में व्यस्त थे। उनमें उसे न तो दीपी दिखायी दी और न परसिन्नी। इसका मतलब था कि वे अभी तक वहाँ नहीं पहुँची थीं। वह भीड़-भाड़ और दुकानों के बीच में से गाँव की ओर बढ़ा। उसका इरादा गाँव तक पहुँचने का नहीं था। फिर भी वह दूर से उन लोगों को आते तो देख ही सकता था। जिस जगह भीड़ ज़रा कम थी, वहाँ एक पेड़ के नीचे रुककर खड़ा हो गया। सामने खेत थे, झाड़ियाँ थीं, पगडण्डियाँ थीं, छोटी-सी नहर के दो फुट ऊँचे किनारे दिखायी दे रहे थे जिन्हें समतल होने के कारण मार्ग के तौर पर भी प्रयोग किया जाता था। एक छोटी-सी टूटी-फूटी पुलिया भी दिखायी दे रही थी। गाँव को जाने के लिए या वहाँ से गुरुद्वारे तक पहुँचने के लिए उसे पुलिया से गुज़रना आवश्यक था। इस समय लोग छोटी-छोटी टोलियों में चले आ रहे थे। रत्तोके गाँव से भी परे अन्य बस्तियों से गुरुघर के प्रेमी उसी पुलिया से गुज़रते थे। दूर-दूर तक पुरुषों, स्त्रियों और बच्चों की टोलियों का दृश्य अज़ीब-सा लगता था। सामान्य दिनों में वहाँ इतनी गहमागहमी का प्रश्न ही नहीं उठता था। कोई इक्का-दुक्का यात्री या खेतों में काम करनेवाले किसान ही दिखायी दिया करते थे। कुछ टोलियों में ऐसे भी लोग थे जो टिकलियोंवाले बड़े-बड़े चिमटे बजाते और ढोलकियाँ पीटते उच्च स्वर में गुरुवाणी में से शब्द गाते चले आ रहे थे। कुछ उदासीन-से अन्दाज़ में जस्सा इस सारे दृश्य को देखता रहा। पुलिया पर जब कभी लड़कियों या स्त्रियों का कोई झुण्ड नज़र आता तो उसके मन में आशा की किरण जगमगा उठती, मगर थोड़ी ही देर में आशा निराशा का रूप धारण कर लेती।

आख़िर उसकी मनोकामना पूर्ण हो गयी। उसने उन लोगों को तब पहचाना जब वे पुलिया पार करके काफ़ी निकट पहुँच चुकी थीं। इस बात का कोई भय नहीं था कि उस गहमागहमी में मासी की नज़र ख़ामख़ाह उस पर टिक जायेगी। दीपी और परसिन्नी तो उसे पहचानती ही थीं, और उन्हीं की तो यह साज़िश थी। फिर भी जस्सा मार्ग से कुछ क़दम पीछे हटकर खड़ा हो गया। वह दीपी को जी भरकर देखना चाहता था। वास्तविकता यह थी कि चाहे वह उसे कितनी देर भी देखे, उसका जी नहीं भरता था।

दीपी ने मैले सोने के से रंगवाली चुन्नी सिर पर ओढ़ रखी थी। गले में धारीदार कमीज़ थी जिसमें बारीक़ ज़ंजीरवाले चाँदी के बटन थे। शलवार बादामी रंग की थी। इन साधारण कपड़ों के बावजूद उसका हुस्न फूटा पड़ता था। दूसरी ओर परसिन्नी थी और उनके बीच एक मोटी-ताज़ी बुढ़िया दिखायी दे रही थी जिसने अपने बाज़ुओं से दोनों लड़कियों के कन्धों का सहारा ले रखा था। एक टाँग में ख़राबी होने के कारण वह ज़रा अटक-अटककर चलती थी। उसने कत्थई रंग का घाघरा पहन रखा था और गले में लाल बूटियोंवाली कुर्त्ती थी। बाल अधिकांश सफ़ेद हो चुके थे, फिर भी वह हर प्रकार के गहनों से लदी हुई थी। रंग गोरा और तबीयत के लिहाज़ से ख़ुशमिज़ाज मालूम होती थी। हँसती तो पता चलता कि उसके मुँह में पूरे दाँत भी नहीं थे।

पल-भर को जस्से की नज़रें दीपी और परसिन्नी से मिलीं। आशिक़-माशूक़ के दिल ज़ोर-ज़ोर से धड़कने लगे। फिर वे तीनों गाँव की अन्य लड़कियों के साथ औलू की ओर बढ़ गयीं।

अब नाटक आरम्भ हो चुका था। जस्सा भी आगे बढ़कर कुछ दूरी पर रुक गया और इस बात की प्रतीक्षा करने लगा कि वे लड़कियाँ वहाँ से सरकें तो वह स्वयं अभिनय करने के लिए वहाँ जा पहुँचे।

उसे अधिक देर प्रतीक्षा नहीं करनी पड़ी। वह मासी को ध्यानपूर्वक देख रहा था जो उस समय कोहनियों तक अपने हाथ और पिण्डलियों तक पाँव धोने में व्यस्त थी। इस उम्र में भी उसकी गोरी पिण्डलियों पर बड़ी सुन्दर चिकनाहट थी।

इतने में ही मासी ने सिर उठाकर इधर-उधर देखा तो किसी लड़की का कुछ पता नहीं था। जस्सा धीरे-धीरे उसकी ओर बढ़ा। वह चाहता था कि मासी ज़रा और परेशान हो ले तो वह उसके निकट पहुँचे। ठीक मौक़े पर वह औलू के निकट गया और झुककर मासी की ओर देखते हुए बोला, "माता जी, आप कुछ परेशान दिखायी देती हैं।"

मासी के माथे पर बल पड़े हुए थे। उसने जस्से के चेहरे की ओर देखा तो वे बल दूर हो गये। बोली, "क्या कहूँ बेटा, लड़कियाँ मेरे साथ थीं, अब न जाने कहाँ ग़ायब हो गयीं।"

"इसमें ज़्यादा परेशानी की कोई बात नहीं माता जी। यहाँ उनको कोई ख़तरा नहीं है।"

"ख़तरे की बात नहीं बेटा, असल में मेरी टाँग ज़रा कमज़ोर है और मैं बिना व्यक्ति या लाठी के सहारे के ठीक से चल नहीं सकती। लड़कियाँ तो ख़ैर यहीं कहीं होंगी। उन्हें इस बात का तो ख़याल रखना चाहिए था कि कम-से-कम मुझे गुरुद्वारे के भीतर पहुँचा देतीं।"

जस्से ने हाथ बढ़ाकर कहा, "यह बात है तो लाइये मैं आपको वहाँ तक पहुँचा देता हूँ। आपकी लड़कियाँ ख़ुद ही वहाँ पहुँच जायेंगी।"

बड़े प्रेम से जस्से ने एक हाथ में मासी का हाथ थाम लिया और दूसरा उसकी बग़ल में देकर धीरे-धीरे गुरुद्वारे की ओर बढ़ा। मासी कह रही थी, "मेरी लाठी मेरे पास होती तो परेशानी की कोई बात नहीं थी। जब हम घर से चले तो न जाने लाठी कहाँ खो गयी। लड़कियाँ कहने लगीं कि चलो हम सहारा देकर ले चलती हैं, लाठी बाद में मिल जायेगी।"

"हाँ, माता जी, ऐसा भी हो जाता है।"

मासी ने पूछा, "बेटा, तू कहाँ से आया है? हमारे गाँव का तो है नहीं।"

"आपने ठीक कहा।"

जस्से के मुँह से हरिपुरा का नाम निकलने को था ही मगर ऐन मौक़े पर याद आ गया कि दीपी भी तो वहीं से आयी थी। अपने गाँव का नाम बताना उचित नहीं रहेगा। बोला, 'मैं चक पीराँ से आया हूँ।"

"चक पीराँ?...यह नाम कभी सुना नहीं। हमारे इलाक़े से दूर होगा।"

"आपने ठीक कहा। यहाँ से कई कोस के फ़ासले पर है। मैं सुबह के समय वहाँ से चला तो कहीं तीसरे पहर यहाँ पहुँचा।"

"यहाँ किसी से मिलने आये हो?"

"यहाँ मुझे कोई नहीं जानता और न मैं किसी से मिलने आया हूँ। वास्तव में मैं यहाँ के ऐतिहासिक गुरुद्वारे का यह जोड़ मेला देखना चाहता था। सुना है यहाँ बड़े-बड़े ज्ञानी, रागी और धार्मिक नेता आदि आते हैं। मुझे इन बातों का बहुत शौक है।"

"अरे बेटा! यह तो बहुत ही शुभ बात है। तेरी उम्र के लड़कों का ध्यान धर्म की ओर तो होता ही नहीं।"

"मगर माता जी, मैं हर वर्ष किसी-न-किसी नये गुरुद्वारे का जोड़ मेला देखता हूँ। बल्कि कहना चाहिए कि एक साल में ऐसे दो-तीन जोड़ मेले देख ही लेता हूँ।"

अब वे हॉल के दरवाज़े तक पहुँच चुके थे। जस्से के सहारे से ही मासी गुरु ग्रन्थ साहब के सामने पहुँची और नीचे दरी पर नाक रगड़कर माथा टेका। तब जस्सा उसे उधर को ले गया जिधर स्त्रियाँ बैठी हुई थीं।

मासी को वहाँ बैठाने के बाद बाहर निकलने से पहले जस्सा बोला, "मैं आसपास ही रहूँगा। आपको किसी चीज़ की ज़रूरत हो तो मुझे बुला लीजियेगा।"

"तुम्हारा नाम क्या है बेटा?"

"जस्सासिंह।"

यह कहकर जस्सा हॉल से बाहर निकल आया। चारदीवारी के बड़े दरवाज़े की ओर नज़र डाली तो उसके बाहर दीपी और परसिन्नी खड़ी दिखायी दीं। वे दोनों बड़ी चुलबुलाहट से हँस रही थीं। जस्सासिंह फ़ौरन उधर ही को चल दिया। उनके निकट पहुँचा तो परसिन्नी ने हाथ के संकेत से उसे आगे बढ़ जाने को कहा।

जस्सा मेले में से होता हुआ एक ओर को चल दिया। कुछ दूर जाकर उसने पीछे मुड़कर देखा तो दोनों लड़कियाँ उसका पीछा कर रही थीं।

दूर-दूर तक छोटी-छोटी टोलियों में बँटे यात्री वृक्षों की छाया में गुट बनाये बैठे थे। वे एक-दूसरे से अपरिचित थे। पीछे से आवाज़ आयी, "ऊँट की तरह बेनकेल किधर चले जा रहे हो? रुकने का नाम भी नहीं लेते।"

यह परसिन्नी का स्वर था।

जस्से ने सोचा कि यह लड़की भी दूसरे को उल्लू बनाने में उस्ताद है। पहले तो मुझे चलता किया, और अब व्यंग्य कर रही है।

वह रुक गया। दोनों लड़कियाँ निकट पहुँचीं। थोड़ी देर तक परसिन्नी चुलबुलाहट से फुदकती रही और उन दोनों का मज़ाक उड़ाती रही। अन्त में बोली, "अच्छा, मैं चलती हूँ।"

दीपी ने झट से उसकी कमीज़ की आस्तीन पकड़कर कहा, "कहाँ जाती हो? हम दोनों को किसी जान-पहचानवाले ने देख लिया तो मेरी आफ़त आ जायेगी।"

"इधर तुम्हारी जान-पहचानवाला कोई नहीं आयेगा। भला गाँववालों को क्या ज़रूरत पड़ी है कि वे यहाँ आकर पेड़ों की छाया में बैठें। वे तो थोड़ा शब्द-कीर्त्तन सुनेंगे और घर को लौट जायेंगे। यह जगह उनके रास्ते में भी नहीं पड़ती।"

दीपी ने फिर भी आस्तीन नहीं छोड़ी।

परसिन्नी ने जस्से की ओर हाथ से संकेत करते हुए कहा, "ज़रा अपने इसको भी तो देखो। तुम रुकने को कह रही हो, और यह भीतर ही मना रहे हैं कि मैं शीघ्र-से-शीघ्र यहाँ से चलती बनूँ। क्यों, ठीक है न?"

अन्तिम वाक्य में संकेत जस्सासिंह की ओर था। जस्सासिंह ने तुरन्त सिर हिलाकर उत्तर दिया, "हाँ, मैं तो यही चाहता हूँ।"

इस पर वे तीनों ख़ूब हँसे।

तब परसिन्नी ने दीपी के गाल पर हलकी-सी थपकी देते हुए कहा, "बिल्लो, तुम नहीं समझती हो कि दो प्रेमियों का सबसे अलग-अलग बैठना कितना ज़रूरी है। अरे भई, न जाने दुःखी दिल की कैसी-कैसी बातें होती हैं जो मन के बाहर आने को व्याकुल होती हैं। वैसे मैं सदा के लिए नहीं जा रही हूँ। थोड़ी देर में लौट आऊँगी। इतने समय में तुम दोनों को जो कुछ करना है जल्दी-जल्दी कर लो।"

"धत्त तेरी की!" दीपी ने उसकी पीठ पर धौल जमाते हुए कहा, "भला हमें क्या करना है।"

परसिन्नी बोली, "न जाने तुम क्या समझ बैठी हो। इतने लोगों के बीच दिन-दहाड़े सिवा बातों के और हो भी क्या सकता है—लो मैं चली।"

दीपी ने पीछे से आवाज़ देकर कहा, "जल्दी से लौटकर आना।"

दीपी और जस्से से विदा होकर परसिन्नी एक ओर को चल दी। वह सोच रही थी कि कहाँ जाये। उस समय गुरुद्वारे में प्रवचन हो रहे थे जो न तो उसकी समझ में आते थे और न उसे उनमें कोई दिलचस्पी थी। उस समय ख़रीदारी का अवसर भी नहीं था।

चतुर ग्राहक ख़रीदारी उस समय करते थे जब मेला समाप्त होने को होता था, क्योंकि उस वक़्त दुकानदार अपनी चीज़ें सस्ते दामों में बेचने को तैयार हो जाते थे। परसिन्नी के पास इसके सिवा कोई चारा नहीं था कि वह दूर तक फैले हुए मेले में घूमती रहे।

दुकानें तो अभी लग ही रही थीं, परन्तु यात्रियों ने दूर-दूर तक डेरे जमा रखे थे। परसिन्नी उन्हीं में घूमती-फिरती रही। वह मन-ही-मन यह अनुमान भी लगा रही थी कि दीपी और उसका प्रेमी किस प्रकार की बातें कर रहे होंगे।

चलते-चलते वह एकदम रुक गयी। उसके चेहरे का रंग फीका पड़ गया। वह ठिठककर पलटी, परन्तु पीछे से युवक ने उसका बाज़ू थाम लिया।

वह युवक सूरतसिंह था।

परसिन्नी ने बिगड़कर पूछा, "भरे मेले में मेरा बाज़ू थामने की तुम्हें जुर्रत कैसे हुई?"

"अगर तुम इस तरह पलटकर मुझसे दूर भागने की कोशिश न करतीं तो मैं तुम्हारे बाज़ू को हरगिज़ न छूता।"

"अब मैं तुमसे दूर ही भाग जाना चाहती हूँ।"

"मैं यह हरगिज़ न होने दूँगा।"

"तो क्या तुम समझते हो कि इस तरह ज़बरदस्ती तुम मेरा प्यार जीत लोगे?"

"तुम्हारे हृदय में मेरे प्रति प्रेम की भावना पहले से ही मौज़ूद है। ज़ोर-ज़बरदस्ती की कोई आवश्यकता ही नहीं है।"

"यह तुम्हारा वहम है कि मैं तुमसे प्रेम करती हूँ।"

"यह मेरा वहम नहीं है। तुम स्वयं स्वीकार कर चुकी हो कि तुम मुझसे प्रेम करती हो। बोलो, तुमने यह कहा था या नहीं?"

"कहा था...लेकिन वह मेरी मूर्खता थी।"

"कौन जाने कि वह मूर्खता थी या जो कुछ अब कर रही हो वह मूर्खता है।"

"मैं इस उलझन में नहीं पड़ना चाहती।"

"मैं तुम्हें इस उलझन से निकलने नहीं दूँगा।"

"औरतों के सामने शेख़ी बघारते हुए तुम्हें शर्म नहीं आती? जब मर्द से सामना हुआ तो झक मारकर रह गये।"

"जब दो मर्दों का मुक़ाबला होता है तो एक-न-एक हार जाता है। इसका यह अर्थ नहीं है कि जो हार जाये वह मर्द ही नहीं रहा। मैं तुम्हारा इशारा ख़ूब अच्छी तरह समझता हूँ। तुम पुलिस के दारोग़ावाली बात याद करा रही हो। मैं बीच खेत के मानता हूँ कि दौड़ लगाने में वह मुझसे बीस है। यदि तुम समझती हो कि वह हर मुक़ाबले में मुझे हरा सकता है तो यह तुम्हारी भूल होगी।"

"मैं हाथ जोड़ती हूँ कि तुम मेरा पीछा छोड़ दो। यहाँ भरे मेले में हमारे गाँव के कई व्यक्ति घूम रहे हैं। उन्होंने तुम्हें मेरे साथ देख लिया तो मैं कहीं की न रहूँगी।"

"अजीब बात है। आज तुम्हें बदनामी का इतना भय है। उस रोज़ तो तुमने मेरे हाथ-में-हाथ दे रखा था जब न जाने कहाँ से वह दारोग़ा आ टपका।"

"वह दूसरा गाँव था जहाँ मुझे कोई नहीं जानता था। तुम मुझे वहाँ ले गये थे। मगर यह मेरा अपना गाँव है। यहाँ सब लोग मुझे जानते और पहचानते हैं।"

"चलो यह बात भी मान ली। लेकिन यदि तुम मुझसे इस समय बात नहीं करना चाहतीं तो मुझे कुत्ते की तरह दुत्कारकर तुम पीछा भी नहीं छुड़ा सकतीं।"

"सीधी-सी बात है कि जिस गाँव जाना ही नहीं, उसका रास्ता देखने से क्या। जब मैंने निर्णय कर लिया है कि मैं तुमसे कोई सम्बन्ध नहीं रखूँगी तो फिर तुमसे बातें करने का क्या लाभ?"

"यही तो मैं जानना चाहता हूँ कि आख़िर ऐसा क्या हुआ जो तुमने मुझे दूध की मक्खी की भाँति बाहर निकला फेंका।"

"तुम बेकार ही हाथ धोकर मेरे पीछे पड़े हो। तुम इतना भी नहीं समझते कि औरत एक बार जिस बात का निर्णय कर ले उससे इधर-उधर कभी नहीं होती।"

"यह कहने से पहले वह ज़माना भी याद करो जब तुम पूरनसिंह को छोड़कर मेरी बग़ल गर्म करने लगी थी। भला उस वक़्त औरत का निर्णय कहाँ गया था। आज तुम उस निर्णय का ढिंढोरा पीटो तो भला मुझ पर उसका क्या प्रभाव पड़ सकता है।"

"उसमें भी एक रहस्य था।"

"मैं वही रहस्य तो जानना चाहता हूँ।"

"यह सब-कुछ बताने के लिए तुम मुझे विवश नहीं कर सकते।"

"मैं क्या कर सकता हूँ और क्या नहीं कर सकता, अभी तुम इस बात को छोड़ दो। मैं केवल यह जानना चाहता हूँ कि तुमने मुझसे मुँह क्यों फेर लिया?"

"इसलिए कि अब मुझे विश्वास हो गया है कि पूरनसिंह से मुँह फेरना मेरी भूल थी।"

"क्या वह तुम्हारी इस भूल को क्षमा कर देगा?"

"तुम्हें इससे मतलब?"

"मुझे मतलब नहीं होगा तो और किसको होगा। शायद तुम समझे बैठी हो कि मर्द की हैसियत पाँव के जूते से अधिक नहीं है कि जब जी ऊबा उसे उतारकर फेंक दिया और दूसरा जूता पहन लिया।"

"तुम केवल अपनी बात करो। किसी और से तुम्हें क्या मतलब?"

"हाँ-हाँ, मैं अपनी ही बात करना चाहता हूँ। मुझे किसी और से कुछ भी मतलब नहीं।"

परसिन्नी ने सोचा कि सूरतसिंह के साथ बहस करने का यह उचित स्थान नहीं था। इसलिए इस समय उससे पीछा छुड़ा लेना ही बेहतर होगा। बोली, "तो तुम्हारी

ज़िद यह है कि इसी जगह और इसी समय तुम मुझसे इस समस्या पर बहस करना चाहते हो।''

''नहीं, मेरी ऐसी कोई ज़िद नहीं है।''

''तो बाबा, मेरा पीछा छोड़ो न!''

''तुम्हारा पीछा तो जीवन-भर छोड़ने का इरादा नहीं है। तुम मेरी बात अच्छी तरह समझ लो। हाँ, यह हो सकता है कि अगर तुम फिर कभी मिलने का वायदा करो तो मैं इस समय तुम्हारा पीछा छोड़ दूँगा।''

परसिन्नी जल्दी से बोली, ''हाँ, मुझे यह बात मंजूर है।''

सूरतसिंह के होंठों पर व्यंग्यपूर्ण मुस्कान उत्पन्न हुई, और वह गरदन आगे को बढ़ाकर धीरे से बोला, ''जिस क़दर जल्दी से तुमने मेरी वह शर्त मंजूर कर ली है, उससे मुझे शक होता है कि तुम्हारी नीयत ठीक नहीं है और तुम मुझे टरका रही हो।''

''देखो! पुरानी कहावत है कि शक और वहम का उपाय तो हकीम लुकमान के पास नहीं था। कहो तो स्टाम्प पर लिखकर दे दूँ?''

''हाँ, हाँ स्टाम्प पर लिख दो तो मेरी तसल्ली हो जायेगी।''

परसिन्नी ने हाथ बढ़ाकर कहा, ''लाओ, स्टाम्पवाला काग़ज़।''

सूरतसिंह मुँह फाड़कर हँसते हुए बोला, ''चलो, तुम्हारी बात मान ली मैंने। अब यह कहो कि मिलोगी कब?''

''मेले के बाद।''

''मुझे दिन बताओ।''

''आज से दस दिन बाद मंगल के रोज़ सन्ध्या के समय अपने गाँव के बाहर ऊँचे टीलेवाले रहट पर मुलाक़ात होगी—कहो, अब तो पूरी योजना बता दी मैंने।''

''ठीक है, लेकिन यह याद रखो कि अगर तुमने गच्चा दिया तो मैं तुम्हें तुम्हारे घर से उठा ले जाऊँगा।''

परसिन्नी ने हाथ हवा में घुमाकर कहा, ''मर गये घर से उठाकर ले जानेवाले।''

''बस, यही तो तुम्हारे मन का धोखा है। तुम समझती हो कि जब तुम सीटी बजाओगी तो मैं कुत्ते की तरह दुम हिलाता तुम्हारे पास चला जाऊँगा, और जब तुम दुत्कारकर मुझे एक ठोकर लगाओगी तो मैं ट्यो-ट्यों करता हुआ दूर भाग जाऊँगा।''

''ऐसे ही होगा।''

''देखेंगे।''

''अच्छा तुम देखो...मैं चली।''

''अपना वायदा मत भूलना।''

''नहीं भूलूँगी।''

जल्दी-जल्दी क़दम उठाती हुई परसिन्नी वहाँ से चल दी। मन-ही-मन बड़बड़ा रही थी कि इस सूरते के कारण ख़ामख़ाह इतनी देर हो गयी। सीधी दीपी के पास पहुँची।

जाते ही धरती पर पाँव पटककर बोली, "तुम दोनों तो चोंच-से-चोंच मिलाये वार्त्तालाप कर रहे हो, यह भी मालूम है कि कितनी देर हो गयी है और मासी उठनेवाली ही होगी। वह ज़्यादा समय के लिए यहाँ नहीं आयी थी।"

जस्सा बोला, "परसिन्नी, देर तो तुम्हीं ने लगायी, डाँट रही हो हमको!"

दीपी की आँखों में शरारत की चमक दिखायी दी, कहने लगी, "ठीक से क्यों नहीं बताती कि किसी यार-दोस्त से वार्त्तालाप करने में तुझे इतनी देर हो गयी।"

जस्से ने आँखों की पुतलियाँ घुमाकर आश्चर्य प्रकट करते हुए कहा, "ओह! तो यह बात भी है!"

परसिन्नी ने कहा, "ये बातें फिर होती रहेंगी। सरदार बहादुर, चलो मासी को सहारा दो। मेरी जाँच-पड़ताल करते-करते कहीं अपना काम न बिगाड़ लेना।

जस्सा उठकर चलने को तैयार हुआ तो परसिन्नी फिर बोली, "जा तो रहे हो, यह भी मालूम है कि अब हमारी योजना क्या है?"

जस्सा ठिठककर रुक गया, "योजना वही है जो पहले तय हुई थी? या उसमें कोई अदला-बदली हुई है?"

"हुई है—जब तुम मासी को उठाकर बड़े दरवाज़े तक लाओगे तो उसके जूते नहीं मिलेंगे। हम उन जूतों को ग़ायब कर देंगे। तुम उसे वहीं पर बैठाकर कहना कि मैं अभी जूते ढूँढ़कर लाता हूँ। गुरुद्वारे के पिछवाड़े हम तुम्हें उसके जूते दे देंगे। तुम्हारे हाथ में अपने जूते देखकर वह बड़ी प्रसन्न होगी। तुम्हें आशीर्वाद मिलेगा, और उसी आशीर्वाद के प्रताप से तुम्हें यह बीर-बहूटी मिलेगी।"

जस्सा लम्बे-लम्बे डग भरता हुआ बड़े हॉल के सामने पहुँचा तो दरवाज़े में से देखा कि मासी बड़ी उत्सुकता से बाहर की ओर नज़र दौड़ा रही थी। उसे देखते ही वह मुस्करा पड़ी। भीतर जाकर जस्से ने फुसफुसाते हुए पूछा, "आपकी लड़कियाँ मिल गयीं?"

"नहीं तो। बड़ी नटखट लड़कियाँ हैं। क्या वे समझती हैं कि मैं सन्ध्या तक यहीं बैठी रहूँगी। घर पहुँचकर मुझे खाना तैयार करना है। चलो तो देखें कहीं आसपास उछल-कूद रही होंगी।"

जस्सा मासी को सहारा देकर हॉल से बाहर ले आया। मासी ने सारे दालान पर नज़र दौड़ायी, मगर लड़कियाँ दिखायी नहीं दीं। बड़े दरवाज़े से बाहर निकले तो उसके जूते ग़ायब थे। इस पर वह परेशान हो उठी। जस्से ने कहा, "माता जी, आजकल तो यहाँ जूते सुरक्षित रखने का भी प्रबन्ध है। आपने अपने जूते यहीं क्यों रखे?"

"सोचा था कि मैं शीघ्र ही वापस लौट जाऊँगी, इसीलिए जूते यहाँ छोड़ गयी थी। कोई ऐसे नये जूते भी नहीं थे कि उनकी चोरी का भय होता।"

"चिन्ता न कीजिये, मैं अभी ढूँढ़कर लाता हूँ।"

"अरे! तुम मेरे जूतों को पहचानोगे कैसे?"

वास्तव में वह उन जूतों को नहीं पहचानता था, बोला "मैंने आपके जूतों को अच्छी तरह देख लिया था। जहाँ कहीं भी नज़र आये, मैं उठाकर ले आऊँगा। हो सकता है कि किसी ने भूल से उन्हें पहनकर इधर-उधर रख दिया हो। यहाँ और भी तो कई जोड़े जूते रखे हैं।"

मासी वहीं बैठ गयी और जस्सा लपककर गुरुद्वारे के पीछे पहुँचा। तीनों ने शरारतभरी आँखों से एक-दूसरे की ओर देखा। फिर जस्सा जूते लेकर बड़ी तेज़ी से मासी के पास पहुँच गया।

मासी बिलकुल निराश-सी बैठी थी। अपने जूते पाकर चहक उठी, बोली, "वाह बेटा, तेरा भी जवाब नहीं है।"

"मैंने कहा था न कि आपके जूते इधर-उधर पड़े होंगे। मेरा ख़याल ठीक निकला।"

मासी ने चारों ओर नज़र दौड़ाते हुए कहा, "न जाने वे छोकरियाँ कहाँ चली गयीं। अब मैं लाठी के बिना घर तक कैसे पहुँचूँगी!"

"चलिये, मैं आपको घर तक छोड़ आता हूँ।"

"अरे बेटा, आज तूने मेरी कितनी सेवा की है। तू न होता तो मैं रहट के औलू के पास ही घिसटती रहती। अब तू मुझे पहुँचाने के लिए अपने सारे कामों का हर्जा करेगा?"

"बुज़ुर्गों की सेवा करना ही सबसे बड़ा काम है।"

मासी के मन पर इन बातों का गहरा प्रभाव पड़ा। जस्से के बाज़ू का सहारा लेकर वह धीरे-धीरे गाँव की ओर चल दी। रास्ते में पुलिया से गुज़रे। इसके बाद छोटा-सा क़ब्रिस्तान आया। इसके बाद गाँव के बाहर कूड़े-करकट के ढेर अर्थात् अरूढ़ी! आगे सँकरी गली थी जो ज़रा ऊपर को जाती थी। गली के धूल में मिले हुए सूखे पत्ते और भूसे के तिनकों को जूतों के तले रौंदते हुए वे गली के मोड़ तक पहुँच गये। दायें-बायें कच्ची ईंटों के लिए पुते मकान थे, और नुक्कड़ पर ही मासी का मकान था। सेहन की चारदीवारी मुश्किल से दो फुट ऊँची थी। गली में से गुज़रनेवालों को सेहन की हर चीज़ दिखायी देती थी। गाँव में किसी की कोई चीज़ दूसरों से छिपी हुई नहीं थी। वे सब एक बड़े कुनबे की तरह रहते थे और एक-दूसरे के मकानों को भीतर-बाहर से पहचानते थे।

विशाल दालान में पीपल का घना वृक्ष था। मासी ने आवाज़ लगायी, "अरी बहू, एक चारपाई तो छाया में डाल दे।"

मकान से बहू के निकलने से पूर्व ही दीपी और परसिन्नी निकल आयीं। उन पर नज़र पड़ते ही मासी चिल्ला उठी, "तुम दोनों कहाँ मर गयी थीं? मेले में पहुँचते ही ऐसी ग़ायब हुईं कि पल-भर को दिखायी ही नहीं दीं।"

दीपी भी चिल्लाकर बोली, "वाह मासी! उलटा चोर कोतवाल को डाँटे। ग़ायब ख़ुद हो गयीं और फटकार हमको रही हैं।"

यह तो मासी के लिए और भी आश्चर्य की बात थी। पलटकर जस्से की ओर देखा और बोली, "सुना तुमने?"

दीपी ने कहा, "तुम औलू पर हाथ-पाँव धो रही थीं और हम दोनों कुछ लड़कियों से बातचीत करते हुए ज़रा परे चले गयीं। लौटकर आयीं तो तुम वहाँ थी नहीं। फिर हमने गुरुद्वारे के हॉल में नज़र दौड़ायी। वहाँ भी नहीं दिखीं। सारा मेला छान मारने पर भी तुम्हारा कुछ पता नहीं चला। आख़िर हमने यही समझा कि मत्था टेककर तुम घर लौट गयी हो। इसके बाद हमने थोड़ी बहुत घुमायी की और गाँव को वापस आ गयीं।"

मासी ठण्डी पड़ गयी। उसे विश्वास होने लगा कि भूल उसी की थी। और वह स्वयं ही जस्से का सहारा लेकर गुरुद्वारे को चली गयी थी। लड़कियों ने तो यही समझा होगा कि जब तक हम नहीं लौटेंगी मासी औलू पर ही बैठी रहेगी।

इतने में परसिन्नी ने उसके कान में फुसफुसाकर कहा, "यह तो बताओ मासी, इस घनचक्कर को कहाँ से पकड़ लायीं।"

इशारा जस्से की ओर था जो उस समय चारपाई पर बैठा दस्ती पंखा अपने हाथ में घुमा रहा था।

मासी को कुछ याद आया और वह उच्च स्वर में बोली, "यह है जस्सा...जस्सासिंह! अगर यह मुझे मेले में न मिल जाता तो निश्चय ही बड़ी परेशानी उठानी पड़ती। बेचारा मुझे गुरुद्वारे के हॉल तक छोड़ आया। कुछ देर बाद मुझे उठाकर बाहर लाया तो मेरे जूते ही ग़ायब थे। इस बेचारे में भाग-दौड़ करके मेरे जूते भी ढूँढ़ निकाले। तब यह मुझे यहाँ छोड़ने चला आया। बड़े ऊँचे विचार हैं इसके। ऐसे भले लड़के बहुत कम ही देखने में आते हैं।"

परसिन्नी ने नाक चढ़ाकर कहा, "मगर शक्ल से तो यह पक्का डाकू नज़र आता है। मासी, डाकुओं का यह हथकण्डा होता है कि दिन में किसी बहाने से लोगों के घर में जाकर सारा पता ले लेते हैं, और रात को डाका डालते हैं।"

"हट री कलमुँही कहीं की! समझती है कि मैंने बाल धूप में सफ़ेद किये हैं। सत्संग का ऐसा प्रेमी मैंने कभी नहीं देखा। बूढ़े हो जाने पर तो सब ही लोग भगवान् के नाम को स्मरण करने लगते हैं। मगर इस नौजवानी में गुरुवाणी से इतना गहरा प्रेम हो जाना कोई साधारण बात नहीं है। अपने-आपको देखो न। तुम दोनों तो गुरुद्वारे के भीतर मत्था टेकने भी नहीं आयी।"

दीपी बोली, "ऐसे अनजान को घर में लाना अच्छी बात नहीं है। अब तुम ले ही आयी हो तो इसको लस्सी-पानी पिलाकर चलता करो—अरी परसिन्नी जा लस्सी-वस्सी दे आ।"

परसिन्नी ने काँसे के बड़े कटोरे में गट्ठा भरा और उसमें मक्खन का गोला डालकर जस्से की ओर बढ़ाते हुए बोली, "भ्राःजी, आपको भी देर हो रही होगी। लेकिन जाने से पहले लस्सी तो पी लीजिये।"

यह कहते-कहते परसिन्नी ने आँख मारी। जस्से ने अपनी छोटी-छोटी मूँछों को बचाते हुए कटोरा मुँह से लगा लिया। मक्खन का गोला खाकर होंठ पोंछे। वह उठने को तैयार हुआ और पुकारकर बोला, "अच्छा माता जी, अब मैं चलता हूँ।"

मासी के हृदय में वह घर कर चुका था। वह दोनों हाथ फैलाकर बोली, "न बेटा, अब भत्तेवेला होने को है। खाना खिलाये बिना मैं तुझे जाने नहीं दूँगी।"

जस्सा केवल ज़रा-सा पहलू बदलकर फिर चारपाई पर पसरकर बैठ गया।

खाने की तैयारी होने लगी।

बड़े सम्मान से जस्से को भोजन कराया गया। जब वह जाने लगा तो मासी ने कहा, "बेटा, एक ही शर्त पर तुझे जाने दूँगी।"

जस्से ने भोलेपन से पूछा, "वह क्या शर्त है माता जी?"

"जब तक तू गुरुद्वारे में रहेगा, तब तक यहीं से खाना खायेगा। दिन और रात दोनों समय का भोजन करने के लिए तुझे यहाँ आने का वचन देना होगा।"

"मैं वचन देता हूँ। माँ!" जस्से ने तुरन्त ही कह दिया।

मासी के पीछे खड़ी परसिन्नी और दीपी ने जस्से की इस बात पर अपना-अपना माथा पीट लिया। तब जस्से को महसूस हुआ कि उसने स्वीकृति देने में आवश्यकता से अधिक ही जल्दबाज़ी कर दी। मगर मासी को ऐसा कुछ महसूस नहीं हुआ। वह जस्से की बलाएँ लेती हुई बोली, "बेटा हो तो ऐसा।"

तब जस्सा सबको सतसिरी-अकाल कहकर वहाँ से चल दिया।

रत्तोके गाँव से चलकर गुरुद्वारे तक जस्सा कभी सीटी बजाने लगता और कभी धीमे स्वर में किसी गीत के बोल गुनगुनाने लगता। उसे ऊँघ-सी महसूस होने लगी। गुरुद्वारे के हॉल में सोने का आज कोई प्रश्न ही नहीं उठता था। अतः वह मेले से ज़रा हटकर एक बड़े वृक्ष की सघन छाया में जा लेटा। दाहिने बाज़ू का मानो तकिया बनाते हुए उसने उसे सिर के नीचे रख लिया।

न जाने वह कितनी देर तक सोता रहा, जब जागा तो दिन का तीसरा पहर समाप्त हो चुका था।

3

दिन ढले जस्सा फिर रत्तोके गया। मासी ने बड़े सम्मान से उसे भोजन कराया। दोनों लड़कियाँ दूर-दूर से आँखें मटका-मटकाकर इशारे करती रहीं कि खाना खाते ही वह वहाँ से फूट जाये। जस्से ने ऐसा ही किया।

ग्रन्थी जी ने गुरुद्वारे के सेहन में जस्से के लिए चारपाई का प्रबन्ध कर दिया। वह रात-भर गहरी नींद सोया और सुहावने स्वप्न देखता रहा।

सुबह जागने के बाद चारपाई पर बैठे-बैठे वह बालों में कंघा कर रहा था कि उसे दोनों लड़कियाँ दालान में आती दिखायी दीं।

वह चौंक पड़ा, परन्तु दूसरे ही पल उनके हाथों में बर्तन देखकर उसको पता चल गया कि वे उसका नाश्ता लेकर आयी थीं। उनके निकट पहुँच जाने पर जस्सा बोला, "अरे! अभी तो मैंने कुल्ला भी नहीं किया।"

परसिन्नी बोली, "सो तो हमें मालूम है पर क्या करें, तुम्हारी माता जी बुरी तरह परेशान थीं। वह सोच रही थीं कि बेटा भूखा बैठा होगा। उसने हम दोनों को शीघ्र-से-शीघ्र पराँठे पकाकर तुम तक पहुँचाने का आदेश दे दिया। हम बेचारी विवश होकर इधर चली आयीं।"

इस बात पर वे तीनों ही ख़ूब हँसे, दीपी ने धीरे से सुझाव देते हुए कहा, "आओ, बाहर गुरुद्वारे से ज़रा दूर हटकर किसी वृक्ष के नीचे बैठें। यहाँ आने-जानेवालों में कोई-न-कोई जान-पहचान का दिखायी दे सकता है।"

वह सुझाव स्वीकार कर लिया गया। वे तीनों बाहर निकल गये। परसिन्नी ने कहा, "अब तुम दोनों बैठो, नाश्ता करो, गप्पे हाँको। थोड़ी देर तक मैं आ जाऊँगी। भूलना नहीं, हमको जल्दी ही लौट जाना चाहिए।"

दीपी ने बड़े प्रेम से जस्से को पराँठे खिलाये। पराँठों के साथ दही और डेलों का अचार भी था। जस्से को नाश्ता करने का इतना आनन्द आया जितना जीवन में पहले कभी नहीं आया था।

परसिन्नी लौट आयी। जाते-जाते दीपी ने जस्से को ताक़ीद करते हुए कहा, "तुम समय से कुछ पहले ही पहुँच जाना। कुछ गपशप चलेगी।"

इस तरह दोनों प्रेमियों ने अपने लिये ऐसी आदर्श स्थिति पैदा कर ली। दिन के खाने के बाद वे चौपड़ खेलने बैठ जाते। दो दिन तो ऐसे भी गुज़रे कि जस्सा दिन के भोजन के बाद गुरुद्वारे को लौट ही नहीं सका। दोपहर भर चौपड़ चली और रात का खाना खाकर ही लौटा।

दोपहर का समय ही ऐसा होता था जब कि घर के अन्य सदस्य सो जाते और दोनों प्रेमियों को जी भरकर बातें करने का मौक़ा मिल जाता और वे इस नयी स्थिति का पूरा-पूरा लाभ उठा रहे थे।

दीपी मज़े में आकर कहती, "पिता जी तो समझे बैठे होंगे कि बिटिया जस्से से बहुत दूर मासी के पास सुरक्षित बैठी है।"

"हाँ, वे इस बात पर ख़ुश हो रहे होंगे कि जस्सा यह भी नहीं जानता कि दीपी गयी कहाँ। तुम्हारी इस सहेली को भी मैं दाद दिये बिना नहीं रह सकता। इश्क़-प्रेम के मामले में यह बहुत चतुर है। यह न मिलती तो हमको एक-दूसरे से मिलने-जुलने में कितनी कठिनाई का सामना करना पड़ता।"

दीपी चहक उठती, "और अब तो ऐसी स्थिति बन गयी है कि बेचारी मासी ख़ुद ही तुम्हें बुला-बुलाकर खिलाती-पिलाती है। परसिन्नी ने भी कितना सोच-विचारकर कैसी अच्छी योजना बनायी।

जस्सा एकाएक गम्भीर होकर कहता, "दीपी! जो कोई सच्चे प्रेमियों के बीच में बाधा डालता है उसका मुँह काला होकर रहता है।"

दीपी झूठ-मूठ बिगड़कर कहती, ''तो क्या तुम मेरे पिता का मुँह काला करके छोड़ोगे?''

''अरे-अरे! तुम ठीक से समझी नहीं। हम दोनों तो डंके की चोट पर शादी करेंगे। देखना तो सही, मैं तुम्हारे घर बारात लेकर आऊँगा। जब तुम्हारे माता-पिता ख़ुद ही मुझसे तुम्हारी शादी कर देंगे तो फिर इसमें मुँह काला करने की क्या बात है।''

''ठीक है, जाओ! तुम्हें अबके माफ़ किया। आइन्दा ऐसी भूल नहीं होनी चाहिए।''

इस तरह मेले के दिन बड़ी हँसी-खुशी व्यतीत हो गये। मेले के अन्तिम दिन जब कि बहुत-से दुकानदारों ने अगले पड़ाव को जाने के लिए तैयारियाँ आरम्भ कर दी थीं, और रौनक़ कुछ कम हो गयी थी, दीपी और जस्सा गुरुद्वारे के पिछवाड़े वृक्षों के झुण्ड में टहल रहे थे। वे शान्त थे, क्योंकि वियोग की घड़ी अब निकट आ रही थी। मन-ही-मन वे प्रसन्न थे कि उन्हें एक-दूसरे के साथ रहने का इतना अच्छा मौक़ा मिला। एकाएक दीपी बोली, ''वह रात याद करो जब मेरे माता-पिता ने मुझे यहाँ भेजने की योजना बनायी और मैं उसी समय तुम्हारे पास पहुँच गयी। तुम झल्ला उठे। सोचो तो कि अगर मैं हिम्मत से काम लेकर वहाँ न पहुँच जाती तो यह मिलन कैसे होता।''

जस्सासिंह ने अपने से छोटे क़द की दीपी को प्यार-भरी दृष्टि से देखते हुए स्वीकार किया, ''यह तो मानना पड़ेगा कि अगर तुम उस दिन इतना साहस न दिखातीं तो मैं हरिपुरे में बैठा आहें भरता रहता और तुम यहाँ बैठी आँसू बहाती रहतीं। इसके साथ ही हमें परसिन्नी का भी आभार मानना होगा जिसने ऐसी योजना भिड़ायी कि मैं सीधा तुम्हारी मासी के घर के भीतर पहुँच गया।''

दीपी एकाएक गम्भीर होकर बोली, ''बेचारी परसिन्नी बड़ी मुसीबत में फँसी है।''

जस्सा सावधान हो गया, बोला, ''परसिन्नी की समस्या तो यही है न कि वह पूरनसिंह तक पहुँचना चाहती है। मुझे कारण तो नहीं मालूम, परन्तु इतना जानता हूँ कि पूरनसिंह का मन परिसन्नी के प्रति कुछ मैला हो गया है। मैं उससे मिलकर उसके दिल की हालत को समझ लूँगा और फिर दोनों के मिलन की जुगाड़ करूँगा।''

''उससे भी पहले परसिन्नी को एक और मुसीबत से वास्ता पड़ा है।''

''कैसी मुसीबत?''

''उस मुसीबत का नाम है सूरतसिंह।''

''वह क्या चाहता है?''

''तुम जानते ही हो वह क्या चाहता है। वह परसिन्नी को किसी तरह भी छोड़ने को तैयार नहीं है। उसे प्राप्त करने के लिए सूरतसिंह अन्तिम सीमा तक जाने से नहीं हिचकेगा।''

यह सुनते-सुनते जस्सासिंह के चेहरे का रंग गहरा हो गया। अपने-आपको ऐसी दशा में पाकर उसने मन-ही-मन सोचा कि कुछ ही समय पूर्व वह हत्या के दोष से बाल-बाल बचा था, परन्तु क्या अब वह आवश्यकता पड़ने पर फिर किसी की जान ले सकता है? स्वयं वह इस बात का उत्तर नहीं दे पा रहा था।

दीपी ने उसकी शक्ल से उसके मन की दशा को भाँप लिया, बोली, "अब तुम मन में यह न समझ बैठना कि हर कठिन मौक़े पर तुम्हारे पास वही एक उपाय है...अर्थात् दूसरे के हाथ-पाँव तोड़कर उसकी गरदन मरोड़ देना। जैसा कि तुमने थुन्ने के साथ किया। कुछ दिमाग़ से भी काम लेना चाहिए।"

जस्से ने जल्दी से सँभलते हुए कहा, "नहीं, नहीं, ऐसी कोई बात नहीं है। फिर भी सूरतसिंह का कुछ इलाज तो करना ही पड़ेगा।"

"उसकी हत्या के अतिरिक्त जो भी उपाय करो, मुझे स्वीकार होगा। बेचारी परसिन्नी की ऐसी दशा हरगिज़ न होती अगर उसके सिर पर बाप होता या कम-से-कम उसके भाई ही होते। विधवा माँ की बेटी होने के कारण उसकी सुन्दरता उसके लिए मुसीबत बनकर रह गयी है। मैं उसके विषय में अधिक नहीं जानती, क्योंकि हमारी मुलाक़ात यहीं पर हुई है। वह ऐसी मिलनसार है और मन की अच्छी है कि एकदम ही मेरी-उसकी मित्रता हो गयी।"

लगता था कि जस्से का ध्यान उसकी बातों की ओर नहीं था, वह गहरी सोच में डूबा हुआ था। दीपी की बात ख़त्म हुई तो वह ज़रा चौंका, बोला, "ऐसा है कि मैं स्वयं परसिन्नी से बातचीत करके उसे कोई ऐसी तरकीब बता दूँगा कि जिससे उसकी यह मुसीबत टल जाये। उसकी सहायता करना हमारा सबसे पहला कर्त्तव्य है।"

"तो ठीक है, मैं परसिन्नी से कह दूँगी कि वह अपनी सारी समस्या तुम्हारे सामने रख दे। उस समय तक तुम्हें भी कोई-न-कोई समाधान सूझ जायेगा।"

उन दोनों का वार्त्तालाप यहीं पर समाप्त हो गया।

दूसरे दिन जस्से को हरिपुरे वापस जाना था। उसने परसिन्नी की बात सुनकर उसे समझा दिया कि सूरतसिंह से मुलाक़ात होने पर उसे क्या करना होगा। यह भी ग़नीमत था कि सूरतसिंह ने परसिन्नी को जस्से के साथ नहीं देखा था। असल में वह किसी कार्यवश अपने गाँव लौट गया था। उसे विश्वास था कि परसिन्नी अपना दिया हुआ वचन पूरा करगी। उसे इस बात का भी इतमीनान था कि यदि उसने वचन न भी पूरा किया तो उसके चंगुल से निकलकर जायेगी कहाँ। अतः वह पूरे इतमीनान से मंगलवार को निश्चित स्थान पर निश्चित समय से पहुँच गया। उसे यह देखकर आश्चर्य हुआ कि परसिन्नी पहले से ही वहाँ उपस्थित थी। वह प्रसन्न होकर बोला, "मैं समझे बैठा था कि न जाने कितनी देर तक मुझे प्रतीक्षा करनी पड़ेगी। तुम पहले से ही मौज़ूद हो, इससे पता चलता है कि तुम्हारे मन में अब भी मेरे प्रति गहरा सम्मान और प्रेम है।"

परसिन्नी के होंठों पर फीकी-सी मुस्कराहट उत्पन्न हुई। कहने लगी, "ज़रा धीरे बोलो, आसपासवाला कोई आदमी हमारी बात न सुन ले।"

"यहाँ आसपास है कौन? रहट की गद्दी पर केवल दस-ग्यारह वर्ष का लड़का बैठा बैल हाँक रहा है। दूर खेतों में कुछ आदमी काम कर रहे हैं, लेकिन उन तक हमारी आवाज़ पहुँच ही नहीं सकती।"

"वह सब ठीक है, मगर इस बात की तो सम्भावना है कि कहीं हम अपनी ही बहस में लगे हों और आनेवाले व्यक्ति का हमें अहसास ही न हो।"

"बहस? समझ में नहीं आता परसिन्नी, तुम बहस क्यों करना चाहती हो। कुछ ही महीने पहले हम दोनों घी-शक्कर थे। फिर वह दारोग़ा आया और गाँव का काण्ड तुमने देखा। इसके साथ ही तुम्हारी नीयत बदल गयी।"

परसिन्नी उसे बताना चाहती थी कि वह उससे घी-शक्कर कभी नहीं हुई थी। उसने जो कुछ भी किया था, वह पूरनसिंह को जलाने के लिए किया था, मगर उस दिन पूरनसिंह ने सिद्ध कर दिया कि जिस व्यक्ति को अब उसने अपना रखा था वह न तो उसके मुक़ाबले में शक्तिशाली था और न एक इनसान के नाते वह ऊँचे स्तर का था।

सूरतसिंह से ये सारी बातें कहना व्यर्थ था। वह सच्चे मन से यही समझ रहा था कि परसिन्नी वास्तव में उसी को प्रेम करती थी। सम्भवतः पूरनसिंह से कभी उसका थोड़ा-बहुत मेल रहा हो, परन्तु उस दिन उसकी वर्दी, शान तथा रोब देखकर वह उससे प्रभावित हो गयी थी। सूरतसिंह को विश्वास था कि पूरनसिंह भला एक विधवा की देहाती लड़की से विवाह क्यों करने लगा। उसकी दृष्टि में परसिन्नी का पूरनसिंह के पीछे हाथ धोकर पड़ना ही व्यर्थ था। उसने ये सारी बातें परसिन्नी को समझायी। परन्तु परसिन्नी औरत होने के नाते जानती थी कि पूरनसिंह के मन में अब भी उसके लिए स्थान था। यदि एक बार वह उसकी भूल क्षमा कर दे तो सदा के लिए उसका हो सकता था।

सूरतसिंह बोला, "मैं फिर दोहराता हूँ कि यूँ ही सात रंगोंवाले धुनष के पीछे मत भागो। पूरनसिंह को लड़कियों की क्या कमी है। अच्छे-से-अच्छे घर की ख़ूबसूरत-से-ख़ूबसूरत लड़की से वह शादी कर सकता है। मेरे दोबारा कहने का बुरा न मानो कि आख़िर तुम मामूली ग़रीब विधवा की बेसहारा लड़की हो। माना कि किसी तिकड़मबाज़ी से आज तुम पूरनसिंह को फुसलाकर उससे शादी कर लेती हो, लेकिन बाद में क्या होगा? तुम्हें ऐसा आदमी चुनना चाहिए जो स्वयं तुम्हारे पीछे भाग रहा है, और तुम्हारा हाथ थामने को व्याकुल हो रहा है। तुम्हें मुझसे बेहतर आदमी नहीं मिल सकता।"

परसिन्नी ख़ामोशी से सिर झुकाये बैठी रही। सूरतसिंह को लगा कि परसिन्नी का मन पिघल रहा था। यही अवसर था जबकि वह उसको और अधिक फुसला सकता था। उसने इधर-उधर दृष्टि डाली। कोई देखनेवाला नहीं था। परसिन्नी का हाथ अपने हाथ में लेकर कहना आरम्भ किया, "तुम मेरी बातों पर जितना अधिक ग़ौर करोगी, उतना ही तुम्हें विश्वास होता जायेगा कि मैं ग़लत नहीं कह रहा हूँ। यारी-वारी दो-चार दिन की बात होती है। लेकिन यारी में सारा जीवन तो नहीं काटा जा सकता। हर स्त्री को पुरुष की नहीं पति की आवश्यकता होती है। उसे ऐसे पुरुष की आवश्यकता होती है जो केवल प्रेमी न हो, वरन् उसे सारे समाज के सामने अपनी पत्नी स्वीकार करने को तैयार हो—बोलो, मैं ग़लत तो नहीं कहता?"

परसिन्नी ने महसूस किया कि अब वह अवसर था जबकि वह अपनी बनावटी अड़चन को उसके सामने रख सकती थी। इतनी देर तक वह जान-बूझकर टाल-मटोल करती रही, ताकि यह सारी बातचीत स्वाभाविक लगे। सूरतसिंह देख रहा था कि उसकी महबूबा गहरी सोच में डूबी हुई थी। वह इस प्रतीक्षा में था कि परसिन्नी अच्छी तरह सोच-विचार करके अपने मन की बात उसे बता दे।

आख़िर परसिन्नी ने सिर ऊपर उठाया और सूरतसिंह की ओर उदास नज़र से देखते हुए धीरे से कहा, "मुश्किल तो यह है कि तुम मर्द लोग स्त्री के संसार को, उसकी भावनाओं को, और उसकी परेशानियों को समझ नहीं पाते।"

सूरतसिंह अक्खड़पने से काम नहीं लेना चाहता था। वह महसूस करता था कि परसिन्नी का हृदय कुछ-कुछ पिघलने लगा था। वह यह भी जानता था कि परसिन्नी काफी गर्म तबीयत की थी, और यदि इस अवसर पर उसने उसे उत्तेजित किया तो सारा मामला बिगड़ जायेगा। बोला, "मैं मानता हूँ कि हम पुरुष स्त्रियों के संसार को नहीं समझ पाते, लेकिन अगर तुम मुझको समझाओ तो मैं निश्चय ही समझ लूँगा। मेरे लिये परेशानी की बात यह है कि हम अच्छे-ख़ासे एक-दूसरे के प्रेम में डूबे हुए थे फिर उस दिन तुम्हें न जाने क्या हुआ कि सारे किये-कराये पर पानी फिर गया। अब तुम्हीं कहो कि यह कहाँ का न्याय है। जान-बूझकर पहेली बनोगी तो दूसरे की समझ में क्या आयेगा।"

"मेरी मुश्किल यह है कि अगर मैं तुम्हारा सुझाव स्वीकार करने को तैयार हो जाऊँ तो भी हम दोनों की शादी नहीं हो सकती।"

"वह क्यों?"

"एक भारी अड़चन पड़ गयी है।"

सूरतसिंह ज़रा ताव में आकर बोला, "अड़चन? यदि तुम्हारे-हमारे बीच पहाड़ भी खड़ा हो जाये तो मैं उसे उठाकर परे फेंक दूँगा।"

"यह अड़चन पहाड़ से भी बड़ी है।"

"कुछ पता तो चले कि यह अड़चन है क्या?"

"मेरा एक भाई है..."

"भाई?"

"सगा नहीं, रिश्ते का भाई है। मुझे उम्मीद नहीं कि वह हम दोनों के रिश्ते को स्वीकार करे।"

"क्यों, मुझमें उसे क्या बुराई दिखायी दी है?"

"बुराई क्या दिखायी देती! उसे तो अभी इस बात का पता भी नहीं है कि तुम कौन हो।"

"तो फिर तुम कैसे कहती हो कि वह हम दोनों के विवाह पर आपत्ति उठायेगा!"

"मैं नहीं कहती, माँ कहती है। माँ को तुम्हारे-मेरे सम्बन्ध का कुछ पता नहीं था। जब पता चला तो उसने मुझे रोका और बताया कि मेरे रिश्ते के उस भाई को इस पर आपत्ति होगी।"

"मगर उसे आपत्ति क्यों होगी? जबकि उसने मुझे देखा ही नहीं तो...

परसिन्नी ने बात काटकर कहा, "माँ ने इसका कारण यह बताया है कि मेरे रिश्ते के भाई ने मेरे लिये कोई और वर ढूँढ़ रखा है।"

"ऐसी स्थिति में तुम्हारी माँ को चाहिए था कि वह उसे मेरे बारे में बता देती।"

"माँ डरती है। उसका कहना है कि वह बहुत ही उजड्ड आदमी है। अपनी ज़िद पूरी करके छोड़ता है।"

"मुझे लगता है कि तुम दोनों, यानी माँ-बेटी ने ख़ामख़ाह ही मन में यह भय खड़ा कर लिया है। सही तरीक़ा तो यह है कि तुम ही अपने भाई को बतातीं कि वास्तव में तुम मुझसे शादी करना चाहती हो। इसके बाद वह शायद मुझे बुलाता, मुझसे बातचीत करता और मेरे विषय में इधर-उधर से भी जानकारी प्राप्त करता। अगर इसके बाद भी वह कोई आपत्ति उठाता तो तुम्हारी कठिनाई मेरी समझ में आ जाती। मगर यह सब तो बेकार का बावेला है।"

परसिन्नी ने अपनी मोटी-मोटी आँखें उठाकर उस पर भरपूर दृष्टि डाली और पूछा, "तुम्हें कोई तरकीब सूझी हो तो बताओ?"

सूरतसिंह ने इतमीनान से कहा, "सीधी-सी बात यह है कि उसे मेरे बारे में कुछ भी मालूम नहीं। अकारण ही हम यह समझ लें कि वह मेरा विरोध करेगा, तो माननेवाली बात नहीं है।"

"तो?"

"मैं सोचता हूँ कि मैं ख़ुद ही उससे मिल लूँ।"

परसिन्नी ख़ुश होकर बोली, "हाँ! यह हुई मर्दोंवाली बात।"

इस पर सूरतसिंह ने बड़े गर्व से नथुने फुला लिये। तब परसिन्नी ने उसके हाथ-पर-हाथ रखकर कहा, "बेशक उससे मिलो, लेकिन ख़ामख़ाह गर्मी मत दिखाना। अगर तुमने धाकड़बाज़ी से काम करने की कोशिश की तो बनता हुआ काम बिगड़ जायेगा।"

"अरे नहीं! मैं ऐसा मूर्ख नहीं हूँ। आख़िर वह तुम्हारा भाई है, और उसी से मुझे तुम्हारा हाथ माँगना है। मैं भली-भाँति जानता हूँ कि ऐसे मौक़ों पर किस तरह बातचीत करनी चाहिए।"

परसिन्नी ने हाथ बढ़ाकर उसके गाल पर हलकी-सी थपकी देते हुए कहा, "ओह, तुम कितने समझदार हो। मैं बेकार ही तुम्हें उल्लू का पट्ठा समझती रही।"

सूरतसिंह ने खीसें निकाल दीं। फिर उसके मने में एक विचार आया तो उसने पूछा, "एक बात मैं तुमसे जानना चाहता हूँ।"

"बोलो!"

"जब मैं उससे मिलने के लिए जाऊँ तो क्या मैं उसे यह कह सकता हूँ कि तुम भी मुझ ही से शादी करना चाहती हो?"

"क्यों नहीं, तुम यहाँ तक कह सकते हो कि अगर मुझसे शादी न हो सकी तो परसिन्नी आत्महत्या कर लेगी।"

परसिन्नी के ये ज़ोरदार शब्द सुनकर एक बार तो सूरतसिंह बिलकुल हतप्रभ रह गया। आज परसिन्नी ने अपना दिल खोलकर उसके सामने रख दिया था। उसने अपने दोनों बड़े-बड़े हाथों में महबूबा का हाथ दबाते हुए कहा, "मैं जानता था कि तुम्हारे मन की गहराई में सूरतसिंह की ही सूरत बसी है।"

"तुम बड़े चतुर हो।" परसिन्नी ने दाँत दिखाते हुए कहा।

"सचमुच परसिन्नी, अगर मैं यह कह दूँगा कि मुझसे शादी न होने पर तुम जान दे दोगी तो तुम्हारे उस भाई का दिल मोम की तरह पिघल जायेगा।"

'पिघलना तो चाहिए...परन्तु मैं अपनी ओर से इसका कोई आश्वासन नहीं दे सकती। दरअसल मैंने भी उसे बहुत कम देखा है। देखा भी तो यह नहीं समझा कि हम पर उसका कोई एहसान है। यह तो अब मेरी माँ ने बताया कि पिता जी की मृत्यु के बाद उसने हमारी कितनी सहायता की है। माँ कहती है कि अगर वह हमारी सहायता न करता तो हम भूखों मर जाते।"

सूरतसिंह ने परसिन्नी की कमर में हाथ डालकर उसे अपने निकट करते हुए कहा, "चिन्ता मत करो। अब भूखों मरने का प्रश्न ही नहीं उठेगा। तुम दोनों की ज़िम्मेदारी मुझ पर होगी। लेकिन ये बाद की बातें हैं, पहले मैं तुम्हारे भाई से मिल तो लूँ। आख़िर बड़ी मुश्किल से तुमने असली बात बतायी। पहले ही बता देती तो हम दोनों को इतनी परेशानी न होती।"

"क्या बताऊँ, माँ ने उस भाई का नाम लेकर मुझे इतना डरा दिया कि मैं बिलकुल निराश हो गयी।"

"अरे हाँ! तुमने भाई का नाम तो बताया ही नहीं।"

"तुमने पूछा ही नहीं—उसका नाम जस्सासिंह है। लोग उसे चक पीराँ का जस्सू कहते हैं।"

"तो क्या वह चक पीराँ का निवासी है?"

"नहीं, वह हरिपुरा में रहता है।"

"हरिपुरा।...साल भर से ऊपर हो गया जब मैं वहाँ गया था। यूँ ही किसी से मिलना था। जहाँ तक मुझे याद है, मैंने कहीं तुम्हारे भाई का नाम तक नहीं सुना।"

"उन दिनों वह वहाँ नहीं आया था। अधिक कुछ मुझे भी नहीं पता।"

"कोई चिन्ता नहीं। अब मैं ख़ुद ही सब बातों का पता लगा लूँगा।"

●

मकर रन्न दे जेड न मकर कोई, रब विच कुरान फरमौंदा-ए।

—वारे शॉ

(स्त्री की चतुराई के बराबर कोई चतुराई नहीं, ख़ुदा ने कुरान में यही फरमाया है।)

1

दिन के तीसरे पहर सूरतसिंह एक माँगे के घोड़े पर सवार हरिपुरे के निकट पहुँचा। रास्ते की धूल और धूप के कारण सवार और घोड़े दोनों का ही हुलिया बिगड़ गया था। वह एक रहट के समीप बरगद की छाया तले घोड़े से उतर पड़ा। उसने सोचा कि मुँह-हाथ धोकर, कपड़े बदलकर, और ज़रा ताज़ा दम होकर वह गाँव की ओर बढ़ेगा।

दूर गाँव के मकानों की मटमैली दीवारें एक-दूसरे से खिचड़ी हो रही थीं। कहीं-कहीं किसी चौबारे पर मैले-से कपड़े की झण्डी उड़ती दिखायी दे रही थी। कौवों की मन्द-मन्द काँव-काँव और कुत्तों के भौंकने की आवाज़ें उसके कानों तक पहुँच रही थीं। आकाश की ऊँचाई पर चीलें उड़ रही थीं।

सूरतसिंह ने रहट से औलू में गिरते हुए पानी से मुँह-हाथ धोया। पिण्डलियों तक पाँव की धूल धो डाली। देशी जूतों को कपड़े के टुकड़े से साफ़ किया। गुलाबी रंग की पगड़ी को फैलाकर झाड़ा और फिर नये सिरे से उसे सिर पर लपेट लिया। एक छोटे-से टीन के फ्रेमवाले शीशे में उसने अपनी शक्ल देखी, मूँछों को उँगलियों से छुआ। इस प्रकार यह इतमीनान हो जाने के बाद कि वह स्वयं तो अपने भावी साले से मिलने के योग्य बन गया था, उसने ज़रा मरियल-से घोड़े पर दृष्टि डाली जो इधर-उधर सूँघकर घास चरता फिर रहा था। बहता हुआ पानी पीकर घोड़ा भी कुछ चौकन्ना दिखने लगा। सूरत ने अँगोछे से काठी साफ़ की, घोड़े के शरीर का पसीना पोंछा, और उसकी थूथनी की झाग भी साफ़ की।

इस प्रकार तैयार होकर उसे कुछ याद आया तो उसने परे बैलों के पीछे गद्दी पर बैठे व्यक्ति को एक नज़र देखा। उसके निकट जाकर पूछा, "क्या जस्सासिंह इसी गाँव में रहता है?"

बूढ़े की सफ़ेद भवें झुककर उसकी आँखों में घुसी जा रही थीं। उसने उदास नज़रों से सूरतसिंह की ओर देखा तथा पोपले मुँह से पूछा, "क्या तुमको चक पीराँवाले जस्सू से मिलना है?"

"हाँ-हाँ! वही।"

"हाँ, वह इसी गाँव में रहता है।"

"उसका घर कहाँ है?"

बूढ़े ने सूखा हाथ उठाकर संकेत करते हुए कहा, "सामने धूल-भरे मैदान के पास पीपल का बड़ा पेड़ देख रहे हो?"

"हाँ।"

"वहीं पर तुम्हें एक बहुत चौड़ा गलियारा भीतर जाता दिखायी देगा। उस दरवाज़े के परली ओर बड़ा दरवाज़ा है। वह उन्हीं का अहाता है। उसके पिछवाड़े वह मकान है जहाँ चक पीराँ का जस्सू रहता है।"

इतना कहकर बूढ़े ने यूँ मुँह फेर लिया जैसे इस विषय पर वह और अधिक कुछ नहीं कहना चाहता था। शायद सूरतसिंह उससे और जानकारी प्राप्त करने की चेष्टा करता, परन्तु बूढ़े का यह व्यवहार देखकर उसने घोड़े की लगाम थामी, बायीं रकाब में पाँव रखा और एक ही छलाँग में काठी पर बैठ गया। घोड़ा सिर झुकाये ठुमकता हुआ आगे बढ़ने लगा। मैदान में पहुँचकर उसकी टापों से काफ़ी धूल उड़ने लगी। पीपल का पेड़ अहाते से बहुत ऊपर तक फैला हुआ था। उसे गलियारा ढूँढ़ने में पल-भर का भी समय नहीं लगा। दरवाज़ा उसके सामने ही खुला हुआ था। वह घोड़े पर सवार ही अहाते के भीतर चला गया।

परली दीवार के निकट अहाते के कोने में बँधी भैंस को एक लड़का नहला रहा था। भैंस का चिकना तन चमक उठा था। अहाते के एक ओर छोटा-सा चबूतरा था जिसके ऊपर खपरैल की छत थी। ज़रा दूरी पर भारी चक्की थी जिसे चलाने के लिए ऊँट से काम लिया जा रहा था। ऊँट बेढब चाल से चल रहा था और उसके गले में बँधी घण्टी बज रही थी।

सूरतसिंह घोड़े से उतर पड़ा। पहले उसने सामने बनी कच्ची दीवारोंवाली दो कोठरियों पर दृष्टि डाली और फिर छोटे लड़के को हाथ के इशारे से अपने पास बुलाया।

लड़का अड़ियल टट्टू की भाँति यूँ उसकी ओर बढ़ा जैसे उसका उससे बात करने को भी दिल नहीं चाह रहा था। वह निकट आ बहुत कसकर मुँह बन्द करके खड़ा हो गया और सूरतसिंह के चेहरे की ओर टकटकी बाँधे देखने लगा।

सूरतसिंह ने उस उजड्ड लड़के पर दृष्टि डाली और पूछा, "क्या चक पीराँ का जस्सू यहीं रहता है?"

"तुम्हारा मतलब सरदार जस्सासिंह जी से है?"

अब सूरतसिंह ने महसूस किया कि उसे अपने भावी साले को केवल जस्सू नहीं कहना चाहिए था। ज़रा झेंपकर बोला, "हाँ-हाँ, मेरा मतलब सरदार जस्सासिंह जी से है।"

लड़के ने अपने दोनों हाथ कूल्हों पर जमा लिये और बोला, "हाँ, यहीं पर रहते हैं—बोलो!"

सूरतसिंह को लड़के का यह अन्दाज़ बिलकुल पसन्द नहीं आया। दो कौड़ी का नौकर किस ऐंठ से बात कर रहा था। जी चाहा कि उलटे हाथ का एक झापड़ जमा दे। मगर उसने गुस्सा दबाते हुए कहा, "मैं उनसे मिलना चाहता हूँ।"

उसकी इस बात पर लड़का बोला तो कुछ नहीं, परन्तु वह अपने स्थान से हिला भी नहीं। उसके माथे पर कुछ गहरे बल दिखने लगे। उसने अपने मुँह का आकार ऐसा बना लिया जैसे सोच रहा हो कि यह आदमी उसके मालिक से मिलने योग्य है भी या नहीं। सूरतसिंह ने सोचा कि कम-से-कम मेरी शक्ल तो ऐसी नहीं है कि मैं इस कल के छोकरे को बहुत ही साधारण आदमी दिखूँ। उसके मन में यह विचार भी आया कि जिस मालिक के मामूली नौकर इतने बेहूदा क़िस्म के थे, वह स्वयं कैसा होगा। परन्तु यह अवसर ही ऐसा था कि सूरतसिंह अपनी किसी भी हरकत से अपना काम बिगाड़ना नहीं चाहता था। अतः जितनी देर तक वह छोकरा उसे घूरता रहा, वह भी चुपचाप खड़ा रहा।

आख़िर लड़के ने एक लम्बी साँस ली और बोला, "अच्छा, सब्र करो, मैं भीतर जाकर मालिक से कहता हूँ।"

वह छोकरा पहलवानों की भाँति अपने बाज़ुओं को ज़रा फैलाये और टाँगों को चौड़ा किये हुए बड़े इतमीनान से सामनेवाली एक कोठरी की ओर बढ़ा।

सूरतसिंह उसकी ये अदाएँ देखकर मन-ही-मन ताव खाता रहा, फिर उसने ज़ोर से धरती पर थूक दिया। वह चुपचाप छोकरे की प्रतीक्षा करने लगा।

लेकिन छोकरा लौटा नहीं, अपितु उठाकर दरवाज़े से बाहर फेंक दिया गया। वह धूल में लोट-पोट हो गया। फिर सँभलकर उठा और अपने कपड़ों पर से धूल और तिनके झाड़ने लगा। उसने आगन्तुक की ओर देखा तक नहीं, और भैंस के निकट जाकर अपने काम में जुट गया।

सूरतसिंह यह अजीब तमाशा देख सकते में आ गया। अब उसे क्या करना चाहिए। वह चुपचाप लौट जाये या स्वयं बढ़कर उस कोठरी में झाँके कि वहाँ कौन बैठा है और क्या कर रहा है।

सूरतसिंह यह सब सोचकर ही रह गया। वह न वापस लौटा और न कोठरी की ओर बढ़ा। कुछ भी तो निर्णय नहीं कर पा रहा था। क्या उसे दिन-भर यूँ ही खड़े रहना पड़ेगा?

सम्भवतः वाह गुरु अकाल पुरुख ने उसकी सुन ली, क्योंकि इसी बीच उसे दरवाज़े में से तूतिया रंग के तहमद की झलक दिखायी दी। फिर उसे घुटने तक का लम्बा कुर्ता नज़र आया। दरवाज़े से भी ऊँचा होने के कारण जस्सासिंह सिर झुकाकर बाहर निकला। दालान में क़दम रखते ही वह बिलकुल सीधा खड़ा हो गया। उसकी ऊँची, मज़बूत और तनी हुई गरदन पर सूरतसिंह को ऐसा चेहरा दिखायी दिया जो सुन्दर न होने पर भी लाखों में एक था। उस समय उसके सिर पर पगड़ी नहीं थी, केवल बड़ा-सा जूड़ा कसकर बँधा हुआ था जिसकी जड़ में हाथी दाँत का कंघा धँसा हुआ था।

पूर्वपरिचय न होने के बावजूद सूरतसिंह समझ गया कि यही जस्सासिंह है...यही चक पीराँ का जस्सू है। मगर जस्से ने अब भी उसकी ओर नहीं देखा। उसकी दृष्टि काम करते हुए लड़के पर जमी हुई थी जिसे कुछ ही देर पूर्व एक हाथ से पकड़कर बाहर फेंक दिया था।

वातावरण पर अजीब-सा मौन छाया हुआ था। जस्सा एक मोटे तिनके से अपना दाहिना कान कुरेद रहा था। पल-पर-पल वातावरण बोझिल होता जा रहा था। आख़िर जस्से की सारे दालान पर घूमती हुई आँख सूरतसिंह पर टिक गयी। ढलती हुई सन्ध्या के-से रंगवाले चेहरे में उसकी दोनों आँखे दहकते हुए अँगारों-सी लग रही थीं। क्षण-भर को सूरतसिंह ने महसूस किया कि उसके बोलने की शक्ति ही समाप्त हो चुकी है। उसने सोचा, तो यह है परसिन्नी का भाई!

"तुम सूरतसिंह हो न?" जस्से ने बिना आँख झपकाये सपाट स्वर में पूछा।

"हाँ।"

जस्सा नज़र पड़ते ही सूरतसिंह को पहचान गया था। उसे यह भी मालूम था कि परसिन्नी का वह प्रेमी उसे मिलने आनेवाला था। परन्तु सूरतसिंह न उसे पहचानता था और न यह जानता था कि उसका स्वागत करने के लिए जस्सा पहले से ही तैयार बैठा था।

सूरतसिंह इस प्रतीक्षा में था कि जस्सा उसे बैठने के लिए कहेगा, परन्तु ऐसी कोई बात नहीं हुई। दोनों जहाँ-के-तहाँ खड़े रहे।

एक बात सूझी तो सूरतसिंह ने पूछा, "तुम मुझे पहचानते हो क्या?"

जस्से ने अपने उसी विशेष स्वर में उत्तर दिया, "तुम्हारे-जैसे व्यक्तियों को मैं ख़ूब अच्छी तरह पहचानता हूँ।"

सूरतसिंह के पाँव के नीचे से मानो धरती खिसक गयी, भय के कारण नहीं, केवल इस विचार से कि बातचीत की यह भूमिका शुभ नहीं थी। उसे विश्वास हो गया कि जस्सा परसिन्नी से उसके विवाह पर कभी सहमत नहीं होगा। इस विचार से उसका दिल एक बार तो डूब गया, फिर उभरा तो इस ख़याल से कि परसिन्नी केवल उसी को चाहती है और जस्सू की आज्ञा न मिलने पर भी वह उसे बहला-फुसलाकर अपनी पत्नी बनाने में सफल हो जायेगा।

परिणाम जो भी हो, वह अपने आने का प्रयोजन बताये बिना तो नहीं लौट सकता था। बोला, "मैं एक विशेष काम से आया हूँ।"

जस्सा कुछ देर तक चुपचाप कान कुरेदने में मग्न रहा, अन्त में उसके मुँह से आवाज़ निकली, "बोलो!"

"तुम रत्तोकेवाली परसिन्नी के रिश्ते में भाई हो क्या?"

जस्से की घनी भवें ज़रा-सा फड़फड़ायीं, "तुमसे मतलब?"

"बात यह है मैं परसिन्नी से मिलकर ही इधर आ रहा हूँ।"

"उससे मिलने की तुम्हें जुर्रत कैसे हुई?"

सूरतसिंह ने महसूस किया कि उसका काम तो बिगड़ता ही जा रहा था। अब उसे यह भी लगा कि यदि जस्से की अनुमति न प्राप्त हुई तो परसिन्नी को काबू करना भी असम्भव नहीं तो बहुत कठिन अवश्य हो जायेगा। वह अनायास ही हकलाते हुए बोला, "ऐसी-वैसी कोई बात नहीं है। दरअसल हम दोनों शादी करना चाहते हैं।"

अब जस्से ने अपने चेहरे से कुछ इस प्रकार का भाव दर्शाया कि जैसे यह ख़बर सुनकर उसे आश्चर्य हो रहा हो। उसने सूरतसिंह का ऊपर से नीचे तक निरीक्षण किया। फिर पूछा, "शादी तुम उससे करना चाहते हो या वह भी चाहती है?"

सूरतसिंह ने आशापूर्ण स्वर में कहा, "वह भी दिल से चाहती है कि हम दोनों..."

"लेकिन उसने मुझसे कभी इस बात का ज़िक्र नहीं किया। वहाँ का मेला देखने के लिए मैं भी रत्तोके गया था। उसी के घर ठहरा। उसने इस विषय में कुछ नहीं कहा।"

सूरतसिंह ने सोचा कि यह तो बड़ी गड़बड़ हुई। परसिन्नी स्वयं उससे कुछ नहीं कह सकती थी तो अपनी माँ के द्वारा कहला तो सकती थी। बड़ी चूक हुई। अब वह इस बात का जस्से को क्या उत्तर दे?

परन्तु जस्से ने ही अपनी एक बात से सूरतसिंह की परेशानी दूर कर दी। बोला, "सूरत्या! लगता है कि वह शर्म के मारे मुझसे कुछ कह नहीं सकी। वह इतनी शर्मीली और सीधी है कि उसने माँ से भी कुछ न कहा होगा, वरना कम-से-कम वह तो मुझसे इस बात का ज़िक्र ज़रूर करती।"

सूरतसिंह मारे ख़ुशी के उछल पड़ा। दाँत दिखाते हुए बोला, "ठीक समझे। बहुत ही सीधी और भोली लड़की है। तुमको तो बहुत मानती है। मुझसे कहती थी कि तुमसे इतना गहरा प्रेम होने के बावजूद अगर वीर (भैया) ने अनुमति न दी तो यह शादी हरगिज़ नहीं हो सकेगी।"

मक्खन मारकर सूरतसिंह के हृदय को बड़ा हर्ष हो रहा था।

जस्से ने कुछ देर तक उसे घूरकर देखा और फिर गुर्राकर बोला, "सूरत्या! वह बिलकुल ठीक कहती थी।"

जस्से ने उसे अब तक बिलकुल डाँवाँडोल दशा में रखा था। परिणामस्वरूप सूरतसिंह की सारी हेकड़ी क्षण-भर को ग़ायब हो गयी। वह एक क़दम आगे रखकर दोनों हाथ फैलाते हुए बोला, "जस्सासिंह, अब सब-कुछ तुम्हारे हाथ में है। मैं जानना चाहता हूँ कि क्या यह शादी हो सकती है?"

जिस तिनके से जस्सा कान कुरेद रहा था, उसी को उलटकर उसके दूसरे सिरे से दाँत कुरेदने लगा।

कुछ पल इसी प्रकार व्यतीत हो गये। अन्त में जस्से ने कहा, "यह शादी हो सकती है।"

यह सुनते ही सूरतसिंह का जी चाहा कि वह छलाँग लगाकर आकाश को छू ले। उसका चेहरा खिल उठा। एक बार तो यूँ लगा जैसे वह अपने-आपको जस्से के पाँवों में गिरा देगा।

"मगर..." जस्से ने पुनः कहना आरम्भ किया।

सूरतसिंह की आँखों के सामने नुकीले शूल उड़ने लगे। सूखते हुए कण्ठ से पूछा, "मगर क्या?"

जस्सा चलता हुआ सूरतसिंह के ज़रा निकट आ गया और दीवार से पीठ लगाकर खड़ा हो गया। एक क़दम आगे सूरतसिंह का मरियल-सा घोड़ा खड़ा था, जिसकी लगाम अब भी सूरतसिंह के ढीले-ढाले हाथ में थी।

सोचते-सोचते जस्से ने सिर उठाया और कहा, "सूरत्या! जब तुम दोनों ही ऐसा चाहत हो तो शादी हो जानी चाहिए—लेकिन लड़कीवालों को बहुत-सी बातें सोचनी पड़ती हैं।"

सूरतसिंह जल्दी से बोला, "बिलकुल ठीक कहते हो। आखिर लड़की के पूरे जीवन का मामला होता है। शादी एक-दो दिन की बात तो है नहीं।"

"तुम ठीक समझे।"

"मैं हर तरह से तुम्हारी तसल्ली करने को तैयार हूँ।"

जस्से ने एक उँगली अपने सिर के बालों में घुसेड़ी...शायद उस जगह कुछ खुजली महसूस हो रही थी—बोला, "तुम ज़रा बदमाश क़िस्म के आदमी हो।"

सूरतसिंह जैसे आदमी के लिए बदमाश कहलाना गर्व की बात थी। मगर इस समय उसकी गुट्टी फँसी हुई थी। वह नहीं चाहता था कि जस्सा उसे आवश्यकता से कहीं अधिक बदमाश समझ बैठे। खिसियाकर बोला, "जस्सासिंह, यह तो उम्र ही ऐसी होती है। वैसे मैं किसी ऐसी बदमाशी में नहीं हूँ कि जिसका मेरे वैवाहिक जीवन पर बुरा प्रभाव पड़े।"

"तब ठीक है। तुम्हारे विषय में कुछ और बातों की जानकारी प्राप्त करना भी आवश्यक है ताकि मुझे इस बात की तसल्ली हो जाये कि मेरी बहन तुम्हारी पत्नी बनकर हर प्रकार से सुखी रहेगी। अभी कुछ दिनों तक तो मुझे फ़ुरसत नहीं है। हाँ, फ़ुरसत पाकर तुम्हारे विषय में मैं सारी बातों का पता लगाऊँगा।"

यह कहते-कहते जस्से ने अपना दाहिना पाँव उठाकर निकट खड़े घोड़े के पेट पर रख दिया।

उसकी बात के उत्तर में सूरतसिंह ने कहा, "अवश्य!"

जस्से ने पीठ दीवार के साथ कुछ और सटा ली, पाँव पीछे हटाकर जूते के तले से ज़ोर की ठोकर उस घोड़े को मारी। कुछ जानवर कमज़ोर, कुछ जस्से की टाँग का असीम बल! घोड़ा लड़खड़ाकर उलटा और उस छोकरे की तरह धूल में गिर पड़ा।

घोड़ा विवश-सा हवा में टापें मार रहा था, और सूरतसिंह यह दृश्य देखकर भौंचक्का-सा खड़ा था।

"अब तुम जा सकते हो।"

सूरतसिंह ने घोड़े की लगाम सँभालकर उसे चारों टाँगों पर खड़े होने में सहायता दी। जब वह उठ खड़ा हुआ तो अँगोछे से उसकी काठी और शरीर की धूल झाड़ी। तब उसने जस्से की ओर एक उचटती हुई दृष्टि डालते हुए कहा, "अच्छा, तो मैं चलता हूँ। तुम और कामों से फ़ुरसत पा लो। फिर जिस तरह चाहो मेरे विषय में इतमीनान कर लेना।"

जस्सा कुछ नहीं बोला। वह पहले की तरह फिर से दाँत कुरेदने लगा।

सूरतसिंह ने घोड़े की लगाम पकड़ी और धीरे-धीरे बड़े दरवाज़े में से गुज़रकर दालान के बाहर निकल गया।

उसका मस्तिष्क सुन्न-सा हो रहा था। वह क्या समझे, क्या न समझे, इस बात का अब भी कोई निर्णय नहीं कर पा रहा था।

2

जस्से के अहाते से निकलकर जब सूरतसिंह धूल-भरे मैदान में पहुँचा तो उसने ज़रा चौंककर इधर-उधर देखा। वह सोच रहा था कि अब वह कहाँ जाये। पहला घर जो उसे याद आया वह चन्ननसिंह का था। उसके लड़कों से उसका कुछ परिचय था। उनके अतिरिक्त वह किसी को अच्छी तरह पहचानता भी नहीं था। उसे उनका घर ठीक से याद तो नहीं था, लेकिन पूछकर वहाँ तक पहुँचना कठिन नहीं था।

पुनः घोड़े पर सवार होने को उसका जी नहीं चाह रहा था। यही घोड़ा जस्से की लात खाकर धूल में लुढ़क गया था। ऐसे घोड़े पर एकदम से सवारी करना उसे अच्छा नहीं लगा। सम्भवतः घोड़ा भी उसकी नज़र से गिर चुका था।

यह सब सोचकर उसने घोड़े की लगाम थामी और धीरे-धीरे कुछ ऊँचे स्थान पर दिखनेवाली गली की ओर बढ़ा। गली में प्रविष्ट होते ही उसे एक छोटी-सी दुकान दिखायी दी जिसके चबूतरे पर कुछ व्यक्ति बोरा बिछाये बैठे थे। वहाँ रुककर उसने उनसे दिलेर और लक्खन के घर का पता पूछा। उनमें से एक व्यक्ति ने हाथ उठाकर कहा, "इस गली से सीधे चले जाओ। जहाँ चरखड़ेवाला कुआँ दिखायी दे, वहीं से दाहिने

हाथ को घूम जाना। फिर बायें हाथ को एक छोटी-सी गली दिखायी देगी। जहाँ वह गली बन्द हो जाती है वहीं पर इन दोनों भाइयों का मकान है।''

बात तो एक व्यक्ति कर रहा था परन्तु उसकी ओर सब ही व्यक्ति टकटकी बाँधे देख रहे थे। वह आगे बढ़ गया तो भी दुकान पर बैठे लोग उसकी ओर देखते रहे। इसका कारण उसकी समझ में नहीं आया।

बताये हुए रास्ते के अनुसार वह सँकरी गली की अन्तिम सीमा तक पहुँच गया। उसे आवाज़ देने की भी आवश्यकता नहीं हुई। सामने शीशम की लकड़ी के बने हुए दरवाज़े की चौखट में दिलेरसिंह खड़ा दिखायी दे गया। दिलेरसिंह को उसे पहचानने में क्षण-दो-क्षण लगे। फिर उसने दोनों हाथ आगे बढ़ाकर उसका स्वागत किया। इतने में लक्खनसिंह भी आ गया। उसने भी बड़ी प्रसन्नता प्रकट की।

घोड़े को गली में छोड़कर वे तीनों भीतर चले गये। काफ़ी बड़ा दालान था, जहाँ दो-तीन चारपाइयाँ इधर-उधर पड़ी थीं। दालान से दूसरे सिरे पर दो भैंसें और एक घोड़ा खूँटे से बँधा दिखायी दिया।

चन्ननसिंह भी दालान में बैठा था। उसके बेटों ने सूरतसिंह का उससे परिचय कराया। बाप-बेटे वास्तव में प्रसन्न थे, क्योंकि थुन्ना-काण्ड के पश्चात् गाँव में उनकी साख बहुत कम हो गयी थी। सूरतसिंह देखने में सजीला जवान था। वह मित्र होने के नाते उनसे मिलने आया था। यह उसके लिए काफ़ी सीमा तक गर्व की बात थी।

सूरतसिंह एक दृष्टि से अपमानित होकर वहाँ पहुँचा था, परन्तु उनके स्वागत करने से सूरत का साहस कुछ बढ़ा और हीनता की भावना कुछ कम हुई।

बातचीत आरम्भ करने के विचार से दिलेरसिंह बोला, ''काफी लम्बे अर्से के बाद इधर आना हुआ तुम्हारा। मेरे ख़याल से लगभग एक वर्ष तो हो चुका है।''

''हाँ!'' सूरतसिंह ने कहना आरम्भ किया, ''शायद मैं आज भी न आता। मगर मुझे जस्सासिंह से मिलना था। उसे लोग यहाँ चक पीराँ का जस्सू कहते हैं।''

उसकी इस बात पर बाप-बेटों के कान खड़े हो गये। आख़िर वह उनके शत्रु से मिलने क्यों आया। वे जानते थे कि सूरतसिंह उनका शत्रु नहीं था, मित्र था। शायद उसे जस्सू से उनकी दुश्मनी का कुछ भी ज्ञान नहीं था। वे यह नहीं समझे कि सूरत जस्से से मिलकर आ रहा है, बल्कि वे समझे कि वह अब उससे मिलने जायेगा। वे नहीं चाहते थे कि सूरत जस्से से मिले। न जाने मिलने पर क्या-क्या बातें हों। दिलेर ने कहा, ''चक पीराँ के जस्सू से तुम्हें क्या काम आ पड़ा है? वह तो बड़ा बदनाम आदमी है। गाँव में उसकी कोई इज़्ज़त नहीं है।''

सूरतसिंह ने विवशता से हाथ हवा में हिलाकर कहा, ''अब वह जैसा भी है, उसके बिना मेरा काम बन नहीं सकता था।''

यह सुनकर उन तीनों के मन में सब-कुछ जानने की तीव्र उत्सुकता उत्पन्न हुई। सूरत के रंग-ढंग से लगता था कि वह उनसे कुछ भी नहीं छिपायेगा। उसे और भी अच्छे

मूड में लाने के लिए दिलेरसिंह ने आवाज़ देकर घर से लस्सी का छन्ना (कटोरा) मँगवाया जिसमें मक्खन का गोला तैर रहा था। सूरतसिंह को प्यास लगी ही थी और भूख भी लगी थी। उसने जिस जल्दी से गोला मुँह में फेंककर मट्ठा पिया, उससे उसके मेज़बान समझ गये कि उसको निश्चय ही भूख लगी है। दिलेर ने फिर से आवाज़ देकर पराँठे तैयार करने को कहा।

चन्ननसिंह ने स्वर में लोच उत्पन्न करते हुए पूछा, "बेटा! उस ज़ालिम के बिना तुम्हारा कौन-सा काम रुका हुआ है। मेरे दोनों बेटे तुम्हारे साथ हैं। कोई भी ज़रूरत हो तो निस्संकोच बता सकते हो। इन्हें अपना भाई समझो।"

सूरतसिंह ने हलकी-सी ठण्डी साँस लेकर उत्तर दिया, "शायद अन्त में इन दोनों की ज़रूरत पड़ेगी मुझे।"

लक्खनसिंह ने गरदन आगे बढ़ाकर पूछा, "अन्त में?—हमारे विचार से तो तुम उसके पास न ही जाओ तो अच्छा है। वह ऐसा आदमी नहीं है जो किसी के काम आ सके।"

उनकी इस बात से सूरतसिंह के चेहरे पर गहरी निराशा की झलक दिखायी पड़ी और उसने महसूस किया कि लक्खनसिंह ठीक ही कह रहा था। बोझिल स्वर में बोला, "लेकिन मैं तो उसे मिल आया हूँ।"

वे तीनों लगभग उछल पड़े और एक स्वर होकर बोले, "तो क्या तुम जस्से के घर से होकर आ रहे हो?"

"हाँ।"

दिलेरसिंह ने निराशा से सिर हिलाते हुए कहा, "जब तुम जानते थे कि हम यहाँ मौज़ूद हैं तो उसके पास जाने से पहले हमसे तो मिल लिये होते।"

"नहीं भई, इससे क्या फ़र्क़ पड़ सकता था। मुझे तो वहाँ जाना ही था, चाहे पहले, चाहे बाद में।"

अब तो उन तीनों ने महसूस किया कि बेचारे के सिर पर कोई विशेष मुसीबत ही आ पड़ी है जिसके कारण वह इतना विवश दिखायी देता है।

चतुर चन्ननसिंह ने पूछा, "ऐसी ही मजबूरी थी तो पहले उसी के पास जाने में भी कोई हर्ज नहीं। लेकिन यह तो बताओ कि तुम्हारा काम बना या नहीं?"

"अभी तो नहीं बना।"

मेज़बानों के चेहरों पर रौनक़ आ गयी। उन्होंने अर्थपूर्ण ढंग से एक-दूसरे पर दृष्टि डाली।"

चन्ननसिंह ने बुज़ुर्गाना अन्दाज़ से हाथ बढ़ाकर सूरत के कन्धे पर रखते हुए कहा, "और न ही यह काम बनेगा। यह न समझना कि मैं तुम्हारा बुरा चाहता हूँ। मुझे तो यह भी नहीं मालूम कि तुम किस काम से वहाँ गये थे। पर इतना तो मैं जानता हूँ कि जस्सू जैसे आदमी से तुम्हारा काम नहीं निकल सकता। तुम्हारा क्या उसके हाथों किसी का भी भला नहीं हो सकता। यह बात तो दुनिया जानती है।"

दिलेर बोला, "लेकिन भई, यह तो बताओ कि तुम्हारा काम क्या था? अगर कोई ख़ुफ़िया बात है तो रहने दो। हम तो केवल इसलिए जानना चाहते हैं कि ज़रूरत पड़ने पर तुम्हारी सहायता कर सकें।"

उनकी सहानुभूति से प्रभावित होकर सूरत बोला, "तुमसे क्या छिपाना। हरिपुरा में सिवाय तुम लोगों के मेरा और कौन है।"

"बिलकुल ठीक!" लक्खन बोला।

सूरतसिंह ने रुक-रुककर सारी कहानी कह सुनायी। परसिन्नी से उसका प्यार, शादी का निश्चय। परसिन्नी की सच्ची मोहब्बत, लेकिन जस्से के कारण ऐसी बड़ी बाधा कि शायद उनका यह मामला खटाई में ही पड़ जाये। उसने यह नहीं बताया कि जस्सू से मिलकर उसने अपने-आपको कितना अपमानित महसूस किया, परन्तु यह संकेत ज़रूर किया कि उसके व्यवहार से उसे निराशा हुई थी।

चन्ननसिंह ने नाक सिकोड़कर सिर खुजाते हुए कहा, "लेकिन जस्सू परसिन्नी का रिश्ते में भी भाई कैसे हो सकता है। हमने यह बात आज तक नहीं सुनी। वह लड़की यहाँ कभी नहीं आयी। गाँव में हर कोई एक-दूसरे की रिश्तेदारियों को जानता है। जस्सू तो बग्गासिंह के ख़ानदान का कोई अनाथ बच्चा था जो तेरह-चौदह वर्ष की उम्र में यहाँ आया। वह चाचा के टुकड़ों पर पलता रहा। लेकिन वास्तव में वह इतना गन्दा और चरित्रहीन लड़का था कि चाचा ने उसे चक पीराँ भेज दिया। इतने वर्षों तक उसकी सूरत नहीं दिखायी दी। जवान होने पर यहाँ आ धमका..."

चन्ननसिंह ने रामप्यारी से बग्गासिंह के सम्बन्ध का ज़िक्र किया और उस ख़ूबसूरत औरत के पति से बग्गे का झगड़ा, फिर फ़ौजदारी, फिर पाँच साल की क़ैद—सभी कुछ बता दिया।

यूँ तो सूरतसिंह भी अपनी गणना धाकड़ व्यक्तियों में ही करता था, लेकिन अब उसे महसूस हुआ कि उसका पाला कैसे आदमी से पड़ा है।

पराँठे खाकर सूरतसिंह कुछ देर तक वहाँ बैठा रहा। चन्ननसिंह ने राय देते हुए कहा, "सूरत, तुम इस बात का पता लगाने की कोशिश करो कि जस्से का परसिन्नी से वास्तव में कोई रिश्ता है भी या नहीं। मुझे तो यहाँ तक शक है कि कहीं परसिन्नी से ही इसका प्यार न हो, और वे दोनों शादी करने के चक्कर में हों।"

दिलेरसिंह को दीपी का ख़याल आया। वह जानता था कि दीपी और जस्से का प्रेम था और परसिन्नी से उसकी मोहब्बत का प्रश्न ही नहीं उठता। लेकिन उसने बाप की बात का खण्डन नहीं किया। वह भी चाहता था कि सूरत जितना अधिक निराश हो सके उतना ही अच्छा है।

सूरत के लिए यह बिलकुल ही नयी बात थी। मगर उसे पूरे तौर पर विश्वास नहीं हो रहा था। वह यह तो अच्छी तरह जानता था कि परसिन्नी की रुचि पूरनसिंह की ओर थी। जस्सासिंह को उसने आज तक परसिन्नी के साथ नहीं देखा था, न ही

परसिन्नी ने पिछली बार के अतिरिक्त जस्से का ज़िक्र किया था। इसके बावजूद चन्ननसिंह के ये शब्द उसके हृदय में काँटे की भाँति खटकने लगे। उसकी बुद्धि अधिक तीक्ष्ण नहीं थी और न बहुत चतुर ही था। इस प्रकार की उलटी-सीधी बातों से उसकी उलझन बढ़ गयी। काफ़ी देर तक बातचीत चलती रही। आख़िर सूरतसिंह जाने के लिए तैयार हुआ तो दिलेरसिंह ने उसके कन्धे पर थपकी देते हुए कहा, "हम तुम्हारे साथ हैं। चाहे जो कुछ भी हो, तुम हम पर भरोसा कर सकते हो। अगर जस्से से टक्कर भी लेनी पड़ी तो हम पीछे नहीं हटेंगे।"

दिलेरसिंह या उसके ख़ानदान में किसी के भीतर इतना साहस नहीं था कि वह जस्से से टक्कर ले सके। सूरत से इस प्रकार की बातें करने का उद्देश्य यह था कि उसे विश्वास हो जाय कि हरिपुरे में उनकी इच्छा के बिना पत्ता भी नहीं हिल सकता। यह उद्देश्य भी था कि सूरतसिंह के मन में उनके प्रति विश्वास बना रहे, ताकि मौक़ा पड़ने पर वे उसका, शतरंज के मोहरे की तरह, प्रयोग कर सकें। जस्से के लिए मुसीबत खड़ी करने का कोई भी अवसर वे हाथ से छोड़ना नहीं चाहते थे।

सूरतसिंह ने उठकर सबसे हाथ मिलाया और कहा, "आप सबने मुझे सहयोग देने का जो वायदा किया है इसके लिए मैं सदा आभार मानूँगा।"

दोनों भाई सूरतसिंह को तंग गली में कुछ क़दमों तक विदा करने के लिए आये, मगर वे और अधिक आगे नहीं बढ़े, क्योंकि अब गाँववालों की दृष्टि में उनकी वह शान और दबदबा नहीं रहा था।

गलियों में से गुज़रते हुए सूरतसिंह और उसके घोड़े का सिर नीचे को झुका हुआ था। कारण यह कि कमज़ोर घोड़ा थक गया था, और सूरतसिंह के मस्तिष्क में उलझनें बढ़ती ही जा रही थीं। जब वह उस दुकान के आगे से गुज़रा तो उसने देखा कि चबूतरे पर कुछ लोग बैठे थे। सम्भवतः ये वही लोग थे जिन्होंने उसे गाँव के भीतर जाते देखा था। जिस व्यक्ति ने उसे दिलेरसिंह के घर का पता बताया था, शायद वह अपनी उत्सुकता को दबा नहीं सका। उसने पूछा, "कहो सरदार जी, आपको घर मिल गया था?"

"जी हाँ।" सूरतसिंह ने कुछ बुझे हुए स्वर में उत्तर दिया।

उस व्यक्ति ने फिर पूछा, "आप अभी तक उनके पास बैठे थे?"

"जी।"

सूरतसिंह को थोड़ा आश्चर्य हुआ कि वह व्यक्ति इतनी कुरेद क्यों कर रहा था। उसे यह भी महसूस हुआ कि शेष व्यक्ति उनकी बातचीत में रुचि ले रहे थे। यह सब-कुछ उसे असाधारण-सा लग रहा था।

बातचीत चलती रही। उससे फिर पूछा गया, "चन्ननसिंह आपके रिश्तेदार हैं क्या?"

"नहीं।"

"अच्छा तो कोई परिचय होगा।"

"चन्ननसिंह के दोनों लड़के मेरे मित्र हैं।"

वहाँ बैठे लोगों की आँखें यह सुनकर फैल गयीं।

अगला प्रश्न था, "लगता है आप किसी विशेष कार्य से आये थे?"

सूरतसिंह को इस प्रकार की पूछ-ताछ बुरी तो लग रही थी, परन्तु वह यह भी सोच रहा था कि सम्भवतः ऐसी बातचीत से उसको कुछ नवीन जानकारी ही प्राप्त हो जाये। बोला, "हाँ, मैं विशेष कार्य से ही आया था, मगर वह कार्य जस्सासिंह से था। वही जस्सासिंह जो चक पीराँ के जस्सू के नाम से प्रसिद्ध है।"

यह सुनकर सबके कान खड़े हो गये, उनकी दिलचस्पी बढ़ गयी, और उन्होंने भवें उठाकर और आँखों की पुतलियाँ घुमाकर एक-दूसरे की ओर देखा।

अगला प्रश्न, "तो अब आप जस्सासिंह से मिलने जा रहे हैं?"

"नहीं, उससे मुलाक़ात के बाद ही मैं उधर आया था।"

"ओह!"

अबके उससे कोई प्रश्न नहीं किया गया, अपितु किसी एक ने शेष व्यक्तियों से कहा, "यह बेचारा गाँव में पहली बार आया है।"

यद्यपि सूरतसिंह को सम्बोधित नहीं किया गया था, लेकिन वह स्वयं ही बोल उठा, "वैसे मैं पिछले वर्ष भी यहाँ आया था। यह मेरा दूसरा चक्कर है। फिर भी मैं यहाँ पर नया ही हूँ।"

वहाँ बैठे पूरे दल पर गहरा मौन छा गया। सूरत ने अनायास ही उनसे पूछा, "क्या कोई विशेष बात है?"

उत्तर मिला, "विशेष बात तो नहीं है...लेकिन आप इस चक्कर से दूर ही रहें तो अच्छा है। इसका मतलब यह नहीं है कि हमें आपके आने-जाने पर कोई आपत्ति है। समझदार को इशारा काफ़ी होता है। नहीं मालूम आप किस काम से यहाँ आये हैं, परन्तु जो कुछ भी करें, वह सोच-समझकर करें।"

सूरतसिंह पल-दो-पल के लिए वहाँ रुका रहा, सिर झुकाकर आगे बढ़ गया।

अब भी वह घोड़े की लगाम हाथ में पकड़े चला जा रहा था। उसने सोचा कि यह धूलभरा मैदान पार कर लूँ तो घोड़े की पीठ पर बैठूँगा।

धीरे-धीरे वह उस मैदान को भी पार कर गया। उसने रकाब पर पाँव रखा ही था कि पीछे से किसी घोड़े की टापों की आवाज़ सुनायी दी। उसने मुड़कर नज़र डाली तो जस्सासिंह घोड़े पर सवार आता दिखायी दिया। उसने सोचा कि सम्भवतः कुछ दूर तक उसका जस्से से साथ हो जायेगा, अतः वह जल्दी से काठी पर बैठ गया।

इतने में जस्से ने उसके निकट पहुँचकर घोड़े की लगाम खींची। घोड़े ने कनबत्तियाँ हिलायीं, पुतलियाँ नचायीं, और दाँतों में लगाम चबाते हुए एकदम रुक गया। उसकी टापों से धूल छोटे-छोटे बादलों की भाँति ऊपर को उठने लगी।

दोनों की आँखें मिलीं तो सूरतसिंह को जस्सा पहले से भी अधिक रहस्यपूर्ण दिखायी दिया। भड़कते हुए घोड़े की लगामें खींचकर उसे वश में रखने की कोशिश के साथ-साथ जस्से ने चमकती हुई आँखों से सूरत को घूरकर देखा और पूछा, "तुम चन्ननसिंह और उसके बेटों से मिलने गये थे क्या?"

सूरतसिंह को यूँ महसूस हुआ जैसे किसी ने उसके सिर पर हथौड़ा मार दिया हो। इतना अनुमान तो वह लगा ही चुका था कि जस्से और चन्ननसिंह के ख़ानदान की आपस में गहरी दुश्मनी थी। ऐसी स्थिति में जब कि परसिन्नी की शादी जस्सासिंह की अनुमति से ही हो सकती थी, उसका चन्ननसिंह के बेटों से मुलाक़ात करना जस्से की नज़र में कोई अच्छी बात नहीं थी। यह सब सोचकर सूरतसिंह बौखला गया। वह सोच रहा था कि वह किन शब्दों में इस बात को स्वीकार करे कि वह चन्ननसिंह के घर गया था। यदि उसे पहले से इन सारी बातों का पता होता तो वह कम-से-कम इस मौक़े पर उनसे मिलने न जाता।

वह इसी उलझन में फँसा हुआ था कि जस्सासिंह ने अपने घोड़े की लगाम ज़ोर से खींची, वापस मुड़ा और तीव्र गति से घोड़ा दौड़ाता हुआ वापस उसी दिशा को चला गया जिधर से आया था।

यह सही था कि सूरतसिंह जस्से के प्रश्न का उत्तर मानसिक उलझन के कारण जल्दी से न दे सका, लेकिन इसके साथ उसे यह भी लगा कि जस्सा उसे उत्तर का अवसर ही नहीं देना चाहता था। वह उसके कानों में केवल यह बात डाल देना चाहता था कि चन्ननसिंह और उसके लड़कों से उसकी मुलाक़ात के विषय में वह जानता था।

वह मुड़कर देखता रहा। जस्सासिंह उसी तीव्र गति से एक बड़ा-सा चक्कर लगाकर गाँव के परली ओर लुप्त हो गया।

जस्सासिंह ने जो यह बात कही थी कि परसिन्नी से शादी के मामले में अनुमति देने से पूर्व वह उसके विषय में जानकारी प्राप्त करेगा, क्या वह अपनी इस बात पर अब भी स्थिर रहेगा?

बहुत सोचने पर भी सूरत को अपने मन से इस प्रश्न का उत्तर नहीं मिल रहा था। उसने धीरे से लगाम खींची और घोड़ा मरी हुई गति के साथ आगे को बढ़ने लगा। सूरतसिंह की शक्ल से यूँ लग रहा था जैसे वह बहुत बुरी तरह पिटकर वापस जा रहा हो।

3

कुछ ही देर में जस्सासिंह अपने गाँव से काफ़ी दूर निकल गया। तब उसने घोड़े की गति मन्द कर दी। मुड़कर देखा तो बबूल, शीशम, शिरींह आदि के वृक्षों में घिरा हुआ मटमैला हरिपुरा बहुत रहस्यमय प्रतीत हो रहा था। गाँव में रहीमे और भजनो के

अतिरिक्त किसी को भी ज्ञात नहीं था कि वह एक बार फिर कुछ दिनों के लिए बाहर जा रहा था। उसने थोड़े-से कपड़े खद्दर के थैले में डाल लिये थे और थैले को काठी के पीछेवाले भाग से बाँध रखा था। आधे से अधिक मार्ग पार करके वह वृक्षों के झुण्ड के नीचे विश्राम करने को रुका। वह चक पीराँ जाने के इरादे से घर से निकला था। इस समय उसका विचार था कि पोटली में बँधी रोटियाँ खाकर, कुछ देर लेटने के बाद पुनः अपनी मंज़िल की ओर चल देगा। इसी बीच घोड़ा भी दाना-पानी करके चौकन्ना हो जायेगा।

वृक्षों के झुण्ड से थोड़ी ही दूरी पर रहट चल रहा था। वह चाहता तो रहट के निकट ही बैठकर खाना खा सकता था। परन्तु वहाँ कुछ अन्य व्यक्ति बैठे थे और जस्सा यह नहीं चाहता था कि किसी से उसकी गपशप आरम्भ हो जाये। उसके पास समय बहुत कम था। वह घर से ही बहुत देर से चला था। आधी रात से थोड़ा पहले ही चक पीराँ पहुँचने की उम्मीद थी। उसे मालूम था कि उस रोज़ पूर्णिमा की रात होगी। अतएव सफ़र करने में कोई कठिनाई नहीं होगी।

वृक्षों के झुण्ड के नीचे काफ़ी घास थी। जस्से ने घोड़े की पीठ पर से काठी और दूसरा साज़ो-सामान उतारकर धरती पर रख दिया और अपने बैठने के लिए मोटा-सा खेस बिछा लिया। घोड़ा घास चरने लगा तो वह पीने के लिए पानी लाने को कमण्डल लेकर रहट की ओर बढ़ा। वहाँ पहुँचकर उसने आसपास उपस्थित व्यक्तियों पर उचटती हुई नज़र अवश्य डाली, परन्तु शीघ्रता से कमण्डल भरकर वहाँ से लौट आया। खाना खाया और आँखों पर एक बाँह रखकर सो गया।

लगभग आधा घण्टा सोने के बाद आँख खुली। घोड़ा अब भी घास चर रहा था। उसने उसकी पीठ पर ज़ीन कसी और उस पर सवार होकर उसे पानी पिलाने के लिए रहट की ओर चला गया। पानी पिलाकर जब वह लौटने को हुआ तो पीछे से आवाज़ आयी, "जस्या!"

मर्दाना स्वर था। वह जल्दी से पहचान नहीं पाया, और यह भी समझ में नहीं आया कि वहाँ उसका परिचित कौन-सा व्यक्ति हो सकता था...या उसे आवाज़ देनेवाला शत्रु था या मित्र।

इतने में ही एक लम्बा-सा व्यक्ति उसकी ओर बढ़ा। उसने ऐसे ही वस्त्र पहन रखे थे जैसे उन दिनों के खाते-पीते रईस पहना करते थे, अर्थात् लम्बी-सी कमीज़, उसके नीचे रेशमी इज़ारबन्दवाली शलवार, पाँव में तिल्लेवाला जूता, कुर्ते पर ख़ाकी रंग का सूती कोट, सिर पर दो शमलोंवाली पगड़ी।

उसे पहचानने में जस्से को थोड़ा समय अवश्य लगा, क्योंकि उस समय पूरनसिंह ने पुलिस की वर्दी नहीं पहन रखी थी।

जस्सा घोड़े से उतर पड़ा और अपना हाथ पूरनसिंह की ओर बढ़ाते हुए बोला, "यार, वर्दी के बिना मैं तुम्हें पहली नज़र में बिलकुल नहीं पहचान पाया। कारण यह कि मैंने तुम्हें वर्दी में ही देखा था।"

पूरनसिंह ने एक उँगली ऊपर उठाकर कहा, "याद है, पिछली बार हम कब मिले थे?"

"याद है। यह वही दिन था जब तुमने सूरतसिंह को पकड़कर छोड़ दिया था।"

पूरनसिंह के माथे का रंग कुछ गहरा पड़ गया, मानो उसे कोई अप्रिय घटना स्मरण हो आयी हो। उस विषय को छोड़ते हुए उसने पूछा, "कहाँ जा रहे हो?"

"चक पीराँ जाने के इरादे से निकला हूँ।"

"चक पीराँ तो अभी बहुत दूर है।"

"मेरा जल्दी चलने का इरादा था, परन्तु कारणवश देर हो गयी। वैसे मैं चक पीराँ से होकर तुमसे भी मिलना चाहता था।"

"लेकिन मैं तो रास्ते में ही मिल गया।"

"इतना-सा मिलने का क्या मज़ा।"

"ठीक कहते हो। आजकल मैं भी छुट्टी लेकर अपने गाँव आया हुआ हूँ। परसों ड्यूटी पर लौट जाऊँगा। एक बात पूछूँ?"

"अवश्य।"

"क्या तुम चक पीराँ किसी ज़रूरी काम से जा रहे हो?"

"विशेष ज़रूरी तो नहीं है। काफ़ी समय से चाचा से मुलाक़ात नहीं हुई, सोचा उससे मिल आऊँ।"

"यदि तुम कल या परसों चक पीराँ पहुँच जाओ तो कोई विशेष अन्तर पड़ेगा?"

जस्से की भवें क्षण-भर को ऊपर उठीं, "अन्तर क्या पड़ेगा। घर का काम रहीमा सँभाल लेगा। वह हमारा पुराना नौकर है। वैसे बुआ भजनो भी कम होशियार नहीं है।"

"तुम मुझसे मिलना तो चाहते ही थे, क्यों न आज हमारे यहाँ रुक जाओ। बहुत जल्दी हो तो कल सुबह चल देना, वरना परसों तक भी जा सकते हो। मेरा गाँव समीप ही है।"

"यह तो बड़ी ख़ुशी की बात है। लड़कपन के बाद अब हम कुछ समय के लिए एक-दूसरे के पास रह सकेंगे।"

"बस तो आओ, मेरा घोड़ा तबेले के पीछे बँधा है।"

थोड़ी ही देर बाद दोनों मित्र घोड़ों पर सवार चले जा रहे थे।

वे दोनों मौन थे। जस्से ने महसूस किया कि पूरनसिंह अपने विचारों में डूबा हुआ था। उसे इस तरह खोया-खोया देखकर जस्से की समझ में भी नहीं आया कि वह किस विषय पर बात करे।

आखिर पूरनसिंह स्वयं ही बोला, "जस्या! तुम्हें वह लड़की याद है?"

"कौन लड़की!"

"जो उस दिन सूरतसिंह के साथ थी।"

"हाँ, अच्छी तरह याद है। क्यों?"

पूरनसिंह ने कोई उत्तर नहीं दिया। एक बार फिर वे दोनों चुपचाप बढ़ने लगे।

सामने गाँव दिखायी देने लगा था। रास्ते में परिचित व्यक्तियों से पूरनसिंह की सतसिरी-अकाल भी हुई।

गाँव में कोई विशेषता नहीं थी। वही कच्ची ईंटों के बने हुए ऊबड़-खाबड़ छतोंवाले समतल मकान, बाहर गन्दे पानी की जौहड़ जिसमें उस समय कुछ भैंसे घुसी हुई थीं। इधर-उधर अरूढ़ियाँ या गन्दगी के ढेर दिखायी दे रहे थे। बेकार-से कुत्ते कूड़ा सूँघते फिर रहे थे और मुर्ग़ियाँ ख़ुराक की तलाश में जगह-जगह अरूढ़ियों को खोद रही थीं।

गली में प्रवेश करने से पूर्व वे दोनों घोड़ों से उतर गये। आगे-आगे पूरनसिंह घोड़े की लगाम थामे था और उसके पीछे-पीछे जस्सा।

यह गली सामान्य गलियों से कुछ चौड़ी थी। पूरनसिंह एक बड़े-से दरवाज़े के सामने रुक गया और तख़्ते के ऊपर लटकते हुए कुण्डे का सिरा थामकर उसने काफ़ी ज़ोर से खटखटाया।

कुछ ही पल के बाद दरवाज़ा खुला।

जिस औरत ने दरवाज़ा खोला उसे देखकर जस्सा चौंक पड़ा। यह वही औरत थी जिसे उसने रत्तोके के गुरुद्वारे के निकट देखा था, और जिसके विषय में परसिन्नी ने बताया था कि वह पूरनसिंह की बहन है।

दरवाज़े की दहलीज़ गली से अधिक ऊँची नहीं थी। घोड़े सरलता से भीतर घुस गये। जस्से ने देखा कि वे ऐसे गलियारे में थे जहाँ कुछ अन्य मवेशी बँधे हुए थे। गोबर की दुर्गन्ध उनकी नाक तक पहुँच रही थी। गलियारे का भीतरी दरवाज़ा बड़े दालान में खुलता था। घोड़ों को वहीं पर छोड़कर वे दरवाज़े से बाहर निकल आये।

दालान में दीवार के साथ कुछ चारपाइयाँ खड़ी थीं। पूरन ने उनमें से दो को घसीटकर दालान में बिछा लिया।

सम्भवतः घोड़ों को खूँटे से बाँधकर ही वह औरत गलियारे से दालान में आयी। पूरनसिंह ने हाथ से औरत की ओर संकेत करते हुए कहा, "मेरी बहन बन्तो।"

बन्तो ने दोनों हाथ जोड़ दिये।

जस्से ने भी हाथ जोड़ लेकिन साथ ही उसके मुँह से अनायास निकल गया, "मेरा ख़याल है कि हम पहले भी मिल चुके हैं।"

बन्तो के चेहरे पर आश्चर्य के चिह्न उभर आये।

पूरनसिंह ने उन दोनों की ओर बारी-बारी देखा। उसके चेहरे पर कोई भाव नहीं था, यूँ-ही हलकी-सी दिलचस्पी की झलक दिखायी दे रही थी।

बन्तो ने इनकार में सिर हिलाते हुए धीरे से कहा, "आपको ज़रूर कोई भूल हो रही है। हम पहले कभी नहीं मिले।"

"ठीक कहती हैं आप।" जस्से ने मुस्कराते हुए उत्तर दिया, "रत्तोके के गुरुद्वारे में जो मेला लगा था, वहीं पर मैंने आपको देखा था। सम्भव है कि आपने मुझे न देखा हो।"

पूरनसिंह बीच में ही बोला, "ठीक कहते हो। यह रत्तोके गयी थी। मेला देखने के लिए।"

बन्तो भीतर चली गयी।

जस्सा सोचने लगा कि बहन भी अपने भाई की तरह बहुत ख़ूबसूरत है।

सम्भवतः पूरनसिंह ने महसूस किया कि जस्सा बन्तो के विषय में ही सोच रहा था। बोला, "इसका पति नहीं है।"

जस्से के चेहरे पर उलझन के चिह्न उभरे, पूछा, "शादी ही नहीं हुई या..."

जस्से के लिए यह बात मानने की थी ही नहीं कि ऐसी हसीन लड़की की शादी न हुई हो। पूरनसिंह बोला, "शादी हुई थी, लेकिन दुर्भाग्य से तीन वर्ष पूर्व इसके पति को अचानक हैजा हो गया और वह बच नहीं सका।"

"कोई सन्तान है?"

"नहीं।"

"तो फिर..."

जस्से का मतलब समझते हुए पूरनसिंह ने कहा, "हमारे समाज में विधवा का कोई स्थान नहीं है। बेचारी बहुत परेशान और दुःखी है। अपने-आपको बहुत अभागी समझती है। हमारे यहाँ प्रत्येक स्त्री के मन में यही आकांक्षा होती है कि वह सुहागिन ही मरे।"

"दूसरी शादी सम्भव नहीं है क्या?"

"सम्भव तो क्या है! औरत की शादी एक ही बार होती है। मैं पढ़ा-लिखा आदमी हूँ। बहन का दुःख देख नहीं सकता। यदि यही हाल रहा तो यह जीवन भर मेरी ज़िम्मेदारी बनी रहेगी। मैं इस ज़िम्मेदारी से घबराता तो नहीं हूँ, लेकिन यह कोई आदर्श स्थिति तो है नहीं। शादी की बात इसलिए नहीं सोच सकता कि वह स्वयं इस पर सहमत नहीं है। पति-पत्नी दोनों का आपस में ऐसे ही जीवन व्यतीत कर लूँगी। वह सोचती है कि जब सदा सुहागिन रहना उसकी क़िस्मत में ही नहीं लिखा था तो फिर उसे क़िस्मत के आगे सिर झुकाना ही पड़ेगा।"

एक बार फिर मौन छा गया। जस्सा कुछ कहना नहीं चाहता था और पूरनसिंह के पास इस विषय में कुछ और कहने को था नहीं। बोला, "यह बात ख़ामख़ाह चल निकली। इसका कोई उपाय नहीं है। बेहतर यही रहेगा कि इस समस्या पर हम कोई बात ही न करें। बातें कई बार हो चुकी हैं। और हर बार मैं इसी परिणाम पर पहुँचा हूँ कि इसका कोई हल हो नहीं सकता। मैं कोई सुझाव रखता हूँ तो बन्तो सहयोग देने को तैयार नहीं। अब तो मैंने इस बात का ज़िक्र करना ही छोड़ दिया है।"

इतने में बन्तो मकान के दरवाजे से बाहर निकलती दिखायी दी। पूरनसिंह चुप हो गया। वह निकट आयी और उसने पूछा, "खाने-पीने के लिए क्या लाऊँ?"

पूरनसिंह मुस्कराकर बोला, "यह मेरा बचपन का सबसे प्यारा मित्र है। जो मन में आये इसे खिलाओ-पिलाओ...।"

जस्से ने बीच में ही बात काटते हुए, "नहीं भई! जिस समय हम मिले थे, उससे लगभग आधे घण्टे पहले मैंने पेट भरकर खाना खाया था।"

"सच कहते हो?"

"हाँ!"

पूरनसिंह ने बहन की ओर देखते हुए कहा, "तो फिर गर्मा-गर्म दूध ले आओ। इसके बाद रात के खाने की तैयारी करो।"

दालान के कोने में बालिश्त भर कच्ची मुँडेर से घिरा हुआ रसोई-घर था जिसमें दो लिपे-पुते चूल्हे दिखायी दे रहे थे। एक कोने में धरती के नीचे बनी हुई अँगीठी थी जो मिट्टी के चापड़ यानी गोल ढक्कन से ढकी हुई थी। बन्तो ने चापड़ उठाकर एक ओर रखा। गोबर के उपलों की गर्म राख पर धरी दूध की हाँडी को बाहर निकाला। धीमी आग पर पकने के कारण दूध की रंगत मटमैली-सी हो गयी थी और उसके ऊपर मोटी मलाई की तह जमी हुई थी। दो कटोरों में दूध भरकर उस पर मलाई डाली और हाँडी फिर अँगीठी में रखकर उसे चापड़ से ढक दिया।

जब बन्तो दूध के कटोरे लेकर उनके निकट पहुँची तो पूरनसिंह ने पूछा, "बेबे और दूसरे लोग कहाँ गये हैं?"

"आज पड़ोसवालों के घर में शादी का गाना हो रहा है। वे सब वहीं गये हैं।"

"ठीक है! तुम रात के खाने की तैयारी शुरू कर दो।"

कटोरे उनके हवाले करके बन्तो चुपचाप वापस चली गयी।

कुछ देर बाद घर के अन्य सदस्य भी आ गये। पूरनसिंह ने उनसे जस्सासिंह का परिचय कराया तो माँ जिसने जस्से को लड़कपने में देखा था कुछ आश्चर्य से मुँह खोलकर बोली, "अब तो जस्सा सुख नाल (भगवान् की कृपा से) बड़ा लम्बा-ऊँचा और तगड़ा नौज़वान बन गया है।"

रात का भोजन अँधेरा होते ही हो गया। आकाश में चाँद निकल आया। पूरनसिंह ने सुझाव दिया कि बाहर खेतों में जाकर टहला जाये। जस्से ने यह बात स्वीकार कर ली और वे दोनों बाहर निकल गये।

टहलते-टहलते वे खेतों की पगडण्डियों पर चल निकले। जो बात पूरनसिंह के मन में थी सो जस्सा भी जानता था। बीच-बीच में उसका जी चाहा कि यदि पूरनसिंह को कुछ कहने में संकोच हो रहा था तो वह स्वयं ही उसको छेड़ दे। परन्तु फिर यह सोचकर चुप रह जाता कि वह अपने ही ढंग से अपनी समस्या बताये तो ठीक रहेगा।

एकाएक चलते-चलते पूरनसिंह के मुँह से निकला, "तो तुम्हें वह लड़की याद है।"

जस्सासिंह रुक गया और अपना एक हाथ कोहनी पर रखकर बोला, "यह बात तो तुम पहले भी पूछ चुके हो। मैंने उत्तर दिया था कि हाँ मुझे वह लड़की अच्छी तरह याद है। अब मैं कहता हूँ कि मुझे केवल याद ही नहीं है; वरन् मैं उससे कई बार मिल चुका हूँ। उसे अच्छी तरह जानता हूँ। उसका नाम परसिन्नी है।"

पूरनसिंह दो-तीन क़दम पीछे हटा। मानो जस्से ने उसके सीने पर घूँसा मार दिया था। उसे सँभलने में कुछ देर लगी। आख़िर कण्ठ में फँसे स्वर से बोला, "अच्छा तो वह तुमसे भी मिलती रही है?"

"हाँ।"

"मुझे उससे इस बात की उम्मीद नहीं थी।"

"इसका उम्मीद से क्या सम्बन्ध है। यह तो इत्तफ़ाक़ की बात थी।"

पूरनसिंह ने सिर उठाकर जस्से की आँखों में आँखें डाल दीं। उसके चेहरे पर पीड़ा के चिह्न स्पष्ट दिखायी दे रहे थे। बोला, "इत्तफ़ाक़?...दुनिया में कई बातें इस इत्तफ़ाक़ का ही परिणाम बतायी जाती हैं। मगर मैं तुम पर कोई आरोप नहीं लगा रहा हूँ। न जाने वह किस-किससे मिलती रही है, और अब भी मिलती रहती है।"

जस्से ने थोड़े मौन के पश्चात् पूछा, "वह किसी से भी मिले, तुम्हें क्यों परेशानी होती है?"

पूरनसिंह ने चौंककर मित्र की ओर देखा, और फिर कहने लगा, "हाँ, ठीक ही तो है, मुझे क्यों परेशानी होती है।"

"मैं तुमसे इस बात का जवाब माँग रहा हूँ कि तुमको क्यों परेशानी होती है?"

"मैं भी इसका जवाब ही सोच रहा हूँ।"

"सोचने की कोई ज़रूरत नहीं, मैं तुम्हें बताता हूँ कि तुम्हें उससे गहरा प्रेम है।"

"यही मेरा दुर्भाग्य है।"

"दुर्भाग्य नहीं, यही तुम्हारी मूर्खता है। तुम पढ़े-लिखे और पुलिस अफ़सर होकर इस मामले में इतने घोंचू निकलोगे, यह मुझे मालूम नहीं था।"

पूरनसिंह ने कुछ कहना चाहा तो जस्से ने हाथ उठाकर उसे रोक दिया, "अब तुम मुझे बोलने दो। तुम्हें चाहिए था कि तुम मुझसे इस बात की जानकारी प्राप्त करते कि परसिन्नी कब, कैसे और किसलिए मुझसे मिली। तुमने यह सब नहीं पूछा तो मैं स्वयं ही बताये देता हूँ। लेकिन इससे पहले मैं एक प्रश्न करता हूँ। क्या तुमको दीपी नामक लड़की याद है?"

थोड़ा सोचने पर पूरनसिंह को दीपी की सूरत स्मरण हो आयी, बोला, "वही सज्जनसिंह की बेटी?"

"हाँ।"

"तुम कई लड़कियों में राँझा बने घूमा करते थे। उन्हीं में दीपी भी थी।"

"दीपी उनमें से एक नहीं, वरन् दीपी ही वह लड़की थी जिसके कारण अन्य लड़कियाँ भी मेरा साथ देती थीं..."

"तुम गाँव भर के कुत्ते जंगली बिल्लों के पीछे दौड़ाया करते थे..."

"वास्तव में मैं दीपी के पीछे दौड़ रहा था। मुझे चाचा ने चक पीराँ भेज दिया तो यह दौड़ कुछ वर्षों के लिए समाप्त हो गयी। जब मैं फिर हरिपुरे पहुँचा तो यह दौड़

दोबारा शुरू हो गयी। माँ-बाप को बुरा लगा। उन्होंने दीपी को दूसरे गाँव भेज दिया। उस गाँव का नाम रत्तोके है। दीपी ने मुझे बता दिया था कि माँ-बाप उसे उसकी मासी के पास भेज रहे हैं। दीपी से मिलने रत्तोके पहुँचा। गाँव के बाहर तालाब से निकट एक लड़की से मैंने पूछा कि क्या उसी गाँव का नाम रत्तोके था। वह लड़की परसिन्नी थी...परसिन्नी और दीपी गहरी सखियाँ हैं..."

इसके बाद पूरी कहानी कह डाली। केवल यह नहीं बताया कि परसिन्नी से उसके विषय में कोई बातचीत हुई या नहीं। बेचारा पूरनसिंह तो यही जानने के लिए उत्सुक हो रहा था कि परसिन्नी ने बातचीत के दौरान उसका नाम लिया या नहीं।

सब-कुछ सुनकर पूरनसिंह ने कहा, "मुझे ख़ुशी है कि तुम इस मामले में ख़ुशक़िस्मत हो।"

जस्से ने पूरन के कन्धे पर हाथ रखते हुए कहा, "मगर मित्र! बदक़िस्मत तुम भी नहीं हो।"

"यह क्या मज़ाक है?"

"मज़ाक नहीं, ठीक बात है। परसिन्नी तुम्हें बहुत याद करती है। तुम्हारे ही नाम की माला जपती है। सदा के लिए तुम्हारी ही बन के रहना चाहती है।"

"यह क्या बकवास है!"

"बकवास नहीं, यह वास्तविकता है।"

पूरनसिंह कुछ देर तक सुन्न-सा खड़ा रहा। आख़िर बोला, "तुमने उससे सूरतसिंह के विषय में नहीं पूछा? उसके साथ उसका क्या सम्बन्ध है और क्यों?"

"पूछने की ज़रूरत ही नहीं पड़ी। उसने स्वयं ही बता दिया। सूरतसिंह उससे शादी करना चाहता है, और वह उससे पीछा छुड़ा रही है। इस सिलसिले में मैं परसिन्नी को सहयोग दे रहा हूँ।"

"ओह! अब समझा मैं। उस रोज़ तुम्हारे सामने मैंने सूरतसिंह को परसिन्नी की नज़रों से गिरा दिया। वह आवारा आदमी अपने को बड़ा जवान और धाकड़ समझता था। मैंने परसिन्नी की आँखों के सामने सिद्ध कर दिया कि कोई बात नहीं थी।—वास्तव में मैंने परसिन्नी के मुँह पर थप्पड़ मारा था। लगता है कि वह थप्पड़ बहुत ही करारा पड़ा। अब वह उसे छोड़कर फिर मुझसे नाता गाँठना चाहती है।"

जस्सा बोला, "मित्र, इतनी जल्दी किसी नतीजे पर पहुँचना बुद्धिमानी की बात नहीं है।"

"क्या तुम बता सकते हो कि मुझे छोड़कर परसिन्नी ने सूरत से नाता क्यों जोड़ा?"

"नहीं, इसका मेरे पास कोई उत्तर नहीं है। लेकिन सम्भव है कि परसिन्नी के पास इसका कोई जवाब हो।"

पूरनसिंह ने निराशा में सिर हिलाते हुए कहा, "नहीं, उसके पास भी इसका कोई जवाब नहीं होगा। पहले-पहल जब मैंने सुना कि परसिन्नी ने सूरत से नाता जोड़ लिया

है तो मुझे विश्वास नहीं हुआ। मगर जब मैंने अपनी आँखों से देख लिया तो विश्वास करना ही पड़ा।"

"कहीं ऐसा तो नहीं कि परसिन्नी की मोहब्बत ने तुम्हें बिलकुल ही अन्धा बना दिया है।"

"बेशक उसकी आँखों ने मुझे अन्धा बना दिया हो, लेकिन जब मैंने उन दोनों को एक साथ देखा तो आँखें खुल गयीं। मुझ अन्धे को फिर से सब-कुछ दिखायी देने लगा।"

"अगर परसिन्नी को तुमसे मोहब्बत न होती तो वह सूरत से पीछा छुड़ाने के लिए मुझसे कुछ न कहती, मगर तुम कहोगे कि तुमने उस रोज़ सूरत को जब नीचा दिखा दिया तो परसिन्नी की आँखें खुल गयीं और उसने सूरत के प्रति अपना रवैया बदल लिया। मेरी राय में बेहतर यही रहेगा कि मैं परसिन्नी से मिलकर पूछूँ कि तुम्हारा साथ छोड़कर सूरत से नाता क्यों जोड़ा। अगर उसने कोई सन्तोषजनक उत्तर दिया तो ठीक है, वरना मैं समझूँगा कि वह मुझसे भी नाटक कर रही थी। बोलो, मंजूर है?"

"मुझे इस पर कोई आपत्ति नहीं है।"

"तो ठीक है। अब बाक़ी सब-कुछ मैं सँभाल लूँगा।"

"कल का दिन तो तुम यहाँ मेरे पास रहोगे न?"

"नहीं, जो ज़रूरी बातचीत थी वह हो चुकी है। कल सुबह यहाँ से चल दूँ तो ठीक रहेगा।"

"अरे हाँ, याद आया, तुम्हारा चाचा तो बीमार है।"

"बीमार?"

"परेशानी की कोई बात नहीं। मामूली तबीयत ख़राब है। मेरे ख़याल में थोड़ा बुखार भी चल रहा है।"

"तुम्हें कैसे पता चला?"

"मैं एक काम से परसों चक पीराँ गया था। सोचा कि चाचा से भी मिलता जाऊँ। तभी इस बात का पता चला।"

"तब तो मेरा जाना और भी आवश्यक है। लेकिन तुमने पहले यह बात नहीं बतायी।"

"अरे भई, मैं अपने ही चक्कर में था।"

इसी प्रकार की बातें करते हुए वे घर लौट आये।

दूसरे दिन प्रातःकाल जस्सा उठ बैठा। पूरनसिंह भी जाग पड़ा। दोनों जंगल-पानी के लिए खेतों की ओर निकल गये और रहट से नहा-धोकर ही निकले। नाश्ता तैयार था।

जब जस्सा घोड़े पर सवार हुआ तो धूप फैल चुकी थी। पूरनसिंह गाँव के बाहर तक उसे विदा करने आया।

पूरनसिंह को गाँव से चक पीराँ तक पहुँचने में कम ही समय लगा। जब जस्से ने चक पीराँ में प्रवेश किया तो गाँव की स्त्रियाँ तपते हुए तन्दूरों में रोटियाँ बना रही थीं।

घोड़े से उतरकर, लगात हाथ में थामे जब जस्सा मकान के दालान में घुसा तो उसने वहीं उगे धरेक के वृक्ष के नीचे चाचा को चारपाई पर बैठे देखा।

उस पर पहले जगीरसिंह की दृष्टि पड़ी और वह फ़ौरन ही उठ खड़ा हुआ। अपनी आड़ी-तिरछी टाँगों से चलता हुआ जस्से की ओर बढ़ा।

चाचा ने अभी तक जस्से को नहीं देखा था। वह चेहरे पर दोनों हाथ रखे खाँसने में जुटा हुआ था। खाँसते-खाँसते उसकी आँखों में पानी आ गया और चेहरे का रंग लाल पड़ गया। उसने जगीरसिंह की बातों का शोर सुना तो सिर उठाकर जस्से की ओर देखा।

जगीरसिंह से फ़ुरसत पाकर जस्सा चाचे की ओर बढ़ा। चाचा उठ खड़ा हुआ। उसके चेहरे पर ऐसी मुस्कराहट उत्पन्न हुई जिसमें जस्से को दबी-दबी मोहब्बत का अहसास हुआ। क्षण-भर को ऐसा लगा कि वह उसका निर्दय, अक्खड़ और ज़ालिम चाचा नहीं था, वरन् बाप ही था। एक बार उसका जी चाहा कि वह उसके पाँव छू ले, मगर वर्षों से मन में दबी घृणा के कारण वह ऐसा नहीं कर सका। चाचा ने उसके कन्धे पर हलकी-सी थपकी देते हुए बेरस स्वर में पूछा, "कहो, अचानक कैसे चले आये?"

"तुम्हारी बीमारी का हाल सुना तो मिलने चला आया।"

चाचा ने ज़रा चौंककर भतीजे की ओर देखा, "तुमको किसने बताया कि मैं बीमार हूँ?"

"मुझे पूरनसिंह की ज़बानी पता चला।"

"हाँ, वह इधर आया था।"

"बात यह हुई कि कल मैं एक काम से उसके गाँव गया था। रात उसी के घर मैं ठहरा। जब उसने तुम्हारे विषय में बताया तो मैं हरिपुरा लौटने की बजाय इधर चला आया।"

जस्सा जान-बूझकर बनावट की बात नहीं कर रहा था, लेकिन अनजाने ही इस प्रकार के शब्द उसके मुँह से निकल गये। इसी ढंग से बात करना उसे उचित लगा।

चाचा ने उसकी पीठ पर हाथ फेरा और कहा, "आओ, बैठो।"

चारपाई पर बैठते हुए जस्से ने पूछा, "कहो चाचा, अब क्या हाल है? पूरनसिंह कह रहा था कि तुम्हें बुखार चढ़ता है।"

"मामूली बुखार था। अब मैं ठीक हूँ। बुखार नहीं है। केवल खाँसी और गला ख़राब है।"

आज उन दोनों के मन में हलका-सा परिवर्तन हो रहा था। चाचा ने फिर कहा, "सुबह ही हकीम जी आये थे। नब्ज़ देखकर बताया कि अब बुखार नहीं है। उन्होंने हलका खाना खाने को कह दिया है—और कहो, बहन भजनो का क्या हाल है?"

बग्गे को बहन की बहुत अधिक चिन्ता नहीं थी। वह जानता था कि भजनो लोहे का लट्ठ थी। उसे कुछ नहीं हो सकता था। वह बचपन से ही बहन को ज्यों-का- त्यों देख रहा था। वास्तव में इस समय वह जस्से को आँखों-ही-आँखों में तौल रहा था। उसने आज तक अपने भतीजे को किसी योग्य नहीं समझा, कभी उसे महत्त्व नहीं दिया। मगर उसने कितना बड़ा कारनामा कर डाला था। एक बार तो उसने उसके ख़ानदानी शत्रु चन्ननसिंह के दाँत खट्टे कर दिये थे।

उधर जस्सा यह महसूस कर रहा था कि उसका चाचा केवल बुरा ही नहीं था, या इतना बुरा नहीं था जितना वह उसे दिखायी दिया करता था। निश्चय ही उसमें मानवता थी जो पहले की स्थिति में दबी रही। परन्तु अब वह दुर्बल दिखायी देता था। उसके व्यवहार में पहलेवाला घमण्ड और अक्खड़पन नहीं था। यहाँ तक कि जस्से को अपने चाचा पर कुछ-कुछ दया आने लगी, या महसूस होने लगा कि चाचा इसकी सहानुभूति का पात्र था।

दूसरे ही क्षण बग्गे के खुरदुरे चेहरे पर पहलेवाला अक्खड़पन उभर आया। यह अक्खड़पन जस्से के लिए नहीं, वरन् स्वाभाविक ही था। वह इस प्रतीक्षा में था कि जस्सा स्वयं ही उसे चन्ननसिंह से टक्करवाली बात कह सुनायेगा और बतायेगा कि उसने कैसे थुन्ने को ठिकाने लगाया। मगर जस्से ने इस विषय को छेड़ा ही नहीं।

खाना खा चुके तो जगीर से न रह गया। उसने कहा, "बेटा जस्से, यहाँ तो तुम्हारी धूम मची हुई है।"

"धूम कैसी?" सहज ही जस्से ने प्रश्न किया।

जगीर ने बड़े गर्व से थुन्नेवाली घटना का ज़िक्र किया तो जस्सा बोला, "मैंने बहुत कोशिश की कि उनके साथ टक्कर न होने पाये। मैं जितना बचने की चेष्टा करता उतना ही उन्हें यह विश्वास होता जाता कि मैं उनसे डरता हूँ। अन्त में वही कुछ होकर रहा जिसका मुझे भय था।"

चाचा बोला, "मैंने सुना है कि अब उनका दिमाग़ ठिकाने पर आ गया है, बल्कि सारे गाँव में दहशत फैल गयी है। लोग तुमसे ख़ुश हैं, इसलिए दहशत के बावजूद वे तुमसे मोहब्बत करते हैं।"

जगीर ने हाथ हवा में लहराकर कहा, "हमारा जस्सा किसी को भी बेकार परेशान नहीं करता। ऐसी हरकतें तो वे कमीने ही किया करते थे। वाह मेरे शेर! हरिपुरा क्या पूरे इलाक़े में धूम मचा दी है बेटे ने।"

जस्से के चेहरे पर कोई भाव दिखायी नहीं देता था। उसने चाचा को सम्बोधित करते हुए धीरे से कहा, "मुझे शेरसिंह चाचा ने बचा लिया। थुन्ने की जान ले लेना तो ऐसा कठिन नहीं था, लेकिन क़ानून के चंगुल से बच निकलना मेरे लिये असम्भव था।"

बग्गा बोला, "मैं शेरसिंह से मिलूँगा और उसे बताऊँगा कि हम उसके कितने आभारी हैं।"

जस्सा फिर बोला, "उसकी सहायता के साथ-साथ यदि गाँववालों का सहयोग प्राप्त न होता तो भी गड़बड़ हो जाती। चन्ननसिंह के बेटों और उनके चमचों ने गाँव की बहू-बेटियों तक की नाक में दम कर रखा था। लोग डर के मारे कुछ बोलते नहीं थे, इसीलिए जब अवसर आया तो उन्होंने मेरे विरुद्ध गवाही नहीं दी। गाँव भर में एक भी व्यक्ति को उनसे सहानुभूति नहीं थी, और न है। मेरे ख़याल में अब गाँववाले सुख की साँस ले रहे हैं। चन्ननसिंह और उसके बेटे अपने घर में घुसे रहते हैं। अब निकलते भी हैं तो किसी से आँख नहीं मिलाते, बस चुपचाप गलियों में से गुज़र जाते हैं।"

बग्गा बोला, "चन्ननसिंह साँप है और उसके बेटे साँप के बच्चे। इस बात को कभी न भूलना। सदा सावधान रहना। उन्हें जब मौक़ा मिलेगा वे तुम्हें डसने की कोशिश करेंगे...और मेरी एक बात हमेशा याद रखो। मर्द के लिए ब्रह्मचर्य ही सबसे बड़ी चीज़ है। तूने केवल अपने हाथों से थुन्ने-जैसे शक्तिशाली व्यक्ति को मुर्ग़ी की तरह तोड़-मरोड़कर कुचल दिया। यह ब्रह्मचर्य के कारण ही था। पुराने शास्त्रों में लिखा है..."

इसके बाद चाचा ने काफ़ी लम्बा भाषण दिया। ब्रह्मचर्य के बाद स्त्रियों की चतुराई पर प्रकाश डाला। पुराने इतिहास में से स्त्रियों के ऐसे उदाहरण दिये जिनसे पता चलता था कि कैसे उनकी चतुराई से बड़े-बड़े युद्ध हुए, यहाँ तक कि राज-पाट तबाह और बरबाद हो गये।

जस्सा चुपचाप सब-कुछ सुनता रहा।

बग्गे ने अपने पुराने अन्दाज़ में गुर्राकर पूछा, "कुछ समझे?"

"हाँ चाचा।" जस्से ने सहज स्वर में उत्तर दिया।

बग्गे की इस प्रकार की बातों से वातावरण काफ़ी गम्भीर हो गया था। जगीर ने बेदाँत के मुँह से क़हक़हा उड़ाते हुए कहा, "वे हरामज़ादे समझते थे कि पहले चाचा हरिपुरा छोड़कर चक पीराँ जा बैठा, और अब भतीजे को भी वहीं पहुँचा देंगे जहाँ से वह आया था।"

बग्गे के मन में यह बात ज़रा खटकी। उसने ज़गीर की ओर देखा और फिर ज़मीन पर थूकते हुए बोला, "उन सूर दे पुत्तरों (सूअर के बच्चों) को यह नहीं मालूम कि बग्गा उनके डर से नहीं, किसी कारण से चक पीराँ चला आया था।"

जगीर ने नथुने फुलाकर कहा, "बग्गासिंह सरदार! वे सारी उम्र तुमसे दुश्मनी करते रहे। लेकिन जस्से ने, जो तुम्हारे बेटा-जैसा है, उनकी नाक धूल में रगड़कर रख दी है। अगर अब कभी तुम वहाँ जाओ तो वे तुमसे मुँह छिपाते फिरेंगे।"

बग्गे ने गरदन अकड़ाकर कहा, "मैं मूर्ख था जो रामप्यारी के चक्कर में फँस गया। मेरे ये शरीक मेरा बाल तक बाँका नहीं कर सकते थे। मैं उनका नहीं रामप्यारी का मारा हुआ था। अब मैं औरत की असलियत को समझ गया हूँ। निस्सन्देह जब मेरा जी चाहेगा हरिपुरे जाऊँगा। वह मेरा और मेरे बाप-दादा का जन्मस्थान है। अगर रामप्यारी-काण्ड न हो गया होता तब वे लोग बग्गासिंह के हाथ देखते।"

बेशक बग्गा चन्ननसिंह से कभी भयभीत नहीं हुआ, अगर रामप्यारी को वह कहाँ तक भुला सका था, और दिल पर खाया हुआ यह ज़ख़्म कहाँ तक भर चुका था, इसके विषय में निश्चित रूप से कुछ कहना कठिन है।

मुँह से चाहे बग्गा ये बातें कह रहा था जिनमें सच्चाई भी थी, परन्तु सम्भव था कि इस तरह अपमानित हो जाने पर उसने महसूस किया हो कि अब शरीकों के सामने उसकी मूँछें नीची हो गयी थीं। कम-से-कम जगीरसिंह बग्गे के विषय में यही कुछ सोच रहा था। वैसे तो जगीर और बग्गा दोनों ही महसूस कर रहे थे कि हरिपुरा में अब स्थिति काफ़ी बदल चुकी थी।

जस्सा चक पीराँ में केवल एक रात ही रहा। दूसरे दिन वापस आने से पहले उसने बग्गे से कहा, "चाचा! मैंने सोचा था कि तुम्हें अपने साथ ले चलूँगा। मगर अभी तुम्हारी तबीयत ठीक नहीं है।"

"थोड़े ही दिनों में कमज़ोरी दूर हो जायेगी, तभी मैं हरिपुरा आने की बात सोच सकूँगा।"

"केवल सोचना नहीं, अवश्य चले आना। मैं वहाँ अकेला पड़ता हूँ। माना कि मेरे शत्रु मेरा कुछ नहीं बिगाड़ सकते, परन्तु बुज़ुर्गों का साया बहुत बड़ी चीज़ है। इस समय तो कुछ लोग भी समझते हैं कि तुम्हारी-मेरी आपस में बिलकुल नहीं बनती और हम एक साथ कभी नहीं रह सकते। तुम कुछ दिनों के लिए भी आ जाओगे तो गाँववालों के मन से यह ख़याल निकल जायेगा और हमारे शत्रु भी सावधान हो जायेंगे।"

जस्से ने चाचा का उत्साह बढ़ाने के लिए जान-बूझकर ये बातें कही थीं। वास्तव में बग्गे के मन पर इन शब्दों का अच्छा प्रभाव पड़ा। उसे अपनी महत्ता का अहसास हो गया। अब वह अपने शरीकों के सामने मूँछों को ताव दे सकता था तथा गाँववालों के सामने सीना तानकर चल सकता था।

बग्गा जस्से को गाँव से बाहर तक विदा करने आया। जब जस्सा लगाम सँभालकर रकाब पर पाँव रखने लगा तो बग्गे ने भालू के पंजेनुमा अपना भारी हाथ उसके कन्धे पर रखकर कहा, "जस्से! घबराने की कोई बात नहीं है। अभी तुम्हारा चाचा ज़िन्दा है। तुम तो छुटपन से ही मेरे पास रहे। तुम कैसे समझ सकते थे कि इलाक़े भर में तुम्हारे चाचा की कैसी, धाक बैठी हुई है। स्वस्थ हो जाने पर जब मैं वहाँ आऊँगा तो देखना कि सारे गाँव में तहलका मच जायेगा और हमारे शरीकों के घर में दुःख और निराशा के कारण दीया तक नहीं जलेगा। जाओ! अकेला महसूस करने की कोई ज़रूरत नहीं। मेरा हाथ तुम्हारे सिर पर रहेगा।"

चाचा की बातें सुनकर जस्सा मन-ही-मन मुस्कराया और फिर एक ही छलाँग में घोड़े पर सवार हो गया। उसने अपना हाथ उठाकर हवा में लहराते हुए कहा, "अच्छा चाचा, वह गुरु जी का ख़ालसा, वाह गुरु जी की फ़तह!"

जब तक जस्सा नज़रों से ओझल नहीं हो गया तब तक बग्गा जहाँ-का-तहाँ खड़ा रहा। आख़िर जब वह लौटा तो उसकी आँखें धरती पर जमी हुई थीं। अपने विचारों में खोया हुआ वह धीरे-धीरे क़दम बढ़ा रहा था।

"वाह! अपना जस्सा भी बस लाखों में एक जवान है।"

बग्गे ने चौंककर सिर उठाया। सामने जगीरसिंह अपनी चौड़ी और टेढ़ी टाँगों पर खड़ा जस्से की प्रशंसा कर रहा था। उसके मैले कच्छे (जाँघिये) का इज़ारबन्द उसके घुटनों के नीचे तक लटक रहा था।

•

करे आँकड़ाँ खाए के दुध चावल, एह रज के खान दीयाँ मस्तियाँ नें। घरों निकलें ते मरें प्या भुक्खा, सब्भे भूल जानी खरमस्तियाँ वे।

—वारे शॉ

(दूध-चावल खाकर हेकड़ी दिखाता है, यह पेट-भर खाना मिलने की मस्तियाँ हैं। घर से निकल जाये तो भूखा मरे, और सब खरमस्तियाँ भूल जायें।)

1

चक पीराँ से लौटकर जस्सा अपने अहाते में पहुँचा तो उसका घोड़ा ज़ोर से हिनहिनाया। घोड़े की टापों और हिनहिनाहट की आवाज़ सुनकर भजनो बड़ी तेज़ी से घर में से निकली और जस्से की तरफ़ लपकते हुए बोली, "आ गये तुम, बेटा!"

जस्से ने झुककर अपना एक हाथ यूँ बढ़ाया जैसे भजनो के पाँव की ओर संकेत कर रहा हो और बोला, "हाँ बुआ, आ गया मैं।"

बुआ ने आशीर्वाद देते हुए कहा, "बहुत अच्छा किया बेटा। मैं तो परेशान थी।"

जस्से ने लगाम हाथ से छोड़ते हुए भजनो की तरफ़ ध्यानपूर्वक देखा और पूछा, "क्यों, परेशानी की क्या बात हो गयी?"

"बात तो कुछ भी नहीं हुई, परन्तु जब तक तुम घर या गाँव से बाहर रहते हो, मुझे चिन्ता लगी रहती है।"

"वह क्यों बुआ?"

"तेरे इतने तो शत्रु हैं। हर समय वाह गुरु अकाल पुरुख से तेरे बचाव के लिए प्रार्थना करती रहती हूँ।"

"बुआ, मेरे तो सब मित्र-ही-मित्र हैं। मुझे भला कौन हानि पहुँचायेगा? रही बात एकाध दुश्मन की। मगर दुश्मन तो आटे में नमक के बराबर हैं। संसार में कौन ऐसा व्यक्ति है जिसका एक भी शत्रु न हो। यह सब तो चलता ही है।"

"भूख लगी होगी। चलो, पहले भीतर।"

"हाँ, भूख तो ज़ोर की लगी है।"

चलते-चलते भजनो हँसकर बोली, "मैं तो तेरी सूरत से ही पहचान गयी थी कि तू इस समय कितना भूखा होगा।"

घर के भीतर जब जस्सा खा-पी रहा था तो भजनो ने पूछा, "चाचा से मुलाक़ात हुई?"

"हाँ, हुई।"

"क्या-क्या कहा उसने?"

"बुआ, उसके पास कहने को केवल एक ही बात है। वह यह कि स्त्रियों से दूर रहो, शादी का नाम तक न लो।"

"पगला कहीं का! तुम्हारे चाचा पर भी न जाने कैसा भूत सवार हो गया है। इसकी अपनी शादी तो हो नहीं सकी, और अब तेरी शादी भी रोकना चाहता है। उसके मन में इतना ही वैराग जाग उठा है तो वह साधू बाबा क्यों नहीं बन जाता?"

इतना कहकर भजनो हँसने लगी।

जस्से के होंठों पर मुस्कराहट तक उत्पन्न नहीं हुई। गम्भीर स्वर में बोला, "वह तो मुझ ही को साधू बाबा बनाने पर तुला हुआ है।"

"पुरानी कहावत है कि ज़्यादा चतुर कौवा अन्त में गू पर ही गिरता है। वही हाल तेरे चाचा का है। पहले तो घर बसाया नहीं फिर उसका दिल आया भी तो न जाने किस बाज़ारी औरत पर। बाज़ारी औरत का तो काम ही धोखा देना है। बग्गे को मैं समझाती रही कि किसी भली औरत से शादी करके घर बसा ले। मगर उसके कान पर जूँ तक नहीं रेंगी। क्या कहा जाये! जो तक़दीर में बदा होता है, वह तो होकर रहता है। अब कोई उससे पूछे कि तूने अपनी मिट्‍टी पलीत तो कर ली, अब भतीजे का जीवन बरबाद करने पर क्यों तुला हुआ है।"

"तुम तो जानती हो बुआ, मैं उससे इस प्रकार की बातें नहीं कर सकता।"

"तुम नहीं तो मैं करूँगी। उसे यहाँ आने दो।"

कुछ समय तक मौन छाया रहा। जस्सा नाश्ता करता रहा और भजनो टकटकी बाँधे उसकी ओर देखती रही। आख़िर वह बोली, "दीपी से मुलाक़ात हुई कहीं पर?"

जस्सा जानता था कि बुआ को दीपी और उसके बारे में कुछ जानकारी प्राप्त है। मगर उसे इस बात की आशा नहीं थी कि वह इतना खुलकर उससे यह बात पूछ बैठेगी। अतः वह ज़रा सँभलकर बोला, "दीपी यहाँ है कहाँ। तुम्हें मालूम नहीं कि उसके माँ-बाप ने उसे किसी और गाँव में भेज दिया है।"

भजनो यह बात जानती थी। मगर दीपी के माता-पिता ने जान-बूझकर उसे यह नहीं बताया था कि उन्होंने बेटी को किस गाँव में भेजा है। मगर भजनो को विश्वास था कि जस्सा निश्चय ही इस रहस्य को जानता होगा। उसने बिना किसी संकोच के पूछा, "कौन-से गाँव में है वह?"

जस्सा भी कम चालाक नहीं था। कुछ बिगड़कर बोला "तुम भी कमाल करती हो बुआ। उन्होंने मुझसे पूछकर या मुझे बताकर तो दीपी को नहीं भेजा।"

भजनो हलके-हलके मुस्कराती रही। भला यह कैसे हो सकता था कि हीर दूसरे गाँव चली जाये और राँझे को पता भी न चले।

यह सोचने के बावजूद भजनो ने इस विषय में और अधिक कुछ नहीं कहा।

भजनो को मौन पाकर जस्से को कुछ आश्चर्य हुआ। उसे आशा थी कि भजनो इस विषय को इतनी सरलता से नहीं छोड़ेगी। वह चाहता भी था कि दीपी के विषय में बातचीत चलती रहे। परिणाम कुछ भी हो। उसे परिणाम से दिलचस्पी नहीं थी। उसे दीपी का ज़िक्र पसन्द था। जिस तरह उसे दीपी अच्छी लगती थी उसी तरह उसे दीपी के बारे में बातचीत करना अच्छा लगता था। परन्तु वह यह बात भजनो से खुलकर कह तो नहीं सकता था। मुसीबत तो यह थी कि भजनो का इस तरह मौन रहना भी उसे अच्छा नहीं लग रहा था। साहस से काम लेकर बोला, "मेरे रास्ते में रोड़े अटकानेवाला चाचा तो है, मगर सहयोग देनेवाला कोई नहीं।"

भजनो बोली, "रिश्ते-नाते की बातें तो स्त्रियाँ ही चलाया करती हैं। ये मर्दों के वश का रोग नहीं।"

जस्सा भजनो से कहना चाहता था कि क्या वह स्त्री नहीं है। वह तो यह नहीं कह पाया, परन्तु शायद भजनो को स्वयं ही इस बात का आभास हो गया। मुस्कराकर बोली, "अरे! मन क्यों मैला करता है। जो हो सो हो, अब तो मैं ही दीपी की माँ से यह बात चलाऊँगी।"

"और चाचा?"

"चाचे को भी समझा-बुझा लूँगी।"

जस्सा जानता था कि चाचे में इतनी बुद्धि नहीं थी कि उसे समझाया-बुझाया जा सके।

नाश्ता-पानी समाप्त हो चुका तो जस्से ने दो-तीन डकार लेकर अँगोछे से मूँछें पोंछ डालीं। वह घर से अहाते में पहुँचा। लड़का दीवार के निकट घोड़े के बदन की मालिश कर रहा था। रहीम कहीं आसपास नज़र नहीं आया। जस्से को उससे कोई काम भी नहीं था। वह टहलता हुआ बाहर निकल गया। हवा चल रही थी। उसने अपने तहमद को एक हाथ से सँभालकर थामे रखा, ताकि मैदान की धूल से ख़राब न होने पाये।

वह कहाँ को जा रहा था, इस बात का आभास एकाएक ही हुआ। अजीब-सा लगा कि घर से निकलकर वह जाये कहाँ। यह बात तो घर ही में सोचने की थी। बेमुहार ऊँट की तरह कुछ दूर आगे बढ़ने के बाद उसे ख़याल आया कि क्यों न चलकर सोडे की दो-चार मीठी बोतलें पी जायें। उसके बाद कुछ और सोचा जायेगा!

इठलाते हुए बेपरवाही से नपे-तुले क़दम उठाते हुए वह सोडेवाली दुकान की ओर बढ़ने लगा। गाँव से थोड़ा ही परे पेड़ों के नीचे सोडे की मशीन थी। दो कच्चे कमरोंवाला मकान था। दूर से यूँ लगता था जैसे वहाँ नाजायज़ शराब का धन्धा होता है। लगता भी था और जस्से ने लोगों की ज़बानी दबी-दबी बातें भी सुनी थीं। उसने इसमें कोई दिलचस्पी नहीं ली। वह शराब पीने का शौकीन भी नहीं था।

दूर से ही दुकान के बाहर कुछ बैठे और कुछ खड़े व्यक्तियों की टोली दिखायी देने लगी। जस्सा वहाँ पहुँचा तो सब लोगों ने आँखों-ही-आँखों में उसका स्वागत किया। जो लोग चबूतरे पर बैठे थे उन्होंने खड़े होकर उसके बैठने के लिए स्थान छोड़ दिया। जस्से को अच्छा नहीं लगा कि उसकी ख़ातिर लोग अपनी जगह छोड़ दें। वह नहीं चाहता था कि लोग उससे सहमे रहें या उसे बड़ा भारी गुण्डा और धाकड़ बदमाश समझें। उसने खड़े होनेवाले व्यक्तियों के कन्धों पर हाथ रख-रखकर फिर से वादा किया और बोला, "मैं घर में बैठे-बैठे उकता गया था। इसीलिए इधर चला आया। बैठने को मन नहीं हो रहा। आप आराम से बैठिये।"

इतने में ही दुकानदार ने एक बोतल उसकी ओर बढ़ायी। पहले तो वह उसे लेने लगा, फिर हाथ रोककर बोला, "नहीं भई, सबको बारी-बारी दो। जो मुझसे पहले आये हैं उन्हें पहले दो।"

वहाँ खड़े व्यक्तियों ने अनुरोध किया कि पहले वही बोतल पिये, मगर जस्सा नहीं माना। बोला, "मुझमें ऐसी कौन-सी विशेषता है! जैसे आप, वैसे मैं। मैं आपके स्नेह के लिए आपका आभारी हूँ, लेकिन मेरी ख़ुशी इसी में है कि सब भाई अपनी-अपनी बारी से पियें।"

स्पष्ट दिखायी दे रहा था कि वहाँ खड़े व्यक्तियों की आँखों में जस्से का सम्मान और भी बढ़ गया था। जस्सा अपने गाँव का ही नहीं, वरन् पूरे इलाक़े का मानो नायक बन चुका था। उसकी अपेक्षा चन्ननसिंह के बेटे और चमचे कितने कमीने थे। वे बातें बीत चुकीं। अब उनमें से कोई बोतलें पीने के लिए दुकान पर नहीं आता था। ज़रूरत पड़ती तो घर ही में मँगवा लेते थे।

उसकी बारी पर जब दुकानदार ने बोतल बढ़ायी तो जस्से ने अपने लम्बे-चौड़े हाथ में बोतल थामकर आदत के अनुसार अँगूठा गोली पर जमा दिया। वहाँ खड़े लोग जब भी यह दृश्य देखते तो उनके होंठों पर मुस्कराहट खेलने लगती। भूली-बिसरी बातें याद आने लगतीं। विशेषकर उस दिन की घटना जब थुन्ने ने उसी ढंग से बोतल की गोली दबाने की कोशिश की थी....

इधर-उधर की बातें छिड़ गयीं। कोई विशेष विषय नहीं था। गाँव की छोटी-मोटी घटनाओं पर हलकी-फुलकी बातचीत, छोटा-मोटा हँसी-मज़ाक, आपस में उदारतापूर्ण व्यवहार। कैसा अच्छा वातावरण हो गया था गाँव का। न दंगा न फसाद, न हुल्लड़, न गाली-गलौज, न कमीनों की धाकड़बाज़ी और न आने-जानेवाली बहू-बेटियों से मज़ाक। यह सब जस्से का प्रताप था।

जस्से ने तीसरी बोतल ख़त्म की ही थी कि सामने से शेरसिंह आता दिखायी दिया। गाँव का जाना और माना हुआ व्यक्ति जो चन्ननसिंह और उसके बेटों से कम धाकड़ नहीं था, परन्तु चतुराई में उनके भी कान काट लेने की हिम्मत रखता था। वह अपनी बुद्धि का ग़लत प्रयोग नहीं करता था। उसने जान-बूझकर अवसर आने पर जस्से का साथ दिया। सारा गाँव जस्से का आभार मानता था, और जस्सा शेरसिंह का आभारी था।

कुछ क़दम की दूरी से ही शेरसिंह जस्से को सम्बोधित करते हुए ज़ोर से बोला, "कहो जस्से! कहाँ रहे? बहुत दिनों से दिखायी नहीं दिये।"

जस्से ने एक बोतल उसकी ओर बढ़ाते हुए कहा, "मैं गाँव से बाहर गया हुआ था।"

शेरसिंह ने मुँह से बोतल लगाकर एक ही साँस में आधी खाली कर दी और फिर पूछा, "बाहर तो गये थे, लेकिन कहाँ?"

यह कहते समय शेरसिंह हँस रहा था, जैसे वह जान-बूझकर जस्से को काँटों में घसीट रहा हो। यह देखकर शेरसिंह को और मज़ा आया कि उसके प्रश्न के उत्तर में जस्सा केवल हँसकर रह गया, और उसकी तरफ़ दूसरी बोतल बढ़ा दी। शेरसिंह ने बायें हाथ से दूसरी बोतल पकड़ी और पहली को गले में उँड़ेल लिया।

वह जानता था कि जस्सा उससे कुछ भी छिपाने की कोशिश नहीं करेगा, परन्तु वह अपनी निजी बातें सबके सामने नहीं कहना चाहता था।

दुकानदार को पैसे देकर जस्से ने शेरसिंह के कन्धे पर हाथ रखा। वे धीरे-धीरे वहाँ से चल दिये। जब वे दुकान से कुछ दूरी पर निकल गये तो जस्से ने आहिस्ता से कहा, "मैं दूसरे गाँव चला गया था।"

"कौन-सा गाँव?"

जस्सा कुछ कहने को ही था कि शेरसिंह टोककर बोला, "अब मुझसे यह न कहना कि तुम चक पीराँ में चाचे से मिलने गये थे। कल भजनो गुरुद्वारे जा रही थी तो उसने बताया था। मैं उससे पहले की बात पूछ रहा हूँ।"

"मैं रत्तोके गया था।"

"यानी जहाँ दीपी रहती है?"

एक बार तो जस्सा भी ठिठककर रह गया। शेरसिंह ने उसकी पीठ पर थपकी देते हुए कहा, "घबराने की कोई बात नहीं जस्से। जिस मार्ग पर तुम आज चल रहे हो, हम उसी मार्ग से बहुत पहले गुज़र चुके हैं।"

इतना तो जस्से को भी विश्वास था कि शेरसिंह उसके इस मामले में भी अड़चन नहीं डालेगा, वरन् कुछ सहायता ही करेगा। परन्तु फिलहाल उसे यह नहीं मालूम था कि इस विषय में शेरसिंह का विचार क्या था।

चलते-चलते एकाएक रुककर शेरसिंह ने उसकी आँखों-में-आँखें डाल दीं। जस्सा भी रुक गया और शेरसिंह की आँखों में झाँककर उसके मन की क़ैफ़ियत समझने की कोशिश करने लगा।

शेरसिंह बोला, "तुम दीपी से शादी क्यों नहीं कर लेते। लड़कपन में भी तुम दोनों एक साथ रहे और अब भी एक-दूसरे के बिना व्याकुल रहते हो।"

वास्तव में जस्सा परेशान था कि इस समस्या का समाधान क्या हो सकता है। कुछ विवशता से कहने लगा, "यह कैसे हो सकता है?"

"कैसे हो सकता है? तुम्हारी यह बात समझ में नहीं आयी।"

"यह काम मेरे हाथ में तो है नहीं और न मेरे कहने से हो जायेगा।"

"यही तो तुम्हारी भूल है। आज इलाक़े भर में तुम्हारा रंग जमा हुआ है। अगर तुम दीपी के घर जाकर उसके बाप से कहो कि तुम उसकी बेटी से शादी करना चाहते हो तो क्या वह इनकार कर सकेगा? इतना साहस कहाँ से लायेगा वह?"

जस्से की आँखों में कुछ पीड़ा की झलक दिखायी दी, पूछा, "क्या यह अच्छा लगेगा?"

शेरसिंह क्षण-दो-क्षण ज्यों-का-त्यों खड़ा रहा, फिर कुछ कहे बिना आगे बढ़ने लगा। जस्सा भी उसके साथ-साथ हो लिया। शेरसिंह दाढ़ी के भीतर उँगली घुसेड़कर अपनी ठुड्डी खुजाते हुए बोला, "तुम ठीक कहते हो। ऐसा करना उचित नहीं होगा।"

"विशेषकर जबकि यह बात स्पष्ट हो चुकी है कि दीपी का बाप इस रिश्ते के विरुद्ध है।"

शेरसिंह गम्भीर स्वर में बोला, "यह सब तुम्हारे चाचा का किया-धरा है। बड़ी ही उलटी खोपड़ी का आदमी है। दिल भी लगाया तो किससे? एक ऐसी औरत से जिसे वह नहीं जानता था। जिसके विषय में किसी को भी मालूम नहीं था कि वह विवाहित है या कुँवारी। कुँवारी तो ख़ैर वह दिखायी ही नहीं देती थी। कौन जाने कि लोगों में फैली अफ़वाह के अनुसार वह बनारस की कोई तवायफ़ ही रही हो। इसमें सन्देह नहीं कि तुम्हारे चाचा की मूर्खता का फ़ायदा उठाते हुए चन्ननसिंह ने यह चाल चली थी। बड़ा मक्कार आदमी है। लेकिन अगर बग्गा थोड़ा भी समझदार होता, और चन्नन से सावधान रहता तो उसके जाल में हरगिज़ न फँसता।—ख़ैर! जो हुआ सो हुआ। अब तो आगे की बात सोचनी चाहिए।"

"आगे की बात भी सोचना बेकार है। चाचा स्त्री जाति का ही दुश्मन बन बैठा है।"

"इसी से पता चलता है कि वह कितना उजड्ड है। कोई उससे पूछे कि तूने कौन सती सावित्री से दिल लगाया था जो अब उसकी बेवफ़ाई से निराश होकर दुनिया भर की स्त्रियों को गालियाँ देता है।"

"यही नहीं, अब चाचा चाहता है कि मैं भी ब्रह्मचारी बन जाऊँ और कभी किसी स्त्री को अपने नज़दीक न फटकने दूँ।"

शेरसिंह चलते-चलते फिर रुक गया और एक क़दम पीछे हटकर आश्चर्यपूर्ण स्वर में बोला, "क्या यह बात सच है?"

"बिलकुल सच है।"

"तुम्हारे चाचा की बुद्धि के विषय में पहले भी मेरी राय कोई अच्छी नहीं थी। परन्तु अब तो कमाल ही हो गया है। वही कहावत हुई कि बिल्ली हज को चली, नौ सौ चूहे खा के। बग्गे ने ख़ुद तो सब-कुछ कर लिया, ख़राबी का हर काम किया, लेकिन तुम्हें वह मनपसन्द लड़की से शादी नहीं करने देता। इस सिलसिले में तुम्हारा क्या इरादा है?"

"मैं कोई इरादा नहीं कर पाया। न दीपी का बाप और न चाचा यह शादी होने देंगे। मेरे ख़याल से मुझे चाचा का ही कहना मानना पड़ेगा।"

"आश्चर्य! मैं तो समझता था कि कम-से-कम इस मामले में तुम चाचे से दबोगे नहीं। अपनी शक्ल और हरकतों से तुम ऐसे तो नहीं लगते।"

जस्से ने शेरसिंह की ओर ऐसे देखा, जैसे वह विवशता के कारण बिलकुल ठस होकर रह गया हो। फिर धीरे से बोला, "मेरे मन में बार-बार यही विचार आता है कि अगर चाचा न होता तो न जाने मेरी क्या गत बनती। मुझे चाचा का सहारा उस समय मिला जबकि संसार में मेरा हाथ पकड़नेवाला कोई नहीं था।"

खड़े-खड़े शेरसिंह कुछ देर तक जस्से को एकटक देखता रहा और फिर उसके कन्धे पर हलकी-सी थपकी देते हुए बोला, "मैं समझ गया। तुम चाचा से बग़ावत नहीं करना चाहते। तुम उसे दुःखी भी नहीं करना चाहते। फिर निराश होने की ज़रूरत नहीं है। सम्भव है कि कोई-न-कोई समाधान निकल आयेगा।"

इतनी बातचीत के बाद शेरसिंह ने विदा होते हुए फिर कहा, "मुझसे मिलते रहा करो। मैं फिर कहूँगा कि निराश मत होना। अगर दीपी का और तुम्हारा प्यार सच्चा है तो वाह गुरु निश्चय ही तुम दोनों को मिला देगा।"

शेरसिंह चला गया और जस्सा कुछ दूर तक उसे जाते देखता रहा।

2

जब लक्खनसिंह गली में से लपकता हुआ अपने अहाते में घुसा तो उसकी साँस फूली हुई थी। उसने इधर-उधर नज़र दौड़ायी। बाप और भाई को दालान में पड़ी चारपाइयों पर बैठे देखा तो वह झपटकर उनके पास पहुँचा।

चन्ननसिंह ने बेटे को सिर से पाँव तक देखा और पूछा, "बात क्या है? इतने बौखलाये हुए क्यों हो?"

लक्खनसिंह ने हाँफते हुए ख़बर सुनायी, "बग्गा आ गया है।"

यह सुनकर दिलेर और चन्ननसिंह दोनों के मुँह खुले-के-खुले रह गये। उन्होंने एक-दूसरे की ओर देखा। चन्ननसिंह को अपने कानों पर विश्वास नहीं हो रहा था। चिल्लाकर बोला, "यह कैसे हो सकता है!..."

दिलेरसिंह ने बाप की बात काटते हुए कहा, "हो क्यों नहीं सकता। यहाँ पर उसकी ज़मीन है, मकान है, और यहीं का वह रहनेवाला है। उसे यहाँ आने से कौन रोक सकता है?"

बाप बोला, "आने से तो कोई नहीं रोक सकता लेकिन परिस्थितियाँ ही ऐसी थीं कि उसके आने का प्रश्न ही नहीं उठता।"

दिलेर फिर बोला, "अब परिस्थितियाँ वैसी नहीं रहीं।"

चन्ननसिंह को अहसास हुआ कि वास्तव में उसका बेटा ठीक कह रहा था। फिर भी उसने लक्खन को सम्बोधित करते हुए पूछा, "तुम्हारी आँखों ने धोखा तो नहीं खाया?"

"नहीं।"

"तुमने उसे कहाँ देखा?"

"गाँव के बाहर, बरगदवाले रहट के निकट।"

यह रहट गाँव से काफ़ी दूरी पर था।

लक्खन फिर बोला, "मैं उस रहट पर ही था जब मैंने दूर से बग्गे को घोड़े पर सवार आते देखा।"

"सम्भव है कि इतनी दूर से तुम उसे न पहचान पाये हो। शायद वह बग्गे से मिलती-जुलती शक्लवाला कोई और आदमी हो।"

लक्खन का पारा चढ़ने लगा, कुछ गर्म होकर बोला, "मेरी आँखें चील की तरह तेज़ हैं। यही नहीं, रहट के कुछ निकट पहुँचकर बग्गा किसी आदमी से बात करने के लिए रुक गया। सन्देह की कोई गुंजाइश ही नहीं थी। मैं फ़ौरन खेतों में से होता हुआ और बग्गे की नज़र से बचता हुआ घर पहुँच गया। मैं नहीं चाहता था कि उसे यह मालूम हो जाये कि मैंने उसे देख लिया है।"

दिलेरसिंह एकदम चारपाई से उठ खड़ा हुआ और दरवाज़े की ओर क़दम बढ़ाते हुए बोला, "ये सब बेकार की बातें हैं। मैं अभी देखकर आता हूँ कि सचमुच बग्गा लौट आया है कि नहीं।"

दिलेर के पीछे लक्खन भी लपकने लगा तो बाप ने उसे रोकते हुए कहा, "तुम क्या करोगे जाकर? दोनों का एक साथ जाना ठीक नहीं। दिलेर लौट आये तो फिर आगे की बात सोची जाये।"

दिलेरसिंह पतली गली में से निकलकर दाहिने हाथ को मुड़ गया। अभी वह गाँव के बीचवाले कुएँ के चबूतरे के पास से गुज़र रहा था कि उसके कानों में धीरे-धीरे चलते हुए घोड़े की टापों की आवाज़ सुनायी दी। चबूतरे पर खड़ी कुछ औरतें चरखड़ी पर लटके हुए डोल के द्वारा अपने घड़ों में पानी भर रही थीं। छोटे-छोटे पेड़ों के झुण्ड में वह कुआँ घिरा हुआ था। दिलेर वहीं पर रुक गया और एक पेड़ से कन्धा टेककर खड़ा हो गया। औरतों में से किसी ने उसकी ओर ध्यान नहीं दिया।

इतने में घोड़ा आता दिखायी दिया। अब सन्देह की कोई बात न रही। घुड़सवार बग्गा ही था। दिलेर जानता था कि अपने घर पहुँचने के लिए बग्गा उसकी ओर नहीं मुड़ेगा, वरन् सीधा चला जायेगा। वह जहाँ-का-तहाँ स्थिर-सा खड़ा रहा, ताकि बग्गे की उस पर नज़र न पड़े।

घोड़े पर बैठे बग्गे को गली के और आगे दुकान के चबूतरे पर बैठा जाने-पहचाने व्यक्तियों का गुट दिखायी दिया। उसका ध्यान उधर ही को लग गया और वह सीधा निकल गया।

बग्गे को देखते ही वे सब चबूतरे से नीचे उतर आये। ऐसी स्थिति में बग्गे को भी घोड़े से उतरना पड़ा। सबने बारी-बारी उससे हाथ मिलाया। गर्मा-गर्म बातें होती रहीं। एक व्यक्ति ने शिकायत की–"समझ में नहीं आता कि हम सबसे रूठकर तुमने चक पीराँ में क्यों डेरा जमा लिया है। वर्षों से तुम अपने गाँव नहीं आये।"

बग्गे ने क़हक़हा लगाकर मानो उस व्यक्ति की बात को हवा में उड़ा दिया और फिर उसके कन्धे को हाथ से झँझोड़ते हुए बोला, "अच्छी तरह जानते हो कि पाँच वर्ष तक मैं अपनी सरकार का मेहमान रहा। हाँ, यह ठीक है कि जेल से छूटकर मैं सीधा चक पीराँ चला गया। मुझे वहाँ की खेती-बारी की अधिक चिन्ता थी। जस्सा आख़िर बच्चा है। दुनिया का अनुभव तो धीरे-धीरे ही प्राप्त होता है। इसीलिए मैंने उसे यहाँ भेज दिया। यहाँ चले-चलाये काम को देखना उसके लिए आसान है।"

यूँ तो पहले बग्गासिंह के प्रति गाँववालों के मन में कोई विशेष सम्मान नहीं था। उसके ख़ानदानी झगड़ों का गाँववालों के जीवन पर भी उलटा-सीधा प्रभाव पड़ता था। मगर अब जस्सासिंह का चाचा होने के नाते से वह उनकी दृष्टि में ऊँचा स्थान प्राप्त कर चुका था। सम्भवतः पाँच वर्ष जेल काटने के कारण उसकी बातचीत और व्यवहार में पहलेवाला उजड्डपन दिखायी नहीं देता था। निस्सन्देह यदि वह पहलेवाली हुल्लड़बाज़ी को न अपनाये तो गाँववालों की दृष्टि में उसका सम्मान बना रह सकता था।

इधर-उधर की बातें होती रहीं। अधिक विस्तार से बात करने का वह अवसर भी नहीं था। दोबारा मिलने का वायदा करके बग्गा आगे बढ़ गया। अबके वह घोड़े पर सवार नहीं हुआ, क्योंकि उसका मकान निकट ही था।

अहाते में खड़े जस्से ने अपने चाचा को आते देखा तो उसे शरीर में कुछ सनसनी का अहसास हुआ। बोला, "चाचा, अचानक कैसे आ गये? अच्छा किया जो चले आये। आने से पहले मुझे सूचित कर देते तो क्या हर्ज़ था।"

आगे को लपकते हुए लड़के की ओर घोड़े की लगाम फेंककर बग्गा बोला, "मन की मौज है। जब मौज उठी तो मैं इधर को चल दिया। इसमें कोई हर्ज़ तो नहीं?"

"हर्ज़ क्या होता। अपने ही घर तो आना था। जब जी चाहा, चले आये।"

बग्गे ने इतने लम्बे समय के बाद अपने-आपको उस अहाते में पाया जहाँ वह जीवन के अगणित क्षण व्यतीत कर चुका था। वे क्षण सुख के भी थे, दुःख के भी। अधिक कुछ नहीं बदला था, फिर भी कुछ नया-नया लगता था।

चारों ओर दृष्टि दौड़ाने के बाद बग्गे ने पूछा, "भजनो भीतर ही है क्या?"

"हाँ चाचा, जाओ मिल लो न।"

"तुम नहीं आओगे क्या?"

"मैं भी आऊँगा, लेकिर ज़रा रुककर। इस समय अपनी चक्की चल रही है। कुछ देर में उसका काम समाप्त हो जायेगा तो मैं चला आऊँगा। तुम नहा-धोकर नाश्ता-पानी कर लो।"

बग्गे ने खड़े-खड़े केवल सिर हिला दिया, और फिर घर के दालान की ओर बढ़ गया। एक रसोई दालान में बनी थी और दूसरी बाहरवाले पसार में। रसोइयाँ क्या थीं, दो-दो चूल्हे थे। बारिश या बहुत तेज़ धूप न होती तो सेहनवाले रसोई-घर में खाना पकता था। इस समय भी भजनो चूल्हे में जलती लकड़ियों पर सूखे उपलों के कुछ टुकड़े रखकर ज़ोर-ज़ोर से फूँक मार रही थी।

बग्गा कुछ देर खड़ा यह दृश्य देखता रहा, फिर ऊँचे स्वर में बोला, "मुड़कर नहीं देखोगी भजनो...देखो तो कौन आया है।"

भजनो ने गरदन मोड़कर देखा। उसके रूखे-सूखे सफ़ेद बालों में उपलों की हलकी-फुलकी राख भी दिखायी दे रही थी। भाई को पहचानते ही उसकी बाछें खिल गयीं। बोली, "मैं क्या जानूँ कि मेरा भैया आया खड़ा है।"

इतना कहते ही वह उठी और दुपट्टा सँभालते हुए छोटे भाई की ओर बढ़ी। बग्गे ने दोनों बाज़ू फैला दिये...और दूसरे ही क्षण वे दोनों गले मिल गये।

अजीब समय था। दोनों के दिल भर आये, वे कुछ बोल नहीं पा रहे थे।

अन्त में भजनो ने दुपट्टे के कोने से आँसू पोंछते हुए भीगी आँखों से बग्गे की ओर देखा और भर्रायी हुई आवाज़ में बोली, "इतने वर्षों के बाद घर के दालान में घर के मालिक को देखकर जानते हो मुझे कितनी ख़ुशी हो रही है।"

बग्गे ने ज़ोर से अपने चौड़े कन्धे हिला दिये, सिर पर से पगड़ी उतारी और दाहिने हाथ से गरदन पर गिरे बालों को समेटते हुए बाहरवाले पसार में रखी चारपाई की ओर बढ़ गया।

यद्यपि इसी घर में वह जीवन गुज़ार चुका था, फिर भी ख़ामख़ाह उसकी आँखें चप्पे-चप्पे को देख रही थीं। अपना ही घर परदेश-सा मालूम होता था। भजनों से बातें होती रहीं। वह कुछ खाने-पीने से पहले नहाना चाहता था। मगर भजनों ने अनुरोध किया कि पहले कुछ खा-पी लो, बाद में आराम करके नहा लेना।

इसी दौरान जस्सा भी वहाँ पहुँच गया। उन दोनों का गर्मा-गर्मीवाला रिश्ता नहीं था, फिर भी मन में वे पहले की अपेक्षा एक-दूसरे के कुछ समीप महसूस करने लगे थे। यह भी सम्भव था कि वे एक-दूसरे के और भी निकट आ जायें, और यह भी सम्भव था कि इस मोड़ पर वे एक-दूसरे से सदा के लिए अलग हो जायें। समस्या जस्से की शादी की थी।

दिन बीतने लगे। जस्से ने सारा काम सँभाल रखा था, और बग्गे को कुछ भी करने की ज़रूरत नहीं थी। उसका सारा समय ही फालतू था। वक़्त काटने के लिए कभी वह खेतों में निकल जाता, कभी सोडे की दुकान पर पहुँच जाता, कभी किसी चबूतरे पर पुराने परिचितों के साथ अड्डेबाज़ी करता।

एक रोज़ गली में चलते समय बग्गे का चन्नन से सामना हो गया। वे दोनों ही कुछ ठिठके। चन्ननसिंह आपसी व्यवहार के मामले में अधिक चतुर था। उसने तुरन्त ही 'वाह गुरु जी का ख़ालसा! वाह गुरु जी की फ़तह!' का नारा लगाया।

बग्गे ने भी उसी अन्दाज़ में उत्तर दिया। दोनों ने हाथ मिलाया। चन्नन ने फ़ौरन कहा, "भई, मुझे तो कल शाम ही पता चला कि तुम लौट आये हो। आज मैं तुमसे मिलने के लिए आनेवाला था। मुझे तुमसे इस बात की शिकायत ज़रूर है कि दो-तीन दिन से यहाँ मौज़ूद हो मगर मेरे घर नहीं आये।"

बग्गा उजड्ड होने के बावजूद कभी-कभी चतुराई भी दिखा ही देता था, बोला, "ठीक कहते हो चन्ननसिंह। मैं आ नहीं सका, इसका मुझे ख़ेद है। हर समय मन में यही रहा कि तुमसे मिलने जाऊँ। इधर कुछ काम भी देखना था। तुम जानते ही हो जस्सा अभी नातजरुबेकार है। बस इस प्रकार की उलझनों में समय बीत गया।"

बग्गे को इस बात की आशा बिलकुल नहीं थी कि चन्ननसिंह उससे इतनी अच्छी तरह मिलेगा। आख़िर थुन्ने की हत्या का काण्ड ऐसा तो नहीं था जिसे चन्ननसिंह और उसके बेटे आसानी से भुला सकें। हरिपुरे पहुँचकर बग्गे ने हत्या की कहानी पूरे विस्तार के साथ सुनी थी। एक नहीं, अनेक व्यक्तियों ने इस पर प्रकाश डाला था।

चन्ननसिंह दूसरे के मन की बात बूझ लेने में काफ़ी चतुर था। और फिर जो बात इतनी स्पष्ट हो, उसकी ओर भला उसका ध्यान कैसे न जाता। थुन्ने की हत्या ही तो दोनों दलों के दिलों में खटक रही थी। अतः चन्ननसिंह ने बग्गे का बाज़ू अपने बाज़ू में लिया और वे धीरे-धीरे गाँव के बाहर की ओर चल दिये। चन्ननसिंह ने कहना आरम्भ किया, "बग्गासिंह, जो कुछ भी हो, हम तुम रिश्तेदार हैं। जो बर्तन एक-दूसरे के निकट रखे होते हैं, वे कभी-कभी आपस में टकरा भी जाते हैं। यह पुरानी कहावत है। यही हम दोनों का हाल है। रही बात थुन्ने की—तो उसकी हत्या के कारण हम अपने सम्बन्ध क्यों ख़राब करें। थुन्ना तुम्हारा रिश्तेदार नहीं था। माना कि वह मेरा रिश्तेदार था, परन्तु इसका यह अर्थ तो नहीं कि हम आँख बन्द करके उसकी बुरी बात को भी सही कहते रहें। मैं ही नहीं, सारा गाँव जानता है कि उस रोज़ थुन्ने ने ही ज़्यादती की थी। उसने ख़ामख़ाह शेर के मुँह में सिर घुसेड़ दिया। ऐसी स्थिति में वही हुआ जो होना चाहिए था। केवल इस बात के लिए हम क्यों एक-दूसरे से घृणा करते रहें।"

बग्गे को मालूम था कि चन्ननसिंह और उसके बेटों ने जस्से को थुन्ने के क़त्ल के इलज़ाम में फँसाने की कितनी कोशिश की थी। चन्ननसिंह को भी मालूम था कि बग्गा यह बात भी जानता है। वह बोला, "शायद तुम सोचो कि मेरे बेटों ने ही थाने में जाकर इस बात की रपट लिखवायी। मगर भई, यह आवश्यक था। तुम्हें मालूम ही होगा कि अब मैं गाँव का नम्बरदार हूँ। इतनी बड़ी घटना हो जाये तो यह मेरा कर्त्तव्य है कि मैं थाने तक उसकी रपट पहुँचाऊँ। अगर मैं ऐसा न करता तो ख़ुद ही फँस जाता।"

इतना कहकर चन्ननसिंह ने बग्गे के चेहरे को ध्यानपूर्वक देखा। बग्गा भी सिर हिलाकर हूँ-हूँ करता रहा।

अब चन्ननसिंह ने बग्गे की कमर को अपने बाज़ू के घेरे में लेते हुए कहना शुरू किया, "मैं यह भी जानता था कि जस्से का बाल बाँका नहीं हो सकेगा। इस बात का

प्रबन्ध हो चुका था कि थुन्ने की लाश ग़ायब कर दी जाये, और गाँव का एक भी आदमी जस्से के विरुद्ध गवाही न दे। इसी विश्वास के कारण रपट लिखा दी गयी। सरकार की खानापूरी हो गयी और अपने जस्से का कुछ बिगड़ा भी नहीं।"

बग्गे को चन्नन का 'अपने जस्से' कहना बहुत अजीब लगा। जस्सा कब से उसका अपना हो गया था। मगर वह खुल्लम-खुल्ला यह आपत्ति नहीं उठा सकता था। उसने यही निश्चय किया कि चुपचाप चन्ननसिंह की बातें सुनता रहे।

चन्ननसिंह बोलता गया, "रिश्तेदारों की आपस में खींचातानी चलती रहती है। हमारी भी चली। उसके परिणाम भी निकले। आवश्यक नहीं है कि मनुष्य जीवन-भर किसी बात को एक ही तरह से सोचता रहे। अब हमारी उम्र भी बढ़ गयी। हमने यह भी देख लिया कि आपसी खींचातानी का परिणाम सदा बुरा ही होता है। ऐसी स्थिति में क्यों न हम पिछली बातों को भूलकर नये सिरे से अपने सम्बन्धों को मज़बूत कर लें।"

इतना कहकर चन्ननसिंह पीछे को हटा और अपना हाथ आगे बढ़ा दिया।

बग्गे ने भी उसका हाथ थाम लिया। इस तरह कम-से-कम दिखाने के लिए दोनों एक हो गये। बग्गे ने सोचा कि शायद थुन्ने की हत्या से इनका दिमाग़ ठिकाने पर आ गया है, या कम-से-कम चन्नन ने इतना ज़रूर समझ लिया है कि अब खुल्लम-खुल्ला दुश्मनी करना उसके हित में नहीं है। वास्तविकता क्या है, यह आनेवाला ज़माना बतलायेगा।

इसके बाद प्रेमपूर्ण वातावरण में घरेलू बातचीत चलती रही। आख़िर चन्नन विदा होकर गाँव को लौट आया और बग्गा अपने रहट की ओर चला। वहाँ जस्सा मौजूद था। उसने जस्से को चन्नन से हुई मुलाक़ात के बारे में बताया।

जस्सा सब-कुछ सुनकर चुप रहा। वह पल-भर को चन्नन की बातों पर विश्वास करने के लिए तैयार नहीं था।

चन्ननसिंह लपकता हुआ अपने घर पहुँचा। लड़के वहीं मौजूद थे। उसने भी बग्गे से हुई बातचीत के बारे में बताने के बाद कहा, "मुझे लगता है कि बग्गा अब पहले जैसा उजड्ड नहीं रहा है। मूल रूप से चाहे वह वही कुछ हो जो पहले था, फिर भी सूझ-बूझ बेहतर हो गयी है। मैंने उसे उलटी-सीधी पट्टी पढ़ाने की पूरी कोशिश की है। मैं सोचता हूँ कि गाँववालों की दृष्टि में हमारे सम्बन्ध अच्छे बने रहें।"

दिलेरसिंह कड़वे अन्दाज़ में बोला, "इन हरामियों से अच्छे सम्बन्ध स्थापित करने का क्या फ़ायदा?"

"कोई फ़ायदा नहीं है।" चन्ननसिंह ने उत्तर देते हुए कहा, "मगर सीधी टक्कर का भी कोई फ़ायदा नहीं। हमारी दुश्मनी अब भी क़ायम रह सकती है और रहेगी।"

लक्खन महसूस कर रहा था कि बग्गे से उसके बाप की जो बातचीत हुई थी उसके कारण उनके ख़ानदान की मूँछ नीची हो गयी थी। वह निराशापूर्ण अन्दाज़ में बोला, "अब हम उनका बिगाड़ भी क्या सकते हैं?"

चन्नन ने बेटे का उत्साह बढ़ाने के लिए कहा, "तुम्हारा बाप ऐसी कच्ची गोलियाँ नहीं खेला है। सीधी टक्कर लेना उचित नहीं है। अर्थात् सीधी उँगलियों से घी नहीं निकलेगा तो टेढ़ी उँगलियों से निकाला जायेगा।"

दिलेर ने बोझिल नज़रों से बाप की ओर देखा और पूछा, "वह कैसे?"

"हमारे पास एक मोहरा है।"

"कौन-सा मोहरा?"

"सूरतसिंह।'

"जब थुन्ने-जैसा आदमी जस्से से टक्कर लेकर अपनी जान से हाथ धो बैठा, वहाँ सूरतसिंह क्या कर लेगा। माना सूरतसिंह तगड़ा जवान है। मगर जस्सा, सूरतसिंह की पल-भर में गरदन मरोड़कर फेंक सकता है।"

चन्नन बोला, "तुम एक बात भूलते हो। वह यह कि थुन्ने ने जस्से की ताक़त का अन्दाज़ा लगाये बिना सीधी टक्कर ले ली। सच पूछो तो ख़ुद मुझे इस बात का विश्वास नहीं हुआ कि जस्से ने थुन्ने-जैसे आदमी को इस तरह तोड़-मोड़ के फेंक दिया। तात्पर्य यह कि अनुमान चाहे मेरा हो या थुन्ने का–वह ग़लत निकला। अब सूरतसिंह को इस बात पर नहीं उभारना चाहिए कि वह जस्सू से सीधी टक्कर ले..."

लक्खन बीच में ही बोल उठा, "मगर सूरतसिंह जस्से से टक्कर क्यों लेने लगा?"

"निश्चय ही उसे टक्कर लेनी पड़ेगी। इश्क़ का भूत बहुत बुरा होता है। यही वह भूत था जिसके कारण बग्गा हमारे शिकंजे में फँस गया और पाँच वर्षों तक जेल की हवा खाता रहा।"

दिलेर ने कहा, "अगर उसे परसिन्नी के मामले में निराशा हुई तभी वह जस्से के विरुद्ध कोई कार्यवाही करने की सोचेगा।"

चन्नन ने राय दी–"हमें सूरतसिंह को विश्वास दिला देना चाहिए कि जस्सा ही एक ऐसी अड़चन है जिसके कारण परसिन्नी से उसका विवाह नहीं हो सकेगा। इश्क़ का मारा हुआ सूरतसिंह सीधे न सही तो धोखे से जस्से को अपने रास्ते से हटाने की कोशिश कर सकता है। इसमें सफल भी हो सकता है। अगर वह अँधेरे-सवेरे रास्ता चलते जस्से का छव्वी से पेट चीर दे और ख़ुद भाग जाये तो जस्सा उसका पीछा नहीं कर सकेगा। तुम तो जानते ही हो छव्वी पेट चीरकर आँतें बाहर खींच लाती है और उन्हें भी काट डालती है। इसके भरपूर वार से कभी कोई बच नहीं सकता।"

दिलेर ने पूछा, "अगर सूरतसिंह पकड़ा जाये तो?"

"तो क्या?–उसे फाँसी पर चढ़ना पड़ेगा?"

"अगर उसने हमें फाँसने की कोशिश की...मेरा मतलब है कि उसने यह बयान दे दिया कि हमने उसे इस हत्या के लिए उभारा था तो फिर क्या होगा?"

"अदालत उसके बयान को स्वीकार नहीं करेगी। क़त्ल का कारण स्पष्ट कर दिया जायेगा। आवश्यकता पड़ने पर हमारा वकील अदालत को बता देगा कि जस्से और सूरत की लड़ाई की मूल जड़ परसिन्नी थी। वे दोनों उसको प्राप्त करना चाहते थे। परसिन्नी का झुकाव जस्से की ओर था। इसीलिए निराश होकर सूरत ने जस्से की हत्या कर डाली। हममें से हत्या के समय कोई भी व्यक्ति सूरतसिंह के आसपास नहीं रहेगा। कोई बालिग़ आदमी इस बात का सहारा नहीं ले सकता कि उसने किसी और के उकसाने में आकर हत्या कर डाली।"

दोनों भाइयों की आँखों में कुछ चमक-सी दिखायी दी। दिलेर ने पूछा, "तो अब हमको क्या करना चाहिए?"

लक्खन को बात सूझी तो बोला, "झूठी गवाहियाँ भी तो भुगतायी जा सकती हैं।"

बातों का क्रम इस तरह तोड़ने पर दिलेर को लक्खन पर थोड़ी झल्लाहट हुई, कहने लगा, "वह सब तो हो जायेगा। अभी हमें यह तय करना है कि यह सारी योजना कैसे बनायी जाये।"

चन्नन ने बेटों की इस झपट को नज़रअन्दाज़ करके राय दी—"दिलेर! पहले तो तुम ख़ुद सूरतसिंह से मिल लो और उसे बताओ कि तुम्हें इधर-उधर से ख़बर मिली है कि परसिन्नी और जस्से का आपस में प्रेम है। इस बात को वे अभी छिपाये हुए हैं परन्तु मौक़ा मिलने पर वे शादी कर लेंगे। सूरतसिंह को इस बात का भी विश्वास दिला दो कि जस्सा उसे परसिन्नी से शादी करने की आज्ञा कभी नहीं देगा।"

"ठीक है, मैं आज या कल सूरतसिंह के गाँव चला जाऊँगा।"

3

अब बग्गे को अपने गाँव में रहने का मज़ा आ रहा था। स्थिति बिलकुल बदल चुकी थी। वह यह भी जानता था कि यह पाँसा पलटाने में जस्से का कितना हाथ था। अपितु केवल जस्से के कारण ही चन्ननसिंह के ख़ानदान को नीचा देखना पड़ा और लोग जस्से के चाचे को भी सम्मान देने लगे। बग्गा जस्से से बहुत ख़ुश था, केवल शादी की बात से ही वह भड़क उठता था। औरत के हाथों इतना अपमान और निराशा सहन करने से उसके अचेतन मन में एक गाँठ-सी पड़ गयी थी। आज के मनोवैज्ञानिक इसे काम्प्लेक्स कहेंगे। वह अपने अतिरिक्त जस्से के जीवन में भी किसी स्त्री को सहन नहीं कर सकता था। अतः यह भी अपने-आपमें बहुत बड़ी समस्या बन गयी थी।

एक रात दीये जल जाने पर जस्सा बाहर से घर लौटा। अभी वह बड़े अहाते में ही था कि उसे भीतर से बग्गे की गरज और भजनो की चिल्लाहट की आवाज़ें सुनायी दीं।

कुछ देर ठिठककर वह फिर आगे बढ़ा, क्योंकि यहाँ से उसे सिर्फ़ शोर सुनायी दे रहा था, बातें समझ में नहीं आ रही थीं। वह मकान के सेहन में घुसा। झगड़ा भीतर-

वाले पसार में हो रहा था। जस्सा बाहरवाले पसार के फ़र्श पर पाँव लटकाकर बैठ गया, क्योंकि उसकी शादी के मामले में भाई-बहन की बातचीत चल रही थी। भजनो कह रही थी—"तुम अजीब बातें करते हो।"

बग्गा बोला, "मैं कोई अजीब बात नहीं कर रहा हूँ। मैंने जीवन का सिद्धान्त बना लिया है कि मैं स्त्री के निकट भी नहीं फटकूँगा।

"तुम्हारे मुँह से यह कोई नयी बात नहीं सुन रही हूँ।"

"नयी बात कैसे सुन सकती हो। पुराना प्रश्न उठाती हो, पुराना उत्तर पाती हो।"

"जो सिद्धान्त तुमने अपने लिये बनाया है, वह तुम्हीं को मुबारक हो।"

"ठीक है, मुझ ही को मुबारक हो।"

"परन्तु तुम तो दूसरों पर भी इसको लागू कर रहे हो।"

"दूसरे कौन?"

"जस्सा।"

"जस्सा दूसरा है।"

"तो तुम उसे अपना मानते हो।"

"मूर्खता की बातें करती हो। किसी को अपना मानकर ही घर में रखा जा सकता है।"

"जब उसे अपना मानते हो, तो उसे शादी क्यों नहीं करने देते?"

"जिस काम में मैंने नुक़सान उठाया है, मैं नहीं चाहता कि उसी काम को करके जस्सा भी नुक़सान उठाये।"

"तो शादी करना घाटे का सौदा है।"

"यह बाद की बात है। अभी तो उसका प्रेम का चक्कर चल रहा है। चाचे ने प्रेम किया तो उसकी जो गत बनी, सो दुनिया ने देखी। अब भतीजा वही काम करने जा रहा है। क्या कोई कसर रह गयी है जो भतीजा पूरी करेगा। मेरी भोली बहन, उसकी शादी की कोई बात नहीं चल रही है। उसके प्रेम का चक्कर चल रहा है।"

"मेरे भोले भैया, संसार में बहुत बड़े-बड़े प्रेमी हुए हैं।"

"अब हमारे ख़ानदान में गोया बड़े-बड़े प्रेमी पैदा होंगे...तुम्हारे आशीर्वाद से।"

"चलो प्रेम-व्रेम को छोड़ो। अगर वह दीपी से शादी करे तो तुम्हें इस पर क्या आपत्ति है?"

"मेरी आपत्ति का प्रश्न तो बाद में उठेगा। दीपी के माँ-बाप इस शादी पर सहमत नहीं हैं।"

"सम्भव है कि उन दोनों का सच्चा प्रेम देखकर वे सहमत हो जायें।"

"तुम तो थूक में पकौड़ी निकालती हो। कह दिया न कि वे यह शादी नहीं करेंगे।"

"मैं समझ गयी। अगर वे चाहें भी तो तुम घुड़की देकर उन्हें डरा दोगे। स्वाभाविक बात है कि चाचे की धमकियाँ सुनकर वे उसके भतीजे को अपनी लड़की क्यों देने लगे।"

"तुम बहुत ज़्यादा मीन-मेख निकालती हो। मैंने जो कह दिया, सो कह दिया।"

"तोते की तरह एक ही बात रटे जा रहे हो। तुम्हारी इसी ज़िद ने तुम्हें बरबाद करके रख दिया।"

"बरबाद? मुझे बरबाद कौन कहता है? मेरी दो-दो गाँवों में ज़मीनें हैं, मकान है, घोड़े और भैंसें हैं, रुपया है—कौन मुझे बरबाद समझेगा?"

आख़िर भजनो भी उसी की बहन थी, वह भी उच्च स्वर में बोली, "यह सब-कुछ तुम्हारे जीते-जी तक है न। मरोगे तो इस सारी धन-सम्पत्ति का मालिक कौन होगा? यही शरीक तुम्हारा सब-कुछ आपस में बाँट लेंगे। बिलकुल ऐसे ही जैसे मरे हुए भैंसे को कौवे और गिद्ध नोच-नोचकर खा जाते हैं।"

पल-भर को बग्गा सन्नाटे में आ गया। फिर आँखें निकालकर गुर्राते हुए बोला, "तुम बहन होकर मुझसे ऐसी बात कहती हो?"

"मैं कुछ नहीं कह रही हूँ। मैं तो तुम्हारे कर्मों का नक़्शा तुम्हारे आगे रख रही हूँ। जो तुमने पहले किया था, उसका नतीजा आज भोग रहे हो...और जो अब करोगे, इसका नतीजा कल भोगोगे...मरने के बाद भी भोगोगे।"

बात कड़वी होते हुए भी सच्ची थी। इसलिए भजनो के ये शब्द बग्गे के मन की गहराई के किसी कोने में जाकर बैठ गये। मगर हर उजड्ड आदमी की तरह वह हार माननेवाला नहीं था। बोला, "बड़ी बहन हो न। जो शाप तुम दे रही हो, शायद वह पूरा होकर रहे। तुम्हारे कलेजे में तो ठण्डक पड़ ही जायेगी।"

"अरे! मैं मौत-किनारे खड़ी बुढ़िया। तुम उम्र में मुझसे इतने छोटे हो। क्या तुम्हारे मरने तक मैं ज़िन्दा रहूँगी?—इतनी सीधी-सी बात तुम्हारी समझ में नहीं आ रही है कि मैं तुम्हें कोई शाप नहीं दे रही हूँ, वरन् जो शाप तुम ख़ुद अपने ऊपर ले रहे हो, मैं उसे हटाने की कोशिश कर रही हूँ।"

बग्गा उजड्डपने से भड़ककर बोला, "यह सब-कुछ नहीं। तुम दोनों ने साज़िश कर रखी है।"

"हम दोनों कौन?"

"जस्सा और तुम?"

"लो! अब अपनी बात छोड़कर जस्से की बात शुरू कर दी। इसमें भी तुम्हारी मूर्खता यह है कि बाप तो कभी बने नहीं, इसलिए तुम नवयुवक के मन की भावनाओं को भी नहीं समझ सकते।"

"नवयुवक को डालो भाड़ में!...मैंने जस्सू को अपने पास न रखा होता तो आज उसकी क्या हालत होती। यह बात न तुम समझती हो, और न वह समझता है।"

"यह भी ख़ूब रही! उसने तुम्हारे लिये कुछ नहीं किया। तुम पाँच साल के लिए जेल चले गये तो चक पीराँ की ज़मीन और जायदाद की देख-भाल वही करता रहा। यहाँ तो ख़ैर मैं थी। तुम जेल से निकले तो चक पीराँ चले गये। तुमने जस्से को यहाँ

भेज दिया। जिस ख़ानदान की नाक को तुमने धरती में रगड़कर रख दिया था, जस्से ने उसी नाक को ऊँचा कर दिया। सारे गाँव, सारे इलाक़े में हमारे शरीक दनदनाते फिर रहे थे। अब वे सब खुजली मारे कुत्तों की तरह इधर-उधर मुँह छिपाते फिरते हैं। यह सब-कुछ करना कोई मामूली बात नहीं है।''

''ठीक है, लेकिन मैंने भी तो जस्सू को बेटे की तरह ही रखा हुआ है। एक अनाथ लड़का आज मालिक बना घूमता है। यह भी तो मेरा ही प्रताप है।''

''इसीलिए तो मैं कहती हूँ कि तुम दोनों का सहयोग बना रहे। इसी में तुम दोनों का और ख़ानदान का भला है।''

''मान लिया। मैं उसके रास्ते में कोई अड़चन तो नहीं डाल रहा हूँ। मैंने घर-बार का स्याह-सफ़ेद उसी को सौंप रखा है। लेकिन अब फिर तुम शादी की बात उठाओगी।''

''अवश्य उठाऊँगी। अरे! जब सन्तान ही न हो तो ख़ानदान कैसे आगे बढ़ेगा। पूर्वजों की बनायी हुई जायदाद सुरक्षित कैसे रहेगी। अव्वल तो तुम्हीं को विवाह करना चाहिए। बेकार की हरकतों में तुम इस उम्र तक आ पहुँचे। फिर भी कोई-न-कोई रिश्ता मिल ही सकता है।''

बग्गे ने फ़ौरन ही दोनों बाज़ू ऊपर उठा दिये और ऋषियों-मुनियों की तरह हाथ हिलाते हुए बोला, ''न बाबा! बग्गे ने जो बात एक बार कह दी सो हमेशा अटल रहेगी।''

''अगर बग्गे की अक़्ल इतनी ही मारी गयी है तो वह जस्से की ही शादी करा दे।''

'उसकी भी शादी हो जायेगी, लेकिन मेरे मरने के बाद।''

''मतलब यह है कि तुम्हारे मरने के इन्तज़ार में वह भी बूढ़ा हो जाये। भला फिर उसे कौन पूछेगा?''

''अब यह तुम जानो या जस्सा। मुझे जो कहना था सो कह दिया।''

''तुम्हें क्या आकाशवाणी होती है। जो कुछ तुम कहते हो उसका बुरा-भला सोचना तुम्हारा कर्त्तव्य नहीं है क्या?''

''मैंने बुरा-भला सब सोच लिया है।''

''यह तो नहीं सोचा कि जब तुम्हारे सिर पर इश्क़ का भूत सवार हुआ था तो तुम किसी की नहीं सुनते थे। अब जस्से के सिर पर यही भूत सवार है तो क्या वह किसी की सुनेगा।''

''न सुने। उसे कोई मजबूर तो नहीं करता कि वह दूसरों की बात सुने।''

''अगर वह अपनी ज़िद पर अड़कर शादी कर ले तो?''

''कर ले—लेकिन मेरे घर में रहने का उसे कोई अधिकार नहीं होगा। बेशक वह शादी करके जहाँ जी चाहता है चला जाये, मैं उसे रोकूँगा नहीं।''

"तुम्हें उसके चले जाने का कोई दुःख नहीं होगा?"

"जब वह औरत की ख़ातिर मुझे छोड़ सकता है तो मैं भी उसे छोड़ सकता हूँ।"

पल-भर रुककर भजनो बोली, "यह न समझना कि उसने कोई ऐसी बात कही है।"

"मैं जानता हूँ कि उसने ऐसी कोई बात नहीं कही। लेकिन अगर वह शादी करने पर तुला हुआ है तो वह अपना जीवन नये सिरे से शुरू कर सकता है। मैं उसे इस बात की स्वतन्त्रता देता हूँ।"

बाहरवाले पसार में बैठा जस्सा यह सब-कुछ सुन रहा था। अब वह उठकर बाहर निकल गया। अहाते में से होता हुआ वह धूल-भरे मैदान में पहुँच गया। आकाश में चाँद नहीं, सिर्फ़ तारे-ही-तारे थे। हर ओर तारों का मन्द प्रकाश फैला हुआ था।

वह खेतों में चलता गया। काफ़ी दूर पहुँचकर रुका। मुड़कर पीछे देखा। गाँव के मकान फीके-फीके धब्बे-से बनकर रह गये थे। गाँव के बाहर काँटेदार घनी झाड़ियों ने और भी गहरे रंग के धब्बों का रूप धारण कर लिया था। कुत्तों के भौंकने की धीमी-धीमी आवाज़ें आ रही थीं।

वह दोनों हाथ पीठ पर बाँधकर बहुत ही धीरे-धीरे इधर-उधर टहलने लगा। उसका दिमाग़ कई उलझनों में फँसा हुआ था। एक ओर उसे इस बात का पता चल गया कि चाचा वास्तव में उसकी शादी के कितना विरुद्ध था और अगर वह शादी कर ले तो चाचा उसे सदा के लिए छोड़ देने को भी तैयार था।

अभी तो शादी का प्रश्न ही नहीं उठता था, क्योंकि दीपी के माँ-बाप इस बात के लिए तैयार ही नहीं थे। अतः अभी चाचे से किसी प्रकार के संघर्ष की स्थिति ही उत्पन्न नहीं हुई।

यदि चाचा अपने उजड्डपन पर अड़ा हुआ था तो वह ख़ुद भी अलग से जीवन व्यतीत करने की कोई योजना बना सकता था।

यहाँ तक उसकी विचारधारा पहुँची तो मन-ही-मन वह चौंक पड़ा। क्या वह सचमुच आवश्यकता पड़ने पर चाचा को छोड़ सकता था? कुछ सोचने पर उसके मन की गहराई से आवाज़ सुनायी दी कि यह काम उसके लिए कठिन होगा। इसका कारण यह नहीं था कि वह जीवन में अपना रास्ता अलग से बनाने की योग्यता नहीं रखता था, वरन् चाचे से उसको न जाने किस प्रकार का लगाव था। सम्भवतः चाचे को भी उससे लगाव था। अभी एक-दूसरे से अलग रहकर उन्होंने इस लगाव को कसौटी पर परखा नहीं था। छुटपन की बात स्मरण हो आयी जबकि चाचा उसे उलटे हाथ का झापड़ मारता था तो वह लुढ़ककर परे जा गिरता। मगर वह मार के डर से भागता नहीं था बल्कि फिर मार खाने के लिए चाचा के सामने खूँटे की तरह जा खड़ा होता। यदि चाचे का एक विशेष प्रकार का व्यक्तित्व था, तो भतीजे का भी एक ख़ास व्यक्तित्व था। वह हारकर भागनेवाला नहीं था।

उसकी इस रुचि से उसके मन में नयी उलझन उत्पन्न हो गयी। यह गाँठ ऐसी थी जिसके विषय में उसे समझ में नहीं आता था कि कैसे खोली जाये। यह ऐसी समस्या थी जिसका कोई समाधान नहीं सूझ रहा था।

चाचा अपनी ज़िद से पीछे हटनेवाला नहीं था, और भतीजा मैदान छोड़कर भागनेवाला नहीं था। उन दिनों का सहयोग बड़ा विचित्र था और अपने-आपमें अद्‌भुत था।

मानी हुई बात है कि जो व्यक्ति सोच-विचार में डूबे रहने का आदी हो जाये तो एक स्तर पर पहुँचकर उसे इस बात का भी ज्ञान प्राप्त हो जाता कि जिस समस्या का समाधान बुद्धि द्वारा नहीं हो सकता, उसका हल परिस्थितियाँ स्वयं ही निकाल के रख देती हैं।

शायद जस्सा अपने चाचे से कम उजड्ड नहीं था, पर लगातार मुसीबतें सहने के कारण उसे इस प्रकार का ज्ञान प्राप्त हो चुका था।

वह अपनी उलझनें नहीं सुलझा सका। फिर भी न जाने क्यों उसे यूँ महसूस होने लगा जैसे उसके मन का बोझ हलका हो गया है। क्यों हलका हो गया था, यह बात उसकी समझ में नहीं आ रही थी।

जस्सासिंह अपने रहट पर गया, खेतों में घूमता रहा और फिर काफ़ी रात गुज़र जाने पर घर को लौटा।

वह बाहरवाले अहाते के कमरे में ही सो गया। घर के भीतर जाने को मन नहीं हुआ।

4

जस्सा एक रोज़ प्रातःकाल अपने रहट पर पहुँच गया। वह यह जानना चाहता था कि उनका कम्मी (नौकर) रहट की गाधी पर बैठा बैलों को हाँक रहा था या नहीं। बैलों की आदत थी कि जब उन्हें हाँकनेवाला कोई न हो तो वे तीन-चार चक्कर काटकर रुक जाते थे। दूर से ही जस्से ने देखा कि बैल अपने गोल दायरेवाले मार्ग पर धीरे-धीरे चल रहे थे। रहट के रूँ-रूँ करने की आवाजें धीमे-धीमे उसके कानों तक पहुँच रही थीं। रहट के निकट जाकर उसे पता चला कि गाधी (गद्‌दी) पर बैठा-बैठा कम्मी ऊँघ रहा था। वह बैलों को हाँक तो नहीं रहा था, परन्तु शायद बैलों को इस बात का अहसास था कि डण्डे से उनकी पिटाई करनेवाला अभी मौज़ूद है।

जस्से ने उस गोल मार्ग के किनारे पर खड़े होकर कम्मी का कन्धा हिलाया और वह हड़बड़ाकर जाग उठा। जागते ही डण्डा हिला-हिलाकर टख-टख का शोर मचाने लगा।

जस्से को कुछ और कहने की आवश्यकता नहीं थी। यह आगे बढ़ गया, यह जानने के लिए कि अगर ज़रूरत हो तो पानी का रुख नये खेत की ओर बदल दे। इस तरह

पानी की कच्ची नालियों, खेतों और उनमें उगते हुए नन्हें-नन्हें पौधों का जायज़ा लेता हुआ वह काफ़ी दूर तक निकल गया।

गाँव का गड़ेरिया भैंसों और गायों के गल्ले को हाँकता हुआ घास चराने के लिए रहट के निकटवाले चौड़े कच्चे मार्ग पर से गुज़र रहा था। आसपास ज़िन्दगी की गहमागहमी के चिह्न दिखायी देने लगे थे। पिछले दो दिनों में उसकी अपने चाचा से बहुत कम बातचीत हुई थी। झड़प भी नहीं हुई, क्योंकि झगड़े के विषय को न जस्से ने छेड़ा, और न चाचा ने। वैसे दोनों के मन की गहराई में यह विषय मानो लम्बे तीव्र काँटे की तरह चुभा हुआ था। अनजाने ही वे सोच-विचार में डूबे दिखायी देते थे। स्पष्टतया वे अपनी-अपनी ज़िद पर अड़े हुए थे। उनमें से न कोई झुकने को तैयार था, न पीछे हटने को, और न इस विषय पर विचार के लिए पहल करने को।

ऐसी ही स्थिति में जस्सा दोनों हाथ पीठ पर बाँधे रहट की तरफ़ लौट आया। उसकी दृष्टि धरती पर टिकी हुई थी। इसलिए जब अचानक उसने नज़र उठायी तो सूरतसिंह को सामने पाकर उसे बड़ा आश्चर्य हुआ। मगर उसने शीघ्र ही अपने-आप पर नियन्त्रण कर लिया और चेहरे से कुछ प्रकट नहीं होने दिया।

"सतसिरी-अकाल।"

सूरतसिंह की आवाज़ सुनायी दी।

जस्से ने सतसिरी-अकाल का तो कोई उत्तर नहीं दिया, केवल भारी स्वर में पूछा, "आज घोड़ा साथ नहीं लाये?"

सूरतसिंह ने चौंककर जस्से की ओर देखा परन्तु उसके चेहरे पर व्यंग्य का कोई चिह्न दिखायी नहीं दिया। सूरत समझा कि जस्से के विचार में शायद मैं पैदल ही अपने गाँव से वहाँ आया हूँ। परन्तु उसने इस बात का उत्तर देना भी आवश्यक नहीं समझा, क्योंकि जस्से ने ये शब्द प्रश्नात्मक ढंग से नहीं कहे थे। बोला, "मैं पहले तुम्हारे घर पर गया था। पता चला कि तुम खेतों को गये हो। मैं यहाँ चला आया।"

"घर पर क्यों गये थे?"

जस्से का स्वर सपाट था, मगर सूरत को उसकी यह बात अजीब-सी लगी। वह सोचने लगा कि क्या जस्सा पिछली बातचीत को भूल गया था, क्या उसी ने नहीं कहा था कि परसिन्नी से शादीवाली बात का उत्तर वह कुछ दिनों में देगा।

जस्से ने अपनी ही धुन में दोबारा पूछा, "तुम इतनी सवेरे हमारे गाँव कैसे पहुँच गये?"

जस्से को असलियत का कुछ अन्दाज़ा था, परन्तु उसने जान-बूझकर यह प्रश्न किया था।

सूरतसिंह ने उत्तर दिया, "मैं आज सुबह नहीं पहुँचा, कल रात ही आ गया था।"

"रात चन्ननसिंह के बेटों के साथ काटी होगी?"

सूरत ठिठककर ज़रा-सा पीछे हट गया। अपनी रौ में वह यही कहनेवाला था कि रात उसने गुरुद्वारे में काटी थी, परन्तु जस्से के सीधे प्रश्न का उलटा या ग़लत उत्तर देने का उसे साहस नहीं हुआ। उसने हाँ या ना कुछ भी नहीं कहा। सिर्फ़ ख़ामोश रहा।

जस्से के लिए इतना ही काफ़ी था। उसने भारी और सपाट स्वर में पूछा, "कहो, कैसे आना हुआ?"

अब सूरतसिंह को विश्वास होने लगा कि जस्से की नीयत ख़राब थी। उसके मन में क्रोध उभर आया। बड़ी मुश्किल से मन की इस भावना को दबाते हुए उसने पूछा, "जस्सासिंह, क्या तुम हमारी आपस में हुई बातचीत को बिलकुल भूल गये?"

"नहीं।" जस्से ने तुरन्त उत्तर दिया।

जस्से के उत्तर से सूरतसिंह के मन में आशा उत्पन्न होने की बजाय निराशा का अँधेरा छाने लगा। जस्से की गम्भीर, बल्कि कठोर शक्ल से ही स्पष्ट था कि उसे उससे कोई उम्मीद नहीं रखनी चाहिए। चन्ननसिंह और उसके बेटों ने बार-बार उसे यही समझाने की कोशिश की थी कि जस्से से किसी बात की आशा रखना बेकार है।

सूरतसिंह के मन में मानो बड़े ज़ोर के स्वर में यह प्रश्न गूँजा कि क्या जस्सा स्वयं परसिन्नी से शादी करना चाहता था, और भाई-बहन का यह नाटक केवल ढोंग ही था।

बाक़ी सब-कुछ भूलकर सूरतसिंह केवल इसी बात को सोचने लगा कि उसका अगला क़दम क्या होना चाहिए। जस्से से वह किस तरह निबट सकेगा। अपनी जगह सूरतसिंह भी धाकड़ था, लेकिन उस पर यह बात स्पष्ट हो चुकी कि इस मामले में वह जस्से की धूल को नहीं पा सकता था। उसे कई बार इस बात के भी संकेत मिल चुके थे कि दिलेरसिंह और लक्खनसिंह उसे जस्से से निबटने के दाँव-पेंच बता सकते थे। आख़िर ऐसी कौन-सी तरकीब हो सकती थी जिससे जस्से जैसे पहाड़ को अपने रास्ते से हटाया जा सकता था...

अपने ही विचारों में खोये हुए सूरतसिंह को पता ही नहीं चला कि कब जस्से ने आगे बढ़कर उसके कन्धे पर धीरे से भारी-भरकम हाथ रख दिया और कहा, "मुझे सब याद है। तुम परसिन्नी से शादी करना चाहते हो। इसी सिलसिले में तुम मेरे पास आये थे। अब मैं उस समस्या पर अच्छी तरह विचार कर चुका हूँ। मैं तुम्हारे ख़ानदान, घर-बार और धन-सम्पत्ति के बारे में जानकारी प्राप्त कर चुका हूँ। किसी भी नतीजे पर पहुँचने के लिए यह सब-कुछ जानना आवश्यक था।"

सूरतसिंह का सारा जिस्म नीचे से ऊपर तक मानो थर्रा उठा। भीतर-ही-भीतर उसे कँपकँपी भी छूटी हुई थी। किसी भय के कारण नहीं, केवल यह जानने के लिए कि जस्सा अन्त में किस नतीजे पर पहुँचा। मगर यह जानने की आवश्यकता थी भी? क्या जस्से की शक्ल से स्पष्ट नहीं था कि वह किस नतीजे पर पहुँचा है?

इस दौरान जस्सा उसके कन्धे से हाथ हटाकर उसकी तरफ़ पीठ मोड़कर बहुत ही धीरे-धीरे आगे को क़दम बढ़ा रहा था—यानी सूरत और अपने बीचवाली दूरी को बढ़ा रहा था।

इन सब बातों के बावजूद सूरतसिंह के शरीर का रोम-रोम पुकार-पुकारकर केवल एक ही प्रश्न कर रहा था।

एकाएक जस्सा पलटा, टकटकी बाँधकर सूरत की आँखों में आँखें डालीं और फिर स्पष्ट स्वर में बोला, "मुझे यह रिश्ता मंजूर है।"

यद्यपि जस्से ने ऐसी बात कही थी जिसे सुनने के लिए सूरतसिंह का मन तरस रहा था, परन्तु उस समय सूरत को ऐसा लगा मानो उसके कानों में गोले फट गये हों। क्षण-भर को महसूस हुआ कि उसके धड़ के नीचे का भाग गीली मिट्टी की तरह बैठ जायेगा। मगर उसने अपने-आपको सँभाले रखा।

अजीब स्थिति थी। जिस बात को सुनने के लिए उसका मन तरस रहा था, उसी को सुनकर उसे यूँ लगा जैसे उसने अनहोनी बात सुन ली हो। उसे और कुछ नहीं सूझा तो जल्दी से पाँव छूने के अन्दाज़ में वह अपने दोनों हाथ जस्से के घुटनों तक ले गया।

जस्सा खड़े-खड़े धीमे से मुस्कराया, बोला, "सूरत, तुम उम्र में मुझसे बड़े ही होगे। मेरे पाँव छूने की कोशिश क्यों कर रहे हो?"

आभार तले दबे सूरतसिंह की आँखों में आँसू आते-आते रह गये, वह भर्राये कण्ठ से बोला, "लेकिन जस्सासिंह तुम परसिन्नी के भाई तो हो न।"

"हाँ, सो तो हूँ।"

उत्साह में भरकर सूरत अपने-आप पर वश नहीं रख सका, बोला, "तुम नहीं जानते कि दूसरों ने मुझे निराशा के अँधेरे कुएँ में गिरा दिया था।"

जस्से ने दोनों भवों के बीच में बल डालकर पूछा, "वह कैसे?"

"मेरे कान भर-भर कर।"

अब ऐसी स्थिति उत्पन्न हो गयी थी कि अगर जस्सा चाहता तो सूरत से कुरेद-कुरेदकर पूछ-ताछ कर सकता था। सूरत भी बिना किसी संकोच के पूरी-पूरी जानकारी दे सकता था। मगर जस्से ने ऐसा नहीं किया। सूरत के इतना कह देने से सारी बात उसकी समझ में आ गयी थी। वह सूरत को यह विचार भी नहीं देना चाहता था कि चन्ननसिंह और उसके बेटे उसके शत्रु बने हुए थे या यह उन्हें अपना शत्रु समझता था। जस्सा यह भी जानता था कि भविष्य में सूरतसिंह के साथ उसके किस प्रकार के सम्बन्ध होनेवाले हैं। इस बात को सम्मुख रखते हुए भी उसने ख़ामोश रहना ही उचित समझा।

कुछ तो उनकी बातचीत ही समाप्त हो चुकी थी और कुछ सूरतसिंह मारे ख़ुशी के आपे से बाहर हो रहा था। अब वह शीघ्र-से-शीघ्र परसिन्नी के पास पहुँचना चाहता था। जस्से से विदा होने से पहले सूरत ने पूछा, "क्या तुमने परसिन्नी को अपने इस निर्णय से सूचित कर दिया है?"

"अभी नहीं।"

सूरत ज़रा निराश होकर बोला, "तब मेरी गाड़ी आगे कैसे बढ़ेगी"

"अरे भोले, जब मैंने अनुमति दे दी तब इस गाड़ी को कौन रोक सकता है?"

"लेकिन परसिन्नी को भी तो पता चलना चाहिए।"

"हाँ, यह भी ठीक है। अच्छा, मैं उसे आज ही सन्देश भेज दूँगा।"

"उसे कब तक पता चल जायेगा?"

"अगर कल सन्ध्या तक तुम उसे मिलोगे तो मेरा सन्देश उस तक पहुँच चुका होगा।"

सूरत का चेहरा फिर दमक उठा, वह दाँत निकालकर बोला, "वचन पूरा करोगे न?"

"अगर मुझे अपना यह वचन पूरा न करना होता तो मैं तुमसे यह बात कहता ही नहीं। कल सन्ध्या को परसिन्नी की ज़बानी तुम्हें ख़ुद ही पता चल जायेगा कि मेरा सन्देश उस तक पहुँच चुका है।"

"अच्छा, तो मैं चलता हूँ।"

गाँव को वापस आने के लिए सूरतसिंह मुड़ा, फिर एकाएक ही कुछ सूझा तो वह लपककर जस्से के निकट पहुँचा और उसका हाथ अपने दोनों हाथों में लेकर बड़े उत्साह से हिलाया।

जस्सा गाँव को वापस लौटते हुए सूरत को कुछ देर तक देखता रहा।

सूरत बड़ी तीव्रता से गलियों में से गुज़रता हुआ चन्ननसिंह के घर पहुँचा।

बाप-बेटे दालान में बैठे बड़ी उत्सुकता से सूरतसिंह के लौटने की प्रतीक्षा कर रहे थे। वे अपने मन की बात मन में ही दबाये हुए थे। चेहरे से कुछ ज़ाहिर नहीं होने दे रहे थे। मगर जब उनकी नज़र सूरत पर पड़ी तो उन्हें महसूस हुआ कि उसका तो हुलिया ही बदला हुआ था। दिलेरसिंह ने ज़रा एक ओर को खिसककर उसके लिए जगह छोड़ते हुए कहा, "कहो, मिल आये?"

सूरतसिंह की आँखों में चमक और चेहरे पर दमक थी। वह उत्साह-भरे स्वर में बोला, "हाँ, रहट पर मुलाक़ात हो गयी।"

वे तीनों सूरतसिंह के चेहरे को आँखों-ही-आँखों में तौल रहे थे। वे नहीं चाहते थे कि सूरत समझे कि वे सारा मामला जानने के लिए कितने उत्सुक हो रहे थे। मुश्किल यह थी कि सूरत ज़्यादा बात करने के मूड में दिखायी नहीं दे रहा था। आख़िर चन्नन ने ही पूछा, "सब ठीक रहा न?"

"बिलकुल।"

इस एक शब्द से उन सबके हृदय पर मानो घूँसा-सा लगा। चन्नन ने बुज़ुर्गाना अन्दाज़ जारी रखते हुए फिर पूछा, "अभी इस विषय में तुम्हें जस्सासिंह से फिर मिलना पड़ेगा क्या?"

"नहीं।"

"तो मतलब यह है कि परसिन्नी से तुम्हारे विवाह पर जस्से को कोई आपत्ति नहीं है?"

"बिलकुल नहीं।"

बाप-बेटों ने एक-दूसरे की ओर अर्थपूर्ण ढंग से देखा। वे समझ नहीं पा रहे थे कि अनहोनी बात हो कैसे गयी।

सूरतसिंह ने ख़ुद ही कहना आरम्भ किया, "बात बस इतनी थी कि जस्सासिंह मेरे ख़ानदान और मेरे विषय में कुछ जानकारी प्राप्त करना चाहता था। मैंने इस पर कोई आपत्ति नहीं उठायी। कल को मुझे अपनी बहन या बेटी का रिश्ता करना पड़े तो मैं उसके होनेवाले पति और उसके ख़ानदान के विषय में पूरी जानकारी प्राप्त करना चाहूँगा। जस्से ने भी मेरे बारे में पूछ-ताछ करके अपनी तसल्ली कर ली है। मैं पहले से ही जानता था कि अगर उसकी नीयत ख़राब नहीं है तो मेरे और मेरे ख़ानदान के विषय में कोई भी आपत्तिजनक बात उसे मालूम नहीं हो सकेगी।"

लक्खन भेड़िये की तरह दाँत निकोसकर बोला, "क्या तुम्हें विश्वास है कि जस्से की नीयत ख़राब नहीं है?"

बाप ने बेटे को बीच में ही टोककर कहा, "छोड़ो इन बातों को। कहावत मशहूर है कि मियाँ-बीबी राज़ी तो क्या करेगा क़ाज़ी। सूरतसिंह तुम लोगों का मित्र है, उसी की ख़ुशी में हमारी ख़ुशी है।"

वास्तव में चन्ननसिंह चाहता था कि इस तरह उसे असली स्थिति का पूरा-पूरा पता चल सकेगा। यह तो वह जानता ही था कि जस्से के हामी भर देने से सूरतसिंह के मन की दशा अब बिलकुल बदल चुकी होगी, और जस्से के विरुद्ध बातें करके उसकी सहानुभूति प्राप्त नहीं की जा सकती थी।

लक्खन बाप की इस चतुराई को नहीं समझ पाया। मगर आगे कुछ बोलने का भी उसे साहस नहीं हो सका। वह कड़ुवा घूँट भर के रह गया और सूरत को तीव्र दृष्टि से देखता रहा।

दिलेर अपने बाप की तबीयत को अपने भाई से बेहतर तौर पर समझता था। यह भी स्पष्ट था कि जस्से का हमदर्द बन जाने के बाद सूरतसिंह को उसके विरुद्ध कुछ कहने में निश्चय ही संकोच होगा। वास्तव में उस समय स्थिति क्या थी, यह जानना भी आवश्यक था। यही सब सोचकर दिलेरसिंह ने कहा, "तुम्हें भूख लगी होगी। तुम्हारे इन्तज़ार में हमने भी अभी तक कुछ खाया-पिया नहीं..."

यह सब झूठ था। वे नाश्ता कर चुके थे। सूरत को रोके रखने का यह एक बहाना था। मगर सूरतसिंह अपना काम निकल जाने के बाद वहाँ ज़्यादा देर रुकना भी नहीं चाहता था। जस्से के साथ उसके मेज़बानों के जो सम्बन्ध थे, उसे मालूम थे। अगर जस्से को पता चल गया कि अब भी वह चन्ननसिंह और उसके बेटों के साथ घी-शक्कर हो रहा था तो उसके हित में अच्छा नहीं होगा। नाश्ता तो वह कहीं भी कर सकता था। इसीलिए वह बोला, "अब तो मुझे ज़ाना ही पड़ेगा। घर पर मेरी प्रतीक्षा हो रही होगी।"

यह कहकर वह चारपाई से उठा और अपने घोड़े की ओर बढ़ गया। वह काठी को घोड़े की पीठ पर रखा रहा था तो दिलेरसिंह ने भी चारपाई से उठते हुए कहा, "इतनी भी क्या जल्दी है? नाश्ता करने से ऐसी कोई देर तो नहीं हो जायेगी। हमको भी यह अच्छा नहीं लगेगा कि मेहमान कुछ खाये-पिये बिना घर से चला जाये।"

"मेहमान?" सूरतसिंह भी ज़रा चतुराई से हँसते हुए बोला, "मैं मेहमान नहीं हूँ। हमारे तो भाइयों के-से सम्बन्ध हैं।"

थोड़ी ही देर बाद सूरत घोड़े की लगाम थामकर उनसे विदा हो गया। चन्नन और उसके बेटे उसे उस समय तक देखते रहे जब तक कि वह गली के नुक्कड़ पर उनकी आँखों से ओझल नहीं हो गया। तब दिलेर निराशा से सिर हिलाते हुए बोला, "एक कबूतर हाथ लगा था, सो वह भी गया।"

चन्नन ने बेटे के कन्धे पर हाथ रखकर कहा "मेरे ख़याल में यह कबूतर फिर लौटकर आयेगा। इश्क़ के मारे इसकी बुद्धि भ्रष्ट हो गयी है। अन्त में इसे निराशा होगी और यह फिर तुम्हारे पास लौटकर आयेगा।"

●

रब्बा! इज़्ज़ताँ ज़िल्लताँ बस तेरे...

—वारे शॉ

(ऐ ख़ुदा! सम्मान-अपमान सब तेरे हाथ में है।)

1

रात का भोजन करके सज्जनसिंह ने अन्तिम कुल्ला किया और अन्तिम डकार ली। **मन में** कुछ विचार आया तो उसने पत्नी की ओर देखकर संकेत से उसे अपने पास बुलाया।

वह समझी कि न जाने क्या विशेष बात है। अपना कार्य छोड़कर वह पति के निकट पाँव के बल बैठते हुए फुसफुसायी, "कहो!"

सज्जनसिंह ने अपनी मैली-मैली आँखें पत्नी की आँखों में डालते हुए धीरे से कहा, "मैं सोच रहा था कि हम कुछ दिनों के लिए रत्तोके चले जायें।"

"दीपी को वहाँ भेजा, सो तो ठीक किया, परन्तु हम वहाँ जाकर क्या करेंगे। उसका जाना ज़रूरी था, हमारे पीछे कौन जस्सासिंह पड़ा है कि हम भी रत्तोके चल दें।"

"बड़ी मूर्ख हो! अगर कोई हमारी बेटी के पीछे हाथ धोकर पड़ जाये, तो समझो कि एक तरह से वह हमारे ही पीछे पड़ा है।"

"मान लिया, परन्तु दीपी तो रत्तोके में अपनी मासी के पास सुरक्षित बैठी है। जस्से को तो यह भी नहीं मालूम होगा कि वह कहाँ ग़ायब हो गयी।"

"ठीक है, लेकिन हमें भी तो जाकर अपनी बेटी का पता करना चाहिए।"

"मासी उसके लिए हमसे कम चिन्ता नहीं करती। वहाँ वह इस गाँव से भी ज़्यादा सुरक्षित है।"

"फिर भी तुम्हारी बहन यह तो सोच सकती है कि जवान बेटी को यहाँ फेंककर माँ-बाप ने एक बार भी उसकी ख़बर नहीं ली।"

"ऐसी नहीं है मेरी बहन। दीपी उसे बिलकुल बेटी जैसी ही लगती है।"

"उफ! भई, दुनियादारी भी तो कोई चीज़ है। कुछ नहीं तो दीपी ही के मन में यह विचार आ सकता है कि कैसे हैं मेरे माँ-बाप जो मुझे यहाँ फेंककर मानो गंगा नहा लिये। कभी बेटी की शक्ल तक देखने नहीं आये।"

पत्नी ने माथे को उँगलियों से छूकर कहा, "यह तो मैं जानती हूँ कि तुम पर जो धुन सवार हो जाये वह पूरी करके ही छोड़ोगे।"

सज्जन हँसा, "मैं भी जानता था कि अगर तुमको समझाने की कोशिश की जाये तो तुम अन्त में बात ज़रूर समझ जाती हो।"

"मगर जल्दी न मचाना।"

"जल्दी काहे की। कल सुबह तक यहाँ से चल देंगे।'

"वही बात हुई न! मैं सुबह तक क्या-क्या समेटूँगी! घर का भी तो कोई प्रबन्ध करना होता है।"

"घर चलता रहेगा। तुम समझती हो कि तुम ज़रा इधर-उधर हो जाओगी तो घर को चील-कौए उठाकर ले जायेंगे। बहू घर की देख-भाल ख़ूब अच्छी तरह कर सकती है।"

"अच्छा-अच्छा, धीरे बोलो। बहू सुन लेगी तो उसका दिमाग़ और ऊपर को चढ़ जायेगा। वह पहले ही अपनी नाक पर मक्खी तक नहीं बैठने देती।"

"चार-छह दिन रहकर वापस आ जायेंगे।"

"आ तो जायेंगे, लेकिन वहाँ पहुँचेंगे कैसे?"

"अब तुम्हारे लिये मोटरगाड़ी तो आने से रही। सुन्दर रेढ़ीवाला अपनी घोड़ी ले चलेगा। हमें रत्तोके पहुँचाकर अगली सुबह तक लौट आयेगा। अधिक-से-अधिक दो दिन के पैसे ले लेगा।"

"उसे फ़ुरसत होगी तभी न छोड़ेगा।"

"वह सब तुम मुझ पर छोड़ दो।"

"तुम पर मैं कुछ नहीं छोड़ सकती। खट से उसके घर जाओ, और झट से लौटकर आओ। अगर वह चलने को तैयार हो तो मैं भी जल्दी से तैयारी कर लूँ।"

"हाँ, किसी से ज़िक्र न करना कि हम कहाँ जा रहे हैं।"

"यही बात मैं तुमसे कहने जा रही थी। मगर यह भी तो सोच लो कि कहीं सुन्दर किसी से न कह दे।"

"उसकी चिन्ता मत करो। उसे मैं सहेज दूँगा। भला आदमी है। इधर की उधर लगाना उसकी आदत ही नहीं है।"

"उसे यह भी सहेज देना कि तारों की छाँव में ही हम यहाँ से चल देंगे। रात का तीसरा पहर समाप्त होने तक वह घोड़ी ले आये।"

"ठीक है।"

"अब खड़े-खड़े क्या कर रहे हो। जाओ न।"

"भई कमाल करती हो। ख़ुद ही तो बातें किये जा रही थी और अब हाथ धोकर मेरे पीछे पड़ गयी।"

पत्नी जान-बूझकर चुप रही, और सज्जनसिंह ढीली-ढाली पगड़ी को थपथपाता हुआ घर से बाहर निकल गया।

अभी वह कुछ ही क़दम चला होगा कि आगे एकदम जस्सासिंह आता दिखायी दिया। उसने बहुत चाहा कि आँख बचाकर दायें-बायें खिसक जाये, परन्तु वे दोनों एक-दूसरे के इतने निकट पहुँच चुके थे कि अब फ़रार होना असम्भव था। सामना होते ही जस्से ने बड़ी ख़ुशमिज़ाजी से उच्च स्वर में पूछा, "कहो चाचा! कहाँ को?"

जब से जस्सा रत्तोके हो आया था तब से काफ़ी बेतकल्लुफ़ हो गया था। कहीं भी सामना हो जाने पर सज्जनसिंह भी उससे बड़ी अच्छी तरह पेश आता, क्योंकि उसका विचार यह था कि दीपी चूँकि जस्से के चंगुल से दूर बैठी है, अतः अब उससे खिंचे-खिंचे रहना उचित नहीं होगा। आख़िर गाँव में कौन ऐसा व्यक्ति था जो जस्से से बिगाड़कर चैन की साँस ले सके। चन्ननसिंह के अकड़बाज़ बेटों को तो उसने सोडे की झाग की भाँति बिठा दिया था, भला अन्य लोग किस खेत की मूली थे। परन्तु जस्से ने बड़ा ही अर्थपूर्ण प्रश्न किया था। कहीं वह उसके घर के बाहर दरवाज़े से लगा उनकी बातें तो नहीं सुन रहा था। घबराहट में सज्जनसिंह यह भूल गया कि पत्नी से उसकी फुसफुसाहट तो स्वयं घरवाले भी नहीं सुन पाये थे। बहरहाल उसने भी यूँ ही हाथ उठाकर कह दिया, "बस वहाँ तक घूमने जा रहा हूँ। खाना खाया तो सोचा कि ज़रा-सी सैर कर आऊँ।"

"अच्छा-अच्छा।" यह कहा, हँसा, और फिर जस्सा आगे बढ़ गया।

सज्जनसिंह भी आगे को चल तो दिया, परन्तु वह छिपी-छिपी नज़रों से पीछे की ओर देख रहा था कि कहीं जस्सा उसका पीछा तो नहीं कर रहा था।

गली सुनसान पड़ी थी। सज्जनसिंह सीधे रास्ते की बजाय बेकार का चक्कर लगाता हुआ सुन्दर के घर पहुँचा। उसने चुपके से दरवाज़े का कुण्डा खटखटाया, और स्वयं गली में इधर-उधर देखता रहा। दूर से कोई परछाईं भी नज़र आती तो जस्से के धोखे में चौंककर रह जाता।

दरवाज़ा खुला तो आगे को लटकी हुई मूँछोंवाला सुन्दर खड़ा था। अभी सुन्दर उसे ठीक से पहचान भी नहीं पाया था कि सज्जनसिंह उसके दोनों हाथ थामकर उसे हलके से पीछे धकेलते हुए छोटे-से गलियारे में घुस गया, और दरवाज़े की कुण्डी चढ़ा दी।

सुन्दर की मूँछें और भी नीचे को लटक आयीं, आँखें फैलाकर बोला, "कोई ख़ास बात है क्या?"

"हाँ।"

"कहो।"

"घोड़ी चाहिए।"

"कब?"

"कल...प्रातःकाल।"

"कहाँ जाना है?"

"रत्तोके।"

"उसमें तो सारा दिन लग जायेगा।"

"सो तो है। तुम्हें रात वहाँ काटनी पड़ेगी और परसों शाम को लौट पाओगे। तुम्हें कहीं और तो नहीं जाना है?"

"नहीं...लेकिन..."

"वह मैं समझ गया। तुम्हें दो दिन का मेहनताना मिलेगा।"

सुन्दर की लटकी हुई मूँछें ज़रा-सी फड़फड़ायीं। सज्जनसिंह फिर बोला, "रात का तीसरा पहर समाप्त होने तक पहुँच जाना। हम तैयार रहेंगे..."

"हम?"

"हाँ भई! दीपी की माँ भी तो जा रही है। उसी के लिए तो घोड़ी चाहिए, अन्यथा मैं पैदल ही निकल जाऊँ।"

"ठीक।"

"यह न हो कि तुम पड़े सोते रह जाओ और इधर सूरज निकल आये। हमें तारों की छाँव में ही निकल जाना है।"

"वाह सरदार जी! कमाल करते हो। हमारा तो काम ही यही है। सोते रह जायें तो बस हो चुका काम।"

अब एकाएक सज्जनसिंह को लीद की दुर्गन्ध का अहसास हुआ। उसने पगड़ी का लटकता हुआ शमला नाक पर रखते हुए कहा, "अच्छा, तो मैं चलता हूँ।"

"जाओ।"

सुन्दर ने जल्दी से बढ़कर दरवाज़े की कुण्डी खोल दी। आधे खुले दरवाज़े में से सज्जन ने एक क़दम गली में रखा, और फिर जल्दी से पीछे हटा लिया।

क्या गली में जस्सासिंह खड़ा था?

नहीं।

सज्जनसिंह को एक बहुत विशेष बात स्मरण हो आयी थी। उसने पलटकर पहले सुन्दर की मूँछों पर दृष्टि डाली, फिर उसकी आँखों में आँखें डालकर बोला, "एक बात याद रखना।"

"बोलो।"

"न जाने से पहले और न लौट आने पर तुम किसी से यह कहोगे कि तुम रत्तोके गये थे।"

सुन्दर आँखें झपकाते हुए बोला, "मैं नहीं समझा।"

"अरे भई सीधी-सी बात है कि तुम किसी को यह न बताना कि तुम हमें रत्तोके छोड़ने जा रहे हो, या वहाँ छोड़ आये हो। अब तो समझ गये न?"

"समझा।"

सब प्रकार से मन का सन्तोष करके सज्जनसिंह ने भीतर से ही गली के दोनों ओर भली-भाँति दृष्टि दौड़ाकर क़दम बाहर रखा, और फिर वहाँ से यूँ घर की ओर लपका जैसे डाकू उसका पीछा कर रहे हों। घर पहुँचकर चारपाई पर बैठते हुए पल-दो-पल हाँफता रहा, माथे का पसीना पोंछा, और पत्नी से कहने लगा, "सब ठीक हो गया।"

पत्नी ने उसकी दशा देखकर व्यंग्यात्मक ढंग से हाथ हवा में झटककर कहा, "वाह! बड़ा मैदान मार आये।"

सज्ज्नसिंह की पत्नी काफ़ी देर तक सामान ठीक करती रही जबकि वह स्वयं खुर्राटे ले रहा था। पत्नी की आवाज़ सुनकर ही उसकी नींद खुली। वह कह रही थी, "जागो, जाने का समय हो गया।"

सज्जन हड़बड़ाकर उठा। जल्दी से नहाया-धोया। पत्नी दही बिलो चुकी थी और आलूवाले पराँठे तैयार कर चुकी थी। दोनों नाश्ता करने के बाद कपड़े पहन चुके तो पत्नी बोली, "देख लो, सुन्दर रेढ़ीवाला अभी तक नहीं पहुँचा। तुम्हारे काम ही ऐसे अधूरे होते हैं।"

"मैं तो उसे बहुत ताक़ीद करके आया था।"

"तुम जो कुछ भी कर आये थे, अब जाओ और फ़ौरन उसे बुलाकर लाओ।"

सज्जन ने सेहनवाला दरवाज़ा खोला तो हड़बड़ाकर पीछे हट गया। दरवाज़े के आगे गट्ठर-सा पड़ा जिसे देखकर ही वह हड़बड़ाया था। पत्नी ने स्वयं आगे बढ़कर गौर से देखा तो बोली, "तुम भी बस कमाल के आदमी हो, देखते नहीं, सुन्दर रेढ़ीवाला चादर लपेटे ऊँघ रहा है। घोड़ी वह सामने खड़ी है।"

इतने में सुन्दर भी जाग उठा। कुछ देर इसी बात पर हँसी-मज़ाक होता रहा। फिर घोड़ी पर सामान लादकर पत्नी काठी पर बैठ गयी। इस प्रकार यह छोटा-सा काफ़िला गाँव से निकल पड़ा। काफ़ी दूर आ जाने पर सज्जन मूँछों में मुस्कराकर पत्नी से कहने लगा, "अभी तो जस्सा सोकर भी नहीं उठा होगा।"

यह बात थी भी ठीक। जस्सा वास्तव में उस समय मज़े की नींद सो रहा था।

पति-पत्नी की यह यात्रा मज़े में कट गयी। रास्ते में कभी विश्राम के लिए, कभी भोजन के लिए या कभी पानी पीने के लिए वे किसी रहट या रास्ते में पड़नेवाले गाँव में रुक जाते। सूर्य अस्त होकर क्षितिज तक पहुँच चुका था कि दूर से उन्हें रत्तोके के निकटवाले काँटेदार झाड़ियों के झुण्ड दिखायी देने लगे। बहुत छोटी-सी नहर पार करके गाँव के बाहरवाला तालाब भी नज़र आने लगा जिसके चारों ओर ऊँचे-ऊँचे वृक्ष थे।

धूल भरी गली में से होते हुए वे दीपी की मासी के मकान के सामने रुक गये। कुण्डी खटखटायी तो परसिन्नी ने दरवाज़ा खोला। वह दीपी के माँ-बाप को पहचानती

नहीं थी। अतः वह चुपचाप उन्हें देखती रही। यात्री भीतर घुस पड़े तो वह भागकर अन्दर चली गयी। सेहन में बिछी चटाई पर बैठी मासी और दीपी की ओर देखते हुए वह कहने लगी, "आपके मेहमान आये हैं। लगता है कि कोई रिश्तेदार हैं, क्योंकि कुछ पूछे बिना ही वे भीतर चले आये हैं।"

मासी तो भारी-भरकम थी, भला इतनी जल्दी कैसे उठ पाती, परन्तु दीपी सटाक से उठकर गलियारे के दरवाज़े के सामने जा पहुँची। दूसरे ही क्षण वह 'बेबे' कहकर चिल्ला उठी और बाँहें फैलाकर गलियारे के भीतर पहुँची और माँ के गले से लिपट गयी।

मासी को यह समझते देर न लगी कि उसकी छोटी बहन आयी है। वह भी घुटनों पर हाथ टेककर और परसिन्नी का सहारा लेकर उठ खड़ी हुई। अभी वह दो ही क़दम बढ़ पायी होगी कि सामने दीपी की माँ दिखायी दी।

दोनों बहनें एक-दूसरे के गले से लिपट गयीं। मासी के मन में शंका-सी उठी कि इस तरह अचानक, आने का कोई विशेष कारण तो नहीं। पूछा तो दीपी की माँ बोली, "सब कुशल-मंगल है। रात बैठे-बैठे मैंने दीपी के पिता से कहा कि बिटिया को देखने को बड़ा मन चाहता है। इस तरह बातों-बातों में यहाँ आने की योजना बन गयी।"

सेहन में चारपाई डाल दी गयी और उस पर उजला खेस बिछ गया। इस बिस्तर पर सज्जनसिंह विराजमान हो गया। सुन्दर घोड़ी को खूँटे से बाँधने के लिए विशाल सेहन के दूसरी ओर चला गया।

मासी बोली, "देख ले अपनी बिटिया को कि कहीं दुबली तो नहीं हो गयी।"

बिटिया की ओर देखकर माँ बोली, "भला मासी के घर रहकर वह दुबली कैसे हो सकती थी। मैं तो देख रही हूँ कि उसके गालों पर और भी गहरी सुर्खी झलक रही है।"

यह बात सुनकर फूली हुई मासी और अधिक फूल गयी।

मेहमानों के आने से घर में गहमागहमी हो गयी। गाँव की जो भी औरत गली से गुज़रती वह सेहन में सामान्य से अधिक शोर सुनकर भीतर झाँकने चली आती। तब मासी बताती, "मेरी छोटी बहन आयी है। दीपी की माँ। क्या कहें, मैं दूर का सफ़र कर नहीं सकती और यह बेचारी घर के कामों से फ़ुरसत नहीं पाती। दोनों बहनें मिलें भी तो कैसे।"

हर आनेवाली स्त्री अपनी प्रसन्नता व्यक्त करती और इधर-उधर की दो-चार बातों के बाद विदा हो जाती।

खाना तैयार हुआ तो सुन्दर सबसे पहले भोजन करके सो गया, क्योंकि उसे प्रातःकाल ही वापस चल देना था।

घर के अन्य लोग काफ़ी देर तक बातें करते रहे। यहाँ तक कि जब सब सो गये तब भी दोनों बहनें फुसफुसाती रहीं। इसी दौरान छोटी बहन ने कहा, "मुझे तो दीपी की चिन्ता खाये जा रही है।"

"चिन्ता की क्या बात है! क्या औरों के घर में लड़कियाँ नहीं होतीं। अपने-अपने समय पर सब ही की शादी हो जाती है। दीपी की अभी उम्र ही क्या है!"

"उम्र तो कुछ भी नहीं बहन, लेकिन देखती नहीं हो कि दिन-पर-दिन कितनी जवान होती जा रही है। उस पर जवानी भी तो क़हर बनकर टूटी है। जब-जब उस पर नज़र पड़ती है, मेरे हाथ-पाँव फूल जाते हैं।"

बड़ी बहन ने उसके हाथ-पर-हाथ रखते हुए कहा, "यह सब मुझ पर छोड़ दो। अब सो जाओ। कल जी भरकर बातें करेंगे।"

2

परसिन्नी ऐसी गहरी नींद सोयी कि जब दूसरी सुबह जागी तो उसे लगा कि सारी रात कुछ घड़ियों में ही समाप्त हो गयी। सामने कच्ची दीवार के ऊपर धूप चमक रही थी। वह हड़बड़ाकर उठी, आँखों पर छींटे दिये, और सिर पर दुपट्टा सँभालती हुई बाहरवाले दरवाज़े की ओर लपकी तो माँ ने पूछा, "यह जागते ही कहाँ को चल दी?"

"दीपी के पास जा रही हूँ।"

"दीपी, दीपी, दीपी! जब देखो दीपी की धुन सवार रहती है।"

"बे-बे! दीपी के माँ-बाप आये हुए हैं। मैं नहीं जाऊँगी तो बुरा मानेंगे। सोचेंगे कि हमारी बेटी की सबसे गहरी सखी इतमीनान से मिलने के लिए भी नहीं आयी।"

"कल उनसे मुलाक़ात नहीं हुई क्या?"

"हुई तो, परन्तु न होने बराबर। अँधेरा हो चुका था। मैं जान-बूझकर नहीं रुकी। यह भी चिन्ता थी कि तुम इन्तजार कर रही होगी।"

माँ चुप रह गई, और परसिन्नी झपाक से गली में जा पहुँची। नुक्कड़ पर मुड़ने लगी तो ठिठककर रह गयी।

सामने सूरतसिंह खड़ा था।

परसिन्नी ने दुपट्टे का कोना उँगलियों में मरोड़ते हुए पूछा, "इतनी सुबह कैसे चले आये?"

"इतनी सुबह? ज़रा धूप तो देखो। समझ गया, तू अभी-अभी सोकर उठी होगी। मैं जानता था कि ज्यों ही जागोगी, त्यों ही बाहर को भागोगी। जानती हो, सूरज उगने से पहले का यहाँ खड़ा हूँ।"

"मगर क्यों?"

"यही तो बताने आया हूँ।"

"मुझे फ़ुरसत नहीं है।"

परसिन्नी पहलू कतराकर निकट से गुज़रने लगी तो सूरत ने हाथ फैलाकर उसका रास्ता रोक लिया।

परसिन्नी बिगड़कर बोली, "यह क्या खरमस्ती है। वक़्त-बेवक्त नहीं देखते। कह दिया न कि मुझे फ़ुरसत नहीं है।"

"भाड़ में गयी तुम्हारी फ़ुरसत, मैं ख़ास तौर पर तुमसे मिलने आया हूँ। तुम चाहती हो कि तुम्हारी दुत्कार सुनकर अपना-सा मुँह लेकर वापस अपने गाँव को लौट जाऊँ?"

"जो जी चाहे सो करो। इतना तो सोचो कि क्या यह भी कोई जगह है बात करने की गली में।"

"मैं ख़ुद नहीं चाहता कि गली में बातचीत हो। बेहतर यही है कि तुम गुरुद्वारे को चलो, मैं पीछे-पीछे आता हूँ।"

"यदि वहाँ किसी ने देख लिया तो?"

"बेकार मुझे टरकाने की कोशिश मत करो। वहाँ की फुलवारी के किसी कोने में बातें कर लेंगे।"

दबी नज़रो से इधर-उधर देखते हुए परसिन्नी बोली, "आने-जानेवाले हमें घूर रहे हैं। तुम्हें मेरी बदनामी का भी ख़याल नहीं है?"

"ख़याल तो है, लेकिन तुम ही गली में अड़कर खड़ी हो। मेरा कहना मानो तो कोई परेशानी ही न हो।"

विवश परसिन्नी ने कहा, "अच्छा, तुम चलो, मैं आती हूँ।"

"न-न! मैं ऐसी कच्ची गोलियाँ नहीं खेला हूँ। तुम्हारे झाँसे में आकर मैं यहाँ से चला गया तो बस समझो कि चला ही गया। पहले तुम क़दम बढ़ाओ, पीछे-पीछे मैं आऊँगा।"

परसिन्नी ने ज़हरीली नज़र एक बार सूरत पर डाली और आगे को लटकी हुई अपनी मोटी चोटी पीछे की ओर फेंककर गुरुद्वारे को चल दी।

वह गाँव के बाहर निकल गयी तो सूरत भी उसके पीछे-पीछे हो लिया। गुरुद्वारे की फुलवारी में पहुँचकर सूरत ने देखा कि परसिन्नी दूर एक कोने में वृक्षों के एक झुण्ड के नीचे खड़ी थी। सामना होते ही वह जंगली बिल्ली की तरह खौखियाकर बोली, "तुम बड़े झंझटी आदमी हो। झगड़ा करते हो।"

"गली के नुक्कड़ पर खड़ी होकर तुम बेकार की चिल्ल-पों न करतीं तो अब तक हम यहाँ पहुँचकर अपनी बात भी समाप्त कर चुके होते। सारा दिन गलियाँ नापती फिरती हो, लकिन पल-दो-पल किसी भले आदमी से बात करने में बदनामी हो जाने का भय जतलाने लगती हो।"

"अच्छा, अच्छा!—बोलो!"

"तुम्हें जस्से का सन्देश तो मिल गया होगा।"

"हाँ।"

"क्या मुँह लटकाकर हाँ कर दी। इतनी ख़ुशी की बात सुनकर भी तुम्हारे चेहरे पर रौनक़ नहीं आयी। तुम्हें तो ख़ुशी के मारे चहकना चाहिए था।"

परसिन्नी निचला होंठ आगे को बढ़ाकर सपाट स्वर में बोली, "इसमें चहकने की क्या बात है?"

"अरे वाह! मेरी-तुम्हारी शादी होने जा रही है, और तुम पूछ रही हो कि चहकने की क्या बात है।"

परसिन्नी ने बेवफ़ा तोते की भाँति पटाक से एक नज़र सूरत पर डाली और व्यंग्यपूर्ण लहज़े में बोली, "तुमसे किस ज़नख़े ने कह दिया कि तुम्हारी मेरी शादी होनेवाली है?"

"हाँ, ज़नख़े ने ही कहा है। उसक ानाम जस्सा है। तुम उसी को तो अपना भाई कहती हो न।"

"जस्से को ज़नख़ा कहते हुए तुम्हें शर्म नहीं आती। उसने सुन लिया तो तुम्हारी गर्दन मरोड़कर फेंक देगा।"

"बड़ा रोब दिखा रही हो साले का। अभी उसे ठीक से साला बन तो लेने दो।"

"इस जन्म में तो वह तुम्हारा साला बनने से रहा।"

"अरी जानी! साला तो वह बन ही चुका है।"

"सपने में?"

"जी नहीं, उसने अपनी ज़बान से माना है कि तुम्हारी-मेरी शादी पर उसे कोई आपत्ति नहीं है। उसी ने मुझसे कहा था कि मैं परसिन्नी को सन्देश भेज दूँगा। तुम मान चुकी हो कि तुम्हें उसका सन्देशा मिल गया है।"

"हाँ...और सन्देशा यही था कि उसे तुम्हारा-मेरा रिश्ता मंजूर नहीं है।"

"जाओ-जाओ! यह झाँसा किसी और को देना। दो दिन पहले की तो बात ही है। उसकी स्वीकृति प्राप्त हो जाने पर मैंने उसके पाँव छुए।"

"अब चाहे तुमने पाँव छुए या नाक रगड़ी, मगर मुझे यही सन्देशा मिला है कि तुम्हारा-मेरा रिश्ता नहीं हो सकता।"

परसिन्नी का लहज़ा गम्भीर था। उसकी शक्ल भी गम्भीर थी। सूरतसिंह के मन में सन्देह उठा और वह तीव्र स्वर में बोला, "देखो परसिन्नी! इस मामले में मुझसे मज़ाक मत करना, क्योंकि मज़ाक का परिणाम भी बड़ा भयंकर हो सकता है।"

"मैं जानती हूँ कि परिणाम भयंकर होगा, मेरा मतलब है कि तुम्हारे लिये भयंकर होगा। मगर जहाँ तक सन्देशे का सम्बन्ध है, मैं झूठ नहीं कह पा रही।"

सूरत चुपचाप टकटकी बाँधे परसिन्नी की ओर देखने लगा।

कुछ देर तक यही क़ैफ़ियत रही। सूरत फिर बोला, "जस्सा इतनी कमीनी हरकत करनेवाला तो दिखायी नहीं देता था। मगर तुम इसी बात पर अड़ी रहीं तो मुझे स्वयं उसके पास जाकर पूछना पड़ेगा कि उसने मुझे धोखा क्यों दिया?"

"मुझे इस पर कोई आपत्ति नहीं है। अगर वह कह दे कि अपने सन्देशे में उसने मुझे तुमसे नाता तोड़ लेने के लिए नहीं कहा था तो जो दण्ड चाहो मुझे दे देना।"

इतना कहकर परसिन्नी वहाँ से चल दी।

अबके सूरत ने उसे रोकने की कोशिश नहीं की। उसके मन में लावा-सा उबल रहा था। जस्सा चाहता तो उसके मुँह पर ही परसिन्नी के विषय में इनकार कर सकता था। उसे इनकार करने का अधिकार था। वह ऐसा व्यक्ति भी नहीं था जो उससे भयभीत होकर मुँह के सामने तो उस रिश्ते को स्वीकार कर लेता और बाद में इनकार कर देता।

बड़ा सोचा, बहुत अक़्ल लड़ाई कि यह हुआ कैसे? बेशक परसिन्नी ने झूठ नहीं बोला था। मगर जस्से ने ऐसा सन्देश क्यों भेजा, यह अपने-आपमें ही बड़ी दिलचस्प बात थी।

हुआ यह कि जिस रोज़ हरिपुरे में सूरत ने चन्ननसिंह और उसके बेटों को यह ख़बर सुनायी कि जस्से ने परसिन्नी से उसका रिश्ता स्वीकार कर लिया है तो उन सबके मन पर निराशा की घटा छा गयी। दिलेरसिंह मानो क्रोध से पागल-सा हो गया। चन्नन को न जाने क्यों इस बात की आशा थी कि जस्से के इस वचन में कोई सच्चाई नहीं हो सकती थी और आखिरकार सूरत उससे निराश होकर फिर उनके पास आयेगा।

गुस्से के कारण लक्खन का भी बुरा हाल था, मगर मन-ही-मन वह सोचता रहा कि अब भी कोई दाँव भिड़ाया जा सकता था या नहीं। अन्त में उसे एक उपाय सूझ गया। वह फूला नहीं समाया। उसने इस डर से भाई और बाप को अपनी योजना नहीं बतायी कि कहीं वे इसे रद्द न कर दें। अतः वह चुपचाप खिसका और जस्से को उसके रहट पर जा मिला।

जस्से ने दूर से उसे आते देखा तो उसे थोड़ा आश्चर्य हुआ। दिलों में ज्वालामुखी भड़कने के बावजूद उनकी आपस में बातचीत तो बन्द नहीं हुई थी। लक्खन ने उच्च स्वर में 'सतसिरी-अकाल' का नारा लगाया।

जस्से ने भी उत्साहपूर्ण से उत्तर दिया, "सतसिरी-अकाल! सुनाओ लक्खन कैसे आना हुआ?"

"मैं उधर अपने खेतों की ओर जा रहा था। तुम दिखायी दिये तो मैं इधर चला आया। सोचा, थोड़ी देर गपशप रहेगी। चाहे दुनिया कुछ भी कहे, आख़िर हम रिश्ते में भाई-भाई हैं।"

जस्सा मन में चौंका और महसूस किया कि निश्चय ही किसी विशेष कार्य से लक्खन वहाँ आया था। यह जानते हुए भी जस्सा उसी रंग में रँग गया और कहने लगा, "दुनिया का क्या है, वह तो भाई-भाई को लड़ाकर तमाशा देखती है।"

लक्खन को इस बात की आशा नहीं थी कि जस्से की प्रतिक्रिया इतनी अनुकूल होगी। निश्चय ही उसकी योजना सफल रहेगी। हवा में हाथ उठाकर बोला, "लाख रुपये की बात कह दी जस्से तुमने!—क्या करूँ, इस गाँव का वातावरण बड़ा ख़राब है। भाइयों को एक-दूसरे से भिड़ाने में लोगों को बड़ा मज़ा आता है। दूसरों की बात छोड़ो, हमारे अपने घर में ही कुछ ऐसा होता है जो मैं बिलकुल पसन्द नहीं करता।"

जस्से के कान खड़े हो गये, परन्तु उसने कुछ प्रकट नहीं होने दिया। सहज स्वर में बोला, "क्यों, ऐसी क्या बात हो गयी?"

"सूरतसिंह को तो तुम भली-भाँति जानते हो।"

"हाँ, मुझे वह एक-दो बार मिल चुका है।"

"अपनी किसी समस्या के लिए वह तुमसे चाहे हज़ार बार मिले, मगर हमारे यहाँ आकर इधर-उधर की बातें करना तो उसके लिए उचित नहीं था। मैंने तो दिलेर को साफ़ कह दिया कि सूरत का हमारे यहाँ आना-जाना ठीक नहीं है। वह मित्र के नाते आये, खाये-पिये और जब तक उसका जी चाहे टिके। मगर उसकी किसी हरकत या बात से हमारे-तुम्हारे सम्बन्धों पर आँच नहीं आनी चाहिए।"

"हाँ, सूरतसिंह बता रहा था कि वह जब भी यहाँ आता है तुम्हारे यहाँ ही ठहरता है। मैंने इस पर कभी कोई आपत्ति नहीं उठायी।"

"आपत्ति की कोई बात भी नहीं। लेकिन यदि तुम दोनों के बीच कोई विशेष बात चल रही हो तो हमें उससे अलग रहना चाहिए। आगे चलकर न जाने तुम दोनों के सम्बन्ध क्या करवट लें।"

लक्खन सब-कुछ जानते हुए भी चाहता था कि जस्सा स्वयं उसे बताये कि सूरत उसके पास किस प्रयोजन से आता था। जब जस्से ने इस विषय में मौन धारण कर लिया तो लक्खन बोला, "उसी के बताने से हमको पता चला कि वह किसी ऐसी लड़की से शादी करना चाहता है जो दूर के रिश्ते से तुम्हारी बहन लगती है।"

"उसने ठीक कहा।"

"हमें भला इस बात से क्या मतलब? पहले जब वह आया तो बहुत निराश था। वह समझता था कि तुम उसे इस बात की आज्ञा हरगिज़ नहीं दोगे। हम सब भी सोचते थे कि यदि यह रिश्ता न हो तो अच्छा है।"

"लेकिन मैंने तो उसे अनुमति दे दी है।"

"हाँ, हमें इस बात का उसी समय पता चल गया था।"

"कैसे?"

"स्वयं उस ही ने बताया था।"

'लेकिन तुम लोगों के विचार में यह अच्छा नहीं हुआ। तुम लोग यह महसूस क्यों करते थे कि यह रिश्ता न ही हो तो अच्छा है?"

"छोड़ो जस्से! अब तुमने अनुमति दे दी है। निश्चय ही कुछ सोच-समझकर तुमने ऐसा किया होगा। हमारा इस मामले में बोलना किसी तरह भी उचित नहीं है।"

"यह रिश्ता तो अब भी टूट सकता है। मैं यह जानना चाहता हूँ कि क्यों यह रिश्ता ठीक नहीं रहेगा?"

"माफ़ करना भाई जस्से, हम इस मामले में बिलकुल नहीं बोलेंगे। तुम स्वयं समझदार हो, तुमने दुनिया का ऊँच-नीच देखा है, तुम जो कुछ करोगे सो ठीक ही

करोगे। हम इस मामले में कुछ बोलें तो कल तुम्हीं को इस बात पर शिकायत हो कि हमने तुम्हें ग़लत रास्ते पर डाल दिया, या कल सूरतसिंह ही हमसे आकर कह सकता है कि हमने उसका बना-बनाया खेल बिगाड़ दिया। न बाबा! हमारा कुछ न कहना ही ठीक होगा।"

"कुछ न कहकर भी तुमने मेरी भलाई की बात कह दी है।"

लक्खन को अपनी सफलता पर बहुत प्रसन्नता हो रही थी, बोला, "ज़रा इसी बात से अनुमान लगा लो कि वही सूरतसिंह जो पहले न जाने तुम्हारे विषय में क्या-क्या कहा करता था, लेकिन रिश्ता हो जाने पर हमारे पास एक पल नहीं बैठा। ऐसा तोता-चश्म आदमी है।"

"ठीक ही तो कहते हो।"

"वैसे भई जस्से, तुमने सूरत के बारे में अच्छी तरह जानकारी प्राप्त कर ली है या नहीं? तुम्हें शायद नहीं मालूम कि पुलिस उसके पीछे लगी हुई है। कल को कोई बात हो जाये तो उसके साथ तुम्हारी-हमारी बदनामी भी तो होगी। हम दोनों का ख़ानदान इलाक़े भर में इज़्ज़त की दृष्टि से देखा जाता है।"

"इसमें क्या शक है—तुम्हारा और मेरा जो भी आपसी मतभेद हो, फिर भी हमारा ख़ून का रिश्ता है। जहाँ हममें से किसी को भी हानि पहुँचने का भय होगा, दूसरा बोले बिना नहीं रह सकेगा। जब तुम लोगों की दृष्टि में सूरतसिंह इस रिश्ते के योग्य नहीं है, तो मैं निश्चय ही यह रिश्ता तोड़ दूँगा।"

लक्खन मानो उछल पड़ा। जस्सा इतना सरल व्यक्ति होगा, यह बात लक्खन की कल्पना में भी नहीं आयी थी। जब सूरतसिंह को पता चलेगा कि जस्सा अपने वचन से मुकर गया है तो वह जल-भुँजकर कबाब हो जायेगा, और फिर वह गाँव में आकर हमारा ही दरवाज़ा खटखटायेगा।

लक्खन ने फिर बड़ी नम्रता से कहा, "जस्से! यह सब-कुछ देखकर मुझसे रहा नहीं गया, इसलिए मैं तुम्हारे पास चला आया हूँ। ख़ुद ही सोचो कि मुझे इसमें क्या लेना-देना।"

"हाँ यह बात तो स्पष्ट है। मैं तो कहता हूँ कि भाई भाई का भला नहीं सोचेगा तो फिर कौन सोचेगा।"

"हाँ जस्से! मैं तो तुम्हें अपना भाई समझकर ही आया हूँ। सम्भव है कि मेरे भाई और बाप के मन में कोई संकोच हो, परन्तु मैंने संकोच नहीं किया। मैं तो चला ही आया।"

"बहुत अच्छा किया। मैं तुम्हारा आभार मानता हूँ। मैंने निर्णय कर लिया है कि सूरतसिंह से परसिन्नी का रिश्ता कभी नहीं होने दूँगा।"

लक्खन प्रसन्न होकर बोला, "जी ख़ुश हो गया। मुझे भी थोड़ा संकोच हो रहा था कि कहीं तुम मुझसे यह न कहो कि मेरे निजी मामले में तुम लोगों को दख़ल देने का

क्या अधिकार है। परन्तु नहीं, तुमने मेरा मान रख लिया। सच! कितनी मूर्खता थी यह हमारी कि हम ग़ैरों के बहकावे में आकर एक-दूसरे से उलझते रहे।"

जस्से ने लक्खन का हाथ अपने हाथ में लेकर कहा, "सुबह का भूला सन्ध्या को घर लौट आये तो उसे भूला नहीं कहते।"

"आ-हा-हा!"

इस प्रकार दो-चार मीठी-मीठी बातें और हुईं, फिर लक्खन झूमता-झामता वहाँ से चल दिया। अगले दिन जस्से ने भी परसिन्नी को सन्देशा भेज दिया कि यह रिश्ता उसे मंजूर नहीं था।

3

सूरतसिंह को कुछ पता नहीं था कि जिन व्यक्तियों को वह अपना मित्र समझता था उन्हीं में से एक ने उसके किये-कराये पर पानी फेर दिया था। निस्सन्देह जस्सा परसिन्नी और सूरतसिंह के रिश्ते पर वास्तव में कभी प्रसन्न नहीं हो सकता था। अपितु इसका तो प्रश्न ही नहीं उठता था। परसिन्नी से उसका षड्यन्त्र तो यही था कि किसी-न-किसी प्रकार सूरत का पत्ता काटा जाये। जस्सा सूरत को दो-टूक उत्तर भी दे सकता था, परन्तु वह दाँव खेल गया, ताकि सूरत उसकी अनुमति पाकर चन्ननसिंह और उसके बेटों के अधिक निकट न रह सके। यह तो हो गया। परन्तु जस्सा अब कोई ऐसा बहाना खोज रहा था जिसके आधार पर वह सूरतसिंह को टरका सके और उससे यह कह सके कि किस बात के कारण वह अपना दिया हुआ वचन तोड़ने पर विवश हो गया—सौभाग्य से स्वयं लक्खन ने उसे किसी प्रकार का बहाना ढूँढ़ने की आवश्यकता से ही मुक्त कर दिया।

गुरुद्वारे की फुलवारी में मुलाकात के बाद परसिन्नी के विदा होने पर सूरत वहीं अपना सिर दोनों हाथों में थामकर बैठ गया। एकाएक ही अपने-आपको इस स्थिति में पाकर उसका सिर चकराने लगा था। वह क्या करेगा, या क्या कर सकता था, या ऐसी स्थिति ही क्यों उत्पन्न हुई—इसी प्रकार के प्रश्नों के गोले उसके मस्तिष्क में फट रहे थे।

परसिन्नी सूरत से पीछा छुड़ाकर भागी और सीधी दीपी के घर पहुँची। दीपी के माता-पिता से उसका परिचय हो ही चुका था, और वह उनके सामने भी निस्संकोच बातचीत कर सकती थी और घूम-फिर सकती थी।

जब ज़रा मौका मिला तो परसिन्नी ने दीपी को अलग ले जाकर पूछा, "कहो, कोई काम की बात भी हुई?"

"काम की बात कैसी?"

"अरी वही, तेरी शादी की।"

"धुत्त तेरी की!"

"मैं मज़ाक नहीं कर रही हूँ। तेरे माता-पिता निश्चय ही इस समस्या को उठायेंगे।"

"क्यों?"

"इसलिए कि वे यहाँ पर इसी काम से आये हैं।"

"नहीं, मुझे देखे इतना समय हो चुका था। उनका जी चाहा कि एक नज़र अपनी बेटी को देख लें..."

परसिन्नी ने बात काटकर कहा, "बस यही तो तुम्हारी उल्लूपने की बातें हैं। तुम उनके लिए कोई ऐसी अनोखी वस्तु नहीं हो कि जिसे देखने के लिए वे यहाँ चले आते।"

"यहाँ न आते तो क्या करते?"

"तुम्हें बुला भेजते।"

"हरिपुरे में तो जस्से का डर था न उन्हें।"

"अच्छा तो यहाँ पर जस्से का कोई भय नहीं है?"

वे दोनों ही खिलखिलाकर हँस पड़ीं।

दीपी गम्भीर बनकर बोली, "अरी परसिन्नी, कहीं तेरा विचार ठीक निकला तो?"

"यही तो सोचने की बात है।"

"बाप रे! कैसे मज़े में दिन कट रहे थे। हरिपुरे में इस डर से कि कहीं मैं जस्से से मिलने न चल दूँ, मेरी माँ मुझे घर से बाहर क़दम तक नहीं रखने देती थी, यहाँ कितना मज़ा है। जब, जहाँ जी चाहे जाओ-आओ।"

"अरे हाँ। इसी बात पर याद आया कि आज रात परमी के घर में गाना होगा।"

"उसके भाई की शादी हो रही है न?"

"हाँ, तुम्हें नहीं मालूम क्या?"

"वह सखी तो तुम्हारी है न। उससे मेरी मुलाक़ात तो यहाँ आकर हुई।"

"वह सब तो ठीक है लेकिन परमी ने ख़ुद तुमसे कहा था आज रात आने के लिए।"

"हाँ, याद आ गया।"

"तो?"

"तो क्या? चलेंगे।"

"तुम्हारी बेबे तो कोई आपत्ति नहीं उठायेगी न?"

"यहाँ बेबे का नहीं, मेरी मासी का राज्य है। मैं उसकी अनुमति पहले से ही ले लूँगी। तब बेबे टाँग अड़ाने का साहस नहीं कर पायेगी।"

"अच्छा भई, मैं तो चली।"

"क्यों?"

"देखती नहीं कितनी देर हो गयी है। घर पर भोजन भी तो करना है।"

"भोजन यहीं पर कर लेना।"

"न बाबा! माँ की डाँट कौन खायेगा। यहाँ आते समय भी उन्होंने थोड़ी-बहुत कुरेद तो की थी। मेरे घर में मेरी माँ का ही राज्य है, मासी का नहीं।"

यह कहकर परसिन्नी हँसने लगी।

दीपी कुछ उदास होकर बोली, "अब कब मुलाक़ात होगी?"

"कमाल करती हो। क्या मैं कहीं परदेस जा रही हूँ। सन्ध्या का भोजन करने के बाद आऊँगी। तुम तैयार रहना। हम दोनों परमी के घर चलेंगे। ख़ूब चुहल रहेगी।"

दीपी मुँह बिसूरकर बोली, "सुबह भी तो इतनी देर से आयी थी।"

"अरे हाँ, देर का कारण बताना तो भूल गयी। न तुमने पूछा न मैंने बताया।"

"अब बता दे न।"

"इधर आ रही थी तो रास्ते में सूरत मिल गया।"

"ओह, समझी!"

"क्यों शरारत से आँखें मटका रही है। जानती है कि मैं सूरत पर थूकती भी नहीं।"

"उस पर थूकने में क्या हर्ज़ है। क्या तुम्हें थूकने पर भी कोई भी कोई आपत्ति है?"

"नहीं तो।"

"लगता है कि इतनी देर उस पर थूकने में ही लग गयी तुझे।"

परसिन्नी ने चपत मारने के अन्दाज़ से हाथ ऊपर उठाया और दाँतों के बीच में से बोली, "एक दिन मार खायेगी मुझसे।"

"देखो भई, हाथ चलाने की नहीं मानेंगे। केवल ज़बान चलाओ। हाँ तो, फिर क्या हुआ?"

"वह मुझे गुरुद्वारे की फुलवारी में ले गया।"

"अरे वाह! बिलकुल इसी तरह हीर भी राँझे से मिलने के लिए काले बाग़ में गयी थी।"

"बकवास नहीं बन्द करेगी तो मैं इसके आगे कुछ नहीं कहूँगी।"

"मेरी प्यारी सखी! बता तो इसके बाद क्या हुआ। क्या तुम्हारे साथ भी वही कुछ तो नहीं किया गया जो राँझे ने हीर के साथ किया था?"

परसिन्नी सचमुच ही बिगड़ उठी, माथे पर बल डालकर बोली, "अच्छा, तो मैं चली। तुम्हें इस समय खरमस्ती सूझ रही है।"

"अरी, कुछ तो बताती जा। मैं अपनी भूल के लिए क्षमा चाहती हूँ।"

"नहीं, मुझे देर हो रही है। घर पहुँचकर पहले डाँट खानी पड़ेगी और फिर खाना मिलेगा।"

"तो तू सचमुच रूठ गयी।"

"रूठी नहीं, लेकिन बाक़ी बातें अब रात को ही होंगी।"

चलते-चलते परसिन्नी पल-भर को रुकी और एक उँगली उठाकर दीपी को समझाने लगी, "देख! अपनी बेबे और मासी की बातचीत की भनक लेती रहना। हमें मालूम होना चाहिए कि वे अगला कौन-सा क़दम उठाने जा रहे हैं। ऐसा न हो कि चुपचाप तुम्हारी कहीं मँगनी कर डालें। ऐसी स्थिति में तुम्हारे लिये बहुत बड़ी मुसीबत खड़ी हो जायेगी, समझी?"

"हाँ, समझ गयी।"

परसिन्नी अठखेलियाँ करती हुई चली गयी।

दिन-भर दीपी बेबे और मासी की बातों की ओर कान लगाये रही, परन्तु कोई भी ऐसी बात मालूम नहीं हो सकी जिससे कि उसे परेशानी का अहसास होता। उसके रिश्ते या शादी की बात तक नहीं चली।

देहात में इन दिनों अँधेरा होते ही खाना खा लिया जाता था। मिट्टी के दीये के प्रकाश में घर के काम निबटाना कठिन हो जाता था। दीपी भी खा-पीकर तैयार हो गयी और परसिन्नी की प्रतीक्षा करने लगी।

परसिन्नी देर से पहुँची। दीपी इस पर बिगड़ी तो उसने कहा, "जानती तो है कि मुझे घर का सारा काम निबटाना पड़ता है। उसे निबटाये बिना मैं आ ही नहीं सकती थी।"

वे घर से चलीं तो गली में दीपी ने सूरतसिंह से मुलाक़ातवाली बात पूछी। परसिन्नी ने संक्षेप में सब-कुछ बता दिया।

परमी के मकान के निकट पहुँचीं तो ढोलक बजने की आवाज़ सुनायी देने लगी। भीतरवाले पसार में लड़कियों का जमघटा लगा था। इन दोनों की प्रतीक्षा हो रही थी। इन पर नज़र पड़ी तो बड़े ज़ोर का हुल्लड़ मचा। देर से पहुँचने की जवाब-तलबी की गयी। कुछ देर तक तू-तू मैं-मैं होती रही। आख़िर परसिन्नी ने ढोलक थामी और दीपी ने रोड़ा पकड़ लिया। इधर परसिन्नी ढोलक ढपढपाने लगी तो उधर दीपी ढोलक की लकड़ी पर रोड़ा बजाने लगी।

थोड़ी ही देर में महफ़िल गर्म हो गयी। एक गीत समाप्त होता तो दूसरा आरम्भ हो जाता। कुछ लड़कियों ने घुँघरू बाँधकर नाचना शुरू कर दिया। ख़ूब धमा-चौकड़ी मची।

आधी रात से कुछ पहले यह महफ़िल समाप्त हो गयी। दोनों सखियाँ लौटने लगीं तो दीपी ने परसिन्नी का बाज़ू थामकर कहा, "तुम्हें मेरे घर तक चलना होगा।"

"वह क्यों?"

"मुझे वहाँ तक छोड़ आना।"

"अकेली क्यों नहीं जा सकती?"

"डर लगता है।"

"और जब मैं तुमको छोड़कर अपने घर जाऊँगी तो क्या मुझे डर नहीं लगेगा?"

"तुम्हें जाने कौन देगा?"

"ज़बरदस्ती है क्या?"

"हाँ।"

परसिन्नी चंचलता से क़हक़हा लगाते हुए बोली, "मैं पहले ही से जानती थी कि तुम क्या करनेवाली हो। मैंने माँ से कह दिया था कि ज़्यादा देर हो गयी तो मैं दीपी के घर में ही सो जाऊँगी!"

"शाबाश पट्ठी!"

"हट! कैसी बाज़ारी भाषा बोलती है।"

"घर चल, फिर मैं तुझसे बाज़ारी हरकतें भी करूँगी।"

"तू समझती है कि मैं जवाबी कार्यवाही नहीं कर सकती?"

इस प्रकार बेतुकी बातें करते हुए वे दीपी के मकान तक पहुँच गयीं। दीपी हाथ उठाकर कुण्डा खटखटाने लगी तो परसिन्नी ने उसे रोककर कहा, "ठहर! शायद भीतर से कुण्डी न चढ़ी हो। अगर हम चुपके से भीतर घुसने में सफल हो गये तो सम्भव है कि तुम्हारी बेबे और मासी की बातचीत सुनने का मौक़ा मिल जाये।"

"हो सकता है कि वे सो गयी हों!"

"यह भी हो सकता है कि वे जाग रही हों, और इस मौक़े का लाभ उठाकर चुपके-चुपके विशेष प्रकार की बातें कर रही हों।"

तब परसिन्नी ने दरवाज़े को धीरे से धकेला। मगर दरवाज़ा थोड़ा-सा खुलकर रह गया। परसिन्नी निराश होकर बोली, "कुण्डी तो भीतर से चढ़ी हुई है, अब दरवाज़ा खटखटना पड़ेगा।"

"ठहर!" दीपी ने टोका, और फिर थोड़े खुले दरवाज़े में अपना हाथ घुसेड़ दिया। इधर-उधर टटोलने के बाद उसका हाथ कुण्डी तक पहुँच गया और वह धीरे से खोलने में सफल हो गयी।

परसिन्नी प्रसन्न होकर बोली, "वाह री! तेरा जवाब ही नहीं है।"

"असल बात यह है कि बीचवाली यह कुण्डी ढीली है, और जो कोई तरकीब जानता हो यह उसे खोल सकता है। इसीलिए हम कुण्डी में ताला भी लगा दिया करते हैं। अभी माँ को हमारे पहुँचने की प्रतीक्षा होगी, इसीलिए ताला नहीं लगा।"

ये सारी बातें फुसफुसाते स्वर से हुईं। फिर वे धीरे-धीरे क़दम नापती हुई अन्दर घुसीं और गलियारे के भीतरवाले दरवाज़े से झाँककर देखा तो सरसों के तेल का दीया जल रहा था। बातें भी हो रही थीं। स्वर इतना ऊँचा था कि गलियारे में खड़े-खड़े सब-कुछ उनकी समझ में आ रहा था। सम्भवतः वे दोनों बहनें निश्चिन्त थीं कि इस समय लड़की घर में मौजूद नहीं थी। सौभाग्य से बात भी दीपी की शादी की ही चल रही थी। दीपी का हृदय ज़ोर-ज़ोर से धड़कने लगा।

परसिन्नी भी गलियारे में खड़ी-खड़ी सिर आगे को बढ़ाकर सुन रही थी।

दीपी की माँ वही अपना पुराना रोना रो रही थी कि दीपी की शादी की चिन्ता उसे भीतर-ही-भीतर खाये जा रही थी।

मासी छोटी बहन को डाँटते हुए बोली, "मेरी समझ में नहीं आता कि इसमें चिन्ता की क्या बात है। दीपी को तो मैंने अपनी बेटी बना लिया है।"

"जैसे मेरी बेटी वैसे तुम्हारी बेटी। भला यह भी कोई कहने की बात है?"

"लेकिन मैं कहने तक ही नहीं रहूँगी। मैं शादी का सारा ख़र्चा करूँगी। तुम पर एक पैसे का बोझ नहीं पड़ने दूँगी।"

"यह तो मेरा सौभाग्य है कि मुझे इतनी अच्छी बहन मिली, लेकिन ख़र्चे की समस्या तो बाद में उठेगी। पहले तो लड़का तलाश करना पड़ेगा।"

"कह दिया न कि चिन्ता मत कर। मैंने लड़का भी ढूँढ़ लिया है।"

दीपी की माँ फ़र्श से उछल पड़ी और उसके मुँह से अनायास ही निकल गया, "सच?"

"नहीं तो क्या मैं तुमसे मज़ाक करूँगी?"

"मैं भी तो सुनूँ कि वह लड़का कौन है।"

"सुनके क्या करेगी? जब तक देखेगी नहीं, सुनने से क्या पता चलेगा?"

"पर तुमने तो देखा है?"

"निश्चय ही देखा है। बल्कि कहना चाहिए कि मैंने उसे अच्छी तरह देखा-भाला है।"

"कहाँ का रहनेवाला है?"

"यह मैं नहीं जानती, परन्तु इतना जानती हूँ कि खाते-पीते घर का है। वास्तव में और अधिक जानने का अवसर ही नहीं मिला। वह जब यहाँ से चला गया, तभी मैंने पक्का निश्चय कर लिया कि दीपी की शादी उसी से करूँगी।"

"लेकिन वह मिला कहाँ?"

"यहीं, हमारे गाँव के गुरुद्वारे में जो मेला लगा था, वहाँ वह भी आया था..."

इसके बाद मासी ने लम्बी कथा सुना डाली। अन्त में बोली, "लड़का देखोगी तो मुग्ध हो जाओगी। जब तक मेला चलता रहा, वह हमारे घर में आता रहा। दो-चार मुलाक़ातों के बाद मैंने भाँप लिया कि दीपी और वह एक-दूसरे को मीठी नज़रों से देखते हैं। यह और अच्छा है। उन्होंने एक-दूसरे को देख लिया, पसन्द कर लिया, दिल मिल गये...तो फिर और क्या चाहिए।"

दीपी की माँ शादी से पहले लड़के-लड़की का एक-दूसरे से मेल पसन्द नहीं करती थी। वह ज़माना भी ऐसा नहीं था। मगर मासी के दिमाग़ पर जो धुन सवार हो जाये, उसके आगे झुके बिना कोई उपाय भी नहीं था।

छोटी बहन बोली, "अब जो उचित समझो, सो करो। बेटी तुम्हारी है। हमने तो उसे तुम्हारे ही हवाले कर दिया है। लेकिन बहन, तुमने लड़के का नाम तो पूछा होगा।"

"क्यों नहीं। वह फिर आने को कह गया है। अबके मैं बाक़ी जानकारी भी प्राप्त कर लूँगी, और यह भी पूछ लूँगी कि वह किस गाँव का रहनेवाला है।"

"नाम क्या है उसका?"

"जस्सासिंह।"

यह सुनते ही दीपी की माँ अनायास ही पीछे को खिसक गयी। उसे चक्कर-सा आने लगा।

दीपी और परसिन्नी ने इस बात पर एकदम एक-दूसरे की ओर देखा। फिर वे गलियारे में ही नाचने लगीं और बार-बार एक-दूसरे के गले से लिपटने लगीं।

दीपी बोली, "अब हमारा दालान में जाना ठीक नहीं है। उन्हें शक हो जायेगा कि शायद हमने उनकी बातें सुन ली हैं।"

"तो फिर क्या करें?"

"गली में चलो। मैं भीतर से हाथ डालकर फिर कुण्डी चढ़ा दूँगी।"

परसिन्नी चुटकी बजाकर बोली, "बस! समझ में आ गयी तुम्हारी बात।"

वे दोनों उछलकर गली में पहुँच गयीं। दीपी ने भीतर हाथ डालकर कुण्डी चढ़ा दी और बाहर लटकते हुए बड़े कुण्डे को पकड़कर ज़ोर से खटखटाया।

दीपी की माँ दरवाज़ा खोलने आयी। दोनों लड़कियाँ ध्यानपूर्वक उसके चेहरे को देखती रहीं। चेहरा थोड़ा उतरा हुआ था और उस पर परेशानी के चिह्न दिखायी दे रहे थे। मरी हुई आवाज़ में बोली, "बहुत देर कर दी तुम लोगों ने।"

दीपी बोली, "परसिन्नी मेरे साथ ही सोयेगी आज।"

"ठीक है, चलो अब जल्दी से सो जाओ।"

दोनों सखियाँ परे पड़ी चारपाई पर लेट गयीं और धीरे-धीरे फुसफुसाने लगीं। परसिन्नी बोली, "देखा, कैसी अच्छी ख़ुशख़बरी सुनने को मिली!"

"हाँ...लेकिन..."

"लेकिन-वेकिन कुछ नहीं। तुम्हीं तो कहती थीं कि मासी के सामने न तुम्हारी बेबे और न पिता सिर उठा सकते हैं।"

"लेकिन मुझे घबराहट हो रही है।"

"घबराहट काहे की! तुम्हारी समस्या तो इस तरह बड़ी सरलता से हल हो जायेगी..."

"और तुम्हारी समस्या?" दीपी ने बात काटकर पूछा।

परसिन्नी चुप रही। दीपी ने उसकी पसलियों में अपनी कोहनी से टहोका देते हुए पूछा, "बोलती क्यों नहीं?"

"बोलूँ क्या!"

"मुँह क्यों लटका लिया है?"

"क़िस्मत में यही कुछ लिखा है।"

"क्यों क़िस्मत को कोसती हो? जस्से ने तुम्हारे काम की ज़िम्मेदारी ली है। वह इस समस्या का कोई-न-कोई समाधान अवश्य निकालेगा।"

"यह ऐसी समस्या है जिसका समाधान ख़ुद जस्से को नहीं सूझ पायेगा।"

"ऐसा क्यों?"

"क्या बताना ही पड़ेगा?"

"बताना तो पड़ेगा ही। मुझसे दिल की बात नहीं कहोगी तो किससे कहोगी?"

पल-दो-पल परसिन्नी मौन में डूबी रही, फिर धीरे से बोली, "पूरनसिंह की मँगनी हो चुकी है।"

दीपी उछल पड़ी, "क्या कहती हो?"

"मैं ठीक ही कह रही हूँ।"

"जस्से को तुमने यह बात नहीं बतायी।"

"मैं क्यों बताती! उसे ख़ुद ही मित्र की कारस्तानी का पता चल जायेगा।"

"फिर भी उसे बताना चाहिए था।"

"जिस बात का कोई समाधान ही नहीं हो सकता, उसे बताने से क्या लाभ!"

"यह सब नहीं चलेगा। अगर मेरी शादी होगी तो तुम्हारी शादी भी पूरनसिंह से होकर रहेगी।"

परसिन्नी के होंठों पर बड़ी ही उदास-सी एक मुस्कान फैल गयी, मगर वह चुप रही।

पहलाँ कौल दिलेरी दा बोल के ते, वारिस शाह हुण झुर्‌या ई।

—वारे शॉ

(पहले बड़ा बोल बोलकर अब वारिसशाह पछता रहा है।)

1

हरिपुरा के पश्चिम की ओर लाल सूर्य क्षितिज पर अटका हुआ था। देखते-ही-देखते वह क्षितिज की रेखा के नीचे अस्त हो गया। अँधेरे का आँचल पूरब से पश्चिम तक लहरा गया और उसमें सितारे झिलमिलाने लगे। गाँव से आधे मील की दूरी पर पश्चिम की ओर यूँ प्रतीत हो रहा था मानो पृथ्वी पर भी मन्द-मन्द तारे जगमगा रहे हैं। ये तारे नहीं थे, वरन् रंग-बिरंगे काग़ज़ों की लालटेनें थीं जो गुरुद्वारे के चारों ओर वृक्षों की शाखाओं और झाड़ियों के साथ लटका दी गयी थीं।

कोई उत्सव था जो तीन दिन तीन रात तक चलता था। आसपास के देहात से संगतें एकत्र होतीं और अनेक रागी जत्थे शब्द-कीर्त्तन द्वारा उन्हें आनन्दविभोर करते थे। ऐसे मेलों पर सामान्य व्यक्तियों को एक-दूसरे से मेल-जोल, वार्त्तालाप, गपशप और विचारों का आदान-प्रदान करने का अवसर मिल जाता। यह छोटा-सा ऐतिहासिक गुरुद्वारा भीतर से भी ख़ूब सजा हुआ था। बिजली की बजाय गैस के हण्डों, मिट्टी के दीयों और मोमबत्तियों से काम चलाया जाता है। गुरु ग्रन्थ साहब के सामने लम्बी-चौड़ी दरी पर उजली चादरें बिछी होती थीं जिन पर शब्द-कीर्त्तन करनेवाले रागी हारमोनियम और तबले के साथ गुरु-वाणी के शब्द गाया करते थे।

आज रात भी ऐसे ही दृश्य दिखायी दे रहे थे। चारों ओर फैले हुए अहाते की फुलवारी में तालाब के किनारे-किनारे दीप जल रहे थे और तालाब के स्थान-स्थान पर काई से ढके हुए पानी में से मेंढक उबली-उबली आँखों से अद्‌भुत रोशनियों को देख रहे थे। प्रौढ़ और वृद्ध स्त्रियाँ, गुरु के लंगर में भोजन तैयार कर रही थीं, नवयुवतियाँ फुलवारी और खेतों में हिरनियों की तरह छलाँगें लगाती फिर रही थीं। इनमें दीपी भी थी। उसके माँ-बाप उसे वापस ले आये थे। शादी की समस्या ने नयी करवट बदल

ली थी। यह सब-कुछ बताने के लिए उसने जस्से को बुला भेजा था। मगर वह अभी तक गुरुद्वारे में नहीं आया था।

जस्से का चाचा मलमल की उजली पगड़ी बाँधे मर्दों के एक गुट में बैठा था। माँड़ लगी पगड़ी का एक शमला ऊपर हवा में लहरा रहा था और दूसरा मानो पर फैलाये कन्धे पर झूल रहा था। उसके लगभग सभी पुराने साथी और सहयोगी इस समय उसके साथ थे। लद्धासिंह, किशनसिंह, वरियामसिंह, किरपालसिंह आदि। अब चन्ननसिंह और उसके बेटे खुल्लम-खुल्ला अपनी दुश्मनी का प्रदर्शन नहीं करते थे। वे गुरुद्वारे में आये, गुरु ग्रन्थ साहब के आगे माथा टेका, थोड़ी देर शब्द-कीर्त्तन सुना और फिर अपने सारे दल सहित जब वे बग्गासिंह के दल के समीप से गुजरे तो 'वाह गुरु जी का ख़ालसा, वाह गुरु जी की फ़तह' कहकर वहीं पर रुक गये। दो-चार इधर-उधर की बातें हुईं, एक-दूसरे का कुशल-मंगल पूछा गया और वे आगे चले गये। अब उनकी दुश्मनी मन की गहराइयों में चली गयी थी।

लाला बालमुकन्द अब भी गाँव के जाने-माने बुज़ुर्ग स्वीकार किये जाते थे। वे दोनों गुटों में अपना रंग-पानी जमाये रखते। मगर प्रत्येक का रंग-पानी बस दिखावे का था। असली व्यक्तित्व तो जस्सासिंह का था जिससे गाँव का लगभग प्रत्येक व्यक्ति प्रभावित था। यद्यपि जस्सा वह व्यक्ति था जिसने कभी जान-बूझकर अपना रंग जमाने का प्रयास नहीं किया। उसकी ख़ामोशी, और चलने-फिरने का अन्दाज़, और उसके कुशल व्यवहार से ही लोगों के मन में उसके लिए बड़ा आदर और सम्मान उत्पन्न हो चुका था। थुन्ने के हत्याकाण्ड से गाँव और इलाक़े-भर में जो उसकी धाक बैठी हुई थी, वह इस सम्मान से भिन्न अपने-आपमें ही अलग वस्तु थी।

किशनसिंह-जैसे सलाहकार भी अब किसी प्रकार की राय नहीं देते थे, क्योंकि बग्गे को उनके सलाह-मशविरे की कोई आवश्यकता ही नहीं रही थी। चन्ननसिंह के साथी, जैसे शामसिंह, बुधासिंह, ज़ीवनसिंह आदि भी अब बेकार हो चुके थे। किसी को अपनी दाल गलती दिखायी नहीं देती थी। परन्तु दल अब भी बने हुए थे जो पुरानी यादों के सहारे चल रहे थे।

इतने में शेरसिंह उधर आ निकला। जैमलसिंह और सोहनसिंह उसके साथ थे। बग्गे को देखकर शेरसिंह उसकी ओर बढ़ा, हाथ मिलाया, और फिर शेरसिंह के इशारे पर केवल बग्गा उसके साथ टहलता हुआ बाक़ी व्यक्तियों से अलग चला गया।

बग्गे ने पूछा, "कोई ख़ास बात है क्या?"

शेरसिंह पहले तो चुपचाप उसकी आँखों में आँखें डाले ज्यों-का-त्यों खड़ा रहा और फिर भारी स्वर में बोला, "बात तो ख़ास ही है, लेकिन तुम्हारी बुद्धि में बैठे तो।"

शेरसिंह की आशा के विपरीत बग्गे ने इस बात का बुरा नहीं माना। मैत्री के अन्दाज़ में दाँत दिखाते हुए बोला, "शेरया! अब तो बग्गे की बुद्धि पहले से काफ़ी बारीक़ हो गयी है।"

"सच?"

"हाँ, लोगों ने भी ऐसा कहा है और मैं ख़ुद भी ऐसा ही महसूस करता हूँ।"

"तो फिर मैं अपने मन की बात कह ही दूँ।"

"कह डालो।"

शेरसिंह ने उसके कन्धे पर हाथ रखकर कहा, "अब तुम शादी कर डालो।"

बग्गा बिदककर एक क़दम पीछे हट गया और खुरदरे स्वर में बोला, "यार, न जाने लोगों को मेरी शादी से क्या दिलचस्पी है! बहुत-से लोग यही सुझाव दे रहे हैं। मुझे इससे चिढ़ होती है।"

"बस तुम खौंचड़-के-खौंचड़ ही रहे। यह भी नहीं सोचते कि जिस बात को दुनिया कह रही है, उसमें कुछ तो सच्चाई होगी।"

"लेकिन यह मेरा व्यक्तिगत मामला है। दूसरों को इसमें टाँग अड़ाने की क्या ज़रूरत?"

"कोई ग़ैर आदमी तुम्हें शादी का सुझाव नहीं दे सकता। तुम्हारे मित्रों और शुभचिन्तकों के अतिरिक्त कोई दूसरा तुमसे ऐसी बात नहीं कह सकता। ऐसे शुभचिन्तकों को हर प्रकार का उचित सुझाव देने का अधिकार है। तुमको उनके इस अधिकार को स्वीकार करना चाहिए।"

"मैं अपने मित्रों के अधिकार को स्वीकार करता हूँ, लेकिर शादी न करने का मैंने दृढ़ निश्चय कर लिया है। कुछ भी हो जाये, मैं शादी नहीं करूँगा।"

काफ़ी देर तक शेरसिंह दोस्ताना अन्दाज़ में उसे डाँटता-फटकारता रहा परन्तु बग्गा अपनी ज़िद पर अड़ा ही रहा।

उधर दीपी की चंचल आँखें मानो चारों ओर नाच रही थीं। पल-भर को वे रुकीं, क्योंकि जिसकी उन्हें तलाश थी, उसकी झलक क्षण-भर को दिखायी दी और फिर लुप्त हो गयी।

वह जानती थी कि जस्सा जान-बूझकर दूर ही खड़ा रहा अेर एक बार आँखें मिल जाने पर वह खिसककर ऊँची झाड़ियों की ओट में चला गया। अब वहीं पर वह उसकी प्रतीक्षा कर रहा होगा।

थोड़ी ही देर बाद दीपी पहले तो सहेलियों सहित लंगर की ओर गयी जहाँ औरतों की भीड़-भाड़ थी, और फिर सबकी आँख बचाकर अकेली वहाँ से निकल आयी और झाड़ियों के उस झुण्ड की ओर चल दी जहाँ जस्सा उसकी प्रतीक्षा कर रहा था। वह उसके निकट पहुँची तो दोनों ने एक-दूसरे के हाथ थाम लिये, और कुछ देर तक एक-दूसरे की ओर टकटकी बाँधकर देखते रहे। अन्त में जस्से ने पूछा "कोई ख़बर?"

"बड़े ज़ोर का समाचार है।" दीपी ने आँखें मटकाते हुए उत्तर दिया।

"मैं भी तो सुनूँ।" जस्से के स्वर में कुछ निराशा थी और कुछ गम्भीरता थी।

"क्यों बेकार में इतने उदास हो रहे हो? हमारी समस्या तो वाह गुरु अकाल पुरुख ने हल करके रख दी।"

"वह कैसे?"

अब दीपी ने सारी कथा कह सुनायी। अन्त में बोली, "मासी तुम्हीं से मेरी शादी करने पर तुली हुई है। मेरे माँ-बाप हर तरफ से फँसकर रह गये हैं। वे जानते हैं कि मैं भी तुम्हीं से शादी करना चाहती हूँ। वे यह भी जानते हैं कि तुम भी मुझ ही से शादी करना चाहते हो। जब जस्सा किसी लड़की से शादी करना चाहे तो उसे रोका नहीं जा सकता। इसीलिए माँ-बाप मुझे यहाँ ले आये। वे महसूस करने लगे हैं कि वाह गुरु अकाल पुरुख की भी यही इच्छा है। जभी तो उसने रत्तोके में हम दोनों की मुलाक़ात करा दी, मासी के मन में तुम्हारे प्रति इतना प्रेम जगा दिया, इसीलिए अब मेरा वहाँ रहना बेकार था। मतलब यह कि अब हमारे ख़ानदान की ओर से कोई अड़चन नहीं पड़ेगी। इसके आगे तुम जानो, तुम्हारा काम।"

जस्से ने इस बात का तो कोई उत्तर नहीं दिया, पूछा "परसिन्नी का क्या हाल है?"

"अरे हाँ। वह भी मज़े में है।"

"कोई ख़ास बात?"

"परसिन्नी और पूरनसिंह की गड़बड़ का रहस्य तो केवल यह था कि पूरनसिंह के माँ-बाप ने बेटे को बताये बिना उसकी कहीं मँगनी कर दी। परसिन्नी को इस बात का पता चला तो वह बिगड़ उठी। उसने बदले की भावना में सूरतसिंह से मोहब्बत का ढोंग रचा। उसे मालूम नहीं था कि पूरनसिंह की मँगनी उससे पूछे बिना ही हुई है। अब तक यही झंझट चलता रहा। इत्तफ़ाक़ से पूरनसिंह को अपनी मँगनी के बारे में पता चल गया। वह यह भी समझ गया कि परसिन्नी उससे क्यों कटी-कटी रहती थी और सम्भवतः बदले की भावना से ही उसने सूरतसिंह के साथ प्रेम का ढोंग रचा था। वह फ़ौरन अपनी मँगनी तोड़कर परसिन्नी के पास पहुँचा और उससे माफ़ी माँगी। परसिन्नी ने स्वीकार किया कि उसने झल्लाहट में आकर सूरतसिंह से नाता बाँधा। मगर जब सूरतसिंह सीमा से बढ़ने लगा तो उसने उससे नाता तोड़ने की कोशिश की। मगर सूरतसिंह अब उसका पीछा ही नहीं छोड़ रहा था। तब पूरनसिंह ने परसिन्नी से कहा कि ऐसी बचकाना हरकत करने से पहले उसे असलियत जानने की कोशिश करनी चाहिए थी। जो होना था सो हो चुका, अब वह सूरतसिंह को गिरफ़्तार कर लेगा। सूरतसिंह के कुछ जुर्म ऐसे हैं जिनके लिए कुल मिलाकर वह कम-से-कम छह-सात साल तक जेलखाने में दण्ड भोगता रहेगा।"

यह बात सुनकर जस्से को कुछ आश्चर्य हुआ, कहने लगा "सचमुच जब वाह गुरु अकाल पुरुख चाहे तो मुसीबतें दूर होने में देर नहीं लगतीं। यह सब जानकर मुझे बड़ी ख़ुशी हुई।"

"लेकिन हमारी जो समस्या हल हो गयी उस पर तुमने कोई ख़ुशी व्यक्त नहीं की।"

"क्या करूँ दीपी! सबसे बड़ा पहाड़ तो हमारे आगे से हटा ही नहीं।"

"कैसा पहाड़?"

"चाचा।"

"तुम चाचे से इतना क्यों घबराते हो? वह क्या तुम्हें फाँसी पर लटका देगा? चाचा अधिक-से-अधिक तुम्हें अपने घर से निकाल देगा। तो क्या चाचे के घर से निकलकर तुम कुछ भी नहीं कर सकोगे? मैं कहती हूँ, बहुत-कुछ हो सकता है। हम यह गाँव ही छोड़ देंगे। शहर को चले जायेंगे। मेरी एक सहेली का विवाह शहर में हुआ है। उसके पति का यूँ ही छोटा-मोटा कारोबार है। उनके दो बच्चे भी हैं। वे मज़े उड़ाते हैं। चाचे की यही शर्त है कि या तुम शादी कर सकते हो या उसके पास रह सकते हो। दूसरे शब्दों में तुम्हें निर्णय यह करना है कि तुम दीपी को अधिक चाहते हो या चाचा की सम्पत्ति को। बस, इतना-सा फैसला करना तुम्हारे लिये क्या कठिन है!"

जस्सा चुप रहा।

दीपी ने ज़रा तीव्र स्वर में कहा, "बोलो!"

"मैं कहीं चला गया तो चाचा बिलकुल बरबाद हो जायेगा।"

"भाड़ में जाये चाचा! ज़ब वह बरबाद होना ही चाहता है तो तुम उसे बचाने पर क्यों तुले हुए हो?"

कुछ देर मौन छाया रहा। आख़िर जस्सा बोला, "तुम गुरुद्वारे को जाओ...मैं सोचूँगा।"

2

उसी रात बग्गे ने जस्से से कहा, "मैंने कल चक पीराँ जाने का निश्चय कर लिया है। तुम चाहो तो मेरे साथ चले चलो। जगीरसिंह से मिल आना। वैसे थोड़ी घुमाई भी हो जायेगी।"

जस्सा तैयार हो गया।

चक पीराँ जाने के लिए आवश्यक था कि मुसाफ़िर प्रातःकाल ही हरिपुरा से चल दे ताकि सन्ध्या होते ही मंज़िल पर पहुँच जाये। भजनो ने तारों की छाँव में ही दही बिलोया, मक्खन निकाला और फिर आलू के पराँठे बनाने बैठ गयी। बग्गा भी इस विचार से कि ज़रा जल्दी चलना होगा, कपड़े पहनकर तैयार हो गया। उसने जस्से से कहा, "लो भई, अब छाह-वेला (नाश्ता) कर लें तो चलें।"

जस्से ने चाचा को टकटकी बाँधकर देखा और कहा, "हम इतनी जल्दी कैसे चल पायेंगे?"

"क्यों?"

'चाचा! इतने समय बाद गाँव आये थे, तो क्या अब चक पीराँ जाते समय अपने सारे दोस्तों से नहीं मिलोगे? मेरे ख़याल में तो चन्ननसिंह और उसके बेटों से भी मुलाक़ात कर लो तो अच्छा रहेगा।''

बग्गा कुछ भड़ककर बोला ''भई तुम भी कमाल करते हो...अब इतना समय कहाँ है!''

भजनो भी उनकी बातचीत सुन रही थी, बोली, ''बग्गे! कमाल वह नहीं तुम कर रहे हो। तुम्हें कौन रेलगाड़ी पर जाना है जो देर हो जाने से छूट जायेगी? अपनी ही तो सवारी है, जब जी चाहा रकाब में पाँव रखा और चल दिये।''

बग्गे ने उन दोनों की ओर बारी-बारी यूँ देखा जैसे उन्होंने उसके विरुद्ध साज़िश कर रखी हो। लेकिन गुस्सा पीकर रह गया। बोला, ''तो अभी पराँठे खाने का क्या फ़ायदा? मैं लोगों से मिलकर लौटूँगा तो पेट-पूजा भी हो जायेगी।''

बग्गा ज़ोर-ज़ोर से धरती पर पाँव मारता हुआ घर से बाहर निकल गया। उसने शेरसिंह, किशनसिंह, किरपालसिंह आदि के अतिरिक्त लाला बालमुकन्द और दूसरे मित्रों के घर जा-जाकर उनसे विदा ली। जब कोई पूछता कि अब कब तक लौटोगे तो वह उत्तर देता, ''अब तो आना-जाना लगा ही रहेगा।''

इन मुलाक़ातों के दौरान वह यह भी सोचता रहा कि वह चन्ननसिंह के घर जाये या न जाये। अन्त में उसने निश्चय कर लिया कि वह चन्ननसिंह से ज़रूर मिलेगा क्योंकि जस्से के इस सुझाव पर भजनो ने भी कोई आपत्ति नहीं उठायी थी।

जब उसने चन्ननसिंह के दरवाज़े का कुण्डा खटखटाया तो स्वयं चन्ननसिंह ने ही दरवाज़ा खोला। अपने सामने बग्गे को पाकर उसे बड़ा आश्चर्य हुआ, क्योंकि इतने दिन गाँव में रहने के बावजूद तथा कभी-कभी मुलाक़ातें हो जाने पर भी बग्गा उसके घर पर नहीं आया था।

शीघ्र ही अपने आश्चर्य पर चन्ननसिंह ने नियन्त्रण कर लिया और बड़ी ख़ुशमिज़ाजी से बग्गे का स्वागत किया। भीतर सेहन में चारपाइयाँ बिछी थीं। औरतें नाश्ता तैयार कर रही थीं, लड़के-बाले अभी तक सो रहे थे। दिलेरसिंह और लक्खनसिंह की नींद खुल चुकी थी, परन्तु वे अपनी-अपनी चारपाइयों से टाँगें नीचे लटकाये जम्हाइयाँ ले रहे थे। बग्गे को देखते ही दोनों भाई अपने ढीले-ढाले जूड़ों को सँभालते हुए उठ खड़े हुए और हाथ जोड़कर 'सतसिरी-अकाल' कही।

बग्गे के मन में जो यह चोर था कि शायद उसका ठीक से स्वागत न हो सो दूर हो गया। उसकी बाछें खिली जा रही थीं। चन्नन के हाथ का संकेत पाकर वह बड़े पलँग पर बैठ गया और बोला, ''मैंने तुम लोगों को सवेरे-सवेरे कष्ट दिया...''

चन्ननसिंह और उसके परिवार की समझ में नहीं आ रहा था कि वह सुबह-ही-सुबह क्यों धमक पड़ा, परन्तु वे फिर भी प्रसन्न थे। चन्नन बोला, ''कष्ट कैसा? अपनों के आने-जाने से कहीं कष्ट होता है! तुम चाहे आधी रात को भी आओ तो हमें कोई आपत्ति नहीं होगी।''

दिलों में वैर होते हुए भी आपस में ये मीठी-मीठी बातें करना सभी को अच्छा लग रहा था। बग्गा बोला, "बात यह थी कि मैं आज चक पीराँ जा रहा हूँ। सोचा कि तुम सबसे मिल लूँ।"

अब उसके आने का रहस्य खुला। इस पर सबको इतमीनान भी हुआ। चन्नन ने कहा, "यह तो तुमने बहुत अच्छा किया। अगर तुम हमसे मिले बिना चले जाते तो निश्चय ही हमको तुमसे गिला करना पड़ता।"

"इसीलिए तो।" बग्गे ने ख़ूब ज़ोर से हँसते हुए कहा।

फिर इधर-उधर की बातें होने लगीं। बहुत ही मीठी-मीठी बातें!

अन्त में बग्गे ने उठने के लिए पर तौलते हुए कहा, "अच्छा, अब जाने की आज्ञा दो। कुछ खा-पीकर लम्बा सफ़र भी करना है।"

चन्नन बोला, "यहाँ भी सब-कुछ तैयार है। थोड़ी देर और बैठो न।"

"नहीं भई, जस्सा मेरा इन्तज़ार करता होगा।"

"जस्से की भी भली कही! उसे यह तो मालूम होना चाहिए कि उसका चाचा किसी पराये के नहीं वरन् अपनों के घर ही गया है और वे खिलाये-पिलाये बिना उसे नहीं लौटने देंगे।"

वाक़ई घर के सभी व्यक्तियों ने इतना अनुरोध किया कि बग्गे को रुकना ही पड़ा। नाश्ते-पानी के साथ गपशप चलती रही, और इस प्रकार से समय बीतते पता नहीं चला।

जब बग्गा घर पहुँचा तो भजनो चिल्लायी, "कहाँ तो किसी से मिलने को तैयार ही नहीं थे, और जब चले गये तो पीछे की ख़बर ही नहीं रही—चलो, कुछ खा-पी लो।"

बग्गे ने इनकार में दोनों हाथ हवा में लहरा दिये और कहा, "चन्नन ने मुझे रोक लिया। कहने लगा कि बिना कुछ खिलाये-पिलाये जाने नहीं दूँगा।"

"इधर जस्सा तुम्हारा इन्तज़ार करता रहा कि चाचे के साथ ही छाह-वेला करूँगा..."

"वह है कहाँ?"

"जब तुम नहीं आये तो वह खा-पीकर खेतों को चला गया। कह गया था कि तुम लौटो तो उसे बुलवा लेना।"

बग्गा भड़का—"अजीब आदमी है वह! ख़ामख़ाह देर-पर-देर कराये जा रहा है।"

"अजीब वह है कि तुम हो? दूसरे पर चढ़ दौड़ना तुम्हें ख़ूब आता है।"

भजनो की फटकार से बग्गा झाग की तरह बैठ गया। वह अपने-आपको दोषी महसूस कर रहा था, और यह बिलकुल नहीं समझ पाया कि जस्सा जान-बूझकर उसे देर करवा रहा था। छोकरे को खेतों की ओर दौड़ाया गया, ताकि वह जस्से को बुला लाये, मगर जस्से का डेढ़-दो घण्टे तक पता ही नहीं चला। आख़िर जब वह लौटा तो

बग्गा भरा बैठा था। मन में चोर होने के कारण गालियाँ बकने की जुर्रत नहीं हुई, परन्तु बुरा-सा मुँह बनाकर बोला, "बहुत धूप चढ़ आयी है। चक पीराँ पहुँचते-पहुँचते आधी रात हो जायेगी। अब कल ही चलेंगे।"

जस्सा चुप रहा, परन्तु भजनो खौखियायी "बेकार की बातें मत बनाओ। प्रातःकाल से मैं तुम लोगों के कारण जागी, तुम सबसे मिल-मिला आये और अब दिन में तुम्हें यहीं पर घूमते-फिरते देखकर सब लोग तुम्हें पागल ही तो समझेंगे। मैंने पराँठे, अचार और प्याज़ बाँधकर पोटली तैयार कर दी है। घोड़े भी तैयार हैं, वाह गुरु का नाम लो और चलो।"

थोड़ी ही देर में भजनो से विदा होकर दोनों मुसाफ़िर हरिपुरा से निकल पड़े।

बातचीत में सफ़र कटता गया। कहीं-कहीं वे पानी पीने के लिए रुक जाते। दोपहर को बड़े ज़ोर की भूख लगी तो वे दोनों एक अच्छे से रहट के निकट बरगद की घनी छाया में घोड़ों से उतर पड़े।

रहट की झाल के पास किसी प्रेमी सज्जन ने मट्ठे का मटका रख छोड़ा था। खाना खाया, मट्ठा पिया और फिर जस्सा थोड़ी देर को ऊँघने के लिए लेट गया। लेटने को तो बग्गे का भी मन हो रहा था, परन्तु जस्से का इस तरह लेटना उसे खल गया। मन-ही-मन बड़बड़ाया कि यह हरामी ख़ामख़ाह देर किये जा रहा है।

वे दोनों ही थोड़ी देर के लिए सो गये। जब जागे तो एक बार फिर पतला मट्ठा पीकर घोड़ों पर सवार हो गये।

चलते-चलते सन्ध्या होने को हुई तो बग्गा बोला, "अब ख़ुद ही सोच लो कि हम चक पीराँ आधी रात के बाद ही पहुँच पायेंगे। नींद तो ख़राब होगी ही, और जगीरसिंह को अलग परेशानी होगी।"

जस्सा बोला, "चाचा, मुझे एक बात सूझी है।"

"बोल!" बग्गे के माथे पर गहरे बल पड़ गये।

जस्सा गम्भीरता से बोला, "वह मेरा दोस्त है न पूरनसिंह।"

"पुलिस का थानेदार?"

"हाँ, वही! उसका गाँव यहाँ से कोई ज़्यादा दूर नहीं है। क्यों न हम रात उसी के घर में काटें। पेट-भर स्वादिष्ट खाना मिलेगा। रात-भर इतमीनान से सोयेंगे। कल सुबह छाह-वेला करके चल देंगे और मज़े-मज़े में चक पीराँ पहुँच जायेंगे।"

बग्गे के माथे पर गहरे बल ज्यों-के-त्यों बने रहे, परन्तु उसे यह सुझाव बुरा नहीं लगा।

चाचा को शान्त देखकर जस्से ने घोड़े की बाग उस गाँव की ओर मोड़ दी। जब वे निकट पहुँचे तो गाँव के बाहर रेतीले मैदान में खेलनेवाले बच्चे अपना खेल छोड़कर इन अजनबी घुड़सवारों को देखने लगे। दाना-दुनका चुगनेवाली मुर्गियाँ घोड़ों की टापों से बचने के लिए पर फड़फड़ाती हुई इधर-उधर भाग निकलीं।

जस्सा बोला, "पूरनसिंह ने गाँव के बाहर रहट के पास पक्की बैठक बनवा रखी है। वह अक्सर वहीं बैठता है।"

बग्गा ख़ामोश रहा और जस्से के घोड़े के पीछे-पीछे वह बैठक के सामने पहुँच गया।

वास्तव में इस कमरे की एक ही दीवार पक्की थी। बाक़ी दीवारें और छत सब कच्ची थीं। ज़रा दूरी से आता हुआ रहट का रूँ-रूँ का हलका शोर कानों को बहुत भला लग रहा था। जस्सा घोड़े से उतरा और उसका चाचा ज्यों-का-त्यों काठी पर बैठा रहा। बैठक का दरवाज़ा खुला था। जस्से ने एक हाथ में घोड़े की लगाम थामी और लम्बा-सा डर भरकर दरवाज़े से भीतर झाँकने के लिए गरदन बढ़ायी। इतने में ही एक औरत बाहर निकली।

यह इतना अचानक हुआ कि उधर औरत बिदक गयी और इधर जस्सा ठिठककर रह गया। दूसरे ही क्षण उसने पूरनसिंह की बहन बन्तो को पहचान लिया। बन्तो के चेहरे से भी आश्चर्य के चिह्न उड़ गये और वह बहुत ही हलकी-सी मुस्कान होंठों पर लाते हुए दोनों हाथ जोड़कर बोली, "सतसिरी-अकाल!"

जस्से ने भी सँभलकर उत्तर दिया, "सतसिरी-अकाल!"

बन्तो ने दबे स्वर में पूछा, "कब आये?"

"बस चला ही आ रहा हूँ।"

बन्तो ने एक दबी नज़र उसके साथी पर डाली तो जस्से ने दूसरे घुड़सवार की ओर हाथ से संकेत करते हुए कहा, "मेरे साथ मेरा चाचा भी है।"

बन्तो ने सिर झुकाकर हाथ जोड़ दिये। उसके होंठों से कोई स्वर नहीं निकला। विधवा होने के कारण उसका ज़्यादा बोलना या ज़रा-सी भी चंचलता दिखाना उचित नहीं समझा जाता था।

जस्से ने अपने आने का कारण बताना आवश्यक समझा, बोला, "हम हरिपुरे से चक पीराँ को जा रहे थे। रास्ते में देर हो गयी। मैंने सोचा, चलो यहीं रुक जायें। रात भी आराम से कट जायेगी और पूरनसिंह से मुलाक़ात भी हो जायेगी।"

बन्तो ने धरती की ओर देखते हुए कहा, "भापा तो घर पर नहीं है। वह आजकल ड्यूटी पर है।"

इसी दौरान एक आदमी उनके निकट आ खड़ा हुआ जो शक्ल से ही कम्मी नज़र आ रहा था। जस्से को कुछ और कहने का अवसर न देते हुए बन्तो ने उस कम्मी से कहा, "दोनों घोड़े तबेले में ले जाओ।"

नौकर ने जस्से के घोड़े की लगाम थामी तो उस वक़्त तक बग्गा भी अपने घोड़े से नीचे उतर चुका था।

बन्तो ने फिर कहा, "घर चलो, माँ से मिल लो।"

जस्से के उत्तर की प्रतीक्षा किये बिना बन्तो आगे-आगे चल दी, और दोनों पुरुष उसके पीछे-पीछे हो लिये। मकान गाँव के ज़रा भीतर जाकर ही था। गलियों में से

गुज़रते समय बहुत-से व्यक्तियों ने जस्से को पहचान लिया क्योंकि वे उसे पूरनसिंह के साथ देख चुके थे।

घर पहुँचे तो बग्गे को यह देखकर इतमीनान हुआ कि उसके भतीजे को घरवाले भलीभाँति पहचानते थे, इसलिए वहाँ संकोच या परेशानीवाली कोई बात नहीं थी।

घर में मेहमानों का बहुत अच्छा स्वागत हुआ। पूरनसिंह की माँ जस्से को बेटे की तरह मानती थी। वह ज़माना ही ऐसा था जब औरतें अपने बेटे के मित्र को देखकर वाह गुरु अकाल पुरुख को धन्यवाद देती थीं और कहती थीं कि वाह गुरु ने अगर उन्हें बेटा न दिया होता तो आज बेटे के मित्र उनके घर कैसे आते।

मेहमानों के साथ बाहरवालों जैसा व्यवहार नहीं हुआ। घर की दूसरी बहू-बेटियाँ उनके आसपास घूमती-फिरती रहीं। वे दोनों उजले बिस्तर पर बैठे थे। वहीं पर उन्होंने खाना खाया।

भोजन के बाद जस्से ने स्वयं ही कहा, "बेबे! अब हम बैठक को जाते हैं। सुबह मुलाक़ात होगी।"

इस तरह आज्ञा लेकर मेहमान बैठक की ओर चले गये। दरवाज़े का कुण्डा चढ़ा हुआ था, लेकिन सदा की तरह वहाँ ताला नहीं लगा था। पुलिस अफ़सर की बैठक में घुसने की भला किसे जुर्रत हो सकती थी!

कुण्डा खोलकर वे भीतर पहुँचे तो देखा कि दो पलँगों पर पहले से ही उजले बिस्तर बिछे हुए थे। पानी का बड़ा-सा लोटा और चाँदी के दो गिलास दीवार में बने आले में रखे थे। बैठक अपने ज़माने के अन्दाज़ में सजी हुई थी। दीवारों पर दसों गुरुओं के अतिरिक्त देवी सरस्वती और देवी लक्ष्मी के चित्र भी चौखटों में जड़े लटक रहे थे। लगता था कि उन चौखटों और उनके शीशों की बाकायदा सफाई की जाती थी, क्योंकि किसी भी शीशे पर मक्खियों की गन्दगी के धब्बे दिखायी नहीं दे रहे थे।

बग्गे ने सिर से पगड़ी उतारकर बँधी-बँधायी हालत में खूँटी पर लटकाते हुए कहा, "अच्छा खाता-पीता घराना मालूम होता है।"

"हाँ चाचा, बहुत बड़ा ख़ानदान है। पूरनसिंह के पुलिस में अफ़सर बन जाने से इलाक़े-भर में इनका दबदबा और भी बढ़ गया है।"

इधर-उधर की बातें चलती रहीं। बग्गे ने पूछा, "सफ़ेद कपड़ोंवाली वह औरत कौन थी जो हमें सबसे पहले बैठक के दरवाज़े पर मिली थी?"

जस्से को याद था कि चाचे के सामने ही बन्तो ने पूरनसिंह के बारे में बताते हुए उसे भापा कहा था। शायद चाचे ने बेध्यानी में यह बात सुनी नहीं। वह बोला, "वह औरत पूरनसिंह की बहन है। बेचारी इतनी छोटी उम्र में विधवा हो गयी। बच्चा-वच्चा भी कोई नहीं हुआ। अब यहीं माँ के पास रह रही है।"

चाचा ने जूड़े की जड़ में फँसे हुए लकड़ी के कंघे को बाहर खींचा और बालों में धीरे-धीरे कंघा करने लगा। जस्सा फिर बोला, "अच्छा ही किया जो हम यहाँ चले आये। घर का-सा सुख भी मिला। रात भी आराम से कट जायेगी।"

जब मेहमानों को नींद के झोंके आने लगे तो इतने में बैठक का दरवाज़ा फिर खुला।

इन दोनों की नज़रें उधर को उठ गयीं। बन्तो दोनों हाथों में दो गिलास दूध लिये चली आ रही थी। लालटेन के मन्द प्रकाश में साँवले रंग की वह हसीना बिलकुल जादूगरनी-सी लगती थी। जस्सा यह सोचे बिना न रह सका कि जब बन्तो दीपी की उम्र की रही होगी तो दीपी से निश्चय ही ज़्यादा हसीन लगती होगी।

इन दोनों ने बेशक उसे देखा, परन्तु बन्तो ने उन दोनों में से किसी के चेहरे पर न नज़र डाली और न आँख मिलायी। चुपचाप उनके हाथों में दूध के गिलास थमाकर वह हलके-फुलके क़दम उठाती हुई दरवाज़े से बाहर निकल गयी। केवल उसका एक हाथ दरवाज़े के तख़्ते पर टिका हुआ था। तख़्ते को आगे खींचकर उसने दरवाज़ा भेड़ दिया और फिर उसका सलोना हाथ भी उनकी आँखों से ओझल हो गया।

दोनों मेहमान ऐसी गहरी नींद सोये कि प्रातःकाल ही उनकी आँख खुली। जाने की बहुत जल्दी नहीं थी। वे दोनों खेतों को निकल गये। बबूल के पेड़ से ताज़ा दातुनें काटीं, उन्हें दाँतों में दबाकर वे खेतों में घुस गये।

जब धूप थोड़ी चढ़ आयी तो उस समय तक वे दोनों नहा-धोकर तैयार बैठे थे। अबके उन्हें बुलाने के लिए बन्तो नहीं घर का एक छोकरा आया और बोला, ''आपको छाह-वेले के लिए बेबे जी ने बुलाया है।''

थोड़ी देर बाद वे दोनों फिर एक बार सेहन में बैठे थे। घी के पराँठे, उन पर मक्खन, दही के कटोरे और मट्ठे के छन्ने उनके आगे रख दिये गये।

खा-पीकर वे डकारें ले चुके तो बेबे ने कहा, ''जस्से, मैं तो सोचती हूँ कि कुछ पराँठे साथ लेते जाओ। रास्ते में भूख लग सकती है।''

''नहीं बेबे! रास्ता इतना लम्बा नहीं है कि हमें भूख लग जाये।''

घरवालों से विदा होकर वे फिर बैठक को चले गये। उनके घोड़े तैयार थे, और ताज़ा दम थे, क्योंकि उन्हें अच्छा दाना-पानी और आराम मिल चुका था।

कुछ ही समय बाद दोनों घुड़सवार गाँव की सीमा से बाहर निकल गये। खेतों में किसान काम कर रहे थे। मकानों की मुँडेरों पर काँव-काँव करनेवाले कौवों का तेज़ शोर मन्द पड़ता जा रहा था। हवा में ताज़गी थी। कहीं-कहीं से उनके कानों में बैलों के गले में बँधी घण्टियों के बजने की आवाज़ आने लगती।

इतने में ही बन्तो कुछ फ़ासले से आती दिखायी दी। उसके वस्त्रों और चलने के अन्दाज़ से ही जस्से ने उसे पहचान लिया, मगर बग्गा उसे उस समय तक नहीं पहचान पाया जब तक कि वह उनके बिलकुल निकट नहीं पहुँच गयी। दोनों घुड़सवार भी रुक गये। जस्से ने पूछा ''कहाँ की सैर हो रही है?''

बन्तो के होंठों पर रंग-बिरंगे परोंवाली तितली की तरह मुस्कराहट फड़फड़ायी और उसने धरती की तरफ़ देखते हुए उत्तर दिया, ''सैर नहीं, मैं गुरुद्वारे से आ रही हूँ।''

''इतनी देर से गुरुद्वारे जाती हो क्या?''

बन्तो ने इनकार में सिर हिलाया तो चुनरी से ढके हुए बालों की दो ज़ुल्फ़ें बाहर को निकल पड़ीं। उसने उँगलियों से उन्हें पीछे हटा दिया, "सदा तो प्रातःकाल ही चली जाती हूँ, मगर आज देर हो गयी।"

जस्सा घोड़े की हिनहिनाहट की-सी हँसी हँसा, "ओह! समझा! आज हमारी वजह से देर हो गयी।"

इस बात का बन्तो ने कोई उत्तर नहीं दिया। वह धरती की तरफ़ देखते हुए गले में लटकी ऊन के मनकों की माला को उँगलियों से छूने लगी।

भद्दी और बेतुकी ख़ामोशी छा गयी। इसी को तोड़ते हुए जस्सा बोला, "अच्छा, तो हम चलते हैं।"

बन्तो ने दोनों हाथ जोड़ दिये। उसने दोनों की ओर बारी-बारी देखा। सीपियों-जैसे उसके पपोटे पल-भर को खुले, ऊपर को उठे और फिर नीचे झुक गये। वह गाँव की ओर बढ़ गयी और यात्री मंज़िल की ओर चल दिये।

बन्तो ने पायल नहीं पहन रखी थी, फिर भी बहुत देर तक जस्से के कानों में मानो छन-छन का संगीत गूँजता रहा।

उसने चाचा की ओर देखा। बग्गे ने अपने चेहरे पर उतने ही बल डाल रखे थे जितने कि वह डाल सकता था। इससे उसका चेहरा ऊबड़-खाबड़ हो रहा था। जस्से को अपनी ओर देखते पाकर वह बोला, "लगता है कि पूरन की यह बहन पूर्ण रूप से भक्तिन हो चुकी है।"

जस्सा काफ़ी देर तक जिज्ञासापूर्ण दृष्टि से चाचा के चेहरे की ओर देखता रहा। मगर उसकी नज़र बग्गे के चेहरे की ऊबड़-खाबड़ रेखाओं में खोकर रह गयी, और वह सपाट स्वर में बोला "हाँ चाचा!"

इसके बाद चक पीराँ पहुँचने तक उनकी इस विषय में कोई बात नहीं हुई।

3

लगभग तीन सप्ताह गुज़र गये। बुरी तरह छटपटाया हुआ सूरतसिंह चन्ननसिंह और उसके बेटों से मिलने के लिए आ चुका था। जस्से को इस विषय में मालूम था। वह यह भी महसूस करता था कि अब कोई साज़िश होने जा रही है। इस बात की प्रतीक्षा करने के सिवा कि वे सब मिलकर अगला क़दम क्या उठाते हैं, जस्से के पास और कोई उपाय नहीं था। उसे इसमें अधिक रुचि भी नहीं थी। उसने सोचा, जो होगा उससे निबट लिया जायेगा।

जस्से से निराश होकर जब सूरतसिंह चन्नन के घर पहुँचा तो ख़ुशी से उसकी बाछें खिल गयीं। लक्खनसिंह ने मन में सोचा कि आख़िर उसकी योजना सफल हुई। सबने उसे बड़े आदर-सम्मान से उजली चादरवाली चारपाई पर बैठाया। बहुत ही कान धरकर

उसकी दुःखद कहानी सुनी। जब वह मन का गुबार निकाल चुका तो चन्नन ने बहुत गम्भीर स्वर में उसे सान्त्वना देने की कोशिश की—"क्या कहा जाये बेटा, आजकल ज़माना ही ऐसा है। मेरा विचार तो यह है कि तुम ख़ुद उससे मिलकर पूछो कि आख़िर उसने अपना वचन क्यों तोड़ा।"

सूरतसिंह की नसों में जवानी का गर्म ख़ून लहरें ले रहा था। वह मुँह से झाग उड़ाते हुए बोला, "जस्सा अपने-आपको बड़ा पाटे खाँ समझता है। इलाक़े भर में उसकी दहशत भी बैठी हुई है। इसके बावजूद सूरतसिंह उसके सामने गिड़गिड़ाने के लिए नहीं जायेगा। और अगर जायेगा तो उससे इस बात का जवाब सुने बिना नहीं लौटेगा। उसे सोच-समझकर जवाब देना पड़ेगा क्योंकि सूरत ज़िन्दगी और मौत की स्थिति उत्पन्न कर देगा।"

सूरतसिंह को इतने ताव में देखकर चन्नन ने चुपके से अपने लड़कों को आँख मारी और अहाते से उठकर बाहर निकल गया।

बाप के जाने के बाद लक्खन ने कुछ कहने के लिए मुँह खोला ही था कि दिलेर ने बोलने में पहल कर दी, "देखो सूरत, तुम्हारी सबसे बड़ी भूल यह थी कि तुमने उस पर भरोसा किया। जिस रोज़ उसने तुम्हें शादी की अनुमति दी थी, उस रोज़ तुमने हमारी एक नहीं सुनी। हम जानते थे कि तुमको निराशा का मुँह देखना पड़ेगा। वही हुआ। अब तुम कहते हो कि तुम उससे पूछने जाओगे कि उसने अपना वचन क्यों तोड़ा। यह बात कहना जितना सरल है उतना ही इसे करना कठिन है। हम तुम्हारे शत्रु नहीं हैं कि तुम्हें भड़काकर मगरमच्छ के जबड़े में दे दें। जो कुछ हम जानते हैं, जो कुछ हमने देखा है, जो कुछ सारे गाँव ने देखा है...उसे सम्मुख रखते हुए हम तुम्हें उससे अकेले भिड़ने को कभी नहीं कहेंगे। थुन्ना तुम्हारे-जैसे चार जवानों पर भारी था। जस्से ने उसी थुन्ने को कैसे तोड़-मरोड़कर फेंक दिया, वह सारा गाँव जानता है।"

इन बातों से सूरत का ताव थोड़ा कम हुआ, वह भावुक होकर बोला, "आख़िर तुम लोग, जिन्हें मैं अपना भाई समझता हूँ, मेरे काम कब आओगे?"

"हम हर समय तुम्हारा साथ देने को तैयार हैं। लेकिन भई, आज तुम्हारा मुकाबला एक ऐसे व्यक्ति से है जो हमारा रिश्तेदार है। हम इतना खुल्लम-खुल्ला उससे झगड़ा करना ही नहीं चाहते। मगर हम तुम्हारी स्थिति को समझते हुए तुम्हारा पक्ष लेना चाहते हैं, लेकिन चुपके से। हम ख़ुद उसके सामने नहीं जायेंगे और अगर तुमने किसी से भी यह बात कह दी कि हम इस मामले में तुम्हारी सहायता कर रहे हैं तो फिर जस्से के साथ-साथ हम भी तुम्हारे दुश्मन बन जायेंगे।"

लक्खन ने भी भाई की हामी भरते हुए कहा, "हाँ सूरत, इस बात को अच्छी तरह समझ लो।"

सूरत ने जल्दी से अपना एक हाथ लक्खन की रान पर रखा और दूसरा दिलेर के कन्धे पर और फिर मानो अपने हृदय को अपनी आँखों में समाते हुए बोला, "यह रहस्य सदा मेरे मन ही में रहेगा। मैं किसी से इस विषय में कुछ नहीं कहूँगा।"

दिलेरसिंह ने खाँसकर ज़रा गला साफ़ किया और फिर बोला, "जस्सा दिन में एक बार सोडे की मीठी बोतलें पीने ज़रूर जाता है। उसी मौक़े पर उससे भिड़ जाना उचित होगा। तुम्हारा अकेले उसका सामना करने का प्रश्न ही नहीं उठता। हम पाँच-छह हथियारबन्द आदमियों का प्रबन्ध कर देंगे। जब तुम जस्से के मुकाबले में खड़े हो जाओगे और हाथापाई तक नौबत पहुँच जायेगी तो वे हथियारबन्द आदमी हमला बोल देंगे। तुम जस्से के चंगुल से बच जाओगे, लेकिन वे आदमी जस्से के हाथ-पाँव और फिर गला काटकर फेंक देंगे। उस रोज़ हममें से कोई भी गाँव में नहीं रहेगा, ताकि किसी को यह शक न हो कि इसमें हमारा भी हाथ था। जो आदमी तुम्हारी सहायता करेंगे, उन्हें भी हरिपुरे का कोई व्यक्ति नहीं पहचानता होगा। वे बिलकुल अपरिचित होंगे। गाँववाले देखेंगे कि तुम बिलकुल निहत्थे थे और अकेले थे। तुम्हारी जस्से से तू-तू मैं-मैं हो गयी और फिर एक तरफ़ से कुछ हथियारबन्द व्यक्ति आये और उन्होंने जस्से को क़त्ल कर दिया। कोई चश्मदीद गवाह यह नहीं कह सकेगा कि तुम जस्से की हत्या करने के उद्देश्य से यहाँ आये थे, क्योंकि तुम्हारे पास एक चाकू तक नहीं होगा। तुम इस बात से साफ़ इनकार कर दोगे कि तुम क़ातिलों को जानते थे। स्वयं गाँववाले इस बात की गवाही देंगे कि वे भी हत्यारों को नहीं पहचानते थे। हम लोग अपने विषय में कह देंगे कि इस घटना के दिन हम हरिपुरे में थे ही नहीं।"

सूरतसिंह प्रसन्न होकर बोला, "यह योजना तो बहुत अच्छी है।"

"बस! अब दिन निश्चित करना होगा।"

"तुम्हीं बताओ, मैं तो हरदम तैयार हूँ।"

दिलेरसिंह ने एक नज़र अपने भाई पर डाली और फिर सूरतसिंह की ओर देखते हुए कहा, "आज से चौथे रोज़ यानी शनिवार के दिन कैसा रहेगा?"

"बिलकुल ठीक।"

यह योजना बन जाने के पश्चात् सूरतसिंह चन्ननसिंह के घर में ही टिका रहा। वे घूमते-फिरते भी रहे। दिलेरसिंह ने उसे मना कर दिया था कि वह अभी जस्से के पास न जाये, और न अभी उससे यह पूछे कि उसने अपना दिया हुआ वचन पूरा क्यों नहीं किया। उसका अकेले में ऐसा करना उचित नहीं होगा। निश्चित समय पर जब कि उसके सहायक उसके साथ होंगे, तभी वह जस्से का रास्ता रोककर उससे इस विषय पर बात कर सकेगा।

सूरत भी अपने दोस्तों से सहमत था। कुछ और नहीं तो कम-से-कम उसने जस्से को एक लात मारकर घोड़ा धरती पर गिराते देखा था। उसके होश ठिकाने पर रखने के लिए यही काफ़ी था। बृहस्पति की रात को सूरत के साथियों का प्रबन्ध कर लिया गया। गिनती में वे पाँच थे। उन पाँचों के पास हथियार थे, अर्थात् एक के पास छव्वी, दूसरे के पास कुल्हाड़ी, तीसरे के पास कृपाण, चौथे के पास गँड़ासा, और पाँचवें के पास लाठी, क्योंकि जब वह घुमाकर लाठी मारता था तो उसका निशाना कभी नहीं चूकता

था। अब नयी योजना यह थी कि पहले तो सूरतसिंह जस्से का रास्ता रोककर उससे छेड़छाड़ करेगा। इसके पूर्व कि जस्सा उसकी गरदन दबोच सके, उसके पाँचों साथी लपककर उनके पास पहुँच जायेंगे। सबसे पहले लट्ठबाज़ लाठी घुमाकर जस्से के सिर पर मारेगा। उन्हें विश्वास था कि लाठी की इस चोट से जस्सा एक बार ज़रूर चकरा जायेगा। इसी मौक़े पर बाक़ी आदमी अपने-अपने हथियार लेकर उस पर झपट पड़ेंगे।

चन्ननसिंह और उसके बेटों को इस बात का विश्वास था कि जिस तरह थुन्ने के अलानिया मारे जाने पर गाँव के किसी व्यक्ति ने जस्से के विरुद्ध गवाही नहीं दी थी, उसी तरह जस्से के मारे जाने के बाद गाँव का कोई आदमी सूरत के विरुद्ध गवाही देने को तैयार नहीं होगा। यह बात भी पहले ही निश्चित हो चुकी थी कि सूरत के पास कोई हथियार नहीं होगा और वह किसी तरह भी जस्से पर हमला नहीं करेगा। उन दोनों का झगड़ा केवल ज़बानी होगा। यह कार्य उसी समय किया जाना था, जब जस्सा सोडे की मीठी बोतलें पीने जा रहा होगा, या उस दुकान से लौट रहा होगा।

सब-कुछ तय हो जाने के बाद चन्नन और उसके दोनों बेटों ने एक बार फिर गाँव में यह ख़बर फैला दी कि वे तीनों शुक्रवार की सुबह को ही तीन-चार दिन के लिए गाँव से बाहर जा रहे थे।

दूसरे रोज़ प्रातःकाल ही चन्ननसिंह और उसके दोनों बेटे घोड़ों पर सवार होकर चल दिये। उस समय भी गाँव के कुछ व्यक्ति खेतों में काम करने चले जाते और कुछ गुरुद्वारे को माथा टेकने जाया करते थे। इन तीनों ने इस बात का ख़याल रखा कि उनके जान-पहचान के कुछ व्यक्ति उन्हें गाँव से विदा होते देख लें।

न जाने कैसे भीतर-ही-भीतर गाँव में अफ़वाह फैल गयी कि कुछ-न-कुछ होने जा रहा था, क्योंकि सूरतसिंह चार-पाँच दिनों से चन्ननसिंह के घर टिका हुआ था, और अब वहाँ पाँच और व्यक्ति भी पहुँच चुके थे जिन्हें गाँव का कोई आदमी नहीं जानता था और जो शक्ल से गुण्डे मालूम होते थे। ये पाँचों गुरुद्वारे के अहाते में ठहरे हुए थे। कुछ लोग जानते थे कि रात के अँधेरे में वे पाँचों चन्ननसिंह के घर में भी गये थे।

शुक्रवार का सारा दिन शान्ति से गुज़र गया। शनिवार को दोपहर के समय जब जस्सा अपने घर से सोडेवाले की दुकान की ओर चला तो हथियारबन्द पाँच आदमी सैयद जी के बाड़े के पीछे छिपे उसे देखते रहे। सूरत पहले से ही दुकान पर मौज़ूद था। जब जस्सा वहाँ पहुँचा तो सूरत को देखकर उसने सहज में पूछा, "कहो, तुम कब आये?"

सूरत ने सफ़ेद झूठ बोलते हुए उत्तर दिया, "बस आज ही पहुँचा हूँ।"

इसके बाद दुकान पर कोई बात नहीं हुई। सूरत के मन में दुविधा थी कि न जाने जस्सा उसके और उसकी योजना के विषय में कहाँ तक जानता है। लेकिन जस्से के चेहरे से कुछ भी प्रकट नहीं हो रहा था। वह चुपचाप अपने अन्दाज़ से बोतलें पीता रहा। दोनों में फिर कोई बात नहीं हुई। जब जस्सा दुकानदार को पैसे देकर वहाँ

से चला तो सूरत उसके साथ-साथ हो लिया। कुछ क़दम चलकर जस्से ने उसे सम्बोधित करते हुए पूछा, "कोई ख़ास बात है क्या?"

सूरत तो भरा बैठा था, वह तीव्र स्वर में बोला, "तुम्हें कुछ मालूम नहीं क्या?"

जस्सा बोला, "मालूम है।"

सूरतसिंह को इस उत्तर की आशा नहीं थी। कुछ हकलाते हुए बोला, "तो फिर?"

"इसका उत्तर तो तुम्हारे मित्र ही दे सकते हैं।"

"कौन मित्र?"

"जैसे...लक्खनसिंह।"

"उसका इस बात से क्या सम्बन्ध?"

"बहुत गहरा सम्बन्ध है। मैंने तुम्हें वचन दिया था कि परसिन्नी से तुम्हारी शादी पर मैं कोई आपत्ति नहीं उठाऊँगा। मेरा इरादा अपने वचन पर दृढ़ रहने का था। फिर लक्खन को मेरे पास भेजा गया। उसने मुझसे कहा कि मैं इस रिश्ते को अस्वीकार कर दूँ। उसने और बातें भी कहीं। विवश होकर मुझे परसिन्नी को सन्देश भेजना पड़ा कि अभी वह इस रिश्ते को नामंजूर कर दे।"

सूरत के लिए यह बिलकुल नयी बात थी। वह ऐसी स्थिति के लिए बिलकुल तैयार नहीं था। उसने पीछे मुड़कर बाड़े की ओट में छिपे अपने साथियों को देखने की कोशिश की। जस्से की आँखों ने भी उसकी नज़र का पीछा किया। वह मुस्कराकर बोला, "सूरत! मेरे जैसे हर व्यक्ति के कुछ-न-कुछ शत्रु ज़रूर होते हैं। कई लोग तुम्हारे शत्रु भी हैं। किसी के झाँसे में आकर हमें आपस में भिड़ना नहीं चाहिए। मैंने जो कुछ कहा है वह सच है। तुम लक्खन को ले आओ और सारी बात आमने-सामने हो जायेगी। अगर लक्खन ने मुझसे ऐसा न कहा होता तो मैं अपने वचन से पीछे कभी न हटता।"

सूरत ने फिर छिपी नज़रों से सैयद के बाड़े की ओर देखा तो अबके पाँचों आदमी ज़रा आगे बढ़कर ऐसी जगह पहुँच गये थे जहाँ से वे स्पष्ट रूप में दिखायी दे रहे थे।

तब उसे चन्ननसिंह की समझायी हुई बात याद आयी कि जस्से के द्वारा उसका भला न हो सकेगा। अगर एक बार वह उसके रास्ते से हट गया तो परसिन्नी से शादी करने में और कोई रुकावट नहीं रहेगी। सूरत ने सोचा कि फिर शायद ही ऐसा सुन्दर अवसर मिले।

यह निश्चय करके उसने पैंतरा बदला और धमकी के से स्वर में बोला, "मैं तुम पर विश्वास नहीं कर सकता।"

"मुझ पर विश्वास न करो, लेकिन लक्खन के लौटने का इन्तज़ार तो कर सकते हो।"

"नहीं, मैं उसके लौटने का इन्तज़ार भी नहीं कर सकता।"

पहले तो जस्से ने एकटक उसके चेहरे की ओर देखा और फिर बोला, "ऐसी स्थिति में जो कुछ तुम कर सकते हो सो करो।"

सूरत ने अपने साथियों के भरोसे पर हाथ बढ़ाया और अपनी उँगलियों में जस्से का गिरेबान थाम लिया।

उनकी झगड़े की आवाज़ें सुनकर गाँव के कुछ व्यक्ति सतर्क हो गये। वे दूर खड़े-खड़े यह भयंकर तमाशा देखने लगे। उनमें से किसी में इतना साहस नहीं था कि वह बीच-बचाव कर सके।

सूरत का जस्से के गिरेबान को पकड़ लेना कोई मामूली बात नहीं थी। थुन्ने को तोड़-मोड़कर फेंक देनेवाले जस्से के लिए सूरत की गरदन तोड़ना बिलकुल भी कठिन नहीं था। वह मन में सोचने लगा कि क्या उसे फिर एक क़त्ल करना पड़ेगा। वह ऐसा नहीं करना चाहता था। खुल्लम-खुल्ला किसी की जान लेकर एक बार तो वह क़ानून के चंगुल से बच निकला था, परन्तु हर बार ऐसा होना सम्भव नहीं था। कनखियों से वह उन पाँच व्यक्तियों को भी देख रहा था। उसने सोचा जब वे झगड़ा करने पर ही तुले हुए थे तो क्यों न उसके साथियों के पहुँचने से पहले-पहले सूरत से निबट लिया जाये। वह सूरत की जान नहीं लेना चाहता था। यही तय किया कि सूरत को उठाकर कुछ दूरी गाँव के गन्दे जोहड़ में फेंक दिया जाये। वहाँ उसमें डूब जाने का कोई ख़तरा नहीं था। यह अलग बात थी कि उस गन्दे जोहड़ के कीचड़ में लथपथ होकर उसकी दशा हास्यपूर्ण हो जायेगी।

यह निश्चय करके जस्सा सूरत को दोनों बाँहों में समेटकर उठाने को ही था कि उसने देखा कि सूरत के पाँचों हथियारबन्द साथी आगे बढ़ते-बढ़ते एकदम रुके और फिर लपकर बाड़े की ओट में भाग गये।

जस्से की समझ में यह बात नहीं आयी। उसने अपना इरादा बदल दिया। वह धीरे से बोला, "तुम्हारे साथी तो मैदान छोड़कर भाग गये।"

सूरत ने पीछे मुड़कर देखा तो वास्तव में उसके साथी लुप्त हो चुके थे...हालाँकि वह उन्हें आगे बढ़ते देख चुका था। अनजाने में ही जस्से का गिरेबान उसके हाथ से छूट गया। उसके सिर से पाँव तक पसीना फूट आया। अकेला रह जाने पर वह जस्से जैसे पहाड़ से कैसे टकरा सकता था। टकराने की बात तो एक तरफ़ रही, अब तो समस्या यह थी कि वह जस्से के चंगुल से कैसे बच सकेगा।

इतने में ही सारा रहस्य खुल गया। पूरनसिंह वर्दी पहने घोड़े पर सवार चला आ रहा था, और उसके साथ कई सिपाही भी थे।

निकट पहुँचकर पूरनसिंह ने पूरी स्थिति का जायज़ा लिया और फिर सूरतसिंह से कहा, "मेरे ख़याल में आज तुम्हें दौड़ लगाकर पकड़ने की कोई आवश्यकता नहीं है।"

अपने अफ़सर के इशारे पर एक सिपाही ने फ़ौरन ही सूरतसिंह को हथकड़ियाँ पहना दीं।

पूरनसिंह ने जस्से की ओर देखा तो दोनों मित्र बेइख़्तियार ही मुस्करा दिये। पूरनसिंह ने जान-बूझकर जस्से से कोई बात नहीं की।

अब गाँव के लोग आगे बढ़ आये। उनमें से एक हाथ जोड़कर पूरनसिंह के घोड़े के सामने खड़ा हो गया और बोला, "सरकार! आप बड़े अच्छे मौक़े पर यहाँ पहुँच गये अन्यथा यहाँ ख़ून-ख़राबा हो जाता।"

पूरनसिंह ने गाँववालों पर एक नज़र डालते हुए कहा, "अब चिन्ता की कोई बात नहीं। सूरत को तो कई जुर्मों के लिए लगभग पाँच-छह साल तक जेल में सड़ना पड़ेगा। मैं बहुत दिनों से इसकी तलाश में था। मुझे पता चल चुका था कि सूरत कुछ दिनों से इस गाँव में टिका हुआ है। इसके पाँचों साथियों को पकड़ने के लिए मैंने कुछ सिपाही पहले से ही सैयद के बाड़े की ओर भेज दिये थे। वह देखो, वे पाँचों भी सिपाहियों के घेरे में चले आ रहे हैं। इन गुण्डों को मालूम होना चाहिए था कि अब पूरनसिंह बदलकर इस इलाक़े की ड्यूटी सँभाल चुका है। इन्हें यह भी मालूम होना चाहिए था कि क़ानून के हाथ बहुत लम्बे होते हैं।"

4

सूरतसिंह-काण्ड के बाद ग्यारह दिन गुज़र गये। उस दिन भी गाँव में तहलका मच गया था। लोग यह समझते थे कि जिस तरह थुन्ने की जान गयी थी, उसी तरह सूरत भी अपनी ज़िन्दगी से हाथ धो बैठेगा। मगर जस्सा वास्तव में इसके लिए बिलकुल तैयार नहीं था। परिस्थितियाँ ऐसी थीं कि वह फिर खुल्लम-खुल्ला किसी की हत्या करने को तैयार नहीं था। ऐन मौके पर पुलिस पहुँच गयी तो न केवल जस्से के मन का बोझ उतर गया, वरन् गाँववालों ने भी महसूस किया कि यह अच्छा ही हुआ, क्योंकि उन्हें जस्से से सहानुभूति थी और वे नहीं चाहते थे कि चन्ननसिंह और उसके लड़कों की साज़िश में फँसकर जस्से पर फिर से क़त्ल का मुक़द्दमा चले।

उधर चन्ननसिंह और उसके बेटों तक यह समाचार पहुँच गया कि उनकी यह अन्तिम साज़िश भी बेकार गयी। वे फ़ौरन लौट आये। सूरत के लिए तैयार किये गये उनके पट्ठों में से किसी ने इनका नाम बताते हुए पुलिस को कह दिया कि उनकी पीठ पर चन्ननसिंह और उनके लड़कों का हाथ था। अतः इनसे भी पुलिस ने पूछ-ताछ की मगर कोई प्रमाण न होने पर मामला आगे नहीं बढ़ा। अब उन्होंने महसूस कर लिया कि चक पीराँ का जस्सा उनसे अधिक चतुर था और अवसर पड़ने पर बदमाशी और धाकड़बाज़ी में भी उन्हें पीछे छोड़ जाता था। उनके पास इसके अतिरिक्त कोई उपाय नहीं था कि वे जस्से से अच्छे सम्बन्ध स्थापित करें और भविष्य में उसके विरुद्ध सोचना और साज़िशें करना छोड़ दें। वे तीनों स्वयं जस्से के पास गये और उसे विश्वास दिलाने की कोशिश की कि सूरतसिंह की इस हरकत के पीछे उनका हाथ नहीं था।

लक्खन बोला, ''भाई जस्से, मैंने तो उसी रोज़ रहट पर तुम्हें यह बात बता दी थी कि सूरत चरित्रहीन व्यक्ति है और पुलिस किसी भी दिन उसको धर लेगी। अब तुमने ख़ुद देख लिया कि मेरी यह भविष्यवाणी बिलकुल सच निकली।''

इस तरह की बातें करके चन्ननसिंह और उसके बेटे अपने घर को लौट आये।

हर दृष्टि से परिस्थितियों में सुधार हो जाने के बावजूद जस्से की सबसे जटिल समस्या ज्यों-की-त्यों बनी हुई थी। दीपी लगभग प्रतिदिन उसे कोंचती रहती थी कि या तो चाचा को मना लो या उसे छोड़कर शादी कर लो, और फिर वे स्वतन्त्र रूप से अपने जीवन का आरम्भ कर पायेंगे।

इसी दौरान जस्सा पूरनसिंह से सलाह-मशविरा करने के लिए भी गया। आपस में कई बातें हुईं, परन्तु चाचा से निबटने की कोई भी तरकीब समझ में नहीं आयी।

सोते-जागते, खाते-पीते, घूमते-फिरते, यही एक समस्या जस्से को व्याकुल रखती थी। भजनो कहती कि एक बार चाचा से बात करके तो देखो। परन्तु जस्सा अपने चाचा की नस-नस को पहचानता था। वह तो एक छोड़ दस बार इस विषय पर चाचा से बात करने को तैयार था, लेकिन इसका परिणाम क्या होगा, सो वह पहले से ही जानता था।

एक रात जस्से ने खाना खाने के बाद कुल्ला किया। फिर एकाएक ही भजनो की ओर देखते हुए बोला, ''आज मैं चक पीराँ जाऊँगा।''

भजनो को आश्चर्य हुआ, जैसे उसके कानों ने कोई अनहोनी बात सुन ली हो। उसने पूछा, ''कल सुबह ही जायेगा न?''

''नहीं, अभी...इसी वक़्त।''

जस्से ने घर ही में से रहीमे को आवाज़ देकर कहा कि उसका घोड़ा तैयार कर दे।

घर के सभी व्यक्ति आश्चर्य में थे। परन्तु थोड़ी ही देर बाद जस्सा घोड़े पर सवार हो गया और उसने जब एड़ लगायी तो घोड़ा एकदम इतनी तीव्रता से भागा कि मानो हवा से बातें करने लगा। गाँव के बाहर धूल-भरे मैदान से गुज़रते समय वह मानो धूल के बादलों की छोटी-सी रेखा अपने पीछे उड़ती छोड़ गया। जहाँ कहीं पथरीली ज़मीन होती तो घोड़े की नालों से चिनगारियाँ उड़ने लगतीं। कच्ची पगडण्डी के किनारों पर घोड़े के सुम पड़ते तो घास के टुकड़े धुनी हुई रुई की तरह हवा में उछलने लगते।

इसी तीव्र गति से जस्सा बढ़ता चला गया। जब वह महसूस करता कि घोड़े को कुछ थकान महसूस हो रही है तो वह उसकी गति धीमी कर देता, या किसी रहट पर रुककर उसे पानी पीने का अवसर दे देता।

इस तरह यह घुड़सवार प्रातःकाल ही चक पीराँ की सीमा तक जा पहुँचा। चूँकि मकान गाँव के भीतर नहीं था, इसलिए वह घोड़े पर सवार दरवाज़े तक जा पहुँचा, दरवाज़ा इतना चौड़ा और ऊँचा था कि उसके खुल जाने पर वह घोड़े की पीठ से नीचे उतरे बिना ही भीतर जा सकता था। दालान की नीची दीवार के उस पार उसने सेहन

का जायज़ा लिया। दालान के परले सिरे पर सम्भवतः जगीर एक ढीली-ढाली चारपाई पर सो रहा था। इससे उसने अनुमान लगाया कि उसका चाचा बायें हाथवाली कोठरी में सोया होगा। उन दिनों मौसम ऐसा था कि अधिकतर लोग खुली छतें छोड़कर कोठरियों में सोने लगे थे। केवल जगीरसिंह की आदत थी कि बरसात के मौसम को छोड़कर वह सदा खपरैल के नीचे सोता था।

सारे गाँव पर सन्नाटा छाया हुआ था। सेहन में भी ख़ामोशी थी और हर वस्तु स्थिर-सी नज़र आती थी। दालान से उस पार गाँव की ढलान से भी परे वह वृक्षों और खेतों की फीकी-फीकी रेखाएँ देख सकता था। अपने विचारों में खोये-खोये उसने धीरे से नीचे उतरकर दरवाज़े के ऊपर लटकता हुआ कुण्डा ज़ोर-ज़ोर से खटखटाया।

जगीर प्रातःकाल ही जाग उठता था। यह अलग बात थी कि प्रकाश फैलने तक वह चारपाई पर लेटा रहता। कुण्डे की आवाज़ सुनते ही वह उठा, और अपनी आड़ी टाँगों से चलते हुए दरवाज़े के निकट पहुँचकर उसने पूछा, "कौन है?"

"मैं हूँ...जस्सा।"

आवाज़ पहचानते ही जगीर ने तुरन्त दरवाज़ा खोल दिया और जस्से का स्वागत करने के लिए दोनों बाज़ू फैला दिये। मगर जस्से ने उसकी ओर ध्यान नहीं दिया। वह अपने घोड़े सहित भीतर घुस पड़ा, और लगाम जगीर की ओर फेंकते हुए पूछा, "चाचा कहाँ है?"

"सो रहे हैं।"

"जगा दो।"

जगीर घोड़े को अब तक ले जा चुका था। उसे आश्चर्य हुआ, बोला, "जल्दी क्या है? दिन चढ़ने को है। बैठो, उनके जागने पर मिल लेना।"

"फ़ज़ूल की बात मत करो। मैं इन्तज़ार करने के लिए रातोंरात यहाँ नहीं आया हूँ।"

जगीर को उसके बोलने का यह तरीक़ा पसन्द नहीं आया, मगर जब उसने जस्से के तेवर देखे तो ख़ामोश रह गया। अपनी चारपाई के निकट पड़ी लालटेन की बत्ती को उसने ऊपर उठाया, और लालटेन हाथ में लटकाये बग्गे की कोठरी की ओर बढ़ा।

दरवाज़ा भीतर से बन्द नहीं था। धक्का देने पर दरवाज़ा चींचरड़ की अजीब-सी आवाज़ निकालकर खुल गया। बग्गे की पायँती पर पहुँचकर जगीर ने उसका पाँव पकड़कर हिलाया।

बग्गे का सिरहाना दरवाज़े की ओर था और पाँव पिछली दीवार में बने चौकोर सुराख़ की ओर थे। इस सुराख़ को खिड़की भी कहा जा सकता था क्योंकि उसमें लोहे की सलाखों की बजाय मोटी लकड़ी की शाखाएँ लगी हुई थीं।

अपनी पायँती पर जगीर को खड़े देखकर बग्गे ने खुरदरे स्वर में पूछा, "अभी तो अँधेरा है। कहो, क्या परेशानी है?"

जगीर तो जल्दी में कोई उत्तर न दे पाया, जस्से का स्वर सुनायी दिया, "परेशानी में हूँ।"

बग्गे ने मुड़कर जस्से की ओर देखा। आश्चर्य के चिह्न उसके चेहरे पर उभर आये, पूछा, "तुम कब आये?"

"अभी—सीधा हरिपुरे से आ रहा हूँ।"

"क्यों, रातोंरात आने का कारण क्या है? ख़ैरियत तो है?"

"ख़ैरियत नहीं है चाचा।"

जगीर ने महसूस किया कि उन दोनों में कुछ गर्मा-गर्मी होने जा रही थी। उसने चुपचाप लालटेन को एक खाली कनस्तर पर रखा और स्वयं वहाँ से सटक गया।

बग्गा उठकर चारपाई पर बैठ गया। उसने अपने ढीले-ढाले जूड़े को फिर से कसकर बाँधते हुए कहा, "हाँ तो क्या बात है? क्या भजनो मरने को है? या चन्ननसिंह और उसके बेटों ने कोई और शरारत की है?"

जस्से के हाथ में घास का एक लम्बा-सा तिनका था। वह उसे उँगली और अँगूठे में लेकर घुमाते हुए बोला, "मेरी और दीपी की शादी होने जा रही है।"

एक बार तो कोठरी में सन्नाटा छा गया। बग्गे ने भतीजे का सिर से पाँव तक जायज़ा लिया। जस्से के मुँह से निकली हुई बात को उसकी पूरी गहराई तक समझने के बाद बग्गा कड़वी हँसी हँसकर बोला, "यह बात मुझसे कहने के लिए तुम रातोंरात घोड़ा दौड़ाते हुए यहाँ पहुँचे, मेरी नींद ख़राब की, लेकिन यह नहीं सोचा कि मेरा इस बात से क्या सम्बन्ध?"

"तुम्हारा सम्बन्ध है चाचा।"

"तुम्हें ज़रूर कोई धोखा हुआ है। मेरा तुम्हारी शादी से कोई सम्बन्ध नहीं है। इस विषय में जो मेरे विचार हैं, सो तुम जानते हो। शायद तुम्हें मालूम नहीं कि तुम्हारे लिये इस शादी का क्या परिणाम होगा।"

"मुझे मालूम है। जब तुम हरिपुरा आये थे तो बुआ से मेरी शादी के विषय में बातचीत करते समय ख़ूब बमके थे। मैं बाहर खड़ा सुन रहा था। तुमने कहा था कि अगर मैंने दीपी या किसी से भी शादी की तो मुझे तुम्हारे घर से निकलना पड़ेगा।"

"बहुत अच्छा हुआ कि तुमने ख़ुद ही सुन लिया। अब तुम अच्छी तरह जानते हो कि दीपी से शादी करने का नतीजा क्या होगा।"

"हाँ चाचा! मैं तो यह बात जानता ही हूँ, लेकिन तुम एक बात नहीं जानते।"

"क्या?"

"तुम नहीं जानते कि अगर तुमने शादी नहीं की तो उसका नतीजा क्या होगा।"

"शादी करना या न करना मेरा निजी मामला है। जो निर्णय मैंने किया है, वह सारी दुनिया जानती है। मेरे मित्र तक मुझे अड़ियल टट्टू के ताने देते हैं। मगर मैं अपने निश्चय पर अटल हूँ।"

"वह सब तो ठीक है, परन्तु तुमने यह नहीं सोचा कि इसका परिणाम क्या होगा।"

"परिणाम! हाँ, यह भी ख़ूब रही। इसका भी कोई परिणाम होगा जो तुम्हें मालूम है और मुझे नहीं मालूम?"

"हाँ...है।"

"मैं भी तो सुनूँ।"

"अगर तुम शादी के लिए राज़ी न हुए तो अब इस कोठरी में से तुम नहीं, तुम्हारी लाश निकलेगी।"

बग्गा भड़ककर चारपाई से यूँ उठा जैसे कई बर्रों ने उसके कूल्हों पर डंक मार दिया हो। वह कोठरी में इधर-उधर टहलने लगा। फिर रुका और जस्से की आँखों में आँखें डालकर बोला, "तो यह बात है?"

"हाँ चाचा, यही बात है।"

"तुम अपने साथ किस-किसको लाये हो?"

"मैं अकेला हूँ।"

"मुझे कौन मारेगा?"

"मैं।"

"तुम्हारे हाथ में मैं कोई हथियार नहीं देख रहा हूँ।"

जस्से ने अपने दोनों हाथ ज़रा आगे बढ़ाकर कहा, "मेरे ये हाथ ही हथियार हैं। पहले मैं एक बाज़ू तोड़ता हूँ। फिर दूसरा। तब एक टाँग और फिर दूसरी तोड़ता हूँ। अन्त में गरदन कोहनी के घेरे में लेकर एक ऐसा झटका देता हूँ कि गरदन के मनके तड़ाक से टूट जाते हैं। मैंने थुन्ने को ऐसे ही मारा था।"

"बच्चू! मैं थुन्ना नहीं हूँ।"

"हाँ चाचा, यह तो मैं जानता हूँ। इसीलिए तो तुम्हारी हत्या करना और भी सरल है।"

"तुम एक क़त्ल करके बच निकले तो अब यह समझते हो कि जब जिसे चाहो ठिकाने लगा सकते हो।"

"हाँ, यही समझता हूँ।"

बग्गा और भी उत्तेजित होकर बोला, "मैं कोठरी से बाहर निकलता हूँ...देखता हूँ कौन माई का लाल मुझे रोकता है।"

जस्सा एक ही डग भरकर उसके रास्ते में जा खड़ा हुआ, दरवाज़े की कुण्डी भीतर से चढ़ा दी, उससे पीठ लगाकर खड़ा हो गया और घास का तिनका मुँह में लेकर दाँतों से धीरे-धीरे चबाने लगा।

बग्गा दो क़दम आगे बढ़ा था, लेकिन फ़ौरन ही चार क़दम पीछे हट आया। वह जस्से की ओर दहकती हुई आँखों से देखने लगा।

जस्सा फिर भारी स्वर में बोला, "मैं जानता था कि तुम अड़ियल टट्टू हो। इसलिए मैं तुम्हारी लाश ठिकाने लगाने का पूरा प्रबन्ध करके आया हूँ।"

एकाएक बग्गा गरजकर बोला, "वह बड़ा मनहूस दिन था जब न जाने कौन आदमी तुम्हें एक अनाथ के रूप में मेरे घर ले आया।"

"सचमुच वह बड़ा मनहूस दिन था।"

"तू किसी हरामज़ादे की सन्तान है। बद का तुखन! मादरछोद है।"

"हाँ, चाचा।"

पिंजरे में बन्द जंगली शेर की तरह बग्गे ने चारों ओर नज़र दौड़ायी। उसने खिड़कीनुमा चौकोरे सुराख़ की ओर देखा, परन्तु उसमें से फरार होना असम्भव था।

काफ़ी देर तक कोठरी में मौत की-सी ख़ामोशी छायी रही। आख़िर विवश होकर बग्गा चारपाई पर बैठ गया और बोला, "अबे हरामज़ादे! आख़िर मुझसे शादी करेगी कौन?"

"बन्तो।"

"बन..." स्वर बग्गे के कण्ठ में फँसकर रह गया। वह फिर सँभलकर बोला, "तुम्हारा मतलब पूरनसिंह की बहन से है?"

"हाँ। मैंने उससे बात की। उसने यह रिश्ता स्वीकार कर लिया है।"

"और बन्तो?"

बग्गा बिना आँखें झपकाये भतीजे की ओर देखे जा रहा था।

जस्सा बोला, "उसे भी तुम पसन्द हो।"

यह सुनकर बग्गे का अंग-अंग सनसना उठा।

बाहर से चिड़ियों के चहचहाने की हलकी आवाज़ें सुनायी देने लगी थीं। चौकोर सुराख़ में से धुँधला प्रकाश फैलता दिख रहा था।

जस्से ने कुण्डी खोल दी और बोला, "चाचा! अब तुम तैयार हो जाओ। पूरनसिंह ने कहा था कि वह अपनी विधवा बहन की शादी उसी तरह करेगा जिस तरह कुँवारी लड़की की शादी की जाती है। वे शगुन लेकर शीघ्र ही पहुँच जायेंगे। तुम भी नहा-धो लो।

बग्गे ने महसूस किया कि अब इनकार करने की कोई गुंजाइश नहीं रही थी। उसने तहमद को झाड़ा और कसकर बाँध लिया। पगड़ी बग़ल में दाबे वह दरवाज़े की ओर बढ़ा। क़दम बाहर रखने से पहले वह ठिठककर रुका, भतीजे की ओर ज़हर-भरी नज़र डाली, और बोला, "सूर दे पुत्तर! बात तमीज़ से करना सीखो, नहीं तो किसी रोज़ मुझसे झापड़ खा जायेगा।"

जस्से की गम्भीरता में कोई अन्तर नहीं आया। इस विचार से कि बग्गा सुविधा से बाहर निकल सके, उसने दूसरा तख़्ता भी खोलते हुए उत्तर दिया, "हाँ चाचा!"

●●●